Adenauer
Rhöndorfer Ausgabe

Adenauer
Rhöndorfer Ausgabe

Stiftung Bundeskanzler-Adenauer-Haus

Herausgegeben
von Rudolf Morsey und
Hans-Peter Schwarz

Siedler Verlag

Adenauer

Briefe 1949-1951

Bearbeitet
von Hans Peter Mensing

Siedler Verlag

Inhalt

Einführung in die Edition

Briefe Konrad Adenauers sind persönliche Mitteilungen an Freunde und Verwandte, sind Teil des vielfältigen Alltagsgeschäfts eines routinierten Politikers, sind darüber hinaus, nach Inhalt und Adressat, zeitgeschichtliche Schlüsseldokumente.
Dies galt für die in der »Rhöndorfer Ausgabe« des Adenauer-Nachlasses bereits edierten »Briefe 1945–1949«*. Dies gilt auch für die Korrespondenz aus dem Zeitraum von der Verkündung des Grundgesetzes (23. Mai 1949) über die Konstituierung der Bundesregierung (20. September 1949) und das Inkrafttreten des Besatzungsstatuts (21. September 1949) bis zu seiner ersten Revision (6. März 1951) und zur Übernahme des Außenministeriums durch den Bundeskanzler am 15. März 1951. Dieser Termin setzt den Schlußpunkt des vorliegenden Briefbandes; er bildet zugleich den Auftakt der demnächst erscheinenden »Briefe 1951–1953« – bis zum Ende der ersten Legislaturperiode –.

Adenauer in seinen Briefen

In den nunmehr veröffentlichten Briefen, in ihrem Gesamtbestand von ca. 4000 nachgewiesenen Vorgängen wie auch in der für den Abdruck getroffenen Auswahl von über 400 Einzelstücken, äußert sich Adenauer mit unterschiedlichen Zielsetzungen und in verschiedenen Funktionen: zunächst noch als CDU-Vorsitzender in der britischen Zone und als Präsident des Parlamentarischen Rates, dann als Wahlkämpfer, als Wahlsieger, schließlich und vor allem als erster Regierungschef. Neben die Kanzlerkorrespondenz, vornehmlich mit den Mitgliedern des Bundeskabinetts, besonders auch mit der Alliierten Hohen Kommission, tritt – Gleichzeitigkeit divergierender zeitgeschichtlicher Abläufe – der Schriftwechsel des Bundesvorsitzenden der CDU (ab Oktober 1950). Von der Bonner Bühne wechselte er immer wieder hinüber zum Schauplatz der nordrhein-westfälischen Landespolitik in Düsseldorf. Regionale rheinische Angelegenheiten beschäftigen ihn ebenso wie Details der Verwal-

*Adenauer, Briefe 1945–1947; Briefe 1947–1949, hrsg. von Rudolf *Morsey* und Hans-Peter *Schwarz*, bearb. von Hans Peter *Mensing*, Berlin 1983 und 1984.

tung und Personalpolitik auf Bundes- und auf Länderebene. Selbst bei größter dienstlicher Beanspruchung auf ständig erweiterten Aufgabenfeldern bleibt er seinen privaten Gepflogenheiten treu und unterhält mit kaum verminderter Regelmäßigkeit den traditionellen Briefverkehr mit Familienangehörigen und alten Bekannten.

Viele seiner aufschlußreichsten Schreiben richtet Konrad Adenauer an zeitgeschichtlich »Namenlose«, an Begleitpersonen und Weggefährten, die ihm oftmals erst mit der Erschließung seines Nachlasses wieder zugeordnet werden können. Beispielsweise nimmt er sich in den Wochen vor und nach seiner Wahl zum Bundeskanzler am 15. September 1949 immer wieder die Zeit, um sich trotz politischer Aktionen, intensiver Verhandlungen und öffentlicher Auftritte im brieflichen Dialog privater Korrespondenz Klarheit über die eigene Lage zu verschaffen, auch um Zweifel und Schwächen anzusprechen, die im äußeren Erscheinungsbild des Erfolgspolitikers ansonsten kaum erkennbar sind.

In der 1955 erschienenen Adenauer-Biographie Paul *Weymars* hieß es noch: »Mit der Übernahme der Kanzlerschaft ... verschwindet [der Privatmann] fast völlig aus unserem Blickfeld«*. Dieser auch durch Adenauers »Erinnerungen 1945–1953«** vermittelte Eindruck kann nunmehr anhand der Briefe ergänzt und korrigiert werden:

»Nun wird mir jetzt in meinem Alter eine Last aufgebürdet, die schon für einen jüngeren Mann kaum tragbar sein würde« (Nr. 93). – »Das Geschick hat uns allen zum Schluß unseres Lebens eine besonders harte Nuß aufgespart« (Nr. 110). – »Man muß sehen, wie man durchkommt. Es ist aber schwerer, als ich es mir früher vorgestellt habe. Man hat keine Leute, und die sachlichen Schwierigkeiten, die einem auch von außen her bereitet werden, sind sehr groß« (Nr. 127). – »Es liegt eine sehr schwere Aufgabe vor mir, und ohne göttliche Hilfe kann sie nicht gelingen« (Nr. 137). – »Du hast wohl recht, wenn Du jetzt von einer ständigen Passionszeit sprichst, aber jeder muß den Packen tragen, der ihm auferlegt wird« (Nr. 215). – »Ich krabbele weiter, habe naturgemäß viele Sorgen« (Nr. 360). – »Was Straßburg angeht, so darf man nicht den Mut verlieren. Die europäische Geschichte wirkt sich in unsere Zeit nach, und so schnell geht es halt nicht« (Nr. 361).

Das zuletzt angeführte Beispiel deutet an, daß in Adenauers Briefen schlaglichtartig auch zurückliegende Stationen seines Lebensweges in

* *Weymar,* Paul: Konrad Adenauer. Die autorisierte Biographie, München 1955, S. 457.

** *Adenauer,* Konrad: Erinnerungen, Bd. 1: 1945–1953, Stuttgart 1965.

Erinnerung gerufen werden. Dabei wandert sein Blick von der Kölner Kommunalpolitik in den ersten drei Jahrzehnten dieses Jahrhunderts über lebensgeschichtlich wichtige Begegnungen und Aufenthaltsorte bis hin zur Ausnahmesituation zwischen 1933 und 1945:
»... hat in mir hervorgerufen die Erinnerung an die Sonntagnachmittage im Café Maus an der Goldenen Ecke. Wie lange liegt das schon hinter uns!« (Nr. 388). – »... dachte ich an die lange hinter mir liegende Zeit, als ich noch als junger Beigeordneter die Markthalle unter mir hatte« (Nr. 104). – »Während der ersten Besatzung, an der Sie in so hervorragender Weise in Köln tätig waren, war man sehr viel objektiver« (Nr. 94). – »In dem Wirrwarr, der mich umgibt, denke ich manchmal mit Sehnsucht an Maria Laach zurück« (Nr. 103). – »Ich werde nie vergessen, mit welcher Liebe Sie mich beide nach meiner Entlassung aus Brauweiler aufgenommen haben« (Nr. 268).
Autobiographische Rückblende und historischer Vergleich gewinnen im Briefwerk Adenauers zumeist bei politischer Herausforderung durch ungewöhnliche Aufgabenstellungen an Gewicht. Bei schwierigen Problemlösungen greift der Kanzler gerne auf eigene Erfahrungen, zeitgeschichtliche Beobachtungen und Urteile zurück, um sie im Pro und Contra aktueller Politik in seinem Sinne einzusetzen. Am 9. Mai 1950 ist mit der Bekanntgabe des Schuman-Plans, der, wie in diesem Band dokumentiert, eine briefliche Abstimmung zwischen dem französischen Außenminister und dem Bundeskanzler vorausging (Nr. 236 und 236A), der Durchbruch früher deutsch-französischer und europäischer Bündnispolitik erreicht: Für Adenauer zwei Tage später Anlaß, den in die Schweiz emigrierten früheren rheinischen Industriellen Paul *Silverberg* an eine erste derartige, gemeinsame Initiative in den zwanziger Jahren zu erinnern: »In diesen Tagen ist ja nun durch Frankreich das Projekt, mit dem Sie, Hugo Stinnes und ich im Jahre 1924 uns beschäftigt haben ..., einen entscheidenden Schritt vorwärts gekommen. Ich habe lebhaft an unsere damaligen Besprechungen gedacht« (Nr. 237).
In der Kontroverse um Sicherheitsfragen und Verteidigungsbeitrag, die ab Sommer 1950 die politische Diskussion beherrscht und sich zunehmend auch in der Thematik der Briefe Adenauers niederschlägt, nimmt er verschiedentlich zu privat vorgetragenen Ängsten vor Wiederbewaffnung und erneuter Kriegsgefahr Stellung, auch dies wieder, indem er geschichtliche Erfahrungswerte anwendet: »Neutralität kann nur dann ein Land bewahren, wenn es stark genug ist, diese Neutralität gegenüber jedermann zu verteidigen, sonst bleibt die Neutralität auf dem Papier. Das haben wir an Belgien und Holland erlebt« (Nr. 303).

Auch die eigene Stellung des Bundeskanzlers im politischen System und in der Verfassungsordnung der Bundesrepublik Deutschland ist Gegenstand des Vergleichs. Bezugspunkte seiner selbstbewußten Standortbestimmung sind die Weimarer Republik und ihre Reichsverfassung: »... bemerke ich, daß Ihre Meinung, daß die Stellung des Bundeskanzlers sich gegenüber der des Reichskanzlers nicht wesentlich verändert habe, nicht zutreffend ist. Nach der Weimarer Verfassung konnte jedem Reichsminister das Mißtrauen durch den Reichstag ausgesprochen werden, nach dem Grundgesetz kann nur dem Bundeskanzler ein Mißtrauensvotum gegeben werden. Daraus folgt ganz klar, daß auch innerhalb der Regierung die Stellung der Minister eine andere ist als im früheren Reichskabinett« (Nr. 351).
Die in den Gründerjahren der Bundesrepublik noch frische Erinnerung an die Probleme und an das Scheitern Weimars findet nicht zuletzt ihren Ausdruck in persönlichen Reminiszenzen, auch in Briefen an führende Vertreter der ersten deutschen Demokratie, selbst an frühere Reichskanzler. Über Gustav *Stresemann* heißt es im Januar 1951: »Auch er war nach einem unendlich schweren Zusammenbruch unseres Volkes unter Einsatz seiner ganzen Kraft bemüht, das deutsche Volk in seiner staatlichen Existenz wieder aufzubauen und es aus der Vereinsamung in die Gemeinschaft gleichberechtigter Völker zurückzuführen« (Nr. 384). Und bereits im Oktober 1949 setzt Heinrich *Brüning* (wie *Stresemann* vor ihm und Adenauer später zeitweise Kanzler und Außenminister zugleich) in der ansonsten schwierigen und von beiderseitiger Skepsis geprägten Beziehung einen persönlichen Akzent und übermittelt Adenauer Glückwünsche, die – so die Antwort vom 3. Oktober 1949 – »mich sehr bewegt haben. Ich habe mich sicherlich nicht leichten Herzens entschlossen, die schwere Aufgabe zu übernehmen. Ich hoffe, daß es den zähen Bemühungen von Regierung und Bevölkerung gelingen wird, die so schweren Probleme zu überwinden und ein wahrhaft christliches und demokratisches Deutschland in einem friedlichen Europa wiederaufzubauen« (Nr. 115).

Politische Korrespondenz

Die privaten Adenauer-Briefe stehen in der vorliegenden Edition wie schon seinerzeit, bei der Abwicklung der Korrespondenz selbst, im Kontrast zu der großen Mehrzahl der politischen Schreiben zu nahezu allen Streitfällen und Schicksalsfragen deutscher Politik ab 1949. Oft erstmals im Wahlkampf, während der Koalitionsverhandlungen und der Regie-

rungsbildung aufgegriffen (Nr. 63, 86 und 97), danach formuliert als gelöste oder ungelöste Aufgabe des ersten Kabinetts Adenauer, kommen zur Sprache:
Demontage und Arbeitslosigkeit, Neuordnung der Schwerindustrie und Mitbestimmung, Ernährungslage und Wirtschaftsprogramme, soziale Eingliederung der Vertriebenen und Situation der Kriegsgefangenen. Im Vorfeld eigenständiger Außenpolitik schieben sich mit wachsender Intensität in den Vordergrund: Saarfrage und die Beziehungen zu Frankreich, Beitritt zum Europarat, europäische Nachkriegsordnung und Westintegration in politischer, diplomatischer und militärischer Hinsicht.
Den einzelnen Sachkomplexen vorgeschaltet und übergeordnet, wenn auch nicht ständig im Briefwerk präsent, werden Ursachen, Folgen und Überwindung der deutschen Teilung, speziell auch die Stellung Berlins, erörtert. Lippenbekenntnisse und rhetorische Floskeln zur nationalen Frage finden sich nicht in den Briefen Adenauers. Statt dessen gibt die Korrespondenz Einblicke in politische Entscheidungsabläufe, die nicht unbedingt von Adenauer initiiert sein müssen. Zum Beispiel geht der am 14. September 1950 vor dem Deutschen Bundestag abgegebenen Regierungserklärung Adenauers zu den Wahlen zur Volkskammer der DDR vom 15. Oktober 1950 eine briefliche Anregung Kurt *Schumachers* voraus, für die sich der Bundeskanzler am 22. Juli 1950 bedankt: »Den ... Vorschlag halte ich für sehr klug« (Nr. 285). Daß der »Bundeskanzler der Alliierten« – so *Schumacher* über Adenauer in der Nachtsitzung des Deutschen Bundestages vom 24./25. November 1949 – zum Partei- und Fraktionsvorsitzenden der SPD eine durchaus differenzierte briefliche und persönliche Beziehung gegenseitigen Respekts und teilweise gemeinsamer sachlicher Interessen unterhält, zumindest aber die Fühlungnahme wahrt, gehört zu den besonderen Aspekten dieses Bandes (Nr. 207, 305, 328 und 386)*.
Mit umgekehrtem Vorzeichen gilt dies auch für die *Korrespondenz mit den Ministern seines Kabinetts,* auch mit führenden Parlamentariern, so z.B. mit dem CDU/CSU-Fraktionsvorsitzenden Heinrich *von Brentano*

*Aus der Korrespondenz mit *Schumacher* nicht abgedruckt wird das sicherheitspolitische Adenauer-Schreiben vom 31. Januar 1951, das wegen seines denkschriftähnlichen Charakters den Rahmen der Briefedition sprengen würde (vgl. Nr. 386, Anm. 2). Aus dem gleichen Grunde wird auch auf den erneuten Druck der ebenfalls andernorts mehrfach publizierten beiden Memoranden »Über die Sicherung des Bundesgebietes nach innen und außen« sowie »Zur Frage der Neuordnung der Beziehungen der Bundesrepublik Deutschland zu den Besatzungsmächten« vom 29. August 1949 verzichtet (vgl. Nr. 301, Anm. 1).

(Nr. 132, 189, 318 und 365)*. Ungeschoren kommt nur davon, wer sich auf die schriftliche Kontroverse gar nicht erst einläßt oder zur Auseinandersetzung keinen Anlaß gibt, weil Zuständigkeitsbereich und Engagement mit denen des Kanzlers nicht kollidieren. Den Maßstab der brieflich ausgetragenen Konflikte bildet die im Grundgesetz verankerte Richtlinienkompetenz des Bundeskanzlers: »Die Übernahme eines Postens in der Bundesregierung bedeutet daher für den in die Regierung eintretenden Minister die Aufgabe des Rechtes, zu politischen Fragen sich frei und abweichend von der Gesamtpolitik des Kabinetts zu äußern. Geschieht das doch, muß der Minister in Kauf nehmen, daß der Bundeskanzler als Leiter des Kabinetts ... von derartigen Erklärungen öffentlich abrückt« (Nr. 180).

So kontrovers Adenauer insbesondere mit Ludwig *Erhard* (Nr. 148, 335, 401, 405, 408 und 410), Gustav *Heinemann* (Nr. 217, 253, 314, 317, 319 und 326) oder Jakob *Kaiser* (Nr. 122, 153, 180, 251 und 374) korrespondieren mag – so muß dies bei der Lektüre mit dem Vorbehalt versehen werden, daß Briefe auch und gerade des Bundeskanzlers für politische Beziehungen nur begrenzt aussagefähig sind. Überhaupt geschrieben werden sie nur zu sachlich klar umrissenen, vorgegebenen Themen, um zu überzeugen und um Gegensätze zu überwinden. Vorhandenes Einverständnis auch noch schriftlich zu fixieren oder wortreich Wohlwollen zu bekunden, ist nicht Adenauers Art.

Darüber hinaus ist vom Leser in Rechnung zu stellen, daß die ohnehin nur an besonders aussagekräftigen Beispielen demonstrierten brieflichen Kontakte umgeben sind von oft sehr viel zahlreicheren persönlichen Begegnungen, z. B. in Kabinettssitzungen (auch vorher und danach), bei Gesprächen unter vier Augen oder im Expertenkreis kleiner Gremien, in Fraktionssitzungen und bei Parteiveranstaltungen, im geselligen Rahmen oder bei Empfängen**. Auch gewähren Adenauers Briefe 1949–1951 nur ausschnittsweise einen Einblick in den langjährigen Briefverkehr, der in

*Diese Briefe sind in der einschlägigen Veröffentlichung (*Baring,* Arnulf: Sehr verehrter Herr Bundeskanzler! Heinrich von Brentano im Briefwechsel mit Konrad Adenauer 1949–1964, Hamburg 1974) nicht berücksichtigt.

**So gelangen von den für unseren Zeitraum insgesamt ermittelten 22 Briefen an Ludwig *Erhard* 12 zum Abdruck, während die Besucherlisten des Bundeskanzlers 44 Begegnungen beider Politiker ausweisen. Die entsprechenden Werte für Franz *Blücher:* 29–12–34; Heinrich *von Brentano:* 33–12–59; Heinrich *Hellwege:* 9–3–13; Jakob *Kaiser:* 11–5–16; Wilhelm *Niklas:* 4–2–21; Fritz *Schäffer:* 18–4–61; Anton *Storch:* 5–4–11; Eberhard *Wildermuth:* 5–2–13.

vorausgegangenen oder nachfolgenden Jahren, je nach politischer Entwicklung und Aufgabenstellung, gänzlich anders akzentuiert sein konnte oder kann.

Schließlich hat es Adenauer bei den Bundesministern nicht nur mit Kabinettsmitgliedern zu tun. Wie er selbst die CDU, so repräsentieren Fritz *Schäffer* die CSU, Franz *Blücher* und Thomas *Dehler* die FDP, Heinrich *Hellwege* und Hans-Christoph *Seebohm* die DP. Ihre Parteiinteressen sind mit denen Adenauers in Einklang zu bringen; das immer wieder mühsam ausbalancierte Gleichgewichtssystem dieser wie auch seiner späteren Koalitionsregierungen fordert seinen Tribut. So macht es den zeitgeschichtlichen Reiz des Adenauer-Briefwerkes aus, daß in ihm die unterschiedlichen Belange der Parteiraison und der Regierungspolitik miteinander verknüpft und ineinander verschachtelt werden (Nr. 178, 211, 234, 282, 310, 351 und 395).

Der offizielle *Schriftwechsel mit der Alliierten Hohen Kommission* (AHK) nimmt eine Sonderstellung ein. Schon im formalen Aufbau einheitlich gestaltet (während Adenauer sonst von der Anrede bis zur Grußformel variantenreich verfährt), sind diese Dokumente inhaltlich streng gegliedert und jeweils nur einem einzigen Sachbezug zugeordnet. Zudem sind sie durchweg das Ergebnis umfangreicher, arbeitsteiliger Vorbereitungen, Entwürfe und Formulierungsvorschläge aus der von Herbert *Blankenhorn* geleiteten Verbindungsstelle im Bundeskanzleramt zur AHK. Doch weisen die für den Abdruck ausgewählten Schreiben bzw. Noten (24 an den jeweiligen Geschäftsführenden Vorsitzenden, 25 an einzelne Mitglieder der AHK bei insgesamt ca. 600 Vorgängen) durchweg markante Merkmale spezifischer Interessen des Regierungschefs auf. Sie führen fort, was im thematischen Tableau auch der anderen Briefe bereits vorhanden oder angeklungen ist. Notifiziert und dennoch mit persönlicher Note versehen, kommen Gesellschafts-, Wirtschafts- und auch bereits Außenpolitik hier besonders wirkungsvoll zum Ausdruck.

Somit kann auch und gerade an der Korrespondenz mit den Hohen Kommissaren nachvollzogen werden, was einer von ihnen, André *François-Poncet*, am 14. März 1951 am Bundeskanzler zu rühmen wußte: Konrad Adenauer habe es verstanden, »in weniger als zwei Jahren eine beträchtliche Lockerung eines Regimes der halben Bevormundung zu erwirken, die weit länger dauern sollte. Niemand weiß besser als meine Kollegen und ich, daß er dies tat, ohne je sein Land zu erniedrigen, ohne je seiner Würde als Regierungsoberhaupt Abbruch zu tun, noch seinen patriotischen Stolz, fast würde ich sagen, seine patriotische Härte, im geringsten zu verleugnen. Ich kann auch versichern, daß kein anderer an seiner Stelle mehr hätte erreichen können, noch rascher. Drohendes Gebahren oder systematische Opposition hätten, im Gegenteil, alles verdorben. Doch ist Bundeskanzler Adenauer nicht nur ein großer deutscher Bürger. Er ist auch ein guter Europäer.«*

Verschiedenartig wie die Korrespondenz sind auch ihre *Überlieferungsformen und Fundorte.* Der Kernbestand des Rhöndorfer Archivs, auf den sich die Edition vor allem stützt (zu ca. 80 %), wird vervollständigt durch das Schriftgut im Verfügungsbereich anderer Archive. In erster Linie sind zu nennen die im Bundesarchiv, Koblenz/Hangelar, verwahrten Akten des Bundeskanzleramtes sowie Nachlässe wichtiger Zeitgenossen aus den ersten Jahren der Ära Adenauer. Bei der Benutzung waren vor allem Dr. Heinz Jürgen *Real* und Dr. Wolfram *Werner* behilflich. Den Zugang zu einzelnen Beständen (Heinrich *von Brentano,* Jakob *Kaiser* und Fritz *Schäffer*) eröffneten Michael *von Brentano,* Frau Elfriede *Kaiser-Nebgen* †, Finanzpräsident Friedrich *Bracker* und seine Ehefrau, Dr. Gerda *Bracker* geb. *Schäffer.*

Als besonders ergiebig erwiesen sich im Politischen Archiv des Auswärtigen Amtes, Bonn, die Akten des Büros Staatssekretäre sowie der Politischen Abteilung. Deren Erschließung ermöglichten Dr. Theodor *Gehling* und Dr. Hans-Jochen *Pretsch.*

Weiterhin wurden Dokumente und Materialien folgender Archive einbezogen; Dank zu sagen für institutionelle Unterstützung und persönliche Beratung durch die Leiter der Archive bzw. deren Mitarbeiter ist dem Algemeen Rijksarchief der Niederlande, s'-Gravenhage (Mr. A.E.M. *Ribberink*); dem Archiv des Deutschen Liberalismus, Gummersbach (Dr. Monika *Faßbender-Ilge*); dem Archiv der Moralischen Aufrüstung, Caux (Vermittlung durch Pierre *Spoerri,* Bonn); dem Archiv der sozialen Demokratie, Bonn (Gisela M. *Krause* und Werner *Krause*); dem Archiv der Thyssen AG, Duisburg (Dr. Carl-Friedrich *Baumann*); dem Deutschen Literaturarchiv/Schiller-Nationalmuseum, Marbach am Neckar (Dr. Peter-Paul *Schneider*); der Ludwig-Erhard-Stiftung, Bonn (Dr. Volkhard *Laitenberger*) sowie dem Nordrhein-Westfälischen Hauptstaatsarchiv Düsseldorf (Dr. Rainer *Stahlschmidt*).

Dankenswerterweise stellte auch Heinrich *Hellwege,* der einzige 1985 noch lebende Angehörige des 1. Kabinetts Adenauer, von ihm selbst archivierte Dokumente aus dem gesamten Zeitraum der ersten Legislaturperiode zur Verfügung.

*Vgl. Nr. 411A, Anm. 1.

Editionsgrundsätze

Die Editionsprinzipien der »Rhöndorfer Ausgabe«, wie in der Einleitung der »Briefe 1945–1947« dargelegt, gelten auch für diesen Band. Deren wesentliche Merkmale sind:

- Auswahl der Briefe nach wissenschaftlicher Relevanz, zeitgeschichtlicher und autobiographischer Aussagekraft sowie nach den typischen Merkmalen Adenauerscher Diktion und Stilistik;
- Anordnung der Briefe in chronologischer Folge, arabisch numeriert, mitunter unter Einbeziehung ergänzender Materialien anderer Datierung und anderer Provenienz (z. B. Aktenvermerke und Presseerklärungen), die – inhaltlich gleichgerichtet – die jeweilige Briefaussage unterstützen und verstärken;
- Standardisierung der Adressaten- und Adressenangaben in den Dokumentenköpfen, dies in Würdigung zeitgenössischer Spezifika bei der Nennung von Titeln, Ämtern und Funktionen;
- Beschreibung des Fundortes und formaler Charakteristika der dem Abdruck zugrundeliegenden Originale, Durchschläge oder Abschriften, besonders der Briefköpfe sowie der Bearbeitungs- und Übermittlungsvermerke;
- Textgestaltung nach Maßgabe größtmöglicher Authentizität in Beibehaltung des damaligen Sprachgebrauchs und konventioneller Korrespondenzformen.

Der Kommentar dient neben der Erläuterung der biographischen und zeitgeschichtlichen Zusammenhänge vor allem der Wiedergabe wesentlicher Aussagen aus der Gegenkorrespondenz. Deren vollständiger Abdruck, der in Rezensionen der bereits erschienenen Briefbände verschiedentlich angeregt wurde, ist in dieser Edition der *Adenauer*-Briefe nicht möglich. Dem steht vor allem das sachliche Anliegen einer möglichst umfassenden, quantitativ wie qualitativ dem Briefwerk des ersten Bundeskanzlers adäquaten Veröffentlichung entgegen. Nur wenn man den Schwerpunkt des Materials auf die Schriftstücke Konrad Adenauers legt, kann dem öffentlichen Interesse an einer zügigen, zeitlich eingrenzbaren Nachlaßpublikation Rechnung getragen werden. Editionen anderer Nachlässe führender Persönlichkeiten aus der Frühzeit der Bundesrepublik Deutschland werden diese Lücken eines Tages zumindest teilweise schließen. Einstweilen vermitteln Dokumentenbeschreibung und Kommentar dem Leser die erforderlichen Informationen über die im Briefteil angesprochenen Vorgänge. Die Zitationsform bzw. die Auswahl der wörtlich wiedergegebenen Sätze ist durch die Hervorhebung oder Bezugnahme Adenauers bedingt.

Weiterhin wird im Kommentar die Korrespondenz in den Zusammenhang anderer Quellenüberlieferungen eingeordnet. Unter den ungedruckten Materialien sind beispielsweise die im Rhöndorfer Archiv erhaltenen Terminkalender und Besucherlisten zu nennen. Mit ihrer Hilfe ist es möglich, die in den Briefen vereinbarten bzw. ihnen vorausgegangenen persönlichen Kontakte zu überprüfen und damit den zeitlichen Ablauf zu rekonstruieren, in dem sich, wie oben bereits ausgeführt, politisch relevante Beziehungen auch über Briefwechsel und schriftlichen Meinungsaustausch hinaus ausgewirkt haben. Hinsichtlich der gedruckten Quellen wird der gedankliche und argumentative Kontext der Politik Adenauers mit seinen Memoiren hergestellt, in die auch für diesen Zeitraum zahlreiche zeitgenössische Schriftstücke, so u. a. Aufzeichnungen über Gespräche mit den Hohen Kommissaren, eingeflossen sind. Schließlich wird die Korrespondenz Adenauers mit seinen Teegesprächen verknüpft. 13 derartige Lagebeurteilungen in vertraulichen Journalistengesprächen bis zum 15. März 1951 sind publiziert*; zumal für die Außenpolitik bilden sie eine Fundgrube für die Erläuterung des Briefwerks.

Mit der Erwähnung der »Teegespräche 1950–1954« ist zugleich die kollegiale Zusammenarbeit mit Dr. Hanns Jürgen *Küsters,* Ursula *Pinkus* und Ursula *Raths* angesprochen, in der auch dieser Briefband entstanden ist. Für vielfältige Hilfe dankt der Bearbeiter Jens *Bleiel,* Birgit *Bröhl,* Barbara *Gehling,* Verena *Gückel,* Gabriele *Herrig,* Christoph *Wengler* und Marion *Wengler.* Nicht unerwähnt bleiben darf die Beratung durch die Geschäftsführerin der Stiftung Bundeskanzler-Adenauer-Haus, Dr. Anneliese *Poppinga,* und den Archivar der Stiftung, Engelbert *Hommel* M.A. Besonderer Dank ist der Stiftung Volkswagenwerk abzustatten für ihre großzügige finanzielle Unterstützung der »Rhöndorfer Ausgabe«.

Rhöndorf im September 1985

Hans Peter Mensing

*Adenauer, Teegespräche 1950–1954, hrsg. von Rudolf *Morsey* und Hans-Peter *Schwarz,* bearb. von Hanns Jürgen *Küsters,* Berlin 1984, S. 5-56.

Beim Briefdiktat (Sommer 1949)

Verzeichnis der Briefe

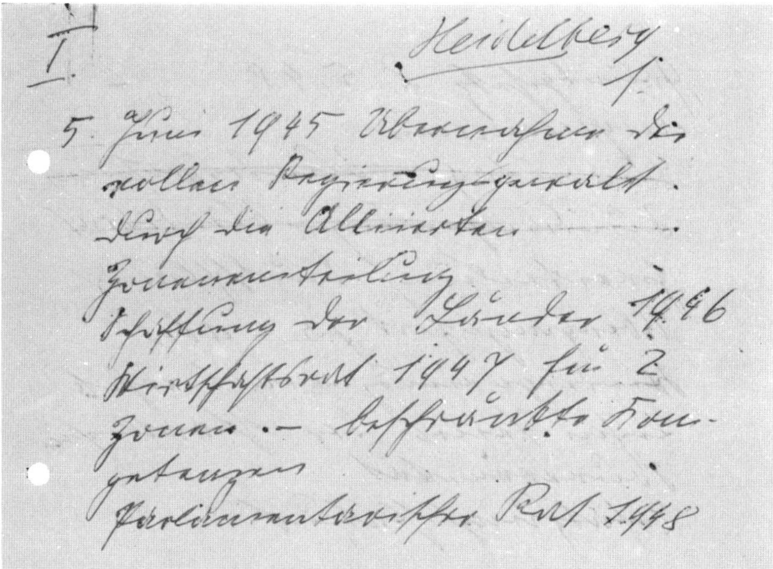

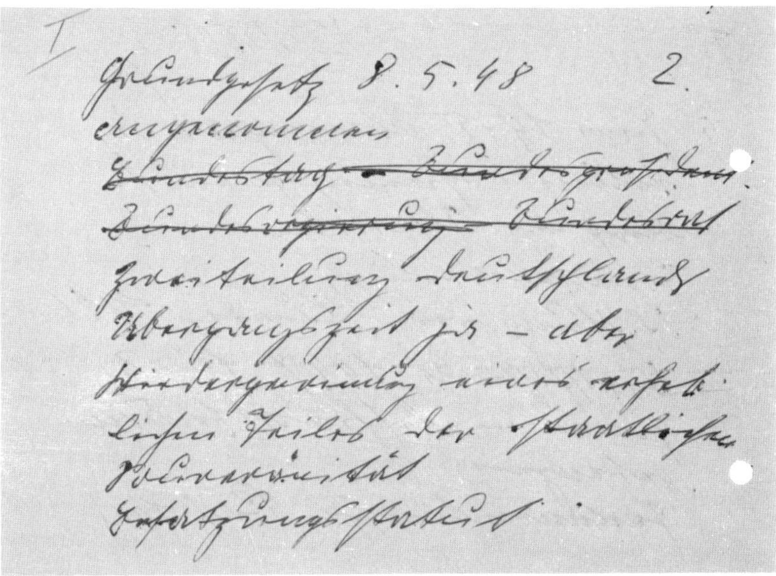

Konzept der Heidelberger Wahlkampfrede vom 21.Juli 1949 (zu Dok. Nr. 51, Anm. 2):

5.Juni 1945 Übernahme der / vollen Regierungsgewalt / durch die Alliierten / Zoneneinteilung / Schaffung der Länder 1946 / Wirtschaftsrat 1947 für 2 / Zonen – beschränkte Kompetenzen / Parlamentarischer Rat 1948

Grundgesetz 8.5.[49] / angenommen / [Bundestag – Bundespräsident / Bundesregierung – Bundesrat] / Zweiteilung Deutschlands / Übergangszeit ja – aber / Wiedergewinnung eines erheb- / lichen Teiles der staatlichen / Souveränität / Besatzungsstatut

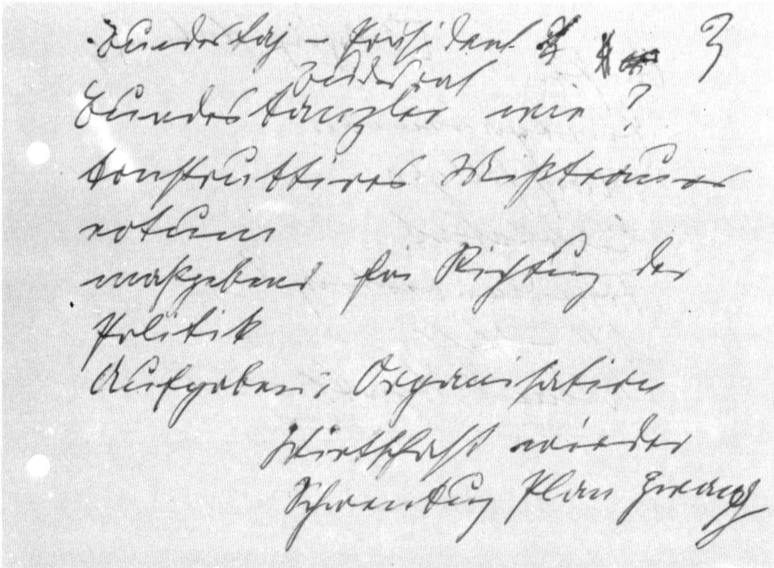

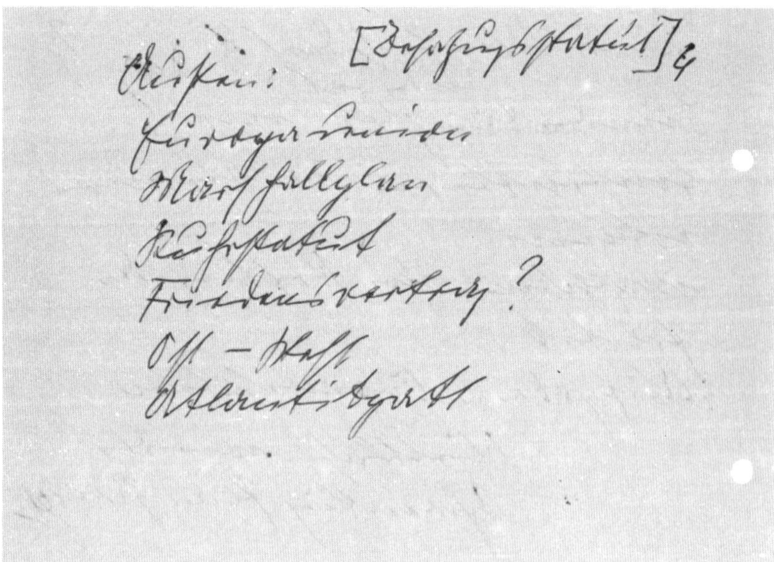

Bundestag – Präsident / Bundesrat / Bundeskanzler wie? / konstruktives Mißtrauensvotum / maßgebend für Richtung der / Politik / Aufgaben: Organisation / Wirtschaft wieder / Schwenkung Plan Zwang

[Besatzungsstatut]
Außen: / Europaunion / Marshallplan / Ruhrstatut / Friedensvertrag? / Ost-West / Atlantikpakt

Briefe

Nr. 1
24. Mai 1949 (Bonn): An den Militärgouverneur der britischen Besatzungszone, General *Sir Brian H. Robertson*

StBKAH 09.20, ohne Ortsangabe beim Adressaten, mit hs. Vermerk Zimmermann »*Vertraulich*«

Sehr geehrter Herr General[1]!

Am 3. November 1948 richtete ich ein Schreiben[2] an Herrn General Bishop[3] mit der Bitte, von der Verlegung des belgischen Corps nach Bonn vorerst abzusehen mit Rücksicht auf die Wahrscheinlichkeit, daß Bonn vorläufiger Sitz der deutschen Bundesregierung würde. Wie mir Herr General Bishop in seiner Antwort vom 15. November 1948[4] mitteilte, sind Ihnen, sehr geehrter Herr General, diese Bitte und die Beweggründe, die sie mich aussprechen ließen, vorgetragen worden. Gleichzeitig teilte mir General Bishop die Bereitschaft der englischen Militärregierung mit, die Möglichkeit einer anderweitigen Stationierung des belgischen Corps in Erwägung zu ziehen, sobald Bonn zur vorläufigen Bundeshauptstadt bestimmt sei. Es ist mir bekannt, daß Ministerpräsident Arnold[5] in diesen Tagen an General Bishop herangetreten ist mit der Bitte, das belgische Corps aus Bonn zu verlegen[6]. Ich möchte mir als Präsident des Parlamentarischen Rates erlauben, diesen Wunsch ebenfalls auszusprechen. Eine Kommission des Parlamentarischen Rates hat die technischen und organisatorischen Vorbedingungen zur Unterbringung der Bundesorgane in einer der westdeutschen Städte gründlichst geprüft[7]. Das Ergebnis dieser Prüfung hat die Mehrheit des Parlamentarischen Rates bestimmt, sich für Bonn zu entscheiden[8]. Ich bin auch davon überzeugt, daß die Unterbringung der Hohen Kommissare und der alliierten Stäbe durch das Land Nordrhein-Westfalen in ausreichender und angenehmster Weise erfolgen wird. Ich darf außerdem aussprechen, von welcher politischen Bedeutung es für den Beginn des neuen deutschen Staates wäre, wenn der Gedanke in Bonn verwirklicht werden könnte, den Sitz der deutschen Bundesregierung frei von Besatzungstruppen zu halten[9]. Ich wäre Ihnen sehr dankbar, sehr geehrter Herr General, wenn Sie in dieser für das

Gelingen der Arbeitsaufnahme des Bundes so entscheidenden Frage eine positive Lösung finden könnten. Meine Kollegen und ich hoffen, daß einer solchen Entscheidung auch von belgischer Seite Verständnis entgegengebracht und das ausgezeichnete Verhältnis der in Bonn befindlichen belgischen Truppen zur deutschen Bevölkerung nicht getrübt wird.

Indem ich Ihnen meine ausgezeichnete Hochachtung versichere,

bin ich Ihr

A

Nr. 2

25. Mai 1949 (Bonn): An den Vorsitzenden des CSU-Bezirksverbandes Oberpfalz, *Dr. Fritz Dengler,* Regensburg

StBKAH 09.01, mit ms. Briefkopf »Der Vorsitzende der CDU in der britischen Zone« und ms. Vermerk »Eilboten / *Persönlich*«; gleichlautende Schreiben an Sparkassendirektor August Bender, Marktheidenfeld/Main; den Vorsitzenden des CSU-Bezirksverbandes Unterfranken, Karl Greib[1], Würzburg, und den Vorsitzenden der CSU-Kreispartei Aschaffenburg, Landrat Grömling

Sehr geehrter Herr Notar[2]!

Die Verhältnisse der CSU in Bayern machen uns alle sehr ernste Sorgen. Wenn die CSU bei den Wahlen zum Bundestag Wähler an die Sozialdemokratie verlieren würde, so würde dadurch unser mit aller Kraft erstrebtes Ziel, die stärkste und damit die ausschlaggebende Fraktion im Bundestag zu werden, zunichte gemacht werden[3]. Ich brauche Ihnen, sehr geehrter Herr Notar, wohl nur anzudeuten, welches die Folgen für die von uns gemeinsam verfolgte und erstrebte Politik sein würden, wenn die Sozialdemokratie im Bundestag eine ausschlaggebende Position erhalten würde. Es wird Ihnen ja bekannt sein, wie rücksichtslos und entschlossen die Sozialdemokratie ihre parteipolitischen Ziele verfolgt. Ich bitte Sie im Namen ungezählter Mitglieder der CDU ebenso herzlich wie dringend, Ihren ganzen Einfluß dahin aufzubieten, daß in Straubing eine Lösung gefunden wird, die nicht nur die Geschlossenheit der CSU besiegelt, sondern die auch die CSU wieder aktiv macht und den sicher nicht unerheblichen Prozentsatz von Wählern, die sich bisher weder für die eine noch für die andere Partei entschlossen haben, dazu veranlaßt, für die CSU zu stimmen.

Ich bitte Sie, mir nicht übel zu nehmen, wenn ich mich an Sie wende. Es handelt sich ja letzten Endes nicht hierbei um eine Frage, die allein die CSU angeht. Die CSU und die CDU in den übrigen Ländern der drei Zonen sind in ihren Zielen ja einig. Der Erfolg des einen ist auch ein Erfolg des

, den 24. Mai 1949.

Vertraulich

Herrn
General Robertson
Militärgouverneur der
Britischen Besatzungszone,

Sehr geehrter Herr General,

Am 3. November 1948 richtete ich ein Schreiben an Herrn General Bishop mit der Bitte, von der Verlegung des belgischen Corps nach Bonn vorerst abzusehen mit Rücksicht auf die Wahrscheinlichkeit, dass Bonn vorläufiger Sitz der deutschen Bundesregierung wurde. Wie mir Herr General Bishop in seiner Antwort vom 15. November 1948 mitteilte, sind Ihnen, sehr geehrter Herr General, diese Bitte und die Beweggründe, die sie mich aussprechen liessen, vorgetragen worden. Gleichzeitig teilte mir General Bishop die Bereitschaft der englischen Militärregierung mit, die Möglichkeit einer anderweitigen Stationierung des belgischen Corps in Erwägung zu ziehen, sobald Bonn zur vorläufigen Bundeshauptstadt bestimmt würde. Es ist mir bekannt, dass Ministerpräsident Arnold in diesen Tagen an General Bishop herangetreten ist, mit der Bitte, das belgische Corps aus Bonn zu verlegen. Ich möchte mir als Präsident des Parlamentarischen Rates erlauben, diesen Wunsch ebenfalls auszusprechen. Eine Kommission des Parlamentarischen Rates hat die technischen und organisatorischen Vorbedingungen zur Unterbringung der Bundesorgane in eine der westdeutschen Städte gründlichst geprüft. Das Ergebnis dieser Prüfung hat die Mehrheit des Parlamentarischen Rates bestimmt, sich für Bonn zu entscheiden. Ich bin auch davon überzeugt, dass die Unterbringung der Hohen Kommissare und der alliierten Stäbe durch das Land Nordrhein-Westfalen in ausreichender und angenehmster

An General Sir Brian H. Robertson
(Dok. Nr. 1)

Weise erfolgen wird. Ich darf ausserdem aussprechen von welcher politischen Bedeutung es für den Beginn des neuen deutschen Staates wäre, wenn der Gedanke in Bonn verwirklicht werden könnte, den Sitz der deutschen Bundesregierung frei von Besatzungstruppen zu halten. Ich wäre Ihnen sehr dankbar, sehr geehrter Herr General, wenn Sie in dieser, für das Gelingen der Arbeitsaufmahme des Bundes so entscheidenden Frage eine positive Lösung finden könnten. Meine Kollegen und ich hoffen, dass einer solchen Entscheidung auch von belgischer Seite Verständnis entgegengebracht und das ausgezeichnete Verhältnis der in Bonn befindlichen belgischen Truppen zur deutschen Bevölkerung nicht getrübt wird.

Indem ich Ihnen meine ausgezeichnete Hochachtung versi[illegible]ere

Kb.

anderen. Die Arbeit des einen ist auch die Arbeit für den anderen. Und so ist auch der Mißerfolg des einen ein Mißerfolg des anderen.
Ich hoffe, daß Sie meine Bitte richtig verstehen und würdigen werden[4].
Mit freundlichen Grüßen

Ihr sehr ergebener
(Dr. Adenauer)

Nr. 3
25. Mai 1949 (Bonn): An den Militärgouverneur der britischen Besatzungszone, General *Sir Brian H. Robertson*
StBKAH III/6, mit ms. Vermerk »über britischen Verbindungsstab«

Sehr geehrter Herr General!

Der Vorschlag der Herren Militärgouverneure, aus den Mitgliedern des Parlamentarischen Rates und den Ministerpräsidenten einen Ausschuß zusammenzustellen, der über in Paris in Frage kommende Gegenstände gehört werden könnte[1], ist von dem interfraktionellen Ausschuß des Parlamentarischen Rates sehr begrüßt worden[2]. Der interfraktionelle Ausschuß hat mich beauftragt, Ihnen folgendes mitzuteilen.
Da es sich eventuell um Entscheidungen von größter Tragweite für Berlin und die Ostzone und für Gesamtdeutschland handelt, über die der Ausschuß gehört werden soll, und da die Ministerpräsidenten nicht als verantwortlich gegenüber der Gesamtbevölkerung in Deutschland betrachtet werden, sondern die Vertreter der Parteien, bittet Sie der interfraktionelle Ausschuß, auch ein Mitglied der demokratischen Fraktion[3] des Parlamentarischen Rates hinzuzuziehen.
Der interfraktionelle Ausschuß des Parlamentarischen Rates würde Ihnen dementsprechend folgende Herren vorschlagen:

für die CDU/CSU:	Dr. Pfeiffer[4]
	Dr. Adenauer
für die SPD:	Dr. Schmid[5]
	Ollenhauer[6]
für die FDP:	Dr. Heuss[7].

Genehmigen Sie, Herr General, den Ausdruck meiner ausgezeichneten Hochachtung.

Ihr sehr ergebener
gez. Dr. Adenauer

Nr. 3 A

25. Mai 1949 (Bonn): An den Militärgouverneur der britischen Besatzungszone, General *Sir Brian H. Robertson*

StBKAH III/6, mit ms. Vermerk wie Nr. 3 und hs. Vermerk Zimmermann *»Persönlich«*

Sehr geehrter Herr General!

Hiermit erlaube ich mir, Ihnen folgenden persönlichen Vorschlag zu unterbreiten. Nachdem Berlin offiziell auf die Tagesordnung der Pariser Konferenz gesetzt worden ist, halte ich es für außerordentlich wünschenswert, daß als besondere Kenner der Verhältnisse Berlins Herr Kaiser[1] und Herr Reuter[2] der Kommission zugeteilt werden[3], die den Alliierten zur Verfügung steht. Es würden dadurch die beiden großen Parteien paritätisch vertreten sein. Herr Kaiser ist auch ein besonders guter Kenner der Verhältnisse der Ostzone.

Genehmigen Sie, Herr General, den Ausdruck meiner ausgezeichneten Hochachtung.

Ihr sehr ergebener

(Adenauer)

Nr. 4

26. Mai 1949 (Rhöndorf): An *Hermann Goldschmidt,* Amsterdam

StBKAH 07.07

Sehr geehrter Herr Goldschmidt[1]!

Ihr Brief vom 21. d. Mts. hat mich sehr interessiert. Ich glaube nicht, daß man Konsulate mit Herren besetzen wird, die im Auslande schon seit einiger Zeit wohnen[2]. Sie dürften doch den deutschen Verhältnissen zu entfremdet sein.

Mit freundlichen Grüßen

Ihr

(Adenauer)

Nr. 5
30. Mai 1949 (Bonn): An den Vorsitzenden des Verwaltungsrats des Nordwestdeutschen Rundfunks, *Professor Dr. Heinrich G. Raskop,* Dortmund

StBKAH 09.02, mit hs. Vermerk Zimmermann »*Persönlich*« und eigenhändig von Adenauer korrigiertem Entwurf

Sehr geehrter Herr Professor Raskop[1]!

Die bevorstehenden Wahlen zum Bundestag sowie die Wahl Bonns zur Bundeshauptstadt veranlassen mich, einige Wünsche an Sie heranzutragen.
Sie wissen, daß meine Partei in der Vergangenheit sehr häufig Veranlassung hatte, die mangelnde Objektivität in der Berichterstattung und Kommentierung des Nordwestdeutschen Rundfunks zu beanstanden[2]. Ich bitte Sie daher sehr dringend, Ihren ganzen Einfluß dahin geltend zu machen, daß der NWDR in der Zukunft – insbesondere zunächst bei den Wahlen zum Bundestag und dann nach der Konstituierung der Bundesregierung – die notwendige Neutralität walten läßt, um auf diese Weise zu einer politischen Befriedung des öffentlichen Lebens beizutragen.
Diese meine obige Beanstandung bezieht sich nicht – das möchte ich betonen – auf die objektive und sachliche Berichterstattung des NWDR aus Bonn über die Arbeit des Parlamentarischen Rates. Die Zusammenarbeit mit Ihrem Bonner Vertreter war und ist eine ausnehmend gute. Ich hege im Interesse der Sache die Hoffnung, daß auch zukünftig die Vertretung in Bonn in diesen bewährten Händen liegen wird.
Andererseits glaube ich aber, daß eine gewisse mangelnde Neutralität des NWDR in der Vergangenheit stärker auf Einflüsse zurückzuführen ist, die in Hamburg ihren Ausgangspunkt hatten. Daher würde ich es für richtig erachten, wenn der Einfluß Ihres Kölner Hauses stärker zum Ausdruck käme. Dieser dürfte wohl durch die Wahl Bonns zum vorläufigen Sitz der Bundesregierung gewährleistet sein, zumal das Kölner Gebiet direkt einbezogen ist in den Großraum, in dem die zukünftigen Bundesorgane und die mit diesen verbundenen Institutionen sowie die ausländischen Vertretungen untergebracht werden.
Ich darf hoffen, daß Sie meinen obigen, aus der Sorge um die Zukunft Deutschlands gemachten Anregungen entsprechen können, und verbleibe

mit freundlichen Grüßen

Ihr ergebener
(Dr. Adenauer)

Nr. 6

31. Mai 1949 (Rhöndorf): An den bayerischen Ministerpräsidenten *Dr. Hans Ehard,* München

StBKAH 07.07, Telegrammvorlage mit hs. Vermerk Hohmann »tel. aufgegeb.: 31.5.49, 9.15 Uhr«

Herzlichste Glückwünsche der CSU, Ihnen und uns[1].

Freundliche Grüße Konrad Adenauer.

Nr. 7

2. Juni 1949 (Bonn): An die Ministerpräsidenten der westdeutschen Bundesländer, den Ersten Bürgermeister von Hamburg und den Senatspräsidenten von Bremen

StBKAH 12.02/4, Telegrammvorlage mit Verteiler: »an Herrn Ministerpräsident Lüdemann[1], Kiel; Herrn 1. Bürgermeister Brauer[2], Hamburg; Herrn Senatspräsident Kaisen[3], Bremen; Herrn Ministerpräsident Kopf[4], Hannover; Herrn Ministerpräsident Arnold, Düsseldorf; Herrn Ministerpräsident Stock[5], Wiesbaden; Herrn Ministerpräsident Altmeier[6], Koblenz; Herrn Ministerpräsident Dr. Ehard, München; Herrn Wohleb[7], Freiburg; Herrn Gebhard Müller[8], Tübingen; Herrn Maier[9], Stuttgart«; Druck: Deutschland-Union-Dienst vom 4.6.1949 und Erhard H.M. *Lange,* Wahlrecht und Innenpolitik, S. 387

Der in Königswinter vollzählig versammelte Zonenausschuß der CDU der britischen Zone[10] richtet an Sie die dringende Bitte, angesichts internationaler Lage *Wahltermin* unter allen Umständen auf 17. Juli festzulegen. Späterer Termin würde zudem durch Ernte Wahlbeteiligung äußerst nachteilig beeinflussen[11].

Adenauer.

Nr. 8

4. Juni 1949 (Bonn): An den bayerischen Ministerpräsidenten *Dr. Hans Ehard,* München

StBKAH 09.01, »Dringendes Telegramm«, Vorlage mit ms. Briefkopf »Parlamentarischer Rat. Der Präsident«

Bitte Sie, sich von Staatsminister Pfeiffer über gestrige Sitzung Überleitungsausschuß berichten zu lassen und unter allen Umständen fest zu bleiben und auf schnellste Verkündung Wahlgesetz zu dringen[1].

Dr. Adenauer

Nr. 9

5. Juni 1949 (Rhöndorf): An *Johannes Maier-Hultschin,* London

StBKAH 07.08

Sehr geehrter Herr Maier-Hultschin[1]!

Ihr Brief vom 2. d. Mts.[2] war sehr interessant. Ich ersehe aus ihm auch wieder, wie notwendig es ist, daß wir möglichst schnell zu einer Regierung kommen. Wir stehen auf Grund des vorhandenen Materials etwas hilflos der Frage gegenüber. Können Sie Material geben und bestimmte Vorschläge machen?

Mit vielen Grüßen

Ihr ergebener

(Adenauer)

Nr. 10

6. Juni 1949 (Rhöndorf): An den bayerischen Kultusminister *Dr. Alois Hundhammer,* München

StBKAH 09.03, mit ms. Vermerk *»Persönlich!«*

Sehr geehrter Herr Staatsminister[1]!

Haben Sie vielen Dank für Ihren Brief vom 30. Mai[2].–

Ich hoffe zuversichtlich, daß es nunmehr gelingen wird, allmählich eine ruhigere und friedlichere Atmosphäre in Bayern zu schaffen. Ich hatte ernste Sorge, daß das gesamte Ergebnis der Bundestagswahl durch die Vorgänge in Bayern in unerwünschter Weise beeinflußt werden könnte. Ich denke, daß wir jetzt mit Zuversicht dem Ausgang entgegensehen können.

Mit herzlichen Grüßen bin ich

Ihr sehr ergebener

(Dr. Adenauer)

Nr. 11
6. Juni 1949 (Rhöndorf): An Bürgermeister *Jakob Mölbert,* Honnef
StBKAH 07.08

Sehr geehrter Herr Mölbert[1]!

Heute wird mir eine Eingabe von Anwohnern des Zennigswegs, datiert vom 3. Juni, zur Unterschrift vorgelegt. Ich habe die Eingabe nicht unterschrieben, aber ich kann nur unterstreichen, daß die Wünsche der Anwohner berechtigt sind. Es ist mir peinlich gegenüber den zahlreichen Besuchern, auch aus dem Auslande, die ja zu mir kommen, daß kein Straßenschild am Zennigsweg steht und daß die Straße sich oft wirklich in einem sehr schlechten Zustand bei nassem Wetter befindet. Auch der senkrecht vom Zennigsweg abführende Weg, von dem der Privatweg zu meinem Hause abzweigt, ist nach Regengüssen sehr schlecht. Es ist ein öffentlicher Weg.
Ich wäre Ihnen dankbar, wenn Sie für Abhilfe sorgen könnten[2].
Mit freundlichen Grüßen Ihr
(Adenauer)

Nr. 12
6. Juni 1949 (Rhöndorf): An den Oberdirektor des Vereinigten Wirtschaftsgebietes, *Dr. Hermann Pünder,* Frankfurt/Main
StBKAH 07.28

Lieber Herr Pünder[1]!

Vielen Dank für den Durchschlag Ihres Briefes vom 3. d. Mts. an den Hauptschriftleiter der »Frankfurter Rundschau«[2]. Es scheint, daß die »Frankfurter Rundschau« eine besondere Giftküche ist. Bitte, wenden Sie ihr weiter Ihr Interesse zu.
Mit vielen Grüßen Ihr
(Adenauer)

Nr. 13

12. Juni 1949 (Rhöndorf): An *Dannie N. Heineman,* Brüssel

StBKAH 07.07, Vorname des Adressaten (im Durchschlag: Stephen) vom Bearb. korrigiert

Lieber Herr Heineman[1]!

Eben kommt Herr Samuel[2] und sagt mir, daß er morgen nach Brüssel fahre. Er überbringt mir Ihre Grüße. Ich danke Ihnen vielmals dafür und auch für Ihre freundlichen Worte. Ich benutze gerne diese Möglichkeit, einige für Sie persönlich bestimmte Mitteilungen zu machen:

1) Die Pariser Konferenz wird mit größter Wahrscheinlichkeit völlig oder ungefähr negativ ausgehen. Das ist gut so. Jede Verbindung zwischen Westdeutschland und Ostdeutschland würde, solange dieses Ostdeutschland nichts anderes als ein Satellit Sowjet-Rußlands ist, die Macht der Sowjets in Deutschland stärken.
2) Das Ausscheiden von General Clay[3] ist allgemein von uns bedauert worden. Er hatte sich in seiner Aufgabe vorzüglich eingearbeitet. Er ist ein kluger Mann. Kennen Sie seinen Nachfolger, Herrn Mc Cloy[4]? Wenn Sie ihn kennen, so weisen Sie ihn bitte auf mich hin.
3) Die Europäische Union, der Zusammenschluß Westeuropas, ist eine nicht sehr aussichtsreiche Angelegenheit, weil anscheinend England, wohl im Hinblick auf seine Dominien, einen wirklichen Zusammenschluß verhindert. Das europäische Parlament z.B., das vorgesehen ist, soll nur ein Mal im Jahre einen Monat lang tagen. Es kann nur konsultative Beschlüsse fassen. Meines Erachtens muß Amerika mit größter Energie darauf dringen, daß es wirklich zu einer Europäischen Union kommt. Es ist sonst Westeuropa gegenüber Asien nicht zu halten[5].
4) Die wirtschaftliche Lage in Deutschland betrachte ich mit einer gewissen Besorgnis. Es mangelt uns an Kapital. Dadurch kommt die Wirtschaft ins Stocken, die Arbeitslosigkeit nimmt zu.
5) Die Bundestagswahlen sind am 14. August. Ihr Ausgang ist von größter internationaler Bedeutung. Wenn sie für die Sozialdemokratie erfolgreich verlaufen, wird eine sozialistische deutsche Regierung in Abhängigkeit sein von der sozialistischen englischen Regierung. Beide zusammen werden dem neuen Europa ein sozialistisches Gesicht geben.

   Die Labour-Party unterstützt gutem Vernehmen nach die deutsche Sozialdemokratie mit großen Geldmitteln. Die englische Regierung hat die öffentliche Meinung in der britischen Zone, die mehr als die Hälfte der drei Zonen umschließt, fast ganz in die Hände der Sozialdemokraten gespielt. Das gilt sowohl vom Rundfunk, wie von den Nachrichtenagenturen, wie vom Zeitungswesen.

Wenn es Ihrer Überzeugung entspricht, so machen Sie bitte maßgebende amerikanische Kreise darauf aufmerksam, daß die CDU, meine Partei, demokratisch, fortschrittlich und sozial, aber nicht sozialistisch ist, daß die amerikanischen Stellen der Unterstützung der Sozialdemokratie durch die Briten entgegenwirken müssen.

Ich habe mich sehr gefreut, daß Sie so außerordentlich frisch und lebendig waren. Ich fand Sie ganz unverändert gegenüber unserem letzten Zusammentreffen[6]. Ich hoffe, daß wir uns bald wiedersehen und bin

mit vielen herzlichen Grüßen

Ihr

(Adenauer)

Nr. 14

13. Juni 1949 (Bonn): An *Ellen McCloy*

StBKAH III/5, ohne Ortsangabe beim Adressaten, mit ms. Vermerk »über den amerikanischen Verbindungsstab«

Sehr geehrte Frau McCloy[1]!

Wenn meine Anfang 1948 verstorbene Frau[2] noch lebte, würde sie diesen Brief an Sie gerichtet und sich angeboten haben, Ihnen bei Ihrer Niederlassung in Bonn behilflich zu sein. Ich glaube in ihrem Sinne zu handeln, wenn ich es tue. Sie war eine geborene Zinsser, eine Tochter des Professor Zinsser[3] in Tübingen, der ein Vetter Ihres Vaters ist[4].

Teilen Sie mir bitte mit, welche Wünsche Sie und Ihr Mann bezüglich Bonn haben. Ich bin gern bereit, nach Kräften sie zu erfüllen.

Mit hochachtungsvollem Gruß

Ihr sehr ergebener

(Dr. Adenauer)

Nr. 15
13. Juni 1949 (Bonn): An *Dr. Paul Silverberg,* Lugano
StBKAH 09.02

Lieber Herr Silverberg[1]!

⟨...⟩[a]
Es ist schade, daß Sie die Absicht, einmal nach Deutschland zu kommen, nicht durchführen. Aus der Nähe gesehen, sieht sich doch manches anders an als aus der Entfernung. So auch die Frage der Wahl Bonns als Sitz der Bundesregierung. Was die »Neue Zürcher Zeitung«[2] darüber schreibt, ist zum großen Teil unwahr oder sehr entstellt. Tatsächlich sind allein in Bonn die Möglichkeiten zu einer wirklichen Unterbringung der Bundesregierung und des Bundestages gegeben. Auch wird aller Wahrscheinlichkeit nach Bonn, der Landkreis Bonn und der größte Teil des Siegkreises von den englischen bzw. belgischen Truppen geräumt werden, so daß wir hier eine nicht besetzte Zone bekommen. Für das Ansehen des Bundes ist das sehr wichtig.
Professor Erhard[3] ist sehr tüchtig, aber vielleicht auch etwas sehr optimistisch. Herr Abs[4] sieht die Dinge etwas weniger zuversichtlich als Erhard.
Vor einigen Wochen besuchte mich Dany Heineman. Er wohnt im allgemeinen jetzt in USA. Er war völlig unverändert und sehr frisch. Er versucht, die Schäden, die Sofina[5] erhalten hat, wieder wettzumachen. Ein sehr schweres Unterfangen.
Mein Sohn Paul[6] ist jetzt im Priesterseminar in Bensberg bei Köln. Er ist sehr froh und zufrieden. Mir geht es leidlich.
Seien Sie herzlich gegrüßt von Ihrem (Dr. Adenauer)

Nr. 16
14. Juni 1949 (Rhöndorf): An *Dr. Hans Toussaint,* Essen
StBKAH 07.28

Sehr geehrter Herr Toussaint[1]!

Auf Ihren Brief vom 11. d. Mts.[2] erwidere ich ergebenst, daß ich mich vergeblich in Ihrem Sinne bemüht habe. Unsere Ministerpräsidenten haben nachgegeben.
Viele Grüße Ihr
(Adenauer)

Nr. 17
15. Juni 1949 (Bonn): An Senator a.D. *Dr. Paul de Chapeaurouge,* Göhrde-Forst/Dahlenburg Land
StBKAH 09.01

Sehr geehrter Herr de Chapeaurouge[1]!

Ich danke Ihnen für Ihren Brief vom 11.6.[2] Die Angelegenheit hat inzwischen ja ihre Erledigung gefunden. [Sie] ist meines Erachtens durchaus im Einklang mit dem bestehenden Besatzungsrecht. Es ist, nachdem der Parlamentarische Rat nicht mehr besteht, der gleiche Zustand eingetreten, der bestand, als die Gouverneure die Ministerpräsidenten mit der Konstituierung des Parlamentarischen Rates betrauten.
Ich wünsche Ihnen gute Erholung und bin
mit freundlichen Grüßen Ihr
(Dr. Adenauer)

Nr. 18
18. Juni 1949 (Rhöndorf): An den Direktor der Verwaltung für Wirtschaft des Vereinigten Wirtschaftsgebietes, *Professor Dr. Ludwig Erhard,* Frankfurt/Main
StBKAH 09.04

Sehr geehrter Herr Erhard!

Über die in Ihrem Brief vom 16. d. Mts. berührten Punkte müssen wir baldigst mündlich sprechen[1]. Ich werde Anfang nächster Woche bei Ihnen anrufen.
Mit freundlichen Grüßen Ihr
(Adenauer)

Nr. 19
18. Juni 1949 (Rhöndorf): An Rechtsanwalt *Adolf Kaschny,* Detmold
StBKAH 07.27

Sehr geehrter Herr Kaschny[1]!

Ich danke Ihnen für Ihren Brief vom 16. d. Mts.[2] Ich tue mein Möglichstes, damit die Vertriebenen gewählt werden[3]. Ich komme auf die Angelegenheit zurück.
Mit herzlichen Grüßen Ihr
(Adenauer)

Nr. 20
20. Juni 1949 (Rhöndorf): An den Verlag J. P. Bachem, Köln
StBKAH 07.07

Sehr geehrte Herren!

Sie hatten die Freundlichkeit, mir das Buch von Emil Ritter: Radowitz[1], ein katholischer Staatsmann in Preußen, zu übersenden. Bei einem Einblick in das Buch finde ich sehr interessante Hinweise. Ich hoffe, daß Sie mit diesem Buch Erfolg haben. Ich möchte Ihnen nicht verhehlen, daß es mir doch zweifelhaft zu sein scheint, ob in der heutigen Zeit viel Interesse und Verständnis für die Vorgänge im alten Preußen besteht.

Mit ausgezeichneter Hochachtung
Ihr ergebener
(Adenauer)

Nr. 21
21. Juni 1949 (Bonn): An den nordrhein-westfälischen Ministerpräsidenten *Karl Arnold,* Düsseldorf
StBKAH 09.01

Sehr geehrter Herr Arnold!

Wie ich zuverlässig höre, beabsichtigen die Engländer, das Zonenamt des Reichsaufsichtsamts für das Versicherungswesen, das letzte zonale Amt in der britischen Zone, in diesen Tagen aufzulösen[1]. Das Zonenamt für das Versicherungswesen, es handelt sich um das private und öffentlichrechtliche Versicherungswesen, kann uns dann sehr großen Schaden bedeuten, wenn es unter parteipolitischen, in diesem Falle sozialdemokratischen Einfluß kommt. Ich brauche Ihnen nicht im einzelnen auseinanderzusetzen, wie durch ein in sozialdemokratischen Händen befindliches Aufsichtsamt weitreichender Einfluß auf den Kapitalmarkt und in personeller Beziehung ausgeübt werden kann. Das Zonenamt hat sich bisher politisch neutral verhalten. Neuerdings versuchen Hamburger Kreise, insbesondere Senator Dudek[2], Einfluß zu gewinnen. Es besteht die Gefahr, daß er als Dienstaufsichtsbehörde von den Ländern der britischen Zone installiert wird, nachdem die Briten sich aus der Angelegenheit zurückgezogen haben. Es erscheint daher dringend notwendig, daß das Amt möglichst bald seinen Sitz nach Nordrhein-Westfalen verlegt. Es ist das auch wünschenswert im Hinblick darauf, daß der Bundessitz ja nun nach Bonn kommt[3]. Ich bitte Sie dringendst als Ministerpräsident des für das Versicherungswesen wichtigsten Landes Nordrhein-Westfalen, bei

den übrigen drei Ministerpräsidenten der britischen Zone zu verlangen, daß das Amt sofort seinen Sitz nach Nordrhein-Westfalen, und zwar vielleicht nach Köln verlegt, weil Köln ein Mittelpunkt des Versicherungswesens ist. Die räumlichen Voraussetzungen für die Unterbringung des Amtes sind infolgedessen in Köln gegeben.
Die Angelegenheit ist von viel größerer Bedeutung als es auf den ersten Blick erscheint, in erster Linie, um den damit verbundenen Einfluß auf den Kapitalmarkt den parteipolitischen Direktiven zu entziehen. Die Sache ist sehr eilig. Herr Wolf[4] überbringt Ihnen diesen Brief. Ich habe auch mündlich mit ihm die Angelegenheit besprochen. Er kann diesen Brief ergänzen.

Mit vielen Grüßen

Ihr ergebener
(Dr. Adenauer)

Nr. 21A
21. Juni 1949 (Bonn): An den nordrhein-westfälischen Ministerpräsidenten *Karl Arnold,* Düsseldorf
StBKAH 08.64, mit ms. Vermerk *»Persönlich!«*

Sehr geehrter Herr Arnold!

Heute habe ich mit Herrn Wandersleb[1] die für die Bundesregierung in Frage kommenden Gebäude in Bonn besichtigt. Der Eindruck war gut. Die Arbeiten sind aber stellenweise doch sehr in Rückstand. Von den Bauleitern hörte ich wiederholt die Klage, daß ihnen keine Geldmittel zur Verfügung stünden und daß sie, um überhaupt weiterzukommen, die Handwerker bitten müßten, mit ihren Zahlungsforderungen zu warten. Ich halte diesen Zustand, der anscheinend durch das Wiederaufbauministerium[2] herbeigeführt worden ist, für ganz unmöglich. Er schadet dem Ansehen der Regierung und er hemmt in sehr starker Weise die Fertigstellung der Arbeiten. Ich bitte Sie, energisch durchzugreifen und zu sorgen, daß Geldmittel in genügender Höhe zur Verfügung gestellt werden[3].

Mit vielen Grüßen

Ihr ergebener
(Dr. Adenauer)

Nr. 22

21. Juni 1949 (Bonn): An Domkapitular *Wilhelm Böhler*, Köln-Hohenlind

StBKAH 09.01

Sehr geehrter Herr Prälat[1]!

In der gestrigen Sitzung des Vorstandes unserer Partei für Nordrhein habe ich den Entwurf zu einem Abkommen mit der Zentrumspartei[2] vorgelegt. Der Vorstand hat sich dafür entschieden, daß man auf den Boden dieser Vereinbarung treten solle. Wie soll die Sache nun weitergehen? Ich werde mich morgen mit Ihnen in Verbindung setzen wegen des Termins einer Besprechung.

Mit freundlichen Grüßen

Ihr ergebener

(Dr. Adenauer)

Nr. 23

22. Juni 1949 (Bonn): An *Johannes Albers*, Köln

StBKAH 09.01

Sehr geehrter Herr Albers[1]!

Ich möchte Sie daran erinnern, daß vor der nächsten Sitzung des rheinischen Partei-Vorstandes am Montag die Frage, ob die Gewerkschaften vor oder nach der Wahl mit ihren Forderungen hervortreten werden, geklärt werden muß[2]. Ich bitte Sie, rechtzeitig dafür besorgt zu sein.

Mit freundlichen Grüßen

Ihr ergebener

(Dr. Adenauer)

Nr. 24

22. Juni 1949 (Rhöndorf): An *Dr. Wilhelm Hamacher*, Troisdorf

StBKAH 08.68/HStAD, RWN 48/29, mit ms. Vermerk *»Persönlich!«*

Sehr geehrter Herr Hamacher[1]!

Bitte, betrachten Sie diesen Brief als ganz persönlich, von dem niemand etwas weiß.

Ich finde, daß die Entwicklung unserer innenpolitischen Lage mehr denn je die Notwendigkeit gibt, daß die christlichen Parteien nicht zur Zersplitterung des christlich gesinnten Volkes beitragen und viele zurückschrecken, überhaupt zur Wahl zu gehen. Vielleicht ist Ihnen bekannt, daß zwischen Herrn Stricker[2] einerseits und Herrn Lensing[3] und Fräulein

Weber[4] andererseits Verhandlungen stattgefunden haben[5]. Können wir nicht auch einmal ganz persönlich und vertraulich über die Angelegenheit sprechen? Am besten würde die Besprechung in meiner Wohnung sein. Wir sind dort am wenigsten beobachtet[6].
Mit freundlichen Grüßen in Erinnerung an vergangene Zusammenarbeit

Ihr sehr ergebener
(Adenauer)

Nr. 25
22. Juni 1949 (Bonn): An *Dr. Günter Henle,* Duisburg
StBKAH 12.02/3

Sehr geehrter Herr Henle[1]!

Mir wurde auf meine Erkundigung gesagt, daß Sie nicht beabsichtigen, sich in den Bundestag wählen zu lassen. Ich bitte Sie, doch diesen Entschluß noch einmal nachzuprüfen. Ich verkenne natürlich nicht, welche großen Verpflichtungen Sie anderweitig haben, aber wir werden in dem Bundestag nicht viele tüchtige Mitglieder haben, so daß wir wohl nicht auf Sie werden verzichten können. Ich wäre Ihnen sehr dankbar, wenn Sie mir so bald wie möglich eine möglichst positive Mitteilung machen könnten.
Mit verbindlichen Grüßen

Ihr sehr ergebener
(Dr. Adenauer)

Nr. 26
[23. Juni 1949] (Bonn): Interviewantworten für *Rudolf Junges,* Bonn
StBKAH 02.02, ohne Begleitschreiben, o. D. (Datierung nach Eingangsstempel des Anschreibens[1])

Zu Frage 1)
»Ja«.
Ich glaube, daß der kalte Krieg zwischen Ost und West fortgesetzt wird, wenn auch in wechselnder Stärke.
Zu Frage 4)
Das Jahr 1952 ist von größter Bedeutung. Wir sollen alsdann für 2,5 Milliarden Dollar exportieren, um den notwendigen Import bezahlen zu können. Dazu werden wir nicht in der Lage sein. Weder sind wir in der Lage, so viel Exportware zu schaffen, noch finden wir für eine Exportware im Werte von 2,5 Milliarden Abnehmer. Würden wir die agrarische Produktion der Ostzone zur Verfügung haben wie vor der Besetzung

Deutschlands, so würde ein Exportvolumen von 1,5 Milliarden Dollar genügen.

Zu Frage 5)

Es wird notwendig sein, beizeiten insbesondere die amerikanische Öffentlichkeit darauf aufmerksam zu machen, daß das Jahr 1952, wenn nicht in irgendeiner Form die wirtschaftliche Lage Deutschlands erleichtert wird, zu einer außerordentlich schwierigen Lage auch in politischer Hinsicht führen kann.

Zu Frage 6 und 7)

Die Verhältnisse in der Welt haben sich derartig verändert und sind noch weiter so im Fluß, daß man eine Prognose für einen späteren Zeitraum mit einiger Sicherheit nicht aufstellen kann.

Zu Frage 8 und 9)

Ich bin überzeugt davon, daß die sowjetrussischen Stellen die Propaganda für eine »unlösliche nationale deutsche Einheit« weitertreiben werden. Ich meine, man könnte dieser Propaganda am besten entgegentreten durch den Hinweis darauf, welche grundlegenden wirtschaftlichen Veränderungen die Ausschaltung der Ostzone aus dem deutschen Wirtschaftsleben durch Sowjet-Rußland mit sich bringt.

Zu Frage 10)

Ich habe ständig darauf hingewiesen, und zwar im Inland wie im Ausland, gegenüber inländischen und ausländischen Pressevertretern, daß die Wiederaufnahme der Demontage wirtschaftlich und politisch ein schwerer Mißgriff ist. Das deutsche Volk versteht nicht, daß man mit der einen Hand Marshall-Plan-Gelder gibt, um die deutsche Wirtschaft wieder aufzubauen und mit der anderen Hand wichtigste Werke, die in keiner Weise als Kriegsindustrien angesprochen werden können, zerstört. Die deutsche Bevölkerung verliert dadurch den Glauben an den ehrlichen Willen der Alliierten. Sie wird dadurch dem Gedanken des europäischen Zusammenschlusses entfremdet. Wir werden in dieser Frage nicht ruhen können, sondern immer wieder bitten und verlangen müssen, daß die Demontage-Frage in wirtschaftlicher und politischer Hinsicht neu geprüft wird[2].

Zu Frage 11)

möchte ich nichts sagen.

‹Ferner muß immer wieder darauf hingewiesen werden, daß die von Rußland geforderte Oder-Neiße-Linie eine Verstümmelung Deutschlands mit sich bringt, die untragbar ist.›[a]

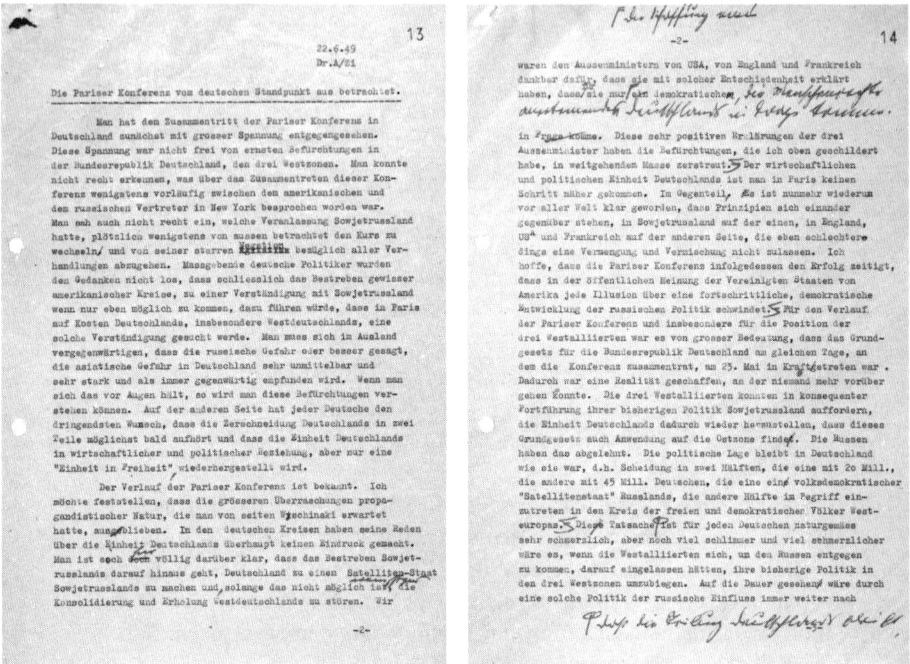

13

22.6.49
Dr.A/Zi

Die Pariser Konferenz vom deutschen Standpunkt aus betrachtet.

Man hat dem Zusammentritt der Pariser Konferenz in Deutschland zunächst mit grosser Spannung entgegengesehen. Diese Spannung war nicht frei von ernsten Befürchtungen in der Bundesrepublik Deutschland, den drei Westzonen. Man konnte nicht recht erkennen, was über das Zusammentreten dieser Konferenz wenigstens vorläufig zwischen dem amerikanischen und dem russischen Vertreter in New York besprochen worden war. Man sah auch nicht recht ein, welche Veranlassung Sowjetrussland hatte, plötzlich wenigstens von aussen betrachtet den Kurs zu wechseln und von seiner starren Negation bezüglich aller Verhandlungen abzugehen. Massgebende deutsche Politiker wurden den Gedanken nicht los, dass schliesslich das Bestreben gewisser amerikanischer Kreise, zu einer Verständigung mit Sowjetrussland wenn nur eben möglich zu kommen, dazu führen würde, dass in Paris auf Kosten Deutschlands, insbesondere Westdeutschlands, eine solche Verständigung gesucht werde. Man muss sich im Ausland vergegenwärtigen, dass die russische Gefahr oder besser gesagt, die asiatische Gefahr in Deutschland sehr unmittelbar und sehr stark und als immer gegenwärtig empfunden wird. Wenn man sich das vor Augen hält, so wird man diese Befürchtungen verstehen können. Auf der anderen Seite hat jeder Deutsche den dringendsten Wunsch, dass die Zerschneidung Deutschlands in zwei Teile möglichst bald aufhört und dass die Einheit Deutschlands in wirtschaftlicher und politischer Beziehung, aber nur eine "Einheit in Freiheit", wiederhergestellt wird.

Der Verlauf der Pariser Konferenz ist bekannt. Ich möchte feststellen, dass die grösseren Überraschungen propagandistischer Natur, die man von seiten Wyschinski erwartet hatte, ausgeblieben. In den deutschen Kreisen haben seine Reden über die Einheit Deutschlands überhaupt keinen Eindruck gemacht. Man ist sich völlig darüber klar, dass das Bestreben Sowjetrusslands darauf hinaus geht, Deutschland zu einem Satelliten-Staat Sowjetrusslands zu machen und, solange das nicht möglich ist, die Konsolidierung und Erholung Westdeutschlands zu stören. Wir

-2-

-2-

14

waren den Aussenministern von USA, von England und Frankreich dankbar dafür, dass sie mit solcher Entschiedenheit erklärt haben, dass für sie nur ein demokratisches

in Frage komme. Diese sehr positiven Erklärungen der drei Aussenminister haben die Befürchtungen, die ich oben geschildert habe, in weitgehendem Masse zerstreut. Der wirtschaftlichen und politischen Einheit Deutschlands ist man in Paris keinen Schritt näher gekommen. Im Gegenteil, es ist nunmehr wiederum vor aller Welt klar geworden, dass Prinzipien sich einander gegenüber stehen, in Sowjetrussland auf der einen, in England, USA und Frankreich auf der anderen Seite, die eben schlechterdings eine Vermengung und Vermischung nicht zulassen. Ich hoffe, dass die Pariser Konferenz infolgedessen den Erfolg zeitigt, dass in der öffentlichen Meinung der Vereinigten Staaten von Amerika jede Illusion über eine fortschrittliche, demokratische Entwicklung der russischen Politik schwindet. Für den Verlauf der Pariser Konferenz und insbesondere für die Position der drei Westalliierten war es von grosser Bedeutung, dass das Grundgesetz für die Bundesrepublik Deutschland am gleichen Tage, an dem die Konferenz zusammentrat, am 23. Mai in Kraft getreten war. Dadurch war eine Realität geschaffen, an der niemand mehr vorüber gehen konnte. Die drei Westalliierten konnten in konsequenter Fortführung ihrer bisherigen Politik Sowjetrussland auffordern, die Einheit Deutschlands dadurch wieder herzustellen, dass dieses Grundgesetz auch Anwendung auf die Ostzone finde. Die Russen haben das abgelehnt. Die politische Lage bleibt in Deutschland wie sie war, d.h. Scheidung in zwei Hälften, die eine mit 2o Mill., die andere mit 45 Mill. Deutschen, die eine ein volksdemokratischer "Satellitenstaat" Russlands, die andere Hälfte im Begriff einzutreten in den Kreis der freien und demokratischen Völker Westeuropas. Diese Tatsache ist für jeden Deutschen naturgemäss sehr schmerzlich, aber noch viel schlimmer und viel schmerzlicher wäre es, wenn die Westalliierten sich, um den Russen entgegen zu kommen, darauf eingelassen hätten, ihre bisherige Politik in den drei Westzonen umzubiegen. Auf die Dauer gesehen wäre durch eine solche Politik der russische Einfluss immer weiter nach

Erklärung zum Abschluß der Pariser Außenministerkonferenz
(zu Dok. Nr. 26, Anm. 1)

Westen vorgedrungen und die Westalliierten würden ihren eigenen Interessen damit den schwersten Schaden zugefügt haben. Die Westdeutschen müssen hoffen, und hoffen, dass eine erstarkende und freie demokratische Bundesrepublik Deutschland auf die Dauer so anziehend auf die Ostzone und so beispielgebend wirkt, dass die Durchführung der russischen Politik in der Ostzone dadurch gehemmt wird.

Was aus den Vereinbarungen bezüglich Berlin wird, muss man abwarten. Man kann z.Zt. nicht viel darüber sagen, weil ja alles darauf ankommt, ob diese Vereinbarungen wirklich durchgeführt werden. Nach dieser Hinsicht sind nach den Erfahrungen, die man mit der sog. Aufhebung der Blockade am 12. Mai gemacht hat, Befürchtungen nicht von der Hand zu weisen.

Der französische Aussenminister Schuman hat nach den Erklärungen Achesons sich ein grosses Verdienst um den Verlauf der Konferenz erworben. Er hat nach Schluss der Konferenz in Paris eine Presse-Konferenz abgehalten, in der er Mitteilungen zufolge erklärt hat

Für diese Erklärungen sind wir Deutschen ihm von Herzen dankbar.

Noch ein Wort über Österreich. Wir freuen uns, dass Österreich einen Erfolg auf der Konferenz erzielt hat. Die Österreicher haben erklärt, sehr zufrieden mit dem Erfolg zu sein, und wir wünschen ihnen von Herzen Konsolidierung und wirtschaftlichen Aufschwung.

So ergibt sich noch die Frage, was war denn wohl der Grund, warum Sowjetrussland eine solche Konferenz haben wollte. Mir scheint, dass die Ausführungen einiger englischer Zeitungen den wirklich richtigen wirklichen Grund richtig wiedergeben. Es kam Russland darauf an, Zeit zu gewinnen und gleichzeitig seine wirkliche Unversöhnlichkeit gegenüber dem Westen etwas

zu tarnen. In sowjetrussischen massgebenden Kreisen glaubt man an den wirtschaftlichen Zusammenbruch der Vereinigten Staaten wie an ein Axiom. Zwar waren alle Prophezeiungen in Russland über den Termin des Zusammenbruchs falsch, aber dadurch ist der Glaube selbst an diesen Zusammenbruch nicht ins Wanken gekommen. Man wollte den Zeit gewinnen. Man rechnet damit, dass die Zeit die Zeichen eines Ablaufens der Konjunktur in den Vereinigten Staaten stärken würde und dass dadurch die Bewilligungsfreudigkeit des amerikanischen Kongresses für den Marshallplan gemindert würde, und dass die Furcht gewisser amerikanischer Wirtschaftskreise vor einer Konkurrenz der auf Grund des Marshallplanes unterstützten Länder stärker und stärker würde. Man dachte wohl so, entweder kommt in den Vereinigten Staaten der wirtschaftliche Zusammenbruch, der die amerikanische Politik dann von Grund aus ändern würde, oder aber der Marshallplan wird mehr oder weniger aufgegeben, dadurch würden die westeuropäischen Länder in ihrem wirtschaftlichen Fortschreiben gehemmt werden. Zeitgewinnen scheint daher für Sowjetrussland der Grund gewesen zu sein, auf die Abhaltung dieser Pariser Konferenz zu drängen und dasselbe Bestreben wird wahrscheinlich aus Sowjetrussland dazu veranlassen, demnächst die Fortsetzung der Aussenministerkonferenz vorzuschlagen. Auf der neuen Konferenz kann man wohl mit Sicherheit annehmen, werden keine Beschlüsse gefasst werden, zu denen die Vertreter der Bundesrepublik Deutschland nicht Stellung genommen haben. Sobald die Wahlen in Deutschland am 14. August vorüber sind und eine Bundesregierung geschaffen ist, wird sich in allen diesen Fragen, das hoffen wir, eine erhebliche Änderung der internationalen Verhandlungen zeigen. Man darf wohl annehmen, dass die Staatsmänner der Westalliierten die wahre Tendenz Sowjetrusslands nach wie vor erkennen und sich danach richten.

Nr. 27

24. Juni 1949 (Köln): An die Vorsitzenden der CDU/CSU-Landesverbände in den drei westlichen Zonen

StBKAH 09.02, auf Kopfbogen des CDU-Zonenausschusses, mit hs. Notiz »An alle Landesverbände«, ohne Verteiler[1]

Sehr geehrter Herr [...]!

Die Folgen des mangelnden Zusammenschlusses der Landesparteien[2] machen sich bei der Aufstellung der Kandidaten in vielfacher Hinsicht erschreckend bemerkbar. Ganze Verbände möchten von uns die Aufstellung von ihren Angehörigen, z. B. Einzelhandelsverbände, Haus- und Grundbesitzerverein, Ärzte, aber auch andere Verbände[3]. Sie wenden sich vielfach an die einzelnen Landesparteien, denen es naturgemäß sehr schwer fällt, solche Wünsche ohne weiteres zu berücksichtigen. Sie beschweren sich darüber, daß bei der CDU, die sie natürlich als eine Einheit betrachten, ihre Wünsche keine Berücksichtigung finden[4]. So erhalte ich z. B. heute einen Brief des Einzelhandelsverbandes[5], in dem er mir mitteilt, daß sie von der SPD und sogar von der KPD Zusagen bekommen hätten, dagegen nicht von der CDU. Ähnliches gilt von der Jungen Union, Frauen, Intellektuellen usw.

Ich bitte daher die Herren Kollegen, die Kandidatenaufstellungen nur als vorläufig anzusehen. Es ist in unser aller Interesse notwendig, daß auf der für den 1. Juli 49 anberaumten Besprechung in Königswinter[6] ein Vergleich der Kandidatenlisten und ein Ausgleich erfolgt. Ich bitte deshalb unbedingt, zu dieser Besprechung zu erscheinen und nur, wenn es gar nicht anders geht, einen bevollmächtigten Vertreter zu entsenden.

Mit freundlichen Grüßen

Ihr ergebener

(Dr. Adenauer)

Nr. 28
24. Juni 1949 (Bonn): An den Direktor der Verwaltung für Finanzen des Vereinigten Wirtschaftsgebietes, *Alfred Hartmann,* Frankfurt/Main
StBKAH 09.20, mit ms. Briefkopf »Der Vorsitzende des Zonenausschusses der CDU der Britischen Zone«

Sehr geehrter Herr Hartmann[1]!

Von der Presse werden fortgesetzt sich immer steigernd Stimmen laut über die in Frankfurt angeblich gemachten Aufwendungen, die nutzlos vertan seien, wenn Bonn Sitz der Bundesregierung wird[2]. Sie wissen, daß in Bonn die gesamte Fraktion der CDU/CSU geschlossen für Bonn gestimmt hat. Diese Vorwürfe werden daher parteipolitisch gegen uns sehr ausgewertet, so daß wir ihnen entgegentreten müssen.
Ich bitte Sie, mir baldmöglichst mitzuteilen, welche Beträge aufgewendet worden sind für die Zwecke der bizonalen Verwaltung – RM oder DM – wann, von wem und wofür[3].
Mit freundlichen Grüßen Ihr ergebener
(Dr. Adenauer)

Nr. 29
29. Juni 1949 (Rhöndorf): An Oberbürgermeister *Dr. Dr. Gustav Heinemann,* Essen
Original in AdsD, NL Heinemann, Nr. 18

Sehr geehrter Herr Heinemann[1]!

Die Frage Ihrer Kandidatur für den Bundestag habe ich mir hin und her überlegt. Ich habe gestern, als wir eine Zusammenkunft von Parteifreunden aus allen drei Zonen hatten[2], auch die Angelegenheit besprochen. Von evangelischen Parteifreunden, sowohl aus dem Norden wie aus dem Süden, insbesondere aus Hessen und Nordbayern, aber auch aus Niedersachsen, wurde mir nachdrücklichst gesagt, Sie genössen ein solches Ansehen in evangelischen Kreisen, daß man alles versuchen müsse, Sie zur Annahme einer Kandidatur für den Bundestag zu bewegen. Wenn Sie das Oberbürgermeisteramt in Essen aus den von Ihnen mir entwickelten Gründen beibehalten müssen und infolgedessen nicht in der Lage seien, immer im Bundestag anwesend zu sein, so sei doch der Gewinn, den Ihr Name als Bundestagsabgeordneter für die Gesamtpartei bedeute, so groß, daß man deswegen nicht auf Ihre Kandidatur und Mitgliedschaft im Bundestag verzichten dürfe.

Ich bitte Sie dringendst, diese Wünsche unserer Freunde zu berücksichtigen und die Kandidatur anzunehmen[3]. Es sind im evangelischen Lager neuerdings verschiedene Bestrebungen aufgetreten, die entweder Abstinenz von der CDU anraten oder aber sogar die SPD empfehlen[4], daß ich Sie herzlichst bitte, unter Würdigung aller dieser Umstände, zu kandidieren.

Mit vielen Grüßen

Ihr sehr ergebener
(Adenauer)

Nr. 30

29. Juni 1949 (Rhöndorf): An *Dr. Gerta Krabbel,* Beckum/Bezirk Münster

StBKAH 07.27

Sehr geehrtes Fräulein Krabbel[1]!

Frau Weber wird ganz bestimmt an sicherer Stelle aufgestellt werden.

Mit freundlichen Grüßen

Ihr ergebener
(Adenauer)

Nr. 31

30. Juni 1949 (Bonn): An *Professor Dr. Hans Schwippert,* Bonn

StBKAH 09.20, Durchschlag an Karl Arnold und Dr. Hermann Wandersleb, beide Düsseldorf

Sehr geehrter Herr Professor[1]!

Am Dienstag hörte ich von Ihren Herren, wenn ich dies richtig verstanden habe, daß beabsichtigt sei, den Nordflügel und den Südflügel ganz aus Glas herzustellen. Allerdings sollen die Eisenträger durch Steinplatten verkleidet werden. Dann sei auch an einigen Stellen in Aussicht genommen, bis zu der üblichen Höhe der Fensterbrüstungen Steinverkleidung zu machen. Ich glaube doch, verpflichtet zu sein, Ihnen zu sagen, daß, falls diese Absichten richtig sind, ich die größten Bedenken dagegen habe. Ich war vor zwei Wochen in Genf[2] in dem Hauptbau von Corbusier[3], der ganz aus Eisen und Glas hergestellt ist. Das Gebäude ist von außen betrachtet fürchterlich, und der Aufenthalt im Inneren ist im höchsten Maße unerfreulich. Ich habe dort an einer Besprechung teilgenommen, die mit einer Unterbrechung 13 Stunden gedauert hat, und ich habe infolgedessen doch einen richtigen Eindruck bekommen. Es gibt nichts Ungemütlicheres, fast möchte ich sagen, Unerträglicheres, als einen Aufenthalt in einem solchen Glaskasten. Die Lichtverhältnisse darin sind derartig unangenehm und störend, daß ich mir nicht vorstellen kann, daß ein normaler Mensch in einem solchen Raum vernünftig denken und sprechen kann. Ich glaube, Ihnen sagen zu dürfen, daß ein solcher Bau von der weitaus größten Mehrzahl der zukünftigen Abgeordneten des Bundestages und den Vertretern des Bundesrates grundweg abgelehnt werden wird. Eine solche Bauausführung würde meines Erachtens die Aussicht Bonns, Sitz des Bundes zu bleiben, aufs schwerste schädigen.

Ich bitte Sie daher, falls ich richtig unterrichtet worden bin, Ihren Plan einer Nachprüfung zu unterziehen. Ich glaube, daß Sie Ihrem persönlichen Ruf, abgesehen vielleicht von einem kleinen Kreise von Architekten, ebenfalls einen großen Stoß versetzen würden.

Bei der Bedeutung der Angelegenheit für die Entscheidung der Frage, ob Bonn Sitz des Bundes bleibt oder nicht, habe ich mir erlaubt, Herrn Ministerpräsident Arnold und Herrn Ministerialdirektor Wandersleb einen Durchschlag dieses Briefes zu übersenden. Ich stehe Ihnen zu jeder Besprechung gern zur Verfügung. Allerdings wird es nicht vor Anfang nächster Woche möglich sein.

Mit freundlichen Grüßen Ihr ergebener

gez. Dr. Adenauer

Nr. 32

1. Juli 1949 (Bonn): An den nordrhein-westfälischen Landtagspräsidenten, Oberbürgermeister *Josef Gockeln,* Düsseldorf

StBKAH 12.02/3

Sehr geehrter Herr Gockeln[1]!

Im kleinen Kreise haben wir die Kandidatenfrage von Nordrhein besprochen. Ich wurde beauftragt, mich mit Ihnen auszusprechen einmal über Düsseldorf und ferner über die Kandidatur des Herrn Even[2]. Bei Düsseldorf ist die Sache so, daß nach allgemeiner Ansicht Sie und Herr Lehr[3] aufgestellt werden sollen, daß aber von den beiden Wahlkreisen nur einer durch sie gewonnen werden könnte, ich glaube der nördliche.

Was Herrn Even angeht, so bestanden auch bei mir ernste Bedenken bezüglich der Überlastung des Herr Even. Er ist Hauptschriftleiter der Ketteler Wacht, Landtagsabgeordneter und soll ja doch Mitglied des Bundestages werden. Verträgt sich die Arbeitsmenge der Chefredaktion der Ketteler Wacht mit den Pflichten des Bundestagsmitgliedes? Bitte überlegen Sie sich diese Frage.

Ich möchte dann auch ganz vertraulich die Frage an Sie richten, woher es kommt, daß Herr Scheppmann[4], Essen, bei den christlichen Gewerkschaften nicht gerade besonders gelitten ist. Es wurde bei der Besprechung die Ansicht laut, daß Herr Platte[5] (Essen) wohl zweckmäßig die Redaktion seiner Zeitung beibehalte, weil seine Stelle, wenn er Bundestagsabgeordneter würde, zweifellos durch einen Sozialdemokraten besetzt würde. Man sprach dann davon, ob es nicht richtiger sei, Herrn Scheppmann in Aachen Land[6] kandidieren zu lassen. Ich wäre Ihnen dankbar, wenn Sie mir Ihre Meinung mitteilen würden. Ich bitte Sie aber, alle diese Fragen ganz vertraulich zu behandeln.

Mit freundlichen Grüßen

Ihr ergebener
(Dr. Adenauer)

Nr. 33

1. Juli 1949 (Bonn): An *Dr. Robert Pferdmenges,* Köln-Marienburg

StBKAH 12.02/3, mit hs. Vermerk Zimmermann »*Persönlich*«

Sehr geehrter Herr Pferdmenges[1]!

Die Frage Ihrer Kandidatur für den Bundestag habe ich gestern im kleinen Kreise zur Sprache gebracht. Ich hoffe, Sie werden es mir nicht übel nehmen, daß ich trotz Ihres Widerspruches darauf bestanden habe, daß Sie unter allen Umständen kandidieren müssen. Wir waren übereinstimmend der Auffassung, daß man Ihnen einen Wahlkampf nicht zumuten soll, und wir waren uns dahin einig, daß Sie an einer sicheren Stelle in der Landesliste plaziert werden sollen. Nehmen Sie mir nicht übel, daß ich so vollendete Tatsachen schaffe, aber ich bin nach wie vor der Auffassung, daß es unmöglich ist, Sie aus Ihren Pflichten zu entlassen.

Mit herzlichen Grüßen

Ihr ergebener
(Dr. Adenauer)

Nr. 34

1. Juli 1949 (Bonn): An *Dr. Carl Spiecker,* Essen-Bredeney

StBKAH 12.02/3, mit hs. Vermerk Zimmermann *»Persönlich«*

Sehr geehrter Herr Dr. Spiecker[1]!

Wir haben gestern im kleinsten Kreise die Kandidatenfrage für den Bundestag erörtert. Wir waren uns dahin einig, daß selbstverständlich Sie aufgestellt werden müssen. Wir waren uns aber nicht recht darüber klar, welcher Wahlkreis wohl für Sie der gegebene sei. Herr Ministerpräsident Arnold hatte vor einiger Zeit mir nahegelegt, Sie in Oberhausen aufzustellen. Er war damals der Auffassung, daß Sie gerade in Oberhausen so viel Ansehen und Einfluß hätten, daß es Ihnen gelingen würde, diesen Wahlkreis für uns zu gewinnen. Herr Heix[2], Oberhausen, der auch in Oberhausen zu kandidieren wünscht, scheint uns deshalb nicht geeignet zu sein, weil er bisher mit keiner seiner Bemühungen dort durchgekommen ist. Freunde von ihm bemühen sich allerdings fortgesetzt für seine Kandidatur in Oberhausen. Herr Ministerpräsident Arnold meinte nun gestern, er habe jetzt Mitteilung erhalten, daß Ihre Kandidatur in Oberhausen nicht richtig sei. Inwieweit diese Mitteilung genährt wird durch Freunde des Herrn Heix, lasse ich dahingestellt. Ich wäre Ihnen aber sehr dankbar, wenn Sie mir baldigst Mitteilung machen würden, welchen Wahlkreis Sie für sich für geeignet halten.

Mit vielen Grüßen

Ihr ergebener

(Dr. Adenauer)

Nr. 35

4. Juli 1949 (Rhöndorf): An den Vorsitzenden der CDU-Kreispartei Wuppertal, *Eugen Huth*

StBKAH 07.27

Sehr geehrter Herr Huth[1]!

Auf Ihr Schreiben vom 1. d. Mts.[2] erwidere ich Ihnen ergebenst, daß ich die Berechtigung Ihrer Beschwerde wegen der Schaffung einer eigenen Presse durchaus anerkenne. Sie wissen aber ebensogut wie ich, daß ich alles getan habe, um Ihnen zu helfen, leider ohne Erfolg.

Was das Abkommen mit den Demokraten angeht, so wird Ihnen Herr Marx[3] darüber berichtet haben. Es wird alles darauf ankommen, zu verhüten, daß im Bundestag die sozialistische Partei zusammen mit der kommunistischen Partei eine Mehrheit bilden kann, die dann einen

sozialdemokratischen Bundeskanzler wählt. Diese Gefahr besteht! Man wird von diesem überragenden Gesichtspunkt aus an die Frage von Wahlabkommen herantreten müssen. In Hamburg ist ein solches Wahlabkommen zwischen CDU und FDP geschlossen worden[4].
Ich hoffe, daß Sie das Richtige finden und bin
mit hochachtungsvollen Grüßen Ihr ergebener
(Adenauer)

P.S.:
Wenn Sie mich noch sprechen wollen vor Ihrer Sitzung, so rufen Sie am Dienstag telefonisch im Parlamentarischen Rat in Bonn an. Ich werde höchstwahrscheinlich nachmittags dort sein.

Nr. 36
5. Juli 1949 (Bonn): An Oberbürgermeister *Dr. Dr. Gustav Heinemann,* Essen
StBKAH 09.01, mit hs. Vermerk Zimmermann *»Persönlich«*

Sehr geehrter Herr Heinemann!

Die Haltung einiger Vertreter der evangelischen Kirche, und zwar des Herrn Niemöller[1] und des Herrn Held[2], erregen bei mir ernste Besorgnis hinsichtlich der Wahlen[3]. Ich nehme an, daß Ihnen die Schreiben der Herren bekannt sind. Darf ich Sie bitten zu überlegen, ob und was man in der Angelegenheit tun kann[4].
Ich darf wohl auf eine baldige zusagende Antwort auf mein Schreiben[5] an Sie rechnen.
Mit freundlichen Grüßen Ihr ergebener
(Dr. Adenauer)

Nr. 37
5. Juli 1949 (Bonn): An den Oberdirektor des Vereinigten Wirtschaftsgebietes, *Dr. Hermann Pünder,* Frankfurt/Main
StBKAH 09.02

Sehr geehrter Herr Pünder!

Die Wahl zum Bundestag am 14.8. fällt mitten in die Reisezeit, insbesondere auch die Schulferien[1]. Allgemeine Wahlscheine für das ganze Bundesgebiet sind im Wahlgesetz nicht vorgesehen. Sie dürfen nur innerhalb eines Landes ausgegeben werden. Infolgedessen können Wähler, die sich

auf Ferienreise außerhalb ihres Landes befinden, ihr Wahlrecht nicht ausüben. Es ist dem Wähler kaum zuzumuten, zur Ausübung des Wahlrechts, bei der heutigen allgemeinen Geldknappheit, noch zusätzliche Fahr- und Reisekosten zu verauslagen. Ich möchte daher anfragen, ob es nicht möglich wäre, Fahrpreisermäßigungen bei der Reise zur Wahl zu gewähren[2]. Es wäre zu erwägen, ob man die verreisten Wähler zwecks Ausübung ihres Wahlrechts umsonst oder zu stark ermäßigten Fahrpreisen mit Karten von ganz kurzer Gültigkeitsdauer reisen lassen könnte. Es müßte dabei selbstverständlich sichergestellt werden, daß die Fahrkarte nur für den Wähler gilt und nicht übertragbar ist.
Mit freundlichen Grüßen

Ihr ergebener
(Dr. Adenauer)

Nr. 38
5. Juli 1949 (Bonn): An *Dr. Hans-Christoph Seebohm,* Braunschweig
StBKAH 09.02

Sehr geehrter Herr Seebohm[1]!

Die in Ihrem Schreiben vom 23. Juni erhobenen Beschwerden[2] habe ich mit Herrn Gereke besprochen. Ich sehe bei den ganzen niedersächsischen Verhältnissen offengestanden nicht klar. Es scheint bei unseren Leuten wenig Neigung dafür zu bestehen, Abkommen mit anderen Parteien in Niedersachsen[3] zu treffen, weil man – so wird wenigstens erklärt – befürchtet, diese Abkommen würden doch nicht gehalten. Kommen Sie nicht in der nächsten Zeit einmal nach Bonn, damit wir uns über diese Angelegenheit, die sich schriftlich sehr schwer erörtern läßt, aussprechen? Vielleicht würde ich sonst Herrn Blankenhorn einmal zu Ihnen senden.
Mit freundlichen Grüßen

Ihr ergebener
(Dr. Adenauer)

Nr. 38 A
5. Juli 1949 (Bonn): An *Dr. Hans-Christoph Seebohm,* Braunschweig
StBKAH 09.02

Sehr geehrter Herr Seebohm!

Auf Ihren Brief[1] betr. die Tagung des Deutschen Rates der Europäischen Bewegung erwidere ich Ihnen ergebenst, daß wir mit dem Verlauf dieser Tagung in keiner Weise einverstanden sind. Es handelt sich ganz offenbar um eine sorgfältig vorbereitete Kundgebung mit sozialistischem Hintergrund. Herr Kogon[2] hat den Wunsch, sich mit mir darüber auszusprechen. Wenn ich irgend kann, werde ich diese Besprechung baldigst herbeiführen und komme auf die Angelegenheit zurück.
Mit freundlichen Grüßen Ihr ergebener
(Dr. Adenauer)

Nr. 39
9. Juli 1949 (Bonn): An *Johannes Albers,* Köln
StBKAH 09.01

Sehr geehrter Herr Albers!

In Ihrem Brief vom 4.7. geben Sie eine Statistik über die Zusammensetzung der eingeschriebenen Parteimitglieder in Köln[1]. Ich finde, daß diese Zusammenstellung doch etwas irreführend ist. Wenn Sie nichtselbständige Kaufleute, Angestellte, gelernte Arbeiter, ungelernte Arbeiter und Invaliden sowie die berufstätigen Frauen als Arbeitnehmer zusammenaddieren, so gibt das meines Erachtens nicht ein richtiges Bild. Sie könnten dann auch addieren die erste Gruppe bis einschließlich Beamte und Behördenangestellte. Dann erhalten Sie dort auch 39,7 %. Darin sind wir uns ja wohl beide einig, daß in der Kölner Partei die Arbeitnehmerschaft noch nicht in der wünschenswerten Stärke vertreten ist.
Mit freundlichen Grüßen Ihr ergebener
(Dr. Adenauer)

Nr. 40
12. Juli 1949 (Bonn): An den Verleger der »Rheinischen Post«,
Dr. Anton Betz, Düsseldorf
StBKAH 02.02, Diktatzeichen »Bl/Zi«[1]

Sehr geehrter Herr Betz[2]!

Mein Glückwunschtelegramm an den Staatsminister De Schrijver[3] aus Anlaß des Wahlerfolges des Parti Social Chrétien[4] in Belgien hatte folgenden Wortlaut:

»Im Namen der Christlich-Demokratischen Union übersende ich Ihnen und Ihrer Partei zu dem eindrucksvollen Wahlsieg herzlichste Glückwünsche. Dank Ihrer erfolgreichen Arbeit hat sozialistisch-kommunistische Gruppe eine entscheidende Niederlage erlitten.«

Die Rheinische Post hat daraus in freier Erfindung folgendes Telegramm gemacht:

»Dr. Adenauer begrüßte als 1. Vorsitzender der CDU in der britischen Zone den Wahlerfolg der Katholiken in Belgien. Der Gewinn der belgischen Schwesterpartei sei ein Sieg der christlich-demokratischen Politik in Westeuropa. Der starke Rückgang der Kommunisten zeige, daß das belgische Volk sich vom sozialen Kollektivismus abwende.«

Dieses Telegramm hat, wie Sie aus der in Abschrift beigefügten Postkarte ersehen, Mißstimmung ausgelöst[5]. Ich wäre Ihnen sehr dankbar, wenn Sie künftig dafür Sorge tragen wollten, daß derartige Änderungen des Wortlautes von Äußerungen, die vom Vorstand der CDU und mir persönlich ausgehen, unterbleiben.

Mit freundlichen Grüßen

Ihr ergebener
(Dr. Adenauer)

CDU-Plakat aus dem Bundestagswahlkampf 1949

CDU-Plakat aus dem Bundestagswahlkampf 1949

Nr. 41
12. Juli 1949 (Bonn): An *Professor Dr. Wilhelm Röpke,*
Institut Universitaire de Hautes Etudes Internationales, Genf
StBKAH 09.02, Diktatzeichen »Bl/Zi«

Sehr geehrter Herr Professor[1]!

Für Ihr freundliches Schreiben vom 4. d. M.[2] danke ich Ihnen bestens. Ich werde Ihrem Vorschlag entsprechend verfahren und in der angegebenen Weise für die Verbreitung Ihres wertvollen Aufsatzes über die Sozialisierung sorgen.

Mit vorzüglicher Hochachtung
Ihr sehr ergebener
(Dr. Adenauer)

Nr. 42
13. Juli 1949 (Bonn): An Domkapitular *Wilhelm Böhler,* Köln-Hohenlind
StBKAH 08.68

Sehr geehrter Herr Prälat!

Mit bestem Dank bestätige ich den Empfang der Abschrift des Briefes, den Herr Stricker noch unter dem 2. Juli an Sie geschrieben hat[1].
Ich hebe zunächst hervor, daß in diesem Schreiben Voraussetzungen für den Abschluß eines Abkommens aufgeführt werden, die bei der Besprechung mit Herrn Dr. Stricker nicht zur Sprache gekommen sind. Es heißt in dem Schreiben »das Abkommen bleibt ohne Einwirkung auf den politischen Kurs beider Parteien.« Sie werden sich erinnern, daß ich Herrn Dr. Stricker gesagt habe[2], wie denn die Zentrumspartei im Bundestag sich verhalten würde. Herr Stricker hat mir darauf geantwortet, er sei immer im Wirtschaftsrat mit der CDU/CSU gegangen. Daraus ergebe sich ohne weiteres, wie die Zentrumspartei sich im Bundestag verhalten werde. In unserem Gespräch ist ebenfalls von einer Erklärung maßgeblicher kirchlicher Stellen, daß sie Zentrum und CDU als gleichberechtigte politische Faktoren ansehen, nicht die Rede gewesen. Ich würde einer solchen Erklärung auch niemals zustimmen können. Es ist auch keine Rede davon gewesen, daß, wie es in dem 3. Absatz des Schreibens heißt, die mit der Werbung beauftragten Persönlichkeiten paritätisch beiden Parteien entnommen werden sollen. Sie haben ja auch schon die Ziffer 10 des Entwurfes des Abkommens gestrichen[3]. Dem Vorschlag über die öffentliche Bekanntmachung der Vereinbarung könnten wir auch in dieser Form nicht zustimmen. Die Sätze »Sie erkennen einander als

gleichberechtigte politische Faktoren an. Die Fusionsbestrebungen werden eingestellt« müssen gestrichen werden. Sie würden eine Desavouierung derjenigen früheren Mitglieder der Zentrumspartei[4] darstellen, die zu uns übergetreten sind. In der Zwischenzeit habe ich eine Redeskizze[5] von Herrn Stricker erhalten, die ich in Abschrift beifüge. Diese Rednerskizze müßte unter allen Umständen zurückgezogen werden, da sie ja in keiner Weise dem Sinne des Abkommens entsprechen würde. Ich weise insbesondere hin auf Seite 3 obersten Absatz und Seite 3, 3. Absatz beginnend »Die Zentrumsabgeordneten ...« Ferner auf Seite 4 »Warum kein Volksentscheid?«, auf Seite 5 die letzten Zeilen zum Artikel 123. Tief betroffen bin ich von den Ausführungen des Herrn Dr. Stricker über die Frankfurter Wirtschaftspolitik auf Seite 6 und auf Seite 9. Darin lehnt er die Frankfurter Wirtschaftspolitik völlig ab, während er mir gegenüber erklärt hat, daß er immer für sie gestimmt habe.
Es hat mich aufrichtig bekümmert, daß Herr Stricker doch so mich zu täuschen versucht hat. Ich bedaure, hier keinen anderen Ausdruck wählen zu können, denn als er mir diese mündlichen Erklärungen in Ihrer Gegenwart machte am 30. Juni, war diese Rednerskizze schon von ihm verfaßt. Wenn schon Herr Stricker sich bei Verhandlungen derartig zeigt, fürchte ich, haben Verhandlungen mit anderen Persönlichkeiten des Zentrums keinen Wert.
Endlich weise ich noch auf das letzte Blatt hin, was in jedem Vortrag behandelt werden soll, und zwar insbesondere auf Ziffer 1 und Ziffer 4 sowie auf Ziffer 6 und Ziffer 8[6]. Darin sind solche Angriffe gegen uns enthalten, daß man sich einer Täuschung hingeben würde, wenn man an den ernstlichen Willen der Gegenseitigkeit glauben soll, das Abkommen, das man uns vorschlägt, zu halten.
Ich werde die ganze Angelegenheit morgen[7] bei uns zum Vortrag bringen, aber ich glaube kaum, daß dort eine mildere Auffassung zutage treten wird, als ich sie in obigem Schreiben niedergelegt habe.
Ich bin mit freundlichen Grüßen

Ihr sehr ergebener
(Dr. Adenauer)

Nr. 43
16. Juli 1949 (Rhöndorf): An Minister a. D. *Franz Blücher,* Essen-Bredeney
Original in BA, NL Blücher, Nr. 78[1]

Lieber Herr Blücher[2]!

Remscheid-Solingen und der Oberbergische Kreis machen mir schweren Kummer. Sie werden wissen, daß in Remscheid-Solingen Handelskammerpräsident Wolf[3] unser Kandidat dann sein wird, wenn er von Ihren Leuten mitgewählt wird. Wenn Ihre Leute ihn nicht mitwählen, ist die Kandidatur aussichtslos, und er wird begreiflicherweise nicht übernehmen. Ihre Leute wollen aber nur dann, wie die Sache jetzt steht, Herrn Wolf wählen, wenn im Oberbergischen Kreis ein von der FDP aufgestellter Herr Böhmer[4] oder Döhmer, der den weitesten Kreisen unbekannt ist, von unseren Leuten gewählt wird. Vertreter der CDU im Oberbergischen Kreis, die sich völlig klar darüber sind, wie wichtig es ist, jeden nur irgend möglichen Sitz der SPD zu entreißen, erklären mir, es sei unmöglich, ihre Leute dazu zu bekommen, im Oberbergischen Kreis diesen Kandidaten zu wählen. Es kommt noch hinzu, daß bei der letzten Landtagswahl wir im Oberbergischen Kreis 17.000 Stimmen hatten, die FDP nur 9.000 Stimmen. Nun ist die Rede davon, daß evtl., wenn unsere Leute im Oberbergischen Kreis bereit wären, für den Kandidaten der FDP zu stimmen, Herr Middelhauve[5] aufgestellt werden würde. Sie wissen, daß ich Herrn Middelhauve sehr schätze, aber wie mir berichtet wird, hat er in kulturellen Fragen einen so von dem unsrigen abweichenden Standpunkt öffentlich vertreten, daß sicher ein erheblicher Teil der CDU-Leute im Oberbergischen Kreis ihn nicht wählen würde.
Sehen Sie irgendeine Möglichkeit, die sehr schwere Situation zu meistern[6]? Ich darf vielleicht darauf hinweisen, daß Herr Wolf in Remscheid-Solingen einen sehr viel größeren Namen hat als der von der FDP im Oberbergischen Kreis aufgestellte Kandidat.
Ich hoffe, daß die Angelegenheit in Bremen in Ordnung geht. Ich habe sofort Schritte getan. Evtl. bitte ich um umgehende Mitteilung.

Mit vielen Grüßen Ihr

(Adenauer)

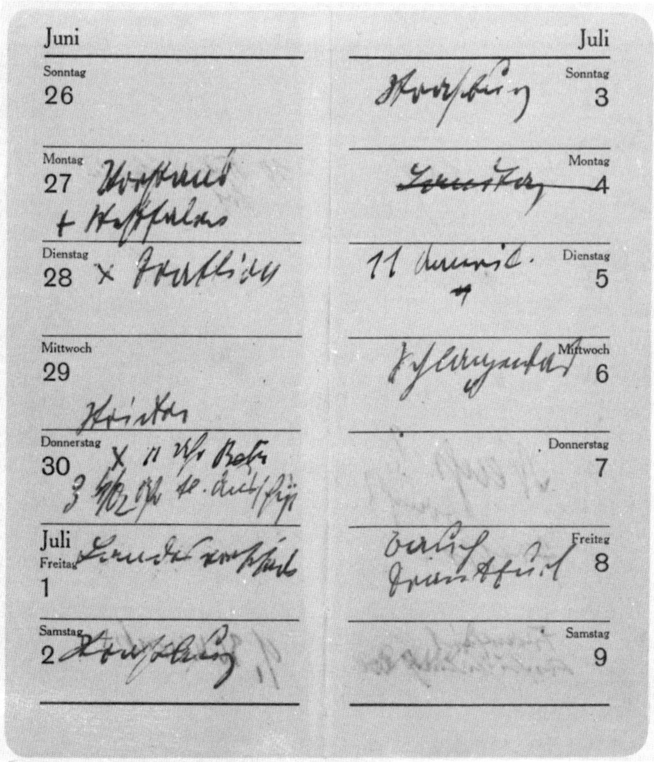

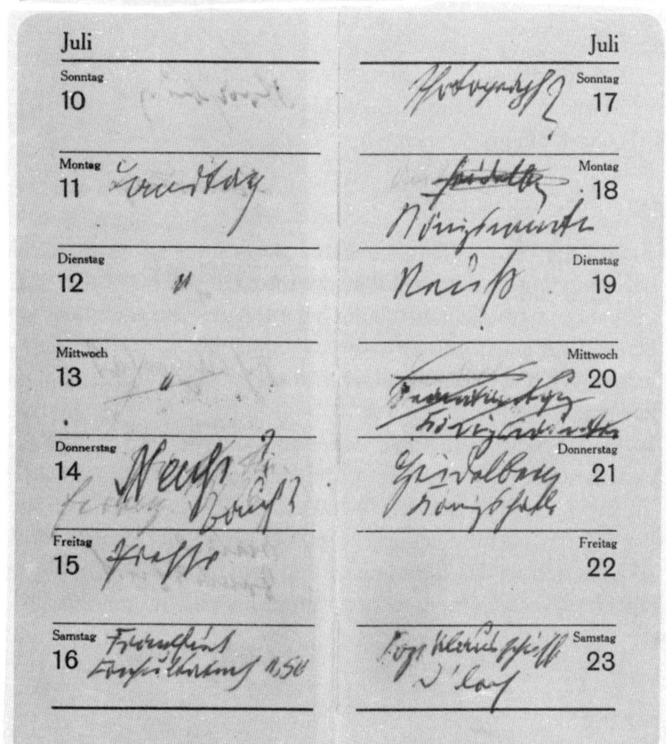

Aus dem
Taschenkalender
Adenauers

Nr. 44
18. Juli 1949 (Rhöndorf): An *Dr. Viktoria Steinbiss,* Bielefeld
StBKAH 07.28

Liebe Frau Steinbiss[1]!

Ob ich dort sprechen kann, kann ich noch nicht überschauen. Wenn irgend möglich, werde ich es bestimmt tun. Ich kann aber z. Zt. noch nichts sagen.
Ich werde mich sehr freuen, Sie im Bundestag zu sehen. Ich bin überzeugt, daß Sie sehr gut arbeiten werden. Ich hoffe, daß die Westfalen Sie auf einen sicheren Platz in der Landesliste setzen, da Bielefeld selbst wohl gefährdet ist[2].
Mit herzlichen Grüßen Ihr
(Adenauer)

P.S.: Die Ansicht des Herrn Pünder bezüglich des Personalamtes halte ich für völlig falsch. Ebenso halte ich seine Ausführungen, die Außenwirtschaftsfragen aus dem Wirtschaftsministerium herauszunehmen, nicht für richtig[3].

Nr. 45
18. Juli 1949 (Rhöndorf): An die nordrhein-westfälische Kultusministerin *Christine Teusch,* Düsseldorf
StBKAH 08.64, mit ms. Vermerk »*Persönlich!*«

Sehr geehrtes Fräulein Teusch[1]!

Auf Ihren Brief vom 6. d. Mts.[2] beehre ich mich, folgendes zu erwidern:
1) Ich glaube nicht, daß ich *zahlreiche* Bitten an Sie gerichtet habe. Ich gebe nur einem kleinen Teil der bei mir lautwerdenden Wünsche in Personalien statt und nur dann, wenn es mir nach Lage der Sache richtig erscheint, Ihre Aufmerksamkeit auf die Angelegenheit zu lenken.
2) Wenn Sie schreiben, »alle weiteren Wünsche sind an die untere Instanz zur Erledigung weitergegeben worden«, so halte ich das nicht für richtig, so zu verfahren. Wenn ein Abgeordneter und erst sicher [sic!] der Vorsitzende einer Fraktion sich an einen Minister wendet, so ist es richtig, daß der Minister ihm antwortet und nicht die Angelegenheit »an die untere Instanz« zur Erledigung weitergibt. Ich kann

mir nicht vorstellen, daß in parlamentarisch regierten Ländern ein solcher Usus besteht.
Es gibt ja nicht nur Empfangsbestätigungen, sondern auch Zwischenbescheide. Und wenn die Erledigung einer Angelegenheit lange dauert, wäre es wohl richtig, einen Zwischenbescheid mir zu geben. Man weiß ja nie, ob nicht die Sache, für die man sich interessiert hat, irgendwie unter der Fülle aller schwebenden Dinge untergegangen ist.

3) Wenn Sie schreiben, daß Sie es einem bis weit über das Maß beanspruchten Minister gegenüber für »unziemlich« halten, auf ihn wegen »Art und Zeitdauer« der Erledigung meiner Wünsche kraft meines Amtes als Fraktionsvorsitzender einen Druck auszuüben, so muß ich Ihnen gestehen, daß mir jedes Verständnis für diese Ihre Mitteilung und für die von Ihnen gewählte Ausdrucksweise fehlt. Man kann einem Untergebenen sagen, daß man etwas für unziemlich hält, aber nicht gegenüber einem Fraktionskollegen. Ich finde diesen Ausdruck – gelinde gesagt – verletzend. Allerdings werde ich es mir niemals nehmen lassen, auch auf einen Minister kraft meines Amtes als Vorsitzender einer Fraktion »einen Druck auszuüben«, wenn nach Lage der Sache mir das notwendig erscheint.

⟨...⟩[a]

Lassen Sie mich, sehr geehrtes Fräulein Teusch, Ihnen noch folgendes in aller Offenheit sagen:
Mit Ausnahme von ganz wenigen Mitgliedern der Fraktion kommen von allen Seiten lebhafteste Klagen über das Kultusministerium und über Ihre Tätigkeit. Selbst Herren, die Ihre Freunde und Verehrer waren, schütteln neuerdings den Kopf und fragen, was eigentlich im Kultusministerium los sei. Ich verhehle Ihnen auch nicht, daß Ihre äußerst seltene Anwesenheit im Kultusministerium von Fraktionskollegen als Ursache dafür angeführt wird, daß unser Einfluß im Bereich des Kultusministeriums, trotzdem an seiner Spitze ein CDU-Minister steht, äußerst gering ist.

⟨...⟩[b]

Mit freundlichen Grüßen

Ihr ergebener
(Adenauer)

Nr. 46
19. Juli 1949 (Bonn): An den Oberdirektor des Vereinigten Wirtschaftsgebietes, *Dr. Hermann Pünder,* Frankfurt/Main
StBKAH 09.02, mit ms. Vermerk »*Persönlich/Vertraulich!*« und Diktatzeichen »Bl/Zi«

Sehr geehrter Herr Pünder!

Der Berliner »Telegraph« bringt in einem eigenen Bericht vom 13. Juli[1] Einzelheiten über den Briefwechsel, den wir über den Leiter des Personalamtes der Verwaltung für Wirtschaft, Herrn Oppler[2], geführt haben. Es ist mir schwer erklärlich, wie dieser Briefwechsel in die Presse kommen konnte. Ich sehe mich geradezu vor dic Frage gestellt, ob ich Ihnen überhaupt noch Briefe vertraulichen Inhalts schreiben kann, ohne daß sie wenige Wochen später in der Presse veröffentlicht werden. Ich wäre Ihnen für eine Mitteilung dankbar, zu welchem Ergebnis Ihre Nachforschungen nach den Ursachen dieser Indiskretion geführt haben[3].
Mit freundlichen Grüßen

Ihr sehr ergebener
(Dr. Adenauer)

Nr. 47
20. Juli 1949 (Bonn): An Domkapitular *Wilhelm Böhler,* Köln-Hohenlind
StBKAH 09.01, mit hs. Vermerk Zimmermann »*Persönlich*«

Sehr geehrter Herr Prälat!

Heute habe ich in einer Versammlung[1], in der von jedem Wahlkreis der Vorsitzende und ein Delegierter anwesend war, unser Verhältnis gegenüber dem Zentrum besprochen. Ich bin beauftragt worden, Ihnen als einstimmigen Beschluß mitzuteilen, daß wir einen fairen und anständigen Wahlkampf gegen das Zentrum zu führen gewillt sind, daß wir uns aber natürlich vorbehalten müssen, auf Angriffe entsprechend zu antworten[2].
Ich danke Ihnen sehr für Ihre Bemühungen und bin
mit vielen Grüßen

Ihr sehr ergebener
(Dr. Adenauer)

Nr. 48

22. Juli 1949 (Rhöndorf): An den CDU-Landesverband Bremen

StBKAH 08.13, Telegrammvorlage mit hs. Vermerk Hohmann »tel. aufgegeb.: 22.7.49, 13.35 Uhr«

Bitte alles, was irgend möglich ist, zu tun, um durch Verständigung mit BVP[1] Wahl eines Sozialdemokraten zu verhindern. Vereinbarung würde auf hier schwebende Verhandlungen günstig einwirken. Sache ist äußerst wichtig[2].

Konrad Adenauer.

Nr. 49

22. Juli 1949 (Rhöndorf): An führende CDU-Politiker

BA, NL Pünder Nr. 606, auf Kopfbogen des CDU-Zonenausschusses, Verteiler: »An die Herren Ministerpräsident Arnold, Düsseldorf; Oberbürgermeister Gockeln, Landtagspräsident, Düsseldorf; Minister Junglas[1], Koblenz; Jakob Kaiser, Königswinter; Oberdirektor Dr. H. Pünder, Frankfurt/Main; Minister Dr. K. [!] Spiecker, Frankfurt/Main; Frau Ministerialrätin a. D. Dr. Helene Weber, Essen-West«[2]

Sehr geehrte Dame und Herren!

Der zentrale Einsatz der namhaften Redner leidet ganz außerordentlich unter plötzlichen Absagen. Aus der obenstehenden Liste der Adressaten bitte ich zu ersehen, wie groß die Zahl derjenigen Parteifreunde ist, die sich nicht genügend zur Verfügung stellen. Unsere ganze Wahlarbeit ist dadurch gefährdet. Es entstehen in den Kreisparteien, die sich auf die Redner schon eingestellt hatten, große Verbitterung, Verärgerung und unnütze Kosten.

Ich bitte Sie, sich unter allen Umständen, unter Hintansetzung aller übrigen Verpflichtungen irgendwelcher Natur, zur Verfügung zu stellen. Es gibt z. Zt. für jedes Mitglied der CDU, mag es im übrigen eine Stellung bekleiden, welche es will, keine wichtigere und dringendere Verpflichtung, als vor der Wahl im Interesse der Partei tätig zu sein.

Ich bitte Sie herzlichst, den Direktiven der zentralen Leitung zur Verfügung zu stehen. Ich bitte Sie, sich immer vor Augen zu halten, welche Folgen eintreten werden, wenn die Wahl nicht den genügenden Erfolg hat. Es wird in den nächsten Tagen von neuem an Sie herangetreten werden von zentraler Stelle wegen Ihres Einsatzes als Redner.

Mit freundlichen Grüßen

Ihr sehr ergebener
(Adenauer)

Nr. 50

22. Juli 1949 (Rhöndorf): An Oberkirchenrat *Adolf Cillien,* Hannover-Herrenhausen

StBKAH 07.26, mit hs. Vermerk Hohmann »tel. der Tochter des Herrn Cillien[1] durchgegeben: 22.7.49, 15.30«

Oberstes Ziel für den Bundestag ist, wie Sie wissen, Verhütung einer sozialistisch-kommunistischen Mehrheit[2]. Bitte bei Verhandlungen mit anderen Parteien dieses Ziel unter allen Umständen als vornehmstes zu berücksichtigen.

Nr. 51

22. Juli 1949 (Rhöndorf): An *Theophil Kaufmann,* Bad Ems

StBKAH 09.03

Lieber Herr Kaufmann[1]!

Wie ich zu meinem größten Bedauern und Leidwesen hörte, sind Sie in Baden nicht als Kandidat für den Bundestag aufgestellt worden. Ich habe bei der gestrigen Kundgebung in Heidelberg[2] mich bei den Herren Simpfendörfer[3] und Heurich[4] nach der Sachlage erkundigt. Sie haben beide – und wie mir scheint, in echter Weise – ihrem Bedauern darüber Ausdruck gegeben, erklärten aber, sie hätten nichts dagegen machen können, weil der Haupteinwand gegen Ihre Aufstellung gewesen sei Ihr Gesundheitszustand.

Wir werden alle Ihre Mitarbeit im Bundestag ganz außerordentlich entbehren. Seien Sie überzeugt, daß ich alles, was in meinen Kräften steht, nach der Wahl tun werde, um zu erreichen, daß Ihre Arbeitskraft, Ihre Erfahrung, Ihre Kenntnis und Ihre Zuverlässigkeit wenigstens innerhalb der Bundesregierung in irgendeiner Weise verwendet werden kann[5].

Wie geht es Ihnen? Ich hoffe, daß Ihre Gesundheit sich unter dem Einfluß der Kur gebessert hat. Seien Sie herzlichst gegrüßt.

Ihr sehr ergebener

gez. Adenauer

Nr. 52
22. Juli 1949 (Bonn): An Rechtsanwalt *Dr. Anton Roesen,* Düsseldorf
StBKAH 09.02

Sehr geehrter Herr Dr. Roesen[1]!

Auf Ihren Brief vom 15.7.[2] darf ich folgendes antworten:
Die FDP ist in kultureller Hinsicht keineswegs einheitlich. In Wuppertal z. B. ist die Mehrzahl der Demokraten mit der Haltung der FDP in Bonn bei Beratung der kulturellen Angelegenheiten im Grundgesetz sehr unzufrieden. Infolgedessen war es dort auch möglich, zu einem örtlichen Wahlabkommen mit der FDP zu kommen. Das ist auch früher schon einmal der Fall gewesen. Im allgemeinen teile ich Ihren Standpunkt, aber man wird manchmal in Einzelfällen unter mehreren Übeln das kleinere wählen müssen.
Mit freundlichen Grüßen

Ihr ergebener
(Dr. Adenauer)

Nr. 53
23. Juli 1949 (Köln): An *Dr. Wilhelm Hamacher,* Troisdorf
Original in HStAD, RWV 48/29 f.[1], auf Kopfbogen des CDU-Zonenausschusses, mit hs. Vermerk *»Persönlich«*

Lieber Herr Hammacher [!]!

Der Ablauf meiner Anregung, mit Ihnen zu einer persönlichen vertraulichen Aussprache zusammenzukommen, ist anders geworden, als ich es mir gedacht habe. Es ist dazwischengekommen zunächst die Verlobung meiner Tochter[2] und damit meine sehr starke Inanspruchnahme. Dann der bedauerliche Unfall und Tod des Herrn Dr. Stricker. Ich glaube, dadurch hat sich die ganze Frage so verschoben, daß wohl der von mir gewollte Effekt unserer Aussprache nicht mehr kommen kann.
Inzwischen habe ich mit Frl. Wessel[3] in Gegenwart von Herrn Prälat Böhler gesprochen. Ich war der Auffassung, daß es zwecklos sei, eine große Punktation zu machen, sondern daß es genügen müsse, für den von uns verfolgten Zweck, wenn wir uns gegenseitig erklärten, daß wir den Wahlkampf gegeneinander fair und anständig führen wollen. Ich habe dies auf einer Delegiertenversammlung der CDU/Nordrhein-Westfalen am 20.7., an der sämtliche Kreisvorsitzende und außerdem noch je ein Vertreter eines jeden Kreises teilgenommen haben, vorgetragen. Dort habe ich die einstimmige Zustimmung bekommen für meinen Vorschlag,

die oben von mir wiedergegebene Erklärung abzugeben. Ich habe hiervon Herrn Prälaten Böhler verständigt[4].
In der Zwischenzeit habe ich die Redner-Skizze[5] erhalten, die Herr Dr. Stricker an die Funktionäre der Zentrumspartei herausgegeben hatte. Ich kann Ihnen nicht verhehlen, lieber Herr Hammacher [!], daß mehrere Stellen dieser Redner-Skizze in völligem Gegensatz stehen zu dem, was zwischen Herrn Dr. Stricker und mir seinerzeit besprochen worden ist. Ich hatte damals Herrn Dr. Stricker gesagt, die Wahlzeit gehe ja schnell vorüber, das wichtigste sei doch eine Zusammenarbeit der beiden Fraktionen im Bundestag. Er wisse ja aus seiner Erfahrung im Wirtschaftsrat, daß wirtschaftliche Angelegenheiten im zukünftigen Bundestag eine sehr große Rolle spielen würden. Welches seine Auffassung sei über die Möglichkeit einer solchen Zusammenarbeit. Herr Dr. Stricker hatte mir darauf erwidert, er habe im Frankfurter Wirtschaftsrat fast durchgehend mit der CDU/CSU gestimmt. Daraus könne ich die nötigen Schlüsse für eine spätere Zusammenarbeit im Bundestag ziehen. Dies Gespräch hat stattgefunden in Anwesenheit des Herrn Prälaten Böhler. Um so überraschter war ich, in der erwähnten Skizze für Redner Ausführungen zu lesen, die absolut im Gegensatz hierzu stehen. Ich glaube, es ist doch notwendig, auch Ihnen hiervon Kenntnis zu geben. Ich habe in der Besprechung, die ich in Anwesenheit des Herrn Prälaten Böhler mit Frl. Wessel hatte, die gleichen Ausführungen gemacht. Herr Prälat Böhler hat die Richtigkeit der Darstellung meiner Unterredung mit Herrn Dr. Stricker bestätigt. Frl. Wessel erklärte mir, daß sie nicht in der Lage sei, etwas über die zukünftige Haltung der Fraktion im Bundestag zu sagen.
Ich hoffe, daß, wenn die Erregung des Wahlkampfes sich gelegt hat, doch vielleicht manches anders angesehen wird, als jetzt vor der Wahl.
Mit freundlichen Grüßen

Ihr sehr ergebener
(Dr. Adenauer)

Nr. 54
25. Juli 1949 (Rhöndorf): An den britischen Außenminister *Ernest Bevin*, London
StBKAH III/1

Sehr geehrter Herr Minister[1]!

In der Unterredung, die Sie mir vor einigen Wochen im Hause General Robertsons in Melle gewährt haben[2], hat ein Wort von Ihnen auf mich einen besonders tiefen Eindruck gemacht. Sie haben damals gesagt, daß

der Krieg vorbei sei und daß von nun an Friede und Freundschaft zwischen den Engländern und dem deutschen Volke herrschen müsse.
Ich bitte Sie dringend, betrachten Sie doch unter diesem Gesichtspunkt die Frage der Demontage von industriellen Werken. Ich komme gerade von einer Reise durch das Industriegebiet und kann Ihnen versichern, daß nichts die Angehörigen aller Parteien in eine solche Erregung versetzt hat, wie die Demontagebefehle und die militärgerichtlichen Verfahren und Bestrafungen, die sich aus der Weigerung, diesen Befehlen nachzukommen, für die Betreffenden ergeben. Ich bitte Sie, Verständnis dafür zu haben, daß ich mich wegen der steigenden Erregung der Bevölkerung unmittelbar an Sie wende.
Genehmigen Sie den Ausdruck meiner ausgezeichneten Hochachtung

Ihr sehr ergebener
(Dr. Adenauer)

Nr. 55
25. Juli 1949 (Bonn): An den Generaldirektor des Nordwestdeutschen Rundfunks, *Dr. Adolf Grimme*, Hamburg
StBKAH 02.02, hs. von Blankenhorn korrigierte Telegrammvorlage; Druck: »Kölnische Rundschau« vom 28.7.1949, S. 1[1]

Lege gegen ausführliche Wiedergabe Reden Schumachers[2] vom 22., 23. und 24.7. ‹schärfsten›[a] Protest ein[3]. Vergleich mit wesentlich kürzerer Wiedergabe Reden führender CDU-Persönlichkeiten zeigt starke Diskriminierung CDU. ‹Bitte um Stellungnahme›.[b]

Dr. Adenauer

Nr. 56
26. Juli 1949 (Bonn): An den französischen Außenminister *Robert Schuman*, Paris
StBKAH III/6

Sehr verehrter Herr Präsident[1]!

Gestatten Sie mir, daß ich unter dem Eindruck einer Reise in das rheinisch-westfälische Industriegebiet Ihnen nochmals die herzliche Bitte unterbreite[2], Mittel und Wege zu suchen, um die unglückselige Demontage-Angelegenheit zu entgiften. Ich wiederhole meinen Vorschlag, die Demontage einzustellen und statt dessen zunächst die zur Demontage in Aussicht genommenen Werke unter die gemeinsame Kontrolle der drei Westalliierten zu stellen.

Ich befürchte, daß die Demontagefrage in der Psyche unserer Bevölkerung eine dauernde, außerordentlich schädliche Verwirrung hervorruft und daß der Gedanke der europäischen Zusammenarbeit dadurch auf das empfindlichste geschädigt wird. Meines Erachtens ist der etwaige wirtschaftliche Vorteil, den irgendwelche Länder durch Zuteilung von demontierten Fabriken haben, außerordentlich viel kleiner als der moralische Schaden, der in der deutschen Bevölkerung angerichtet wird. Sie werden vielleicht darüber unterrichtet sein, sehr verehrter Herr Präsident, daß die deutsche Bevölkerung die »Demonteure«, wie sie jetzt genannt werden, verprügelt und mißhandelt, daß die britische Militärregierung deutschen Arbeitern den Befehl zuschickt, industrielle Anlagen abzubrechen, daß diese Leute sich weigern, das zu tun, daß sie dann vor britische Militärgerichte kommen. Das sind völlig untragbare Zustände. Ich beschwöre Sie, der gerade Sie ein solches Verständnis für die Versöhnung Frankreichs und Deutschlands und für eine gemeinsame europäische Arbeit haben, Mittel und Wege zu finden, damit diesen geradezu unverständlichen Maßnahmen Einhalt geboten wird. Im Hinblick auf die am 14. August stattfindende 1. Wahl zum deutschen Bundestag ist die Angelegenheit besonders eilbedürftig[3].
Ich bitte Sie, den Ausdruck meiner größten Hochachtung entgegenzunehmen, und bin
mit verehrungsvollen Grüßen

Ihr sehr ergebener
(Dr. Adenauer)

Nr. 57
28. Juli 1949 (Rhöndorf): An den Vorstand der Sozialdemokratischen Partei Deutschlands, Hannover

StBKAH 12.01/I, Telegrammvorlage; Druck: Konrad *Adenauer*, Erinnerungen, Bd. 1, S. 220 (ohne den letzten Satz)[1]; Konrad Adenauer. Seine Zeit – sein Werk, S. 208

In Ihrem Telegramm an mich vom 27.7. behaupten Sie, daß die Vorsitzenden der sozialdemokratischen Fraktion des Parlamentarischen Rates, Schmid[2] und Menzel[3], am 14. April nicht von einem der höchsten englischen Vertreter in Deutschland informiert worden seien. Ich weise darauf hin, daß nach der Erklärung des Auswärtigen Amtes London vom gleichen Tage beide Herren von General Robertson und seinem militärischen Berater Mr. Steel[4] darüber informiert worden sind, zu welchen äußersten Zugeständnissen im Grundgesetz die Alliierten nach Meinung der

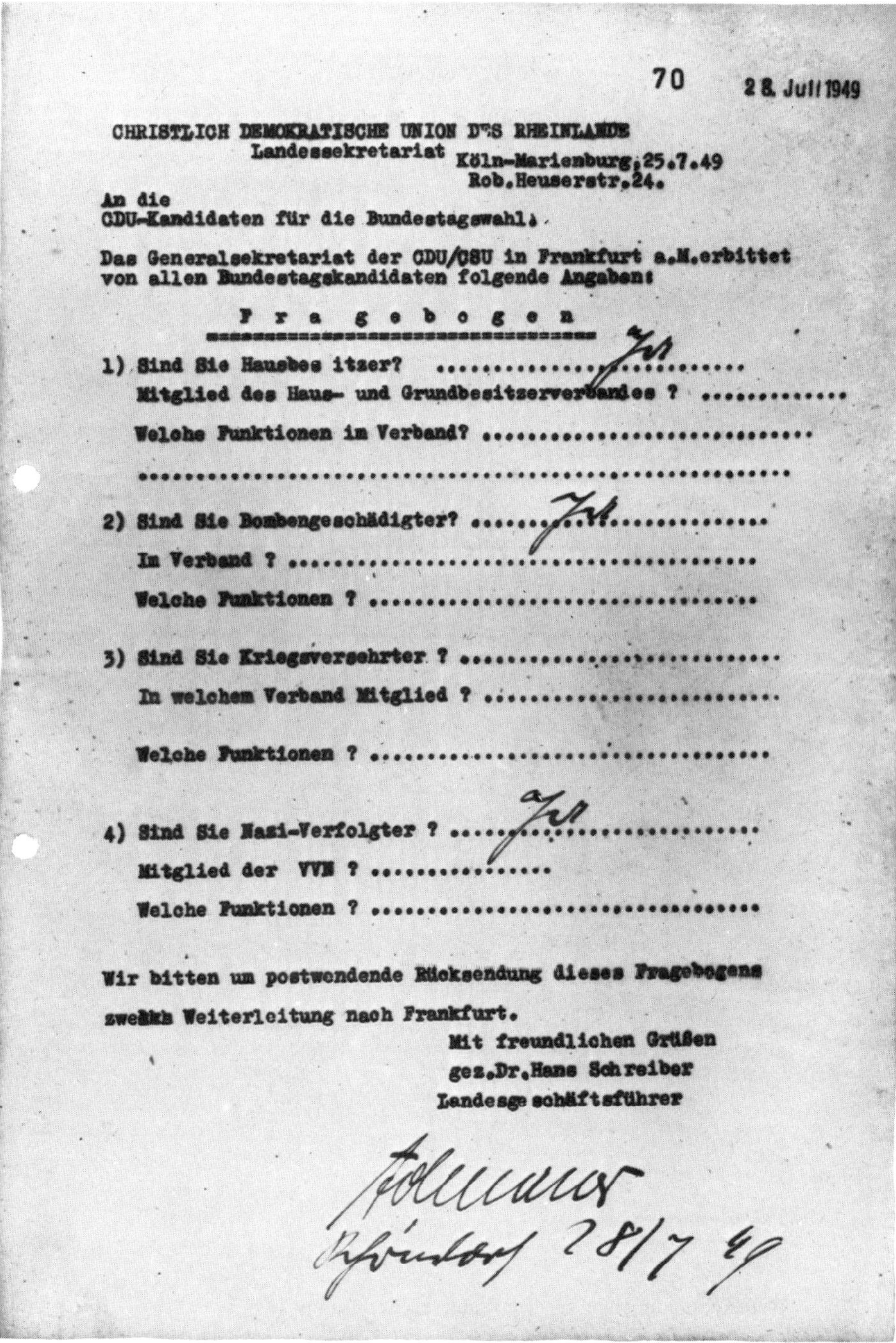

70 28. Juli 1949

CHRISTLICH DEMOKRATISCHE UNION DES RHEINLANDES
Landessekretariat
Köln-Marienburg, 25.7.49
Rob.Heuserstr.24.

An die
CDU-Kandidaten für die Bundestagswahl.

Das Generalsekretariat der CDU/CSU in Frankfurt a.M. erbittet von allen Bundestagskandidaten folgende Angaben:

F r a g e b o g e n

1) Sind Sie Hausbesitzer? .... Ja ....
Mitglied des Haus- und Grundbesitzerverbandes ? ....
Welche Funktionen im Verband? ....
....

2) Sind Sie Bombengeschädigter? .... Ja ....
In Verband ? ....
Welche Funktionen ? ....

3) Sind Sie Kriegsversehrter ? ....
In welchem Verband Mitglied ? ....
Welche Funktionen ? ....

4) Sind Sie Nazi-Verfolgter ? .... Ja ....
Mitglied der VVN ? ....
Welche Funktionen ? ....

Wir bitten um postwendende Rücksendung dieses Fragebogens zwecks Weiterleitung nach Frankfurt.

Mit freundlichen Grüßen
gez.Dr.Hans Schreiber
Landesgeschäftsführer

Adenauer
Rhöndorf 28/7 49

Fragebogen des CDU-Landesverbandes Rheinland für die Kandidatennominierung im Bundestagswahlkampf 1949

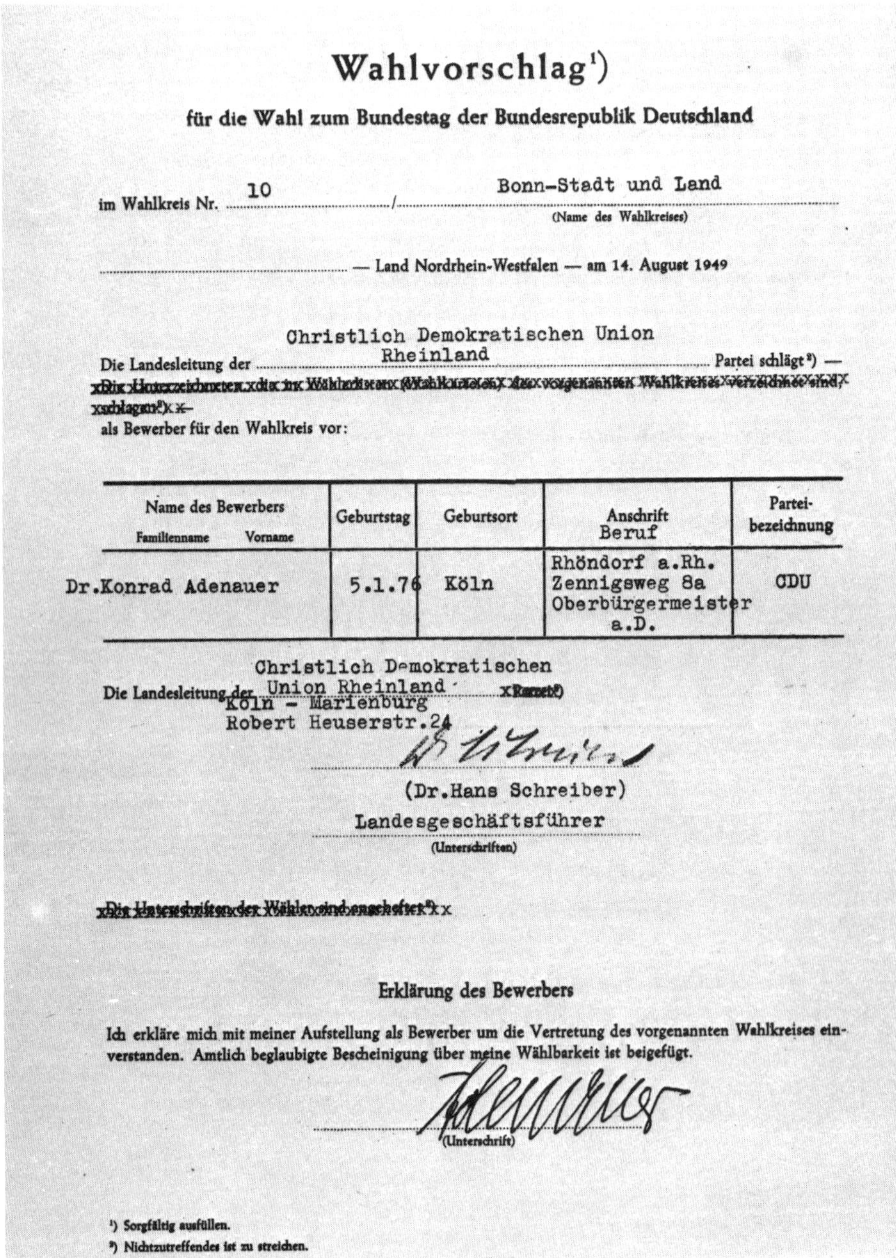

Wahlvorschlag[1])

für die Wahl zum Bundestag der Bundesrepublik Deutschland

im Wahlkreis Nr. 10 / Bonn-Stadt und Land
(Name des Wahlkreises)

.... — Land Nordrhein-Westfalen — am 14. August 1949

Die Landesleitung der Christlich Demokratischen Union Rheinland Partei schlägt[2]) —
~~Die Unterzeichneten, die im Wahlkreis (Wahlkreisen) des vorgenannten Wahlkreises verzeichnet sind, schlagen[2])~~
als Bewerber für den Wahlkreis vor:

Name des Bewerbers Familienname Vorname	Geburtstag	Geburtsort	Anschrift Beruf	Partei-bezeichnung
Dr. Konrad Adenauer	5.1.76	Köln	Rhöndorf a.Rh. Zennigsweg 8a Oberbürgermeister a.D.	CDU

Die Landesleitung der Christlich Demokratischen Union Rheinland ~~Partei[2])~~
Köln - Marienburg
Robert Heuserstr. 24

(Dr. Hans Schreiber)
Landesgeschäftsführer
(Unterschriften)

~~Die Unterschriften der Wähler sind angeheftet[2])~~

Erklärung des Bewerbers

Ich erkläre mich mit meiner Aufstellung als Bewerber um die Vertretung des vorgenannten Wahlkreises einverstanden. Amtlich beglaubigte Bescheinigung über meine Wählbarkeit ist beigefügt.

Adenauer
(Unterschrift)

[1]) Sorgfältig ausfüllen.
[2]) Nichtzutreffendes ist zu streichen.

Wahlkreisnominierung für den Bundestagswahlkampf 1949

britischen Regierung unter Zugrundelegung der Washingtoner Besprechungen bereit seien. Mehr habe ich niemals behauptet. Ihre Herabsetzung meiner Partei am Schlusse Ihres Telegramms weise ich zurück. Ich erwarte Rücknahme der gegen mich durch Sie und Ihre Presse erhobenen Beschimpfungen.

Konrad Adenauer.

Nr. 58
30. Juli 1949 (Rhöndorf): An *Dr. Hermann Siemer,* Spreda bei Vechta/ Oldenburg
StBKAH 07.08

Sehr geehrter Herr Siemer[1]!

Heute fahre ich nach Hamburg[2]. Ich hatte zuerst beabsichtigt, nach Bremen zu fahren und wollte dann bei Ihnen vorbeikommen. Das ist nun nicht möglich. Mein Aufenthalt in Bremen erübrigt sich. Vielleicht sehe ich Sie in Osnabrück[3].
Die Verhältnisse in Niedersachsen machen mir große Sorgen. Das gilt sowohl von Oldenburg, wie von Hannover, wie von Braunschweig[4]. Man wird wohl nichts mehr daran ändern können?
Die Hühner, die ich von Ihnen erhielt, haben sich ausgezeichnet bewährt, aber es sind in der Zwischenzeit mehrere eingegangen. Es wurde mir gesagt, daß diese Rasse sehr kurzlebig sei, weil sie sich durch das Eierlegen so schnell abnutze. Würde ich evtl. zur gegebenen Zeit noch einmal einige Hühner bekommen können und wie?
Kann man Apfelsaft bekommen? Wenn ja, schicken Sie mir bitte 50 Flaschen.
Mit vielen Grüßen an Ihre Frau und Sie

Ihr ergebener
(Adenauer)

Nr. 59
2. August 1949 (Bonn): An *Johannes Albers,* Köln
StBKAH 09.02

Sehr geehrter Herr Albers!

Sie hatten mir mehrere Briefe auf einmal geschrieben[1]. Sie werden verstehen, daß ich im gegenwärtigen Augenblick nicht die Zeit finde, auf alle Briefe ausführlich einzugehen. Mit der Aufstellung der Kandidaten ist wohl keiner zufrieden gewesen. Ich bin der Ansicht, daß, wenn man von

vorneherein den Kreisen gesagt hätte, sie müßten sich Beschränkungen auferlegen, weil die Aufstellung der Kandidaten zentral erfolgen müsse, so würde von den meisten Wahlkreisen ebenfalls erheblicher Widerstand erfolgt sein.
Ich verstehe nicht recht, warum Sie jetzt das Bedürfnis haben, sich in der Weise, wie Sie das tun, von der Arbeit des Vorstandes in dieser Angelegenheit zu distanzieren. Selbstverständlich konnte ich Ihnen als 1. Vorsitzender nicht das Recht einräumen, nach Ihrem Belieben Vorstandssitzungen einzuberufen. Es ist mir aber nicht bekannt, daß Sie jemals an mich mündlich oder schriftlich herangetreten sind mit dem Ersuchen, eine Vorstandssitzung möglichst bald einzuberufen, um die Aufstellung der Kandidaten den Wahlkreisen aus der Hand zu nehmen.
Übrigens höre ich auf meinen Reisen, daß allenthalben die gleichen Erfahrungen gemacht werden wie bei uns, daß bei der Aufstellung der Kandidaten die Wahlkreise sehr kleine Gesichtspunkte berücksichtigen; daß man, für den Fall, daß dieses Wahlgesetz, das ja nur erlassen ist für die Wahl zum 1. Bundestag, in seiner Anlage bleiben sollte, rechtzeitig die Statuten der Landesparteien ändern müsse. Mir scheint das auch wichtiger zu sein, als jetzt – wie Sie es tun – nachzukarten.
Was Ihren Vorschlag bezüglich des Herrn Schunck[2] angeht, so meine ich, es ist verfrüht, jetzt schon derartige Dinge zu bereden. Ich halte mich prinzipiell von allen solchen Redereien fern.
Wenn Herr Mewes[3] wegen der Aufstellung des Herrn Handschumacher[4] seinen Austritt aus der Partei erklärt, so ist das bedauerlich, aber ich kann es nicht ändern.
Ganz allgemein gesprochen, man sollte im gegenwärtigen Augenblick den Blick vorwärts richten und versuchen, in gemeinsamer Arbeit den Wahlsieg zu erringen, statt verspätete Kritik zu üben.
Mit freundlichen Grüßen

Ihr ergebener
(Dr. Adenauer)

Nr. 60
3. August 1949 (Rhöndorf): An den Gartenbaubetrieb *Franz Heinen,* Rhöndorf
StBKAH 07.07

Sehr geehrter Herr Heinen!

Anscheinend haben Sie keine Zeit mehr gehabt für meinen Garten, der wirklich traurig aussieht. Ich schlage Ihnen vor, es so zu machen, daß ich mir jemand suche, der die grobe Arbeit macht, und daß Sie gelegentlich dann das Bessere tun.
Wie ist es mit der Aussaat der Stiefmütterchen und des Rittersporns[1]?
Mit freundlichen Grüßen

Ihr
(Adenauer)

Nr. 61
4. August 1949 (Rhöndorf): An den nordrhein-westfälischen Ministerpräsidenten *Karl Arnold,* Düsseldorf
StBKAH 08.64, mit ms. Vermerk *»Persönlich!«*

Sehr geehrter Herr Arnold[1]!

Gestern war ich in Trier[2]. Ich hörte dort, daß Professor Carlo Schmid am Tage vorher in einer öffentlichen Rede erklärt hat, der erste Antrag, den die sozialdemokratische Fraktion im Bundestag einbringen würde, würde der sein, Frankfurt zum Sitz des Bundes zu erklären[3].
Mir scheint, daß die öffentliche Meinung von Seiten der Presseabteilung der Landesregierung Nordrhein-Westfalen nicht annähernd derartig aufgeklärt und beeinflußt wird, wie das von der Landesregierung von Hessen aus geschieht. Fast die gesamte Presse enthält immer wieder zwar unwahre und fast überzeugende Hinweise auf die Unterbringungsmöglichkeiten für die Bundesregierung in Frankfurt, auf die ungeheuren Aufwendungen, die in Bonn gemacht werden müßten usw. usw.. Demgegenüber schweigt Nordrhein-Westfalen. Es weist nur gelegentlich hin auf die Fortschritte der Arbeiten in Bonn. Ich bin tatsächlich in großer Sorge, daß es bei diesem stetigen Unterminieren von Wiesbaden her gelingt, die öffentliche Meinung insbesondere in Süddeutschland auf Frankfurt umzustellen. Ich bitte Sie daher, Ihre Presseabteilung zu veranlassen, fortgesetzt und mit größter Entschiedenheit den Kampf für Bonn aufzunehmen und zu führen. So viel ich weiß, hat bisher nur Herr Wandersleb gelegentlich etwas in die Presse gebracht. Die Presseabteilung von

Nordrhein-Westfalen dagegen nicht. So dankenswert es war, daß Sie die große Pressekonferenz[4] abgehalten haben und so gut auch der Eindruck gewesen ist, Sie wissen selbst, wie in unserer schnellebigen Zeit die Eindrücke sich verwischen, wenn fortgesetzt in einer Richtung die öffentliche Meinung beeinflußt wird. Ich glaube, es erübrigt sich, daß ich irgendwelche Ratschläge für diese Pressekampagne gebe, Sie, Herr Geheimrat Katzenberger[5] und Herr Ministerialdirektor Wandersleb werden dazu selbst in der Lage sein.
Erlauben Sie mir noch auf eine Angelegenheit aufmerksam zu machen. Die Bauarbeiten schreiten hier in Bonn nicht so schnell voran, wie das in Aussicht gestellt war. Es handelt sich insbesondere um den Ausbau des Nord- und des Südflügels. Auch die Restaurationsräume scheinen mir rückständig zu sein. Da nun die Europäische Union[6] doch bereits im August in Straßburg zusammentritt, ist es nicht mehr so wichtig, ob die neue Bundesregierung so sehr schnell gebildet wird. Ich bitte Sie daher, bei der Ministerpräsidentenkonferenz in unauffälliger Weise dafür zu sorgen, daß der Bundestag nicht vor dem 8. oder dem 15. September zusammentritt[7]. Dadurch würde für die Bauarbeiten hier in Bonn sehr wertvolle Zeit gewonnen werden. Ich glaube, es ergibt sich ganz von selbst folgender Kalender: Wahl 14. August, endgültige Feststellung des Wahlergebnisses nicht vor dem 17. August. Für die Benachrichtigung der Gewählten und für ihre Erklärung, ob sie die Wahl annehmen, sind mindestens 10 Tage notwendig, wahrscheinlich 14 Tage, das bedeutet, daß das Büro der Ministerpräsidentenkonferenz im Besitz sämtlicher Annahmeerklärungen frühestens sein kann Ende August/Anfang September. Man wird für die Einladung zum ersten Zusammentreten des Bundestages den Gewählten mindestens 14 Tage Zeit lassen müssen, da sie sich ja in Bonn auch eine Wohnung besorgen müssen. Es ergibt sich m. E. zwanglos daraus, daß der Bundestag nicht vor Mitte September zusammentreten kann.
Ihre Aufmerksamkeit möchte ich dann besonders auch noch hinlenken auf die Frage der Unterbringung der gewählten Bundestagsmitglieder[8]. Diese Frage bedarf sehr sorgfältiger Vorbereitung und Durchführung. Durch den langsamen Abzug der Belgier werden Zwischenlösungen, d. h. Unterbringung von Abgeordneten in Hotels, notwendig werden. Ich weiß nicht, ob dieser Angelegenheit bisher die sehr große Aufmerksamkeit gewidmet wird, die sie verlangt. Wir sind uns wohl darin einig, daß entscheidend sein werden die Frage der Fertigstellung des Parlamentsgebäudes und die Unterbringung der Abgeordneten.

Ich bitte Sie sehr persönlich, diesen Fragen Ihre Aufmerksamkeit zu widmen. Wenn schließlich nach Aufwendung aller dieser Arbeit, der Mühe und des Geldes die Bundesregierung sich entschlösse, nach Frankfurt zu gehen, so wäre das eine Blamage, nicht nur für Nordrhein-Westfalen, sondern auch für das deutsche Volk.

Mit vielen Grüßen

Ihr ergebener
(Dr. Adenauer)

Nr. 62

4. August 1949 (Rhöndorf): An *Ada Deichmann,* Englefieldgreen, Surrey/Großbritannien

StBKAH 07.07

Liebe Frau Deichmann[1]!

Ich freue mich, wenn Sie zurückkommen. Bitte, denken Sie daran, daß am 14. August Wahl ist und daß es auf jede Stimme ankommt.

Mit herzlichen Grüßen

Ihr
(Adenauer)

Nr. 63

5. August 1949 (Bonn): An *Professor Dr. Goetz Briefs,* Chevy Chase/ Maryland

StBKAH 09.01, Diktatzeichen »Bl/Az«[1]

Sehr geehrter Herr Professor[2]!

Wie Sie wissen, wird die Wahl am 14. August entscheidend dafür sein, ob wir in Deutschland eine sozialistische Regierung mit allen ihren Konsequenzen erhalten oder ob wir zu einer Regierung kommen, die auf politischem und wirtschaftlichem Gebiet eine freiheitliche demokratische Ordnung verwirklichen wird. Ich bin der Überzeugung, daß weite amerikanische Kreise daran interessiert sind, daß die Kräfte in Deutschland gefördert werden, die sich für eine freie Wirtschaft einsetzen, die zugleich der Lösung der großen sozialen Fragen dient. Leider müssen wir hier in Deutschland immer wieder feststellen, daß die Ziele und Absichten der Union in der amerikanischen öffentlichen Meinung viel zu wenig bekannt sind. Die amerikanische Presse bringt oft Berichte, die oberflächlich und irreführend sind. In diesen wird die Christlich-Demokratische Union meist als reaktionäre katholische Partei hingestellt. Ich wäre Ihnen für die Beantwortung der Frage dankbar, wie in der amerikanischen Presse

eine gründlichere, den Tatsachen entsprechende Berichterstattung erreicht werden könnte. Ich füge diesem Schreiben einiges Material bei, aus dem Sie die Programmatik unserer Partei ersehen mögen und das vielleicht publizistisch ausgewertet werden kann[3].
Mich beschäftigt aber noch etwas weiteres. Der Führer der Sozialdemokratie, Dr. Schumacher, soll nach zuverlässigen Informationen über die mangelhafte Unterstützung durch die Labour Party in der letzten Zeit so enttäuscht sein, daß er das bisher bestehende enge Verhältnis lösen und durch engere Verbindung zu den amerikanischen Gewerkschaften ersetzen möchte[4]. Auf diese Weise hofft Herr Schumacher in Amerika für Sozialisierungspläne der sozialistischen Partei rechtzeitig Stimmung zu machen. Dem möchte ich so schnell als möglich entgegenwirken. Könnten Sie mit den führenden Persönlichkeiten der C.I.O. und A.F.L.[5] Fühlung nehmen und ihnen die Sachlage mit Eindringlichkeit darlegen? Ich weiß, daß beide Gewerkschaften den Sozialismus marxistischer Richtung ablehnen und daß sie deshalb in den sozialistischen Parteien des Kontinents nicht ihre Verbündeten sehen. Sollten Sie in der Lage sein, mir einige praktische Wege zu zeigen, wie eine engere Beziehung zu den beiden großen Gewerkschaften hergestellt werden kann – etwa durch die Entsendung eines hervorragenden christlichen Gewerkschaftlers nach Amerika –, so wäre ich Ihnen hierfür sehr dankbar.
Mit freundlichen Grüßen Ihr sehr ergebener
(Dr. Adenauer)

Nr. 64
5. August 1949 (Rhöndorf): An den Katholiken-Ausschuß der Stadt Leverkusen

StBKAH 07.27/HStAD, RWV 26/21, Durchschlag mit Begleitschreiben Hohmann an Wilhelm Böhler, Köln-Hohenlind; weitere Durchschläge an Josef Gockeln[1], Düsseldorf; den CDU-Landesverband Rheinland, Köln; die CDU-Kreispartei Opladen und Dr. Joseph Bollig[2], Opladen

Sehr geehrte Herren!

Ich erhalte Durchschlag Ihres an die Landesleitung der CDU, zu Händen des Herrn Dr. Schreiber[3] gerichteten Briefes vom 1. d. Mts.[4]
Ich weiß nicht, ob der von Ihnen gewählte Weg, den Kandidaten bestimmte Fragen in präziser Form zu stellen, richtig ist. Damit ist eine Frage angeschnitten, die weit über das örtliche Interesse hinausgeht. Ich möchte die Frage bei Gelegenheit dieser Wahl nicht bis zum letzten erörtern, aber ich bitte Sie, sich doch klarzumachen, wohin wir kommen, wenn

Katholiken-Ausschüsse oder evangelische Ausschüsse derartig intensiv sich mit der Stellungnahme von, von einer christlichen Partei aufgestellten, Kandidaten zu bestimmten Fragen beschäftigen. Das sieht doch nach einer Kontrolle der Leitung der christlichen Partei aus, die, wie ich fürchte, weder für die betreffende Partei noch für die Katholiken-Ausschüsse ersprießlich ist.

Sie sagen, »eine Berufung darauf, daß der Kandidat Mitglied der CDU ist, kann uns nicht genügen«. Ich bitte Sie, die vollen Konsequenzen eines solchen Ausspruchs noch einmal durchzudenken. Sie stabilisieren damit eine Kontrolle der Parteileitungen, die m. E. den Katholiken-Ausschüssen eine Aufgabe zuweist, die sie nicht haben sollen.

Den Kandidaten Henle kenne ich persönlich. Ich weiß, daß er die von Ihnen gestellten Fragen 1.) und 2.) in Ihrem Sinne beantworten wird. Was die Frage 3.) angeht, die Frage der päpstlichen Enzyklika, so fürchte ich, daß Sie mit der Aufwerfung einer solchen Frage den päpstlichen Stuhl selbst in die denkbar schwierigste Lage bringen. Die päpstlichen Enzykliken, die ja für alle Länder Geltung haben, sind absichtlich so allgemein gehalten, wie denkbar. Ich glaube nicht, daß es die Absicht des päpstlichen Stuhles ist, sie für immer und für alle Zeit für verbindlich erklären zu wollen. Dazu ist ihre Fassung, wie ich nochmals betonen möchte, zu allgemein.

Mit ausgezeichneter Hochachtung
Ihr ergebener
(Adenauer)

Nr. 65

6. August 1949 (Rhöndorf): An Rechtsanwalt *Franz Etzel*, Duisburg

StBKAH 07.26

Sehr geehrter Herr Etzel[1]!

Auf Ihren Brief vom 2. d. Mts. über die Verstimmung in industriellen Kreisen[2] erwidere ich ergebenst, daß ich in gewisser Weise diese Verstimmung verstehe, allerdings nicht, was die Persönlichkeit des Herrn Saenger angeht. Herr Saenger[3] ist, nach allem, was ich habe feststellen können, kein 1. Mann.

Es hat sich gezeigt, daß die Industriellen zu spät sich um die CDU bemüht haben. Herr Henle und Sie – man kann auch Sie doch verwandt mit der Industrie bezeichnen – sind ohne weiteres akzeptiert worden, weil man eben Ihre Tätigkeit in der Partei kannte. Ich halte es aber für nötig, daß man einige Zeit nach der Wahl für die Landtagswahl zusammenkommt, um im übrigen die notwendigen Konsequenzen zu ziehen.

Ich wäre Ihnen dankbar, wenn Sie Herrn Jarres von dem Inhalt meines Briefes unterrichten würden.

Mit vielen Grüßen

Ihr ergebener
(Adenauer)

Nr. 66

6. August 1949 (Rhöndorf): An *Lore Lehmann,* Pullach bei München

StBKAH 07.08

Liebe Lore[1]!

Habe vielen Dank für Deine Briefe vom 16. und 18. Juli. Ich komme erst jetzt zu ihrer Beantwortung, weil ich infolge der Bundestagswahl z. Zt. ganz außerordentlich in Anspruch genommen bin.

⟨ . . . ⟩[a]

Libet, Konrad und Frau[2], Max und Frau[3], Paul und Schorsch[4] sind z. Zt. in Caux[5]. Sie kommen aber rechtzeitig zur Wahl zurück.

Ich habe den Kopf so voll gepfropft mit politischen Angelegenheiten, daß ich für andere Dinge kaum Zeit habe.

Es freut mich, daß es Dir doch verhältnismäßig gut geht und auch Deinem Sohn.

Sei herzlichst gegrüßt von

Deinem
A

Nr. 67

11. August 1949 (Rhöndorf): An *Max Röchling,* Heidelberg

StBKAH 07.28

Sehr geehrter Herr Röchling[1]!

Auf Ihr gefl. Schreiben vom 9. d. Mts.[2] gestatte ich mir, Ihnen mitzuteilen, daß ich wiederholt in meinen öffentlichen Reden auf die Saarfrage hingewiesen habe[3]. Ich habe ausgeführt, daß zwar Frankreich an der Saar ein wirtschaftliches, wir aber sowohl ein wirtschaftliches wie ein nationales Interesse hätten und daß wir uns unter keinen Umständen damit abfinden könnten, daß die Saarfrage einseitig von Frankreich in seinem Interesse gelöst werde.

Im Oktober 1948 habe ich in einer vertraulichen Besprechung mit dem französischen Außenminister Schuman ebenfalls die Saarfrage in unserem Sinne erörtert[4].

Seien Sie versichert, daß unsere Partei die Saarfrage nicht aus dem Auge verlieren wird!

Mit ausgezeichneter Hochachtung
Ihr ergebener
(Adenauer)

Nr. 68
12. August 1949 (Rhöndorf): An den nordrhein-westfälischen Ministerpräsidenten *Karl Arnold,* Düsseldorf
StBKAH 08.64, mit ms. Vermerk »*Persönlich!*«

Sehr geehrter Herr Arnold!

Auf Ihr gefl. Schreiben vom 8. d. Mts.[1] betreffend Propaganda für Bonn teile ich Ihnen ergebenst mit, daß auch Herr Geheimrat Katzenberger mir gegenüber auf meine telefonische Anfrage erklärt hat, es sei richtig, daß Nordrhein-Westfalen journalistisch im Hintertreffen liege. Ich gestehe Ihnen durchaus zu, daß die Situation für Nordrhein-Westfalen viel schwieriger ist als für Hessen. In Hessen hat der Landtag einstimmig beschlossen, Frankfurt/M. die Gelder zur Errichtung des Parlamentsgebäudes zur Verfügung zu stellen, und das Kabinett steht ebenfalls geschlossen hinter dem Projekt. Die Verhältnisse bei uns sind Ihnen ja bekannt. Ich brauche sie nicht zu erwähnen. Aber ich habe immerhin doch den Eindruck, als wenn von Nordrhein-Westfalen aus mehr geschehen könnte als bisher geschehen ist. Ich würde Ihnen empfehlen, daß Ihre Pressestelle sich unverzüglich mit Herrn Senator de Chapeaurouge, Hamburg, und mit Herrn Karl Sigmund Mayr[2], Fürth, in Verbindung setzt. Ich glaube, daß beide Herren schon Material vorbereitet haben zu Gunsten Bonns, mit dem sie zurückhalten, bis nach der Wahl. Unseren Herren steht natürlich nur der Weg offen in die CDU-Presse. Ich denke aber, daß gegenüber der Pressestelle der Landesregierung Nordrhein-Westfalen auch die andere Presse nicht so völlig zurückhaltend sich verhalten kann. Das gilt insbesondere für »Die Welt« und für die »Neue Zeitung«. Vielleicht überlegen Sie mit Herrn Geheimrat Katzenberger, ob es sich nicht empfiehlt, daß Herr Katzenberger einmal einen kleinen Kreis einflußreicher Journalisten, insbesondere Vertreter der »Zeit«, der »Neuen Zeitung«, der »Welt« und der Auslandspresse zu einem zwanglosen Austausch und Besichtigung möglichst jetzt nach Bonn einlädt. Bitte, überlegen Sie auch mit Herrn Katzenberger, ob es nicht zweckmäßig und möglich ist, durch ausländische Journalisten entsprechende Artikel in die ausländischen Zeitungen gelangen zu lassen und sie von dort aus dann in die deutsche Presse wenigstens auszugsweise zu bringen.

Ich finde, daß z. B. die Stellungnahme der »Neuen Zürcher Zeitung«[3] so frei ist von jeder Sachkenntnis, daß m. E. Ihre Pressestelle hier doch etwas ausrichten könnte, u. U. über die Züricher Redaktion oder über die Berliner Vertretung der »Neuen Zürcher Zeitung«.
Die neueste Denkschrift[4] der Stadt Frankfurt/M. ist m. E. außerordentlich schwach. Ich werde mit Herrn Wandersleb darüber sprechen, damit möglichst bald eine Widerlegung erfolgt. Ich muß allerdings darauf hinweisen, daß Herr Wandersleb so sehr beansprucht ist, daß er diesen Dingen unmöglich seine Aufmerksamkeit in stärkerem Maße widmen kann.
Darf ich bei dieser Gelegenheit Ihnen auch noch sagen, daß ich mir doch ernste Sorge mache wegen des Termins der Fertigstellung in Bonn. Es ist eine ungeheure Arbeit geleistet worden. Man muß das rückhaltlos anerkennen, aber es ist noch soviel zu tun, daß ich fürchte, in den 3 Wochen, die uns noch zur Verfügung stehen, wird es nicht geschafft werden. Ich höre allerhand Klagen über Verlangsamungen, Verzögerungen, zu bürokratischer Einstellungen bei der Vergebung z. B. der Mobilien. Ich kann diese Behauptungen nicht nachprüfen. Ich habe weder das Recht noch die Möglichkeit dazu. Aber ich habe doch den Eindruck, als wenn die Aufgaben in Bonn hier und da darunter leiden, daß eine einheitliche starke, zu Entscheidungen absolut befugte Stelle fehlt.
Es ist mir auch mitgeteilt worden, daß zwischen dem Büro der Landesregierung Nordrhein-Westfalen in Bonn und dem Restbestand des Büros des Parlamentarischen Rates kein genügender Zusammenhang bestehe. Da dieses Büro des Parlamentarischen Rates wohl besser unterrichtet ist über eine Reihe von technischen Bedürfnissen des parlamentarischen Betriebes, wäre die Herstellung einer sehr engen Verbindung m. E. nötig.
Ich hoffe, Sie werden mir diese offenen Ausführungen nicht übelnehmen. Sie sind von wirklicher Sorge eingegeben.
Bei dieser Gelegenheit darf ich noch darauf hinweisen, daß anscheinend jetzt das Büro der Ministerpräsidentenkonferenz und das Büro des Wirtschaftsrates sich um die Bonner Vorgänge intensiver bekümmern und, wie ich mir wohl denken könnte, nicht mit der Absicht, sie zu fördern. Ich meine, die maßgebenden Stellen müßten sein: der Vorsitzende der technischen Kommission, und entsprechend dem seinerzeit in Schlangenbad bei der gemeinschaftlichen Sitzung des großen Ausschusses[5] gefaßten Beschluß[6] müßte das Büro des Parlamentarischen Rates, das ja im großen und ganzen zusammengehalten ist, die technischen Vorbereitungen für die erste Sitzung des Bundestags treffen. Kräfte aus dem Büro des Wirt-

schaftsrates könnten attachiert werden. Dem Präsidium des Bundestags muß es dann überlassen bleiben, das Büro endgültig zusammenzustellen.

Ich darf noch Ihre am Schluß Ihres Briefes stehenden Ausführungen unterstreichen: Es muß wirklich der Presse und der gesamten Öffentlichkeit klargemacht werden, daß eine demokratische Institution, der Parlamentarische Rat, entschieden hat und daß diese Entscheidung zu respektieren ist. Es ist nicht wahr, daß der Parlamentarische Rat nur eine vorläufige Entscheidung hat treffen wollen, in dem Sinne, daß die Frage Bonn–Frankfurt/M. vom Bundestag von neuem geprüft werden sollte. Diese Frage sollte durch den Beschluß des Parlamentarischen Rates endgültig entschieden sein. Bonn wurde insofern als vorläufiger Sitz bezeichnet, genau wie das bezüglich Frankfurts geschehen wäre, weil man der Frage Berlin nicht vorgreifen wollte. Es ist wirklich unerhört, daß jetzt von der Öffentlichkeit diese klare Sach- und Rechtslage infolge der Frankfurter Manipulation auf den Kopf gestellt wird. Dagegen muß sich die Pressestelle von Nordrhein-Westfalen mit aller Intensität wenden. Ich bin überzeugt, daß, wenn die Entscheidung für Frankfurt/M. ausgefallen wäre, die gleichen Kräfte, die jetzt gegen Bonn wühlen, auf die Endgültigkeit der Entscheidung des Streites Frankfurt/M.–Bonn hinweisen würden.

Ich danke Ihnen für das übersandte Material und werde es entsprechend verwerten.

Mit vielen Grüßen

Ihr ergebener
(Adenauer)

Nr. 69

12. August 1949 (Bonn): An den Vorstand des Deutschen Pressedienstes eGmbH, Hamburg

StBKAH 02.02, Diktatzeichen »Bl/Az«, mit hs. von Blankenhorn korrigiertem Entwurf und hs. Notiz Arenz »durchgegeben nach Hbg. 12.8.49, 15.30 Uhr«

Sehr geehrte Herren[1]!

In Beantwortung Ihres Schreibens vom 9. ds. Ms. stelle ich folgendes fest:

Wie bereits im Oktober 48 habe ich auch in den letzten Wochen nicht zufällig die Frage der personellen Besetzung des dpd in der Öffentlichkeit erörtert. Wenn ich in meinem Schreiben vom 18.10.48[2] an den Vorsitzenden des dpd-Aufsichtsrates Herrn Gross[3] die Feststellung getroffen habe, daß nach Übergang des dpd in deutsche Hände ein Wandel eingetreten sei, so bezog sich das allein darauf, daß die Nachrichtenpolitik in den letzten Monaten in objektiverer Weise gehandhabt wurde als früher, da der dpd noch unter britischer Kontrolle stand. Ich habe jedoch weder im Oktober vergangenen Jahres noch zu einem späteren Zeitpunkt irgendein Zeichen dafür erblickt, daß die personelle Zusammensetzung des dpd sich geändert hat. Mitteilungen, die ich aus mehreren Landesverbänden der CDU der britischen Zone erhalten habe, haben mir vielmehr gezeigt, daß die parteipolitische Zusammensetzung des Personals in der Zentrale und in den Außenstellen des dpd immer noch stark einseitig ist.

Sie erbitten von mir Beweise. Ich behalte mir vor, zu einem späteren Zeitpunkt umfassendere Angaben zu machen. Für heute nur folgende Einzelheiten. In der Leitung des dpd befindet sich nach meinen Informationen bis heute kein Mitglied der CDU, wohl aber gehört der verantwortliche Chefredakteur als eingeschriebenes Mitglied der SPD an. Ferner gehören der verantwortliche Personalleiter Müller[4] und der Chef vom Dienst Dr. Rahm[5] parteipolitisch der SPD an. Lediglich der stellvertretende Chefredakteur Dr. Büchsenschütz[6], früherer Generalsekretär der LDP Thüringen, [gehört] der FDP an.

Nach den mir vorliegenden Informationen gehören ebenfalls eine Anzahl der maßgeblichen Vertreter der wichtigsten Außenbüros des dpd der SPD an oder stehen ihr nahe. Als Beispiele nenne ich die Vertreter in Hannover (Lan[z]ke[7]), Frankfurt (bisher Papenhoff[8]), Bonn (Kerneck[9]), Düsseldorf (Schader[10]), Essen (Bil[g]es[11], früher Funke[12]), Köln (Möller[13]) und Kiel. Es ist mir keine Außenstelle des dpd bekannt, deren Leitung zur Zeit in Händen eines Mitgliedes der CDU liegen würde.

Bei dieser Zusammensetzung des dpd wird niemand bestreiten können, daß der Einfluß einer Partei überwiegt und daß meine Beschwerde zu Recht besteht.

Mit vorzüglicher Hochachtung
(Dr. Adenauer)

Nr. 70

13. August 1949 (Bonn): An die CDU-Landesverbände in der britischen Zone und Bremen sowie an den Generalsekretär der CDU/CSU-Arbeitsgemeinschaft, *Bruno Dörpinghaus,* Frankfurt/Main

StBKAH 12.02/3, Telegrammvorlage mit Verteiler: »An 1) Landesverband CDU [Westfalen], Dortmund; 2) Landesverband CDU Hamburg; 3) Landesverband CDU [Schleswig-Holstein], Kiel; 4) Landesverband CDU Hannover; 5) Landesverband CDU Bremen; 6) Landesverband CDU [Braunschweig], Lebenstedt; 7) Landesverband CDU Oldenburg«, Telegramm an Dörpinghaus[1] ohne den letzten Satz

Bei im Landtag bevorstehenden Wahl Delegierten zur Bundesversammlung[2] empfiehlt sich Übereinkunft zwischen Fraktionen zu erzielen, daß gemeinsamer Vorschlag aufgestellt wird, der Stärke Fraktionen im Landtag berücksichtigt, da bei Aufstellung mehrerer Listen und Abstimmung hierüber nur Stimmen der anwesenden Abgeordneten berücksichtigt werden. Wegen Bedeutung Wahl bitte ich zu sorgen, daß alle Abgeordneten CDU anwesend.

Adenauer.

Nr. 71

13. August 1949 (Bonn): An den bayerischen Ministerpräsidenten *Dr. Hans Ehard,* München

StBKAH 09.01, mit hs. Vermerk Zimmermann »Vertraulich« und ms. Vermerk *»Persönlich/Vertraulich!«;* Druck: Udo *Wengst* (Bearb.), Auftakt zur Ära Adenauer, S. 6[1]

Sehr geehrter Herr Ehard!

Es freut mich außerordentlich, daß wir am Samstag, den 20., Gelegenheit haben, uns über die schwebenden Fragen auszutauschen[2]. Natürlich werden alle Entschlüsse, die wir zu fassen haben, vom Ausgang der morgigen Wahl abhängen. Aber es spricht eine große Wahrscheinlichkeit dafür – wenigstens von hier aus betrachtet –, daß die CDU/CSU die Führung der deutschen Politik übernehmen muß.

Ich höre, daß der Ellwanger Kreis[3] am Samstag, den 20., und Sonntag, den 21., zusammentreten soll[4]. Andrerseits kommen jetzt schon Verhandlungsfühler anderer Parteien an mich heran, und ich glaube nicht, daß ich mich auf die Dauer so völlig ablehnend gegenüber allen Fühlungnahmen verhalten kann wie bisher. Ich möchte mich aber in ein Gespräch irgendwelcher Art nicht einlassen, bevor mit den führenden Leuten der CDU/CSU aus allen drei Zonen die Sachlage besprochen worden ist. Wie Sie wissen, ist für diese letztere Besprechung der 21. vorgesehen[5]. Das scheint mir auch der äußerste Termin zu sein. Ich habe den 21. in Aussicht genommen, weil Sie ja nicht vor dem 20. zu einer Besprechung mit mir bereit sein können. Wäre es nun nicht möglich, daß Sie die Ellwanger Besprechung, falls nötig, um einige Tage verschöben? Ich meine, die besonderen Angelegenheiten der süddeutschen Länder, die Sie in Ellwangen besprechen wollen, vertragen vielleicht doch noch einen kurzen Aufschub.

Mit vielen Grüßen

Ihr sehr ergebener
(Dr. Adenauer)

Nr. 72

14. August 1949 (Rhöndorf): An *Emmy* und *Dr. Erich Peyer,* Caux, Schweiz

Original in MRA-Archiv Caux, eigenhändig

Liebe Frau und Herr Peyer[1]!

Alle sind gebessert zurückgekommen. Wenn die Besserung anhält, bin ich sehr zufrieden. – Herzliche Grüße Ihr

K. Adenauer

Die Würfel der Wahl sind gefallen, wie[2]??? Wir denken mit großer Sehnsucht an die MRA

Gisela Adenauer

Wir denken mit großer Dankbarkeit an Sie alle zurück.

Ihr Max Adenauer

Das erste »Familien-Meeting«: zufrieden und froh – im Geist von Caux! Hoffentlich sind Sie gesund! Vielen Dank.

Ihr Paul Adenauer

Alle Erinnerungen werden heute abend ausgetauscht, wir haben so viele Freude dabei – es ist schon eine andere Atmosphäre an der Familientafel. Welch ein Erfolg! Einen herzlichen Gruß von Ihrer dankbaren

Libet Adenauer

Voller Sehnsucht denken wir an Caux und seine reizenden Bewohner. Herzlichst

Ihr Konrad Adenauer

Liebe Frau und Herr Peyer!
Alle sind gebessert zurückgekommen.
Wenn die Besserung anhält, bin ich sehr
zufrieden. – Herzliche Grüsse Ihr

14.8.49 K. Adenauer

Die Würfel der Wahl sind gefallen wie ??? Wir denken mit grosser Sehnsucht an die MRA' Gisela Adenauer

Wir denken mit großer Dankbarkeit an Sie alle zurück.

Das erste „Familien-Meeting": [illegible] Adenauers zufrieden und froh – im Geist in Caux! Ihr Paul

Hoffentlich sind Sie gesund! Vielen Dank! Adenauer

Rhöndorf, den 14. August 49

Alle Erinnerungen werden heute abend ausgetauscht, wir haben so viele Freude dabei – es ist schon eine andere Atmosphäre an der Familientafel. Welch ein Erfolg! Einen herzlichen Gruß von Ihrer dankbaren
Libet Adenauer

Voller Sehnsucht denken wir an Caux und seine reizenden Bewohner. Herzlichst
Ihr Konrad Adenauer

Soeben sang das Familienteam die „good-road"! Es grüßt Sie herzlich
Ihre dankbare Lola Adenauer

Es ist für uns Hiergebliebene wirklich sehr interessant und köstlich, all' die Erzählungen aus Caux zu folgen und Vater und ich freuen uns wie den [illegible]. Herzl. Gruß an Swains u. Quelch. Ihre Lotte A.

An Emmy und Dr. Erich Peyer
(Dok. Nr. 72)

Soeben sang das Familienteam die »good-road«[3]! Es grüßt Sie herzlich Ihre dankbare

Lola Adenauer

Es ist für uns Hiergebliebene wirklich sehr interessant und köstlich, all' den Erzählungen aus Caux zu folgen, und Vater und ich freuen uns mit den andern. Hrzl. Gruß an Swaims u. Julia

Ihre Lotte A.

Auch herzl. Grüße von Georg A.

Nr. 73

16. August 1949 (Bonn): An den bayerischen Ministerpräsidenten *Dr. Hans Ehard,* München

StBKAH 08.64, Diktatzeichen »Bl/Az«

Sehr geehrter Herr Doktor Ehard!

Für Ihre freundlichen Glückwünsche[1] aus Anlaß des erfolgreichen Ausganges der Bundestagswahlen danke ich Ihnen bestens. Ich erwidere diese auf das Herzlichste. Es hat sich doch sehr bewährt, daß in dieser kritischen Zeit die Leitung der CSU in Ihre starken Hände gelegt worden ist.

Ich freue mich, Sie am kommenden Samstag nachmittag in Frankfurt zu treffen[2].

Mit besten Grüßen

Ihr sehr ergebener
(Dr. Adenauer)

Nr. 73 A

15. August 1949 (Rhöndorf): Erklärung zum »Ergebnis der Wahl zum 1. Bundestag«

StBKAH 12.02/3, nach ms. Vermerk telefonisch durchgegeben an Gerta Tzschaschel[1], »Süddeutsche Zeitung«; Associated Press, Frankfurt/Main; Franz Hange[2], Bonn; DENA, Düsseldorf; Reuter-Büro, Frankfurt/Main und »norweg. u. schwed. Zeitg., D'df. (Aftenposten?)«[3]

Das Ergebnis der Wahl zum 1. Bundestag ist nach jeder Richtung hin gut. Zunächst zeigt die durchschnittlich sehr hohe Wahlbeteiligung[4], daß das deutsche Volk in den drei Westzonen die große Bedeutung der Wahl erkannt hat.

Es hat sich ferner, wie das von uns vorausgesagt war, herausgestellt, daß die nationalistischen Strömungen im deutschen Volke bei weitem nicht die Bedeutung haben, wie das nach Meldungen deutscher, insbesondere

aber ausländischer Zeitungen schien. Eine ruhige Prüfung des Wahlergebnisses wird auch im Ausland über diesen Punkt völlige Beruhigung schaffen. Ganz eindeutig zeigt das Wahlergebnis, daß die überwiegende Mehrheit des deutschen Volkes von dem Sozialismus in allen seinen Schattierungen nichts wissen will. Die Wahlen bedeuten eine klare Absage an den Sozialismus.
Die CDU/CSU hat sich ausgezeichnet bewährt. Die schon vor Jahr und Tag vorgetragenen Prophezeiungen der Sozialdemokraten, daß die CDU/CSU auseinanderfallen würde, eine vorübergehende Erscheinung sei, das Ergebnis einer »Schrecksekunde«, wie Herr Dr. Kurt Schumacher sich in seinen Wahlreden ausdrückte, haben sich als völlig falsch erwiesen. Die CDU/CSU steht so fest und so stark da wie niemals zuvor.
Es wird sich jetzt darum handeln, dafür zu sorgen, daß der Bundestag und die neue Bundesregierung dem ihm von den Wählern gewordenen Auftrage entsprechend gute Arbeit für das deutsche Volk leistet.

Nr. 74
16. August 1949 (Rhöndorf): An Oberstadtdirektor *Dr. Johannes Langendörfer,* Bonn
StBKAH 07.27, mit ms. Vermerk *»Persönlich!«*

Sehr geehrter Herr Langendörfer[1]!

Wie ich zuverlässig höre, werden in Bonn derartig erhebliche Preise für Zimmer verlangt, daß das Wort »Wucher« fast zu maßvoll dafür ist. Ich bitte Sie, doch mit aller Energie dafür zu sorgen, daß derartige Überforderungen unterbleiben.
Mit freundlichen Grüßen Ihr ergebener
(Adenauer)

Nr. 75
17. August 1949 (Bonn): An *Dr. Friedrich Holzapfel,* Herford
Originaltelegramm[1] in BA, NL Holzapfel Nr. 145, mit Vermerk »Dringend«

Bitte Sie[2] dringendst an äußerst bedeutsamer Aussprache in Rhöndorf Sonntag 21. August 13 Uhr teilzunehmen[3]. Würden Sie empfehlen, Blank[4] zuzuziehen?
Adenauer.

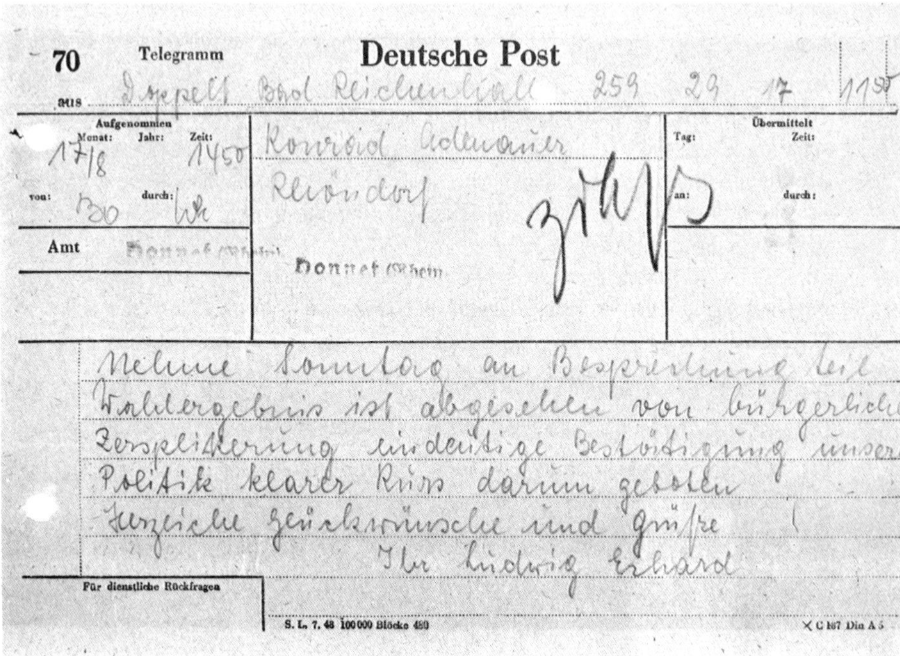

70 Telegramm **Deutsche Post**

aus Doppelt Bad Reichenhall 259 23 17 1155

Aufgenommen Monat: Jahr: Zeit: 17/8 1450

von: Bo durch: Wk

Amt Honnef (Rhein)

Konrad Adenauer

Rhöndorf

Honnef (Rhein)

Übermittelt Tag: Zeit:

an: durch:

Nehme Sonntag an Besprechung teil
Wahlergebnis ist abgesehen von bürgerlicher
Zersplitterung eindeutige Bestätigung unserer
Politik klarer Kurs darum geboten
Herzliche Glückwünsche und Grüße
Ihr Ludwig Erhard

Für dienstliche Rückfragen

S. L. 7. 48 100000 Blöcke 480 C 167 Din A 5

Ludwig Erhard an Adenauer
(zu Dok. Nr. 75, Anm. 1)

Nr. 76
18. August 1949 (Bonn): An die Redaktion der Tageszeitung »Die Welt«, Hamburg
StBKAH 02.02, ohne Anrede, Diktatzeichen »Bl/Az«

In Ihrer Aufmachung der Ausgabe vom 18. August 1949 bringen Sie groß »Bayerische Absage[n] an Adenauer«[1] und verweisen im Wortlaut der Meldung auf eine Erklärung des Landesvorsitzenden der Bayernpartei, Dr. Baumgartner[2], und der WAV Gruppe, Loritz[3].
Hierzu ist zunächst festzustellen, daß Verhandlungen verantwortlicher Persönlichkeiten der CDU/CSU mit anderen Parteien über die Bildung der künftigen Regierung bisher überhaupt nicht stattgefunden haben. Ihre Formulierung ist insofern völlig irreführend, als damit der Anschein erweckt wird, als ob bereits solche Verhandlungen stattgefunden und zu einer Absage der Bayernpartei und der WAV geführt haben.
Die Aufmachung und der Inhalt dieser durchaus irreführenden Meldung zeigt wieder mit Deutlichkeit, in welch weitgehendem Maße »Die Welt« in ihrer Berichterstattung Partei ergreift[4]. Ich werde mir vorbehalten, die Öffentlichkeit noch mit dieser Angelegenheit zu befassen.

Mit vorzüglicher Hochachtung

(Dr. Adenauer)
1. Vorsitzender der CDU
der britischen Zone.

Nr. 77
22. August 1949 (Bonn): An den Hohen Kommissar der Vereinigten Staaten von Amerika, *John J. McCloy*, Frankfurt/Main
AThAG, VSt-Presse 710 01[1], Telegrammabschrift

Laut gestriger Radiomeldung hat Marshallplan-Administrator Hoffman[2] geäußert, man solle die Demontagefrage auf sich beruhen lassen[3], nachdem aufgrund der Empfehlungen des Humphrey-Committees[4] 159 Anlagen von der Demontageliste abgesetzt worden seien. Auch ohne die restlichen 8 Anlagen könne Deutschland seine frühere Produktion wieder erreichen. Mr. Hoffman sei aber bereit, in eine nochmalige Überprüfung der Demontagefrage einzutreten, wenn Sie sich dafür einsetzten.
Ich darf darauf hinweisen, daß es sich in der Demontagefrage nicht nur um 8 Werke handelt, sondern um eine erheblich größere Zahl von Anlagen, weil nur ein Teil der Demontageobjekte vom Humphrey-Committee überprüft worden ist. Außerdem handelt es sich bei den erwähnten 8

Werken um die wirtschaftlich und sozial weitaus wichtigsten Anlagen, deren Bedeutung die der abgesetzten Anlagen bei weitem überwiegt. Das deutsche Volk hat nach dem vor den Wahlen bekanntgegebenen Beschluß des USA-Senats, die Demontagefrage einer nochmaligen Überprüfung zu unterziehen, die bestimmte Hoffnung gehegt, daß in letzter Minute doch noch eine befriedigende Lösung der Demontagefrage erzielt würde. Diese Hoffnung darf nun nicht enttäuscht werden[5].
Es kann deutscherseits der Nachweis erbracht werden, daß es sich bei den noch infragestehenden Demontageobjekten um Milliardenwerte handelt, deren Verlust für den deutschen und den europäischen Wiederaufbau unersetzlich wäre. Es kann ferner nachgewiesen werden, daß bei den bedeutendsten Objekten kaum noch von Demontage gesprochen werden kann, sondern überwiegend von Verschrottung. Diese Verschrottung hatte insbesondere bei der Thyssenhütte in Hamborn einen solchen Umfang angenommen, daß ich um einen sofortigen Demontagestop für dieses Werk bitte.
Ich bitte ferner darum, unter Hinzuziehung deutscher Sachverständiger für den gesamten Bereich des Demontageproblems in eine Untersuchung einzutreten, wie den Forderungen der Alliierten auf Reparationen und Sicherheit Rechnung getragen werden kann, ohne daß wichtigste Anlagen zerstört werden, deren Einsatz für den europäischen Wiederaufbau von größter Bedeutung wäre[6].

Dr. Adenauer

Nr. 78
25. August 1949 (Rhöndorf): An Senator a. D. *Dr. Paul de Chapeaurouge*, Hinterzarten/Schwarzwald
StBKAH 09.03

Sehr geehrter Herr de Chapeaurouge!

Ich bestätige mit bestem Dank den Empfang Ihres Briefes vom 18. d. M.[1]
Soviel ich weiß, empfindet die Deutsche Partei selbst das Bedürfnis einer Säuberung, insbesondere in Hamburg. Ich hoffe, daß sie es tut.
Ich wünsche Ihnen gute Erholung und bin
mit freundlichen Grüßen

Ihr ergebener
(Adenauer)

Nr. 79

25. August 1949 (Rhöndorf): An Rechtsanwalt *Franz Etzel,* Wiesbaden

StBKAH 07.26, Druck: Udo *Wengst* (Bearb.), Auftakt zur Ära Adenauer, S. 75[1]

Sehr geehrter Herr Etzel!

Ich danke Ihnen für Ihren Brief vom 22. d. Mts. Ich stimme mit Ihrer Auffassung völlig überein. Herr Arnold hat einen sehr entschiedenen Vorstoß in der Richtung des Abschlusses einer großen Koalition gemacht[2]. Die Sache ist aber erledigt. Ich werde Ihnen darüber mündlich noch einiges sagen.

Erholen Sie sich gut!

Mit freundlichen Grüßen

Ihr ergebener

(Adenauer)

Nr. 80

25. August 1949 (Rhöndorf): An Oberpräsident a. D. *Dr. Hans Fuchs,* Cochem/Mosel

StBKAH 07.07

Lieber Hans[1]!

Entschuldige, wenn ich erst jetzt auf Deinen Brief vom 4. d. Mts. antworte. Du weißt aber sicher, wie sehr ich überlastet gewesen bin. Auch jetzt hat die Arbeit noch nicht irgendwie nachgelassen, im Gegenteil.

Es hat mich gefreut, Dich wiederzusehen und auch zu hören, daß es Deiner Frau gut geht. Wenn ich irgend die Zeit aufbringen kann, werde ich Euch sehr gerne in Cochem besuchen.

Die Angelegenheit Bargatzky[2] ist bedauerlich. Bedauerlich ist aber auch, daß Bargatzky daraufhin seinen Austritt aus der CDU erklärt hat.

Mit recht herzlichen Grüßen an Euch beide

Dein

A

Nr. 81
25. August 1949 (Rhöndorf): An Rechtsanwalt *Dr. Linus Kather,* Hamburg-Ohlsdorf
StBKAH 07.27, Druck: Udo *Wengst* (Bearb.), Auftakt zur Ära Adenauer, S. 76[1]

Sehr geehrter Herr Kather[2]!

Ich erhielt Ihr Telegramm. Über die Errichtung und eventuelle Besetzung eines Flüchtlingsministeriums[3] ist noch nicht gesprochen worden. Es ist also ganz überflüssig, daß Sie »schärfste Verwahrung« einlegen. Die erste Fraktionssitzung[4] wird am 1. September sein. Einladung ist unterwegs.

Hochachtungsvoll[5]
(Adenauer)

Nr. 82
25. August 1949 (Rhöndorf): An den Staatspräsidenten von Württemberg-Hohenzollern, *Dr. Gebhard Müller,* Tübingen
StBKAH 07.28, Druck: Rudolf *Morsey,* Die Rhöndorfer Weichenstellung, S. 536 f.; Udo *Wengst* (Bearb.), Auftakt zur Ära Adenauer, S. 73 f.[1]

Sehr verehrter Herr Staatspräsident!

Ich bestätige den Empfang Ihres Briefes vom 23. d. Mts. In der Zwischenzeit ist es aus den Verlautbarungen des sozialdemokratischen Parteivorstandes in der Presse wohl offensichtlich geworden, daß er eine Koalition nicht will[2]. Es liegt das wohl auch absolut in der Natur der Dinge begründet und man kann weder der SPD noch uns einen Vorwurf daraus machen, daß es nicht zu einer solchen Koalition kommen wird. Ich meine, man sollte nicht übersehen, daß die Wirtschaftspolitik, die wir in Frankfurt seit 1 1/2 Jahren exerziert haben, planmäßig von der SPD bekämpft und abgelehnt worden ist[3]. Jetzt, nach 1 1/2 Jahren, kann man weder von der SPD verlangen, daß sie das, was sie bisher bekämpft hat, als richtig anerkennt, noch kann man von uns verlangen, daß wir das gleiche tun. Die Entwicklung ist m. E. ganz ‹folgerichtig›[a] eine Weiterentwicklung der Verhältnisse im Frankfurter Wirtschaftsrat. Ich halte aber auch mehr denn je es für richtig, daß man die Sozialdemokratie zwingt, in Opposition zu gehen, damit endlich einmal in Deutschland die Form der Demokratie geübt wird, die in den angelsächsischen Ländern sich bewährt hat[4].

Ich bin nicht der Auffassung, daß man aus den ganzen Gesprächen die

Frage, welche Partei den Bundespräsidenten stellen soll, herauslassen darf[5]. Ich bin auch nicht der Auffassung, daß man diesen Posten der Oppositionspartei geben darf, denn ihm kommt doch eine große Bedeutung zu bei der Frage der Wahl des Bundeskanzlers, und es ist m.E. ausgeschlossen, die Initiative in dieser Frage dem Angehörigen einer anderen Partei zu überlassen. Die Anregung des Herrn Kaiser[6], es zu machen wie in Österreich, ist wohl nicht ohne weiteres akzeptabel, weder Herr Kaiser noch ich wissen, welche Aufgaben der Bundespräsident in Österreich hat und welche Vereinbarungen dort getroffen worden sind[7]. Ich mache insbesondere darauf aufmerksam, daß in Österreich die sozialistische Partei in der Regierung ist. Es könnte sein, daß man sich mit den Sozialisten dort dahin verständigt hat, daß sie den Bundespräsidenten und unsere Partei dafür den Bundeskanzler erhält.
Die Indiskretionen, die über die Verhandlungen in Rhöndorf begangen worden sind, bedauere ich außerordentlich. Ich glaube zu wissen, worauf sie zurückzuführen sind.
Bayern verlangt den Vorsitz im Bundesrat absolut für sich, ebenfalls aus föderativen Gesichtspunkten heraus[8].
Sie sehen, sehr verehrter Herr Präsident, zu welch verschiedenen Urteilen man kommt, obgleich man denselben Ausgangspunkt hat.
Ich hoffe, daß wir letzten Endes doch alle Schwierigkeiten gut lösen.
Mit freundlichen Grüßen

Ihr ergebener
(Adenauer)

Nr. 83
25. August 1949 (Rhöndorf): An *Dr. Hjalmar Schacht,* Bleckede bei Lüneburg
StBKAH 07.28

Sehr geehrter Herr Schacht[1]!

Auf Ihren Brief vom 22. d. Mts. erwidere ich Ihnen ergebenst, daß ich Herrn Beer nicht kenne[2]. Ich halte allerdings Ihre Rückkehr in öffentliche Ämter für nicht angebracht.

Hochachtungsvoll
(Adenauer)

Nr. 84
25. August 1949 (Bonn): An den französischen Außenminister
Robert Schuman, Paris

StBKAH III/6, mit hs. Vermerk Zimmermann »Vertraulich«; Druck: Alfred *Grosser,* Die Bonner Demokratie, S. 524-526[1]

Sehr geehrter Herr Präsident!

Für Ihr freundliches Schreiben vom 5. d. M.[2] darf ich Ihnen herzlich danken. Der Ausgang der deutschen Wahlen zum ersten Bundestag war gut. Die von vielen Seiten, vor allen Dingen auch von der ausländischen Presse, befürchtete Radikalisierung ist nicht eingetreten. Die Parteien auf der äußersten Rechten sind so schwach geblieben, daß sie einen irgendwie nennenswerten Einfluß auf die Gestaltung der Dinge in Deutschland nicht ausüben werden. Auch die Kommunisten haben Stimmen verloren. Sie stellen aber nach wie vor eine äußerst aktive Gruppe dar, die ihre Wühlarbeit mit allen Mitteln fortsetzt. Ihre Bedeutung darf vor allem bei einer etwaigen Verschlechterung der wirtschaftlichen Lage nicht unterschätzt werden.
Auf Grund des Wahlergebnisses werden wir mit einer Regierung rechnen können, die den Aufbau Deutschlands im Inneren nach christlich-demokratischen Grundsätzen auf allen Gebieten des staatlichen und wirtschaftlichen Lebens fortführen und die es sich besonders angelegen sein lassen wird, die Beziehungen zu den Nachbarvölkern im Sinne Ihrer und meiner Bestrebungen zu gestalten.
Darf ich heute nun noch einmal auf die uns so außerordentlich stark beschäftigende Demontagefrage zurückkommen. Wie Sie bereits wissen, wurden von 167 Werken, die vom Humphrey-Ausschuß zur Freigabe empfohlen worden waren, 159 Werke tatsächlich freigegeben[3]. Bei den verbleibenden 8 Werken handelt es sich um Objekte, die sowohl in wirtschaftlicher als auch in sozialer Hinsicht die größte Bedeutung besitzen. Selbstverständlich kann man die Demontagefrage in ihrer Gesamtheit nicht noch einmal aufrollen. Ich bin aber der Meinung, daß die Frage der Demontage dieser 8 großen Objekte von dem Gesichtspunkt ihrer Bedeutung für den europäischen Wiederaufbau noch einmal überprüft werden sollte. Dies gilt insbesondere für die Thyssen-Hütte in Hamborn, die das modernste und leistungsfähigste Hüttenwerk Europas ist. Dieses Werk erzeugte in früheren Jahren jährlich 2,3 Millionen Tonnen Rohstahl und könnte, wenn es in seinem jetzigen Zustand in Betrieb genommen würde, sofort wieder 1 Millionen Tonnen Rohstahl produzieren. Vor dem Kriege beschäftigte dieses Werk 12.000 Arbeiter. Der Raum um Ham-

born, der über 100.000 Menschen umfaßt, ist wirtschaftlich und sozial von diesem Werk entscheidend abhängig. Wir haben nun feststellen müssen, daß das Demontagetempo in diesem Werk in den letzten Monaten außerordentlich verschärft worden ist. Dabei ist man nicht nur daran gegangen, die Anlagen zu demontieren, sondern sie systematisch zu zerstören. Nur ein Bruchteil dieser Anlagen wird in anderen Ländern wieder Verwendung finden können. Wie ich mir von Sachverständigen berichten ließ, werden die demontierten Anlagen zudem für das industrielle Potential der Länder, an die sie abgeliefert werden, nur eine untergeordnete Bedeutung besitzen.

Nun ist von deutscher Seite der Gedanke in die Debatte geworfen worden, die Thyssen-Hütte zu internationalisieren, und zwar in der Form, daß die Anlagen, die auf der Demontageliste stehen, in alliiertes Eigentum überführt werden, jedoch an Ort und Stelle verbleiben und dort auf internationale Rechnung unter internationaler Kontrolle betrieben werden. Dieser Gedanke ist von »Le Monde« in einem Leitartikel vom 1.Juli durchaus positiv bewertet worden[4].

Ich glaube, daß dieser Vorschlag, der ja einen völlig neuen Beitrag zur Lösung des Demontageproblems darstellt, den Ansprüchen der Alliierten auf Reparationen und Sicherheit besser Rechnung trägt als die Schaffung zusätzlicher Trümmer in Deutschland und der Versand eines nur untergeordneten Bruchteils der Anlagen in irgendwelche anderen Länder der Welt.

Ich könnte mir sogar denken, daß eine solche internationale Zusammenarbeit bei dem wichtigsten europäischen Hüttenwerk eine Keimzelle sein könnte für eine umfassende internationale Zusammenarbeit auf dem Gebiet von Kohle und Eisen, wie ich sie für die französisch-deutsche Verständigung für dringend erwünscht halte[5].

Die Amerikaner haben sich bekanntlich stets für die Erhaltung der Thyssen-Hütte ausgesprochen und besonders auch der Humphrey-Ausschuß hat sich in diesem Sinne eingesetzt. Falls Sie meinen Gedankengängen zustimmen und eine Regelung auf dieser Grundlage für möglich halten, so würde damit nicht nur ein in seinen Auswirkungen nicht zu unterschätzender Konfliktstoff aus der Welt geschafft werden, der neuen Bundesregierung würde auch eine nützliche Chance für den Beginn ihrer Arbeiten gegeben.

Eine wesentliche Voraussetzung hierfür ist allerdings, daß ein sofortiger Demontagestop für die Werke angeordnet wird, da bei dem raschen Fortschreiten der Abbruchmaßnahmen das Werk sonst in Kürze endgültig der Vernichtung anheimfällt.

Indem ich Ihnen für die Aufmerksamkeit danke, die Sie diesem für uns so bedeutsamen Problem immer wieder erwiesen haben, verbleibe ich mit aufrichtigen Grüßen und Wünschen

(Dr. Adenauer)

Nr. 85
27. August 1949 (Rhöndorf): An Schneidermeister *Eugen Lang*, Rath bei Nörvenich/Düren
StBKAH 07.08

Sehr geehrter Herr Lang[1]!

Ich muß bis zum 6. September[2] einen Cut angefertigt bekommen. Stoff ist hier. Wann kann ich zum Maßnehmen kommen? Geben Sie mir bitte telefonischen Bescheid.
Mit freundlichen Grüßen

Ihr
(Adenauer)

Nr. 86
27. August 1949 (Rhöndorf): An *Helene Wessel*, Münster
StBKAH 10.02, mit eigenhändig von Adenauer korrigiertem Entwurf, Durchschlag an Dr. Wilhelm Hamacher[1], Troisdorf, und Heinrich Hellwege[2], Horneburg; Druck: Udo *Wengst* (Bearb.), Auftakt zur Ära Adenauer, S. 77 f.[3]

Sehr geehrte Frau Wessel!

Anläßlich unserer kürzlichen Unterhaltung auf dem Rittersturz[4] hatten Sie den Wunsch geäußert, einiges über das Programm der von mir geplanten Koalitions-Regierung zu erfahren: Ich darf Ihnen hierzu folgendes ausführen:
Meine Freunde sind mit mir einig, daß auf innenpolitischem Gebiet die Fortführung der Frankfurter Wirtschaftspolitik unerläßlich sein wird. Allerdings haben wir die feste Absicht, unsere ganze Arbeit in erster Linie der sozialen Frage, und zwar der Sorge für die Vertriebenen und für die weiten Kreise aller derer zu widmen, die infolge der Katastrophe von 1945 und der harten Auswirkung der Währungsreform von 1948 heute gezwungen sind, ein wirtschaftlich und sozial menschenunwürdiges Dasein zu führen. In diesem Zusammenhang hat der noch zu schaffende definitive Lastenausgleich[5] ganz besondere Bedeutung. Wenn ich sage, daß wir entschlossen sind, die Frankfurter Wirtschaftspolitik

fortzuführen, so denke ich hierbei in erster Linie daran, die Gefahr einer vermehrten Arbeitslosigkeit durch eine möglichst starke Ausdehnung unserer industriellen Produktion zu überwinden, und zwar dadurch, daß wir mit allen Mitteln versuchen wollen, diese Produktion durch Investierungskredite des Auslands zu steigern. Anzeichen aus dem Ausland, ‹einer nicht sozialistischen Tendenzen zuneigenden Koalition solche Kredite zu geben› [a], liegen vor.
Im übrigen wird die CDU in der kommenden Bundesregierung ihre Politik auf die proklamatischen Erklärungen stützen, wie sie in dem Ahlener Programm [6] vom Februar 1947 und in den Düsseldorfer Leitsätzen [7] vom Juli 1949, von denen ich je ein Exemplar beifüge, niedergelegt sind.
Auf außenpolitischem Gebiet liegt unsere Linie fest [8]. Sie richtet sich in erster Linie darauf, ein enges Verhältnis zu den Nachbarstaaten der westlichen Welt, insbesondere auch zu den Vereinigten Staaten herzustellen. Es wird von uns mit aller Energie angestrebt werden, daß Deutschland so rasch wie möglich als gleichberechtigtes und gleichverpflichtetes Mitglied in die europäische Föderation aufgenommen wird. Bei der Durchführung dieser Absichten werden wir besonders eng mit den anderen in den westeuropäischen Völkern sich immer stärker entwickelnden christlich-demokratischen Kräften zusammenarbeiten. Die lebhaften Kundgebungen führender christlicher Politiker aus Italien, Frankreich, Belgien, Holland und Österreich ‹, die mir aus Anlaß des Ausganges der Wahlen zuteil wurden,› [b] zeigen, daß auch von deren Seite auf eine gegenseitige Förderung und Zusammenarbeit großer Wert gelegt wird.
Ich hoffe, daß diese Ausführungen Ihnen zeigen, worauf es mir und meinen Freunden im wesentlichen ankommt. ‹...› [c]

Mit freundlichen Grüßen Ihr ergebener
Dr. Adenauer

Nr. 87
30. August 1949 (Rhöndorf): An *Franz Graf von Galen,* Haus Merfeld bei Dülmen/Westfalen
StBKAH 07.26

Sehr geehrter Herr Graf [1]!

Vielen Dank für Ihren Brief vom 26. d. Mts. Ich kenne den betreffenden Herrn so gut, daß ich ihn beurteilen kann [2].

Mit vielen Grüßen Ihr sehr ergebener
(Adenauer)

Nr. 88

31. August 1949 (Rhöndorf): An den Direktor der Verwaltung für Ernährung, Landwirtschaft und Forsten des Vereinigten Wirtschaftsgebietes, *Dr. Hans Schlange-Schöningen,* Frankfurt/Main

StBKAH 07.28, mit ms. Vermerk *»Persönlich!«;* Druck: Udo *Wengst* (Bearb.), Auftakt zur Ära Adenauer, S. 134[1]

Sehr verehrter Herr Schlange-Schöningen[2]!

Ihren Brief vom 29. August mit seinen sehr wertvollen Ausführungen habe ich erhalten. Seien Sie versichert, daß ich die Ausführungen eines so erfahrenen und so verdienten Mannes, wie Sie es sind, verwerten werde.

Mit vielen Grüßen

Ihr ergebener
(Adenauer)

Nr. 89

31. August 1949 (Rhöndorf): An Verbandspräses *Dr. Hermann Joseph Schmitt,* Köln

StBKAH 07.28, Druck: Udo *Wengst* (Bearb.), Auftakt zur Ära Adenauer, S. 134-136[1]

Sehr geehrter Herr Verbandspräses[2]!

Mit bestem Dank bestätige ich den Empfang Ihres Briefes vom 29. d. Mts. Ich verstehe auch Ihre Bedenken durchaus gegenüber der FDP. Lassen Sie mich zunächst eines berichtigen:

Es ist keine Apriori-Absage an die SPD erfolgt. Bis zu der Rhöndorfer Verlautbarung vom 21. August habe ich überhaupt nichts gesagt. Dagegen hat die SPD schon am Tage nach der Wahl und dann wiederholt durch ihren Parteivorstand erklären lassen, daß sie nur dann bereit sei, an einer Regierung teilzunehmen, wenn sie die Verwaltung der Wirtschaft und das Wirtschaftsministerium erhielte.

Bei dem Ausfall der Wahl liegen die Dinge so, daß wir zwischen zwei Übeln wählen müssen. Wenn ich aber ein Zusammengehen mit der FDP, die etwas mehr als 1/3 so stark ist, als wir sind, und mit der SPD, die ungefähr so stark ist, wie wir sind, miteinander vergleiche, muß ich doch folgendes feststellen:

1) Die SPD muß insbesondere wegen ihrer Haltung auf kulturellem Gebiet, aber auch wegen ihrer Einstellung zur Wirtschaft als das größere Übel betrachtet werden gegenüber der FDP.

2) In einer Koalition, wie der oben geschilderten, sind wir gegenüber der FDP der offenbar stärkere Teil. Wir sind es nicht bei einer Koalition mit der SPD.
3) Wie mir von Leuten der »Jungen Union«, und zwar aus dem Arbeitnehmerkreise, die mir als urteilsfähige Menschen bekannt sind, gesagt wurde, würden wir nach deren Auffassung die junge Generation geradezu der rechtsradikalen Bewegung in die Arme treiben, wenn wir jetzt, nach diesem Wahlkampf gegen die SPD, mit ihr zusammen eine Regierung bildeten und uns in die Ämter teilten. Man würde in diesen, aber auch in weitesten Kreisen der Wähler sagen, der ganze Wahlkampf wäre Schwindel gewesen, es handelte sich jetzt nur noch um die Verteilung der Ämter.

Ich teile nicht Ihre Anschauungen über die SPD. Sicher sind in der heutigen SPD eine ganze Anzahl von Leuten, die in ihren Anschauungen vielleicht sich uns nähern[3]. Aber ich bitte Sie, mir zu glauben aufgrund meiner Erfahrungen und Beobachtungen in den letzten 12 Monaten. Diese Leute sind durchaus in der Minderzahl. Herrschend ist die Richtung Schumacher–Heine[4], die uns so schroff gegenübersteht wie nur denkbar.

Man muß bei der ganzen Beurteilung vor allem im Auge halten: Wie werden sich die rechtsradikalen Tendenzen entwickeln? Sie sind noch mehr oder weniger latent, aber sie sind vorhanden. Wir würden ihr Aufkommen stark unterstützen durch das Zusammengehen mit der SPD.

Auch von kirchlicher Seite sind Bedenken laut geworden gegen eine Regierungsbildung ohne SPD. Mir ist eine solche Stellungnahme von kirchlicher Seite ganz unverständlich. Augenscheinlich haben die Herren nicht überlegt, daß sich im Parlamentarischen Rat die SPD ganz offiziell gegen Ehe und Familie ausgesprochen hat, die sie als überholte Einrichtung bezeichnet hat. Es ist uns nur mit Hilfe der FDP gelungen, im Parlamentarischen Rat unter den Grundrechten den Schutz der Ehe und der Familie aufzunehmen, ferner die Verpflichtung, daß in der Schule Religionsunterricht erteilt werden müsse usw.

Ich würde mich sehr freuen, wenn meine Zeit es mir recht bald gestattete, mich mit Ihnen mündlich über die ganze Sachlage zu unterhalten. Ich bin überzeugt davon, daß Sie nach einer Aussprache zu der Auffassung kommen würden, gerade vom Standpunkt Ihrer Organisation aus kann man nicht mit der SPD zusammengehen. Lassen Sie mich noch eines hinzufügen:

Die bisherigen Verhandlungen mit der FDP und der Deutschen Partei haben ergeben, daß beide Parteien mit uns darin übereinstimmen, daß wir eine sehr soziale Politik treiben müssen.
Ich danke Ihnen für Ihre Zeilen und bin
mit vielen Grüßen Ihr ergebener
(Adenauer)

Nr. 90
31. August 1949 (Rhöndorf): An Pfarrer *Ferdinand Schmitz*, Fritzdorf bei Rheinbach
StBKAH 07.28

Sehr geehrter Herr Geistlicher Rat[1]!

Ihr Brief vom 27. d. Mts. hat mich ganz außerordentlich gefreut. Es hat mir gut getan, noch einmal etwas über Fritzdorf zu hören. Ich will auch gerne versuchen, Ihnen demnächst eine Beihilfe für den Wiederaufbau Ihrer Kirche zu verschaffen. Vor allem danke ich Ihnen für Ihre herzhaften Worte in politischer Hinsicht. Auch mir ist es ganz unverständlich, daß es bei uns immer noch Leute gibt, die zum Zusammengehen mit der SPD das Wort geben. Daß das sogar unsere katholischen Arbeitervereine tun, ist mir geradezu eine Überraschung.
Ich möchte sehr gerne noch einmal Fritzdorf wiedersehen. Vielleicht gelingt es mir. Bitte, grüßen Sie alle Fritzdorfer von mir.
Ich bin mit freundlichen Grüßen Ihr ergebener
(Adenauer)

Nr. 91
2. September 1949 (Bonn): An den Chefredakteur der Tageszeitung »Die Welt«, *Rudolf Küstermeier*, Hamburg
StBKAH 02.02, Telegrammvorlage

Wie schon öfter bei der Berichterstattung[1] über parteiinterne Vorgänge der CDU/CSU bringt die »Welt« in ihrer Darstellung der konstituierenden Sitzung der CDU/CSU-Bundestagsfraktion am 1.9.1949[2] eine Anzahl von Angaben, die den Tatsachen nicht entsprechen oder tendenziös entstellt worden sind[3]. Entgegen der Mitteilung, daß die Beschlüsse vielfach nur mit einer geringen Mehrheit gefaßt worden seien, wird festgestellt, daß im ganzen drei Beschlüsse gefaßt wurden, von denen zwei einstimmig und der dritte lediglich gegen die Stimme eines Abgeordneten angenommen wurden. Keine Gruppe der Fraktion hat sich für die

Bildung einer Minderheitsregierung der CDU/CSU ausgesprochen. Die Wahl eines sozialdemokratischen Bundespräsidenten ist nicht beantragt worden. Es bestand zwischen allen Teilnehmern an der Fraktionssitzung völlige Einmütigkeit darüber, daß die kommende Bundesregierung sich mit aller Kraft der Lösung der sozialpolitischen Probleme widmen solle. Ich erwarte eine entsprechende Berichtigung[4].

Dr. Adenauer

Nr. 92
5. September 1949 (Rhöndorf): An Erzbischof *Josef Kardinal Frings*, Köln-Bayenthal
StBKAH 07.07

Sehr verehrte Eminenz[1]!

In der Angelegenheit Junkersdorf–Weiden und Köln–Marienburg habe ich mich sofort an Herrn Ministerpräsident Arnold als den Vertreter des Landes Nordrhein-Westfalen gewandt[2], damit für Ersatz gesorgt wird. Nach meinen Erkundigungen habe ich den Eindruck, als wenn man seitens des Wiederaufbauministeriums in Düsseldorf nicht genügend tut. Ich habe auch durch den Herrn Ministerialdirektor Wandersleb, der für die Bonner Angelegenheiten der zuständige Mann von Nordrhein-Westfalen ist, Herrn Arnold nochmals dringend bitten lassen. Ich empfehle Ihnen sehr, bei Herrn Arnold entsprechend vorstellig zu werden.
Ich bin, wie immer,

Ihr sehr ergebener
(Adenauer)

Nr. 93
5. September 1949 (Rhöndorf): An Schwester *Martha*, Fabricius-Klinik, Remscheid
StBKAH 07.08

Liebe Schwester Martha[1]!

Es war sehr freundlich von Ihnen, daß Sie mir anläßlich der Verlobung meiner Tochter schrieben. Ihr Brief ruft viele Erinnerungen wach. Nun wird mir jetzt in meinem Alter eine Last aufgebürdet, die schon für einen jüngeren Mann kaum tragbar sein würde. Ich weiß, daß Sie mir mit Ihrem Gebet helfen werden.
Ich würde sehr gerne einmal hören, wie es Ihnen geht.
Mit herzlichen Grüßen

Ihr
(Adenauer)

Nr. 94
5. September 1949 (Rhöndorf): An *Julian I. Piggott,* London
StBKAH 07.08

Lieber Herr Piggott[1]!

Über Ihren Brief vom 31. 8. d. Js. habe ich mich sehr gefreut. Ich habe wiederholt versucht, in Erfahrung zu bringen, wie es Ihnen gehe. Mir war gesagt worden, daß Sie in die Kolonien gegangen seien und Farmer geworden wären.
Ich danke Ihnen auch für Ihre Zuschrift an den »Observer«[2]. In England hat man leider eine ganz falsche Vorstellung von meiner Einstellung gegenüber England. Man glaubt, ich sei anti-britisch eingestellt. Dabei bin ich das in keiner Weise[3]. Im Gegenteil. Aber ich bin nicht einverstanden damit, daß die britische Besatzungsmacht die deutschen Parteien mit zwei Maßstäben mißt und die eine gegen die andere zu unterstützen sucht. Während der ersten Besatzung, an der Sie in so hervorragender Weise in Köln tätig waren, war man sehr viel objektiver. Ich habe oft die vorbildliche Neutralität gegenüber den Deutschen, die Sie damals gezeigt haben, rühmend hervorgehoben.
Es würde mich sehr freuen, Sie wiederzusehen.
Mit vielen Grüßen Ihr
(Adenauer)

Nr. 95
5. September 1949 (Rhöndorf): An Amtsgerichtsdirektor a. D.
Max Weyer, Felderhoferbrücke bei Hennef/Sieg
StBKAH 07.09

Lieber Max[1]!

Habe vielen Dank für Deine und Deiner »domina« Glückwünsche. Ich werde eine sehr schwere Last auf mich nehmen müssen. Aber es blieb mir nichts anderes übrig. Bei der Konstruktion unseres Grundgesetzes ist eine starke Einflußnahme des Bundespräsidenten auf die Arbeit des Bundeskanzlers ausgeschlossen. So habe ich mich, ob ich wollte oder nicht, dazu verstehen müssen, das Amt des Bundeskanzlers für mich in Aussicht zu nehmen[2].
Das Gesuch des Herrn Vlatten werde ich mit wohlwollender Empfehlung weitergeben[3]. Ich fürchte aber, er hat wenig Aussicht. Es sind in Frankfurt/M. viel zu viel Beamte. Wir werden die guten Leute von dort ja

übernehmen müssen[4]. Aber vielleicht läßt sich doch noch etwas machen. Hoffentlich kommst Du zu Deiner Reise. Euch beiden herzliche Grüße

Dein
A

Nr. 96
5. September 1949 (Rhöndorf): An Pfarrer *Hubert Wüsten,* Honnef
StBKAH 07.28

Sehr geehrter Herr Pastor[1]!

In dem Drange der Geschäfte bin ich leider bisher noch nicht dazu gekommen, für Ihre freundlichen Glückwünsche zum Wahlausgang zu danken. Seien Sie versichert, daß ich mich über Ihre Wünsche sehr gefreut habe.
Ich befürchte, daß ich für den von Ihnen empfohlenen Herrn Studiendirektor H[...] nichts tun kann. Prinzipiell wird man wohl das Doppelverdienen bei Ehepaaren abschaffen müssen, auch aus sozialen Gründen, da so viele Leute, gerade auch Philologen, stellenlos sind. Nun handelt es sich hier bei dem Ehepaar um Doppelverdiener, und es ist [vorerst] ganz aussichtslos, zu erreichen zu versuchen, daß der betreffende Herr eine Stelle in Bonn bekommt. Ich weiß auch nicht, ob dort eine solche Stelle frei ist. Ich glaube, es ist besser, gar nicht die Aufmerksamkeit seiner vorgesetzten Behörden darauf zu lenken, da es sich um einen Doppelverdiener handelt.
Die Frage des Hauses des Lyceums halte ich im Auge.
Ich weiß nicht, was ich für Herrn Mölbert tun könnte[2]. Ich kann doch nur etwas tun, wenn man mich fragt. Vielleicht können Sie veranlassen, daß das geschieht.
Mit herzlichen Grüßen

Ihr ergebener
(Adenauer)

HEINRICH HELLWEGE
1. VORSITZENDER DER DEUTSCHEN PARTEI

(24a) NEUENKIRCHEN, z.Zt.Bonn,d.14.9.49
POST HORNEBURG/NE
FERNRUF: HORNEBURG 264

Sehr verehrter Herr Doktor Adenauer!

Nachdem ich Ihnen in den Vorbesprechungen die grundsätzliche Bereitschaft der Fraktion zum Ausdruck gebracht habe, in eine Regierung, die von der Fraktion der CDU/CSU und FDP gemeinschaftlich mit der Fraktion der DP gebildet wird, einzutreten, falls gewisse sachliche und personelle Voraus=setzungen festgelegt sind, darf ich Ihnen nachstehend die=jenigen Punkte übermitteln, deren Erfüllung bzw.Versagung in einer Regierungserklärung und im Rahmen der Richtlinien der Politik die Voraussetzung bilden, dass sich die grundsätzliche Bereitschaft der Fraktion der Deutschen Partei in die Regie=rung einzutreten, verwirklichen kann.

ja 1.) Wie bereits mündlich besprochen,wünscht die Deutsche Partei eine Verpflichtung der Regie=rung, den Flüchtlingsausgleich gem. der Befug=niss des Art. 119 des Grundgesetzes in einem möglichst kurzen Zeitraum zu vollziehen.

ja 2.) Die Organisation der Bundesorgane, wie sie in den Vorschlägen der Ministerpräsidentenkonferenz niedergelegt worden ist, bedarf der Revision.

ja 3.) Einer Revision bedürfen ferner die seit 1945 begründeten Beamtenverhältnisse.

ja 4.) Eine Steuerreform,insbesondere eine Senkung der Lohn-und Einkommensteuer mit dem Ziel das Real=einkommen zu erhöhen und die private Kapitalbil=dung zu erleichtern, ist so bald wie möglich einzuleiten.

m. E. ja 5.) Die Entnazifizierung ist abzuschliessen. Dabei wird ein Amnestiegesetz für alle Gruppen, die den Kategorien 3 und 4 des Befreiungsgesetzes gleichzusetzen sind, gefordert. Die Entnazifi=zierung ist auf rein deliktische Tatbestände zu beschränken.

ja 6.) Das Pensionsrecht der Beamten ist von Bundes wegen zu vereinheitlichen mit dem Ziel, die vertriebenen Beamten den eingesessenen Beamten gleichzustellen.

ja 7.) Das Versorgungsrecht der Wehrmachtangehörigen ist unter Berücksichtigung der wirtschaftlich veränderten Umstände nach der Niederlage Deutsch=

-2-

Heinrich Hellwege an Adenauer
(zu Dok. Nr. 97)

lands, aber unter möglichster Aufrechterhaltung des seit 1918 entwickelten Rechtszustandes, wieder herzustellen.

8.) Der soziale Wohnungsbau ist zu fördern, darf aber vor dem privaten Wohnungsbau keinen Vorrang erhalten.

9.) Das Besatzungsrecht ist nach Möglichkeit einer Beseitigung entgegen zu führen bzw. dem deutschen Rechtszustand anzugleichen.

1o.) Eine grosszügige soziale Hilfe ist allen Kriegsgeschädigten zu gewähren.

Zu diesen bereits mitgeteilten Punkten bittet die Fraktion der Deutschen Partei auch noch von folgenden Gesichtspunkten in bindender Form Kenntnis zu nehmen:

1.) Die Fraktion wünscht, dass sich die Regierung dafür einsetzen wird, den Gedanken einer politischen Bodenreform durch den Gedanken der reinen Siedlung zu ersetzen.

2.) Jede Art von Sozialisierung unter Missachtung überkommener Eigentumsverhältnisse, wird abgelehnt.

3.) Der Lastenausgleich ist in wirtschaftlich vertretbarer Form und sozial gerecht zu verwirklichen.

4.) Die Fraktion der Deutschen Partei lehnt ein Mitbestimmungsrecht der Arbeitnehmer bei den Unternehmerfunktionen ab. Ein Mitbestimmungsrecht der Arbeitnehmer bei der Gestaltung der arbeitsrechtlichen und sozialen Beziehungen ist sicher zu stellen.

Das Regierungsprogramm soll als leitenden Willen festhalten, auf allen Gebieten der Wirtschaft durch Förderung der wirtschaftlichen Voraussetzungen eine Produktionssteigerung zu ermöglichen.
Dabei ist jeder Planungs-und Lenkungsgedanke sozialistischer Prägung abzulehnen.
Ein Planungsbestreben darf auch nicht auf dem Umweg der Kreditpolitik verwirklicht werden.

5.) Durch eine sozial gerechte Gestaltung der Wirtschafts-und Währungspolitik ist eine allgemeine Erhöhung des Lebenszuschnittes der Schaffenden und Arbeitsunfähigen anzustreben.

6.) Die Belange der Landwirtschaft stehen wirtschafts- und lohnpolitisch völlig gleichrangig zu den Belangen der gewerblichen Wirtschaft.

7.) Es ist vor allem zu Gunsten der Landwirtschaft eine Preissenkung der Industriegüter zu ermöglichen.

8.) Eine Verbilligung der Lebensmittel ist anzustreben; sie ist erforderlich für Minderbemittelte.

9.) Die Auswirkung der Währungsreform auf das Hypothekenrecht ist zu revidieren mit dem Ziel, den kleinen Besitzern eine Erleichterung ihrer Lage zu gewähren.

Abschliessend möchte ich bemerken, dass das eine der zwei von der Fraktion der Deutschen Partei geforderten Ministerien die Bezeichnung "Ministerium für Länderangelegenheiten" erhalten soll.
Darunter wird die federführende Bearbeitung des Verkehrs der Bundesregierung mit dem Bundesrat und den Ländervertretern verstanden, sowie grundsätzlich die Vertretung der Bundesregierung in dem gem. Art. 77 Abs.2 des Grundgesetzes gebildeten Ausschuss.

Die Fraktion der Deutschen Partei kann sich nicht damit einverstanden erklären, wenn dieses Ministerium als Ministerium ohne Portefeuille bezeichnet wird.

Ich wäre Ihnen zu Dank verbunden, wenn Sie der Fraktion der Deutschen Partei die Zustimmung zu diesen Gesichtspunkten schriftlich erklären könnten.

Genehmigen Sie den Ausdruck meiner vorzüglichen Hochachtung

Ihr sehr ergebener

Heinrich Hellwege

Nr. 97

14. September 1949 (Bonn): An den 1. Vorsitzenden der DP, *Heinrich Hellwege,* Bonn

StBKAH 12.03, mit hs. Vermerk Zimmermann »*Vertraulich*«; Druck: Udo *Wengst* (Bearb.), Auftakt zur Ära Adenauer, S. 410[1]

Sehr geehrter Herr Hellwege[2]!

Die mit Ihrem Schreiben vom 14.9. mir heute übersandten Punkte beantworte ich wie folgt:
Die Punkte 1-10 beantworte ich mit »Ja«.
Bei Punkt 8 wäre ich Ihnen dankbar, wenn Sie folgende Formulierung wählen wollten:

> »Sozialer Wohnungsbau ist zu fördern, darf aber vor dem privaten Wohnungsbau keinen *besonderen* Vorrang erhalten.«

Die mir weiter im zweiten Teil Ihres Schreibens mitgeteilten Punkte 1-9 bejahe ich ebenfalls. Lediglich bei Punkt 4 darf ich Ihnen mitteilen, daß dieser von mir in vollem Umfange nicht bejaht werden kann. Entsprechend dem Ahlener Programm und den Düsseldorfer Leitsätzen werden wir uns hierüber noch unterhalten müssen.

Mit vorzüglicher Hochachtung

A

Nr. 98

16. September 1949 (Bonn): An Ministerialrat *Dr. Julia Dünner,* Koblenz

BA, B 136/416, mit ms. Briefkopf »Der Bundeskanzler«[1]

Sehr geehrtes Fräulein Dünner[2],

Seien Sie sehr herzlich bedankt für Ihren Brief vom 10.9.1949[3]. Besonders danke ich Ihnen für die freundlichen Wünsche, die Sie darin zum Ausdruck bringen und die Gesinnung, in der Sie es tun. Sie haben mir damit Freude bereitet.
Ihre Ansicht über die derzeitigen Länderkoalitionen teile ich ganz. Wir wollen hoffen, daß es durch die Landtagswahlen[4] gelingt, die Landesregierungen in einer Weise neu zu gestalten, die auch die Zusammenarbeit mit dem Bundesrat fördert. Bis dahin ist viel Arbeit zu leisten.

Mit herzlichen Grüßen und Wünschen

Ihr

A

Nr. 99

18. September 1949 (Rhöndorf): An Reichsminister a. D. *Dr. Andreas Hermes,* Bad Godesberg

StBKAH 07.27, mit ms. Vermerk »*Persönlich!*«

Sehr geehrter Herr Hermes[1]!

Die Frage der Ernennung des Bundesministers für Landwirtschaft und Ernährung macht mir Kopfzerbrechen[2]. Es ist sehr schwer, einen Kandidaten zu finden, der allen berechtigten Anforderungen genügt. Da Sie auf dem Gebiete der landwirtschaftlichen Organisation in so führender Stellung tätig sind, gestatte ich mir, Ihnen das mitzuteilen.

Gleichzeitig möchte ich persönlich hinzufügen, wie sehr ich es bedauere, daß durch Ihre Verbundenbeit mit dem Nadolny-Kreis[3] es wohl nicht möglich ist, einen so hervorragenden Mann wie Sie für diesen Posten zu gewinnen.

Mit freundlichen Grüßen

Ihr ergebener

(Adenauer)

Nr. 100

19. September 1949 (Bonn): An den stellvertretenden Vorsitzenden der FDP, *Franz Blücher,* und den 1. Vorsitzenden der DP, *Heinrich Hellwege,* beide Bonn

Original des Schreibens an Hellwege in dessen Besitz/Durchschlag der beiden gleichlautenden Schreiben in StBKAH III/21, mit ms. Briefkopf wie Nr. 98; Druck: Udo *Wengst* (Bearb.), Auftakt zur Ära Adenauer, S. 452 f.[1]

Sehr geehrter Herr Blücher[2]!/Sehr geehrter Herr Hellwege!

Ich habe mich entschlossen, dem Herrn Bundespräsidenten Herrn Heinemann als Bundes‹innen›[a]minister, Herrn Storch[3] als Bundesarbeitsminister vorzuschlagen. Letzteres mit der Zusage seitens des Herrn Storch, daß Herr Sauerborn[4] Staatssekretär im Arbeitsministerium werden, Herr Scheuble[5] dagegen nicht übernommen werden soll. Herrn Sauerborn, der sich in München befindet, habe ich bis jetzt noch nicht erreichen können[6]. Die Versuche, ihn zu erreichen, werden fortgesetzt. Sollte Herr Sauerborn nicht zustimmen, so werde ich an seine Stelle eine andere

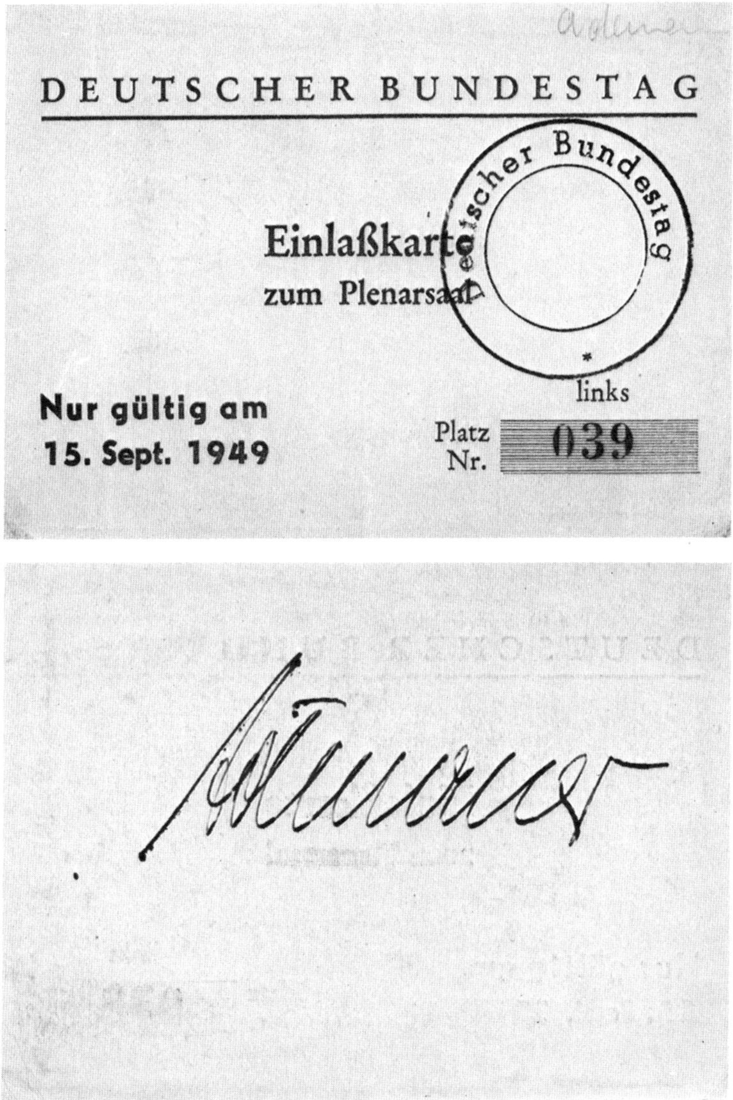

DEUTSCHER BUNDESTAG

Einlaßkarte
zum Plenarsaal

Deutscher Bundestag

Nur gültig am
15. Sept. 1949

links

Platz
Nr. 039

Einlaßkarte für die Bundestagssitzung vom 15. September 1949,
in der Adenauer zum Bundeskanzler gewählt wurde

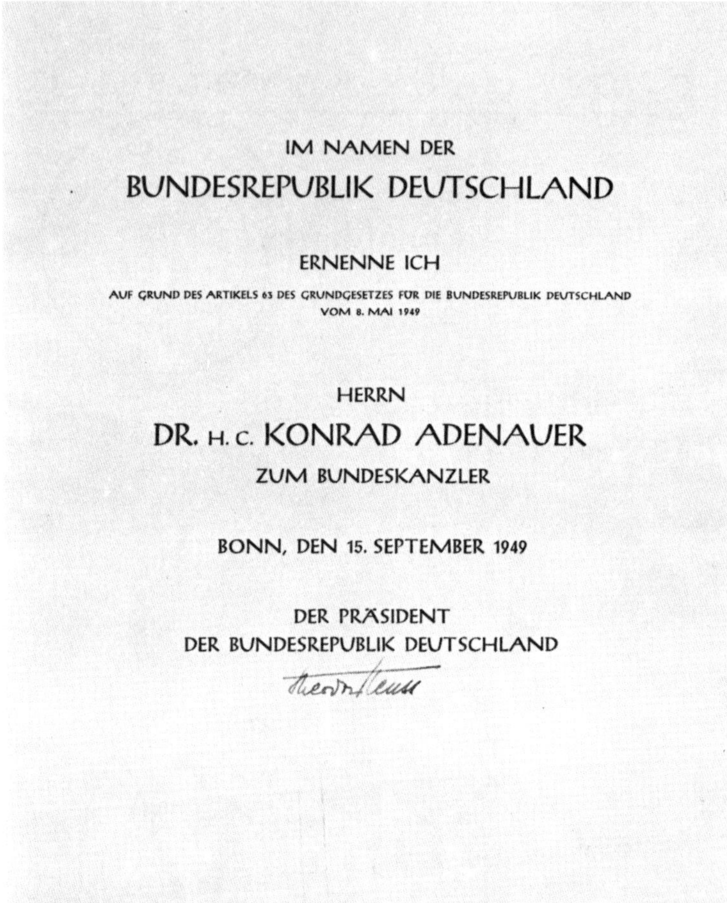

IM NAMEN DER

BUNDESREPUBLIK DEUTSCHLAND

ERNENNE ICH

AUF GRUND DES ARTIKELS 63 DES GRUNDGESETZES FÜR DIE BUNDESREPUBLIK DEUTSCHLAND
VOM 8. MAI 1949

HERRN

DR. H. C. KONRAD ADENAUER

ZUM BUNDESKANZLER

BONN, DEN 15. SEPTEMBER 1949

DER PRÄSIDENT
DER BUNDESREPUBLIK DEUTSCHLAND

Theodor Heuss

Ernennungsurkunde zum Bundeskanzler

Persönlichkeit berufen, die die nötigen Fachkenntnisse und das erforderliche allgemeine Vertrauen besitzt.

Mit vorzüglicher Hochachtung
Ihr sehr ergebener
(Dr. Adenauer)

Nr. 101
19. September 1949 (Bonn): An Bundespräsident
Professor Dr. Theodor Heuss, Bad Godesberg

StBKAH III/47, mit ms. Briefkopf »Bundesrepublik Deutschland. Der Bundeskanzler«; Druck: Udo *Wengst* (Bearb.), Auftakt zur Ära Adenauer, S. 453

Sehr geehrter Herr Bundespräsident[1]!

Hiermit beehre ich mich, Ihnen zu Ihrer Information meine vorläufigen Vorschläge der für die kommende Bundesregierung in Aussicht genommenen Persönlichkeiten vorzulegen[2].
Die endgültige Liste darf ich Ihnen morgen vormittag überreichen und gleichzeitig mündlich erläutern[3].
Mit dem Ausdruck meiner ausgezeichneten Hochachtung bin ich

Ihr sehr ergebener
A

Nr. 102
25. September 1949 (Rhöndorf): An *Josef Roedig* und Frau, Nister-Mühle bei Hachenburg/Westerwald
StBKAH 14.58

Liebe Frau Roedig, lieber Herr Roedig[1]!

Über Ihre guten Wünsche habe ich mich sehr gefreut. Ich denke noch oft an die Nister-Mühle zurück.
Hoffentlich geht es Ihnen gut.
Mit vielen Grüßen

Ihr
(Adenauer)

Auch viele Grüße an Maria.

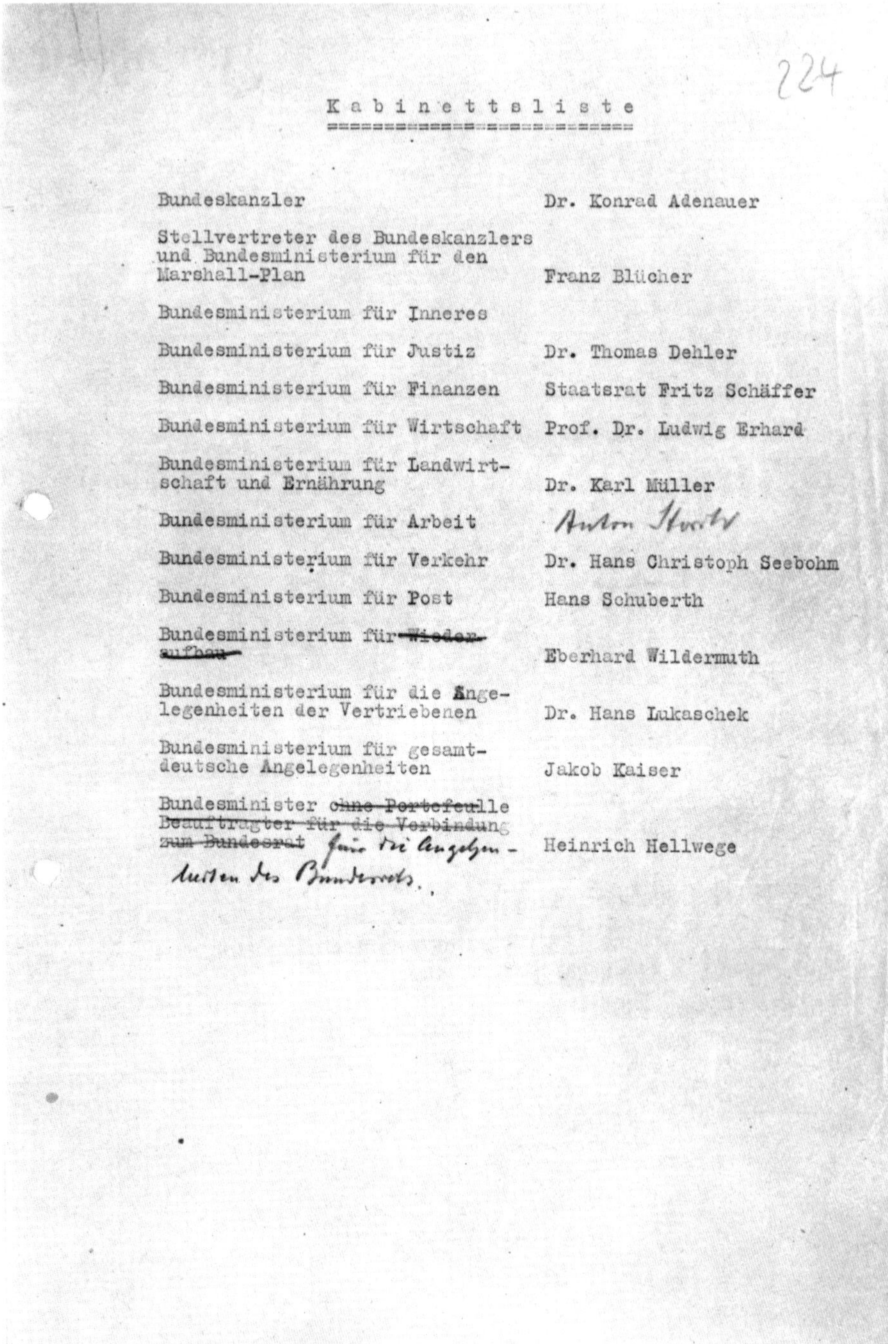

224

Kabinettsliste

Bundeskanzler	Dr. Konrad Adenauer
Stellvertreter des Bundeskanzlers und Bundesministerium für den Marshall-Plan	Franz Blücher
Bundesministerium für Inneres	
Bundesministerium für Justiz	Dr. Thomas Dehler
Bundesministerium für Finanzen	Staatsrat Fritz Schäffer
Bundesministerium für Wirtschaft	Prof. Dr. Ludwig Erhard
Bundesministerium für Landwirtschaft und Ernährung	Dr. Karl Müller
Bundesministerium für Arbeit	Anton Storch
Bundesministerium für Verkehr	Dr. Hans Christoph Seebohm
Bundesministerium für Post	Hans Schuberth
Bundesministerium für ~~Wiederaufbau~~	Eberhard Wildermuth
Bundesministerium für die Angelegenheiten der Vertriebenen	Dr. Hans Lukaschek
Bundesministerium für gesamtdeutsche Angelegenheiten	Jakob Kaiser
Bundesminister ~~ohne Portefeuille~~ ~~Beauftragter für die Verbindung zum Bundesrat~~ für die Angelegenheiten des Bundesrats.	Heinrich Hellwege

Entwurf der Kabinettsliste mit handschriftlichen Korrekturen Herbert Blankenhorns
(zu Dok. Nr. 101)

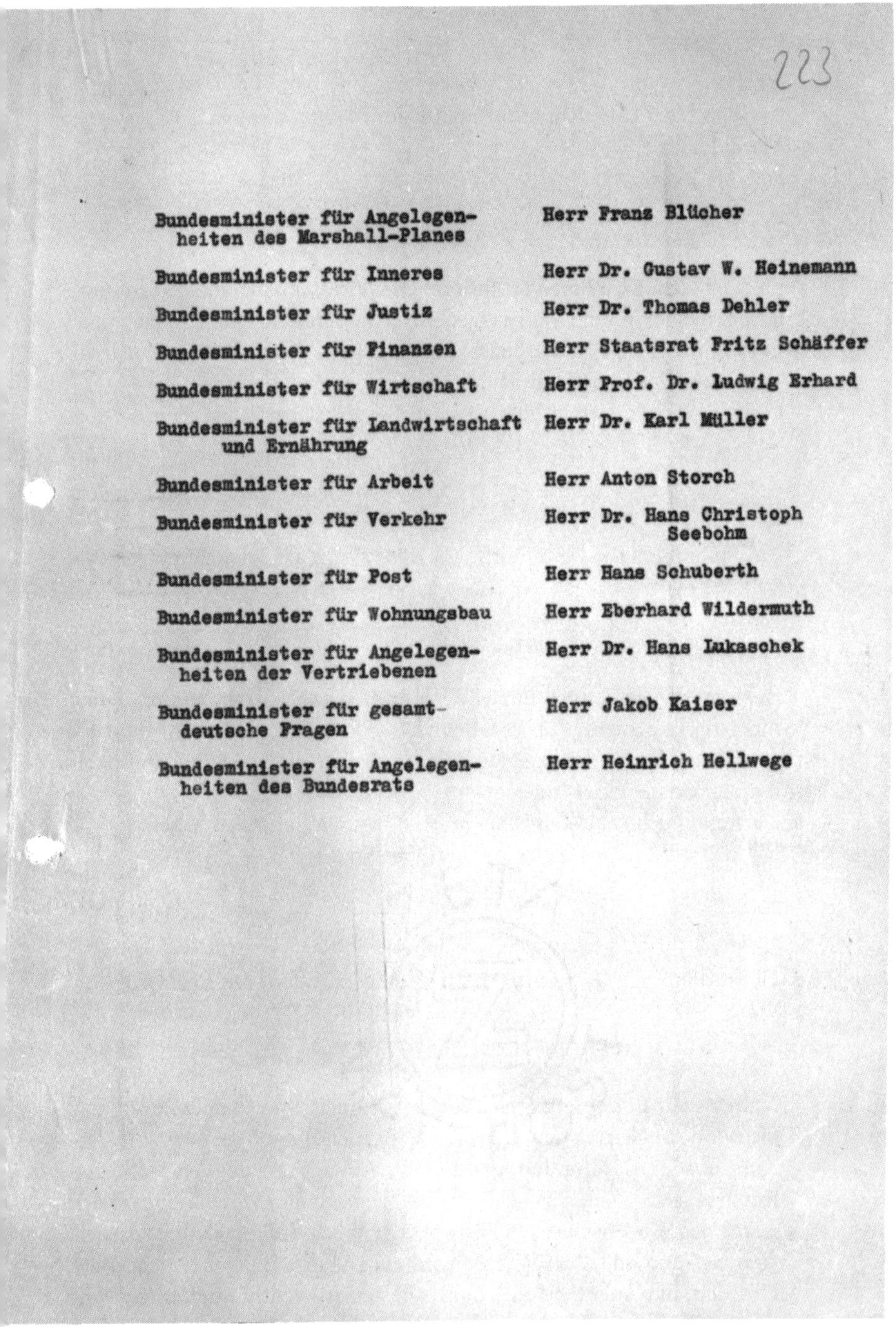

223

Bundesminister für Angelegenheiten des Marshall-Planes	Herr Franz Blücher
Bundesminister für Inneres	Herr Dr. Gustav W. Heinemann
Bundesminister für Justiz	Herr Dr. Thomas Dehler
Bundesminister für Finanzen	Herr Staatsrat Fritz Schäffer
Bundesminister für Wirtschaft	Herr Prof. Dr. Ludwig Erhard
Bundesminister für Landwirtschaft und Ernährung	Herr Dr. Karl Müller
Bundesminister für Arbeit	Herr Anton Storch
Bundesminister für Verkehr	Herr Dr. Hans Christoph Seebohm
Bundesminister für Post	Herr Hans Schuberth
Bundesminister für Wohnungsbau	Herr Eberhard Wildermuth
Bundesminister für Angelegenheiten der Vertriebenen	Herr Dr. Hans Lukaschek
Bundesminister für gesamtdeutsche Fragen	Herr Jakob Kaiser
Bundesminister für Angelegenheiten des Bundesrats	Herr Heinrich Hellwege

Dem Bundespräsidenten zugeleitete Kabinettsliste
(zu Dok. Nr. 101)

Nr. 103
25. September 1949 (Rhöndorf): An Pater *Johannes Vollmar,* Abtei Maria Laach
StBKAH 14.58

Lieber Pater Vollmar[1]!

Herzlich danke ich Ihnen für Ihre lieben Glückwünsche und Ihre freundlichen Worte. In dem Wirrwarr, der mich umgibt, denke ich manchmal mit Sehnsucht an Maria Laach zurück[2]. Ich komme – wenn auch zu einem kurzen Besuch – dorthin, wenn ich kann.
Grüßen Sie alle freundlich und seien Sie selbst herzlichst gegrüßt von

Ihrem
(Adenauer)

Nr. 104
27. September 1949 (Rhöndorf): An *Elias Keller,* Plainfield/New Jersey
StBKAH 14.58

Sehr geehrter Herr Keller[1]!

Es hat mich sehr gefreut, Ihren Brief vom 21. d. Mts. zu erhalten. Ich danke Ihnen für Ihre guten Wünsche. Beim Lesen Ihres Briefes dachte ich zurück an die lange hinter mir liegende Zeit, als ich noch als junger Beigeordneter die Markthalle unter mir hatte[2].
Ich freue mich sehr, daß Sie eine neue Heimat gefunden haben.
Mit den besten Grüßen an Sie und Ihre Frau

Ihr
(Adenauer)

Nr. 105
27. September 1949 (Bonn): An Bundestagspräsident *Dr. Erich Köhler,* Bonn
StBKAH III/18, ohne Anrede und Grußformel

Namens der Bundesregierung beehre ich mich, Ihnen[1] mitzuteilen, daß die Bundesregierung den Wunsch hat, bei den Beratungen des Ältesten-Ausschusses[2] des Bundestages über die Abwicklung der Geschäfte vertreten zu sein[3]. Eine solche Teilnahme liegt im allseitigen Interesse und ist meines Wissens bei allen Parlamenten üblich. Falls nach Ihrer Ansicht eine Bestimmung der Geschäftsordnung dem entgegenstehen sollte, bitte ich, die Angelegenheit dem Ältesten-Ausschuß vorzutragen und eventuell eine Änderung der Geschäftsordnung in obigem Sinne herbeizuführen. Die Bundesregierung hat beschlossen, Herrn Bundesminister Kaiser mit dieser Aufgabe zu betreuen[4].

Nr. 106
27. September 1949 (Bonn): An Oberdirektor *Dr. Hermann Pünder,* Bonn
StBKAH 10.02

Sehr geehrter Herr Dr. Pünder!

Ich bestätige den Eingang Ihres freundlichen Schreibens vom 26. September[1]. Es hat mir durchaus ferngelegen, an der Handhabung der Geschäfte in Frankfurt Kritik zu üben. Es ist mir bewußt, daß die Stellung der Mitglieder des Verwaltungsrates gegenüber den Alliierten in vieler Hinsicht anders ist als die der Bundesregierung gegenüber der Alliierten Hohen Kommission. Wenn ich von der Gewohnheit gewisser Frankfurter Stellen sprach, ihre Meinung zunächst in Verbindung mit den Alliierten zu bilden, so dachte ich dabei in erster Linie an nachgeordnete Stellen. Ich glaube in der Tat, daß der Kontakt von untergeordneten Beamten und Angestellten der Frankfurter Behörden mit den alliierten Verbindungsstäben und Kontrollorganen oft, zum Nachteil der deutschen Interessen, zu eng gewesen ist. Ich brauche in diesem Zusammenhang nur auf die Tätigkeit des Personalamtes und seines Leiters, des Herrn *Oppler,* hinzuweisen[2].

Mit freundlichen Grüßen Ihr sehr ergebener

A

Nr. 107
27. September 1949 (Rhöndorf): An die Rheinfähre Königswinter GmbH, Königswinter
StBKAH 14.58

Sehr geehrte Herren!

Herzlich danke ich Ihnen für Ihre guten Wünsche zu meiner Wahl zum Bundeskanzler. Ich hoffe, daß ich in der Zukunft Ihr täglicher Gast bleiben werde. Die Rheinfähre Königswinter–Mehlem gehört zu meinem Leben[1].

Ich danke Ihnen auch für die schönen Blumen.

Mit freundlichen Grüßen (Adenauer)

Nr. 108
27. September 1949 (Rhöndorf): An den nordrhein-westfälischen Justizminister *Dr. Artur Sträter,* Bad Kissingen
StBKAH 14.58

Lieber Herr Sträter[1]!

Herzlich danke ich Ihnen für Ihre guten Wünsche. –
Ich meine, es müßten auch im Lande die entsprechenden Konsequenzen gezogen werden.
Mit vielen Grüßen Ihr
(Adenauer)

Nr. 109
28. September1949 (Rhöndorf): An den Bundestagsabgeordneten *Paul Bausch,* Bonn
StBKAH 07.26

Sehr geehrter Herr Bausch[1]!

Auf Ihren Brief vom 22. d. Mts.[2] erwidere ich Ihnen ergebenst, daß Sie m. E. den Gegenstand der Tätigkeit des Staatssekretärs im Bundeskanzleramt nicht richtig einschätzen. Es muß diese Stelle ein Mann übernehmen, der die wirtschaftlichen Verhältnisse der verschiedenen Länder und unsere wirtschaftliche Entwicklung beherrscht. Die persönlichen Verbindungen, die Herr Gerstenmaier[3] hat, kann man leider in dieser Stellung nicht nutzbar machen.
Mit freundlichen Grüßen Ihr ergebener
(Adenauer)

Nr. 110
28. September 1949 (Rhöndorf): An Notar *Dr. Ludwig Greven sen.*, Aachen
StBKAH 14.58

Lieber Ludwig[1]!

Herzlich danke ich Dir und Deiner Frau für die guten Wünsche, die Du mir in Deinem Brief vom 16. d. Mts. ausgesprochen hast. Das Geschick hat uns allen zum Schluß unseres Lebens eine besonders harte Nuß aufgespart.
Mit herzlichen Grüßen an Euch beide Dein
A

Nr. 111
28. September 1949 (Rhöndorf): An *Dr. Johannes Meerfeld,* Bonn
StBKAH 14.58

Lieber Herr Meerfeld[1]!

Haben Sie herzlichen Dank für Ihren Brief vom 16. d. Mts. Ich kenne Sie und die solide Grundlage Ihrer politischen Auffassung. Ich hoffe, daß die Achtung vor der Meinung des anderen, wie sie aus Ihrem Briefe spricht, sich doch allenthalben weiter durchsetzt[2]. Ich werde jedenfalls versuchen, auch mit der sozialdemokratischen Fraktion im Bundestag auf einen sachlichen Ton zu kommen[3].
Grüßen Sie Ihre Frau und seien Sie selbst vielmals gegrüßt von

Ihrem
(Adenauer)

Nr. 112
28. September 1949 (Rhöndorf): An Regierungsbaurat a. D.
Friedrich Spennrath, Berlin-Zehlendorf
StBKAH 14.58

Lieber Herr Spennrath[1]!

Ihrer Frau und Ihnen sage ich von Herzen Dank für Ihre telegrafischen und brieflichen Glückwünsche[2].
Man wird eigenartige Wege geführt[3], und es liegt eine sehr schwere Arbeit vor mir. An Berlin und an Ihre Sorgen werde ich immer denken[4].
Mit herzlichen Grüßen an Ihre Frau, Sie und Ihre Kinder

Ihr
(Adenauer)

DEUTSCHER
BUNDESTAG

Abgeordneten-
Ausweis

Dieser Ausweis gilt für die 1. Wahlperiode des Deutschen Bundestags. Er ist an das Bundestagsbüro zurückzugeben, wenn der Abgeordnete aus dem Bundestag ausscheidet.

Herr Dr. Konrad Adenauer

geboren am: 5. 1. 1876

wohnhaft in: Rhöndorf / Rhein

Zennigsweg 8a

ist

ABGEORDNETER

des 1. Deutschen Bundestages

Alle Dienststellen werden gebeten, ihn bei der Ausübung seines Amtes zu unterstützen und ihm jede mögliche Hilfe zu gewähren.

Bonn, den 28. 10. *1949*

Der Präsident des Deutschen Bundestages

Unterschrift des Abgeordneten

Adenauer

Abgeordnetenausweis des Deutschen Bundestages

Nr. 113
29. September 1949 (Rhöndorf): An *William F. Sollmann,* Pendle Hill, Wallingford/Pennsylvanien
StBKAH 14.58

Lieber Herr Sollmann[1]!

Für Ihr freundliches Gedenken und namentlich für die Worte, die Sie dabei gefunden haben, danke ich Ihnen herzlich. Es liegt eine sehr schwere Arbeit vor uns. Die ersten Schwierigkeiten mit der Hohen Kommission sind schon da[2].
Das Verhältnis zur SPD-Fraktion scheint sich besser anzulassen, als ich zuerst zu hoffen wagte.
Grüßen Sie Ihre Frau und seien Sie selbst herzlich gegrüßt von

Ihrem
(Adenauer)

Nr. 114
1. Oktober 1949 (Rhöndorf): An *Dannie N. Heineman,* New York
StBKAH 07.07

Lieber Herr Heineman!

Haben Sie herzlichen Dank für Ihren Brief vom 6. September[1]. Ich würde mich sehr freuen, Sie bald zu sehen. Sie haben recht, wirtschaftliches Denken könnte alles in Ordnung bringen, aber politisches Denken ist oft sehr unvernünftig, weil es von Leidenschaften geleitet wird.
Herzliche Grüße

Ihr
(Adenauer)

Nr. 115
3. Oktober 1949 (Bonn): An Reichskanzler a. D. *Dr. Heinrich Brüning,* Hartland/Vermont
BA, B 136/416

Sehr geehrter Herr Reichskanzler[1],

Seien Sie herzlichst bedankt für Ihre guten Wünsche aus Anlaß meiner Wahl zum Bundeskanzler, die mich sehr bewegt haben. Ich habe mich sicherlich nicht leichten Herzens entschlossen, die schwere Aufgabe zu übernehmen. Ich hoffe, daß es den zähen Bemühungen von Regierung und Bevölkerung gelingen wird, die so schweren Probleme zu überwin-

den und ein wahrhaft christliches und demokratisches Deutschland in einem friedlichen Europa wiederaufzubauen.
Ich erwidere Ihre guten Wünsche herzlichst und verbleibe
mit besten Grüßen

Ihr aufrichtig ergebener
(Konrad Adenauer)

Nr. 116

4. Oktober 1949 (Rhöndorf): An den nordrhein-westfälischen Landtagspräsidenten, Oberbürgermeister *Josef Gockeln,* Düsseldorf

StBKAH 07.26, mit ms. Vermerk »*Persönlich!*« und hs. Notiz Hohmann: »telef. dem Vorzimmer durchgegeben, 4.X.49«

Sehr geehrter Herr Gockeln!

Das Echo in der Presse und in der gesamten Öffentlichkeit wegen der Verhandlung der Staatsausschüsse der Katholischen Arbeitervereine ist sehr stark und nicht gerade, wie Sie sich aus einem Blick in die sozialdemokratische Presse überzeugen können, erfreulich[1]. Die Gründung dieser Ausschüsse bei den Katholischen Arbeitervereinen ist mir neu. Ich weiß nicht, welches das Ziel der Gründung dieser Ausschüsse ist. Da es sich aber um eine neue Einrichtung innerhalb des christlichen Lagers handelt, würde ich es sehr begrüßt haben, wenn mir als dem Vorsitzenden der CDU der britischen Zone etwas darüber mitgeteilt worden wäre. Ich würde es auch sehr begrüßt haben, wenn ich zu Ihrer Tagung eine Einladung erhalten hätte. Eine Aussprache über die Spannungen, die durch die Düsseldorfer Versammlung entstanden sind, halte ich für dringend notwendig. Ich bitte Sie daher, eventuell mit einigen anderen von Ihren Herren zu der Sitzung des rheinischen Vorstandes am Freitag, den 7. Oktober, in Königswinter[2] zu erscheinen. Ich werde zu dieser Sitzung des Vorstandes noch einladen von Ihrer Seite Herrn Winkelheide[3] sowie Herrn Landrat Schrage[4].
Mit freundlichen Grüßen

Ihr ergebener
(Adenauer)

Nr. 117

6. Oktober 1949 (Bonn): An *Dr. Willi Hirtsiefer,* Mülheim/Ruhr-Styrum

StBKAH 10.01

Sehr geehrter Herr Dr. Hirtsiefer[1],

Ihrem Wunsche entsprechend übersende ich anliegend eine Bescheinigung für Herrn Dr. *Pindar*[2], von der ich hoffe, daß sie ihm nützlich sein wird.

Mit freundlichen Grüßen Ihr

(Dr. Adenauer)

Nr. 117 A

19. Oktober 1949 (Bonn): Bescheinigung für *Dr. Henry F. Pindar,* New York

StBKAH 10.01

Herr Dr. Henry F. *Pindar,* 252 West, 76th Street, New York 23/N.Y. genießt in zahlreichen hiesigen Kreisen wegen seiner guten menschlichen und beruflichen Eigenschaften einen geachteten Ruf. Für den Fall, daß Herr Dr. Pindar aus den Vereinigten Staaten nach Deutschland zurückkehren würde, wird er beim Wiederaufbau des Landes sicher nützliche Arbeit leisten können. Ich würde eine Rückkehr Dr. Pindars nach Deutschland begrüßen.

Nr. 118

10. Oktober 1949 (Bonn): An den Geschäftsführenden Vorsitzenden der Alliierten Hohen Kommission, *John J. McCloy,* Bonn-Petersberg

AA, Noten an AHK, Bd. 1

Herr Hoher Kommissar[1],

Ich beehre mich, Euer Exzellenz ein Memorandum[2] der Bundesregierung zur Frage der Demontage der August-Thyssen-Hütte Duisburg-Hamborn zu übersenden. Das Memorandum enthält zwei Alternativvorschläge, die den Zweck haben, statt einer unter wirtschaftlichen Gesichtspunkten nicht zu vertretenden Zerstörung wirtschaftlicher Werte einen konstruktiven Beitrag zu dem europäischen Wiederaufbau zu liefern. Die Bundesregierung macht diese Vorschläge nach sehr reiflicher und sorgfältiger Überprüfung in dem Bestreben, die August-Thyssen-Hütte aus einem Streitobjekt zu einem positiven Bindeglied wahrhaft europäischer Zusammenarbeit zu machen. Den an Reparationen und Wiedergutmachung interessierten Ländern kann durch den Vorschlag der Bundesregierung nur gedient sein.

Ich wäre Euer Exzellenz dankbar, wenn Sie das Memorandum den alliierten Regierungen zuleiten und diese bitten würden, die Demontage der August-Thyssen-Hütte unter Berücksichtigung der in dem anliegenden Memorandum niedergelegten Vorschläge erneut überprüfen zu lassen.

Sollten die Vorschläge durch die interessierten Regierungen überprüft werden, so wäre es erforderlich, daß ein sofortiger Demontagestop für die August-Thyssen-Hütte angeordnet wird, da die Zerstörungsarbeiten gegenwärtig in beschleunigtem Tempo fortgeführt werden und zu befürchten steht, daß die in Frage kommmenden Werke in wenigen Monaten nicht mehr vorhanden sind. In diesem Zusammenhang darf ich gleichzeitig die Schaffung einer besonderen Institution anregen, der die Überwachung der für die Demontage bestimmten Werke übertragen wird.

Genehmigen Sie, Herr Hoher Kommissar, den Ausdruck meiner ausgezeichnetsten Hochachtung.

gez. Adenauer

Nr. 119

10. Oktober 1949 (Bonn): An den französischen Außenminister *Robert Schuman*, Paris

StBKAH III/6

Sehr verehrter Herr Präsident[1]!

Nach Informationen, die mir aus zuverlässiger Quelle aus Washington zugegangen sind, ist Ihnen offenbar von amerikanischer Seite im Zusammenhang mit der Demontagefrage von einem Bericht des amerikanischen Hochkommissars für Deutschland, Mr. McCloy, Mitteilung gemacht worden[2]. Nach diesem Bericht soll ich Mr. McCloy von einer privaten Unterhaltung mit Ihnen Kenntnis gegeben haben, anläßlich derer Sie Ihre Bereitschaft ausgedrückt hätten, die Demontagefrage einer erneuten wohlwollenden Prüfung zu unterziehen. Ich darf betonen, daß ich Mr. McCloy von einer solchen Unterhaltung nicht gesprochen habe, da sie nicht stattgefunden hat.

Herr Minister Bidault[3] hatte mich durch einen Vertrauensmann verständigen lassen, daß die französische Regierung in der Demontagefrage unter Umständen ihre Haltung ändern und eine Neuregelung der Frage in Betracht ziehen würde. Da ich damit annehmen durfte, daß auch Sie, Herr Präsident, eine Neuordnung des Demontageproblems in Erwägung ziehen würden, habe ich Mr. McCloy in entsprechender Form verständigt[4].
Es liegt mir besonders am Herzen, diesen Sachverhalt klarzustellen.
Ich bitte Sie, den Ausdruck meiner ausgezeichnetsten Hochachtung entgegenzunehmen und bin
mit verehrungsvollen Grüßen Ihr sehr ergebener
(Adenauer)

Nr. 120
12. Oktober 1949 (Bonn): An den bayerischen Staatsminister *Dr. Anton Pfeiffer,* Bonn
StBKAH 10.02

Sehr geehrter Herr Doktor Pfeiffer[1]!

Gemäß unserer Vereinbarung vom Samstag, den 24.9.1949, übermittle ich Ihnen hiermit ein Schreiben, in welchem ich in meiner Eigenschaft als Präsident des ehemaligen Parlamentarischen Rates Sie ersuche und bevollmächtige, die Abwicklung des Apparates des früheren Parlamentarischen Rates und etwaiger noch nicht abgeschlossener Aufträge zu leiten.
Da Sie sich als Haushaltsreferent des Parlamentarischen Rates nicht nur von Anfang an bis zur Beendigung der Verfassungsarbeit, sondern auch in der Übergangszeit für die Vorbereitung der Bundesorgane in so dankenswerter Weise um die Überwachung der geschäftlichen Dinge wie auch um die Angelegenheiten des Personals angenommen haben, sind Sie mit den nun abzuschließenden Arbeiten so gut vertraut wie sonst keines der früheren Mitglieder.
Ich nehme gern Ihre Zusage an, daß Sie mir einen unter Ihrer Aufsicht zu erstellenden Bericht für den Obersten Rechnungshof besorgen wollen.
Mit dem von Ihnen dargelegten Grundsatz, daß die Angelegenheiten des Personals, das plötzlich in eine völlig neue, ungewohnte Arbeit hineingestellt worden war und das sich dann gut bewährt hat, wohlwollend behandelt werden, bin ich durchaus einverstanden. Insbesondere begrüße ich es, daß Sie die Interessen der Sekretariatsangehörigen unter den veränderten Verhältnissen wahrzunehmen beabsichtigen. Es ist mir ange-

nehm zu wissen, daß Sie über wichtigere Maßnahmen mit mir im Benehmen bleiben wollen.
Sie haben auch meine Zustimmung dazu, daß Sie Herrn Troßmann[2] mit der technischen Seite der Abwicklung als Nebenaufgabe betrauen wollen, auch wenn er sich inzwischen einer anderen Hauptaufgabe gewidmet hat.
Auch mir liegt, wie Ihnen, sehr am Herzen, daß die unter Ihrer Zustimmung eingeleitete und schon verhältnismäßig weit gediehene wissenschaftliche Bearbeitung der Entstehungsgeschichte der einzelnen Artikel des Grundgesetzes noch zum Abschluß gebracht wird. Damit wird eine Grundlage für die künftigen verfassungsgesetzlichen Arbeiten der Bundesregierung, insbesondere des Bundesinnenministeriums, geschaffen[3].
Ich ermächtige Sie, aus den finanziellen Mitteln über jene Beträge zu verfügen, die notwendig sind, um die Erledigung der vorgenannten wissenschaftlichen Arbeit sicherzustellen, um die Angelegenheiten des noch vorhandenen Personals ordnungsgemäß abzuwickeln und die Abschlußgratifikation zu leisten, die schon im Mai geplant war. Für die Verwertung des vorhandenen Inventars und für die Zuweisung der Akten an ein dafür geeignetes Bundesorgan erbitte ich Ihre Vorschläge.
Ich bin auch mit Ihrem Vorschlage einverstanden, den früheren Abgeordneten, Herrn Theophil Kaufmann, um seine Mitarbeit zur Erschließung seiner Notizen und seiner Privatakten und um eine Darstellung der Verhandlungen des Fünferausschusses zu ersuchen[4].
Mit dem Ausdruck vorzüglicher Hochachtung A

Nr. 121
14. Oktober 1949 (Rhöndorf): An *Jacob Lindner,* Köln-Riehl
StBKAH 14.58

Sehr geehrter Herr Lindner[1]!

Haben Sie besten Dank für Ihren Brief vom 19. September und das warme Mitgefühl, das daraus spricht.
Unter der Kontrolle eines Arztes bin ich nicht. Ich glaube auch nicht, daß sie viel Zweck hätte. Meine Verhältnisse erlauben einfach keine Schonung.
Mit freundlichen Grüßen Ihr
(Adenauer)

Nr. 122

17. Oktober 1949 (Bonn): An den Bundesminister für gesamtdeutsche Fragen, *Jakob Kaiser*, Bonn

Original in BA, NL Kaiser, vorl. Nr. 89, auf Kopfbogen des Bundeskanzlers, ohne Anrede und Grußformel

Soeben bekomme ich ein Schreiben, dessen Briefkopf lautet »Der Bundesminister für gesamtdeutsche Fragen« vom 15.10.49. Es ist unterzeichnet »In Vertretung« »Thedieck«[1]. Herr Thedieck hat kein Recht, »In Vertretung« zu zeichnen[2].

Adenauer

Nr. 123

18. Oktober 1949 (Rhöndorf): An die Universitätsbuchhandlung H. Bouvier & Co, Bonn

StBKAH 07.07

Sehr geehrte Herren!

Haben Sie vielen Dank für die Übersendung der drei Kriminalromane. Die beiden Bücher von Edgar Wallace[1]: »Der Zinker« und »Der Safe mit dem Rätselschloß« gebe ich Ihnen in der Anlage wieder zurück. Wenn Sie nochmals gute Kriminalromane hereinbekommen, wäre ich Ihnen für Übersendung dankbar.

Mit vorzüglicher Hochachtung
(Adenauer)

Nr. 124

18. Oktober 1949 (Bonn): An Generaldirektor *Dr. Heinrich Kost*, Essen

StBKAH 10.01

Sehr geehrter Herr Generaldirektor[1]!

Wie ich erfahre, ist die Frage der Ergänzung des Vorstandes der Rheinischen Aktiengesellschaft für Braunkohlenbergbau und Brikettfabrikation, Köln, akut.

Als früherem Kölner Oberbürgermeister, der in dieser Eigenschaft lange Jahre deren Aufsichtsrat angehört hat, liegt mir ihr Schicksal im Interesse Kölns und des gesamten Reviers sehr am Herzen[2]. Bei der Erwerbung der Aktienmehrheit[3] der RAG durch die Braunkohlen- und Brikettwerke Roddergrube Aktiengesellschaft, Brühl Bez. Köln, bzw. das Rheinisch-Westfälische Elektrizitätswerk A.G., Essen, wurde mir ebenso wie

Herrn Geheimrat G. Brecht[4] seitens des RWE die Zusage gegeben, daß die Unabhängigkeit der Gesellschaft auch nach dem Mehrheitserwerb auf jeden Fall erhalten bleiben solle. Ebenso wurde mir damals erklärt, daß auch nicht durch personelle Maßnahmen irgendwie die RAG den Charakter als freie Gesellschaft verlieren solle. Die gleichen Zusicherungen wurden damals der Industrie- und Handelskammer (Herrn Dr. Pferdmenges) gegenüber ausgesprochen. Bei dieser Situation wäre ich Ihnen, sehr geehrter Herr Kost, dankbar, wenn Sie etwaige Vorschläge der derzeitigen RAG-Verwaltung hinsichtlich der Ergänzung des Vorstandes würdigen wollten. Ich bin überzeugt, daß diese Vorschläge der Verwaltung am besten den Interessen des Unternehmens dienen, zumal die Verwaltung traditionsgemäß bestrebt sein muß, den notwendigen Ausgleich zwischen den verschiedenen interessierten Gruppen zu finden.

Mit vorzüglicher Hochachtung
Ihr sehr ergebener
A

Nr. 125

20. Oktober 1949 (Bonn): An *Lord Layton,* London

BA, B 136/6431[1], Telegrammvorlage mit hs. Ergänzungen Blankenhorns

Ich nehme Bezug auf Ihren Besuch[2]. Bitte um Feststellung und Mitteilung, ob Antrag Bundesrepublik Deutschland auf Aufnahme im Europa-Rat sichere Aussicht auf Annahme hat – Stop – Muß Antrag vor Zusammentritt des Ministerausschusses Europarats, das ist vor 3. November, gestellt werden und an wen[3]?

Dr. Adenauer

Nr. 126

22. Oktober 1949 (Bonn): An den Vizepräsidenten des Deutschen Bundestages, *Dr. Hermann Schäfer,* Bonn

StBKAH 12.32

Sehr geehrter Herr Dr. Schäfer[1]!

Von Herrn Dr. v. Brentano[2] als Vorsitzendem der CDU/CSU-Fraktion erhalte ich die beiliegende Nummer des Deutschen Kuriers. Er macht mich darauf aufmerksam, wie schwierig dadurch die Situation für die hessischen Abgeordneten der CDU sei. Ich bitte Sie, soweit es in Ihren Kräften steht, doch in der FDP-Presse darauf hinzuweisen, daß derartige Ausführungen absolut übertrieben seien.

Mit freundlichen Grüßen

Ihr ergebener
A

Nr. 127
22. Oktober 1949 (Rhöndorf): An *Dr. Lili Sertorius,* Freiburg/Breisgau
StBKAH 07.08

Liebe Lili[1]!

Anliegend sende ich Dir die Bücher, die Du mir freundlicherweise einmal geliehen hast, mit herzlichem Dank zurück. Entschuldige, daß es nicht schon länger geschehen ist, aber, wie Du Dir wohl denken kannst, bin ich z. Zt. außerordentlich in Anspruch genommen. Viel darüber zu schreiben, lohnt sich nicht. Man muß sehen, wie man durchkommt. Es ist aber schwerer, als ich es mir früher vorgestellt habe. Man hat keine Leute, und die sachlichen Schwierigkeiten, die einem auch von außen her bereitet werden, sind sehr groß.
Paul ist wieder im Seminar, Lotte studiert, Libet denkt schon viel an ihre Hochzeit, die nächstes Jahr sein soll. Ich selbst bin kaum zu Hause.
Ich habe noch eine Bitte:
Du wirst Herrn Knecht[2] kennen von Herder. Kannst Du bei ihm Erkundigungen einziehen über Herrn Stark[3]? Ich habe mit Herrn Stark gesprochen, um ihn evtl. als Bundespressechef[4] zu gewinnen. Er hat sich Entscheidung vorbehalten. Er sagt weiter, daß er dort Verpflichtungen übernommen habe, denen er zunächst wenigstens nicht entsagen könne.
Herzliche Grüße von uns allen

Dein Onkel

N.S.:
Sind das alle Bücher, die ich von Dir besitze, oder fehlt noch etwas?

Nr. 128
24. Oktober 1949 (Rhöndorf): An Rechtsanwalt *Georg Jöstingmeier,* Münster/Westfalen
StBKAH 07.27

Sehr geehrter Herr Jöstingmeier[1]!

Ihr Brief vom 22. d. Mts.[2] hat mich außerordentlich interessiert. Ich bin mit allem durchaus einverstanden. Ich würde mich sehr freuen, wenn Sie Erfolg haben. Wir haben bisher in Nordrhein-Westfalen wahrhaftig mit unserer Tätigkeit keinen Ruhm geerntet. Nordrhein-Westfalen ist und bleibt das wichtigste Land für unsere Partei. Unsere Partei muß in Nordrhein-Westfalen endlich einmal führend auftreten. Das gilt insbesondere bezüglich der Verfassung, die auf christlicher Grundlage aufgebaut wer-

den muß. Ich empfehle dringend die Sprache, die wir im Grundgesetz angewandt haben, zu beachten. Ich bin überzeugt, die Sozialdemokraten werden sogar zustimmen, wenn man nur etwas energischer gegen sie verfährt, als das bisher der Fall gewesen ist. Sie haben ja auch dem Grundgesetz zugestimmt.
An Herrn Terdenge[3] werde ich denken. – Bitte, halten Sie mich weiter auf dem Laufenden.
Ich wünsche Ihnen alles Gute und bin
mit herzlichen Grüßen Ihr sehr ergebener
(Adenauer)

P.S.: Geben Sie mir bitte umgehenden telefonischen Bescheid, wann ich nächsten Freitag, wenigstens kurz, in die Fraktionssitzung kommen soll.

Nr. 129
25. Oktober 1949 (Bonn): An den nordrhein-westfälischen Ministerpräsidenten *Karl Arnold*, Düsseldorf
StBKAH 10.01, mit ms. Vermerk *»Persönlich!«*

Sehr geehrter Herr Arnold!

In der Fraktion der CDU/CSU besteht bei einem Teil der Mitglieder die Absicht, für Frankfurt und gegen Bonn zu stimmen[1]. Ich habe in einer Besprechung darauf hingewiesen, daß durch die Verlegung nach Frankfurt die CDU der britischen Zone, insbesondere aber die CDU von Nordrhein-Westfalen, vor allem auch Sie, außerordentlich im Ansehen geschädigt würden und daß sich daher ein solcher Beschluß bei den bevorstehenden Landtagswahlen äußerst ungünstig auswirken würde.
Ich empfehle Ihnen, an den Vorsitzenden der Fraktion, Herrn v. Brentano, unverzüglich zu schreiben und ihn zu bitten, Ihnen Gelegenheit zu geben, in der Fraktion über die politische Seite der Angelegenheit, insbesondere hinsichtlich der CDU von Nordrhein-Westfalen und Ihres Kabinetts, sprechen zu dürfen.
Vorher würde ich dann gern mit Ihnen über die Angelegenheit mich noch benehmen.
Mit vielen Grüßen Ihr ergebener
(Dr. Adenauer)

Nr. 130

25. Oktober 1949 (Bonn): An den Bundesminister für Verkehr, *Dr. Hans-Christoph Seebohm,* Bonn

StBKAH III/21, ohne Anrede und Grußformel

Die Verhältnisse bei den Bundesbahnen sind, wie aus den Ausführungen, die der Abgeordnete Linnert[1], als Sie am Freitag nicht anwesend waren, gemacht hat, derartig, daß die Bundesbahnen anscheinend zu ihrer Neuordnung in technischer und finanzieller Hinsicht eine volle Kraft für sich allein benötigen. Der Gedanke, die Bundesbahnen zu einer Abteilung des Verkehrsministeriums zu machen, erscheint mir der Nachprüfung bedürftig. Ich bitte, zu überlegen und mit Herrn Globke[2] zu besprechen, ob es sich nicht empfiehlt, möglichst bald Herrn *Frohne*[3] zum Generaldirektor der Bundesbahnen zu machen, damit er seine ganze Kraft der Reorganisation der Bundesbahnen widmen kann. Mr. McCloy hat unlängst mit mir über die Bundesbahnen gesprochen und ebenfalls erklärt, daß sie sehr reorganisationsbedürftig sind. Er sagte auf meine Frage, daß er gern bereit wäre, uns einen amerikanischen Berater zur Verfügung zu stellen. Er wies aber darauf hin, daß ein Herr Homberger[4], der früher bei der Reichsbahn gewesen sei und jetzt in Amerika ist, der beste Gutachter für eine Reorganisation der Bundesbahnen sei.

Wenn man Herrn Frohne die Leitung der Bundesbahnen mit der besonderen Aufgabe einer Reorganisation übertrüge, so würde das eine Aufgabe sein, die Herrn Frohne völlig ausfüllen würde. Herr Frohne käme dann als Staatssekretär für das Verkehrsministerium nicht in Frage, wohl aber Herr *Schiller*[5]. Ich könnte mir denken, daß bei Herrn Frohne gegen eine solche Regelung eine gewisse Abneigung vorhanden ist. Es wäre meines Erachtens zu prüfen, ob man nicht den Bundesbahnen unter Herrn Frohne eine relative Selbständigkeit gibt, um auch diesen Bedenken gerecht zu werden.

Ich bitte Sie, die Angelegenheit baldigst zu prüfen, damit sie in der nächsten Kabinetts-Sitzung erörtert werden kann.

Nr. 131
27. Oktober 1949 (Bonn): An den Hohen Kommissar des Vereinigten Königreiches, General *Sir Brian H. Robertson,* Schloß Röttgen
StBKAH III/6

Sehr geehrter Herr General,

Anläßlich des gemeinsamen Abendessens[1] auf Schloß Röttgen[2] haben wir uns über deutsche Weine unterhalten. Ich bin nunmehr in der glücklichen Lage, Ihnen die versprochenen Proben einiger guter Erzeugnisse unseres Weinbaues von Mosel und Rhein zu übersenden. Ich hoffe, daß diese Ihren Gefallen finden.
Genehmigen Sie, Herr General, den Ausdruck meiner ausgezeichnetsten Hochachtung.

A

Nr. 132
30. Oktober 1949 (Rhöndorf): An den Vorsitzenden der CDU/CSU-Fraktion des Deutschen Bundestages, *Dr. Heinrich von Brentano,* Darmstadt
Original in BA, NL von Brentano, Bd. 154, auf Kopfbogen des Bundeskanzlers

Sehr geehrter Herr von Brentano!

Gestern erhielt ich Ihren Brief[1], in dem Sie mir mitteilen, daß Sie sich bemühen, in der Abstimmung über die Anträge betr. Verlegung des Sitzes der Obersten Bundesorgane von Bonn nach Frankfurt (Main) eine Debatte zu vermeiden. Ich habe gestern abend um 10 Uhr den Bericht des Ausschusses[2] erhalten. Dieser Bericht ist lückenhaft und z. T. auch unklar, er sagt auch nichts über die nationale Bedeutung der Angelegenheit, so daß sich eine Debatte m. E. nicht vermeiden läßt. Sowohl als Bundeskanzler lege ich namens der Bundesregierung Wert auf eine Debatte[3], wie auch als Vorsitzender der CDU der britischen Zone. Die Angelegenheit ist für uns parteipolitisch von zu großer Bedeutung[4].
Ich teile Ihnen das jetzt schon mit, damit Sie sich bei der SPD keine weitere Mühe zu machen brauchen.

Mit vielen Grüßen

Ihr ergebener
(Adenauer)

P.S.: Ich richte den Brief gleichzeitig an Ihre Anschrift in Darmstadt und Bonn.

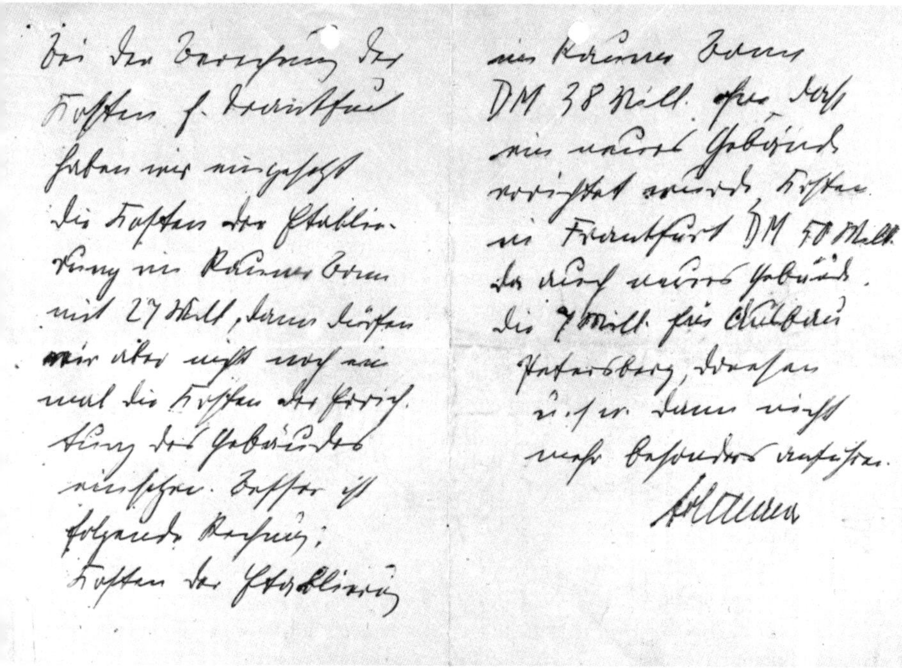
bei der Berechnung der Kosten f. Frankfurt haben wir eingesetzt die Kosten der Stabilisierung im Kölner Raum mit 27 Mill, dann dürfen wir aber nicht noch ein mal die Kosten der Errichtung des Gebäudes einsetzen. Daher ist folgende Rechnung: Kosten der Stabilisierung im Kölner Raum DM 38 Mill. ohne daß ein neues Gebäude errichtet würde, Kosten in Frankfurt DM 50 Mill. [illegible] durch neues Gebäude. Die 7 Mill. für Neubau Petersberg, brauchen [illegible] dann nicht mehr besonders aufführen.

Adenauer

Aktennotiz zur Kostenberechnung für die Bundesbauten
(Dok. Nr. 132A)

Nr. 132 A

[31. Oktober] 1949 (Bonn): Aktennotiz zur Kostenberechnung für die Bundesbauten

StBKAH 12.50, eigenhändig, o. D.[1]

Bei der Berechnung der Kosten f. Frankfurt haben wir eingesetzt die Kosten der Etablierung im Raume Bonn mit 27 Mill., dann dürfen wir aber nicht noch einmal die Kosten der Errichtung des Gebäudes einsetzen. Besser ist folgende Rechnung: Kosten der Etablierung im Raume Bonn DM 38 Mill., ohne daß ein neues Gebäude errichtet würde, Kosten in Frankfurt DM 50 Mill., da auch neues Gebäude. Die 7 Mill. für Ausbau Petersberg[2], Dreesen[3] usw. dann nicht mehr besonders anführen.

Adenauer

Nr. 133

31. Oktober 1949 (Bonn): An den Hohen Kommissar des Vereinigten Königreiches, General *Sir Brian H. Robertson,* Schloß Röttgen

StBKAH 09.20, Druck: Mitteilungen des Presse- und Informationsamtes der Bundesregierung vom 31.10.1949 (ohne Nr.)

Herr Hoher Kommissar!

Entsprechend der im Juni getroffenen interalliierten Abrede[1] ist gestern Bonn geräumt worden. Damit ist der Sitz der Bundesorgane frei von alliierten Truppen und Kontrollstäben. Namens der Bundesregierung beehre ich mich, Euer Exzellenz für diese Maßnahmen, ‹die ich besonders auch im Hinblick auf die Entwicklung in der Ostzone[2] begrüße›[a], meinen verbindlichsten Dank auszusprechen.

Dr. Adenauer
Bundeskanzler

Nr. 134

1. November 1949 (Bonn): An den Geschäftsführenden Vorsitzenden der Alliierten Hohen Kommission, General *Sir Brian H. Robertson,* Bonn-Petersberg

Druck: Stenographische Berichte, Bd. 1, S. 398; Konrad *Adenauer,* Erinnerungen, Bd. 1, S. 253f.

Herr Hoher Kommissar!

Bei den Verhandlungen über die Demontagefrage[1] ist betont worden, daß sie zwar auch eine Reparationsfrage, vor allem aber ein Sicherheitsproblem sei. Es ist in diesem Zusammenhang wiederholt die Frage nach dem deutschen Kriegspotential aufgeworfen worden.

Die deutsche Bundesregierung erklärt hiermit, daß sie das Sicherheitsbedürfnis gegenüber der Bundesrepublik Deutschland als Realität in Rechnung stellt und ihm, soweit irgend möglich, Rechnung zu tragen gewillt ist.

Sie ist daher grundsätzlich zur Mitarbeit in jedem Organ bereit, das dazu dient, das etwaige Kriegspotential Deutschlands zu kontrollieren. Die Bundesregierung ist sich bewußt, daß in den Kreis der Sicherheitsfrage auch die Stahlproduktionskapazität fällt.

Die Bundesregierung schlägt vor, sofort einen Ausschuß unter Teilnahme deutscher Vertreter zu berufen, der die Sicherheitsfrage und auch die mit ihr zusammenhängenden internationalen wirtschaftlichen Fragen prüft. Sie bittet, die Demontagen bis zum Bericht dieses Ausschusses nicht fortzusetzen, auf alle Fälle sie entsprechend zu verlangsamen.

Die Bundesregierung verspricht sich von der Arbeit dieses Ausschusses eine wesentliche Förderung der europäischen Zusammenarbeit.

Genehmigen Sie, Herr Hoher Kommissar, den Ausdruck meiner ausgezeichnetsten Hochachtung.

gez. Adenauer

Nr. 135
2. November 1949 (Rhöndorf): An Rechtsanwalt *Georg Jöstingmeier,* Münster/Westfalen
StBKAH 07.27

Sehr geehrter Herr Jöstingmeier!

Haben Sie vielen Dank für Ihren Brief vom 31. Oktober[1], über den ich mich besonders gefreut habe. Hoffentlich haben Sie Erfolg! Es wäre eine große Tat zum allgemeinen Besten und für unsere Partei. Was man fortgesetzt auf dem Gebiete der Personalpolitik, auch in dem dem Herrn Halbfell[2] unterstehenden Gebiete der Verwaltung hört, ist unglaublich. Wenn Sie irgendeinmal Unterstützung durch mich brauchen, stehe ich gerne zur Verfügung.
Mit herzlichen Grüßen Ihr ergebener
(Adenauer)

Nr. 136
2. November 1949 (Bonn): An *Dr. Lina Morino,* Rom
StBKAH 10.02

Sehr geehrte Frau Morino[1],

für Ihre freundlichen Bemühungen, mich in Genf privat unterzubringen, danke ich Ihnen sehr herzlich. Wie ich soeben erfahre, ist die für den 4. November geplante Zusammenkunft bis auf weiteres verschoben worden. Es wäre mir auch bei der gegenwärtigen außerordentlichen Inanspruchnahme nicht möglich gewesen, zu diesem Zeitpunkt nach Genf zu kommen. Die Frage der Aufnahme Deutschlands in den Europarat scheint mir nach einigen, kürzlich hier eingegangenen vertraulichen Informationen auf gutem Wege zu sein, so daß ich glaube, daß eine besondere Erklärung der deutschen Bereitschaft vor dem Zusammentritt des Ministerrats nicht erforderlich ist[2].
Ich hoffe sehr, daß sich recht bald eine Gelegenheit bietet, Sie wiederzusehen, und verbleibe einstweilen
mit meinen besten Wünschen und Grüßen Ihr sehr ergebener
A

Nr. 137
7. November 1949 (Rhöndorf): An Schwester *M. Raymunda,*
Dominikanerkloster Neusatzeck bei Bühl/Baden
StBKAH 07.08

Liebe Schwester Raymunda[1]!

Ihr Brief vom 26. Oktober hat mich erfreut, wie mich lange ein Brief nicht mehr erfreut hat. Ich habe Neusatzeck und unseren damaligen Aufenthalt in so guter und lebhafter Erinnerung, daß mir Ihre Grüße sehr wohlgetan haben. Ich danke auch Ihnen und Ihren Mitschwestern herzlichst dafür, daß Sie für mich beten[2]. Es liegt eine sehr schwere Aufgabe vor mir, und ohne göttliche Hilfe kann sie nicht gelingen.
Seien Sie herzlichst gegrüßt sowie Ihr ganzer Konvent von

Ihrem sehr ergebenen
(Adenauer)

Nr. 138
9. November 1949 (Bonn): An den Bundesminister für Verkehr,
Dr. Hans-Christoph Seebohm, Bonn
StBKAH III/21, mit ms. Notiz *»Eilt sehr!«,* ohne Anrede und Schlußformel

Ich richte Ihre besondere Aufmerksamkeit auf die Erklärungen, die Herr Ministerpräsident Arnold im Landtag von Nordrhein-Westfalen abgegeben hat, die darin gipfeln, daß er einen Gesetzentwurf für Bundesbahn vorlegt[1]. Ich halte ein derartiges Vorgehen von Ländern für völlig unmöglich, auch mit dem Grundgesetz für nicht vereinbar.
Ich bitte Sie, Herrn Ministerpräsident Arnold darauf aufmerksam zu machen, daß diese Fragen in Ihrem Ministerium in voller Bearbeitung sind, daß ihm nicht die gleichen Unterlagen zur Verfügung stehen wie Ihnen und daß es wohl nicht richtig sei, wenn solche Doppelarbeit geleistet würde. Auch bitte ich zu überlegen, ob Sie nicht eine entsprechende Mitteilung an die Presse gelangen lassen wollen.

Nr. 139
9. November 1949 (Bonn): An den nordrhein-westfälischen Finanzminister *Dr. Heinrich Weitz,* Düsseldorf

StBKAH 10.02, mit ms. Vermerk »*Persönlich!*«

Lieber Herr Weitz[1]!

Nunmehr sind die Würfel in dem Spiel Bonn–Frankfurt endgültig gefallen, zu Gunsten Bonns, zu Gunsten des Rheinlandes. Ich kann verstehen, daß Sie als Finanzminister von Nordrhein-Westfalen manche Schmerzen empfunden haben bei den notwendigen Vorbereitungen in Bonn. Aber nachdem nun der Erfolg endgültig eingetreten ist, hoffe ich, daß Sie diese Schmerzen vergessen.

Ich möchte Ihnen herzlichst danken für Ihre Hilfe, die Sie uns geleistet haben[2].

Mit herzlichen Grüßen Ihr sehr ergebener

A

Nr. 140
15. November 1949 (Bonn): An den bayerischen Staatsminister *Dr. Anton Pfeiffer,* Bonn

StBKAH 10.02, mit hs. Notiz Arenz »Durch Boten! ab 15.11.«

Sehr geehrter Herr Staatsminister[1]!

Meine Absicht, schon frühzeitig ein Staatssekretariat für Auswärtige Angelegenheiten einzurichten[2], hat sich bis jetzt leider aus den verschiedensten Gründen nicht durchführen lassen. Ich habe deshalb und zugleich auch wegen der außerordentlichen Inanspruchnahme durch andere vordringlichere Probleme meinen Plan immer wieder verschieben müssen, mich mit Ihnen über die Gestaltung des kommenden Auswärtigen Dienstes näher zu unterhalten. Ich hoffe aber, daß sich hierzu in absehbarer Zeit doch eine Gelegenheit bietet.

Es ist mir jedoch ein aufrichtiges Bedürfnis, Ihnen meinen Dank für Ihre Arbeit auszusprechen. Ihre mir vorliegende Denkschrift gibt nicht nur eine ausgezeichnete Übersicht über Aufgaben und Ziele eines zukünftigen Auswärtigen Amtes; sie enthält vielmehr auch bemerkenswerte Anregungen und Vorschläge über seine Organisation.

Ich wäre Ihnen dankbar, wenn Sie mir in einer Liste solche Persönlichkeiten benennen wollten, die für eine Verwendung im Auswärtigen Dienst in Frage kommen.

Mit freundlichen Grüßen und Wünschen stets Ihr sehr ergebener

(Dr. Adenauer)

Nr. 141
17. November 1949 (Bonn): An den Vorsitzenden des Bundestagsausschusses für auswärtige Angelegenheiten, Bonn
StBKAH III/18, ohne Schlußformel, dem Adressaten zugeleitet über den Bundestagspräsidenten (Begleitbrief a.a.O.)

Sehr geehrter Herr Vorsitzender[1]!

Wie ich Ihnen bereits mündlich mitgeteilt habe[2], sind aus der vertraulichen Sitzung des Ausschusses vom 4.11., in der ich Auskunft gegeben habe, Mitteilungen an Journalisten gemacht worden[3]. Die Namen der drei Mitglieder des Ausschusses, die Mitteilungen gemacht haben sollen, sind mir ebenfalls genannt worden. Ich bitte Sie um Benachrichtigung, welche Gewähr dafür geboten ist, daß in Zukunft keine Mitteilungen über vertraulich erklärte Verhandlungen an Journalisten gemacht werden.

(Dr. Adenauer)

Nr. 142
18. November 1949 (Rhöndorf): An *Dr. Hermann Pünder,* Köln-Marienburg
StBKAH 07.28

Sehr geehrter Herr Pünder!

Dieser Tage war Herr Reichsminister a. D. Geßler[1] bei Herrn Blankenhorn. Er hat mich nicht angetroffen. Er sagte, daß die Frage des Präsidenten des Roten Kreuzes noch einige Monate zurückzustellen sei. Er bittet dringend, daß Sie über die Angelegenheit nicht sprechen. Er sagte, Sie hätten darüber an mehreren Stellen gesprochen und dadurch Ihrer Kandidatur sehr geschadet[2].

Mit vielen Grüßen

Ihr ergebener
(Adenauer)

Nr. 143
19. November 1949 (Bonn): An den Bundesminister für Wirtschaft,
Professor Dr. Ludwig Erhard, Bonn
StBKAH III/21

Sehr geehrter Herr Minister!

Wie Sie wissen, ist uns in den Verhandlungen mit den Hohen Kommissaren[1] die Entsendung konsularischer und wirtschaftlicher Vertretungen ins Ausland zugestanden worden. Es ist deshalb erforderlich, die hierfür notwendigen vorbereitenden Maßnahmen so bald als möglich einzuleiten. Wie mir bekannt, hat der Organisationsstab für wirtschaftliche Vertretungen im Ausland bei der Hauptabteilung V bereits gewisse Vorarbeiten getroffen.
Ich habe den beim Bremischen Senat tätigen Staatsrat Dr. Wilhelm *Haas*[2] beauftragt, als Sachverständiger gemeinsam mit dem genannten Organisationsstab die notwendigen Vorbereitungen zu treffen[3].
Ich bitte, den Organisationsstab anzuweisen, sämtliche vorhandenen Unterlagen dem Bundeskanzleramt einzureichen und Herrn Dr. Haas bei seiner Arbeit jede erforderliche Unterstützung zu leisten.

Mit vorzüglicher Hochachtung
Ihr sehr ergebener
(Dr. Adenauer)

Nr. 144
22. November 1949 (Bonn): An den Direktor der Didier Werke AG,
Dr. Hermann Knuth, Bonn
StBKAH 10.01

Sehr geehrter Herr Knuth[1]!

Ihren Brief vom 16. November[2] habe ich erhalten. Ich danke Ihnen sehr dafür und freue mich, daß es innerhalb der SPD auch Männer gibt, die ihre eigene Meinung vertreten.
Rufen Sie doch gelegentlich einmal in meinem Vorzimmer an, wenn Sie von Ihren französischen Freunden etwas Interessantes gehört haben.
Mit freundlichen Grüßen

(Dr. Adenauer)

Nr. 145
22. November 1949 (Bonn): An Regierungspräsident *Dr. Wilhelm Warsch,* Köln
StBKAH 10.02

Sehr geehrter Herr Warsch[1]!

Bei dem schnellen Wiederaufbau der Städte besteht die Gefahr, daß die Baudenkmäler – Kirchen wie Profanbauten – durch unmaßstäbliche, überdimensionale Gebäude in der engeren Umgebung in ihrer Wirkung beeinträchtigt oder gar vernichtet werden. Ich bitte Sie deshalb, bei der besonderen Bedeutung der Kölner Baudenkmäler die Denkmalspflege in der Wahrung ihrer Interessen besonders zu unterstützen[2].
Mit freundlichen Grüßen (Dr. Adenauer)

Nr. 146
26. November 1949 (Bonn): An den Bundestagsabgeordneten *Paul Bausch,* Bonn
StBKAH 10.01

Sehr geehrter Herr Bausch!

Der Fraktion und Ihnen danke ich sehr herzlich für die freundlichen Glückwünsche anläßlich meines Namenstages. Ich freue mich namentlich, feststellen zu können, daß die schweren Stunden der letzten Tage und Nächte uns auch noch menschlich näher gebracht haben als bisher[1].
Mit freundlichen Grüßen
Ihr ergebener
(Dr. Adenauer)

Nr. 147
29. November 1949 (Bonn): An den Vorstand der Vereinigten Stahlwerke AG, Düsseldorf
Original in AThAG VSt-Presse 90100, auf Kopfbogen des Bundeskanzlers

Sehr geehrte Herren[1]!

Für das mir übersandte Schreiben vom 24.11.49 und die mir darin zum Ausdruck gebrachten herzlichen Glückwünsche sage ich Ihnen meinen besten Dank. Es war mir eine große Genugtuung und Freude, wenigstens einen Teil der Deutschen Stahlwerke vor der Zerstörung bewahrt zu haben. Hoffentlich ist es mir auch weiterhin vergönnt, auf dem eingeschlagenen Wege weitere Erfolge zum Wohle der deutschen Wirtschaft und des deutschen Arbeiters erzielen zu können[2]. Ihrem Wunsche entsprechend habe ich Ihre Glückwünsche auch den Mitgliedern der Bundesregierung übermittelt.

Mit vorzüglicher Hochachtung
Adenauer

Nr. 148
30. November 1949 (Bonn): An den Bundesminister für Wirtschaft, *Professor Dr. Ludwig Erhard,* Bonn

Original in LES, NL Erhard I. 1) 1, auf Kopfbogen des Bundeskanzlers, mit ms. Vermerk »*Persönlich.*«, ohne Anrede und Grußformel, Durchschlag an Dr. Hans Globke, Bonn

In der gestrigen Sitzung mit den Koalitionsparteien wurde lebhaft Klage darüber geführt, daß ein Gesetzentwurf über Monopole[1] veröffentlicht[2] sei, ohne daß die Abgeordneten davon etwas wüßten. Ich mußte zu meiner Beschämung sagen, daß ich ebenfalls nichts davon wüßte. Ich bitte um Äußerung, ob es sich wiederum um eine Indiskretion aus Ihrem Ministerium handelt[3]. Wenn das der Fall ist, ersuche ich Sie, mir Maßnahmen vorzuschlagen, die ein für alle Mal diesen fortgesetzten Indiskretionen, die gerade aus Ihrem Ministerium kommen, ein Ende machen. Wie Sie wissen, habe ich nicht den Eindruck, daß Ihr Ministerium organisatorisch so gestaltet und personaliter so besetzt ist, daß eine ruhige und Ihren und den Intentionen der Bundesregierung entsprechende Fortführung der Geschäfte gewährleistet ist, wenn Sie abwesend sind. Weil Sie oft abwesend sein müssen, muß gerade in Ihrem Ministerium nach beiden Richtungen hin alles geschehen, was möglich ist. Ich bitte, in Zusammenarbeit mit Herrn Vizepräsidenten Dr. Globke[4] mir Vorschläge über die Organisation Ihres Ministeriums baldigst zu machen. Die personelle Frage Ihres Ministeriums, insbesondere die Frage des Staatssekretärs, kann erst entschieden werden, wenn diese Organisationsvorschläge vorliegen[5].
Durchschlag dieses Schreibens lasse ich Herrn Dr. Globke zugehen.

(Dr. Adenauer)

Nr. 149

30. November 1949 (Bonn): An den Bundesminister für Ernährung, Landwirtschaft und Forsten, *Professor Dr. Wilhelm Niklas,* Bonn

StBKAH III/21, mit ms. Vermerk »*Persönlich!*«, ohne Anrede und Grußformel[1]

In der gestrigen Koalitionsbesprechung wurde lebhaft Klage geführt über den Verlauf der Sitzungen Ihres Ausschusses. Es wurde von Herrn Abgeordneten Schäfer erklärt, daß Sie dort Ansichten vertreten hätten, die der allgemeinen wirtschaftlichen Auffassung der Bundesregierung widersprechen[2], und daß dieses Thema von Mitgliedern des Ausschusses aufgegriffen worden sei und daß der Ausschuß Untersuchungen usw. in Gang setze, die unbedingt Sache der Bundesregierung sein müßten. Ich beabsichtige, die Angelegenheit in der nächsten Kabinetts-Sitzung zur Sprache zu bringen.

(Dr. Adenauer)

Nr. 150

30. November 1949 (Bonn): An den Geschäftsführenden Vorsitzenden der Alliierten Hohen Kommission, General *Sir Brian H. Robertson,* Bonn-Petersberg

AA, Noten an AHK, Bd. 1

Herr Hoher Kommissar!

Unter Bezugnahme auf Punkt II der Abmachungen auf dem Petersberg[1] vom 22. November 1949 beehre ich mich, die Aufnahme der Bundesregierung in die Internationale Ruhrbehörde[2] zu beantragen. Ich wäre dankbar, wenn dieser Antrag an die Internationale Ruhrbehörde sowie an die beteiligten Regierungen weitergeleitet würde[3].
Genehmigen Sie, Herr Hoher Kommissar, den Ausdruck meiner ausgezeichnetsten Hochachtung.

gez. Adenauer

Nr. 151
5. Dezember 1949 (Rhöndorf): An *Professor Dr. Werner Heisenberg,* Max-Planck-Institut für Physik, Göttingen
StBKAH 07.07

Sehr geehrter Herr Professor[1]!

Mir wurde vorgeschlagen, für die Stelle im Bundeskanzleramt, die sich mit der Förderung der Wissenschaft und Forschung beschäftigt[2], Staatssekretär *Wende*[3], Hannover, zu nehmen.
Ich kenne Herrn Wende von früher und habe ihn dieser Tage zu mir kommen lassen[4]. Er macht einen frischen Eindruck, scheint aber etwas bürokratisch. Sicher ist aber dieser Eindruck noch nicht. Sie werden gewiß öfters mit Herrn Wende in den letzten Jahren zusammengetroffen sein. Bitte, teilen Sie mir umgehend mit, ob Herr Wende nach Ihrer Auffassung in Betracht kommt.
Ich bitte, dieses Schreiben *vertraulich* zu behandeln.
Mit freundlichen Grüßen

Ihr ergebener
(Adenauer)

Nr. 152
6. Dezember 1949 (Bonn): An den Hohen Kommissar der Französischen Republik, Botschafter *André François-Poncet,* Bonn-Petersberg
AA, Noten an AHK, Bd. 1, mit ms. Briefkopf wie Nr. 101

Herr Hoher Kommissar,

Euer Exzellenz beehre ich mich, folgende Bitte zu unterbreiten:
In französischen Gefängnissen befindet sich noch eine große Zahl von deutschen Staatsangehörigen, gegen die Untersuchungen wegen des Verdachts von Kriegsverbrechen oder sonstiger strafbarer Handlungen eingeleitet sind oder eingeleitet werden sollen[1]. Die lange Dauer der Untersuchungshaft, die in zahlreichen Fällen schon mit Kriegsende eingesetzt hat, bedeutet nicht nur eine Härte für die Betroffenen selbst, sondern vor allem auch eine starke seelische Belastung für die Angehörigen in Deutschland, die zudem infolge der langjährigen Abwesenheit ihrer Ernährer vielfach in große materielle Not geraten sind. Die Bundesregierung würde es daher dankbar begrüßen, wenn die französische Regierung auf eine möglichste Beschleunigung der anhängigen Verfahren und eine baldige Freilassung aller der Gefangenen hinwirken würde, deren Schuldlosigkeit sich durch die Voruntersuchung ergibt.

Genehmigen Sie, Herr Hoher Kommissar, den Ausdruck meiner ausgezeichnetsten Hochachtung.

gez. Dr. Adenauer

Nr. 153

9. Dezember 1949 (Bonn): An den Bundesminister für gesamtdeutsche Fragen, *Jakob Kaiser*, Bonn

Original in BA, NL Kaiser, vorl. Nr. 224; auf Kopfbogen des Bundeskanzlers

Sehr geehrter Herr Kaiser[1]!

Ihr Schreiben vom 8. Dezember habe ich erhalten.

Ich beeile mich, Ihnen schriftlich zu antworten, weil ich nicht weiß, ob ich Sie heute sprechen kann.

1. In der Frage Berlin[2] geschieht, soweit ich das beurteilen kann, seitens der verschiedenen Ministerien alles, was möglich ist und auch mit denkbar größter Beschleunigung. Natürlich haben die Minister auch noch andere Sachen zu erledigen als die Berlin-Angelegenheit. Die Frage der Verlegung von Dienststellen nach Berlin ist, wie Sie wissen, sehr schwierig. Ich hoffe, daß der Minister-Ausschuß, der in der letzten Kabinetts-Sitzung beschlossen wurde[3], die Frage einer Lösung näher bringen wird.
2. Die Angelegenheit des Herrn Thedieck[4].

   Zunächst stelle ich fest, daß doch wohl Ihre Erinnerung nicht ganz zutreffend ist, wenn Sie sagen, daß ich Ihrem Vorschlag, Herrn Thedieck zum Staatssekretär zu ernennen, zunächst nicht widersprochen hätte. Der Hergang war folgender: Sie sagten mir, Sie würden mir einen Namen nennen, ich möchte nicht von vornherein nein sagen oder Bedenken haben. Darauf nannten Sie den Namen Thedieck. Ich erwiderte Ihnen, nach Ihren vorangegangenen Worten hätte ich das erwartet, es bestünden Bedenken, ich käme auf die Angelegenheit zurück.

   Ich betone nun zunächst noch einmal ausdrücklich, daß sich meine Bedenken, wenigstens bis jetzt, nicht gegen die Persönlichkeit des Herrn Thedieck gerichtet haben, auch bin ich weit entfernt davon, Herrn Thedieck einen Vorwurf zu machen wegen der Art, in der er seine Tätigkeit in Belgien ausgeübt hat[5]. Wie ich Ihnen aber bereits mitgeteilt habe, haben absolut unparteiische, für mich maßgebende Herren in Belgien mich gebeten[6], im Hinblick auf die erstrebten guten Beziehungen zwischen der Bundesrepublik Deutschland und Belgien, Herrn

Thedieck nicht zum Staatssekretär gerade dieses Ministeriums ernennen zu lassen. Auch diese Persönlichkeiten, die mir den Rat gegeben haben, haben an der Tätigkeit des Herrn Thedieck in Belgien keine Kritik geübt. Ich bin der Auffassung, daß wir sorgsam alles vermeiden müssen, was das gegen Deutschland bestehende sehr schwere Mißtrauen irgendwie begünstigen würde. Unter einer solchen Erwägung müssen unbedingt alle persönlichen Rücksichten zurücktreten. Ich darf Sie daran erinnern, daß wir uns im Kabinett darüber einig waren, daß auch ein in Gruppe V eingestufter früherer PG nicht Staatssekretär werden könne, und zwar lediglich wegen des Eindrucks, den eine solche Ernennung nach außen machen würde. Ich darf Sie weiter daran erinnern, daß ich von der Ernennung des Herrn Vize-Präsidenten Globke zum Staatssekretär Abstand genommen habe, sehr ungern Abstand genommen habe, weil er, der nicht PG war, an dem bekannten Kommentar[7] mitgearbeitet hatte und wir bei der Ernennung von Staatssekretären sorgsam darauf achten müssen, daß wir nicht irgendwelchen Angriffen dadurch Material geben. Ich kann nicht einsehen, daß Herr Thedieck einen Anspruch darauf hat, besser behandelt zu werden als andere. Ich möchte Sie bitten, nicht unter allen Umständen darauf zu bestehen, daß Herr Thedieck Staatssekretär wird. Selbstverständlich muß zwischen Minister und Staatssekretär ein Vertrauensverhältnis herrschen, aber ich glaube nicht, daß Herr Thedieck der einzige Verwaltungsbeamte ist, zu dem Sie Vertrauen haben dürfen.

Neu allerdings kommt noch folgendes hinzu, und das erklärt Ihnen vielleicht den obigen Satz, daß ich bis jetzt gegen die Persönlichkeit des Herrn Thedieck an sich keine Bedenken gehabt habe. Bei mir ist vor wenigen Tagen, nach der Besprechung, die ich mit Herrn Thedieck gehabt habe[8], ein Kabinettsmitglied vorstellig geworden[9] und hat seine Bedenken gegen die Ernennung des Herrn Thedieck zum Staatssekretär u. a. damit begründet, daß er sagte, die Stelle zur Bekämpfung des Separatismus, die Herr Thedieck in den zwanziger Jahren geleitet habe[10], sei nach Abflauen der separatistischen Bewegung in eine Stelle zur Bekämpfung des Föderalismus umgewandelt worden. Diese Stelle zur Bekämpfung des Föderalismus habe Herr Thedieck geleitet. Er habe dabei sehr gegen den von den Nazis gemordeten Professor Schmittmann[11] gearbeitet, so daß die Ermordung des Herrn Professor Schmittmann, wenn auch selbstverständlich nicht auf den Willen des Herrn Thedieck, so indirekt doch auf seine Tätigkeit zurückzuführen sei.

Ich habe zu diesen Mitteilungen des Mitgliedes des Kabinetts noch kei-

ne Stellung genommen, sondern habe Auftrag gegeben, daß in vorsichtiger Weise der Sachverhalt geklärt wird[12]. Ich bitte Sie, die Angelegenheit absolut diskret zu behandeln auch gegenüber Herrn Thedieck. Falls die Behauptung sich als unbegründet herausstellt, ist es nicht nötig, Herrn Thedieck zu beunruhigen; falls sich ergibt, daß Grund zu der Annahme, sie sei zutreffend, besteht, wird Herr Thedieck Gelegenheit haben, sich dazu zu äußern. Aber Sie werden verstehen, daß, nachdem von einem Mitglied des Kabinetts mir diese Bedenken mitgeteilt worden sind, diese Angelegenheit geprüft werden muß.
Für das Amt des Staatssekretärs in Ihrem Ministerium bringt Herr Thedieck besondere Erfahrungen auf diesem Gebiet nicht mit sich. Er hat Erfahrungen bezüglich der Westgrenzen. Aber gerade hier wird sich Ihr Ministerium jeder Tätigkeit enthalten müssen. Herr Thedieck hat aber keine Erfahrungen bezüglich Berlins und der Ostzone, so daß ich also auch hier nicht einsehe, warum unbedingt Herr Thedieck bei Ihnen Staatssekretär werden muß.

3. Wenn Sie, sehr geehrter Herr Kaiser, ausführen, daß es für Herrn Thedieck eine unmögliche Situation bedeuten würde, wenn er nicht Staatssekretär würde, so kann ich dieser Argumentation in keiner Weise beipflichten. Ich selbst war aufs äußerste überrascht, als öffentlich erklärt wurde, Herr Thedieck werde Staatssekretär. Ich mußte bei einem Telefon-Ausruf im Bundestagsrestaurant selbst hören, wie ausgerufen wurde, Herr Staatssekretär Thedieck möchte sich in eine bestimmte Telefonzelle begeben. Solche sehr voreiligen Mitteilungen können nur aus Ihrem Ministerium heraus an die Öffentlichkeit gelangt sein. Selbstverständlich ist das für Herrn Thedieck nicht angenehm, aber ich kann darin keinen zwingenden Grund sehen, ihn nunmehr zum Staatssekretär zu ernennen.
4. Bitte prüfen Sie doch die Frage, wer Staatssekretär bei Ihnen werden kann, wenn es unmöglich ist, Herrn Thedieck zu ernennen. Ich meine, man darf nun doch unter keinen Umständen sich so einzig und allein auf eine Person verlassen.

Mit vielen Grüßen

Ihr ergebener
(Adenauer)

Nr. 154
10. Dezember 1949 (Bonn): An Bundespräsident
Professor Dr. Theodor Heuss, Bad Godesberg
StBKAH III/47

Sehr geehrter Herr Bundespräsident!

Ich darf mir die Frage erlauben, ob Ihr am 7. Dezember Vertretern der Associated Press gegebenes Interview, das großes Aufsehen erregt hat, dem in der Frankfurter Allgemeinen Zeitung vom 9. Dezember 1949 wiedergegebenen Wortlaut entspricht[1].
Mit dem Ausdruck meiner ausgezeichnetsten Hochachtung

Ihr sehr ergebener
(Dr. Adenauer)

Nr. 155
15. Dezember 1949 (Rhöndorf): An Erzbischof *Josef Kardinal Frings,* Köln-Bayenthal
StBKAH 07.07

Sehr verehrte Eminenz!

Dankbar bestätige ich den Empfang der »Kölner Aktenstücke«[1]. Das Buch ist eine außerordentlich wertvolle Zusammenstellung, die geeignet ist, sehr viele Vorurteile und Mißverständnisse zu beseitigen. Es wird seinen bleibenden Wert behalten.
Mit ergebensten Grüßen, wie immer, Ihr
(Adenauer)

Nr. 156

16. Dezember 1949 (Bonn): An den Geschäftsführenden Vorsitzenden der Alliierten Hohen Kommission, Botschafter *André François-Poncet,* Bonn-Petersberg

AA 243-01, Bd. 1, Abschrift mit Begleitschreiben vom 17.12.1949 an Franz Blücher, Bonn (AA 243-01, Bd. 1); Druck: Mitteilungen des Presse- und Informationsamtes der Bundesregierung vom 17.12.1949 (Nr. 54)

Herr Hoher Kommissar!

Im Anschluß an mein Schreiben vom 30.11.49[1] beehre ich mich, Ihnen namens der Bundesregierung mitzuteilen, daß Herr Bundesminister Blücher zum deutschen Delegierten bei der Ruhrbehörde ernannt worden ist.

Ich benutze diesen Anlaß, um zum Ausdruck zu bringen, daß die Bundesregierung damit die sich aus dem Abkommen über die Errichtung der internationalen Ruhrbehörde vom 28. April 1949 ergebenden Rechte und Pflichten übernimmt; ‹ich nehme dabei, was den Artikel 31[2] des Abkommens betrifft, Bezug auf die Bestimmung II der Vereinbarung vom 22. November 1949 dahingehend, daß der deutsche Beitritt›[a] zum Ruhrabkommen keinen besonderen Bedingungen aus Artikel 31 dieses Abkommens unterworfen ist[3].

Genehmigen Sie, Herr Hoher Kommissar, den Ausdruck meiner ausgezeichneten Hochachtung.

(Adenauer)

Nr. 157

21. Dezember 1949 (Bonn): An Kirchenpräsident *D. Martin Niemöller,* Büdingen/Hessen

StBKAH 12.07

Sehr geehrter Herr Kirchenpräsident!

Nach Zeitungsnachrichten sollen Sie vor einigen Tagen in einem Interview[1] Äußerungen über die Entstehung der Bundesrepublik Deutschland und über das Verhältnis zu Sowjetrußland gemacht haben, die im Inlande und Auslande größtes Aufsehen gemacht haben.

Ich wäre Ihnen dankbar, wenn ich möglichst bald von Ihnen den genauen Wortlaut Ihrer gesamten Erklärung erhalten würde[2].

Mit vorzüglicher Hochachtung

Ihr ergebener

(Adenauer)

Nr. 158
22. Dezember 1949 (Bonn): An *Johannes Albers,* Köln
StBKAH 10.01

Sehr geehrter Herr Albers!

Ich erhalte Ihren Brief vom 17.12., in dem Sie zum Ausdruck bringen, daß die rheinisch-westfälischen Sozialausschüsse[1] sich von dem Vorschlag, Herrn Blücher zum Mitglied der Ruhrbehörde zu ernennen, distanzieren. Ich glaube, daß diese Entscheidung gefällt worden ist, ohne daß die tieferen Gründe für die Entscheidung dort bekannt waren. Maßgebend waren insbesondere folgende Erwägungen:

1. Es erschien wünschenswert, daß ein Mitglied des Kabinetts Mitglied der Ruhrbehörde wurde, um eben dort eine besondere Stellung der deutschen Interessen zu sichern.
2. Das deutsche Mitglied der Ruhrbehörde durfte nicht lediglich ein Kenner der rheinisch-westfälischen Industriegebiete sein, es mußte Kenntnisse der Zusammenhänge in der westeuropäischen Wirtschaft haben[2].
3. Der ERP-Minister erscheint, gerade weil wir dahin arbeiten müssen, daß die Grundsätze des Ruhrstatuts auf die gesamte westeuropäische Schwer‹industrie›[a] ausgedehnt werden, als der geeignetste Vertreter.

Ich bemerke übrigens, daß bei einer Abordnung des Deutschen Gewerkschaftsbundes unter Führung von Dr. Hans Böckler[3] diese Gründe volles Verständnis gefunden haben.
Mit besten Grüßen und Wünschen für Weihnachten und zum Neuen Jahr

(Adenauer)

Nr. 159
23. Dezember 1949 (Bonn): An *Dr. Walter Strauß,* Bonn
StBKAH 10.02, mit hs. Vermerk Arenz »Persönl.«

Sehr geehrter Herr Dr. Strauß[1]!

Ich habe in letzter Zeit Ihre Ernennung zum Staatssekretär im Bundesjustizministerium mit Minister Dehler[2] verschiedentlich erörtert.
Sie wissen, daß ich Sie auf Grund Ihrer großen Erfahrungen und Kenntnisse für dieses Amt besonders befähigt halte. Minister Dehler hat jedoch bei voller Anerkennung dieser Tatsachen zum Ausdruck gebracht, daß

es ihm zu seinem Bedauern nicht möglich sei, das Verhältnis gegenseitigen Vertrauens herzustellen, das für die Beziehungen zwischen Minister und Staatssekretär unerläßlich ist, wenn die Arbeit zu positiven Ergebnissen führen soll. Trotz meines wiederholten Rates, doch zu versuchen, in gemeinsamer Arbeit dieses Vertrauensverhältnis zu schaffen, hat sich Herr Dehler hierzu nicht bereit finden können.
Ich sehe deshalb leider keine Möglichkeit, beim Herrn Bundespräsidenten Ihre Ernennung zum Staatssekretär zu beantragen. Damit soll jedoch auf Ihre große Arbeitskraft und Erfahrung nicht verzichtet werden. Ich trage mich vielmehr mit dem Gedanken, Sie für das Bundesverfassungsgericht oder das Oberste Bundesgericht vorzuschlagen. Bis diese Frage entschieden ist, würde ich es für zweckmäßig halten, daß Sie sich gutachtlich mit der einen oder anderen gesetzgeberischen Frage befassen. Ich denke dabei z.B. an die Anpassung der Gesetzgebung des Wirtschaftsrates an die durch die Bildung der Bundesrepublik geschaffene neue Rechtslage. Sollten Sie andere Probleme behandeln wollen, wäre ich für entsprechende Vorschläge dankbar.
Ich persönlich bedauere sehr, daß sich eine Lösung, die Ihnen besser zusagen würde, gegenwärtig nicht finden läßt.
Mit vielen Grüßen

Ihr ergebener
gez. Adenauer

Nr. 160
24. Dezember 1949 (Rhöndorf): An den rheinland-pfälzischen Ministerpräsidenten *Peter Altmeier,* Koblenz
StBKAH 07.07/10.01, mit ms. Briefkopf »Der Vorsitzende des Zonenausschusses der Christlich-Demokratischen Union für die brit. Zone«

Sehr geehrter Herr Altmeier!

Ich erhielt Ihren Brief vom 22. d. Mts.[1] Von dem Aufruf des Herrn Wuermeling habe ich erst nachträglich gehört. Gestern war Herr Wuermeling[2] bei mir, ehe ich Ihren Brief erhalten hatte, und hat mir seinen Standpunkt in der ganzen Situation in Rheinpfalz geschildert. Seine Darstellung unterschied sich nicht unerheblich von dem, was Sie in Ihrem Brief mir mitteilten. Ich hatte den Eindruck, daß erhebliche Unstimmigkeiten innerhalb der Partei vorliegen, deren Beseitigung sehr wünschenswert ist. Dieser Eindruck wird durch Ihre Ausführungen verstärkt.
Ich kann mir natürlich aus der Entfernung – namentlich, da die Darstellungen so widersprechend lauten – kein Urteil erlauben. Ich meine aber,

man sollte in dem zuständigen Parteigremium die Einigkeit herbeizuführen suchen.
Wenn die Darstellung des Herrn Wuermeling richtig ist, dahingehend, daß es möglich gewesen wäre, unter sehr günstigen Bedingungen eine Koalition mit der FDP statt mit der SPD zu bilden, so würde das m.E. die beste Lösung gewesen sein. Die Koalitionen zwischen CDU und SPD – ich verweise auf Niedersachsen und Hessen – sind immer zum Nachteil der CDU ausgeschlagen, auch in der Stimmung der Wähler. Eine Koalition mit der FDP würde auch der Gesamtpolitik der CDU/CSU im Bund erheblich mehr entsprechen, als eine Koalition mit der SPD unter Ausschluß der FDP[3].
Ich wünsche Ihnen und Ihrer Frau ein frohes Weihnachtsfest[4] und alles Gute für das Jahr 1950.
Mit vielen Grüßen
Ihr ergebener
(Adenauer)

Nr. 161
28. Dezember 1949 (Rhöndorf): An *Karl Sigmund Mayr,* Fürth
StBKAH 07.08

Lieber Herr Mayr!

Ihre so herzlichen Glückwünsche[1] waren mir eine besondere Freude. Ich danke Ihnen auch für diese schöne Erinnerung an Nürnberg, das sich damals nicht von der allerbesten Seite gezeigt hat[2].
Ich hatte immer gehofft, daß Sie gelegentlich einmal nach Bonn gekommen wären. Wenn Sie in die Nähe kommen, suchen Sie mich auf. Melden Sie sich aber bitte vorher an. Ich werde mich immer sehr freuen, Sie zu sehen.
Sehr lieb wäre mir, wenn Sie mir eine vertrauliche Schilderung der Zustände in der CSU geben würden und bei dieser Schilderung auch folgende Gesichtspunkte insbesondere berücksichtigen würden:
1) Verhältnis zur Bayernpartei[3],
2) Verhältnis zur WAV[4],
3) die evangelischen Teile der CSU[5].
Ich wünsche Ihnen und den Ihrigen von Herzen alles Gute für das Jahr 1950!
Mit herzlichen Grüßen
Ihr
(Adenauer)

Nr. 162
28. Dezember 1949 (Rhöndorf): An *Dr. Johannes Meerfeld,* Bonn
StBKAH 10.02

Lieber Herr Meerfeld!

Haben Sie recht herzlichen Dank für Ihren Brief vom 27. d. Mts.[1] Es freut mich immer, von einem Manne wie Sie, mit dem man so viele Jahre in schwerer Zeit zusammengearbeitet hat, etwas zu hören.
Vielleicht finde ich einmal die Zeit, mit Ihnen eine Stunde mich über das zu unterhalten, was Sie so voll Stolz »Sozialismus« nennen.
Ich bin mit herzlichen Grüßen und den besten Wünschen zum Neuen Jahr

Ihr ergebener
(Adenauer)

Nr. 163
29. Dezember 1949 (Rhöndorf): An den Verleger der »Kölnischen Rundschau«, *Dr. Reinhold Heinen*
StBKAH 07.27, Durchschlag mit Begleitschreiben vom 29.12.1949 an Dr. Fritz Blumrath[1], Köln (StBKAH 07.26)

Sehr geehrter Herr Heinen[2]!

Ich erhielt Ihren Brief vom 27. Dezember[3]. Ich bemerke zunächst dazu, daß auch nach unserer Unterredung die »Allgemeine Kölnische Rundschau« in mehreren Fällen aus der Reihe getanzt ist, so daß ich nicht den Eindruck hatte, als wenn eine Behebung der Mängel, über die wir sprachen, eingetreten ist. Ich habe den Eindruck, als wenn eine Zusammenfassung der Redaktion bei Ihnen fehlt. Eine Zusammenfassung der Redaktion, nicht eine Gleichschaltung, sondern eine *Zusammenfassung* ist aber m. E. die erste Voraussetzung für die Güte einer Zeitung. Die großen Zeitungen, die wir früher hatten, zeichneten sich dadurch aus, daß eben – sei es auf dem Boden der Kollegialität, sei es durch die Einwirkung einer überragenden Persönlichkeit, die Mitglied der Redaktion war – eine einheitliche Auffassung über die wesentlichsten politischen Fragen spürbar war. Beim »Berliner Tageblatt« war das die Persönlichkeit des Herrn Wolff[4], bei der »Kölnischen Zeitung« die des Herrn Posse[5], bei der »Frankfurter Zeitung« beruhte diese gemeinsame Geisteshaltung auf dem kollegialen Verhältnis der Redaktionsmitglieder zueinander. Ich meine zu spüren, als wenn bei der Rundschau eine derartige einheitliche

Geisteshaltung nicht besteht. Dadurch wirkt sie nicht so, wie sie an sich wirken müßte.
Herrn Blumrath gegenüber habe ich das nicht in dieser präzisen Weise gesagt, weil ich nicht weiß, welche Rolle Herrn Blumrath zugedacht ist, ob er vielleicht nach der Meinung der Lizenzträger derjenige Mann ist, der diese Zusammenarbeit herbeiführen soll.
Wenn Sie nun als Voraussetzung dafür, daß die Rundschau gewissen Themen oder Gedankengängen meiner Regierung Raum gibt, bezeichnen, daß eine solche Zusammenarbeit nur auf der Grundlage der beiderseitigen Aussprache möglich sei, so bitte ich, diese Ausführungen mir zu erklären. Es ist für mich als Bundeskanzler ganz unmöglich, der Redaktion einer Zeitung einen Einfluß auf meine Entschließungen zu gewähren, falls Sie das unter beiderseitiger Aussprache verstehen sollen.
Ehe ich Herrn Blumrath einen Termin gebe, wäre ich Ihnen für eine Beantwortung dieses Briefes dankbar.
Ich wünsche Ihnen alles Gute zum Neuen Jahr.
Mit freundlichen Grüßen (Adenauer)

Nr. 164
29. Dezember 1949 (Rhöndorf): An den Redakteur der »Kölnischen Rundschau«, *Dr. Eduard Hemmerle*
StBKAH 07.07

Sehr geehrter Herr Hemmerle[1]!

Ich glaube, wenn Sie die beiliegenden Ausführungen vielleicht in die Mitte Ihres Blattes setzen – vielleicht gesperrt –, dann werden auch diese kurzen Zeilen ihren Zweck erfüllen.
Ich wünsche Ihnen alles Gute zum Neuen Jahr.
Mit freundlichen Grüßen Ihr
(Adenauer)

Nr. 164 A

29. Dezember 1949 (Rhöndorf): Betrachtung zur 1900-Jahrfeier der Stadt Köln im Jahre 1950

StBKAH 07.07, mit eigenhändig korrigiertem Entwurf Adenauers

Das Jahr 1950 bringt die Feier der Gründung der Colonia Claudia Ara Agrippinensis vor nunmehr 1900 Jahren[1]. In diesen neunzehn Jahrhunderten hat die Erde ihr Antlitz völlig verändert, politisch, technisch und auch kulturell. In Europa gibt es keinen Staat mehr, der damals schon bestand, als Köln gegründet wurde. Städte haben eine längere Lebensdauer als Staaten. Das liegt wohl auch mit daran, daß Staatsgründungen oft künstlicherer Natur sind als städtische Gemeinwesen. Städte sind mit ihren Wurzeln tiefer in das Erdreich, auf dem sie stehen, versenkt und ziehen aus ihm immer neue Kräfte. Der lateinisch-christliche Charakter Kölns prägt sich noch jetzt in der teilweise noch in Ruinen liegenden Stadt aus. Köln, die große römische Stadt, im Mittelalter die größte deutsche Stadt, ist erfüllt von der Tradition lateinisch-christlicher und später mittelalterlicher Zeit. Sie muß durch die Wirren unseres Zeitalters hindurch gerettet werden, weil die Menschheit sehr arm wird, trotz alles technischen Fortschritts, wenn sie auf diese Früchte der Vergangenheit verzichten müßte. Köln und seine Bürgerschaft haben eine große Aufgabe. Sie müssen ihre ganze Kraft darauf verwenden, daß Köln wiederersteht, gewandelt und doch im Innern die gleiche Stadt wie früher, erfüllt von der gleichen Tradition, und trotzdem erfüllt von Lebensbejahung. Das Festjahr Kölns muß das Anfangsjahr einer neuen kraftvollen Epoche der Stadt werden. Die Bundesrepublik Deutschland und das Land Nordrhein-Westfalen haben die Verpflichtung, dort, wo die Bürgerschaft Kölns aus eigener Kraft nicht kann, helfend einzugreifen, damit diese geistige Hochburg am Rhein erhalten bleibt[2].

Nr. 165

29. Dezember 1949 (Rhöndorf): An Oberstadtdirektor *Willy Suth,* Köln

StBKAH 07.08, mit ms. Vermerk *»Persönlich!«*

Sehr geehrter Herr Oberstadtdirektor[1]!

Die Bundesregierung richtet das frühere Palais Schaumburg[2] in Bonn, Koblenzerstraße, als Haus des Bundeskanzlers ein. Das Haus wird außer den Arbeitsräumen des Bundeskanzlers mehrere Sitzungszimmer und

eine Anzahl von Repräsentationsräumen erhalten. Die Bundesregierung hat nicht die Möglichkeit, das Haus seiner Bedeutung entsprechend auszustatten. Würde die Stadt Köln, die, wie mir bekannt ist, viele Bilder und Möbel in Depots stehen hat, da die Museen mehr oder weniger zerstört sind, die große Freundlichkeit haben, der Bundesregierung durch Leihgaben die Ausstattung dieser Räume zu ermöglichen?
Ich wäre Ihnen dafür besonders dankbar. Falls Sie im Prinzip geneigt sind, bitte ich, mir diejenigen Herren zu benennen, an die sich die zuständigen Stellen der Bundesregierung wenden können.
Mit ausgezeichneter Hochachtung bin ich Ihr sehr ergebener
(Adenauer)

Nr. 166
29. Dezember 1949 (Rhöndorf): An Regierungsdirektor *Ernst Wirmer,* Bonn
StBKAH 07.09, Druck: Gabriele *Müller-List* (Bearb.), Montanmitbestimmung, S. 9f.

Sehr geehrter Herr Wirmer[1]!

Ich füge hier bei ein Blatt der »Kölnischen Rundschau« vom 27./28. Dezember und weise auf den Artikel »Gegen ein anonymes Kollektiv« (Prof. Erhard zu Mitwirkung und Mitbestimmungsrecht) hin[2]. Ich bitte, Herrn Erhard, der wahrscheinlich nicht in Bonn ist, ein Telegramm mit meinem Namen zuzuschicken des Inhalts:

»Ich bitte Sie, zur Frage des Mitbestimmungsrechts der Arbeitnehmer öffentlich keine Stellung zu nehmen.«[3]

In der Weihnachtsnummer der »Allgemeinen Kölnischen Rundschau« stand eine Artikelserie über das Mitbestimmungsrecht[4]. Ich bitte, mir diese Nummer zuzusenden.
Bei Herrn Bourdin[5] bitte ich zu veranlassen, daß der in der anliegenden »National-Zeitung« zitierte Artikel der Associated Press für mich zurückgelegt wird[6].
Mit freundlichen Grüßen (Adenauer)

Nr. 167

31. Dezember 1949 (Rhöndorf): An *Professor Dr. Hans Schwippert,* Bonn

StBKAH 07.09

Sehr geehrter Herr Schwippert[1]!

Die Polizeibude in meinem Garten ist so häßlich wie möglich. Es kann unter keinen Umständen so bleiben. Ich glaube, am besten ist es, wenn man auf das flache Dach noch ein schräges Dach setzt und das beschiefert, damit die Bude nicht zu sehr von meiner Garage, neben der sie steht, absticht. Ich wäre Ihnen dankbar, wenn Sie für baldigste Abhilfe sorgten. Mit freundlichen Grüßen

(Adenauer)

Nr. 168

[Anfang Januar] 1950: An den französischen Außenminister *Robert Schuman,* Paris

StBKAH III/6, »Entwurf«[1] o. D., mit 6 1/2seitiger eigenhändiger Vorlage Adenauers, ohne Schlußformel

Sehr verehrter Herr Schuman[2]!

Erlauben Sie mir gütigst, diesen Brief ganz persönlich und nicht amtlich an Sie zu richten. Ich möchte mich so unmittelbar an Sie wenden, weil ich glaube, daß Sie und ich vielleicht von Gott dazu berufen sind, in einer entscheidenden Situation für unsere gemeinsamen Ideale Wertvolles zu leisten.

Als wir uns im Oktober 1948 in Bassenheim[3] so vertrauensvoll und offen miteinander aussprachen, war ich glücklich, Ihre Ansichten, die mit den meinigen so weitgehend übereinstimmten, kennenzulernen. Ihre Ausführungen über die Lösung der Saarfrage, daß Frankreich keine politischen Absichten habe, daß Sie die Rückkehr der Saar zu Deutschland als im Bereich des Möglichen sähen, Frankreich wolle nur Sicherung seiner wirtschaftlichen Interessen, haben mich über diesen neuralgischen Punkt in den französisch-deutschen Beziehungen besonders beruhigt. Ich habe mich infolgedessen bei allen Reden der Parteiführer der CDU hinsichtlich der Saarfrage so sehr zurückgehalten, daß ich deswegen von Schumacher ständig stark angegriffen worden bin[4].

Nun scheint sich die Saarfrage doch zu einem entscheidenden und, wie ich fürchte, verhängnisvollen politischen Faktor ausbilden zu wollen zu meinem größten Leidwesen.

Gestatten Sie mir daher, die Situation, wie ich sie von deutscher Seite aus sehe, noch einmal klarzulegen.

1) Frankreich ist von seiten der USA und England im Jahre 1947 der wirtschaftliche Anschluß an die Saar zugestanden worden. Dieser Zustand ist durch die hergestellte Münzunion und Zolleinheit vollzogen[5].
2) Im übrigen sollte die Regelung der Verhältnisse an der Saar dem Friedensvertrage mit Deutschland vorbehalten werden. – Das ist von den drei Westalliierten wiederholt so und auch von Ihnen persönlich, sehr verehrter Herr Schuman, ‹ ... ›[a] erklärt worden.

Da über den Inhalt des demnächstigen Friedensvertrages mit Deutschland verhandelt werden muß, würde Deutschland also Verhandlungspartner hinsichtlich der Regelung der Saarverhältnisse nach dieser wiederholt abgegebenen Erklärung sein.

Nunmehr sollen zwischen Frankreich und der Saarregierung drei »Staatsverträge« geschlossen werden: über die Autonomie der Saar, die Verpachtung der Eisenbahnen und der Saargruben an Frankreich auf 50 Jahre[6].

Den Inhalt des Entwurfes über die Autonomie der Saar kenne ich nicht. Wenn in diesem Vertrag lediglich die Stellung der Saarregierung gegenüber der Besatzung gefestigt werden sollte, wenn also auch für die Saar dadurch ein »Besatzungsstatut« geschaffen werden sollte, so würde wohl kein Mensch in der Welt etwas dagegen einwenden können. Aber, wie einmal die Anwendung des Wortes »Autonomie« zeigt und wie aus den Äußerungen der Saarregierung hervorgeht, scheint etwas ganz anderes geplant zu sein[7]. Damit würde aber die dem Friedensvertrag vorbehaltene Regelung vorweggenommen – wie das auch Ministerpräsident Hoffmann[8] in einer Pressekonferenz erklärt hat – und Deutschland des Rechts, als Verhandlungspartner aufzutreten, beraubt sein.

Die Verpachtung der Bahnen und der Gruben an Frankreich hat mit einer wirtschaftlichen Eingliederung der Saar überhaupt nichts mehr zu tun – sie ist bereits erfolgt –, sondern würde die Saar in völlige wirtschaftliche Abhängigkeit von Frankreich bringen, und zwar in einem Ausmaße, das unvereinbar ist mit allen modernen Begriffen über Recht und Freiheit[9]. Auch hier würde Deutschland seines Mitverhandlungsrechtes beraubt werden.

Die Folgerungen, die sich aus dem Eigentum an den Gruben ergeben, habe ich Ihnen schon mündlich darlegen dürfen, so daß ich darauf nicht nochmals einzugehen brauche.

Ich habe – selbstverständlich mit der gebotenen Vorsicht – die Fraktionen

des Bundestages unterrichtet mit Ausnahme der äußersten Rechten und der äußersten Linken[10]. Man hat einmütig den oben entwickelten Standpunkt geteilt. Ebenso einmütig hat man dem tiefen Bedauern darüber Ausdruck gegeben, daß durch diese Entwicklung die französisch-deutschen Beziehungen empfindlich beeinträchtigt würden.
Da der Beitritt zur Europa-Union[11] vom Bundestag beschlossen werden muß, habe ich die Fraktionen vertraulich um ihre Stellungnahme gebeten. Alle Fraktionsvorsitzenden haben mir erklärt, daß sie bei einer so ungünstigen Entwicklung der Saarfrage den Beitritt zur europäischen Union vor ihren Parteien und der deutschen Öffentlichkeit nicht würden verantworten können. Die Antwort auf meine Frage war erheblich ungünstiger, als ich schon befürchtet hatte. Die Unterstützung des französischen Standpunktes durch die anderen Großmächte würde das bisherige Vertrauen, das Deutschland zu den Zusicherungen der Westalliierten gehabt hat, noch mehr erschüttern und dadurch das Vertrauen in eine gute europäische Entwicklung beeinträchtigen.

Nr. 169
4. Januar 1950 (Bonn): An den schweizerischen Generalkonsul
Dr. Franz Rudolf von Weiss, Köln-Marienburg
StBKAH 10.10, Druck: Hanns Jürgen *Küsters*/Hans Peter *Mensing*, Konrad Adenauer zur politischen Lage 1946–1949, S. 292

Lieber Herr v. Weiss[1]!

Mit aufrichtigem Bedauern erfüllt mich die Nachricht, daß Sie vom 1. Januar bis zur Erreichung der Altersgrenze in Urlaub gegangen sind. 30 Jahre lang hat das Schicksal uns zusammengeführt. Wir haben viel Gutes und viel Böses gemeinsam erlebt. Sie haben während der Jahre, die ich in Köln Oberbürgermeister war, Ihr Heimatland, die Schweiz, in so ausgezeichneter Weise in Köln und im Rheinland vertreten. Sie haben dann auch später dem Namen Ihres Heimatlandes während der nationalsozialistischen Zeit[2], während des Krieges und nach dem Kriege zu solchem Ansehen durch Ihr Wirken verholfen, daß Ihr Name unvergessen in Köln und im Rheinland bleiben wird.
Ich hoffe, daß ich Sie noch sehen werde, ehe Sie Köln verlassen und daß ich dann Gelegenheit habe, Ihnen auch mündlich das auszusprechen, was mir am Herzen liegt.
Ich bin mit vielen Grüßen und den besten Wünschen für Ihr weiteres Wohlergehen

Ihr sehr ergebener
(Adenauer)

13., 14. und 15. 1. 1950

224

Bundeskanzleramt
Protokoll

Z e i t f o l g e

für den Besuch S.E. des Französischen Ministers des Auswärtigen, Ministerpräsident Robert S c h u m a n in Bonn.
13. - 15. Januar 1950

Freitag, den 13. Januar

19^{20} Uhr: Eintreffen S.E. des Französischen Ministers des Auswärtigen in Bonn, Hauptbahnhof.
Mit dem Sonderzug S.E. des Französischen Ministers des Auswärtigen kommen gleichzeitig an:
S.E. der Französische Hohe Kommissar
der stellvertretende Französische Hohe Kommissar Berard
der Französische Protokollchef Dumaine
der Kabinettchef de Bourbon-Busset
und die weiteren Herren der Begleitung S.E. des Französischen Ministers des Auswärtigen.

Der Herr Bundeskanzler begrüsst S.E. den Französischen Minister des Auswärtigen. In seiner Begleitung befinden sich Bundesminister Erhard und weitere deutsche Persönlichkeiten.

Von französischer Seite sind die Mitglieder der Französischen Hohen Kommission zum Empfang auf dem Bahnhof anwesend.

19^{30} Uhr: Abfahrt S.E. des Französischen Ministers des Auswärtigen im Kraftwagen S.E. des Französischen Hohen Kommissars, geleitet von Ministerialrat v. Herwarth, nach Schloss Ernich.
Die Begleitung S.E. des Französischen Ministers des Auswärtigen und S.E. des Französischen Hohen Kommissars folgt in weiteren Kraftwagen.

225

20^{30} Uhr: Diner S.E. des Französischen Hohen Kommissars in Schloss Ernich.

Samstag, den 14. Januar

10^{00} Uhr: Abfahrt S.E. des Französischen Ministers des Auswärtigen zum Petersberg, über die Fähre.
Nach der Besprechung auf dem Petersberg begibt sich S.E. der Französische Minister des Auswärtigen, wiederum über die Fähre, zum Hotel Dreesen.

11^{50} Uhr: Abfahrt S.E. des Französischen Ministers des Auswärtigen und S.E. des Französischen Hohen Kommissars, geleitet von Ministerialrat v. Herwarth vom Hotel Dreesen zur Viktorshöhe.
Die Herren der Begleitung schliessen sich in ihren Kraftwagen an.

11^{57} Uhr: Eintreffen auf der Viktorshöhe.
Ministerialdirektor Klaiber begrüsst die ausländischen Gäste und geleitet sie zum Bundespräsidenten.

12^{00} Uhr: Empfang beim Bundespräsidenten.

12^{35} Uhr: Abfahrt nach Bonn.

12^{47} Uhr: Eintreffen im Haus des Bundeskanzlers.

13^{00} Uhr: Frühstück des Bundeskanzlers zu Ehren S.E. des Französischen Ministers des Auswärtigen.

17^{00} Uhr: Empfang des Bundeskanzlers zu Ehren S.E. des Französischen Ministers des Auswärtigen im Bundesratssaal.
Der Bundespräsident wird anwesend sein.

etwa 19^{00} Uhr: S.E. der Französische Minister des Auswärtigen und S.E. der Französische Hohe Kommissar begeben sich, geleitet von Ministerialrat v. Herwarth nach Schloss Ernich.
Die Herren der Begleitung schliessen sich in ihren Kraftwagen an.

226

20^{15} Uhr: Diner S.E. des Französischen Hohen Kommissars in Schloss Ernich.

Sonntag, den 15. Januar

9^{00} Uhr: S.E. der Französische Minister des Auswärtigen wohnt der Messe in der Pfarrkirche Remagen bei. (Inoffiziell)

9^{50} Uhr: S.E. der Französische Minister des Auswärtigen begibt sich, geleitet von Ministerialrat v. Herwarth, nach Bonn zu einer inoffiziellen Besichtigung der Universität. Er wird vom dem Rektor der Universität Professor Dr. Klauser empfangen und durch die Gebäude der Universität geführt.

11^{10} Uhr: Fahrt zum Hotel Dreesen.

12^{00} Uhr: Pressekonferenz S.E. des Französischen Ministers des Auswärtigen im Hotel Dreesen.

13^{15} Uhr: Frühstück S.E. des Französischen Hohen Kommissars in Schloss Ernich.

19^{10} Uhr: S.E. der Französische Minister des Auswärtigen begibt sich, geleitet von Ministerialrat v. Herwarth, von Schloss Ernich zum Hauptbahnhof in Bonn.
Die Herren der Begleitung schliessen sich in ihren Kraftwagen an.

19^{35} Uhr: Eintreffen am Hauptbahnhof Bonn.

19^{41} Uhr: Abfahrt des Sonderzuges S.E. des Französischen Ministers des Auswärtigen.
Zur Verabschiedung sind der Stellvertreter des Bundeskanzlers, Bundesminister Blücher, Bundesminister Erhard und die weiteren Persönlichkeiten, die auch zur Ankunft auf dem Bahnhof waren, anwesend.

- Regelung der Anwesenheit von Presse, Wochenschau und Rundfunk siehe Anlage. -

Zeitfolge für den Besuch Robert Schumans in Bonn (zu Dok. Nr. 168, Anm. 1 und 2)

Nr. 170
11. Januar 1950 (Bonn): An den Bundesminister der Justiz,
Dr. Thomas Dehler, Bonn
StBKAH III/21

Sehr geehrter Herr Dehler[1]!

In Köln ist sehr große Beunruhigung wegen angeblicher Äußerungen von Ihnen über den Sitz der obersten Bundesgerichte[2]. Soviel ich weiß, wird in Köln alles vorbereitet an Räumlichkeiten. Es ist eine lebhafte Unruhe auch unter den jetzigen Mitgliedern der dort bestehenden obersten Bundesgerichte[3] eingetreten.

Mit vorzüglicher Hochachtung
(Adenauer)

Nr. 171
11. Januar 1950 (Bonn): An *Dr. Friedrich Ernst,* Hamburg
StBKAH 10.01, mit ms. Vermerk *»Persönlich«,* Durchschlag an Jakob Kaiser[1], Bonn

Sehr geehrter Herr Ernst[2]!

Außerordentlich bedaure ich, daß Sie sich nicht haben entschließen können, meiner Bitte zu willfahren. Es scheint jedoch ein Mißverständnis zu bestehen hinsichtlich meiner Auffassung über die Stellung des Vertreters der Bundesregierung in Berlin. Sie erklärten, Sie betrachteten den Vertreter der Bundesregierung als den Vermittler zwischen Berlin und der Bundesregierung. Darauf erwiderte ich Ihnen, daß der Vertreter der Bundesregierung in Berlin in erster Linie Vertreter der Bundesregierung sein müsse. Darin liegt keineswegs enthalten, daß er gegenüber der Stadt Berlin eine irgendwie ablehnende oder auch nur vorsichtige Stellung einnehmen müßte. Es ist ja im Gegenteil seine Aufgabe, dafür zu sorgen, daß Berlin uns erhalten bleibt. Der Vertreter hat natürlich die Aufgabe einer Vermittlung, falls die Stadt Berlin glaubt, an die Bundesregierung Ansinnen stellen zu müssen, die die Bundesregierung nicht glaubt erfüllen zu können. Der Vertreter hat insoweit eine vermittelnde Stellung.
Wenn ich auch glaube, diese oben gekennzeichneten Bedenken entkräften zu können, so kann ich natürlich gegen Ihr zweites Bedenken nichts sagen. Ich kann mir nicht verhehlen, daß unter Umständen Ihre Firma dadurch, daß ein Repräsentant des Bundes in Berlin politisch sehr stark exponiert sein wird, Nachteile haben wird. Auf der anderen Seite aber würden Sie, wenn einer Ihrer Teilhaber eine so hervorragende Stellung

bekleidet, das glaube ich doch sagen zu können, auch davon Vorteile haben. Wenn man Vorteile und Nachteile gegeneinander aufwiegt, kann man meines Erachtens nicht ohne weiteres annehmen, daß die Firma Nachteile haben würde. Aber das müssen natürlich Ihre Teilhaber in erster Linie entscheiden.
Jedenfalls danke ich Ihnen sehr für Ihre persönliche Bereitwilligkeit. Ich hoffe, daß Sie auch in Zukunft bei der gemeinsamen Arbeit uns helfen werden.
Mit freundlichen Grüßen

Ihr ergebener
(Adenauer)

Nr. 172
13. Januar 1950 (Bonn): An *Professor Dr. Heinrich Lehmann,* Köln-Marienburg
StBKAH 10.02

Lieber Lehmann[1]!

Aufrichtig bedaure ich Dich und Deine Frau wegen des Schicksals Eures Sohnes[2]. Wenn ich persönlich irgendwelche Schritte tun würde, würde dadurch sicher das Gegenteil von dem eintreten, was erwünscht wäre. Ich glaube, daß es das beste sein würde, wenn Du Dich an irgendeinen führenden Kommunisten wenden könntest. In Frage kämen die Bundestagsabgeordneten Reimann[3] und Renner[4]. Vielleicht kennst Du aber auch irgendein führendes Mitglied dieser Partei.
Deiner Frau und Dir recht herzliche Grüße und alles Gute

Dein
(Adenauer)

Nr. 173
18. Januar 1950 (Bonn): An den Hohen Kommissar der Vereinigten Staaten von Amerika, *John J. McCloy,* Bonn-Petersberg
AA, Noten an AHK, Bd. 2, auf Kopfbogen des Bundeskanzlers

Herr Hoher Kommissar,

Sie hatten mich wiederholt auf die gesetzliche Regelung des Mitbestimmungsrechts der Arbeiter angesprochen[1]. Diese Frage ist mit den zuständigen Ressortministern eingehend besprochen worden[2]. Ich darf Sie über die gegenwärtige Sachlage unterrichten:
Da es sich bei diesem Problem in erster Linie um eine wirtschaftspolitische Frage handelt, ist der Arbeitsminister im November an den Deut-

schen Gewerkschaftsbund mit der Bitte herangetreten, geeignete Vorschläge zu machen[3].
Zur gleichen Zeit fand eine Besprechung des Arbeitsministers mit dem Vorsitzenden der Arbeitgeberverbände[4] statt, um auch von dieser Seite praktische Vorschläge zu erhalten. Die beiden Gruppen sind daraufhin übereingekommen, in freien Verhandlungen einen Weg zu suchen. Diese Verhandlungen haben Anfang Januar stattgefunden und einen günstigen Verlauf genommen[5]. Bei den Verhandlungen ist man sich im wesentlichen darüber einig geworden, auf welche Grundlagen sich das Mitbestimmungsrecht im Betrieb und auf überbetrieblicher Basis stützen soll.
Um eine Störung dieser Verhandlungen durch eine Pressepolemik zu vermeiden, sind sich die beiden Verhandlungspartner darüber einig gewesen, das Ergebnis ihrer derzeitigen Verhandlungen noch nicht zu veröffentlichen. Für die weiteren Verhandlungen wird Herr Professor Herschel[6], der Leiter der Abteilung Arbeitsrecht im Arbeitsministerium, als Berater hinzugezogen werden. Bei der Schwierigkeit des Themas werden die Verhandlungen voraussichtlich in etwa sechs bis acht Wochen ihren Abschluß finden[7]. Das Ergebnis wird dann im Bundeskabinett und in den gesetzgebenden Organen behandelt werden. Es würde nicht nur die Verhandlungen der beiden Gruppen, sondern auch die gesetzgeberische Arbeit im Parlament außerordentlich erschweren, wenn in diesem Stadium von amerikanischer Seite die entsprechenden Bestimmungen der bremischen Verfassung und der sich auf das Mitbestimmungsrecht beziehende Teil des hessischen Betriebsrätegesetzes in Kraft gesetzt würden.
Genehmigen Sie, Herr Hoher Kommissar, den Ausdruck meiner ausgezeichnetsten Hochachtung.

gez. Adenauer

Nr. 174
18. Januar 1950 (Bonn): An Kirchenpräsident *D. Martin Niemöller,* Wiesbaden
StBKAH 12.07, mit Stempel »abgesandt 19. Jan. 1950«

Sehr geehrter Herr Kirchenpräsident,

Ihr Schreiben vom 3. Januar 1950 ergänzte das mir durch Ihr Büro am 27. Dezember 1949 übersandte Material[1]. Es kreuzte sich mit meinem Schreiben vom 4. Januar, in dem ich bereits darauf hinwies, daß damit zu

dem gesamten Inhalt Ihres Interviews noch nicht erschöpfend Stellung genommen sei, vor allem nicht zu dem Teil, in dem Sie sich nach den Presseberichten mit der Entstehung der Bundesrepublik mit den Worten »im Vatikan gezeugt, in Washington geboren« beschäftigt haben. Ich kann Ihnen leider nicht verhehlen, daß Ihr Interview sowohl in Deutschland, wie Ihnen bekannt ist, als auch im Ausland und bei den hohen Kommissaren etwas peinliches Aufsehen erregt hat.
Unter diesen Umständen wäre ich dankbar, wenn ich nunmehr entsprechend meinem Schreiben vom 4.Januar 1950, das durch Ihr persönliches Schreiben an mich noch nicht vollständig beantwortet ist, den erbetenen genauen Wortlaut Ihrer gesamten Erklärung erhalten könnte. Ich wäre Ihnen verbunden, wenn Sie meine Bitte möglichst bald erfüllen könnten[2].

Mit vorzüglicher Hochachtung
Ihr ergebener
(Adenauer)

Nr. 175

[19.] Januar 1950 (Bonn): An den Hohen Kommissar des Vereinigten Königreiches, General *Sir Brian H. Robertson,* Bonn-Petersberg

AA, Noten an AHK, Bd. 2, Tagesdatum auf dem Durchschlag nicht eindeutig lesbar (2 Ziffern übereinander), Datierung nach dem Rückbezug im Antwortschreiben[1], mit Stempel »ab: 23.Jan. 1950«

Sehr verehrter Herr General!

Die gespannte Stimmung, die in der Bevölkerung von Bad Godesberg und Honnef infolge der Art der Durchführung von Wohnungsbeschlagnahmungen[2] entstanden ist, gibt mir Veranlassung, mich an Sie persönlich mit der Bitte um Intervention und Hilfe zu wenden.
In Bad Godesberg sind rund 290 Häuser und in Honnef 34 Häuser, die bisher für belgische Dienststellen in Anspruch genommen waren, für Zwecke der Alliierten Hohen Kommission beschlagnahmt worden. Ein Teil der Häuser war bisher nur teilweise von den Besatzungsbehörden beansprucht. Die Teilbeschlagnahmungen sollen jetzt in zahlreichen Fällen in Vollbeschlagnahmungen umgewandelt werden. Nach den mir vorliegenden Nachrichten werden dadurch allein in Bad Godesberg etwa 80 Familien mit 200 Personen betroffen. Unter ihnen befinden sich zahlreiche alte und kranke Personen, für die ein beschleunigter Umzug mit besonderen Schwierigkeiten und Gefahren verbunden ist.
Es liegt mir persönlich sehr daran, daß die mit den Wohnungsbeschlag-

nahmungen verbundenen Unzuträglichkeiten für die deutsche Bevölkerung auf ein Mindestmaß beschränkt werden. Ich wäre Ihnen, Exzellenz, daher zu großem Dank verpflichtet, wenn Sie helfend eingreifen und veranlassen könnten, daß neue Beschlagnahmungen möglichst vermieden und die Ausdehnung von Teilbeschlagnahmungen auf Vollbeschlagnahmungen nur in wirklich dringenden Einzelfällen und nur dann ausgesprochen werden, wenn die Stellung einer Ersatzwohnung sichergestellt ist. Dabei bitte ich auch darauf hinzuwirken, daß in den unabwendbaren Fällen eine ausreichende Räumungsfrist gewährt wird. Ich würde es für zweckmäßig halten, wenn Ihre Dienststellen in allen diesen Fragen engen Kontakt mit Staatssekretär Wandersleb vom Bundesministerium für Wohnungsbau halten würden, der auf deutscher Seite für die Entscheidung aller Wohnungsfragen im Raum Bonn und Umgebung zuständig ist.

Ein zweiter Punkt betrifft die Freigabe der bisher von Belgiern beschlagnahmten Wohnungen in Bonn. Im Stadtkreis Bonn sind von insgesamt 608 beschlagnahmten Wohnungen bis heute nur 71 freigegeben worden. Auf die Vorstellungen der deutschen Behörden hat Brigadier Montagne am 14. Dezember 1949 erklärt, er sei nicht in der Lage, weitere Wohnungen freizugeben, weil sie für die ausländischen Missionen zur Verfügung stehen müßten.

Ich darf Sie bitten, Exzellenz, diese Entscheidung einer wohlwollenden Nachprüfung zu unterziehen. Die deutschen Behörden haben Anweisung erhalten, für eine beschleunigte Unterbringung der ausländischen Missionen Sorge zu tragen. Sie sind trotz des großen Raummangels bisher mit Erfolg bemüht gewesen, dem Auftrag zu entsprechen. Sie werden in ihren Bemühungen aber entscheidend durch den Umstand gehemmt, daß sie über die weiterhin beschlagnahmten 537 Wohnungen, die in vielen Fällen zum mindesten als Tauschobjekt dienen könnten, nicht verfügen können.

Ich bin mir bewußt, Exzellenz, daß es nicht möglich ist, Beschlagnahmungen ganz zu vermeiden. Ich weiß mich aber auch mit Ihnen in dem Bestreben einig, Härten zu vermeiden und den Menschen zu helfen, soweit es irgendwie möglich ist. Ich bin daher sicher, daß Sie sich dieser meiner Bitte um Hilfe nicht verschließen werden.

Mit dem Ausdruck meiner ausgezeichnetsten Hochachtung bin ich

Ihr sehr ergebener
(Adenauer)

Nr. 176
22. Januar 1950 (Bonn): An den Geschäftsführenden Vorsitzenden der Alliierten Hohen Kommission, General *Sir Brian H. Robertson,* Bonn-Petersberg
AA, Noten an AHK, Bd. 2, mit Stempel »ab: 26. Jan. 1950«

Herr Hoher Kommissar!

Ich beehre mich, Ihnen folgendes zur Kenntnis zu bringen:
In der Präambel zum Gesetz Nr. 75[1] der britischen und amerikanischen Militärregierung ist die endgültige Entscheidung über die Eigentumsverhältnisse im Kohlenbergbau und in der Eisen- und Stahlindustrie der deutschen Regierung überlassen worden. Die Bundesregierung hält nunmehr den Zeitpunkt für gekommen, diese Entscheidung vorzubereiten und durchzuführen[2].
Als Ziel der künftigen Regelung betrachtet die Bundesregierung die Schaffung gesunder, wettbewerbsfähiger Unternehmungen. Dieses Ziel kann nach Auffassung der Bundesregierung nur dann erreicht werden, wenn die Entscheidung der Eigentumsverhältnisse mit einer wirtschaftlichen, rechtlichen und organisatorischen Neuordnung der genannten Industrien verbunden wird. Die Bundesregierung fühlt sich zu einer zusammenfassenden und grundsätzlichen Behandlung dieser Fragen insbesondere deshalb verpflichtet, weil sie es als ihre vornehmste Aufgabe betrachtet, einen eigenen Beitrag zur Neuordnung der deutschen Wirtschaft im Rahmen des europäischen Wiederaufbaus zu leisten. Außerdem wünscht die Bundesregierung damit auch dem Artikel VI[3] des Petersberger Abkommens zu entsprechen, wonach sie sich verpflichtet hat, auf dem Gebiet der Dekartellisierung und zur Beseitigung monopolistischer Tendenzen gesetzgeberische Maßnahmen zu treffen.
Zur Durchführung der im Gesetz Nr. 75 vorgesehenen Regelung und zur Vorbereitung der erforderlichen gesetzgeberischen Maßnahmen beabsichtigt die Bundesregierung, beim Bundesministerium für Wirtschaft einen beratenden Ausschuß zu bilden. Dem Ausschuß sollen Regierungsvertreter sowie angesehene Persönlichkeiten der Wirtschaft und der Wissenschaft angehören[4].
Der Ausschuß soll sich auch mit den allgemeinen Fragen der Neuordnung des Kohlenbergbaus und der Eisen- und Stahlindustrie befassen. Die Arbeiten des Ausschusses werden der Bundesregierung ermöglichen, der Alliierten Hohen Kommission geeignete Vorschläge zu unterbreiten.
Ich beehre mich, Euere Exzellenz von diesen Absichten der Bundesregie-

rung in Kenntnis zu setzen. Gemäß Ziffer 4 des Besatzungsstatutes[5] bitte ich um Mitteilung, ob die Alliierte Hohe Kommission damit einverstanden ist, daß die Bundesregierung eine den vorstehenden Ausführungen entsprechende gesetzliche Regelung in Angriff nimmt.
Genehmigen Sie, Herr Hoher Kommissar, den Ausdruck meiner ausgezeichnetsten Hochachtung.

gez. Adenauer

Nr. 177

23. Januar 1950 (Bonn): An den Chef des Presse- und Informationsamtes der Bundesregierung, *Paul Bourdin*, Bonn

StBKAH 12.50, ohne Anrede und Grußformel, mit ms. Vermerk »*Persönlich*«, Durchschlag an Dr. Hans Globke, Bonn

Die Mitteilungen, die Sie in der Presse-Konferenz vom 20.1.50 laut anliegendem Stenogramm[1] gemacht haben, lassen an verschiedenen Stellen erkennen, daß Sie die Situation nicht richtig zu würdigen verstehen. Ich habe das, was Sie unter keinen Umständen sagen durften, angestrichen. Wie können Sie z.B. auf der Presse-Konferenz sagen, ich hätte McCloy alles das wiederholt[2], was sich bei dem Gespräch unter 4 Augen mit dem französischen Außenminister[3] abgespielt hat? Sie müssen sich doch selbst sagen, daß so etwas völlig unmöglich ist. Wenn der französische Außenminister seinen eigenen Hohen Kommissar zu der Unterredung nicht zuläßt, wie soll ich dann dazu kommen, alles das, was wir unter 4 Augen gesprochen haben, dem amerikanischen Vertreter mitzuteilen? Sie wiederholen das dann nochmals auf Seite 2.
Auf Seite 2 steht auch, nach der Unterredung Adenauer–McCloy sei General Robertson beim anschließenden Lunch dazu geladen worden. Die Besprechung sei zu Dritt weitergegangen. Es ist mir ganz unverständlich, wie Sie zu einer derartigen Behauptung kommen konnten. Ich habe mit Herrn McCloy allein gesprochen, mit ihm allein geluncht, dann ist die Unterredung weitergeführt worden, und erst zum Schluß der Unterredung machte General Robertson McCloy einen Besuch, und wir sind dann noch eine Viertelstunde zu Dritt zusammengeblieben. Das ist der Verlauf gewesen. Wie kommen Sie nun zu einer so falschen Darstellung?
Im allgemeinen habe ich den Eindruck, daß Sie sich viel zu viel bei dieser Presse-Konferenz haben ausfragen lassen.

(Adenauer)

Nr. 178

24. Januar 1950 (Bonn): An den Hohen Kommissar der Französischen Republik, Botschafter *André François-Poncet,* Bad Godesberg

Druck: Mitteilungen des Presse- und Informationsamtes der Bundesregierung vom 25.1.1950 (Nr. 92/50)

Herr Botschafter,

Ich beehre mich, den Eingang Ihres Schreibens vom 23. Januar zu bestätigen, in welchem Sie zu gewissen Äußerungen Stellung genommen haben, die der Herr Bundesminister der Justiz, Dr. Dehler, anläßlich einer parteipolitischen Veranstaltung in Hamburg gemacht hat[1]. Diese Ausführungen waren heute Gegenstand einer eingehenden Aussprache im Bundeskabinett. Nach Beendigung dieser Aussprache hat das Kabinett zu dieser Frage einstimmig einen Beschluß[2] gefaßt, den ich diesem Brief beifüge.

Minister Dehler hat mir erklärt[3], daß die Veröffentlichungen seiner Hamburger Rede in entscheidenden Punkten infolge der Kürzungen durch die Presse zu Mißverständnissen Anlaß geben können. Er habe vor allem nicht die Absicht gehabt, Angriffe gegen Frankreich zu richten. Er sei vielmehr in seiner Hamburger Rede ausdrücklich für eine Vertiefung der deutsch-französischen Verständigung und für den Ausbau der europäischen Zusammenarbeit eingetreten.

Ich darf diesen Anlaß benutzen, um Ihnen, Herr Botschafter, mein Bedauern darüber zum Ausdruck zu bringen, daß gewisse Teile dieser Rede zu Schlußfolgerungen führen können, die, wie Herr Dr. Dehler mir glaubhaft versichert hat, seiner politischen Grundeinstellung nicht entsprechen. Herr Minister Dehler hat sich auch bereit erklärt, Ihnen persönlich zu einer Aussprache zur Verfügung zu stehen, um seine auch von ihm in der Wirkung überaus bedauerten Darlegungen im einzelnen aufzuklären.

Ich betone, daß die Bundesregierung und ich persönlich, wie auch aus beiliegendem Kabinettsbeschluß hervorgeht, es ausdrücklich ablehnen, sich die Ausführungen des Herrn Dr. Dehler, wie sie von dpa verbreitet worden sind, zu eigen zu machen.

Genehmigen Sie, Herr Botschafter, den Ausdruck meiner ausgezeichnetsten Hochachtung.

(Adenauer)

Nr. 179

30. Januar 1950 (Rhöndorf): An den »iwag«-Vertrieb, Berlin-Grunewald

StBKAH 10.16

Hiermit bestelle ich ab 1. Februar 1950 die monatlich erscheinende Zeitschrift »Das sozialistische Jahrhundert«[1] zum Preise von DM –,50 im Postabonnement.

Bundeskanzler Dr. K. Adenauer

Nr. 180

30. Januar 1950 (Bonn): An den Bundesminister für gesamtdeutsche Fragen, *Jakob Kaiser,* Bonn

StBKAH 12.08, mit ms. Vermerk *»Persönlich!«,* Tagesdatum hs. korrigiert aus »26«, hierzu die hs. Notiz Arenz »ab 30.1.50 d. Boten«

Sehr geehrter Herr Kaiser!

Ich halte es für erforderlich, Ihnen meinen Standpunkt zu der Behandlung Ihres Memorandums zur Saarfrage[1] und zu den Presseveröffentlichungen[2] zu dieser Angelegenheit nochmals klar abschließend zum Ausdruck zu bringen. Es ist dieses nötig, damit künftig derartige Zwischenfälle, die der Politik der Bundesregierung ernstlich schaden können, nach Möglichkeit vermieden werden.

Nach eingehenden wiederholten Beratungen im Kabinett vor und nach dem Besuch des französischen Außenministers habe ich mit völliger Billigung des Kabinetts die in ihm festgelegte Politik gegenüber Herrn Außenminister Schuman und in meinen Presse-Konferenzen[3] zur Saarfrage vertreten. Kurz vor dem Besuch übergaben Sie mir am Schluß einer Kabinettsitzung[4], als ich diese verließ, den Entwurf Ihres Memorandums, erklärten dabei aber, daß es nichts Neues oder von meiner Stellungnahme Abweichendes enthalte, so daß ein eingehendes Studium des Schriftstückes sich erübrige. Sie sagten, es komme darin lediglich auf *eine* Seite an, die Sie mir zeigten. Nachdem nun der Besuch des französischen Außenministers erfolgt ist und nachdem die ihm folgenden Presseverlautbarungen herausgekommen waren, die jeweils wieder in den Kabinettssitzungen behandelt wurden, erscheint in zufälligem Zusammentreffen mit der Rede von Herrn Dr. Dehler[5] Ihr Memorandum in einer Aufmachung in der Presse, die meine sofortige Stellungnahme[6] dazu unbedingt erforderlich machte. Nach der Vorgeschichte, die ich vorstehend dargelegt habe, war ich, rein äußerlich betrachtet, dazu berechtigt,

von dem Memorandum abzurücken und zu erklären, daß mir sein Inhalt bis zu diesem Tage nicht bekannt gewesen ist. Daß Sie diese Denkschrift den übrigen Mitgliedern des Kabinetts zugeleitet hatten, war mir völlig unbekannt.
Darüber hinaus ergibt aber das Studium Ihrer Denkschrift, daß tatsächlich Gedanken und Vorschläge in ihr erörtert und vertreten werden, die mit den Richtlinien meiner Saarpolitik, die ich, wie ich immer wieder hervorhebe, mit dem Kabinett abgestimmt habe, im gegenwärtigen Augenblick nicht übereinstimmen[7]. Abgesehen von manchen Formulierungen, die zu gebrauchen in unserer derzeitigen Lage äußerst unklug ist (»Die Saarverfassung mehr Protektorat als Autonomie«), und abgesehen von Angriffen gegen die von der französischen Regierung bei ihren Maßnahmen an der Saar gebrauchten Mittel, die nur dazu geeignet sind, eine Verhärtung der Fronten herbeizuführen, nehmen Sie auch ausdrücklich gegen mich Stellung. Auf Seite 15 des mir vorliegenden Exemplars erklären Sie, ich hätte nicht genügend Einwände und Bedenken gegen die gleichzeitige Aufnahme des Bundes und des Saargebietes in den Europäischen Rat vorgebracht. Sie erklären weiter, das Kabinett habe eine prinzipielle Entscheidung zu Gunsten der politischen Loslösung des Saargebietes von Deutschland gefällt. Auf die übrigen Ausführungen einzugehen, erübrigt sich.
Unter diesen Umständen war ich gezwungen, auch sachlich von Ihrem Memorandum abzurücken. Wie das im Grundgesetz eindeutig festgelegt ist, soll die Politik der Bundesregierung einheitlich geführt werden[8]. Die Übernahme eines Postens in der Bundesregierung bedeutet daher für den in die Regierung eintretenden Minister die Aufgabe des Rechtes, zu politischen Fragen sich frei und abweichend von der Gesamtpolitik des Kabinetts zu äußern. Geschieht das doch, muß der Minister in Kauf nehmen, daß der Bundeskanzler als Leiter des Kabinetts und als derjenige, der nach dem Grundgesetz die Richtlinien der Politik bestimmt, von derartigen Erklärungen öffentlich abrückt. Auch eine vorherige Fühlungnahme mit Ihnen hätte daran nichts ändern können, zumal in der durch das Bekanntwerden Ihrer Denkschrift und die Rede von Herrn Dr. Dehler geschaffenen sehr prekären Situation schnelles Handeln am Platze war. Auch so ist unheilbarer Schaden genug entstanden.
Leider haben Sie im weiteren Verlauf dann noch in die offizielle Pressekonferenz des Presseamtes der Bundesregierung eine Mitteilung gegeben, die nach Lage der Dinge in dieser Form nicht richtig war, da ich von Ihnen über den Inhalt Ihrer Denkschrift im unklaren gelassen war und von der Zuleitung an die übrigen Kabinettsmitglieder nichts wußte. Sie haben weiter im Laufe des Nachmittags des 24. Januar Pressevertretern

Erklärungen abgegeben, die geeignet sind, die Stellung der Bundesregierung in dieser Frage ernstlich zu schwächen. Auch der von Ihnen angegebene Inhalt Ihrer Äußerungen gegenüber dem Vertreter der »Agence France Press«[9], daß doch wohl Dissonanzen zwischen Erfordernissen der Staatsraison und Rechten, die daneben zu beachten seien, möglich wären, verschärft nur den bereits durch Ihre vorherige Pressemitteilung hervorgerufenen Eindruck.

Nachdem durch das Bekanntwerden Ihrer Denkschrift die Auffassung von einer nicht einheitlichen Haltung des Kabinetts in der Saarfrage entstanden war, hätten Sie der Presse Ihre Mitteilungen nicht machen dürfen. Etwa zu meiner Saarpolitik bestehende Gegensätze durften nicht in der Öffentlichkeit ausgekämpft werden. Eine Pressemitteilung, daß Ihre Denkschrift lediglich der Sammlung aller bisher erörterten Überlegungen habe dienen sollen, hätte durchaus genügt, um auch Ihre Stellung in dieser Angelegenheit für die Öffentlichkeit ausreichend zu klären, was offenbar Ihr Anliegen war. Ich bitte Sie, künftig in derartigen Fällen von einer Publizierung etwa bestehender Meinungsunterschiede abzusehen.

Ihr sehr ergebener
(Adenauer)

Nr. 181

1. Februar 1950 (Bonn): An den Bundesminister für Arbeit und Sozialordnung, *Anton Storch,* Bonn

StBKAH III/21, ohne Anrede und Grußformel, mit hs. Notiz Arenz »ab 2.2.50, abgeholt d. Boten um 8.15«

Ich bitte Sie, mir die Grundzüge Ihrer Ausführungen, die Sie zu dem Antrag *Ollenhauer* betreffend Arbeitslosigkeit[1] machen werden, möglichst umgehend mitzuteilen. Ich füge Ihnen drei Zeitungsausschnitte und einen Pressebericht bei[2].

Ich hoffe zuversichtlich, daß es möglich sein wird, in nicht unerheblichem Umfange Geldmittel für Arbeitsbeschaffung zur Verfügung zu stellen. Da die Opposition auf jedes Wort lauert, um daraus Kapital zu schlagen, bitte ich Sie, Ihre Ausführungen schriftlich niederzulegen und der Presse – nachdem Sie gesprochen haben – mitzuteilen. Wir müssen sonst damit rechnen, daß bei der Art der Berichterstattung Ihre Ausführungen nicht richtig in der Presse wiedergegeben werden.

(Adenauer)

Nr. 182
2. Februar 1950 (Bonn): An den Bundestagsabgeordneten *Theodor Blank*, Bonn
StBKAH 10.01

Sehr geehrter Herr Blank!

Ihren Brief vom 1.2. habe ich erhalten[1]. Ich habe nicht über unsere Wirtschaftspolitik gesprochen, sondern über Wirtschaftsministerien und Herrn Minister Erhard. Daß ich unsere Wirtschaftspolitik nach wie vor für die einzig richtige halte, ist klar. Ich bin gern bereit, im Vorstand der Fraktion über die Wirtschaftspolitik zu sprechen. Ich habe den dringenden Wunsch, überhaupt innerhalb des Fraktionsvorstandes einige sehr wichtige Sachen zur Sprache zu bringen.
Ich bin diesen Nachmittag im Bundeshaus und stehe eventuell zur Verfügung.
Mit freundlichen Grüßen Ihr
(Adenauer)

Nr. 183
8. Februar 1950 (Bonn): An den Hohen Kommissar der Vereinigten Staaten von Amerika, *John J. McCloy*, Bonn-Petersberg
StBKAH III/5, mit hs. Vermerk Zimmermann »*Persönlich*«

Lieber Herr McCloy!

Heute finde ich in deutschen Zeitungen die Mitteilung, daß ein amerikanischer Sprecher anscheinend gestern folgendes erklärt hat:

> »Dr. Adenauer habe bisher sehr wenig für eine gute Zusammenarbeit zwischen seinen Regierungsstellen und der gesamten Presse getan und dürfe sich heute nicht über das Echo wundern.«[1]

Anscheinend hat derselbe Sprecher von mir auch behauptet, daß ich in Oberhausen von einer »konstanten Boshaftigkeit« der Auslandspresse gesprochen habe. Ich gestatte mir, Ihnen mitzuteilen, daß ich niemals eine derartige oder ähnliche Äußerung getan habe.
Ich darf diese Gelegenheit benutzen, um Ihnen meine gestrigen mündlichen Darlegungen[2] schriftlich zu wiederholen. Jede öffentliche Kritik alliierter Stellen an der Bundesregierung sollte tunlichst vermieden werden, weil sie das Ansehen der Bundesregierung und der Bundesrepublik in der deutschen Öffentlichkeit sehr beeinträchtigt. Durch solche Kritik nützt man nur denjenigen, die entweder sagen, die Bundesregierung

stehe vollständig unter der Herrschaft der Alliierten – siehe die Ostzone – oder aber nationalistischen Elementen. Ich danke Ihnen für Ihre gestrige Erklärung, daß Sie derartige öffentliche Stellungnahmen in Zukunft nicht mehr zulassen würden, bis eine Aussprache mit der Bundesregierung erfolgt ist[3].
Ich versichere Ihnen, daß unsere gestrige Unterredung mich sehr befriedigt hat, und bin
mit freundlichen Grüßen Ihr ergebener
(Adenauer)

Nr. 184
11. Februar 1950 (Bonn): An den Finanzminister von Württemberg-Baden, *Dr. Edmund Kaufmann,* Stuttgart
StBKAH 10.01, mit ms. Vermerk *»Durch Eilboten. Persönlich«*

Sehr geehrter Herr Minister[1]!

Nach unserer gestrigen Unterredung habe ich Mitteilungen erhalten, die es doch sehr im Bereich des Möglichen erscheinen lassen, daß Sie schon nach verhältnismäßig kurzer Zeit fast gezwungen werden könnten, durch die Entwicklung Nachfolger des Herrn Maier in Württemberg zu werden[2]. Ich bin, nachdem Sie mir gestern erklärt haben, daß Sie, wenn Sie hier angenommen hätten, auch Ihrer hiesigen Aufgabe treu bleiben werden, zwar überzeugt, daß Sie diesen festen Willen haben. Es ist mir aber von Württemberger Politikern gesagt worden, daß Ihnen aber unter Umständen gar nichts anderes übrig bleiben werde, als einem solchen Ruf doch zu folgen. Wie Sie mir sagten, werden Sie Montagabend eine Aussprache mit unseren Freunden haben. Ich bitte Sie, bei der Gelegenheit, falls Sie es irgendwie für angängig halten, auch diese Frage zur Sprache bringen zu lassen. Es darf unter keinen Umständen schon verhältnismäßig kurze Zeit nach Ihrem Eintritt bei der Bundesregierung wieder Ihre Rückkehr nach Stuttgart stattfinden. Das muß im Interesse der Sache, aber auch in Ihrem persönlichen Interesse, vermieden werden. Ich kann nicht beurteilen, ob es Ihnen möglich ist, diese Frage jetzt schon völlig zu klären. Auf alle Fälle bitte ich Sie, eine Klärung, soweit es möglich ist, herbeizuführen und mich unverzüglich von dem Ergebnis zu benachrichtigen. Nach den mir gewordenen Mitteilungen würde ich unter Umständen aus allgemeinpolitischen und parteipolitischen Gründen Ihnen, auch wenn Sie Staatssekretär hier sind, Ihrer Berufung als Ministerpräsident nach Stuttgart nichts in den Weg legen dürfen.

Mit vorzüglicher Hochachtung
(Adenauer)

Nr. 185

11. Februar 1950 (Bonn): An den Hohen Kommissar der Vereinigten Staaten von Amerika, *John J. McCloy,* Bad Homburg

StBKAH III/5, mit ms. Vermerk »*Persönlich!*« und hs. Notiz Arenz »Durch Boten nach Homburg, 11.2., 13.30 ab«

Sehr verehrter Herr McCloy!

Bei unserer Besprechung am Dienstag[1] sprachen wir auch über die Frage der Arbeitslosigkeit[2], eine Frage, die ja Ihnen und mir sehr große Sorgen macht. Mit der Bank deutscher Länder[3] und mit der Wiederaufbaubank[4] hatte ich eine Besprechung[5], in der folgendes vereinbart worden ist:

Auf dem Wege über die Wiederaufbaubank werden zur Verfügung gestellt

1)	für lohnintensive Arbeiten der Bundesbahn	250 Millionen DM
2)	der Post	50 Millionen DM
3)	für Finanzierung mittel- und langfristiger Exportaufträge	300 Millionen DM
4)	als Kredithilfe für mittlere und kleine Betriebe einschließlich Handwerk	50 Millionen DM
5)	für Förderung wirtschaftlich berechtigter Arbeiten zur Entlastung der am meisten durch Flüchtlinge in Anspruch genommenen Länder Schleswig-Holstein, Niedersachsen und Bayern	300 Millionen DM

Bei dem Interesse, das Sie an der Angelegenheit nehmen, erlaube ich mir, Sie hiervon in Kenntnis zu setzen.

Ich höre, daß Sie in diesen Tagen Herrn Geheimrat Vocke[6] von der Bank deutscher Länder sprechen werden. Ich wäre Ihnen sehr dankbar, wenn Sie bei dieser Gelegenheit auch Herrn Vocke auf die Bedeutung, die auch Sie dieser Angelegenheit beimessen, hinweisen würden. Herr Geheimrat Vocke ist etwas sehr vorsichtig, wie Sie wissen[7]. Die anderen deutschen Geld- und Banksachverständigen halten aber alle diese Maßnahmen für durchaus vertretbar.

Ich darf in diesem Zusammenhang bemerken, daß während Ihrer Abwesenheit Herr General Hays[8] mir gegenüber zum Ausdruck gebracht hat, daß nach Meinung der amerikanischen Stellen unsere Wirtschaft deflationistische Züge trage.

Ich bin in besonderer Hochachung und mit freundlichen Grüßen

Ihr sehr ergebener
(Adenauer)

Nr. 186
17. Februar 1950 (Bonn): An den Bundesminister für Wirtschaft, *Professor Dr. Ludwig Erhard,* Bonn
BA, B 136/1836

Sehr geehrter Herr Erhard!

In der Kabinettssitzung vom 25. November 1949[1] war die Wirksamkeit des Beschlusses über die Ernennung des Ministerialdirektors Dr. *Schalfejew*[2] zum Staatssekretär im Wirtschaftsministerium davon abhängig gemacht worden, daß hinsichtlich der organisatorischen Vervollkommnung des Wirtschaftsministeriums noch Vorschläge vorgelegt würden[3]. Nachdem diese Vorschläge in Zusammenarbeit mit der Dreier-Kommission[4] gemacht worden sind, sehe ich die Voraussetzungen für das Wirksamwerden des Kabinettsbeschlusses als erfüllt an.

Mit vorzüglicher Hochachtung
(Adenauer)

Nr. 187
24. Februar 1950 (Bonn): An den Hohen Kommissar des Vereinigten Königreiches, General *Sir Brian H. Robertson,* Bonn-Petersberg
AA, Noten an AHK, Bd. 3, mit ms. Briefkopf wie Nr. 101 und Stempel »ab: 25. Feb. 1950«, Abschrift an Dr. Thomas Dehler, Bonn

Herr Hoher Kommissar!

Ich beehre mich, Euerer Exzellenz im Namen der Bundesregierung folgende Bitte zu unterbreiten:
Die Verurteilung des ehemaligen Generalfeldmarschalls v. Manstein[1] durch ein britisches Militärgericht zu 18 Jahren Gefängnis ist in weiten Kreisen des deutschen Volkes als besonders hart empfunden worden. Die Bundesregierung möchte davon absehen, zu dem Urteil Stellung zu nehmen. Sie würde es jedoch dankbar begrüßen, wenn Euere Exzellenz sich bei den zuständigen britischen Dienststellen für eine Begnadigung von Mansteins, eine Strafaussetzung oder zum mindesten eine Strafmilderung einsetzen würden. Die geschwächte Gesundheit des früheren Generalfeldmarschalls und der drohende Verlust seiner Sehfähigkeit bedeuten praktisch eine erhebliche Verschärfung der ihm auferlegten Strafe. Auch der Umstand, daß die dem Urteil zu Grunde liegenden Tatbestände sich auf einem Kriegsschauplatz abgespielt haben, auf dem die anerkannten Regeln des Völkerrechts vom Gegner unbeachtet geblieben

sind, dürfte zu Gunsten eines Gnadenbeweises sprechen. Ich glaube schließlich, der Ansicht Ausdruck geben zu dürfen, daß ein Akt der Großmut in diesem Falle einen besonders starken Widerhall bei der deutschen Bevölkerung finden würde[2].
Genehmigen Sie, Herr Hoher Kommissar, den Ausdruck meiner ausgezeichnetsten Hochachtung.

gez. Adenauer

Nr. 188
25. Februar 1950 (Bonn): An Bundestagspräsident *Dr. Erich Köhler,* Bonn
StBKAH III/18, mit ms. Vermerk »*Persönlich*«

Sehr geehrter Herr Präsident!

Da Sie gestern nach der Sitzung bei mir über mein Verhalten Ihnen gegenüber nach dem bekannten Vorfall[1] Beschwerde führten, halte ich es für nötig, auf die Angelegenheit auch meinerseits zurückzukommen, obgleich ich sie für erledigt hielt.
Der Abgeordnete Seuffert[2] hat die Bundesregierung gröblich beleidigt. Trotz der erregten Zurufe des größten Teils des Hauses haben Sie dazu geschwiegen. Er hat dann die Beleidigung wiederholt. Wiederum hat das Haus in seiner Mehrheit erregt protestiert. Sie haben nichts getan. Darauf bin ich von meinem Abgeordnetenplatz zur Regierungstribüne hinaufgegangen und habe Ihnen gesagt, wenn Sie nicht gegen den Abgeordneten Seuffert vorgingen, sähe ich mich gezwungen, in der Öffentlichkeit, d.h. im Bundestag, selbst gegen Sie Stellung zu nehmen[3]. Ich habe dadurch keinen Druck auf Sie ausgeübt oder ausüben wollen, sondern im Gegenteil Ihnen die Möglichkeit gegeben, eine öffentliche Verwahrung meinerseits zu vermeiden.
Ich fühle mich auch jetzt hierzu nicht nur berechtigt, sondern auch verpflichtet. Wenn Sie mir erklären, daß Sie die Ausführungen des Abgeordneten Seuffert nicht verstanden hätten, so hätten Ihnen wenigstens die tumultartigen Protestrufe der Mehrheit des Parlaments, die zweimal erfolgten, davon Kenntnis geben können, daß Sie etwas veranlassen müßten. Das haben Sie zunächst unterlassen.
Ich bedaure, daß Sie die Bundesregierung nicht sofort gegen diese Beleidigungen in Schutz genommen haben.

Mit ausgezeichneter Hochachtung
(Adenauer)

Nr. 189

2. März 1950 (Bonn): An den Vorsitzenden der CDU/CSU-Fraktion des Deutschen Bundestages, *Dr. Heinrich von Brentano,* Bonn

Original in BA, NL von Brentano, Bd. 154, mit ms. Vermerk »Persönlich«

Sehr geehrter Herr v. Brentano!

Im Haushaltsausschuß des Bundestages ist die Stelle eines Staatssekretärs für das Bundesministerium für Wohnungsbau gestrichen worden[1]. Soweit ich unterrichtet worden bin, ist die Streichung vor allem auch auf Veranlassung der Vertreter der CDU/CSU-Fraktion erfolgt, die sich angeblich durch einen Beschluß des Fraktionsvorstandes gebunden fühlten, der sich gegen die Zubilligung eines Staatssekretärs für das Wohnungsbauministerium richtet[2].

Ich bin über diese Haltung der Vertreter der CDU/CSU-Fraktion sehr unglücklich. Es geht nach meiner Meinung nicht an, daß die Vertreter der größten Regierungspartei sich gegen Vorschläge der Regierung aussprechen, ohne daß vorher versucht wurde, hier zu einer Absprache mit der Regierung zu kommen. Ich bitte Sie daher zu veranlassen, daß diese Frage noch einmal eingehend zwischen Vertretern der Fraktion und der Regierung besprochen wird[3].

Mit vorzüglicher Hochachtung!
und freundlichen Grüßen
(Adenauer)

Nr. 190

6. März 1950 (Bonn): An den Hohen Kommissar des Vereinigten Königreiches, General *Sir Brian H. Robertson,* Schloß Röttgen

StBKAH III/6, mit hs. Notiz Zimmermann: »Vorstehender Brief wurde an Herrn Killick, Chancery Office of High Comm. Wahn BAOR 19 geleitet m.d.B. um umgehende Übermittlung an Gen. Robertson.«

Sehr geehrter Herr General!

Presse-Nachrichten entnehme ich, daß man anscheinend in London die Situation, wie sie durch die Saar-Konvention[1] in Deutschland entstanden ist, nicht richtig einschätzt[2]. Ich erlaube mir, Ihnen einen Abdruck der Ausführungen zu überreichen, die ich vor der Presse am 4. März gemacht habe[3]. Ich versichere Ihnen, daß ich mich so zurückhaltend, wie bei der Lage der Sache möglich, ausgedrückt habe. Die Ausführungen des Herrn Dr. Schumacher in einer öffentlichen Versammlung in Neuss am 4. März,

»die Saar-Konvention sei der erste große Sieg der Sowjet-Union und der Nationalisten in Deutschland«[4], sind meines Erachtens absolut zutreffend. Ich glaubte, Ihnen im Interesse der Sache diese Mitteilung machen zu sollen.

Mit verbindlichen Grüßen

Ihr sehr ergebener
(Adenauer)

Nr. 191
8. März 1950 (Bonn): An Bundestagspräsident *Dr. Erich Köhler,* Bonn
StBKAH III/18, mit ms. Vermerk *»Persönlich«*

Sehr geehrter Herr Bundestagspräsident!

Ihren Brief vom 2. März[1] habe ich erhalten. Ihr Gedächtnis täuscht Sie. Ich habe Ihnen nicht gesagt, ich werde nachher gegen Sie sprechen, sondern ich habe gesagt, wenn Sie nicht einschreiten, werde ich gegen Ihre Geschäftsführung sprechen. Ich habe Ihnen dies lediglich in Ihrem Interesse gesagt, weil ich vermeiden wollte, daß ich gezwungen würde, gegen Ihre Geschäftsführung im Plenum zu protestieren. Ich glaubte, damit sogar in Ihrem Interesse zu handeln. Wenn Sie anderer Ansicht sind, werde ich in Zukunft, falls Ihre Geschäftsführung nach meiner Meinung dazu Anlaß bietet, mich im Plenum dagegen zur Wehr setzen.

Was den Schluß Ihres Briefes angeht, so mag es Ihnen frei stehen, eine solche Fassung gegenüber einem Ihrer Untergebenen zu wählen. Mir gegenüber ist diese Fassung nicht angebracht. Ich bitte, sie in Zukunft zu unterlassen.

Mit ausgezeichneter Hochachtung
(Adenauer)

Nr. 192
9. März 1950 (Bonn): An den Hohen Kommissar des Vereinigten Königreiches, General *Sir Brian H. Robertson,* Wahnerheide
AA, Noten an AHK, Bd. 4, mit ms. Briefkopf wie Nr. 101; Druck: Mitteilungen des Presse- und Informationsamtes der Bundesregierung vom 11. 3. 1950 (o. Nr.)

Sehr verehrter Herr General!

Mit besonderem Dank bestätige ich den Eingang Ihres freundlichen Schreibens vom heutigen Tage, das Sie mir soeben durch Ihren Adjutanten übermittelt haben[1].

Von dem Inhalt der Ausführungen, die Lord Henderson[2] gestern im

Oberhaus gemacht hat, habe ich mit großem Interesse Kenntnis genommen. Ich darf Sie jedoch erneut darauf hinweisen, daß der Standpunkt der britischen Regierung, die Saarabkommen seien unter dem Vorbehalt einer späteren endgültigen Regelung durch den Friedensvertrag abgeschlossen worden, nach dem mir vorliegenden Text der Abkommen leider nicht den Tatsachen entspricht. Wie ich Ihnen bereits gestern mitgeteilt habe, ist in dem für den politischen Status der Saar entscheidenden allgemeinen Abkommen[3] zwischen Frankreich und dem Saargebiet der Friedensvertrag mit Deutschland überhaupt nicht erwähnt. Daraus muß ich folgern, daß gerade dieses Abkommen, das das Saargebiet von Deutschland abtrennt, nicht unter dem Vorbehalt einer späteren Änderung durch den Friedensvertrag geschlossen worden ist und daher endgültigen Charakter haben soll.
Ich wäre Ihnen zu großem Dank verpflichtet, wenn Sie die Aufmerksamkeit Ihrer Regierung auf diese nach meiner Ansicht entscheidende Tatsache lenken und eine möglichst baldige Stellungnahme Ihrer Regierung zu dieser Frage herbeiführen könnten[4].
Mit dem Ausdruck meiner vorzüglichen Hochachtung bin ich

Ihr sehr ergebener
gez. Adenauer

Nr. 193
10. März 1950 (Bonn): An den nordrhein-westfälischen Ministerpräsidenten *Karl Arnold,* Düsseldorf
StBKAH III/18, mit ms. Vermerk *»Persönlich!«*

Sehr geehrter Herr Arnold!

Mir wird gesagt, daß die Vertreter Nordrhein-Westfalens sich im Bundesrat einem Einspruch gegen das im Bundestag beschlossene Beamtengesetz[1] anschließen könnten[2]. Eine Verzögerung der Inkraftsetzung dieses Gesetzes würde die Arbeiten der Bundesregierung sehr empfindlich in Mitleidenschaft ziehen[3]. Ich würde es außerordentlich bedauern, wenn die Landesregierung Nordrhein-Westfalen in diesem Falle sich gegen ein von der Bundesregierung vorgelegtes Gesetz wenden würde, das die technischen Voraussetzungen für den Aufbau der Bundesbehörden und Bundesministerien schaffen soll.
Ich wäre Ihnen dankbar, wenn Sie in diesem Punkte eine Beschlußfassung Ihres Kabinetts herbeiführen könnten, durch die die Vertreter Nordrhein-Westfalens im Bundesrat zu einer Stellungnahme für das Beamtengesetz veranlaßt werden.

Da ich höre, daß Sie in Urlaub gehen wollen, wäre ich Ihnen verbunden, wenn Sie vor Antritt Ihres Urlaubes diese Sache noch regeln könnten[4].
Mit freundlichen Grüßen

Ihr ergebener
(Adenauer)

Nr. 194
10. März 1950 (Bonn): An den Hohen Kommissar des Vereinigten Königreiches, General *Sir Brian H. Robertson,* Wahnerheide
AA, Noten an AHK, Bd. 4, Druck: Mitteilungen des Presse- und Informationsamtes der Bundesregierung vom 11.3.1950 (o. Nr.)

Sehr verehrter Herr General,

Ihr zweites Schreiben vom gestrigen Tage[1] erreichte mich so rechtzeitig, daß ich Ihre Ausführungen noch bei der Vorbereitung der Regierungserklärung[2] berücksichtigen konnte.
Ich möchte nicht verfehlen, Ihnen zu sagen, daß die Präzisierung des Standpunktes Ihrer Regierung zur Saarfrage, die Sie mir mit diesem Schreiben übermittelt haben, für die Bundesregierung von großem Wert gewesen ist und mir meine Stellungnahme zum Saarproblem vor dem Bundestag wesentlich erleichtert hat.
Ich darf Ihnen daher für die Übermittlung dieses Schreibens meinen aufrichtigen Dank zum Ausdruck bringen.
Mit dem Ausdruck meiner ausgezeichnetsten Hochachtung bin ich

Ihr sehr ergebener
(Adenauer)

Nr. 195
14. März 1950 (Bonn): An den Bundesminister für Wirtschaft, *Professor Dr. Ludwig Erhard,* Bonn
StBKAH III/21, mit hs. Vermerk Zimmermann »Persönlich«

Sehr geehrter Herr Bundesminister!

In der heutigen Kabinetts-Sitzung habe ich mein Bedauern darüber aussprechen müssen, daß ein Vertreter des Wirtschaftsministeriums gegenüber Pressevertretern erklärt habe, das Wirtschaftsministerium sei dafür eingetreten, daß Hamburg eine größere Zuteilung für seine Schiffswerften gemacht werde[1]. Es sei aber gegenüber den anderen Ministerien nicht durchgedrungen. Soeben finde ich in der »Welt« den beigefügten Artikel (Versicherungsaufsicht beansprucht)[2]. Es ist völlig unmöglich und für die

Autorität der gesamten Bundesregierung vernichtend, wenn derartige Meinungsverschiedenheiten in der Öffentlichkeit ausgetragen werden. Ich bitte um Feststellung, wer für diese Äußerung verantwortlich ist[3].
Allgemein darf ich folgende Bitte aussprechen. Tragen Sie doch dafür Sorge, daß sich Ihr Ministerium als ein Teil der gesamten Regierung fühlt. Ich rechne ‹...›[a] darauf, daß die in der heutigen Kabinetts-Sitzung besprochene Zusammenarbeit der verschiedenen Ministerien zur Aufstellung eines wirtschaftlichen Programms in kürzester Zeit führt.

Mit vorzüglicher Hochachtung
(Adenauer)

Nr. 196
14. März 1950 (Bonn): An den Generaldirektor des Nordwestdeutschen Rundfunks, *Dr. Adolf Grimme,* Hamburg
Faksimile (des Originals in NL Grimme): Wolf *Bierbach,* Der neue WDR, S. 158

Sehr geehrter Herr Professor Dr. Grimme!

Nach der Unterredung, die ich heute mit Ihnen hatte, habe ich Herrn Prof. *Raskop* gesprochen[1] und von der bevorstehenden Wahl des Vorsitzenden des Verwaltungsrats gehört. Ich lege das größte Gewicht darauf, Herrn Prof. Raskop in seinem Amte bestätigt zu sehen[2].
Mit hochachtungsvollen Grüßen

Ihr sehr ergebener
(Adenauer)

Nr. 197
16. März 1950 (Bonn): An den Vorsitzenden des Bundestagsausschusses für Berlin, *Dr. Gerd Bucerius,* Bonn
StBKAH 10.01

Sehr geehrter Herr Dr. Bucerius[1]!

Auf der Tagesordnung des Berlin-Ausschusses vom 21. März 1950 steht die Frage der Verlegung von Bundesbehörden nach Berlin[2]. In derselben Angelegenheit werde ich am Montag, den 20. März, Besprechungen mit dem u. a. aus diesem Anlaß hierher berufenen Berliner Vertreter der Bundesregierung, Herrn Dr. Vockel, haben. An diesen Verhandlungen wird auch Herr Oberbürgermeister Reuter teilnehmen[3]. Der gesamte Fragenkomplex wird sodann in der Kabinettssitzung am Dienstag behandelt[4] und zum Gegenstand einer Entscheidung gemacht werden.

Die Bundesregierung ist daher nicht in der Lage, schon am Dienstag zu den aufgeworfenen Fragen Stellung zu nehmen. Ich bitte daher, die Sitzung des Berlin-Ausschusses um einige Tage zu verschieben[5].

Mit vorzüglicher Hochachtung
(Adenauer)

Nr. 198
16. März 1950 (Bonn): An Reichsminister a. D.
Dr. Hans Schlange-Schöningen, Honnef
StBKAH 10.02, mit hs. Vermerk Zimmermann »Persönlich«

Sehr geehrter Herr Schlange-Schöningen[1]!

Wenn es mir nicht gelingen sollte, zu erreichen, daß das Generalkonsulat für USA[2] nach Washington kommt, würden Sie dann eventuell bereit sein, nach London zu gehen? Ich glaube, daß ein deutscher Generalkonsul in London größeren Einfluß in politischer Hinsicht[3] ausüben kann als ein deutscher Generalkonsul in New York. Ich bitte Sie aber, diese Anfrage absolut vertraulich zu behandeln[4].
Mit freundlichen Grüßen (Adenauer)

Nr. 199
16. März 1950 (Bonn): An den Präsidenten der Bank deutscher Länder, Geheimrat *Wilhelm Vocke,* Frankfurt/Main
StBKAH 10.02, mit ms. Vermerk *»Persönlich«*

Sehr geehrter Herr Vocke!

Unter Bezugnahme auf unsere Unterredung, die wir vor einiger Zeit hatten[1], darf ich Sie ganz vertraulich fragen, ob Sie eventuell bereit sein würden, als Generalkonsul nach London zu gehen[2]. Ich habe bei der britischen Regierung noch keine Schritte getan. Ich glaube aber sicher annehmen zu können, daß Ihre Ernennung in London begrüßt werden würde. London ist für uns besonders wichtig.
Mit sehr ergebenem Gruß Ihr
(Adenauer)

PRIVATE OFFICE OF THE HIGH COMMISSIONER,
CONTROL COMMISSION FOR GERMANY (BE).
WAHNERHEIDE,
BAOR 19.

HC/201

16 March, 1950.

My dear Chancellor,

An announcement will be made tomorrow morning that I shall be leaving Germany shortly to take up a military appointment elsewhere. I thought that I would write you this note so that you might learn of this personally from me rather than hear of it for the first time through the Press. I would ask you to be so good as to keep the matter confidential until the announcement appears.

I shall be leaving in mid-June.

I have of course known about this for some time and that is one of the reasons why I have not responded to your very kind endeavours to persuade me to move my house to Schloss Birlinghoven. I thank you for your last letter on this subject. You will, I am sure, appreciate that under the circumstances there can be no question of my moving from where I now am.

I shall be extremely sorry to leave Germany and my many good friends here, including yourself. However, I had reached the conclusion some time ago that I had been here long enough. I shall be succeeded by Sir Ivone Kirkpatrick, who is of course a regular member of the diplomatic service and I feel that this is a very natural and proper course of events.

Yours sincerely,

Brian H. Robertson.

His Excellency Dr. Conrad Adenauer,
Chancellor of the Federal Republic of Germany,
BONN.

General Sir Brian H. Robertson an Adenauer
(zu Dok. Nr. 200, Anm. 1)

Nr. 200
17. März 1950 (Bonn): An den Hohen Kommissar des Vereinigten Königreiches, General *Sir Brian H. Robertson,* Schloß Röttgen
StBKAH III/6

Sehr verehrter Sir Brian!

Ihren Weggang bedauere ich ganz außerordentlich[1]. Wenngleich Sie eine noch wichtigere Stellung einnehmen als Ihre bisherige[2], darf ich doch zum Ausdruck bringen, wie sehr ich aus sachlichen und persönlichen Gründen Ihren Weggang bedauere[3]. Es wird sich sicher noch eine Gelegenheit finden, Ihnen für Ihre Verdienste um Deutschland öffentlich zu danken. Aber lassen Sie mich jetzt schon zum Ausdruck bringen, wie sehr ich die Zusammenarbeit mit Ihnen geschätzt habe und wie schmerzlich ich es empfinde, daß diese nun demnächst ein Ende haben wird.
Mit freundlichen Grüßen

Ihr ergebener
(Adenauer)

Nr. 201
17. März 1950 (Bonn): An den Bundesminister der Finanzen, *Fritz Schäffer,* Bonn
StBKAH III/21, mit ms. Vermerk »*Persönlich*«, ohne Grußformel

Sehr geehrter Herr Schäffer[1]!

Bitte nehmen Sie Kenntnis von den Anlagen[2]. Ich neige zu der Ansicht, daß der Wirtschaftsminister doch Geld- und Kreditwesen haben muß. Die Leitung des Geld- und Kreditwesens ist ein so integrierender Bestandteil des Wirtschaftslebens, daß derjenige, der für das Wirtschaftsleben verantwortlich ist, wohl auch verantwortlich sein muß für Geld- und Kreditwesen. Ich glaube aber, daß Ihre Interessen als Finanzminister nicht so vorherrschend sind. Ich möchte nicht gern eine Entscheidung treffen zwischen zwei Bundesministern. Ich wäre dankbar, wenn Sie mir einen Vorschlag machten, der im Falle der Übertragung von Geld- und Kreditwesen an den Wirtschaftsminister ‹...›[a] Ihre Interessen sichert. Alle Verbände und Wirtschaftler sprechen sich für die Zuteilung an das Wirtschaftsministerium aus. Ich nehme an, daß diese Interventionen zum Teil auf das Wirtschaftsministerium selbst zurückzuführen sind, aber ich habe doch den Eindruck, daß alle wirtschaftlichen Faktoren es für notwendig halten, dem Wirtschaftsministerium Geld- und Kreditwesen zu geben.

gez. Adenauer

Nr. 202

23. März 1950 (Bonn): An die drei Hohen Kommissare, Bonn-Petersberg

AA, Noten an AHK, Bd. 4, Druck (u.a): EA, Jg. 5 (1950), S. 3130f.; Konrad *Adenauer,* Erinnerungen, Bd. 1, S. 324f.[1]; Kabinettsprotokolle, Bd. 2, S. 298f., Abschrift an Dr. Kurt Schumacher, Bonn (vgl. Nr. 207)

Herr Hoher Kommissar!

Unter Bezugnahme auf die gestrigen Verhandlungen[2] beehre ich mich, Ihnen folgendes mitzuteilen:
Ich würde, und zwar nach meiner Überzeugung mit Erfolg, den Versuch machen, eine Mehrheit des Bundestages für den Beitritt zum Europa-Rat zu gewinnen[3], wenn ich zuvor ein Schreiben der drei Hohen Kommissare beziehungsweise ihrer Vertreter erhielte, etwa folgenden Inhalts:

1. Die drei westalliierten Mächte, England, Frankreich und USA, wünschen dringend den Beitritt der Bundesrepublik Deutschland zum Europa-Rat[4].
2. Die Mitgliedschaft des Saargebietes zum Europa-Rat gilt vorbehaltlich der Regelung des Status des Saargebietes durch den Friedensvertrag mit Deutschland[5].
3. Die Bundesrepublik Deutschland wird baldmöglichst ordentliches Mitglied des Europa-Rates. Bis dahin kann ein Beobachter der Bundesrepublik Deutschland an den Sitzungen des Minister-Ausschusses teilnehmen.

Falls es wegen der Kürze der zur Verfügung stehenden Zeit nicht möglich ist, die Zusage zu 3) schlechthin zu geben, würde es mir genügen, wenn die drei Hohen Kommissare beziehungsweise ihre Vertreter mir schrieben, wegen der Kürze der zur Verfügung stehenden Zeit sei die Zusicherung unter 3) nicht möglich; die Regierungen der drei Hohen Kommissare würden sich für diese Zusicherung einsetzen.
Damit nicht die Hohen Kommissare eventuell erfolglos ein derartiges Schreiben an mich richten, schlage ich vor, daß sie mir schreiben, sie würden eine Note mit dem oben skizzierten Inhalt an mich richten, wenn eine Mehrheit im Bundestag zu erwarten sei. Ich würde auf Grund eines solchen Schreibens mit meinen Bemühungen bei den Leitern der Fraktionen des Bundestages beginnen und den Hohen Kommissaren den Erfolg meiner Besprechung mitteilen. Falls eine Mehrheit gesichert erscheint, müßte ich dann das oben skizzierte Schreiben erhalten.
Den weiteren Verlauf denke ich mir dann so, daß ich durch die Hohen Kommissare den Ministerausschuß des Europa-Rates wissen ließe, daß

eine Einladung angenommen werden würde[6], und daß daraufhin Deutschland eingeladen werden würde. Alsdann würde die Angelegenheit von mir an das Plenum des Bundestages gebracht werden.
Da morgen, Freitag, der Bundestag noch versammelt ist, würde ich großen Wert darauf legen, bis Freitag, den 24. März, früh, im Besitz der Mitteilungen zu sein, die mir die Möglichkeit geben, die Verhandlungen mit den Fraktionen des Bundestages zu beginnen. Um auch den Schein eines offiziellen Schrittes meinerseits bei der Hohen Kommission als solcher zu vermeiden, erlaube ich mir, diese Mitteilung an jeden der drei Hohen Kommissare gesondert zu richten. Ich bitte um völlige Diskretion[7].
Mit der Versicherung meiner ausgezeichnetsten Hochachtung bin ich

Ihr sehr ergebener
gez. Adenauer

Nr. 203
24. März 1950 (Bonn): An den Bundesminister für Arbeit und Sozialordnung, *Anton Storch,* Bonn

StBKAH III/21, ohne Anrede und Grußformel, mit ms. Vermerk: »*Persönlich! Unter Umschlag*«, hs. Notiz Arenz »ab 25.3.50« und Bearbeitungsangaben »2.) Wv. 30.3.50, 3.) im Kabinett am 31.3. besprechen[1], 4.) z.d.A.«

Mir scheint ‹,man muß doch damit rechnen,› [a] daß – gewollt oder ungewollt – die Verhandlungen zwischen den beiden Sozialpartnern über Mitbestimmungsrecht[2] sich so lange hinausziehen, daß die Frage im Wahlkampf Nordrhein-Westfalen eine erhebliche Rolle spielen wird[3]. Ich bitte Sie zu überlegen, ob man nicht wenigstens gewisse Punkte des ganzen Komplexes der Mitbestimmung vorher, d. h. vor Beginn des Wahlkampfes, auf gesetzgeberischem Wege, z. B. die Frage des Wirtschaftsrates, erledigt.
Wie ich glaube, würde unter den Koalitionsparteien eine Übereinstimmung über gewisse Punkte sehr leicht zu erzielen sein. Wenn es nicht gelingen sollte, alle Fragen bis zum Beginn der Landtagswahlagitationen zu erledigen, so würde man doch wenigstens nicht den Vorwurf erheben können, daß die Bundesregierung, in der die CDU führend ist, überhaupt nichts auf diesem Gebiete getan hat.
Ich bitte Sie, diese Fragen zu überlegen und im Laufe der nächsten Woche mit mir darüber zu sprechen[4].

(Adenauer)

Nr. 204
24. März 1950 (Bonn): An den niedersächsischen Finanzminister
Dr. Georg Strickrodt, Hannover

StBKAH 10.02, mit ms. Briefkopf »Dr. Konrad Adenauer. 1. Vorsitzender der CDU der britischen Zone«, ms. Vermerk *»Persönlich!«* und hs. Notiz Arenz »ab 25.3.50«

Sehr geehrter Herr Strickrodt[1]!

Auf Ihren Brief vom 20. März[2] erwidere ich ergebenst folgendes:

1) Auf die »Allgemeine Kölnische Rundschau«[3] bin ich ohne jeden Einfluß. Ich weiß auch nicht, wer den Artikel, den Sie bemängeln, geschrieben hat. Ich vermeide, den Versuch zu machen, die »Kölnische Rundschau« zu Berichtigungen zu veranlassen. Ich habe damit schlechte Erfahrungen gemacht. Ich stelle Ihnen anheim, sich direkt an sie zu wenden.

2) In einer gemeinsamen Besprechung[4], die die Herren Cillien und Hofmeister[5] mit mir gehabt haben, wurde von diesen beiden Herren der Fall Kubel[6] als ein geeigneter Anlaß bezeichnet, um unsere Herren aus der Regierung Niedersachsen herauszuziehen. Erst auf Grund der Erklärung dieser Herren habe ich zwei Tage später bei der Debatte im Bundestag auf den Fall hingewiesen[7]. Wie mir Herr Cillien gesagt hat, sei man nicht zu dem gewünschten und notwendigen Ergebnis gekommen, weil Herr Minister Fricke[8] erklärt habe, die niedersächsische Industrie wünsche, daß er sein Ministerium behalte. Ich habe heute mit Herrn Kuhlemann[9] hierüber gesprochen, und Herr Kuhlemann hat mir erklärt, diese Angabe des Herrn Minister Fricke sei nicht zutreffend.

3) Wir hatten einige Herren gewählt, und zwar außer mir die Herren Schröter[10], Dr. von Brentano und Dr. Holzapfel, um heute nach Hannover zur Fraktion zu kommen und mit ihr die gesamte politische Lage zu besprechen. Herr Cillien, der hiervon durch uns in Kenntnis gesetzt worden war, hat mir dann mitgeteilt, daß heute in der Fraktion der Fall Gereke[11] erledigt werden sollte. Daraufhin haben wir von der Reise nach Hannover zunächst abgesehen. Wir wollen aber so bald wie möglich nach dort kommen, um über die gesamten Verhältnisse in der CDU Niedersachsen und ihr Verhältnis zur DP uns auszutauschen.

Mit freundlichen Grüßen

Ihr ergebener
(Adenauer)

Nr. 205
27. März 1950 (Bonn): An den Bundesminister für Wirtschaft,
Professor Dr. Ludwig Erhard, Bonn
Original in LES, NL Erhard I. 1) 1, ohne Anrede und Grußformel, mit ms. Vermerk »*Persönlich! Vertraulich!* Unter Umschlag«

Bei allen Wirtschaftsverhandlungen mit Frankreich muß darauf geachtet werden, daß der Saar kein Absatz mit Deutschland gewährt wird[1]. Frankreich und die Saar müssen davon überzeugt werden, daß die Saar wirtschaftlich auf Deutschland angewiesen ist. Ich bin dahin unterrichtet worden, daß maßgebende französische Wirtschaftskreise dem Absatz der Saar-Produktion in Frankreich große Hindernisse entgegensetzen[2].

(Adenauer)

Nr. 206
27. März 1950 (Rhöndorf): An Rabbiner *Dr. Adolf Kober,* New York
StBKAH 10.16

Sehr geehrter Herr Rabbiner[1]!

Herzlich danke ich Ihnen für die Übersendung Ihres Werkes[2]. Leider verstehe ich nicht genug Englisch, um es selbst lesen zu können. Ich werde mir aber über den Inhalt berichten lassen.
Ich danke Ihnen, daß Sie meiner gedacht haben, und bin
mit freundlichen Grüßen für Ihre Gattin und Sie Ihr ergebener
(Dr. K. Adenauer)

Nr. 207
27. März 1950 (Bonn): An den Vorsitzenden der SPD-Fraktion des Deutschen Bundestages, *Dr. Kurt Schumacher,* Bonn
StBKAH 12.27, mit ms. Vermerk »*Persönlich! Vertraulich!*«

Sehr geehrter Herr Schumacher[1]!

In Verfolg der Mitteilung, die ich Ihnen durch meinen persönlichen Referenten, Herrn Regierungsdirektor Wirmer, habe machen lassen, teile ich Ihnen über die weitere Entwicklung der Saarangelegenheit ergebenst folgendes mit:
Zum Schluß der Besprechung auf dem Petersberg am 22.3.50[2] habe ich gefragt, ob die Mitteilung des zeitlichen [sic!] Vorsitzenden der Hohen Kommission, des Herrn Botschafters François-Poncet, daß nach einem

Beschluß der drei westalliierten Minister vom ‹9./10.›[a] November [1949] in Paris[3] die Bundesrepublik Deutschland, wenn sie in den Europarat aufgenommen werden wolle, zunächst einen Antrag auf Aufnahme stellen müsse, richtig sei. Ein solcher Beschluß finde in dem Statut[4] des Europarates keine Grundlage. Die Bundesrepublik werde unter keinen Umständen ein solches Ersuchen stellen. Im Verlaufe der Besprechung ergaben sich eine Reihe von Differenzpunkten. So erklärte auch Herr François-Poncet, es sei nicht richtig, daß die Aufnahme der Saar in den Europarat der Bestätigung durch den Friedensvertrag bedürfe. Die Auseinandersetzung war sehr ernst. Immerhin ließen die Herren Robertson und General Hays (Herr McCloy war in Rom) erkennen, daß sie den Nichteintritt Deutschlands in den Europarat sehr bedauern würden. Ich habe dann im Laufe des Donnerstag, den 23.3.50, an jeden der einzelnen Hohen Kommissare einen Brief geschrieben[5], von dem ich Abschrift beilege. Ich lege ebenfalls Abschrift der Antworten bei, die gleichlautend sind[6]. Wodurch die Indiskretion in Paris[7] veranlaßt worden ist, weiß ich nicht. Ich denke, daß ich heute oder spätestens morgen eine Antwort erhalte bezüglich Punkt 3 meines Schreibens. Ich werde dann die Fraktionsvorsitzenden zusammenrufen. Soviel ich weiß, beschäftigt sich das englische Kabinett heute mit der Angelegenheit[8].
Infolge Ihrer Abwesenheit, Herr Minister Kaiser sagte mir Donnerstag, daß Sie nach Berlin abgereist seien, kann ich Ihnen die Mitteilung erst jetzt zugehen lassen.
Mit ausgezeichneter Hochachtung bin ich

Ihr sehr ergebener
(Adenauer)

Nr. 208
28. März 1950 (Bonn): An den Geschäftsführenden Vorsitzenden der Alliierten Hohen Kommission, Botschafter *André François-Poncet,* Bonn-Petersberg
AA, Noten an AHK, Bd. 4, mit Stempel »ab 30. Mrz. 1950«

Herr Hoher Kommissar!
Wie ich aus durchaus zuverlässiger Quelle erfahre, haben zwischen Vertretern der Alliierten Hohen Kommission und der deutschen Gewerkschaften mehrfach Besprechungen über das von alliierter Seite neu zu erlassende Gesetz Nr. 75[1] stattgefunden[2]. Ein Vertreter der Einheitsgewerkschaft hat in einem Ausschuß der deutschen Kohlenbergbauleitung erklärt, daß sie im Besitz eines Entwurfes des neuen Gesetzes

sei. Darüber hinaus ist mir mitgeteilt worden, daß am 28. März 1950 eine ‹ ... ›[a] Zusammenkunft zwischen Vertretern der Alliierten Hohen Kommission und der Einheitsgewerkschaft stattfindet, in der die Gewerkschaft ihre Auffassung zu dem Gesetz Nr. 75 darlegen soll.
Ich beehre mich, darauf hinzuweisen, daß der Bundesregierung bisher nicht Gelegenheit gegeben worden ist, der Alliierten Hohen Kommission ihren Standpunkt zu diesem Gesetz mitzuteilen. Dabei handelt es sich um ein Gesetz, das für die gesamte wirtschaftliche Zukunft des deutschen Volkes von entscheidender Bedeutung ist. Da für die Zukunft des deutschen Volkes neben den Regierungen der westalliierten Mächte ‹ ... ›[b] die Bundesregierung die Verantwortung trägt, bitte ich die Alliierte Hohe Kommission dringend, auch Vertretern der Bundesregierung baldmöglichst Gelegenheit zu geben, ihre Auffassung zu dem Gesetz Nr. 75 der Alliierten Hohen Kommission darzulegen[3].
Genehmigen Sie, Herr Hoher Kommissar, den Ausdruck meiner ausgezeichnetsten Hochachtung.

gez. Adenauer

Nr. 209
29. März 1950 (Bonn): An den Hohen Kommissar der Vereinigten Staaten von Amerika, *John J. McCloy,* Bonn-Petersberg

AA, Noten an AHK, Bd. 4, mit Stempel »ab: 31. Mrz. 1950«, Durchschlag mit Begleitschreiben vom 29.3.1950 an Dr. Hans Böckler, Düsseldorf, und Dr. Walter Raymond, Wiesbaden (BA, B 136/719); Druck: Gabriele *Müller-List* (Bearb.), Montanmitbestimmung, S. 31f.

Herr Hoher Kommissar!

Ich beehre mich, Ihnen folgendes zur Kenntnis zu bringen:
Im Januar 1950 hatte ich Ihnen in Aussicht gestellt, daß die Bundesregierung bis zum 1. April 1950 einen Gesetzentwurf über das Mitbestimmungsrecht der Arbeiter in sozialen, personellen und wirtschaftlichen Fragen einbringen werde[1]. Ich hatte dabei angenommen, daß die Verhandlungen der Sozialpartner bis zu diesem Zeitpunkt abgeschlossen sein würden. Inzwischen haben in dieser Angelegenheit unmittelbare Verhandlungen der Spitzenorganisationen der Arbeitnehmer- und Arbeitgeberverbände stattgefunden, die jedoch bisher zu keinem Ergebnis geführt haben[2].
Am 7. März 1950 hat der Bundesminister für Arbeit die Frage eines Gesetzentwurfes der Bundesregierung mit dem Gesamtvorstand des Deutschen Gewerkschaftsbundes eingehend besprochen[3]. Dabei haben

die Vertreter des Gewerkschaftsbundes wiederholt hervorgehoben, daß es unzweckmäßig wäre, wenn die Bundesregierung einen solchen Entwurf veröffentlichen würde, solange die unmittelbaren Verhandlungen der Sozialpartner noch schweben. Der Bundesminister für Arbeit hat daraufhin angeregt, daß der Deutsche Gewerkschaftsbund diese Auffassung auch Euerer Exzellenz zur Kenntnis bringt. Der Vorsitzende des Deutschen Gewerkschaftsbundes, Dr. h.c. Hans *Böckler,* hat erwidert, daß er am 30. oder 31. März 1950 von den Hohen Kommissaren zu einer Besprechung eingeladen worden sei und bei dieser Gelegenheit die Auffassung des Gewerkschaftsbundes über eine gesetzliche Regelung des Mitbestimmungsrechtes persönlich vortragen werde[4].

Am 15. März 1950 haben der Vorsitzende der Arbeitsgemeinschaft der Arbeitgeberverbände in Wiesbaden, Dr. *Raymond,* und der Geschäftsführer, Dr. *Erdmann*[5], dem Bundesminister für Arbeit in einer eingehenden Aussprache mitgeteilt, daß nach ihrer Meinung die Vorlage eines Gesetzentwurfes im jetzigen Zeitpunkt die Verhandlungen der Sozialpartner nicht nur erschweren, sondern geradezu zum Scheitern bringen würde[6]. Dr. Raymond erklärte, diese Auffassung der Arbeitgeberverbände Euerer Exzellenz schriftlich mitteilen zu wollen.

Die Verhandlungen über das Gesetz zur Neuordnung der Wirtschaft werden zwischen den Sozialpartnern am 30. und 31. März 1950 fortgesetzt werden. Über das Ergebnis der Besprechungen werden Vertreter des Gewerkschaftsbundes und der Arbeitgeberverbände gemeinsam den Bundesminister für Arbeit unverzüglich unterrichten. Die Bundesregierung wird dann beurteilen können, ob die unmittelbaren Verhandlungen in absehbarer Zeit zu einer Verständigung der Sozialpartner führen werden, oder ob die Bundesregierung sofort einen Gesetzentwurf vorlegen wird[7].

Eine weitere Mitteilung darf ich mir vorbehalten[8].

Genehmigen Sie, Herr Hoher Kommissar, den Ausdruck meiner ausgezeichnetsten Hochachtung.

gez. Adenauer

Nr. 210
31. März 1950 (Bonn): An Oberbürgermeister *Dr. Hans Redlhammer,* Wiesbaden
StBKAH 10.02

Sehr geehrter Herr Redlhammer[1]!

Ich danke Ihnen für Ihren Brief vom 26. März[2]. Ich habe mich sehr gefreut, wieder etwas von Ihnen zu hören. Die Europa-Frage macht mir schwere Sorgen. Mir scheint, daß Schuman zwar guten Willens war, daß er sich aber gegenüber Quai d'Orsay und vielleicht auch gegenüber England nicht hat durchsetzen können.
Ich würde mich sehr freuen, Sie bald einmal wiederzusehen und bin mit freundlichen Grüßen

Ihr ergebener
(Adenauer)

Nr. 211
4. April 1950 (Bonn): An den Geschäftsführer des CDU-Landesverbandes Nord-Baden, *Otto Dullenkopf,* Karlsruhe
BA, B 136/4546, Datum hs. korrigiert aus 29.3.1950, mit Stempel »Abgesandt 5. April 1950«

Sehr geehrter Herr Dullenkopf[1]!

Von Herrn Bundesminister Hellwege, dem ersten Vorsitzenden der Deutschen Partei, bin ich aufmerksam gemacht worden auf Ihren Aufsatz, den Sie in der Halbmonatszeitschrift »Südwestdeutsche Union« vom 1. März 1950 veröffentlicht haben[2].
Verleitet durch den Fall Hedler[3] haben Sie in diesem Aufsatz die Deutsche Partei in ihrer Gesamtheit mit den vielfach auftretenden nationalistischen und neofaschistischen Strömungen in Deutschland gleichgestellt[4]. Diese Gleichstellung ist sachlich nicht begründet. Wie Sie wissen, ist der Abg. Hedler aus der Deutschen Partei ausgestoßen. Die Leitung der Deutschen Partei wendet sich sehr energisch gegen Versuche, die Deutsche Partei in ein derartiges Fahrwasser hineinzuziehen.
Herr Minister Hellwege hat mir sein Schreiben an Sie vom 20. März 1950 in Abschrift zur Kenntnis gegeben. Auch ich bedauere, daß Sie in der gegenwärtigen Zeit gegen die Deutsche Partei, die mit der CDU/CSU und der FDP in der Bundesregierung vertreten ist, einen derartigen Angriff geführt haben. Ich wäre Ihnen dankbar, wenn Sie insoweit Ihren

Artikel revidieren würden, auch wenn es nicht in Ihrer Absicht gelegen haben sollte, die Deutsche Partei auf eine Stufe mit den zu verurteilenden nationalistischen Strömungen zu setzen und Ihr Artikel lediglich insofern mißverständlich aufgefaßt sein sollte. Ich möchte annehmen, daß sich dazu irgendwie Gelegenheit ergeben kann. Auf jeden Fall wäre es angebracht, daß nicht etwa weitere derartige Angriffe in der »Südwestdeutschen Union« aufgenommen würden[5].

Mit vorzüglicher Hochachtung!
(Adenauer)

Nr. 212
5. April 1950 (Bonn): An den Generalsekretär des Europa-Rates, *Camille Paris,* Straßburg
Druck: EA, Jg. 5 (1950), S. 3132[1]

Herr Generalsekretär[2]!

Ich habe die Ehre, den Empfang Ihres Schreibens vom 31. März 1950 – D 233/8 – zu bestätigen. Ich werde die Einladung baldmöglichst dem Bundestag vorlegen[3].
Ich wäre dankbar für eine Mitteilung, nach welchem Maßstab die Höhe des Beitrages zum laufenden Rechnungsjahr von 126 Millionen Franken berechnet ist und wie hoch der Beitrag für ein volles Rechnungsjahr sich stellen wird[4]. Ich bedarf dieser Angaben zur Vorlage der Angelegenheit an den Bundestag.
Genehmigen Sie, Herr Generalsekretär, den Ausdruck meiner ausgezeichneten Hochachtung.

gez. Adenauer

Nr. 213
7. April 1950 (Bonn): An den Bundesminister für Angelegenheiten des Marshallplanes, *Franz Blücher,* Essen-Bredeney
Original in BA, NL Blücher, Nr. 78, auf Kopfbogen des Bundeskanzlers

Lieber Herr Blücher!

Darf ich Sie bitten, den beiliegenden Bericht Ihres Pariser Interviews[1] durchzulesen. So sehr ich verstehe, daß Sie sich über den erzielten Erfolg freuen – eine Freude, die ich teile –, so wenig Verständnis habe ich dafür, daß – vorausgesetzt, daß ‹der›[a] Bericht in der »Welt« im großen und ganzen richtig ist – Ihr Interview eine solche prononcierte Stellungnahme gegen meine Tätigkeit auf außenpolitischem Gebiet enthält. Es ist dies um so bedauernswerter, als dieses Interview im Ausland, und zwar in Frankreich, erschienen ist[2] und die Autorität der Bundesregierung und meine Autorität sicher dadurch nicht gesteigert werden. Ich kann auch gar nicht einsehen, warum Sie glaubten, solche Ausführungen haben machen zu müssen. Ich muß leider Ihren Erklärungen auch deswegen besonderes Gewicht beilegen, ‹weil›[b] innerhalb Ihrer Fraktion Ausführungen gemacht worden sind, die wenig erfreulich gewesen sind – so ist mir wenigstens aus Kreisen Ihrer Fraktion berichtet worden[3]. Alles das zusammen dient nicht zur Festigung der Bundesregierung und der Koalition. Dabei haben wir gerade jetzt bei den schweren Aufgaben, die uns bevorstehen – Eintritt in den Europarat, Mitbestimmungsrecht, Gesetz 75, Landtagswahlen in Nordrhein-Westfalen –, ein festes und innerliches Zusammenstehen notwendig.

Mit besten Grüßen

Ihr ergebener
(Adenauer)

Nr. 214
8. April 1950 (Bonn): An *Dr. August Dresbach,* Gummersbach
StBKAH 10.01, mit hs. Notiz Arenz »2.) Herrn Wirmer«

Sehr geehrter Herr Dresbach[1]!

Gestern hörte ich im Radio, daß Termin zur Verhandlung gegen Herrn Reeder[2] angesetzt ist. Ich persönlich habe gegen Herrn Reeder nichts, man wird jetzt die Gerichtsverhandlung abwarten müssen.
Ihrer Frau, Ihnen und Ihrer ganzen Familie wünsche ich ein recht frohes Osterfest.

Mit freundlichen Grüßen

Ihr
(Adenauer)

Nr. 215
11. April 1950 (Rhöndorf): An Oberpräsident a. D. *Dr. Hans Fuchs,* Cochem/Mosel
StBKAH 10.16

Lieber Hans!

Herzlich danke ich Deiner Frau und Dir für Eure Grüße[1]. Dein Brief ruft schöne Erinnerungen in das Gedächtnis zurück. Du hast wohl recht, wenn Du jetzt von einer ständigen Passionszeit sprichst, aber jeder muß den Packen tragen, der ihm auferlegt wird. – Es tut mir sehr leid, daß

es Deiner Frau nicht besonders gegangen hat. Hoffentlich wird sie nicht zu sehr gequält.
Ich habe heute einen schmerzlichen Verlust durch den Tod meiner Schwester[2] erlitten.
Mit herzlichen Grüßen Dein
A

Nr. 216
11. April 1950 (Rhöndorf): An *Johannes Rings,* Köln-Lindenthal
StBKAH 10.17

Lieber Herr Rings[1]!

Ihr Brief vom 3. März[2] hat mich sehr gefreut, weil ich daraus ersehe, welch erstaunenswerter geistiger Frische Sie sich erfreuen. Ich habe manchmal ein wahres Verlangen danach, Sie aufzusuchen, aber in meinem ganzen Leben habe ich noch nicht so viel am Halse gehabt wie jetzt. Hoffentlich gelingt es mir aber bald doch einmal, zu Ihnen zu kommen.
Mit recht herzlichen Grüßen Ihr
(Adenauer)

Nr. 217
14. April 1950 (Bonn): An den Bundesminister des Innern,
Dr. Dr. Gustav Heinemann, Bonn
StBKAH III/21, mit ms. Vermerk »Persönlich. *Vertraulich*«

Sehr geehrter Herr Bundesminister[1]!

Wie ich höre, haben Sie in Ihrer Eigenschaft als Präses der Synode der Evangelischen Kirche in Deutschland zu einer Veranstaltung im Ostsektor von Berlin die vier Kommandanten Berlins, den Oberbürgermeister Reuter sowie die obersten Stadtbehörden der Ostzone, die Regierung der Bundesrepublik Deutschland und die Regierung der Ostzone eingeladen.
Sie vereinen in Ihrer Person zwei Funktionen. Sie sind Bundesminister und gleichzeitig Präses der Synode der Evangelischen Kirche in Deutschland. Naturgemäß sind diese beiden Funktionen an sich völlig getrennt. Es ist jedoch immer mit der Möglichkeit zu rechnen, daß diese beiden Eigenschaften ‹in der Öffentlichkeit›[a] nicht völlig auseinandergehalten werden. Es liegt die Gefahr nahe, daß in vorliegendem Falle die von

Ihnen ergangene Einladung mit Ihrem Amt als Bundesminister irgendwie in Verbindung gebracht wird und daß dadurch Schwierigkeiten entstehen, die hätten vermieden werden können[2].
Ich lege Wert darauf, festzustellen, daß die Bundesregierung sich von dieser Einladung völlig distanziert.

Mit ausgezeichneter Hochachtung
(Adenauer)

Nr. 218
21. April 1950 (Bonn): An den Hohen Kommissar der Vereinigten Staaten von Amerika, *John J. McCloy,* Bad Homburg
StBKAH III/5

Sehr geehrter Herr McCloy!

Als ich am 12. April bei Ihnen war[1], meinten Sie, daß ich in München[2] eine nationalistische Rede[3] gehalten hätte. Mir scheint, daß Ihre Herren Sie über den Inhalt der Rede nicht richtig unterrichtet haben. Ich habe mir in der Zwischenzeit von der Bayerischen Staatskanzlei deren Stenogramm über meine Rede geben lassen und lege Ihnen einen Abzug bei. Ich habe die Rede im wesentlichen frei gehalten. Beim Durchsehen des Stenogramms habe ich nicht das Empfinden, daß die Beurteilung »nationalistisch« zutreffend ist.
Mit ergebenen Grüßen Ihr
(Adenauer)

Nr. 219
22. April 1950 (Bonn): An den Abt des Klosters Maria Laach
StBKAH 10.17

Hochwürdigster Herr Abt[1]!

Zunächst nehmen Sie meinen herzlichen Dank dafür entgegen, daß die Trauung meiner Tochter Libet am 2. Mai in Ihrer Basilika stattfinden kann[2]. Sie wissen, welche Erinnerungen mich mit Maria Laach verknüpfen[3]. Ich freue mich daher besonders, daß wiederum eine Tochter von mir dort getraut wird.
Es würde mir eine besondere Freude sein, wenn Sie an dem Mittagessen aus Anlaß der Trauung teilnehmen würden.
Mit hochachtungsvollen Grüßen Ihr sehr ergebener
(Adenauer)

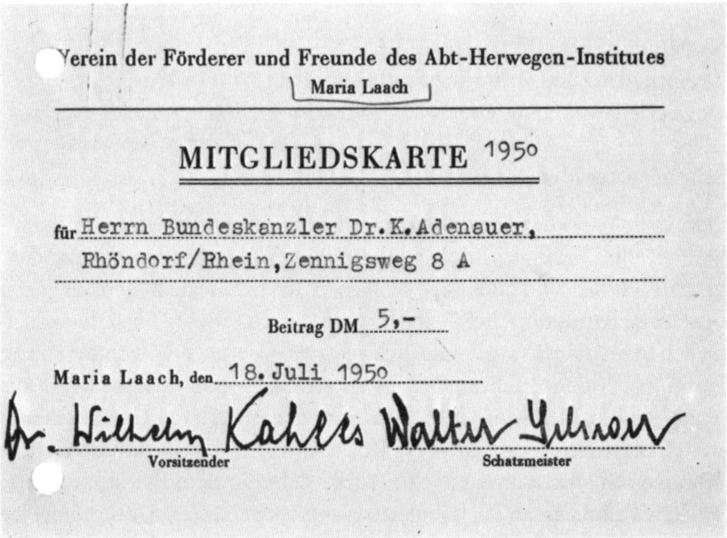

Verein der Förderer und Freunde des Abt-Herwegen-Institutes
Maria Laach

MITGLIEDSKARTE 1950

für Herrn Bundeskanzler Dr.K.Adenauer,
Rhöndorf/Rhein,Zennigsweg 8 A

Beitrag DM 5,-

Maria Laach, den 18. Juli 1950

Dr. Wilhelm Kahles Walter Lehnen
Vorsitzender Schatzmeister

Mitgliedskarte des »Vereins der Förderer und Freunde des Abt-Herwegen-Institutes Maria Laach«
(zu Dok. Nr. 219, Anm. 3)

Nr. 220

22. April 1950 (Bonn): An Landrat *Josef Schrage*, Düsseldorf

Original in HStAD, RWN 85, Nr. 2, mit ms. Briefkopf »Dr. Konrad Adenauer«

Sehr geehrter Herr Schrage[1]!

Herr Scholtissek[2] war heute bei mir. Er hat mir dargelegt die Verhandlungen, die bezüglich des sogenannten Gesetzgebungsnotstandes[3] geführt worden sind oder noch schweben. Ich teile seine Bedenken gegen den sozialdemokratischen Vorschlag, und zwar sowohl nach der prinzipiellen Seite hin wie auch mit Rücksicht auf eventuelle Folgen für unsere Partei. Nach den Erfahrungen, die ich immer wieder mache, kennt die Sozialdemokratie, wenn sie die Macht in der Hand hat, gegenüber ihren parteipolitischen Gegnern keine Rücksichten. Sie ist in dieser Hinsicht grundverschieden von uns. Ich erblicke daher in dem Einräumen einer solchen Vollmacht an ein Kabinett, das vielleicht heute oder morgen eine sozialdemokratische Führung hat, eine sehr große Gefahr nicht nur für unsere Partei, sondern für die Gesamtinteressen. Ich bin deshalb der Auffassung, daß der Artikel 61 nur in der von der Regierungsmehrheit vorgeschlagenen Form unter Einschaltung des Staatsrates angenommen werden darf oder, falls der Staatsrat nicht durchgesetzt wird, ganz gestrichen werden muß.

Es wird Sie vielleicht interessieren zu hören, daß mir in den 20-iger Jahren beim Versagen des Reichstages eine Reform der Reichstagsverfassung dahin vorschwebte[4]: Schaffung einer 2. Kammer, Übergang der Gesetzgebungsrechte unter bestimmten Kautelen bei Versagen des Reichstages auf diese 2. Kammer.

Ich befürchte, daß, wenn die Regelung so erfolgt, wie die Sozialdemokratie es wünscht, Übertragung des Gesetzgebungsrechtes an das Kabinett, manche unserer Freunde nicht für eine solche Verfassung werden stimmen können. Es handelt sich wirklich hierbei auch um eine Gewissensfrage, nicht nur um eine parteipolitische Frage erster Ordnung. Ich meine, wir hätten doch vor 1933 mit dem Artikel 48[5] genügend schlechte Erfahrung gemacht. Die Folgen sollten uns abschrecken. Man muß den Landtag zwingen können zur Arbeit. Man zwingt ihn nicht zur Arbeit, wenn man dem Kabinett diese Vollmachten gibt.

Wenn irgendwelche Fragen auftauchen, stehe ich immer zu Ihrer Verfügung.

Mit vielen Grüßen Ihr

(Adenauer)

Nr. 221

24. April 1950 (Bonn): An *Dr. Karl Müller,* Bonn

StBKAH 10.02, Durchschlag an Ernst Bach[1], Siegen

Sehr geehrter Herr Müller[2]!

Anbei übersende ich Ihnen einen Brief des Katholischen Männerwerks Köln[3]. Ich halte die Ausführungen für absolut richtig. Im Bundestag sind eine Anzahl von Abgeordneten, die früher PGs waren. Kein Mensch stößt sich daran.

Mit vielen Grüßen Ihr

(Adenauer)

Nr. 222

24. April 1950 (Bonn): An den Hohen Kommissar des Vereinigten Königreiches, General *Sir Brian H. Robertson,* Bonn-Petersberg

AA, Noten an AHK, Bd. 5, mit Stempel »ab: 25. April 1950«

Sehr geehrter Herr General,

Ich hatte in den letzten beiden Tagen Gelegenheit, mich mit zahlreichen Persönlichkeiten aus dem deutschen politischen und wirtschaftlichen Leben über die Auswirkung des Vetos der Alliierten Hohen Kommission gegen das Einkommensteuergesetz zu unterhalten[1]. Bei diesen Unterhaltungen – und ich denke hierbei vor allem auch an eine Reihe von Gesprächen, die ich auf dem Parteitag der CDU Rheinland-Pfalz in Bad Ems[2] am Sonnabendnachmittag mit Persönlichkeiten aus Rheinland-Pfalz und Bayern gehabt habe – gewann ich den Eindruck, daß die nachteiligen Wirkungen des Einspruchs auf die deutsche Öffentlichkeit weitaus größer sind, als ich erwartet hatte. Man empfindet allgemein das Veto als einen außerordentlich schweren Eingriff in unser gesamtes wirtschaftliches und politisches Leben[3].

Mit dem Ausdruck meiner ausgezeichnetsten Hochachtung bin ich

Ihr ergebener

gez. Adenauer

Nr. 223

24. April 1950 (Bonn): An den Bundesminister der Finanzen, *Fritz Schäffer,* Bonn

Original in BA, NL Schäffer, Nr. 168/38, auf Kopfbogen des Bundeskanzlers

Lieber Herr Schäffer!

Heute haben wir im Vorstand der Fraktion die ganze Angelegenheit Einkommensteueränderungsgesetz[1] eingehend besprochen. Man war über den Ernst der Lage sich einig. Der ganze Vorstand, ich eingeschlossen, hält es für dringend notwendig, so weit in den Versuch einer Verständigung mit den Hohen Kommissaren einzugehen, als es unsere Selbstachtung irgendwie verträgt[2].

In der Zwischenzeit habe ich auch über Herrn Blankenhorn Mitteilung von amerikanischer und französischer Seite bekommen, woraus hervorgeht, daß man auch dort eine Verständigung dringend wünscht. Allerdings sollte die Verständigung auf der technischen Ebene gefunden werden, man sollte nicht die Angelegenheit auf das politische Gebiet bringen, weil sonst ein Rückzug für [die] amerikanische Regierung zu schwer werde.

Ich bitte Sie, bei Ihren heutigen Besprechungen und Verhandlungen dem Rechnung zu tragen. Von französischer Seite wurde Herrn Blankenhorn mitgeteilt, daß nicht die 3 in dem Schreiben der Hohen Kommissare genannten Punkte gleichzeitig zu erfüllen seien, sondern daß diese drei Punkte zur Wahl stünden. Ich glaube bestimmt, wenn Sie Punkt 1 und 3 – Luxussteuer und Durchführungsverordnung – konzedieren, kommt die Sache in Ordnung. Es ist natürlich unbedingt notwendig, daß am Gesetz keine Änderung erfolgt, da wir sonst das Gesetz nicht bis Ende des Monats unter Dach und Fach bekommen[3].

Freundliche Grüße und viel Erfolg (Adenauer)

Nr. 224

27. April 1950 (Bonn): An *John H. Freeman,* Honnef

StBKAH 10.10

Sehr geehrter Herr Freeman[1]!

Für Ihren Brief vom 25. April[2] danke ich Ihnen sehr. Ich bin Ihnen für die daraus sprechende Gesinnung und die Teilnahme an meiner Arbeit sehr verbunden.

Das folgende möchte ich Ihnen ausführen, damit Sie mich verstehen. Ich kann bei meinen Reden auf die Gefühle des Auslandes nur soweit Rücksicht nehmen, als mein Ansehen und mein Einfluß in der deutschen Bevölkerung dadurch nicht Schaden leiden. Ich muß besorgt sein, daß das Letztere nicht eintritt, weil ich genügend Einfluß im deutschen Volke haben muß, um es in die westliche Gemeinschaft hineinzuführen. Ich bitte Sie, daher zu verstehen, daß ich bei der Wahl meiner Ausdrücke und bei meinen Formulierungen immer zwischen Szylla und Charybdis hindurch muß.
Noch ein weiteres möchte ich Ihnen sagen. Unter Brüning, der gegenüber dem Ausland immer sehr »brav« war, hat man Deutschland nichts gegeben[3]. Dem Verbrecher Hitler hat man in den ersten Jahren seiner Kanzlerschaft fast alles gegeben, was er wollte. Diese Erfahrung ist natürlich auch nicht dazu angetan, gegenüber den Alliierten zu vorsichtig zu sein. Als die Saarfrage unlängst hier so viel Erregung hervorgerufen hat, ist von manchen Leuten gesagt worden, Frankreich habe Hitler 1935 die Saar zurückgegeben[4], dem demokratischen Deutschland nimmt es sie ab.
Was nun die Interviews angeht, so bleibt mir ja gar nichts anderes übrig, als diesen Weg zu gehen, weil die Stimme der deutschen Bundesregierung im Auslande ja nicht gehört, geschweige denn gewürdigt wird[5].
Ich möchte gern baldmöglichst, am besten, wenn Herr Blankenhorn zurück ist, mit Ihnen einmal wieder über die ganze Lage sprechen.
Mit herzlichen Grüßen

Ihr ergebener
(Adenauer)

Nr. 225

28. April 1950 (Bonn): An *Frank N. D. Buchman,* Rom

Original in MRA-Archiv Caux, auf Kopfbogen des Bundeskanzlers; Druck: Peter *Howard*, Welt im Aufbau, Hamburg 1951, S. 157.

Sehr geehrter Herr Buchman[1]!

Die Moralische Aufrüstung, deren Schöpfer Sie sind und deren Plan Sie in Deutschland gelegentlich eines Aufenthaltes in Freudenstadt faßten, ist im Deutschland der Nachkriegszeit zu einem Begriff geworden[2]. Ich denke an die großen Erfolge, die die Mannschaft der Moralischen Aufrüstung mit dem Spiel »Der vergessene Faktor«[3] im Ruhrgebiet errang. Weite Kreise aus Politik, Wirtschaft und Arbeiterschaft sind dadurch mit den Gedanken der Moralischen Aufrüstung in Berührung gekommen. Darüber hinaus folgten zahlreiche führende Politiker, Leiter der Gewerk-

schaften und von Industrie und Handel der Einladung zur Teilnahme an den jährlichen Konferenzen in Caux. Sie waren dankbar dafür, daß ihnen Caux die Gelegenheit gab, dort die dringenden Probleme Deutschlands auf einer weltweiten Basis und in einer Atmosphäre herzlicher Zusammenarbeit mit Vertretern aller Länder der Welt zu besprechen, in denen dem Individuum die persönliche Freiheit gewährleistet ist.
Ich glaube, daß angesichts des Ansturms totalitärer Ideen im Osten von Deutschland die Bundesrepublik und in ihr das Ruhrgebiet die gegebene Plattform[4] ist, eine Demonstration der Gedanken der Moralischen Aufrüstung stattfinden zu lassen. Ich begrüße daher Ihren Plan, zu Pfingsten im Ruhrgebiet eine Konferenz und Kundgebung der Moralischen Aufrüstung abzuhalten, zu der Sie Vertreter aus allen Teilen der Welt einladen wollen[5].

Mit vorzüglicher Hochachtung
Ihr sehr ergebener
(Adenauer)

Nr. 225 A
28. Mai 1950 (Rhöndorf): Erklärung zur Pfingstkundgebung der Moralischen Aufrüstung
Original in MRA-Archiv Caux, eigenhändig

»Fang bei Dir selber an«! Das scheint mir der wesentlichste Mahnruf von Caux. Wenn wir jeder bei uns selber anfangen, uns zu bessern, wenn wir uns *zuerst* selber bessern, jeder von uns allen, dann kommen wir aus diesem Chaos, aus dieser Wirrnis mit Gottes Hülfe zum inneren und zum äußeren Frieden.
Möge der Ruf von Caux weit hinausdringen in alle Welt und unter alle Völker!

Adenauer
Bundeskanzler
Zur Pfingstkundgebung im Jahre 1950

Nr. 226

29. April 1950 (Rhöndorf): An *Dr. Otto Seeling*, Fürth

StBKAH 11.02, mit ms. Vermerk »*Persönlich!*«, Durchschlag mit Begleitschreiben vom 29.4.1950 an Dr. Hans Ehard, München

Sehr geehrter Herr Seeling[1]!

Herr Bundesfinanzminister Schäffer hat vor einiger Zeit mit Ihnen gesprochen und Sie gebeten, unter Umständen im öffentlichen Interesse Ihre gegenwärtige Arbeit in den Hintergrund treten zu lassen[2]. Ich bin Ihnen sehr dankbar, daß Sie sich demgegenüber nicht abgeneigt gezeigt haben, und die Tatsache, daß Sie das öffentliche Interesse so als das Vornehmste betrachten, ermutigt mich, heute mit einer neuen Bitte an Sie heranzutreten.

Ich habe den sehr dringenden Wunsch, Herrn Minister *Seidel*[3], München, als Staatssekretär für das Bundeskanzleramt zu gewinnen. Dieser Posten ist ganz außerordentlich wichtig, insbesondere aus zwei Gründen:

Der Staatssekretär im Bundeskanzleramt würde mit als vordringlichste Aufgaben haben, die drei Bundesminister, die im Gebiet der Gesamtwirtschaft tätig sind, die Herren Erhard, Blücher und Niklas, soweit das das Interesse der Wirtschaft erfordert, mehr zu koordinieren, sowie ihre Zusammenarbeit herbeizuführen, als das bisher der Fall ist. Ich brauche gerade Ihnen gegenüber kein Wort darüber zu verlieren, daß diese Zusammenarbeit schlechthin entscheidend ist für den Erfolg der Bundesregierung und damit auch für die Erfüllung der großen Aufgabe, die die CDU/CSU hat. Nur einen Satz möchte ich sagen: Wenn diese Bundesregierung, deren tragender Pfeiler die CDU/CSU ist, versagt, wird unweigerlich der Sozialismus an die Macht kommen. Sie wissen, was das bedeutet.

Der zweite Grund, warum ich so großen Wert auf Herrn Seidel lege, ist der folgende:

Ich bedarf absolut der Entlastung, auch, um mich mehr als bisher um die CDU als solche bekümmern zu können. Mein Staatssekretär muß mir einen erheblichen Teil meiner Arbeit abnehmen. Das ist aber nur dann möglich, wenn ich einen Staatssekretär habe, zu dem ich auch persönlich vollstes Vertrauen habe. Ich bin nun ein Mann, der nicht so leicht Vertrauen zu anderen Menschen hat und daher habe ich sehr lange gezaudert, irgendwie mich zu binden. Ich glaube, daß Herr Seidel ein Mann ist, mit dem ich gut zusammenarbeiten kann.

Das sind die beiden hauptsächlichsten Gründe, die mich dazu veranlaßt

haben, Herrn Seidel sehr dringend zu bitten. Ich habe über die Angelegenheit auch mit Herrn Ministerpräsident Ehard gesprochen. Herr Ehard ist in einer schwierigen Situation, wenn er auf Herrn Seidel verzichten muß. Ich erkenne das ohne weiteres an. Er kann nicht auch noch das Wirtschaftsministerium hinzu übernehmen.
Nun ist Herr Kollege Schäffer auf den Gedanken gekommen, daß Herr Seidel seinen Münchener Posten dann verlassen könnte, wenn Sie, sehr geehrter Herr Seeling, das Wirtschaftsministerium übernehmen. Ich weiß, wie sehr Ministerpräsident Ehard Sie schätzt, und möchte daher annehmen, daß er einer solchen Regelung auch zustimmen würde. Ich bitte Sie *sehr* herzlich, das Bayerische Wirtschaftsministerium zu übernehmen. Es liegt nicht nur im Interesse Bayerns, sondern auch des Bundes und unserer Parteien, wenn diese Regelung erfolgt[4].
Wie ich höre, soll für Montagabend eine Besprechung mit Ihnen herbeigeführt werden, an der Herr Kollege Schäffer teilnimmt. Ich habe Herrn Kollegen Schäffer gebeten, Ihnen einen weiteren Kommentar zu meinem Briefe zu geben.
Ich hoffe, Sie am Donnerstag in Bonn zu sehen, und bin
mit freundlichen Grüßen

Ihr sehr ergebener
(Adenauer)

Nr. 227
1. Mai 1950 (Bonn): An die Bundesminister *Franz Blücher, Professor Dr. Ludwig Erhard* und *Anton Storch,* alle Bonn

BA, B 136/719, gleichlautende Schreiben ohne Anrede und Grußformel, Original des Schreibens an Blücher in dessen Nachlaß (Nr. 78) in BA, auf Kopfbogen des Bundeskanzlers, mit Eingangsstempel 3.5.1950 und hs. Vorzimmernotiz »Betr. lt. telef. Anfrage b. Dr. Petz[1] nicht Minister Blücher, L 4.5.«

Ich bitte um gefl. Mitteilung, wie weit die Verhandlungen über die Eingliederung des Arbeitnehmers in die Wirtschaft (Mitbestimmungsrecht)[2] gediehen sind. Die Sache ist ja, wie Sie wissen, sehr eilig[3].

(Adenauer)

Nr. 228
1. Mai 1950 (Rhöndorf): An *Graf Richard Coudenhove-Kalergi,* Gstaad, Schweiz
StBKAH 10.16

Lieber Graf[1]!

Am 18. Mai muß ich in Oberammergau den dort stattfindenden Eröffnungsfeierlichkeiten der Passionsspiele beiwohnen. Ich kann daher leider nicht an Ihrer Ehrung in Aachen teilnehmen, so gerne ich das möchte. Ich hatte der Bayerischen Staatsregierung, die die Einladung nach Oberammergau erlassen hat, schon vor längerer Zeit zugesagt.
Ich bin aufrichtig erfreut, daß Sie diesen Preis erhalten. Sie verdienen ihn an allererster Stelle.
Mit freundlichen Grüßen Ihr
(Adenauer)

Nr. 229
1. Mai 1950 (Rhöndorf): An den Bundesminister des Innern,
Dr. Dr. Gustav Heinemann, Bonn
StBKAH 11.02, ohne Anrede und Grußformel, mit hs. Vermerk Hohmann »*Vertraulich!*«

Der französische Hohe Kommissar, Herr François-Poncet, erklärte am Freitag, den 28. April, daß zwei Bürgermeister aus der Sowjetzone, er glaube, darunter der Bürgermeister von Leipzig, in Beuel an der Brückenrampe Flugschriften verteilt hätten und Reden gehalten hätten[1].
Ich bitte um Vortrag in der Kabinettssitzung über das Problem des Verkehrs mit der Sowjetzone[2]. Ich nehme Bezug darauf, daß nach Zeitungsnachrichten der Oberbürgermeister[3] und die Stadtverordneten in Stuttgart die Stadt Dresden besucht haben und umgekehrt[4] und daß ständig Einladungen zu wissenschaftlichen Kongressen nach der Sowjetzone erfolgen. Der Rektor der Freien Universität Berlin, Professor Redslob[5], und der Rektor der Technischen Hochschule[6] haben mir erklärt bei meiner Anwesenheit in Berlin[7], daß sie durchaus gegen jede Verbindung von Wissenschaftlern diesseits und jenseits des Eisernen Vorhangs seien. Es gebe kaum noch ernst zu nehmende Wissenschaftler in der Sowjetzone. Die Männer, die dort jetzt Lehrstühle einnähmen, versuchten durch die Verbindung mit Wissenschaftlern der Bundesrepublik ihr Ansehen bei der Bevölkerung aus politischen Gründen zu steigern.
(Adenauer)

Nr. 230
1. Mai 1950 (Rhöndorf): An den Bundestagsabgeordneten
Hugo Scharnberg, Bonn
StBKAH 11.02, Durchschlag an Dr. Hans Globke und Dr. Wilhelm Haas, beide Bonn

Sehr geehrter Herr Scharnberg[1]!

Ich bestätige den Empfang Ihres Briefes vom 25. April[2] betreffend Besetzung von Stellen des Auswärtigen Dienstes. Offenbar liegt Ihrem Briefe ein Mißverständnis zugrunde. Innerhalb der Fraktion der CDU/CSU wurden Bedenken gegen die Tätigkeit der mit der Auswahl von Herren für den Auswärtigen Dienst beauftragten Stelle laut. Man behauptete, es würden zu viele PGs genommen und Angehörige bestimmter Studentenkorporationen[3]. Ich habe darauf dem Vorstand gesagt, mir erschiene es am besten – weil ich diese Sache nicht im Vorstand in aller Ausführlichkeit erörtern könne und wolle –, man solle einige Herren bestimmen, die sich mit den Sachbearbeitern Staatsrat Haas[4] und Präsident Globke in Verbindung setzen könnten, um sich aufklären zu lassen. Es ist aber unmöglich, daß diese Kommission mir mitteilt, daß sie »keine Bedenken gegen die Besetzung durch bestimmte Persönlichkeiten« hat.
Ihr Ausschuß sollte lediglich die Frage feststellen, ob wirklich, wie er glaubte, PGs usw. besonders bevorzugt würden. Ich nehme an, daß Sie diese meine Auffassung teilen werden und daß die Fassung Ihres Briefes etwas unglücklich ausgefallen ist.
Mit freundlichen Grüßen Ihr ergebener
(Adenauer)

Nr. 231
3. Mai 1950 (Bonn): An den Bundesminister für Angelegenheiten des Marshallplanes, *Franz Blücher,* Bonn
Original in BA, NL Blücher, Nr. 78, auf Kopfbogen des Bundeskanzlers

Sehr geehrter Herr Blücher!

Auf Ihr Schreiben vom 3. Mai[1] sende ich Ihnen Abschrift eines Briefes, den ich heute an Herrn Staatsrat Haas gerichtet hatte[2], aus dem Sie alles weitere ersehen. Ich hatte Herrn Blankenhorn gebeten, Herrn Krekeler[3] für die nächste Woche zu mir zu bitten. Sie ersehen daraus, daß die Befürchtungen, die Sie in Ihrem Brief zum Ausdruck bringen, unbegründet sind.

Ich meine, es wäre nicht so schwer gewesen, zu sehen, daß die Zeitungsnachricht falsch war. Ein Anruf von Ihnen bei mir hätte Ihnen ohne weiteres die volle Gewißheit verschafft.

Mit freundlichen Grüßen Ihr

(Adenauer)

Nr. 232

6. Mai 1950 (Bonn): An den Hohen Kommissar des Vereinigten Königreiches, General *Sir Brian H. Robertson,* Bonn-Petersberg

AA, Noten an AHK, Bd. 6, mit Stempel »ab: 6. Mai 1950«

Sehr geehrter Herr General,

Nach verschiedenen Äußerungen führender Sozialdemokraten wird die SPD alles daran setzen, die Europaratdebatte im Bundestag möglichst weit hinauszuschieben[1]. Sie läßt sich hierbei offensichtlich von der Absicht leiten, ein nicht allzu positives Ergebnis der Londoner Konferenz[2] in der Deutschlandfrage dazu zu benutzen, um in der Bevölkerung gegen den Eintritt Deutschlands in den Europarat Stimmung zu machen und ihn, wenn möglich, ganz zu verhindern.

Es wäre deshalb erwünscht, wenn auf der Londoner Konferenz gewisse greifbare Ergebnisse erzielt werden könnten. Ich denke dabei in erster Linie an alliierte Zugeständnisse auf dem Gebiete des Schiffsbaues und an die Überlassung ausländischer Kapitalien für Investitionen. Auch wäre es nützlich, wenn die Konferenz in einem Communiqué wohlwollend zur Frage einer künftigen Erhöhung der Stahlquote Stellung nehmen könnte. Sehr erwünscht wäre ferner, wenn die Konferenz sich entschließen könnte, einen alliierten Ausschuß mit der Überprüfung des Besatzungsstatuts zu beauftragen[3].

Mit freundlichen Grüßen Ihr sehr ergebener

(Adenauer)

Nr. 233

6. Mai 1950 (Bonn): An Landrat *Josef Schrage,* Düsseldorf

Original in HStAD, RWN 85, Nr. 2, auf Kopfbogen »Christlich Demokratische Union. Der Zonenausschuß für die britische Zone«

Sehr geehrter Herr Schrage!

Bei der gestrigen Abstimmung haben verschiedene Mitglieder der CDU-Fraktion entgegen den Grundsätzen des Ahlener Programms[1] für die Vergesellschaftung der Grundstoffindustrien gestimmt[2] ‹oder sich der Stimme enthalten und dadurch zur Annahme eines Artikels der Verfassung beigetragen, der dem Ahlener Programm widerspricht.›[a] Es ist untragbar, daß in dieser Angelegenheit, die die Grundsätze der CDU berührt, Mitglieder der Fraktion von dem Programm der Partei offen abweichen. Ich ersuche Sie, mit allen Kräften bei der dritten Lesung darauf hinzuwirken, daß derartige unangenehme Spaltungen unterbleiben. Sonst müßte überlegt werden, wie mit anderen Mitteln in derartigen grundsätzlichen Fragen eine einheitliche Haltung erreicht werden kann[3].
Mit freundlichem Gruß!

Ihr ergebener
(Adenauer)

Nr. 234

8. Mai 1950 (Bonn): An den Bundesminister für Angelegenheiten des Bundesrates, *Heinrich Hellwege,* Bonn

StBKAH III/21, mit ms. Vermerk »*Persönlich!*« und hs. Notiz Arenz »ab 8.5.50 d. Boten«

Sehr geehrter Herr Hellwege[1]!

Heute morgen hörte ich eine Rundfunknachricht dahingehend, daß gestern in Essen beschlossen worden sei, in allen Wahlkreisen von Nordrhein-Westfalen Kandidaten der DP aufzustellen. Es seien gleichzeitig Verhandlungen mit Fliegergeschädigten[2] angeknüpft, um entsprechende Kandidaten aufzustellen.
Wenn diese Nachricht richtig sein sollte, so würde das für unsere Regierungskoalition ungefähr das Schlimmste sein, was geschehen könnte. Es finden fortgesetzt zwischen uns und der FDP Verhandlungen statt, um durch lokale Vereinbarungen zu erreichen, daß in Nordrhein-Westfalen eine Mehrheitsbildung CDU/FDP möglich ist[3]. Die CDU verzichtet in einer Anzahl von Wahlkreisen auf Aufstellung eigener Kandidaten und umgekehrt die FDP ebenfalls. Wenn nunmehr die DP Kandidaten aufstellt,

zieht sie so viel nichtsozialistische Stimmen auf sich, daß sie in einer Reihe von Wahlkreisen, in denen verhältnismäßig geringe Mehrheiten entscheiden, unweigerlich den sozialdemokratischen Kandidaten zum Siege verhilft. Das würde geradezu eine Katastrophe werden. Es würde bedeuten, daß in Nordrhein-Westfalen demnächst wieder eine Koalition CDU/SPD erscheint. Ich bitte Sie auf das Dringendste, Ihren ganzen Einfluß aufzubieten, um diese Katastrophe zu verhindern[4].

Mit besten Grüßen

Ihr ergebener
(Adenauer)

Nr. 235

8. Mai 1950 (Bonn): An den Vorsitzenden des Bundes der Verfolgten des Naziregimes, *Peter Lütsches,* Düsseldorf

BA, NL Lehr, Nr. 28, Abschrift mit ms. Vermerk »Vertraulich – Nicht zur Veröffentlichung bestimmt«

Sehr geehrter Herr Lütsches[1]!

Ich habe seinerzeit die Gründung des Bundes der Verfolgten des Naziregimes sehr begrüßt[2], weil durch sie endlich eine Scheidung von den in der VVN überwiegenden kommunistischen Einflüssen durchgeführt wurde. Ich betrachte mich seit dieser Zeit als Mitglied des BVN und meine Mitgliedschaft bei der VVN als erloschen. Falls erforderlich, bitte ich jedoch, mir Beitrittserklärung zum BVN und Austrittserklärung aus der VVN noch zu übersenden[3].

Im übrigen habe ich Ihr Schreiben vom 4. Mai 1950 an den für diese Angelegenheiten zuständigen Bundesminister des Innern abgegeben. Ich habe ihn ersucht, die geeigneten Schritte zu unternehmen, um zu erreichen, daß die bisher offenbar übliche Unterstützung der VVN durch staatliche und kommunale Dienststellen eingestellt wird. Nachdem sich die antikommunistischen Kräfte von der VVN gelöst haben, ist diese Organisation noch mehr als bisher ein Teil der kommunistischen Organisation[4]. Es ist tatsächlich nicht mehr haltbar, die Arbeit der VVN mit öffentlichen Mitteln zu unterstützen.

Mit freundlichem Gruß!

Ihr sehr ergebener
gez. Adenauer

Nr. 236
8. Mai 1950 (Bonn): An den französischen Außenminister
Robert Schuman, Paris
AA, Ref. 200, Bd. 20, Druck der französischsprachigen Übersetzung: L'Europe – une longue marche, S. 62

Sehr geehrter Herr Präsident,

Ich beehre mich, Ihnen für Ihr freundliches Schreiben vom 7. ds. Mts.[1], das mir durch Herrn Mi[s]chlich[2] überbracht wurde, meinen verbindlichsten Dank zu sagen.
Ich begrüße die in diesem Schreiben entwickelten Gedanken als einen entscheidenden Schritt zu einer engen Verbindung Deutschlands mit Frankreich und damit zu einer neuen, auf der Grundlage friedlicher Zusammenarbeit aufgebauten Ordnung in Europa. Selbstverständlich wird sich die Bundesregierung eingehend mit dem Plan der französischen Regierung beschäftigen, sobald Einzelheiten bekannt sind. Ich kann aber schon jetzt die Bereitschaft Deutschlands erklären, sich an dem Studium des Plans und an der Vorbereitung der in Zukunft erforderlichen organisatorischen Maßnahmen zu beteiligen.
Genehmigen Sie, Herr Präsident, den Ausdruck meiner ausgezeichneten Hochachtung.

(Adenauer)

Nr. 236 A
8. Mai 1950 (Bonn): An den französischen Außenminister
Robert Schuman, Paris
AA, Ref. 200, Bd. 20, Druck der französischsprachigen Übersetzung: L' Europe – une longue marche, S. 63

Sehr geehrter Herr Präsident,

Es ist mir ein Bedürfnis, Ihnen auch persönlich für das Schreiben zu danken, mit dem Sie mich über die Absichten der französischen Regierung hinsichtlich einer engen deutsch-französischen Zusammenarbeit auf dem Gebiet von Kohle, Stahl und Eisen unterrichten[1].
Das deutsch-französische Verhältnis hat in den letzten Wochen und Monaten verschiedene erhebliche Rückschläge erlebt[2]. Es ist mir eine besondere Freude, daß nunmehr mit diesem Plan der französischen Regierung die Beziehungen zwischen unseren beiden Ländern, die in Mißtrauen und Reserve zu erstarren drohten, einen neuen Auftrieb zu konstruktiver Zusammenarbeit erfahren.

Diese gute Nachricht erreicht mich in einem Augenblick, in dem ich mich entschlossen habe, dem Bundeskabinett den Beitritt der Bundesregierung zum Europarat zu empfehlen. Das Bundeskabinett wird hierüber morgen Beschluß fassen[3], und ich zweifle nicht, daß dieser Beschluß positiv ausfallen wird. Es wird sich sodann der Bundestag mit dieser wichtigen Frage beschäftigen, und ich glaube, daß auch er – allerdings gegen die Stimmen der Sozialdemokratie – den Beitritt Deutschlands beschließen wird[4]. Damit ist eine wichtige Etappe in der Nachkriegsentwicklung erreicht, und ich hoffe, daß Deutschland in Straßburg einen nützlichen Beitrag zum Wiederaufbau unserer europäischen Welt leisten wird.
Der Plan der französischen Regierung, den Sie mir in großen Zügen entwickelt haben, wird in der deutschen öffentlichen Meinung einen starken Widerhall finden, da zum ersten Mal nach der Katastrophe des Jahres 1945 Deutschland und Frankreich gleichberechtigt an einer gemeinsamen Aufgabe wirken sollen.
Mit freundlichen Grüßen

Ihr sehr ergebener
(Adenauer)

Nr. 237
11. Mai 1950 (Rhöndorf): An *Dr. Paul Silverberg,* Lugano
StBKAH 10.17

Lieber Herr Silverberg[1]!

Haben Sie herzlichen Dank für Ihre guten Wünsche zur Vermählung meiner Tochter Libet.
In diesen Tagen ist ja nun durch Frankreich das Projekt, mit dem Sie, Hugo Stinnes[2] und ich im Jahre ‹1924›[a] uns beschäftigt haben[3] – die Vereinigung der französischen und deutschen Kohlen- und Eisenproduktion –, einen entscheidenden Schritt vorwärts gekommen. Ich habe lebhaft an unsere damaligen Besprechungen gedacht. Ich bin mir natürlich darüber klar, daß eine sehr große und sehr schwierige Arbeit vor den französischen und vor den deutschen Unterhändlern steht. Aber der französische Schuman‹-Plan›[b] ist doch für uns Deutsche, glaube ich, ungemein wertvoll und ein großer Erfolg[4].
Mit vielen Grüßen

Ihr
(Adenauer)

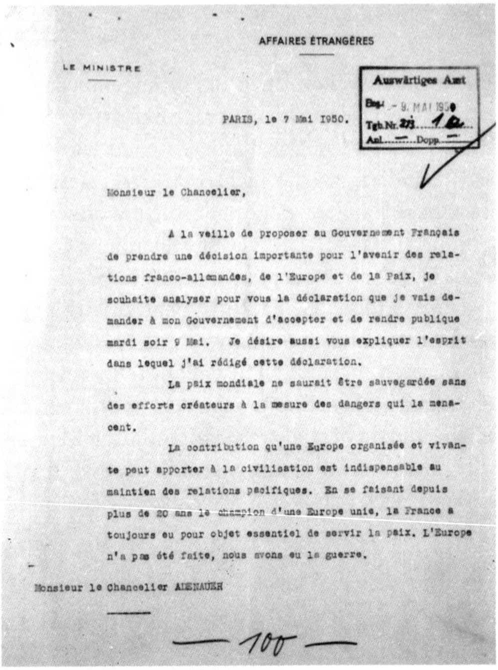

AFFAIRES ÉTRANGÈRES

LE MINISTRE

Auswärtiges Amt
Eing.: - 9. MAI 1950
Tgb.Nr. 273 1 a
Anl. — Dopp. —

PARIS, le 7 Mai 1950.

Monsieur le Chancelier,

A la veille de proposer au Gouvernement Français de prendre une décision importante pour l'avenir des relations franco-allemandes, de l'Europe et de la Paix, je souhaite analyser pour vous la déclaration que je vais demander à mon Gouvernement d'accepter et de rendre publique mardi soir 9 Mai. Je désire aussi vous expliquer l'esprit dans lequel j'ai rédigé cette déclaration.

La paix mondiale ne saurait être sauvegardée sans des efforts créateurs à la mesure des dangers qui la menacent.

La contribution qu'une Europe organisée et vivante peut apporter à la civilisation est indispensable au maintien des relations pacifiques. En se faisant depuis plus de 20 ans le champion d'une Europe unie, la France a toujours eu pour objet essentiel de servir la paix. L'Europe n'a pas été faite, nous avons eu la guerre.

Monsieur le Chancelier ADENAUER

— 100 —

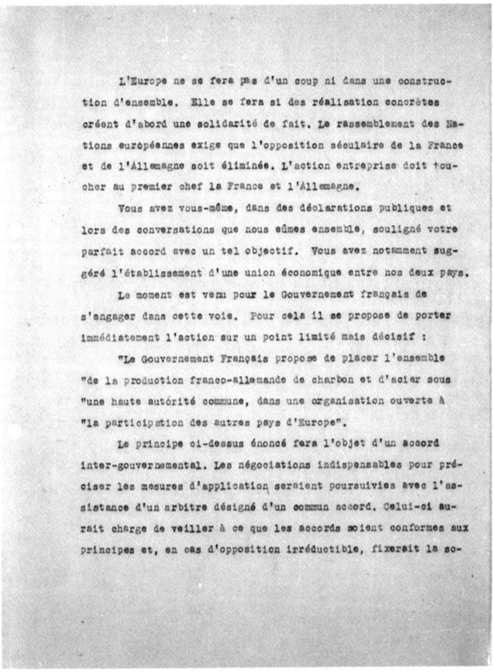

L'Europe ne se fera pas d'un coup ni dans une construction d'ensemble. Elle se fera si des réalisation concrètes créent d'abord une solidarité de fait. Le rassemblement des Nations européennes exige que l'opposition séculaire de la France et de l'Allemagne soit éliminée. L'action entreprise doit toucher au premier chef la France et l'Allemagne.

Vous avez vous-même, dans des déclarations publiques et lors des conversations que nous eûmes ensemble, souligné votre parfait accord avec un tel objectif. Vous avez notamment suggéré l'établissement d'une union économique entre nos deux pays.

Le moment est venu pour le Gouvernement français de s'engager dans cette voie. Pour cela il se propose de porter immédiatement l'action sur un point limité mais décisif :

"Le Gouvernement Français propose de placer l'ensemble "de la production franco-allemande de charbon et d'acier sous "une haute autorité commune, dans une organisation ouverte à "la participation des autres pays d'Europe".

Le principe ci-dessus énoncé fera l'objet d'un accord inter-gouvernemental. Les négociations indispensables pour préciser les mesures d'application seraient poursuivies avec l'assistance d'un arbitre désigné d'un commun accord. Celui-ci aurait charge de veiller à ce que les accords soient conformes aux principes et, en cas d'opposition irréductible, fixerait la so-

Robert Schuman an Adenauer
(zu Dok. Nr. 236, Anm. 1)

lution qui serait adoptée.

L'institution de cette Haute Autorité ne préjuge en rien du régime de propriété des entreprises. Dans l'exercice de sa mission, cette Haute Autorité devra tenir compte des pouvoirs conférés à l'autorité internationale de la Ruhr et des obligations de toute nature imposées à l'Allemagne, tant que celles-ci subsisteront.

Telles sont sommairement esquissées les lignes générales d'un sytème qui modifierait complètement les relations économiques entre nos deux pays et les orienterait définitivement vers une coopération pacifique . Nous jetterions en même temps les bases concrètes d'un organisme économique européen, accessible à tous les pays attachés à un régime de liberté et conscients de leur solidarité.

Ce principe devra naturellement faire l'objet d'une étude technique approfondie : je souhaite vivement que le Gouvernement allemand juge possible de participer à cette étude.

C'est mardi soir, je le souligne à nouveau, que cette déclaration sera sans doute rendue publique par le Gouvernement français. Je vous demande de bien vouloir considérer, en attendant cette publication, la présente communication comme strictement personnelle et confidentielle./.

Veuillez agréer, Monsieur le Chancelier, l'assurance de ma haute considération,

mit meinen herzlichsten Grüssen,

Schuman

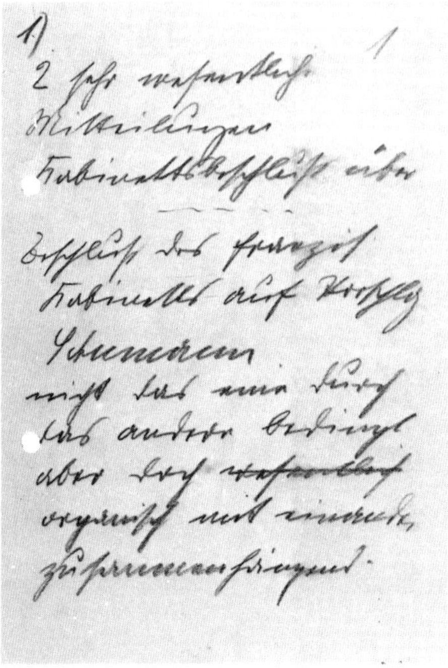

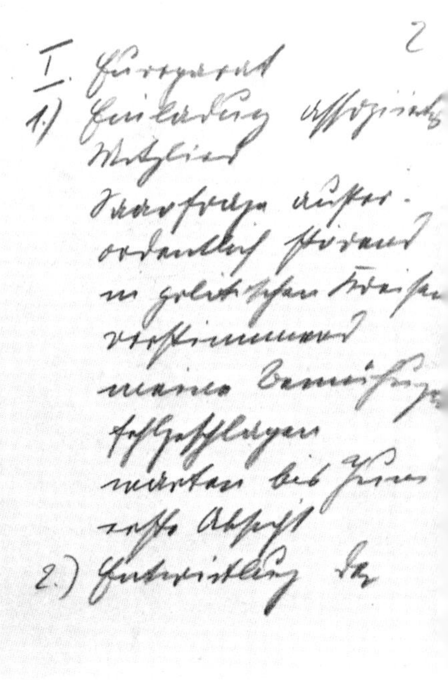

Redenotizen für die erste öffentliche Stellungnahme zum Schumann-Plan am 9. Mai 1950 (zu Dok. Nr. 236, Anm. 1):

1.) 2 sehr wesentliche
Mitteilungen
Kabinettsbeschluß über
– – – – –
Beschluß des französ.
Kabinetts auf Vorschlag
Schumann[!]
nicht das eine durch
das andere bedingt
aber doch [wesentlich]
organisch miteinander
zusammenhängend

I. Europarat
1.) Einladung assoziiertes
Mitglied
Saarfrage außer-
ordentlich störend
in politischen Kreisen
verstimmend
meine Bemühungen
fehlgeschlagen
warten bis Juni
2.) Entwicklung der

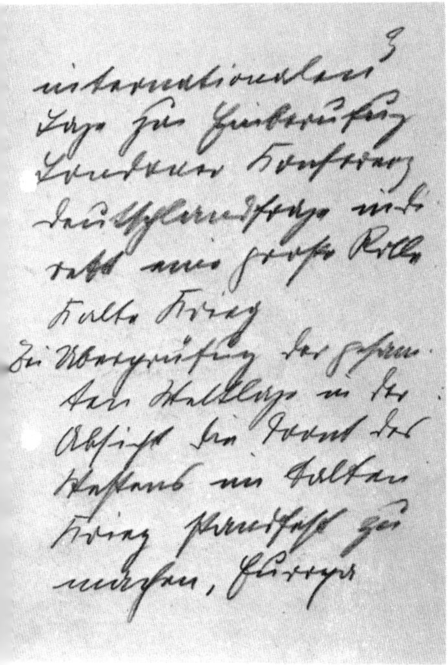

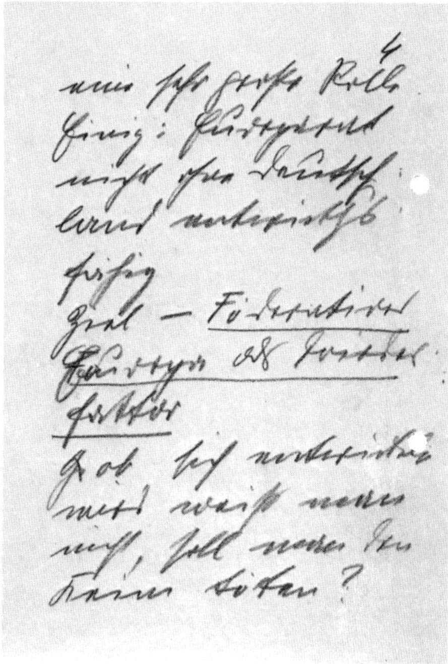

internationalen
Lage zur Einberufung
Londoner Konferenz
Deutschlandfrage indi-
rekt eine große Rolle
Kalte Krieg
Bei Überprüfung der gesam-
ten Weltlage in der
Absicht die Front des
Westens im kalten
Krieg standfest zu
machen, Europa

eine sehr große Rolle
Einig: Europarat
nicht ohne Deutsch-
land entwicklungs-
fähig
Ziel – *Föderatives
Europa als Friedens-
faktor*
ob sich entwickeln
wird weiß man
nicht, soll man den
Keim töten?

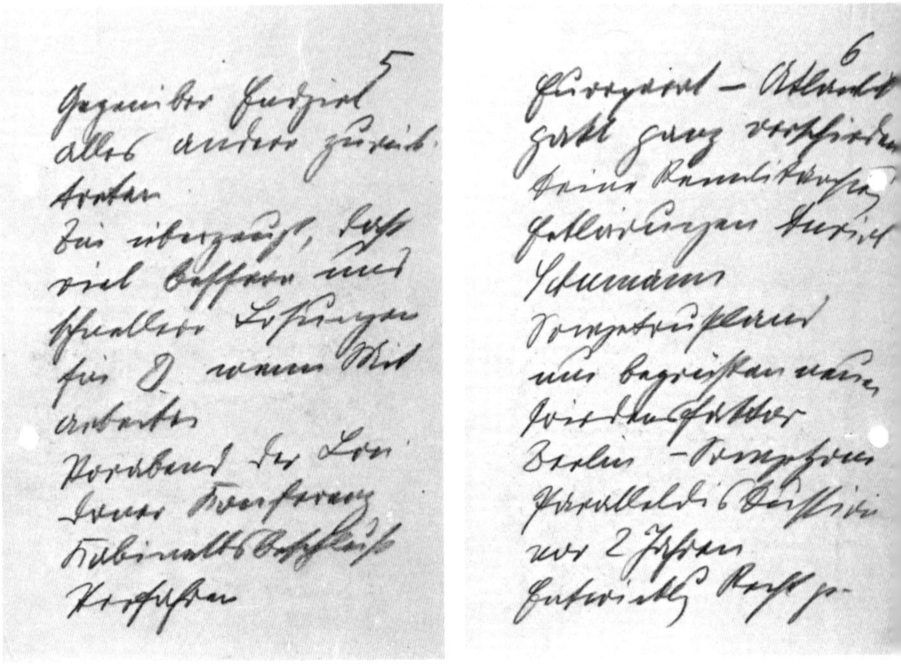

Gegenüber Endziel
alles andere zurück-
treten
Bin überzeugt, daß
viel bessere und
schnellere Lösungen
für D[eutschland] wenn Mit-
arbeiter
Vorabend der Lon-
doner Konferenz
Kabinettsbeschluß
Verfahren

Europarat – Atlantik-
pakt ganz verschieden
keine Remilitarisierung
Erklärungen Auriol
Schumann[!]
Sowjetrußland
nur begrüßen neuer
Friedensfaktor
Berlin – Sowjetzone
Paralleldiskussion
vor 2 Jahren
Entwicklung Recht ge[geben]

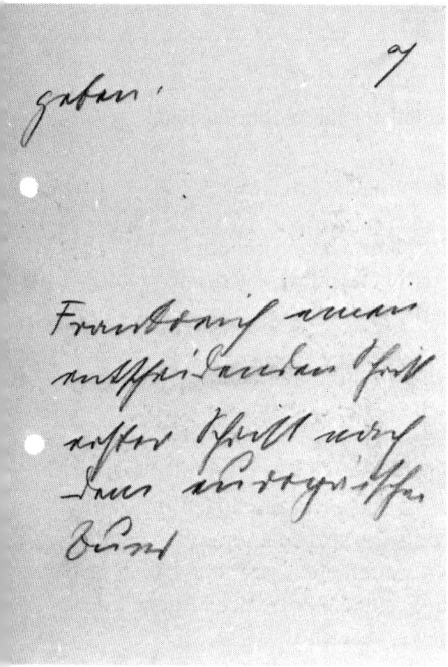

Frankreich einen
entscheidenden Schritt
erster Schritt nach
dem europäischen
Bund

Nr. 238

11. Mai 1950 (Bonn): An den Bundesminister für Wohnungsbau, *Eberhard Wildermuth,* Bonn

StBKAH III/21, ohne Anrede und Grußformel[1]

Gestern abend war das Präsidium der Handwerkskammern bei mir[2]. Es wurde u. a. aus Bayern lebhaft Klage darüber geführt, daß der Wohnungsbau dort darniederliege, daß Bauarbeiter entlassen werden müßten usw.

Auf Grund der Mitteilungen, die ich von Ihnen bekommen hatte darüber, daß das Geld überall bereit stehe, und weil Minister Halbfell von Nordrhein-Westfalen in einer Versammlung erklärt hatte, das Wohnungsbauprogramm und das Arbeitsbeschaffungsprogramm der Bundesregierung[3] sei ein völliger Fehlschlag, habe ich ‹öffentlich›[a] erwähnt, daß in einigen Ländern, insbesondere auch in sozialdemokratisch geführten Ländern, der Wohnungsbau nicht weitergehe. Daraufhin haben sich diese Länder, aber auch Nordrhein-Westfalen, entschieden gegen den Vorwurf, daß die Schuld bei ihnen liege, verwahrt.

Aus den Besprechungen, die wir am 10.5. mit den Herren von der Bank deutscher Länder und der Wiederaufbaubank hatten, ging hervor, daß das Geld tatsächlich vorhanden ist und daß trotzdem der Wohnungsbau nicht recht vorankommt[4]. Ich bitte um möglichst umgehende Äußerung unter Beifügung von entsprechendem Material, welches die Ursache für diese bedauerliche Erscheinung ist und was man dagegen tun kann. Ich bitte, wenn möglich, die Angelegenheit in der morgigen Kabinettssitzung schon zum Vortrag zu bringen.

(Adenauer)

Nr. 239

15. Mai 1950 (Bonn): An General *Sir Brian H. Robertson,* Schloß Röttgen

StBKAH III/6, mit hs. Notiz Zimmermann »2.) Vor Abgang Herrn Blankenhorn«

Sehr verehrter Herr General!

Als es sich seinerzeit darum handelte, ob Bonn oder Frankfurt Sitz der Bundesregierung werden sollte, spielte eine nicht unerhebliche Rolle die Frage des Flughafens für Bonn[1]. Sie waren damals so freundlich, in Aussicht zu stellen, daß der Flughafen Wahn als Zivilflughafen zur Verfügung gestellt werden würde. Darf ich Sie bitten, diese Ihre Absicht so weit in die Wirklichkeit umzusetzen, ehe Sie uns zu unserem Bedauern verlassen, damit dadurch eine vollendete Tatsache geschaffen wird. Es sind, wie ich höre, Bestrebungen im Gange, Lohausen bei Düsseldorf zu einem großen Flugplatz umzubauen und dann einen Zubringerdienst nach Bonn einzurichten[2]. Das ist nach meiner Meinung im Interesse der Bundesregierung nicht möglich.

Mit hochachtungsvollen Grüßen Ihr ergebener

(Adenauer)

Nr. 240

15. Mai 1950 (Rhöndorf): An Oberbürgermeister *Dr. Ernst Schwering*, Köln

StBKAH 10.04, mit Stempel »Persönlich!« und hs. Notiz Zimmermann »Im Durchdruck an Protokoll zur Kenntnisnahme, 15.5.50«

Sehr geehrter Herr Oberbürgermeister[1]!

So sehr ich mich gefreut habe, an dem Festakt aus Anlaß der Gründung des Kölner Konservatoriums im Jahre 1850 und der Staatlichen Hochschule für Musik im Jahre 1925[2] teilnehmen zu können, so sehr bedaure ich, daß man bei dieser Gelegenheit Herrn Prof. Abendroth[3] die Möglichkeit gegeben hat, mit solchen Ovationen bedacht zu werden. Ich muß ja zugeben, daß ich das Programm, auf dem Herr Abendroth zweimal verzeichnet ist, nicht gelesen habe. Ich glaube, es war aber wohl nicht meine Pflicht, darauf zu achten, daß ein solch schwerer politischer Fehler begangen wird. Über Herrn Prof. Abendroth als Künstler oder als Mensch ein Urteil zu fällen, liegt mir fern. Es ist seine Sache, wie er sich eingestellt hat. Aber ich halte es für unmöglich, daß die Stadt Köln und die Staatliche Hochschule für Musik einem in der Sowjetzone führenden Mann die Möglichkeit zu einem solchen öffentlichen Auftreten verschafft. Unsere deutschen Brüder in der Ostzone haben nicht das geringste Verständnis dafür, daß ein hervorragender Vertreter der Partei, die sie unterdrückt und in Konzentrationslager wirft, hier im Westen derartig öffentlich herausgestellt wird. Ich durfte Ihnen schon gestern sagen, Sie sollten sich das Londoner Kommuniqué ansehen, dann würden Sie auch erkennen, welch schweren politischen Fehler die Stadt Köln gemacht hat[4]. Es wird für unsere zukünftige Entwicklung ganz entscheidend sein, ob die drei Westalliierten die Überzeugung gewinnen, daß Westdeutschland wirklich mit ihnen zusammengeht. Durch solche Vorkommnisse, die sowohl von der kommunistischen Presse bei uns – bitte lesen Sie ihre »Volksstimme«[5] –

wie von der SED-Presse in der Sowjetzone entsprechend herausgestrichen werden, wird diese Überzeugung in keiner Weise gefestigt. Ich lege keinen Wert darauf, daß diese meine Stellungnahme in der Öffentlichkeit bekanntgegeben wird, weil man dadurch das Unglück nur noch bekannter macht, aber es liegt mir doch daran, Ihnen, sehr geehrter Herr Oberbürgermeister, das, was ich Ihnen schon mündlich sagte, auch schriftlich mitzuteilen.
Ich muß Ihnen zum Schluß nochmals mein größtes Bedauern darüber aussprechen, daß Sie bei der an mich als Bundeskanzler ergangenen Einladung nicht die nötige Rücksicht genommen haben, auf die ich hätte Anspruch erheben müssen.
Ich bitte Sie, Ihr Programm aus Anlaß der in Köln stattfindenden Feiern daraufhin nachzuprüfen, ob nicht noch ähnliche Mißgriffe zu gegenwärtigen sind[6].

Mit ausgezeichneter Hochachtung
Ihr ergebener
(Adenauer)

Nr. 241
15. Mai 1950 (Bonn): An den Bundesminister für Arbeit und Sozialordnung, *Anton Storch,* Bonn
StBKAH III/21

Sehr geehrter Herr Bundesminister!

Mir ist mitgeteilt worden, daß Herr Prof. Herschel erklärt habe, daß es unmöglich sei, binnen 14 Tagen das Gesetz über die Mitbestimmung vorzulegen[1]. Es liege noch nichts vor. Man habe bisher nur Material gesammelt. Ob diese Äußerung des Herrn Herschel, falls er sie getan hat, zutrifft, kann ich nicht beurteilen. Ich würde es aber ganz außerordentlich bedauern, wenn er Recht haben sollte.
Schon seit vielen Monaten habe ich Ihnen immer wieder gesagt, daß Sie das Gesetz unbedingt vorbereiten müssen, und ich darf Sie daran erinnern, daß Sie mir etwa Ende Januar/Anfang Februar ausdrücklich und in bindendster Form zwecks Weitergabe an Herrn McCloy gesagt haben, Sie bereiteten alles vor, um bis zum 1. April dem Bundestag eine Gesetzesvorlage zu unterbreiten für den Fall, daß man in Hattenheim[2] nicht zu einer Verständigung kommt. Ich bin dadurch, daß das nicht geschehen ist, schon gegenüber Herrn McCloy in eine peinliche Situation geraten[3]. Ich muß jetzt unter allen Umständen darauf bestehen, daß Sie binnen 14 Tagen einen Entwurf vorlegen[4].
Mit besten Grüßen (Adenauer)

Nr. 242

23. Mai 1950 (Bonn): An *Professor Dr. Carl Paul Maria Romme,* Overveen, Niederlande

Original in Algemeen Rijksarchief (Niederlande), 's-Gravenhage, NL Romme, dos. 39, auf Kopfbogen des Bundeskanzlers

Sehr verehrter Herr Professor[1],

Die Bundesregierung hat die Alliierte Hohe Kommission gebeten, bei der Niederländischen Regierung anzufragen, ob dieser die Errichtung eines deutschen Generalkonsulats im Haag willkommen sei. Bei einer positiven Entscheidung dieser Anfrage werde ich nicht zögern, eine deutsche konsularische Mission unter Leitung eines Generalkonsuls in den Haag zu entsenden.

Da wir seit vielen Jahren nicht mehr über normale konsularische Beziehungen zwischen Deutschland und Holland verfügen und ich beim Aufbau dieser Mission gern vermeiden möchte, daß Gesichtspunkte nicht berücksichtigt werden, die nach holländischer Auffassung beachtet werden sollten, so wäre ich Ihnen sehr dankbar, wenn Sie mir sowohl hinsichtlich der Auswahl der leitenden Personen als auch hinsichtlich des Aufbaus und der Aufgaben dieser Mission Ihre Auffassung mitteilen wollten[2].

Mit freundlichen Grüßen und besten Wünschen Ihr sehr ergebener

(Adenauer)

Nr. 243

23. Mai 1950 (Bonn): An Direktor *Dr. Hans Schäffer,* Jönköping, Schweden

StBKAH 10.04, Telegrammvorlage mit hs. Notiz »telefonisch durchgegeben 23.5.50 (19.40 h)«

Bitte Sie[1] in einer dringenden außerordentlich bedeutsamen Angelegenheit[2] wenn irgend möglich noch in dieser Woche zu einer Besprechung nach Bonn zu kommen.

Freundliche Grüße

Adenauer

Bundeskanzler

Nr. 244
25. Mai 1950 (Rhöndorf): An *Professor Dr. Hans Schwippert,* Bonn
StBKAH 11.02, mit ms. Vermerk »*Persönlich!*«

Sehr geehrter Herr Professor[1]!

Gestern habe ich den neuen Eingang des Kanzlerhauses gesehen. Ich bedauere, daß Sie mir vorher keine Zeichnungen vorgelegt haben. Der Eingang paßt zu einem modernen Hotel, aber nicht zu einem Kanzlerhaus, insbesondere nicht zu diesem Kanzlerhaus. Er weist nicht die Art auf, die das Haus des Kanzlers aufweisen müßte. Das Treppengeländer scheint mir etwas sehr wenig fein gezeichnet und dementsprechend auch ausgeführt zu sein. Halten Sie, bitte, demgegenüber das Treppengeländer an der alten Treppe.
Ich habe in der Zwischenzeit auch diese tropfsteinförmigen Beleuchtungskörper gesehen, die Sie vorgesehen hatten für den Speisesaal. Sie sind unmöglich.
Ich weiß nicht, ob Ihnen schon aufgefallen ist, daß sowohl der Schreibtisch wie auch diese Sessel mit Armlehnen alles andere als stabil sind. Diese Sessel mit den Öhrchen werden schon, wenn sie einige Male gebraucht sind – ich habe schon darauf hingewiesen –, Schmutzflecke der Hände tragen, die sie anfassen.
Ich bedauere sehr, Ihnen diese Mängel sagen zu müssen, aber es hat keinen Zweck, sie zu verschleiern.
Sie hatten mir früher mal gesagt, daß die Balustrade auf der Terrasse ersetzt werden sollte durch ein Gitter. Ein Gitter in den modernen Formen paßt absolut nicht zu dem Hause. Nach meiner Meinung muß die Balustrade ergänzt werden, wie bisher. Es handelt sich übrigens ja nicht um Kunststein dabei, sondern echten Stein. Ich hoffe, daß die fehlenden Einzelteile noch vorhanden sind.
Was war gedacht für die Polizisten, die an dem neuen Eingang Wache stehen?
Wie soll der neue Eingang geschlossen werden?
Ich bitte, nichts zu veranlassen, ohne mir Zeichnungen vorzulegen.
Mit besten Grüßen

(Adenauer)

Telefongespräch des Herrn Bundeskanzlers mit Herrn Präsident Dr. Globke am 9.Juni 1950:

- -

Ich hatte Herrn Professor Schwippert seinerzeit gesagt, daß bei der Ausstattung der unteren Räume i c h entscheiden wolle. Eines Tages komme ich zufällig dahin und sehe diesen einen, geradezu abscheulichen Läufer, und zwar den roten, woran man gerade nähte. Es war noch kein grüner Läufer da.

Ich habe sofort angeordnet:"stop! Ich habe das nicht angeordnet. Die Läufer werden nicht gelegt." Das ist auch Herrn Kösters sofort gesagt worden. Es ist dies auch Herrn Professor Schwippert geschrieben worden. Nun tut er es trotzdem.

Herr Globke soll im Auftrage des Bundeskanzlers schreiben an Schwippert, und zwar, daß er angeordnet habe, er solle sich um nichts mehr kümmern. Der Boden solle ergänzt werden. Es sollten - wie mit Graf Metternich besprochen - einige Teppiche hingelegt werden.
Er findet dies alles als eine Unverschämtheit von Schwippert.

Der Bundeskanzler ist auch wegen des Außenanstrichs nichts gefragt worden. Er hatte gesagt, daß er Proben sehen wolle. Er hat niemals zugestimmt, daß die Läden grau gemacht werden. Das ist nichts. Das ganze Haus verlangt - im Park liegend - grüne Läden und einen gelb getönten Anstrich.

Es muß Herrn Prof. Schwippert schriftlich mitgeteilt werden, daß er das alles ohne die Genehmigung des Bundeskanzlers gemacht hat.

-.-.-

Aufzeichnung über ein Telefongespräch mit Hans Globke
(zu Dok. Nr. 244, Anm. 1)

Nr. 245
27. Mai 1950 (Bonn): An den Bundesminister des Innern,
Dr. Dr. Gustav Heinemann, Bonn
StBKAH 11.02, ohne Anrede und Grußformel

Ich halte es für unmöglich, die Stelle einer Frauenreferentin in Ihrem Ministerium, auf deren Besetzung die Frauen aller Koalitionsparteien ihre besondere Aufmerksamkeit richten, mit einer Angehörigen der sozialdemokratischen Partei zu besetzen[1], wie ich damit einverstanden bin, daß im übrigen Angehörige der sozialdemokratischen Partei, wenn sie die nötige Eignung besitzen, eingestellt werden[2].
Ich darf wohl annehmen, daß Sie diese politische Einstellung teilen. Oder liegen besondere Gründe vor, die Sie veranlaßt haben, gerade hier eine Angehörige der sozialdemokratischen Partei zum Vorschlag zu bringen?

(Dr. Adenauer)

Nr. 246
27. Mai 1950 (Rhöndorf): An den Bundesminister für Ernährung, Landwirtschaft und Forsten, *Professor Dr. Wilhelm Niklas,* Gut Achatswies, Post Fischbachau/Oberbayern
StBKAH 11.02

Sehr geehrter Herr Niklas!

Haben Sie vielen Dank für Ihren Brief vom 26. d. Mts.[1] Bitte halten Sie mich auf dem laufenden bezüglich der Subventionen. Das, was Herr McCloy sagte, klang ganz anders[2].
Über die Frage der Getreidepreise müssen wir im Kabinett sprechen. Stellen Sie bitte vorher bei Herrn Erhard fest, ob wir unbedingt verpflichtet sind, das teure Getreide abzunehmen[3]. –
Meine Schüttelfröste waren Anzeichen für eine Lungenentzündung, die dadurch sofort erkannt und am selben Abend bezw. am andern Morgen kupiert werden konnte. Ich habe nur noch wenig Fieber[4].
Ich wünsche Ihnen und Ihrer Gattin ein frohes Pfingstfest und bin mit herzlichen Grüßen

Ihr
(Adenauer)

Nr. 247

31. Mai 1950 (Rhöndorf): An *Dr. Karl Müller,* Bonn

StBKAH 10.21, mit ms. Briefkopf »Der Vorsitzende der CDU von Nordrhein«

Sehr geehrter Herr Müller!

⟨...⟩[a]

3) Ich bin seit Beginn des Landtags Nordrhein-Westfalen Mitglied gewesen, war die ganzen Jahre hindurch, bis vor kurzem, wie Sie wissen, Fraktionsvorsitzender[1]. So sehr ich es für richtig halte, daß keine oder möglichst wenig Doppelmandate geschaffen werden[2], so habe ich es doch nicht für richtig gefunden, daß man mich nicht wieder aufgestellt hat, ohne überhaupt sich mit mir vorher in Verbindung zu setzen. Es wäre ein einfaches Gebot der Höflichkeit gewesen, vorher bei mir anzufragen, ob ich mit meiner Nichtaufstellung einverstanden wäre[3].
4) Ich hoffe, daß von der Partei Nordrhein allen denjenigen bisherigen Abgeordneten, die nicht wieder aufgestellt werden, schon jetzt ein entsprechendes Dankschreiben für ihre treue Tätigkeit zugeht, um die Leute bei der Stange zu halten.
5) Ich habe gestern mit Herrn Pferdmenges in Kissingen telefoniert[4]. Herr Blankenhorn war dabei. Er wird Sie unterrichten.

Ich hoffe, daß Sie wieder ganz wohl sind, und bin
mit freundlichen Grüßen Ihr

(Adenauer)

Nr. 248

2. Juni 1950 (Rhöndorf): An die Bundestagsabgeordnete *Maria Dietz,* Mainz

StBKAH 11.02

Sehr geehrte Frau Dietz[1]!

Die Schweiz hat ein so tief eingewurzeltes Neutralitätsgefühl, fast könnte man, wenn man böswillig sein wollte, sagen, Neutralitätskoller, daß sie glaubt, sich von allem zurückhalten zu sollen[2].

Auf Ihre weiteren Fragen möchte ich demnächst mündlich in Bonn antworten. Es läßt sich schriftlich nicht so viel darüber sagen. Ich bin auch wegen meiner Krankheit z. Zt. nicht dazu in der Lage.

Mit freundlichen Grüßen (Adenauer)

Nr. 249
2. Juni 1950 (Rhöndorf): An *Nikolaus Ehlen,* Velbert
StBKAH 10.16

Lieber Herr Ehlen[1]!

Ihren Brief vom 18. Mai[2] erhielt ich auf dem Krankenlager. Ich bin jetzt in der Rekonvaleszenz und komme daher erst heute zu seiner Beantwortung.
Ich glaube, Ihre Furcht wegen des Eintritts in den Europarat ist ganz unbegründet. Wenn Sie sich die Statuten des Europarats und den Bericht über seine Tätigkeit ansehen, so werden Sie finden, daß der Europarat sich überhaupt nicht mit irgendwelchen militärischen Dingen befaßt. Sie werden vielleicht auch [in] der Presse gelesen haben, daß sowohl der französische Staatspräsident Auriol[3] wie auch Präsident Truman[4] und Ministerpräsident Attlee[5] und Minister Bevin ausdrücklich erklärt haben, sie wollten keine Remilitarisierung Deutschlands[6]. Eine Zusammenfassung der westeuropäischen Länder auf kultureller und allgemeiner Basis, wie sie der Europarat vorsieht, halte ich für eine absolute Notwendigkeit, um den ständig sich steigernden einsickernden sowjet-russischen und SED-Gedankengängen nach Westdeutschland und Westeuropa entgegentreten zu können.
Ich wiederhole nochmals: Ihre Sorge ist unbegründet. Im übrigen werde ich für den Wohnungsbau tun, was ich kann[7]. Ich bin genau wie Sie der Ansicht, daß der Wohnungsbau die Grundlage von allem ist.
Mit freundlichen Grüßen Ihr
(Adenauer)

Nr. 250
5. Juni 1950 (Rhöndorf): An *Ella Schmittmann,* Köln
StBKAH 10.17

Liebe Ella[1]!

Habe vielen Dank für Deinen Brief vom 1. Juni. Vor allem würde es mich freuen, zu hören, ob die Kur Erfolg gehabt hat und ob Du Dich nach Deiner Rückkehr nach Köln den Weisungen des Arztes entsprechend verhältst.
Meine Lungenentzündung ist durch das prompte Eingreifen der Ärzte schnell kupiert worden, aber ich fühle mich doch noch recht angegriffen und werde noch eine Woche nicht nach Bonn gehen dürfen. –

Nun zu der Frage Europa:
Ich glaube, es wäre sehr gut, wenn sich in Köln, das nach meiner Meinung auf geistigem und politischem Gebiet eine ganz andere Rolle spielen müßte, als es z. Zt. tut, eine Gruppe zur Vertretung und Propagandierung Deiner Gedanken bildete[2]. Ich kann Dir leider, da ich in Köln doch sehr fremd geworden bin, keine Namen angeben. Ich meine, Du müßtest Dich mal umsehen in der Generation von 40 bis 50 Jahren, vielleicht an der Universität, unter Rechtsanwälten und dergleichen. Rufe doch auch mal Max und Konrad an, ob sie Dir keine Namen angeben können.
Hoffentlich sehen wir uns recht bald einmal.
Mit sehr herzlichen Grüßen, wie immer, A

Nr. 251
9. Juni 1950 (Bonn): An den Bundesminister für gesamtdeutsche Fragen, *Jakob Kaiser,* Bonn
StBKAH III/21, mit hs. Vermerk Zimmermann »Vertraulich«

Sehr geehrter Herr Kaiser,

Der stellvertretende französische Hohe Kommissar, Herr *Bérard*[1], hat gestern Herrn Blankenhorn zu sich kommen lassen und ihm wegen der Tätigkeit des in Ihrem Ministerium eingerichteten Saarreferats[2] eindringliche ‹Vorstellungen›[a] gemacht. Ich bitte, nähere Einzelheiten aus der anliegenden Aufzeichnung zu entnehmen. Herr François-Poncet, der mich am gleichen Tage aus anderem Anlaß besuchte[3], unterstrich die Kritik, die Herr Bérard an der Tätigkeit des Saarreferats geübt hatte. Da es darauf ankommt, angesichts der in Kürze beginnenden Verhandlungen über den Schuman-Plan[4] alles zu vermeiden, was zu einer Beeinträchtigung des deutsch-französischen Verhältnisses führen könnte, bitte ich Sie, Ihr Saarreferat anzuweisen, seine Tätigkeit bis auf weiteres einzustellen. Die Saarfrage wird sich im Laufe der Zeit noch regeln[5].

Mit vorzüglicher Hochachtung
(Adenauer)

Entwurf

Sehr geehrter Herr Heinemann,

Mit Schreiben vom 26. Mai haben Sie die Korrektur der Fassung des Kabinettsbeschlusses vom 9. Mai zur Sprache gebracht. Diese Korrektur war notwendig, weil mir der Wortlaut des Kabinettsbeschlusses in seiner ursprünglichen Fassung nicht einwandfrei erschien. Ich gebe aber zu, daß der Beschluß in seiner korrigierten Form den entscheidenden Grund für den Beitritt der Bundesrepublik zum Europarat schärfer präzisiert.

Ihre Kritik gibt mir jedoch Veranlassung, an Sie ganz offen die Frage zu richten, ob Sie den Beitritt Deutschlands zum Europarat wünschen oder nicht. Ich wäre dankbar, wenn Sie mir diese Frage umgehend beantworten wollten.

Bonn, 8. Juni 1950

Entwurf des Schreibens an Gustav Heinemann
(zu Dok. Nr. 253)

Nr. 252
9. Juni 1950 (Bonn): An den niedersächsischen Ministerpräsidenten
Hinrich Wilhelm Kopf, Hannover

StBKAH 10.03, Telegrammvorlage mit hs. Notiz Zimmermann »Durchgegeben an Fernschreibzentrale am 9.6.50 um 18.00«

Nach Pressemeldungen hat das Mitglied des niedersächsischen Kabinetts, Herr Staatsminister Dr. Gereke, Besprechungen mit dem stellv. Ministerpräsidenten[1] der Sowjetzonenregierung geführt[2]. In einer Erklärung der Bundesregierung vom heutigen Tage ist das Verhalten von Staatsminister Dr. Gereke mißbilligt[3]. Ich erbitte Nachricht, welche Schritte das niedersächsische Kabinett in dieser Angelegenheit unternimmt[4].

Adenauer – Bundeskanzler

Nr. 253
10. Juni 1950 (Bonn): An den Bundesminister des Innern,
Dr. Dr. Gustav Heinemann, Bonn

StBKAH III/21, mit eigenhändig korrigiertem Entwurf Adenauers vom 8.6.1950[1]

Sehr geehrter Herr Heinemann!

Mit Schreiben vom 26. Mai 1950 haben Sie gegen eine Änderung des Wortlauts des Kabinettsbeschlusses vom 9. Mai Einspruch erhoben[2]. Die Änderung ist aus stilistischen Gründen notwendig gewesen. Aus Mangel an Zeit war es aber leider nicht möglich, sie im Kabinett nochmals zur Sprache zu bringen. Der Beschluß, der inhaltlich durchaus mit der Auffassung des Kabinetts übereinstimmt, gibt in dieser seiner geänderten Fassung den entscheidenden Grund für den Beitritt der Bundesrepublik zum Europarat genauer wieder.
Ihr Einspruch läßt die Deutung zu, daß Sie den Beitritt der Bundesrepublik zum Europarat nicht wünschen. Ich wäre für eine Stellungnahme dankbar[3].

Mit vorzüglicher Hochachtung
(Adenauer)

Nr. 254
10. Juni 1950 (Rhöndorf): An *Jean Monnet,* Paris
StBKAH 10.17

Sehr verehrter Herr Monnet[1]!

Haben Sie vielen Dank für Ihren Brief vom 3. Juni[2] und die Nachrichten, die ich erhalten habe. Besonders danke ich auch für die sehr gute Schrift, die Sie mir haben zukommen lassen und deren Ratschläge ausgezeichnet sind. Leider kann man ja die guten Vorsätze, die man hat, nicht immer ausführen.
Mit Herrn Leroy-Beaulieu[3] und Mr. McCloy habe ich gesprochen[4]. Ich nehme an, daß Sie darüber im Bilde sind.
Ich bin mit vielen Grüßen, in der Hoffnung, Sie demnächst wiederzusehen,

Ihr sehr ergebener
(Adenauer)

Nr. 255
11. Juni 1950 (Rhöndorf): An den nordrhein-westfälischen Ministerpräsidenten *Karl Arnold,* Düsseldorf
StBKAH 10.03, mit hs. Notiz Hohmann »Wirmer geben« und ms. Notiz »Durch Eilboten!«, Durchschlag an Dr. Karl Müller, Bonn; Dr. Friedrich Holzapfel, Herford, und Ernst Bach, Siegen

Sehr geehrter Herr Arnold!

Auf Ihren Brief vom 9. Juni[1] erwidere ich Ihnen ergebenst, daß ich infolge meiner Erkrankung mich an Verhandlungen irgendwelcher Art nicht mehr beteiligen konnte. Mir war, ehe ich mich legte, gesagt worden, die FDP werde sich voraussichtlich der Stimme enthalten. Ich war außerordentlich darüber überrascht, daß die FDP gegen die Verfassung gestimmt hat. Ich bedauere das außerordentlich und würde, wenn ich rechtzeitig davon gehört hätte und körperlich dazu in der Lage gewesen wäre, mich mit aller Kraft dagegen zur Wehr gesetzt haben.
Wenn ich so auch Ihre Entrüstung verstehe und teile, so bitte ich, sich doch zu überlegen, ob es richtig ist, evtl. der Sozialdemokratie dazu zu verhelfen, daß sie im zukünftigen Landtag eine ausschlaggebende Position erhält. Die Sozialdemokratie ist auf weltanschaulichem Gebiet sicher so weit von uns entfernt und unser Gegner wie die FDP. In manchen sozialen Fragen mag sie uns näher stehen als diese, alles in allem genommen, ist sie ein viel gefährlicherer Gegner wegen ihrer rücksichtslosen,

C/re

PRÉSIDENCE DU CONSEIL

Commissariat Général
du Plan de Modernisation
et d'Equipement

LE COMMISSAIRE GÉNÉRAL :

RÉPUBLIQUE FRANÇAISE

Liberté · Egalité · Fraternité

PARIS, le 3 Juin 1950.
18, rue de Martignac, INV. 75-70 +

Monsieur le Chancelier Fédéral,

J'ai été heureux d'apprendre que vous étiez en voie de guérison et que vous alliez bientôt pouvoir reprendre activement la direction de votre Gouvernement.

Leroy-Beaulieu, qui vient de passer trois jours avec moi ici et qui rentre en Allemagne, pourra - si vous le jugez utile - vous mettre au courant des pourparlers qui ont eu lieu ces derniers jours avec les Britanniques.

J'ai invité à déjeuner le Vice-Chancelier, Monsieur Blücher, mais comme il était convenu entre nous je n'ai pas abordé avec lui le fond des problèmes et me suis borné à lui indiquer les grandes lignes de notre pensée. Leroy-Beaulieu assistait au déjeuner et pourra, d'ailleurs, vous exposer exactement ce qui a été dit.

Je vous avais promis de vous envoyer un petit livre sur le moyen de prolonger la vie ; vous voudrez bien le trouver ci-joint.

Veuillez agréer, Monsieur le Chancelier Fédéral, l'assurance de ma haute considération.

Jean Monnet.

Jean Monnet.

Monsieur ADENAUER
Chancelier Fédéral.

Jean Monnet an Adenauer
(zu Dok. Nr. 254, Anm. 2)

Entwurf

Herrn
Jean M o n n e t
Bazoce b. Montfort
L'Amaury / Seine-et-Oise

Bonn, 16. Juni 1950

Sehr geehrter Herr Monnet,

Es ist nunmehr gelungen, eine Gruppe von deutschen Herren zusammenzustellen, die in meinem Auftrage und unter meiner Leitung an den Besprechungen über den Schumanplan teilnehmen sollen, die am 20. dieses Monats in Paris beginnen. Der Sprecher der Delegation wird der Professor des Internationalen Privat- und Wirtschaftsrechts Dr. H a l l s t e i n aus Frankfurt sein, der eine große Erfahrung in der Behandlung internationaler Probleme besitzt. Neben ihm werden Dr. Boden, Dr. Walter Bauer und der Vertreter der Gewerkschaften, Herr vom Hoff, an den Verhandlungen teilnehmen. Herr Dr. Boden ist Ihnen bereits von der kürzlichen Zusammenkunft in Paris bekannt. Herr Walter Bauer war deutscher Beobachter in der Internationalen Ruhrbehörde. Herr vom Hoff gilt in Gewerkschaftskreisen als ein auf internationalem Gebiet besonders erfahrener Mann. Er wird von seinem Mitarbeiter, Herrn Dr. Grosse, begleitet. Ich habe mich außerdem entschlossen, Herrn Blankenhorn, der Ihnen bereits persönlich bekannt ist, nach Paris zur Teilnahme an den Verhandlungen zu entsenden. Herr Blankenhorn ist mein persönlicher Beauftragter, der mich über den Gang der Verhandlungen ständig auf dem Laufenden halten soll. Er wird Ihnen für alle Mitteilungen zur Verfügung stehen, die Sie möglichst schnell und unmittelbar an mich gelangen lassen wollen.

Ich bin Ihnen sehr dankbar, daß Sie mich durch Herrn Leroy-Beaulieu über die Entwicklung in den letzten Tagen unterrichtet haben. Ich bin durchaus Ihrer Ansicht, die Verhandlungen aufs äußerste zu beschleunigen und, wenn irgend möglich, noch vor den Sommerferien der Parlamente zum Abschluß der Staatsverträge zu kommen. Nur so ist die Sicherheit gegeben, daß die großzügige Idee in die Wirklichkeit

- 2 -

- 2 -

umgesetzt wird. Nach der Eröffnung der Verhandlungen am 20. Juni wird ja wohl zunächst eine kurze Pause eintreten, in der die Delegationen den zuständigen Gremien in der Heimat berichten und in der die verschiedenen Regierungen ihrerseits nun ihre Auffassungen präzisieren. Ich würde es sehr begrüßen, wenn Sie in dieser Zeit mich zu einer Aussprache in Rhöndorf aufsuchen wollten, damit wir den für die Gestaltung des Werkes notwendigen Weg überlegen.

Mit freundlichen Grüßen und
besten Wünschen

Entwurf des Schreibens an Jean Monnet
(Dok. Nr. 256)

nur das Parteiinteresse kennenden Handlungsweise. Ich weise hier hin auf das Verhalten des sozialdemokratischen Parteitages in der Frage: Eintritt in den Europarat.
Wenn Sie – m.E. mit Recht – darauf hinweisen, daß die FDP mit der KPD zusammengestimmt habe, so gilt das gleiche aber doch auch für die SPD, der ein Zuwiderhandeln gegen die vom Organisationsausschuß festgelegten Linien zur ausschlaggebenden Position, wie ich bereits erwähnte, verhelfen würde.
Ich bitte Sie daher dringend, sich darauf zu beschränken, Ihrem Bedauern über die Haltung der FDP Ausdruck zu geben, aber sich nicht in Gegensatz zum Koordinierungsausschuß und damit zur großen Mehrheit unserer Partei zu stellen. Die Zeiten sind dafür zu ernst.
Mit freundlichen Grüßen

Ihr
(Adenauer)

Nr. 256
16. Juni 1950 (Bonn): An *Jean Monnet,* Bazoce bei Montfort, L'Amaury / Seine-et-Oise, Frankreich
StBKAH 10.21, Entwurf mit eigenhändigen Korrekturen Adenauers und Blankenhorns

Sehr geehrter Herr Monnet,

‹Es freut mich sehr, Ihnen mitteilen zu können, daß es gelungen ist, eine für unsere Absichten besonders geeignete Gruppe›[a] von deutschen Herren zusammenzustellen, die in meinem Auftrage und ‹nach meinen Anweisungen›[b] an den Besprechungen über den Schumanplan teilnehmen sollen, die am 20. dieses Monats in Paris beginnen[1]. Der Sprecher der ‹Gruppe›[c] wird der Professor des Internationalen Privat- und Wirtschaftsrechts Dr. *Hallstein*[2] aus Frankfurt sein, der eine große Erfahrung in der Behandlung internationaler Probleme[3] besitzt. Neben ihm werden Dr. Boden[4], Dr. Walter Bauer[5] und ‹ein Gewerkschaftler›[d], Herr vom Hoff[6], an den Verhandlungen teilnehmen. Herr Dr. Boden ist Ihnen bereits von der kürzlichen Zusammenkunft in Paris bekannt. Herr Walter Bauer war deutscher Beobachter in der Internationalen Ruhrbehörde. Herr vom Hoff gilt in Gewerkschaftskreisen als ein auf internationalem Gebiet besonders erfahrener Mann. Er wird von seinem Mitarbeiter, Herrn Dr. Grosse[7], begleitet. Ich habe mich außerdem entschlossen, Herrn Blankenhorn, der Ihnen bereits persönlich bekannt ist, nach Paris zur Teilnahme an den Verhandlungen zu entsenden. Herr Blankenhorn ist mein persönlicher Beauftragter, der mich über den Gang der Ver-

handlungen ständig auf dem laufenden halten soll. Er wird Ihnen für alle Mitteilungen zur Verfügung stehen, die Sie möglichst schnell und unmittelbar an mich gelangen lassen wollen.
Ich bin Ihnen sehr dankbar, daß Sie mich durch Herrn Leroy-Beaulieu über die Entwicklung in den letzten Tagen unterrichtet haben. Ich bin durchaus Ihrer Ansicht, die Verhandlungen aufs äußerste zu beschleunigen und, wenn irgend möglich, noch vor den Sommerferien der Parlamente zum Abschluß der Staatsverträge zu kommen[8]. Nur so ist die Sicherheit gegeben, daß die großzügige Idee in die Wirklichkeit umgesetzt wird. Nach der Eröffnung der Verhandlungen am 20. Juni wird ja wohl zunächst eine kurze Pause eintreten, in der die Delegation den zuständigen Gremien in der Heimat berichten und in der die verschiedenen Regierungen ihrerseits nun ihre Auffassungen präzisieren. Ich würde es sehr begrüßen, wenn Sie in dieser Zeit mich zu einer Aussprache in Rhöndorf aufsuchen wollten, damit wir den für die Gestaltung des Werkes notwendigen Weg überlegen.
Mit freundlichen Grüßen und besten Wünschen Ihr K.A.

Nr. 257
17. Juni 1950 (Bonn): An den Geschäftsführenden Vorsitzenden der Alliierten Hohen Kommission, Botschafter *André François-Poncet,* Bonn-Petersberg
AA, Noten an AHK, Bd. 7

Herr Hoher Kommissar!

Ich beehre mich, Euere Exzellenz von folgendem Beschluß des Deutschen Bundestags vom 11. Mai ds. Js. in Kenntnis zu setzen:
»Die Bundesregierung wird ersucht:
I. bei der Hohen Kommission umgehend vorstellig zu werden, damit die aus Deutschland weggebrachten deutschen Archive schnellstens der Bundesrepublik zurückgegeben werden und die Wegbringung weiterer Archivbestände verhindert wird;
II. das Material dieser Archive der wissenschaftlichen Forschung dienstbar zu machen.«[1]
Bei den Archiven, deren Rückgabe gewünscht wird, handelt es sich im wesentlichen um die Archive der früheren Reichsbehörden sowie der verschiedenen Wehrmachtsstäbe und der obersten Parteistellen. Der Bundesregierung ist im einzelnen nicht bekannt, wo sich die Archive

befinden. Sie ist lediglich darüber unterrichtet, daß sie vorwiegend von amerikanischen und britischen Behörden verwaltet werden[2].
Ich halte eine wissenschaftliche Aufklärung des deutschen Volkes über die Vorgänge unter der nationalsozialistischen Herrschaft[3] für eine wichtige Aufgabe der Bundesregierung. Da eine einwandfreie Forschung ohne die erforderlichen Unterlagen nicht möglich ist, wäre ich dankbar, wenn dem Wunsch des Deutschen Bundestags auf Rückgabe der deutschen Archive entsprochen werden könnte.
Genehmigen Sie, Herr Hoher Kommissar, den Ausdruck meiner ausgezeichneten Hochachtung.

gez. Adenauer

Nr. 258
19. Juni 1950 (Rhöndorf): An Oberdirektor a. D. *Dr. Hermann Pünder,* Köln-Marienburg
Original in BA, NL Pünder, Nr. 606, auf Kopfbogen des Bundeskanzlers

Lieber Herr Pünder!

Eben erhalte ich Ihren Brief vom 19. Juni[1]. Ich[2] danke Ihnen, daß Sie mir so offen geschrieben haben. Ich hatte Sie und Ihre Gattin, als ich die Liste der einzuladenden Gäste zuerst mit Herrn Blankenhorn besprach, genannt. Ich habe dann leider später feststellen müssen, daß unser »Festbüro« nicht gut gearbeitet hat. Ich habe auch von anderer Seite Klagen gehört. Ich bitte Sie und Ihre Gattin recht dringend, zu kommen. Ich würde es ganz außerordentlich bedauern, gerade wegen Ihrer Tätigkeit sowohl als Oberbürgermeister in Köln wie auch als Oberdirektor in Frankfurt/M., die Sie so oft mit Robertson zusammengeführt hat, wenn Sie nicht kommen würden. Es handelt sich nur um einen Fehler des Büros, das dürfen Sie mich unter keinen Umständen vergelten lassen.
Ich rechne also auf Ihrer Gattin und Ihr Erscheinen.
Mit vielen Grüßen

Ihr
(Adenauer)

Nr. 259
20. Juni 1950 (Bonn): An den Geschäftsführenden Vorsitzenden der Alliierten Hohen Kommission, Botschafter *André François-Poncet*, Bonn-Petersberg
BA, NL Lehr, Nr. 28

Herr Hoher Kommissar,

Die Aufmerksamkeit der Bundesregierung ist auf die Verhältnisse im Militärgefängnis in Spandau gelenkt worden, in dem die durch das Internationale Militärgericht in Nürnberg verurteilten Kriegsverbrecher ihre Strafe abbüßen. Vertrauenswürdigen Berichten zufolge hat sich die Behandlung der Gefangenen in Spandau in den letzten Monaten erheblich verschlechtert und Formen angenommen, die, an den Maßstäben gemessen, die sich im Strafvollzug aller zivilisierten Staaten seit langem durchgesetzt haben, als außergewöhnlich hart bezeichnet werden müssen. Im einzelnen darf ich auf folgendes hinweisen:

1) Die Gefangenen werden jetzt wieder, wie in den ersten Jahren, bei Nacht in ihren Zellen in regelmäßigen Abständen »zu Kontrollzwecken« mit Lampen angestrahlt, so daß der Schlaf ständig gestört und beinahe unmöglich gemacht wird.
2) Die Lagerstätten dürfen von den Gefangenen nur in der Zeit von 10 Uhr abends bis 6 Uhr morgens benutzt werden. In der übrigen Zeit ist es den Häftlingen verboten, sich auf das Bett zu legen oder auch nur darauf zu setzen. Dies gilt auch für die durch Krankheit oder Altersleiden geschwächten Gefangenen.
3) Die außerordentlich kleinen und schmalen Zellen enthalten außer dem Lager nur einen Tisch und einen hölzernen Hocker ohne Lehne. Sonst sind keine weiteren Einrichtungsgegenstände vorhanden. Die Gefangenen können nur auf diesem Hocker sitzen.
4) Die Gefangenen, die sich im letzten Jahre gelegentlich miteinander unterhalten durften, haben jetzt wieder absolutes Redeverbot erhalten. Auch bei dem zweimal am Tage stattfindenden Spaziergang im Gefängnishof dürfen sie nicht miteinander sprechen.
5) Der Spaziergang findet zweimal am Tage statt und dauert je 1/2 Stunde. Die Gefangenen müssen dabei schweigend in vorgeschriebenen Abständen im Kreis um einen Baum herumgehen. Sie werden vor und nach jedem Spaziergang von den Wachen körperlich genau durchsucht.

6) Den Gefangenen, die im letzten Jahre in ihren Zellen lesen durften, ist jetzt jede Lektüre unbedingt verboten.
7) Soweit die Gefangenen, wie z. B. der jetzt 77 Jahre alte Freiherr von Neurath[1], nicht mehr arbeitsfähig sind, sitzen sie also den ganzen Tag, abgesehen vom Spaziergang, ohne Tätigkeit und ohne Lektüre auf ihren Holzhockern.
8) Die Gefangenen dürfen einmal im Monat *einen* Brief an ihre Angehörigen schreiben und *einen* Brief von ihnen empfangen. Alle anderen Briefe werden nicht zugestellt.
9) Die Verpflegung im Gefängnis, die sich im amerikanischen und britischen Monat etwas gebessert hatte, ist wieder sehr schlecht und mangelhaft geworden. Sie war im russischen Monat von jeher gleich schlecht. Irgendwelche Lebensmittelsendungen oder andere Liebesgaben werden niemals ausgehändigt, sondern stets beschlagnahmt.
10) Zur Seelsorge erscheint nur ein französischer Geistlicher. Deutsche Geistliche erhalten niemals Zutritt. Der Papst[2] hat vor einiger Zeit einem der Gefangenen seinen Segen übersandt. Dies ist ihm niemals mitgeteilt worden. Er hat erst beim Besuch seiner Tochter hiervon erfahren.

Im Namen der Bundesregierung sehe ich mich aus Gründen der Menschlichkeit veranlaßt, die in der Alliierten Hohen Kommission vertretenen Regierungen zu bitten, eine Überprüfung der Verhältnisse im Militärgefängnis Spandau anzuordnen und dafür Sorge zu tragen, daß der Strafvollzug den in allen zivilisierten Staaten üblichen Prinzipien angepaßt wird[3].

Genehmigen Sie, Herr Hoher Kommissar, den Ausdruck meiner ausgezeichnetsten Hochachtung.

gez. Adenauer

Nr. 260
20. Juni 1950 (Rhöndorf): An den Vorsitzenden des Verschönerungsvereins für das Siebengebirge, Oberbürgermeister *Dr. Peter Stockhausen,* Bonn
StBKAH 10.17

Sehr geehrter Herr Oberbürgermeister!

Hier gehen Gerüchte um, daß eine Drahtseilbahn oder etwas Ähnliches von Rhöndorf auf den Drachenfels gebaut werden soll[1]. Ich nehme an, daß ohne die Zustimmung des Verschönerungsvereins das nicht möglich ist, da wahrscheinlich weite Flächen des Drachenfelses ihm gehören. Ich wäre Ihnen dankbar, wenn Sie mir mitteilen würden, was an der Sache ist und wie der Verschönerungsverein dazu steht[2].

Mit ausgezeichneter Hochachtung
(Adenauer)

Nr. 261
21. Juni 1950 (Rhöndorf): An den nordrhein-westfälischen Ministerpräsidenten *Karl Arnold,* Düsseldorf
StBKAH 08.64, mit ms. Briefkopf »Der Vorsitzende der Christlich-Demokratischen Union Nordrhein. Der Vorsitzende der Christlich-Demokratischen Union Deutschlands« und ms. Vermerk *»Durch Eilboten! Persönlich!«,* Durchschlag an Dr. Karl Müller, Bonn; Ernst Bach, Siegen; Johannes Gronowski, Bad Driburg und Lambert Lensing, Dortmund

Sehr geehrter Herr Arnold!

Eben höre ich von der Besprechung, die gestern unter Ihrem Vorsitz über die Mehrheitsbildung im neuen Landtag von Nordrhein-Westfalen stattgefunden hat[1]. Ich höre, daß dabei der Grundsatz aufgestellt worden sei, daß nur die Landtagsfraktion zu entscheiden habe[2]. Ich glaube, daß wohl niemand im Ernst an einer derartigen These festhalten kann. Wo käme die CDU Deutschlands hin, wenn die elf Landtagsfraktionen und schließlich noch die Bundestagsfraktion jeder eine selbständige Politik trieben?
Natürlich hat die Fraktion formell letzten Endes die Entscheidung. Aber ebenso klar ist es, daß sie in Gemeinschaft mit den Parteiinstanzen, die die Wahl getragen haben, arbeiten muß und daß es notwendig ist, wie Sie selbst nach einer Erklärung in der »Welt« von heute sagen, daß man sich bei allen Entschlüssen nur von staatspolitischen Gesichtspunkten leiten lassen muß[3] – ich füge hinzu:

Ich bedauere den übrigen Teil der Erklärung, die Sie nach der »Welt« ihrem Vertreter gegenüber gemacht haben. Ich habe gegenüber der Öffentlichkeit jeder Stellungnahme mit Ausnahme der offiziellen Verlautbarung, an der ich mitgewirkt habe, mich enthalten. Ich bitte Sie sehr, im Interesse der Partei doch Zurückhaltung zu üben und innerhalb der Parteigremien und nicht außerhalb der Parteigremien alles das zur Sprache zu bringen, was Sie auf dem Herzen haben. Sie dürfen davon überzeugt sein, daß es unvoreingenommen und objektiv gewürdigt wird.

Mit besten Grüßen

Ihr ergebener
(Adenauer)

Nr. 262
21. Juni 1950 (Rhöndorf): An Reichskanzler a.D. *Dr. Heinrich Brüning,* Köln

StBKAH 10.21, mit Übermittlungsnotiz »p. Adr.: Herrn Verbandspräses Dr. Herm. Jos. Schmitt«[1]

Sehr geehrter Herr Brüning!

Von Herrn Pferdmenges hörte ich, daß Sie noch einige Zeit in Deutschland bleiben[2]. Bitte, teilen Sie mir mit, wie lange Sie noch bleiben und wie man Sie erreichen kann. Sie werden gehört haben, daß ich eine Lungenentzündung gehabt habe. Ich muß mich noch etwas schonen. Aber ich hoffe, in 8 bis 14 Tagen wieder so weit zu sein. Ich lege sehr großen Wert darauf, Sie dann zu sehen[3].

Mit herzlichen Grüßen

Ihr ergebener
(Adenauer)

Nr. 263
21. Juni 1950 (Rhöndorf): An *John K. Patterson,* Westbourne, La Jolla/Kalifornien

StBKAH 10.17

Lieber Herr Patterson[1]!

Ich habe mich sehr gefreut, als ich Ihren Brief vom 16. Mai[2] erhielt. Ich habe manchmal mich gefragt, wie es Ihnen wohl gehen möge und wo Sie wohl sein würden. Es tat mir aufrichtig leid, daß Sie sehr krank waren. Ich hoffe aber, daß Sie jetzt völlig wiederhergestellt sind. Der Tod meiner Frau hat mich sehr getroffen, wie Sie sich wohl denken können.

Ich bedauere den Tod von Major Ross[3], den ich in guter Erinnerung habe. Inzwischen ist ja auch leider Mr. Schweizer[4] einem sehr bedauerlichen Unfall zum Opfer gefallen. Er hätte hier noch sehr wertvolle Dienste leisten können. Er hat mich kurz vor seinem Tode in Bonn aufgesucht, nachdem ich ihn vorher in München gesprochen hatte.
Ihre Grüße an das Caritas-Krankenhaus[5] werde ich gerne ausrichten.
Ich hoffe, daß Sie mich besuchen werden, wenn Sie nach Deutschland kommen, und bin
mit herzlichen Grüßen

Ihr ergebener
(Adenauer)

Nr. 264
21. Juni 1950 (Rhöndorf): An *Dr. Paul Silverberg,* Lugano
StBKAH 10.17

Lieber Herr Silverberg!

Herzlich danke ich Ihnen für Ihren lieben Brief und für das schöne Paket[1]. Ihre Anteilnahme hat mir sehr gut getan. Sie haben recht, eine Lungenentzündung greift einen doch sehr an. Ich bin zwar wieder ganz hergestellt, muß mir aber auf Weisung meiner Ärzte doch für einige Zeit Schonung auferlegen. Ich fühle selbst, wie nötig das ist.
Die Schuman-Plan-Angelegenheit lenke ich von hier aus. Ich darf vielleicht, wenn die Sache etwas weiter gediehen ist, auch Ihren Rat dazu mir erbitten.
Der Kaffee war besonders willkommen, da wir hier in Deutschland keinen guten Kaffee haben. Mit Tee scheint es ja auch in der Schweiz noch nicht zum Besten zu stehen.
Ich hoffe, daß es Ihnen gut geht, und bin
mit herzlichen Grüßen

Ihr ergebener
(Adenauer)

Nr. 265
21. Juni 1950 (Rhöndorf): An den Bundesminister für Wohnungsbau, *Eberhard Wildermuth*, Bonn-Duisdorf
StBKAH 11.02

Sehr geehrter Herr Wildermuth!

Da meine Ärzte mir aufs dringendste verboten haben, an größeren Verhandlungen, wenn sie nicht absolut notwendig sind, teilzunehmen, bitte ich Sie, auf die Anfrage der sozialdemokratischen Fraktion bezüglich meiner Äußerungen im Zonenausschuß der CDU[1] zu antworten.
Meine Äußerungen im Zonenausschuß der CDU waren von der Presse in viel schärferer Form wiedergegeben, als ich sie gemacht habe. Ich habe diese Äußerungen nicht als Bundeskanzler gemacht, sondern als Vorsitzender der CDU[2]. Ich bin also wohl nicht verpflichtet, auf eine Anfrage, wie die gestellte, die an den Bundeskanzler gerichtet ist, Antwort zu geben. Ich will aber, damit kein falscher Eindruck entsteht, folgendes meinen obigen Erklärungen hinzufügen:
Ich hatte aus der Frankfurter Presse entnommen, daß in Frankfurt/M. noch kein einziges Baugesuch hatte genehmigt werden können, weil kurz vor Beginn der Bausaison das Land Hessen seine Baugenehmigungsvorschriften völlig geändert habe, so daß nicht einmal die nötigen Formulare zu haben gewesen wären. Von Nordrhein-Westfalen hatte ich ständige Klagen gehört über die bürokratische Handhabung der Vorschriften durch das dortige Wiederaufbauministerium. Von diesen mir bekannten Presseäußerungen und bekanntgewordenen Mitteilungen bin ich ausgegangen.
Ich überlasse es Ihnen, Herr Bundesminister, evtl. weitere Ausführungen zu machen[3].

Mit vorzüglicher Hochachtung
(Adenauer)

Nr. 266
22. Juni 1950 (Rhöndorf): An Ministerialrat *Johannes Schlüter*, Rhöndorf
StBKAH 10.21

Lieber Herr Schlüter[1]!

Ich bin Ihnen eine Antwort noch schuldig auf Ihren Brief vom 6. d. Mts. bezüglich der Versorgungsbezüge des Amtsrats St[...][2]. Ich weiß nicht, ob Ihre Ansicht unter allen Umständen richtig ist, daß eine Verpflichtung besteht. Die Frage, ob und inwieweit die Bundesrepublik Rechtsnach-

folgerin des Reiches geworden ist, ist noch nicht geklärt. Es steht ja auch fest, daß die Bundesrepublik Deutschland irgendwelche staatlichen Rechte und deswegen auch staatlichen Verpflichtungen in der Ostzone und im Ostsektor Berlins nicht hat.
Wenn Sie mir aber erklären, daß Herr Amtsrat St[...] sich in den Jahren des Nationalsozialismus besondere Verdienste um die christlichen Kirchen erworben hat, bin ich bereit, ihm aus meinem Dispositionsfond eine Unterstützung zukommen zu lassen.
Die beiden Anlagen Ihres Schreibens füge ich wieder bei.
Mit vielen Grüßen Ihr ergebener
(Adenauer)

Nr. 267
27. Juni 1950 (Bonn): An den Bundesminister für Angelegenheiten des Marshallplanes, *Franz Blücher,* Bonn
Original in BA, NL Blücher, Nr. 78, auf Kopfbogen des Bundeskanzlers, Tagesdatum hs. von Zimmermann eingefügt, mit Eingangsstempel 27.6.1950

Sehr geehrter Herr Blücher!

Wie ich Ihnen bereits kürzlich mündlich mitteilte[1], wäre ich Ihnen dankbar, wenn Sie mich bis auf weiteres in der Leitung der Kabinettssitzungen vertreten und auch sonst bei der Erledigung von laufenden Arbeiten des Bundeskanzleramts entlasten würden[2]. Ich habe Herrn Vizepräsidenten Globke angewiesen, Ihnen die an meiner Stelle zu zeichnenden Angelegenheiten vorzulegen.
Bei unserer Unterredung waren wir uns darüber einig, daß es dringend notwendig sei, eine Abstimmung des Landwirtschaftsprogramms der Bundesregierung mit ihrem sonstigen Wirtschaftsprogramm vorzunehmen[3]. Bei der grundsätzlichen Bedeutung der Angelegenheit beabsichtige ich, diese Aufgabe durch das Bundeskanzleramt vornehmen zu lassen. Da ich mich zurzeit aber aus begreiflichen Gründen dieser Aufgabe nicht selbst annehmen kann, bitte ich Sie, mich auch insoweit zu vertreten. Ich denke mir die Angelegenheit so, daß zunächst die beteiligten Referenten [den] Entwurf eines Programms aufstellen, daß Meinungsverschiedenheiten durch Besprechungen zwischen den Abteilungsleitern und gegebenenfalls den Staatssekretären geklärt werden und daß danach etwa noch verbleibende Streitpunkte in einer Besprechung der beteiligten Minister zur Bereinigung gelangen. Die letzte Entscheidung über das Programm bliebe dem Kabinett vorbehalten.
Mit den besten Grüßen Ihr ergebener
(Adenauer)

Nr. 268
28. Juni 1950 (Rhöndorf): An *Andreas Sinn,* Weiden bei Köln
StBKAH 10.17

Sehr geehrter Herr Sinn[1]!

Eben höre ich zu meinem allergrößten Bedauern von dem plötzlichen Hinscheiden Ihres Bruders. Ich bin tief erschüttert dadurch und trauere mit Ihnen um den Heimgang dieses so ausgezeichneten Mannes. Ich werde nie vergessen, mit welcher Liebe Sie beide mich nach meiner Entlassung aus Brauweiler aufgenommen haben. Es schmerzt mich, daß ich infolge der Arbeitsüberlastung durch meine jetzige Stellung in den letzten Jahren so wenig persönliche Verbindung mit Ihrem Bruder und Ihnen habe pflegen können. Infolge meiner Erkrankung werde ich leider an der Beerdigung nicht teilnehmen können. Ich werde aber einen meiner Söhne bitten, statt meiner daran teilzunehmen.
In herzlicher Mittrauer Ihr sehr ergebener
(Adenauer)

Nr. 269
29. Juni 1950 (Rhöndorf): An *Professor Dr. August Adenauer,* Gielsdorf bei Bonn
StBKAH 10.16

Lieber August[1]!
⟨...⟩[a]
Ich habe mich am 24. Mai gelegt und am 3. Juni in ziemlich erheblichem Maße die Arbeit durch Besprechungen in meinem Hause wieder aufgenommen.
Ich höre weiter von mehreren Leuten, die das gleiche durchgemacht haben, daß sowohl eine Lungenentzündung wie eine Penicillinkur eine Schwäche des Körpers hervorrufen, die nicht von heute auf morgen zu beheben ist.
Ich bin aber nunmehr, nachdem der Schuman-Plan über die ersten Klippen hinweg ist[2], mit Vorbereitungen beschäftigt, nach der Schweiz zu gehen, und zwar nach Bürgenstock[3], da ich in ärztlicher Nähe bleiben muß und nicht zu hoch gehen darf, weil mein Herz etwas angegriffen ist.
Hoffentlich macht mir die Entwicklung der Korea-Angelegenheit[4] keinen Strich durch die Rechnung.
Dir und Hanna[5] recht herzliche Grüße Dein Bruder

Nr. 270
30. Juni 1950 (Rhöndorf): An den nordrhein-westfälischen Ministerpräsidenten *Karl Arnold,* Düsseldorf
StBKAH III/18, mit ms. Briefkopf »Der Vorsitzende der Christlich-Demokratischen Union von Nordrhein« und ms. Vermerk *»Persönlich«*

Sehr geehrter Herr Arnold!

In einer Reihe von Zeitungen sind Mitteilungen veröffentlicht über eine Unterredung, die Sie mit Herrn Dr. Böckler gehabt haben[1]. In einem Teil dieser Meldungen könnte es den Anschein haben, als ob Sie mit Herrn Dr. Böckler die Frage der Bildung einer Koalitionsregierung mit der SPD in Nordrhein-Westfalen bis in Einzelheiten besprochen hätten[2].
Als Vorsitzender der CDU der britischen Zone bitte ich Sie um gefällige Mitteilung, ob Sie mit Herrn Dr. Böckler über die Bildung einer Koalition in Nordrhein-Westfalen verhandelt haben[3].

Mit ausgezeichneter Hochachtung
Ihr ergebener
(Adenauer)

Nr. 270 A
30. Juni 1950 (Bonn): An den nordrhein-westfälischen Ministerpräsidenten *Karl Arnold,* Düsseldorf
StBKAH III/18, mit ms. Vermerk *»Persönlich!«*

Sehr geehrter Herr Ministerpräsident!

Bei der Besprechung zwischen den Vorsitzenden der CDU Nordrhein und Westfalen am 27. Juni[1] sagten Sie, daß es gelungen sei, durch Überhörung von Telefongesprächen und Öffnung von Briefen, die dann wieder geschlossen worden seien, Feststellungen zu treffen. Ein derartiges Verhalten würde dem Artikel 10 des Grundgesetzes widersprechen. Ich wäre Ihnen für eine Mitteilung dankbar, ob Sie, nachdem Ihnen diese Vorgänge zur Kenntnis gekommen sind, ein Strafverfahren, evtl. gegen Unbekannt, haben einleiten lassen[2].

Mit ausgezeichneter Hochachtung
Ihr ergebener
(Adenauer)

Nr. 271

30. Juni 1950 (Rhöndorf): An die CDU-Fraktion des Landtages von Nordrhein-Westfalen, Düsseldorf

Original in HStAD, RWN 85, Nr. 2, mit ms. Briefkopf »Der Vorsitzende der Christlich-Demokratischen Union Deutschlands«

Sehr geehrte Herren!

Die Bildung einer tragfähigen Koalition innerhalb des Landtags hat sich zu einem politischen Ereignis von solcher Bedeutung entwickelt, daß sie für die CDU Deutschlands von großem Einfluß ist[1].
Ich bitte Sie daher, keine Entscheidungen zu treffen und keine Verhandlungen zu führen, die Entscheidungen vorgreifen, ohne vorherige Fühlungnahme mit dem Vorstand der CDU Deutschlands[2].
Die Bildung einer Koalition in Nordrhein-Westfalen wird sich auf sämtliche noch ausstehenden Landtagswahlen und auf die Koalition im Bunde auswirken. Darin liegt der Grund für die oben ausgesprochene Bitte.
Mit freundlichen Grüßen

(Adenauer)

Nr. 271 A

30. Juni 1950 (Rhöndorf): An die CDU-Fraktion des Landtages von Nordrhein-Westfalen, Düsseldorf

Original in HStAD, RWN 85, Nr. 2, Telegrammvorlage in StBKAH 08.64, darauf hs. Notiz Hohmann »tel. aufgegeb.: 30.6.50, 10.15«[1]

Bitte, durch Befragen des Fraktionsmitgliedes Arnold festzustellen, ob Mitteilungen in »Rheinischer Zeitung« von heute über seine Aussprache mit Böckler zutrifft[2]. Es würde darin ein schwerer Verstoß gegen die Parteidisziplin liegen, da Herr Arnold nicht zu solchen Verhandlungen bevollmächtigt ist.

Adenauer
Vorsitzender der CDU Nordrhein

Nr. 272

4. Juli 1950 (Bonn): An *Dr. Wilhelm Hausenstein,* Bonn

Original in Deutsches Literaturarchiv/Schiller-Nationalmuseum, NL Hausenstein[1], auf Kopfbogen des Bundeskanzlers, ohne Anrede und Grußformel

Ich habe Sie mit der Leitung des Generalkonsulats in Paris beauftragt[2]. Ich benutze die Gelegenheit, um Ihnen meinen Dank auszusprechen, daß Sie sich dieser verantwortungsbewußten Aufgabe unterziehen wollen, und wünsche Ihnen vollen Erfolg.

Adenauer

Nr. 273

6. Juli 1950 (Rhöndorf): An den Vorsitzenden des Bundestagsausschusses für Wiederaufbau und Wohnungswesen, *Paul Lücke,* Bonn

StBKAH 11.02

Sehr geehrter Herr Lücke[1]!

Ihren Brief vom 22. Juni[2] habe ich noch nicht beantwortet, weil ich erst die Entwicklung in Düsseldorf abwarten wollte. Da die Entwicklung sich auch jetzt noch nicht überschauen läßt, bestätige ich den Empfang Ihres Briefes.

Ich kann Ihnen allerdings nicht verschweigen, daß die CDU-Fraktion in Düsseldorf in erster Linie Wert legt auf den Ministerpräsidenten, den Kultusminister[3] und den Innenminister[4]. Sie werden dafür sicher auch Verständnis haben. Ganz gleich, wie die Regierungskoalition in Düsseldorf aussehen wird, ob eine solche mit der SPD oder mit der FDP geschlossen werden wird, wird die Koalitionspartei auf alle Fälle auch Anspruch erheben auf Ministerien zweiten Ranges, zu denen auch das Wiederaufbauministerium gehört. Man kann eben nicht alles für sich beanspruchen, wenn man keine absolute Mehrheit hat. Ich teile Ihre Bedenken in gewissem Grade. Es wird sehr wesentlich sein, daß Sie als Vorsitzender des Bundestagsausschusses genügenden Einfluß auf das Bundesministerium gewinnen und ausüben. Ich bin der Auffassung, daß wir für das nächste Baujahr zu einem anderen Gesetz kommen müssen auf Grund der Erfahrungen, die wir in diesem Jahre gesammelt haben[5].

Mit freundlichen Grüßen

Ihr ergebener

(Adenauer)

Nr. 274
7. Juli 1950 (Bonn): An *Emil Marx,* Wuppertal
StBKAH 10.04, mit ms. Vermerk »*Persönlich!*«

Sehr geehrter Herr Marx!

Ich erhielt Ihren Brief vom 6. Juli betr. Vorstandssitzung der Sozialausschüsse von Nordrhein-Westfalen[1]. Ich glaube, es ist viel richtiger, wenn ich nicht in Erscheinung trete, weil sonst gesagt werden könnte, daß ich aus persönlicher Abneigung gegen Herrn Arnold Stellung nehme. Ich empfehle Ihnen aber, Herrn Theodor Blank, Bochum, zu veranlassen zu kommen.
Mit freundlichen Grüßen

Ihr ergebener
(Adenauer)

Nr. 275
7. Juli 1950 (Bonn): An den nordrhein-westfälischen Finanzminister *Dr. Heinrich Weitz,* Duisburg
StBKAH 10.02, mit ms. Briefkopf wie Nr. 220

Lieber Herr Weitz!

Ich erhielt Ihren Brief vom 6. Juli[1]. Ich brauche Ihnen nicht zu wiederholen, daß ich es geradezu skandalös finde, daß man Ihnen einen unsicheren Wahlkreis gegeben hat. Ich glaube allerdings, daß Herr Dr. Müller keine schlechte Absicht gehabt hat. Ihm waren offenbar die Verhältnisse nicht bekannt. Ihnen ganz persönlich möchte ich aber sagen, ich kann mich nicht des Verdachtes erwehren, daß Herr Dr. Schreiber[2] die Verhältnisse hätte kennen müssen. Ich weiß, daß Herr Dr. Schreiber eine Zeitlang sehr im Kurs Arnold gelegen hat. Vielleicht gibt das eine Erklärung.
Ich halte mich von den Verhandlungen absichtlich völlig fern, um nicht den Eindruck einer persönlichen Gegnerschaft gegen Arnold hervorzurufen und um das Mitleidsgefühl mit Arnold nicht zu stärken[3]. Ich passe aber auf.
Ihrer Frau und Ihnen herzliche Grüße

Ihr
(Adenauer)

Nr. 276
10. Juli 1950 (Rhöndorf): An den nordrhein-westfälischen Ministerpräsidenten *Karl Arnold,* Düsseldorf
StBKAH III/18, mit ms. Vermerk »*Persönlich*«

Sehr geehrter Herr Ministerpräsident!

Ich habe keinen Augenblick geglaubt, daß etwa Sie oder eine Ihnen direkt untergebene Stelle Telefongespräche überhört oder Briefe geöffnet hat[1]. Ihre Ausführungen gingen aber ganz dahin, daß Telefongespräche überhört und daß Briefe geöffnet und dann wieder vorsichtig zugeklebt worden seien. Ich darf daher meine Bitte wiederholen. Sie richtet sich keineswegs gegen Sie, denn mit Recht schreiben Sie, daß es niemandem verboten sei, unabsichtlich erworbene Kenntnisse zu verwerten.

Mit vorzüglicher Hochachtung
(Adenauer)

Nr. 277
11. Juli 1950 (Bonn): An den 2. Vorsitzenden der CDU Westfalen, *Dr. Friedrich Holzapfel,* Bonn
StBKAH 10.03, mit ms. Briefkopf wie Nr. 271 und ms. Vermerk »*Persönlich*«

Lieber Herr Holzapfel!

Ich bitte Sie, im Hinblick auf den Urlaub, den ich auf Verlangen meiner Ärzte unbedingt in den nächsten Tagen antreten muß[1], die Interessen der Gesamtpartei bei der Bildung der Regierung in Nordrhein-Westfalen wahrzunehmen[2]. Ich lege Ihnen Durchschlag eines Schreibens an Herrn Schrage bei[3], aus dem Sie bitte alles Weitere ersehen wollen. Ich bitte Sie, sich mit Herrn Schrage unmittelbar in Verbindung zu setzen.
Mit bestem Dank und freundlichen Grüßen

Ihr ergebener
(Adenauer)

Nr. 278

11. Juli 1950 (Bonn): An Landrat *Josef Schrage,* Düsseldorf

Original in HStAD, RWN 85, Nr. 2, mit ms. Briefkopf wie Nr. 271 und ms. Vermerk »*Persönlich*«, Durchschlag an Dr. Friedrich Holzapfel, Bonn (vgl. Nr. 277)

Lieber Herr Schrage!

Ich bestätige unser heutiges Telefongespräch in Sachen der Regierungsbildung Nordrhein-Westfalen wie folgt: Die Fraktion hat einen Verhandlungsausschuß[1] gewählt, bestehend aus Ihnen, Herrn Dufhues[2], Herrn Johnen[3], Herrn Dr. Wolf, Herrn Flecken[4], Herrn Scholtissek.

Wie ich Ihnen bereits unter dem 30.6.[5] schrieb und wie ich unter Hinweis auf das Schreiben des Vorsitzenden des Deutschen Gewerkschaftsbundes, Herrn Dr. Böckler[6], an die Fraktionen der CDU, des Zentrums und der SPD Ihnen heute telefonisch wiederholt habe, ist die Frage der Regierungsbildung von Nordrhein-Westfalen noch in stärkerem Maße von Bedeutung für die CDU Deutschlands. Auch der Ausgang der Wahlen in Schleswig-Holstein[7] nötigt die Gesamtpartei, nach außen hin zu zeigen, daß sie ein starkes Eigenleben und eigenen Willen hat. Ich bin Ihnen dankbar dafür, daß Sie Ihre Zustimmung dazu erklärt haben, daß Herr Dr. Holzapfel als mein Bevollmächtigter an den Verhandlungen teilnimmt. Ich werde Herrn Dr. Holzapfel entsprechend benachrichtigen.

Mit freundlichen Grüßen

Ihr ergebener

(Adenauer)

Nr. 279

12. Juli 1950 (Bonn): An den Bundesminister für Angelegenheiten des Marshallplanes, *Franz Blücher,* Bad Godesberg

Original in BA, NL Blücher, Nr. 78, auf Kopfbogen des Bundeskanzlers, mit Eingangsstempel 12.7.1950

Sehr geehrter Herr Blücher!

Wie Sie wissen, werde ich am 13. Juli für etwa drei bis vier Wochen einen Erholungsurlaub antreten. Ich werde mich nach Bürgenstock in die Schweiz begeben[1]. In Anbetracht der außerordentlich gespannten Lage sehe ich mich jedoch leider nicht in der Lage, wie ich es gerne getan hätte, mich während dieser Zeit ganz von den Regierungsgeschäften zurückzuziehen. Ich werde daher ein kleines Büro, dem die Herren Ministerialrat Dr. Rust[2] und Oberregierungsrat Ostermann[3] angehören, mit nach Bürgenstock nehmen.

Ich wäre Ihnen dankbar, wenn Sie in meiner Vertretung hier die laufenden Geschäfte führen würden. Ich weiß, daß Sie nötigenfalls in bedeutsamen Fragen mit mir Verbindung aufnehmen werden[4]. Ich bin telefonisch auf einer besonderen Leitung jederzeit über die Nummer 041–68 375 zu erreichen. Nehmen Sie bitte für die Mehrarbeit, die mit meiner Vertretung verbunden sein wird, bereits im voraus meinen verbindlichen Dank.

Mit vorzüglicher Hochachtung
Ihr ergebener
(Adenauer)

Nr. 280
13. Juli 1950 (Rhöndorf): An den Bundestagsabgeordneten
Dr. Carl Schröter, Kiel
StBKAH 10.21

Sehr geehrter Herr Schröter!

Die Frage einer Koalitions-Regierung in Schleswig-Holstein, bestehend aus CDU etc. und SPD, habe ich mir überlegt[1]. Ich halte den Gedanken für falsch, und zwar namentlich aus allgemeinen Gründen. Wir werden dann auch in Nordrhein-Westfalen zu einer solchen Regierung kommen, demnächst in Hessen[2]. Ferner aber halte ich den Gedanken für falsch mit Rücksicht auf den von Ihnen in Schleswig-Holstein geführten Wahlkampf. Ich bitte Sie, sich darüber klar zu sein, daß Sie unmöglich für eine solche Koalitions-Regierung eintreten können. Sie würden dadurch völlig Ihr Gesicht verlieren und m. E. persönlich sich schwer schaden.
Ich füge noch hinzu, daß nach Radio- und Zeitungsmeldungen auch weder die SPD noch die Flüchtlingspartei[3] an eine Koalition mit Ihnen denkt. Der Ausfall der Wahl in Schleswig-Holstein ist für uns alle sehr schmerzlich. Man darf aber nicht jetzt die Nerven verlieren, sondern muß abwarten, was denn nun die Flüchtlinge erreichen.
Eine Koalition SPD/CDU etc. gegen die Flüchtlingspartei würde ich, auch aus allgemein politischen Gründen, für völlig falsch halten.
Ich bin eben im Begriff, abzureisen, wollte Ihnen aber das noch mitteilen.
Herzliche Grüße

Ihr
(Adenauer)

Nr. 281

17. Juli 1950 (Bonn): An den Geschäftsführenden Vorsitzenden der Alliierten Hohen Kommission, *Sir Ivone Kirkpatrick,* Bonn-Petersberg

AA, Noten an AHK, Bd. 9

Herr Hoher Kommissar[1]!

Im Namen der Bundesregierung beehre ich mich, Euerer Exzellenz folgendes zu unterbreiten:

Die Bundesregierung hat mit Genugtuung und Dankbarkeit von den Noten Kenntnis genommen, die die Regierungen der Vereinigten Staaten, des Vereinigten Königreichs und der Französischen Republik durch ihre Vertreter in Moskau am 14. Juli d. Js. der Sowjetregierung in der Angelegenheit der Zurückhaltung deutscher Kriegsgefangener und Zivilinternierter übersandt haben[2]. Die Bundesregierung ist gewiß, daß die Bereitwilligkeit, mit der die in der Alliierten Hohen Kommission vertretenen Mächte den wiederholten Bitten der Bundesregierung in dieser Frage entsprochen haben, im gesamten deutschen Volk ein tiefes und dankbares Echo finden wird. Ich wäre Euerer Exzellenz verbunden, wenn Sie der Alliierten Hohen Kommission und den in ihr vertretenen Regierungen meinen und der Bundesregierung aufrichtigen Dank für diesen Schritt zum Ausdruck bringen würden. Ich darf damit die Bitte verbinden, auch in Zukunft mit allen geeignet erscheinenden Mitteln für die Heimkehr der deutschen Kriegsgefangenen und Verschleppten einzutreten.

Genehmigen Sie, Herr Hoher Kommissar, den Ausdruck meiner ausgezeichnetsten Hochachtung.

gez. Adenauer

Nr. 282

19. Juli 1950 (Bürgenstock): An Vizekanzler *Franz Blücher,* Bonn

Original in BA, NL Blücher, Nr. 78, auf Kopfbogen des Bundeskanzlers, mit ms. Vermerk *»Persönlich!«,* Durchschlag mit Begleitschreiben vom 19.7.1950 an Heinrich Hellwege, Bonn (Original in dessen Besitz)

Sehr geehrter Herr Blücher!

Anliegend übersende ich Ihnen eine Notiz aus der »National-Zeitung« (Basel)[1]. Die »National-Zeitung« ist notorisch deutschfeindlich und auch unzuverlässig. Immerhin scheint Herr Seebohm doch einen Ausflug in das Gebiet der Auslandspolitik gemacht zu haben, der gefährlich ist und den er nicht hätte machen dürfen. Auch der Satz »Ein Asiate, ein Amerikaner und ein Europäer, denen Deutschland und Europa nichts bedeutet hätten, hätten damals das Selbstbestimmungsrecht der Völker mit Füßen getreten« würde, wenn er wirklich so gesprochen worden wäre, Herrn Seebohm unmöglich machen. Auch die offensichtliche Intimität mit Herrn Kolbenheyer[2] ist unmöglich. Ich bitte Sie, den Tatbestand in vorsichtiger Weise festzustellen und natürlich zuerst Herrn Seebohm darüber zu hören.

Ich gestatte mir, darauf hinzuweisen, daß vor einiger Zeit General Robertson sich in einem sehr höflich gehaltenen Schreiben sehr entschieden über Herrn Minister Seebohm beschwert hat[3]. Das Schreiben werden Sie bei der Verbindungsstelle erhalten können[4].

Mit vielen Grüßen

Ihr ergebener
(Adenauer)

Nr. 283

19. Juli 1950 (Bürgenstock): An den Bundesminister der Finanzen, *Fritz Schäffer,* Bonn

StBKAH III/21, mit ms. Vermerk *»Persönlich!«*

Lieber Herr Schäffer!

Bitte denken Sie bei dem auf Grund des Artikels 131[1] zu erstellenden Lastenausgleichsgesetz[2] an folgendes:

1) das Bundesinnenministerium, auch andere Kabinettsmitglieder, scheinen mir die schweren Folgen von Eingriffen in das Beamtenrecht nicht genügend zu würdigen[3]. Die Schaffung eines zuverlässigen Beamtenstandes ist aber unsere vornehmste Pflicht.
2) Die Zuerkennung von Rechten an Kommunalbeamte und Landesbeamte der entrissenen Gebiete zieht notwendiger Weise die gleichen Konsequenzen für alle anderen Vertriebenen nach sich.
3) Die Demokratische Partei hat weniger parteipolitisches Interesse an der Stimmung unserer Beamtenschaft als die CDU/CSU.

Aus den Zeitungsberichten habe ich einen ungefähren Eindruck von der schwierigen Lage, in die Sie m. E. dadurch geraten sind, daß seitens des Landwirtschaftsministeriums die ganze Frage der Subventionen des Brotpreises[4] nicht rechtzeitig trotz aller Ermahnungen und energisch angefaßt worden ist. Ich wiederhole in dem Zusammenhang nochmals meine Ihnen gegenüber schon mündlich ausgesprochene Bitte betreffend Herrn Niklas.

Wann werden Sie in Urlaub gehen?

Mit vielen Grüßen

Ihr ergebener
(Adenauer)

Nr. 284
22. Juli 1950 (Bürgenstock): An den Präsidenten des Vorstands der Philips-Werke (Eindhoven), *P.F.S. Otten,* Bürgenstock
StBKAH 10.04

Sehr geehrter Herr Otten[1]!

Zunächst danke ich Ihnen vielmals für die Zurverfügungstellung des Apparates, der ausgezeichnet ist und offenbar noch eine Fortentwicklung des Philips-Apparates vorstellt, den ich zu Hause habe.
Ich bin Ihnen sehr dankbar für die Erklärung bezüglich des Herrn Gase[2]. Es ist mir schon in Bonn von dem Sachbearbeiter, Ministerialdirektor Dr. Globke, mitgeteilt worden, daß hinsichtlich des Herrn Gase nichts vorliegt. Ich freue mich über die Bestätigung durch Sie. Falls Sie nichts dagegen haben, werde ich mir erlauben, gelegentlich Herrn Staatssekretär Gase hiervon Mitteilung zu machen. Übrigens ist Herr Gase ein sehr tüchtiger und energischer Mann.
In der Zwischenzeit ist mir sowohl der Name des Direktors und Erfinders bei der TEFI-Gesellschaft wie auch das eingefallen, was er als hauptsächlichsten Vorzug seiner Arbeit bezeichnete. Der Herr heißt Dr. Daniel[3]. Als den Hauptvorzug seiner Arbeit hob er neben dem endlosen Band, das, glaube ich, eine Spielzeit von 2 Stunden hatte, folgendes hervor: Bei jeder Grammophonplatte drückt der Stift ein wenig seitwärts infolge des Rundlaufs der Platte und der damit verbundenen zentrifugalen Kräfte. Dadurch trete einmal eine Abnutzung der Platte nach einer gewissen Zeit ein und ferner eine Unreinheit des Klanges. Bei seinem Apparat stehe der Stift, so erklärte er mir, völlig senkrecht, so daß die in das endlose Band eingezeichneten Tonzeichen weder irgendwie litten noch der Klang unrein werde.
Von Herrn Ministerialdirektor Blankenhorn hörte ich, daß er über die Unterredung mit Ihnen erfreut war. Ich danke Ihnen dafür.
Es wäre mir lieb, wenn ich Sie noch einmal sprechen könnte, ehe Sie abreisen. Es würde mich besonders interessieren, von Ihnen zu hören, in welcher Weise die Mitbestimmung der Arbeitnehmer bei Ihnen geordnet ist.
Ich danke Ihnen auch sehr dafür, daß Sie in so liebenswürdiger Weise Ihr Haus zur Verfügung stellen. Wenn ich einmal nach Holland komme, werde ich mir erlauben, Sie aufzusuchen.
Mit besten Empfehlungen an Ihre Frau und freundlichen Grüßen

Ihr sehr ergebener
(Adenauer)

Nr. 285
22. Juli 1950 (Bürgenstock): An den Vorsitzenden der SPD-Fraktion des Deutschen Bundestages, *Dr. Kurt Schumacher,* Bonn
StBKAH 12.27

Sehr geehrter Herr Doktor Schumacher!

Den in Ihrem Brief vom 20. Juli ds. Js. gemachten Vorschlag halte ich für sehr klug[1]. Ich habe das Herrn Vizekanzler Blücher auch mitgeteilt[2].
Mir wurde gestern von Bonn durchgesagt, daß Sie wünschen, Herrn Dr. Schöne[3] an Stelle von Herrn Dr. Veit[4] in den Schuman-Plan-Ausschuß zu berufen. Mit dieser Umbesetzung bin ich selbstverständlich einverstanden.
Meine Erholung macht gute Fortschritte. Hoffentlich werden auch Sie bald einmal Ferien machen.
Mit freundlichen Grüßen

Ihr ergebener
(Adenauer)

Nr. 286
24. Juli 1950 (Bürgenstock): An *Professor Dr. Paul Martini,* Bonn
StBKAH 10.17, mit ms. Vermerk *»Persönlich«*

Sehr geehrter Herr Professor[1]!

Ich habe Ihnen bisher nicht Bericht erstattet über den Aufenthalt hier, weil ich zunächst einmal abwarten wollte, wie er sich bei mir bemerkbar macht. Als ich kam, war ich außerordentlich angegriffen und müde, auch noch die ganze erste Woche. Seitdem verspüre ich aber eine merkbare Besserung. Der hiesige Arzt, Dr. Oettli[2], der übrigens mehrere Jahre Assistenzarzt in der Lindenburg in Köln war, er ist jetzt 66 Jahre alt, ist ein sehr vernünftiger Mann, der wenig Medikamente anwendet und, genau wie Sie, jede stärkere Reizwirkung, auch z. B. durch kaltes Wasser, zunächst wenigstens für mich nicht will. Er hat mir jetzt 3 Mal Strophantin 1/4 Milligramm, also eine sehr geringe Dosis, mit einer besonderen Zuckerlösung gespritzt. Wie mir scheint mit Erfolg.
Im übrigen empfiehlt er mir Ruhe und nochmals Ruhe und zum 3. Mal Ruhe. Diesem Rat folge ich recht gewissenhaft. Ich halte mir auch Besucher möglichst fern. Arbeite auch so wenig als möglich. Natürlich kann man in diesen unruhigen Zeiten und in meiner Stellung sich nicht ganz der Arbeit fernhalten.

Ich glaube, daß ich mit dem Aufenthalt zufrieden sein kann. Wie lange ich bleibe, weiß ich noch nicht. Es hängt das ab von der allgemeinpolitischen Entwicklung. Ich bleibe jedenfalls, Ihrem Rate entsprechend, so lange als möglich.
Vor einigen Tagen war Herr Heuss bei mir[3]. Ich sprach mit ihm über die Betreuung der Wissenschaften im Bundeskanzleramt[4]. Herr Heuss sagte mir, daß die Herren des Präsidiums des Forschungsrates[5] ihm gelegentlich der Tagung einen Besuch machen würden. Ich empfehle, auch Herrn Heuss gegenüber Ihre Wünsche nochmals stark zum Ausdruck zu bringen. Er hat zwar als Bundespräsident nichts damit zu tun und keine Entscheidung zu treffen, aber sein Wort gilt doch etwas bei seiner Fraktion und den demokratischen Mitgliedern des Kabinetts.
Mit herzlichen Grüßen bin ich Ihr sehr ergebener

(Adenauer)

Nr. 287
24. Juli 1950 (Bürgenstock): An Regierungspräsident *Dr. Alois Zimmer*, Montabaur
StBKAH 10.03, mit ms. Briefkopf wie Nr. 220 und ms. Vermerk *»Persönlich«*

Lieber Herr Zimmer[1]!

Hier, wo man mehr Zeit zum ruhigen Nachdenken hat als in Bonn, geht mir die Zukunft unserer Partei sehr durch den Kopf. Ich finde, daß man zur Zeit unserer Partei folgende Mängel sehr anmerkt:
1. Sie ist sehr schnell aus verschiedenartigsten Elementen entstanden. Es schwindet die einheitliche weltanschauliche Grundlage, jedenfalls tritt sie zurück.
2. Die politische Lage in Deutschland hat es mit sich gebracht, daß zunächst die einzelnen Landesparteien entstanden sind und daß so – abgesehen vielleicht von der britischen Zone, aber auch dort ist es nicht so, wie es sein sollte – die Landesparteien eine zu große Selbständigkeit beanspruchen. Auf der gleichen Entwicklung beruht es, daß die Fraktionen in den Länderparlamenten eine zu selbständige Politik, sogar gegenüber ihren eigenen Landesparteien, treiben. Endlich marschiert die Bundestagsfraktion ganz selbständig. So bieten wir viel zu wenig das Bild einer großen, geschlossenen Partei, die weiß, was sie will, und die in den großen politischen Fragen einer einheitlichen Linie folgt.

Aus alldem ergibt sich folgendes:
Bei der Schaffung des Statuts[2] und bei dem ganzen Aufbau der neuen Organisation wird eine stärkere Zusammenfassung und Zentralisation unbedingt notwendig sein. Ich rede keinem »Führer« der Partei das Wort, wohl aber einem Führungsgremium der Gesamtpartei, das auf die Landesparteien und je nachdem auf die Landtagsfraktionen mit Nachdruck einwirken kann. Ich wäre Ihnen dankbar, wenn Sie gerade diesem Fragenkomplex bei der Beratung des Statuts Ihre besondere Aufmerksamkeit widmen würden[3].

3. Wir haben alle möglichen Ausschüsse – Sozialausschüsse, Wirtschaftsausschüsse, die Junge Union, Frauenausschüsse –, die, wie mir scheint, in engere Verbindung mit der Gesamtleitung gebracht werden müßten mit der zukünftigen Parteizentrale. Wir erleben sonst, daß von irgendeiner Stelle eine Forderung aufgestellt wird, die nachher die ganze Partei in die peinlichste Situation bringt. Das Wesen dieser Sonderorganisationen, ihre Rechte und ihre Pflichten gegenüber der Gesamtpartei müßte wohl ebenfalls genauer umschrieben werden.
4. Ich bitte Sie, auch die Frage zu überlegen, was mit der Jungen Union geschehen soll? Sie scheint mir in vielen Gegenden überhaupt nicht existenzwert zu sein, während sie in anderen anscheinend lebendig ist und etwas bedeutet.
5. Auch die Frauenorganisationen scheinen mir einer Nachprüfung sehr zu bedürfen. Ich habe gerade von führenden CDU-Frauen sehr lebhafte Klagen gehört.

Mit herzlichen Grüßen Ihr
(Adenauer)

Nr. 288

25. Juli 1950 (Bürgenstock): An Vizekanzler *Franz Blücher,* Bonn

Original in BA, NL Blücher, Nr. 78, auf Kopfbogen des Bundeskanzlers, mit ms. Vermerk *»Persönlich!«*, laut hs. Notiz Zimmermann auf Durchschlag (StBKAH III/21) »ab durch Kurier 26.7.50«

Lieber Herr Blücher[1]!

Aus den deutschen Zeitungen ersehe ich, welche Schwierigkeiten Sie gehabt haben, um dem Durcheinander bezüglich der Preise für Brot und Fett Herr zu werden. Ich bin sehr froh, daß es Ihnen schließlich gelungen ist. Das Ganze verdanken wir ja der mangelnden Vorbereitung durch das Ernährungsministerium[2].

Die Verhältnisse in Nordrhein-Westfalen machen mir sehr große Sorge[3]. Ich verrate Ihnen wohl kein Geheimnis, wenn ich die Ansicht ausspreche, daß Herr A[rnold] bewußt und mit größtem Geschick auf eine Koalition CDU/Zentrum hinsteuert, um im geeigneten Augenblick die SPD mit hereinzunehmen, wenn auch erst im Laufe eines halben Jahres. Er benützt dazu die Tatsache, daß sich die CDU-Fraktion in begreiflichem Ärger über den Mißbrauch, den Herr Menzel jahrelang getrieben hat, von vorneherein, sogar schon vor den Wahlen, verschworen hat, unter allen Umständen das MdI für sich zu beanspruchen[4]. Ich glaube, daß wohl auch die FDP mit dieser Tatsache rechnen muß. Sie ist psychologisch bei der CDU zu erklären, und ich halte es für unmöglich, sie davon abzubringen. Ich wäre Ihnen sehr dankbar, wenn Sie Ihren Herren klarmachen würden, daß das Finanzministerium in gewisser Hinsicht genauso wichtig ist, wie das Ministerium des Innern, und daß es wohl sehr klug wäre, wenn die FDP dieses für sich beanspruchte[5]. Sie haben dann die Möglichkeit, Ihren Einfluß auch gegenüber Amelunxen[6] geltend zu machen. Ich bitte also sehr dringend, mit Ihren Herren zu sprechen. Wenn Sie es für richtig halten, daß ich Herrn Middelhauve schreibe, so geben Sie mir unverzüglich telefonisch Nachricht. Natürlich dürfen Sie von dem Inhalt dieses meines Briefes auch Herrn Middelhauve gegenüber Gebrauch machen[7].

Mit vielen Grüßen und besten Wünschen Ihr sehr ergebener

(Adenauer)

Nr. 289

26. Juli 1950 (Bürgenstock): An *Dr. Robert Pferdmenges,* Köln-Marienburg

StBKAH 10.11

Lieber Herr Pferdmenges[1]!

In der Frage der Braunkohle muß man, wie ich glaube, vorsichtig sein. Wenn man die Braunkohle mit hereinnimmt, kommt auch die Energie-Versorgung mit herein. Das halte ich nicht für richtig, weil sich die ganze Situation dadurch zu sehr kompliziert[2]. Ich werde voraussichtlich Herrn Monnet nächste Woche auf dem Bürgenstock sehen[3] und dann über die Angelegenheit mit ihm sprechen. Nachgeben kann man ja noch immer. Ich glaube, daß die Steinkohle so darauf dringt, daß die Braunkohle mit hineinkommt, weil sie fürchtet, von ihr in gewissen Beziehungen sonst überflügelt zu werden. Das ist natürlich ein sehr egoistischer Gesichtspunkt.

Ich bin jetzt fast 14 Tage hier, genau genommen 12 Tage. Trotzdem ich ganz in meinen Amtsgeschäften verhaftet bin und auch sonst durch Zeitungen usw. jeden Tag doch eine gewisse Zeit arbeiten muß hier – wenn auch nicht zuviel –, fühle ich mich doch schon erholt. Ich werde aber, wenn die politische Lage es irgendwie zuläßt, doch dem dringenden Verlangen von Prof. Martini und des hiesigen Arztes folgen und eine Woche zugeben, d. h. bis 10. August bleiben. Herbst und Winter werden ja hart und schwer werden.
Ich hoffe, daß, wenn das Parlament Ferien macht, auch Sie einige ruhige Wochen bekommen. Mein Tag verläuft sehr regelmäßig und sehr zurückgezogen. Zur Zeit sind Reiners[4] aus Mönchen-Gladbach bei mir.
Ihrer Frau und Ihnen herzlichste Grüße. Wie immer Ihr
(Adenauer)

Nr. 290
26. Juli 1950 (Bürgenstock): An den nordrhein-westfälischen Finanzminister *Dr. Heinrich Weitz,* Duisburg
StBKAH 10.04

Lieber Herr Weitz[1]!

Haben Sie vielen Dank für Ihren Brief vom 20. Juli. In der Zwischenzeit hat ja die Fraktion Sie verlangt, endlich und zu meiner Freude. Bitte halten Sie sich jetzt dran und sorgen Sie, daß auf irgendeine Weise die Sache in Ordnung kommt. Sie und die FDP müssen ins Kabinett, auch wenn Sie einen Minister mehr schaffen sollten für die FDP[2]. Die Sache ist zu wichtig. Herr A[rnold] braucht starke Männer zur Seite.
Ich erhole mich hier gut. Ich werde aber voraussichtlich bis zum 10. August bleiben müssen, wenn die politische Lage es mir irgendwie erlaubt.
Ihrer Frau und Ihnen recht herzliche Grüße, auch von meiner Tochter

Ihr
(Adenauer)

Nr. 291

26. Juli 1950 (Bürgenstock): An Regierungspräsident *Dr. Alois Zimmer,* Montabaur

StBKAH 10.03, mit ms. Briefkopf wie Nr. 220

Lieber Herr Zimmer!

Ich erhielt Ihren Brief vom 21.7. ds.Js.[1]

1) Herr Blankenhorn hatte meines Wissens mit Herrn Hopmann[2] gesprochen. Es handelte sich darum, daß Herr Hopmann sich für eine gewisse Zeit beurlauben ließe, um bei der ersten Einrichtung bei uns tätig zu sein und damit wir in Ruhe einen geeigneten Herren suchen können.
2) Sie werden in der Zwischenzeit meinen Brief vom 24. Juli erhalten haben[3].
3) Berlin kommt als Ort des Parteitages nicht in Frage. Wie sollen die Leute denn nach Berlin kommen? Es kommt nach meiner Meinung Heidelberg in Frage, vorausgesetzt, daß dort die notwendigen Unterkünfte geschaffen werden können[4].
4) Bitte arbeiten Sie weiter wie bisher und treten Sie auch mit der CSU in Verbindung. Wenn Sie mit der CSU Fühlung nehmen, so unterrichten Sie bitte vor allem Herrn Finanzminister Schäffer.
5) Was die Referate angeht, so sollte man m.E. nach Referenten Umschau halten, die nicht aktive Politiker sind, damit die Referate sich über das übliche Tagesniveau erheben und grundsätzlicher Natur werden[5]. Sozial- und Wirtschaftspolitik werden ja wohl zwei Referate werden müssen[6]. Ich werde über die Frage der Referenten nachdenken und komme darauf zurück.

Es geht mir gut, und ich hoffe bestimmt, ganz in Ordnung wieder zurückzukehren.

Mit herzlichen Grüßen Ihr

(Adenauer)

Eingeg. 26.7.50

Hotel Kronenhof
Pontresina, Engadin

Den 24. Juli 1950.

Herrn Bundeskanzler
Dr. Konrad Adenauer,
<u>Bürgenstock</u>.

Lieber Herr Dr. Adenauer,

Seit vorgestern bin ich mit meiner Familie in Pontresina, Hotel Kronenhof. Mein jüngster Sohn ist mit seiner Familie in Mexico City.

Es ist kühl und ruhig hier, also sehr angenehm. Ich bin sicher, dass Sie auf dem Bürgenstock dieselben Annehmlichkeiten finden werden, und Sie gestärkt und beschaulich sich über die täglichen Unannehmlichkeiten hinweg setzen, um die grossen Ziele der Weltzusammenarbeit verfolgen können.

Die Unterhaltung mit Ihnen in Bonn war ehrenvoll und bringt Gewinn. Ich habe noch viel über dieselbe nachgedacht.

Der Schuman Plan kann wirtschaftlich sehr bedeutend werden. C a r t e l hat keinen guten Wiederhall in Amerika, I n t e g r a t i o n hört sich besser an. Sie haben sicher die beiden Artikel von Professor Röpke in der Züricher Zeitung gelesen. Mit der Wirtschaft ist es aber nicht allein getan ! Sie nannten politische Vorteile für alle Teilnehmer; welche erwähnten Sie nicht. Es muss aber etwas getan werden, das die Phantasie der Bürger der einzelnen Vertragsnationen anregt. Wirtschaft ist nicht sofort greifbar. (verständlich)

Ich bin der Ansicht, dass ein Europa-Pass den Bürgern zeigen wird, dass etwas Besonderes entschieden und eine Zusammengehörigkeit der Bürger der verschiedenen Nationen entstanden ist. Details müssen ausgearbeitet werden. Aber das psychologische Moment wird gross sein.

Ich habe hierüber mit General Taylor in Berlin gesprochen, der die Idee für sehr gut hielt.

Am letzten Donnerstag frühstückte ich mit van Zeeland in seinem Büro im Auswärtigen Amt, der sehr dafür eingenommen ist, und mir sagte, dass man davon schon in Paris gesprochen hätte. Er wusste aber nicht wann und wie.

Dannie N. Heineman an Adenauer
(zu Dok. Nr. 292, Anm. 1 und 2)

Churchill hatte am Anfang des letzten Krieges eine gemeinsames Bürgerrecht für Engländer und Franzosen vorgeschlagen.

Ein Europa-Pass soll das Bürgerrecht nicht berühren aber die Phantasie der Bürger aufrühren. Die Russen werden wohl nicht zufrieden sein... Frankreich, Deutschland, Belgien, Italien und die nordische Länder haben zusammen ungefähr 190 Millionen Einwohner und mit England 240 Millionen. Vor 120 Jahren, zählte Europa vom Ural bis zu Gibraltar nur 180 Millionen Einwbhner. Die Einwohner-Zahl der Vereinigten Staaten beläuft sich heute auf ungefähr 153 Millionen. In einem handschriftlichen Brief (den ich besitze) vom Jahre 1812 von Thomas Jefferson an Alexander von Humboldt schreibt Ersterer, dass er sich wohl vorstellen könne, dass die Vereinigten Staaten in vielen, vielen Jahren eine Einwohnerzahl von 50 Millionen haben würden. Jefferson war zu konservativ in seinem Voranschlage.

Staaten mit etwas weniger oder mehr als 190 Millionen Einwohner, die einen Europa-Pass haben, können sehr eindrucksvoll wirken, für ihre angehörigen Bürger, sicherlich in den Vereinigten Staaten, und vermutlich in Russland. Ich hatte schon in Juni 1940 Ähnliches vorgeschlagen, mit Rücksicht auf die kommende russische Gefahr.

Lord Swinton erzählte mir kürzlich die Unterhaltung die Sie mit dem kommandierenden englischen General nach dem ersten Kriege in Köln hatten. Die Erzählung stimmt genau mit der Ihrigen.

Ich habe Herrn Oberbürgermeister Reuter in Berlin getroffen. Er kam von einer Conferenz mit Ihnen in Bonn zurück. Er wusste, dass ich bei Ihnen war. Falls man wirtschaftlich arbeitet, kann sich die B e w a g erholen.

Ich habe van Zeeland mitgeteilt, dass Sie nicht abgeneigt werden, die Grenzberichtigung zu discutieren. Van Zeeland war sehr zufrieden und sagte, dass falls man zu einer Verständigung käme, er sehr bereit wäre Unterhaltungen zu führen, für eine weitere Verständigung,welche weiss ich nicht. Er fügte hinzu, dass Frankreich und Holland folgen würden. Die Botschaft hör' ich gern und es fehlt mir n i c h t der Glaube.

Meine Frau lässt Sie bestens grüssen. Grüssen Sie Herrn Dr. und Frau Weizmann von uns. Bleiben Sie so lange in den Ferien bis Sie vollständig hergestellt sind. Die Verbindungen Bürgenstock-Bonn sind leicht hergestellt.

Wie stets I h r,

DHeineman

H/YJ.

D.N. Heineman

Nr. 292

28. Juli 1950 (Bürgenstock): An *Dannie N. Heineman,* Pontresina/Engadin

StBKAH 10.12

Lieber Herr Heineman[1]!

Heute vor 14 Tagen bin ich hierher gekommen und es scheint, daß ich mich gut erhole. Ich finde Bürgenstock viel schöner, als ich erwartet hatte. Es ist auch nicht so heiß hier, wie ich befürchtet hatte.

Den Gedanken des Europa-Passes[2] werde ich im geeigneten Augenblick in die Debatte werfen[3]. Man darf es nicht zu früh tun, weil ja immer wieder auch jetzt noch – trotz des Ernstes der Lage – manche Widersacher gegen den Europa-Gedanken ihre Stimme erheben.

Herr Weitzmann[4] ist so krank, daß er niemanden empfängt. Wenn er sich erholen sollte und ich ihn sprechen kann, will ich gern Ihre Grüße ausrichten.

Ich hoffe, hier bleiben zu können bis 10. August, dann muß ich unbedingt wieder nach Bonn.

Grüßen Sie Ihre Frau recht herzlich und seien Sie vielmals gegrüßt von

Ihrem

(Adenauer)

Nr. 293

31. Juli 1950 (Bürgenstock): An *Dr. Ferdinand Rothe,* Tegernsee

StBKAH 10.17

Lieber Herr Rothe[1]!

Gestern kam der Vollradser an. Ein wundervoller Tropfen. Sie haben Recht, Ihre Großmutter würde diesen Wein nicht dem Krankenhaus geschickt haben. Um so dankbarer bin ich, daß der Enkel Ihrer Großmutter sie dem Rekonvaleszenten schickt.

Ich erhole mich hier ziemlich schnell. Ich fürchte, ich werde im Herbst und Winter alle Kräfte brauchen können.

Es wird Sie vielleicht freuen zu hören, daß die Frankfurter Allgemeine Zeitung, der Sie ja doch noch indirekt nahe stehen, wohl eine der besten deutschen Zeitungen ist[2]. Verlassen Sie sie nicht.

Mit herzlichen Grüßen

Ihr ergebener

(Adenauer)

Nr. 294
14. August 1950 (Bonn): An die Junge Union im CDU-Landesverband Hannover
StBKAH 10.03, mit hs. Notiz Arenz »ab 15.8.50«

Liebe Parteifreunde!

Ich erhielt Ihren Brief vom 31. Juli nebst Anlage[1]. Die augenblickliche außenpolitische Situation ist so schwierig, daß es sich wohl nicht empfiehlt, wenn in Deutschland überall öffentliche Kundgebungen zu der sehr gefährlichen Lage erlassen werden. Ich rate Ihnen daher, von einer Veröffentlichung abzusehen.
Mit freundlichen Grüßen (Adenauer)

Nr. 295
17. August 1950 (Rhöndorf): An Oberpräsident a. D. *Johannes Gronowski*, Bad Driburg
StBKAH 10.21, Durchschlag an Erich Schmalz[1], Köln

Lieber Herr Gronowski!

Wie ich höre, haben Sie auf den 21. August eine Sitzung Ihres Parteivorstandes einberufen, um die Begebenheiten in Düsseldorf zu besprechen[2]. Ich hatte auf Grund der nicht vollständigen Nachrichten, die ich nach dem Bürgenstock bekommen hatte, gebeten, zum 17. August die beiden Parteivorstände von Nordrhein und von Westfalen nach Bonn einzuladen. Ich habe aber nach meiner Rückkehr absagen müssen, weil ich am gleichen Tage eine sehr wichtige Besprechung mit den Hohen Kommissaren auf dem Petersberg habe[3].
Gestern waren nun bei mir die Herren Abgeordneten Flecken und Johnen, wie sie sagten, im Auftrage oder mit Wissen von Herrn Schrage, um mir vorzuschlagen, ich möchte einige Herren, darunter Herrn Arnold, zusammenrufen, um mit ihnen die Angelegenheit zu besprechen. Ich habe den Herren gesagt, daß ich im Hinblick auf Ihre bevorstehende Vorstandssitzung das nicht tun möchte[4].
Meine Eindrücke aus dem Gespräch mit diesen Herren und aus sonstigen Nachrichten sind folgende:
Die Angelegenheit ist denkbar ungeschickt gelaufen. Inwieweit auf einer Seite zu viel Vertrauen und Glauben, auf der anderen Seite zu wenig Zuverlässigkeit mitspielt, lasse ich dahingestellt. Jedenfalls habe ich die

Überzeugung, daß, falls Herr Arnold vor seiner Wahl zum Ministerpräsidenten mit dem Zentrum gesprochen hätte wegen dessen Beteiligung an der Regierung, und wenn er gesagt hätte, daß seine Wahl von einer zustimmenden Erklärung des Zentrums abhängig sei, das Zentrum ihm bestimmt zugesagt hätte. Das ist aus mir unbegreiflichen Gründen unterlassen worden. Nun haben wir diese katastrophale Lage, durch die unsere Partei aufs schwerste geschädigt wird – ich höre zuverlässig von zahlreichen Austritten aus der Partei –, durch die das Vertrauen der Wähler, die ja ganz unzweideutig gestimmt haben, schmählich enttäuscht wird[5].

Ich habe mich absichtlich bisher von allem völlig ferngehalten, damit nicht wieder die alte Geschichte ins Feld geführt würde, daß ich persönlich etwas gegen Herrn Arnold hätte. Meine Tätigkeit hat sich darauf beschränkt, in der gemeinsamen Vorstandssitzung anwesend zu sein, in der Sie den Vorsitz führten und in der darauf folgenden gemeinsamen Vorstandssitzung, nachdem die Angelegenheit Dr. Müller–Arnold[6] sich ereignet hatte, den Vorsitz zu übernehmen.

Ich glaube aber, daß wir doch die Dinge von Partei wegen nicht so weiterlaufen lassen können. Für mich ist die Angelegenheit im Grunde genommen recht klar: Herr Arnold hat sich zum Ministerpräsidenten wählen lassen von einer Mehrheit, bestehend aus CDU, FDP und Zentrum, und damit hat er den Auftrag angenommen, eine Regierung, bestehend aus Mitgliedern dieser drei Parteien, zu bilden. Wenn ihm das nicht gelingt oder wenn er das nicht will, erfordert es die politische Korrektheit, daß er eben sein Mandat zurückgibt.

Ich bin aber nach wie vor der Auffassung, daß es Herrn Arnold möglich sein wird, das Zentrum zu gewinnen, wenn er den Mitgliedern des Zentrums nachdrücklichst erklärt, daß er sonst sein Mandat zurückgeben muß. Äußerstenfalls käme noch in Frage, daß Herr Arnold eine Regierung bildet aus CDU und FDP und dem Zentrum einen Sitz offen läßt, bis das Zentrum sich besinnt. Für ganz unerträglich halte ich es, daß durch den Verlauf der Verhandlung mit dem Zentrum diesem die ausschlaggebende Rolle bei der Bildung der Regierung in die Hand gegeben wurde. Es geht doch wirklich nicht an, daß, wenn das Zentrum heute ja sagt, morgen eine Regierung entsteht, und wenn es nein sagt, alles so bleibt wie bisher und unsere Partei der Gefahr einer schweren Krise ausgesetzt wird.

Ich wäre Ihnen sehr dankbar, wenn Sie mich von dem Ergebnis Ihrer Vorstandssitzung in Kenntnis setzen würden.

Mit herzlichen Grüßen

Ihr ergebener

(Adenauer)

Nr. 296

24. August 1950 (Bonn): An den Geschäftsführenden Vorsitzenden der Alliierten Hohen Kommission, *John J. McCloy,* Bonn-Petersberg

AA, Noten an AHK, Bd. 10

Herr Hoher Kommissar!

Am 6. Juli 1950 wurde zwischen den Regierungen der sogenannten Deutschen Demokratischen Republik und der Republik Polen ein Abkommen[1] geschlossen, durch das die sogenannte Oder-Neiße-Linie als Staatsgrenze zwischen Deutschland und Polen anerkannt wird. Der Wortlaut dieses Abkommens ist in der Anlage in Übersetzung beigefügt.

Die Bundesregierung legt gegen dieses Abkommen Verwahrung ein. Sie stützt sich dabei auf folgende Rechtsgründe:

Nach den Erklärungen der Alliierten vom 5. Juni 1945[2] hat Deutschland nicht aufgehört, als Staat nach dem Gebietsstand vom 31. Dezember 1937 zu bestehen[3]. Das Gebiet östlich der Oder und Neiße ist demnach ein Teil Deutschlands. Wenn dieses Gebiet gemäß dem Potsdamer Abkommen[4] als Teil der sowjetischen Besatzungszone der Republik Polen zur einstweiligen Verwaltung übergeben wurde[5], so geschah dies unter dem Vorbehalt, daß der Gebietsstand Deutschlands nur durch einen Friedensvertrag geändert werden kann. Die Regierung der sogenannten Deutschen Demokratischen Republik ist nicht berechtigt, vertragliche Bindungen einzugehen, die dem Friedensvertrag vorgreifen und die auch beim Abschluß eines Friedensvertrages nur von einer auf freie demokratische Wahlen sich stützenden und den Mehrheitswillen des deutschen Volkes verkörpernden Regierung eingegangen werden können. Diese Voraussetzung wird von der provisorischen Regierung der Deutschen Demokratischen Republik in keiner Weise erfüllt. Die Regierung der Bundesrepublik Deutschland betrachtet daher das obengenannte Abkommen über die Festlegung der Staatsgrenze zwischen Deutschland und Polen als rechtswidrig und ungültig.

Ich bitte Sie, Herr Hoher Kommissar, vorstehende Erklärung den alliierten Regierungen sowie allen Regierungen zur Kenntnis bringen zu wollen, mit denen die alliierten Mächte Beziehungen unterhalten[6].

Genehmigen Sie, Herr Hoher Kommissar, den Ausdruck meiner ausgezeichnetsten Hochachtung.

gez. Adenauer

Nr. 297

24. August 1950 (Bonn): An Landrat *Josef Schrage,* Düsseldorf

Original in HStAD, RWN 85, Nr. 2, mit ms. Briefkopf wie Nr. 220 und ms. Vermerk *»Persönlich«,* Abschrift an Adolf Flecken, Neuss; Wilhelm Johnen, Jülich, und den CDU-Landesverband Westfalen

Sehr geehrter Herr Schrage!

Ihrem Wunsche entsprechend[1] habe ich mit Herrn Ministerpräsident Arnold vor der Sitzung des rheinischen Vorstandes gesprochen[2]. Ich hatte nicht den Eindruck, daß dieses Gespräch sehr positiv zu werten ist in dem Sinne, daß unter allen Umständen möglichst schnell dem Willen der Mehrheit der Partei und der Parteivorstände genüge geschehen soll. Über den Verlauf der rheinischen Vorstandssitzung ist ein Kommuniqué herausgegeben worden, das nur zum Teil zutreffend ist[3]. Es trat der Wille des überwiegenden Teiles der Anwesenden, unter keinen Umständen eine Regierung mit der SPD zu bilden, klar zu Tage. Auch war der überwiegende Teil der Anwesenden des Willens, wenn das Zentrum sich weiter versage, eine Regierung mit der FDP zu bilden, obgleich Herr Ministerpräsident Arnold erklärte, daß er das nicht tun werde. Herr Heinemann hat dann festgestellt, daß wohl die Äußerung Arnolds so zu verstehen sei, daß, wenn es ihm nicht gelinge, eine Koalitionsregierung CDU-FDP-Zentrum zustande zu bringen, er sein Mandat als erledigt betrachte und zurückgeben werde. Diese Feststellung des Herrn Heinemann hat Herr Arnold ausdrücklich bejaht.
Mir scheint bei der Verworrenheit der ganzen Situation, wenn nicht doch eine Regierung CDU-FDP-Zentrum zustande kommt, eine Einberufung der *Delegierten*‹versammlung›[a] beider Parteien nötig zu sein. Die Partei leidet sonst unter diesen Verhältnissen zu sehr Schaden. Eine Mitteilung in der Kölnischen Rundschau, daß die Verhandlungen Arnolds wohl aussichtslos sein würden und daß die Schuld an der FDP liege, soll, wie ich höre, aus der Umgebung des Herrn Ministerpräsidenten Arnold kommen. Daß er sie beeinflußt haben soll, ist nicht gesagt worden. Ich teile Ihnen das zu Ihrer Unterrichtung mit und bitte, auch den geschäftsführenden Vorstand und die Verhandlungskommission entsprechend zu verständigen. Abschrift dieses Briefes schicke ich noch besonders den Herren Flecken[4] und Johnen sowie unseren westfälischen Freunden.
Mit freundlichen Grüßen

(Adenauer)

Nr. 298
25. August 1950 (Bonn): An *John H. Freeman,* Honnef
StBKAH 10.10, mit hs. Notiz Zimmermann »ab durch Boten 25.8.50«

Sehr geehrter Herr Freeman!

Ich bestätige mit Dank den Eingang Ihres Schreibens vom 22.8.50[1]. Die Tatsache, daß Sie über meinen Wunsch nach Errichtung einer Bundesschutzpolizei nicht rechtzeitiger unterrichtet wurden, ist auf eine Kette von unglücklichen Umständen zurückzuführen. Sie haben in der letzten Woche vor und nach dem Interview, das ich dem Vertreter der »New York Times« gegeben habe, mehrfach mit Herrn Wirmer gesprochen. Herr Wirmer war weder über meine Auffassung in dieser Frage noch über den Inhalt des an Herrn Raymond gegebenen Interviews unterrichtet; er konnte Ihnen deshalb eine sachliche Auskunft nicht geben. Wäre er unterrichtet gewesen, so hätte er Ihnen die Kenntnis dieser Dinge sicher nicht vorenthalten. Sie haben dann Samstag, den 19.8., morgens von Herrn Blankenhorn, der Sie infolge starker Beanspruchung am Freitag, den 18.8., nicht empfangen konnte, die wesentlichen Einzelheiten erfahren.
Ich habe bedauert, daß diese Angelegenheit so unglücklich gelaufen ist. Ich bitte Sie aber zu verstehen, daß es sich bei keinem der auf deutscher Seite beteiligten Herren darum handelte, Sie von einer wichtigen Nachricht auszuschließen.
Ich hoffe, daß wir recht bald eine Gelegenheit zu einer der ausführlichen Aussprachen haben, die sich in der Vergangenheit im beiderseitigen Interesse immer als so nützlich erwiesen haben.
Ich lege auf fortgesetzte und gute Unterrichtung der »Times« selbstverständlich großen Wert. Ich möchte aber dem ein persönliches Wort hinzufügen. Ich habe Sie und Ihre Gattin kennen- und schätzengelernt, und wegen der Hochschätzung, die ich gegen Sie beide habe, lege ich besonderen Wert darauf, daß zwischen Ihnen und mir ein ungetrübtes Verhältnis besteht[2]. Es tut mir aufrichtig leid, daß Sie einen anderen Eindruck gehabt haben, und ich bitte Sie, überzeugt davon zu sein, daß jede böse Absicht auch seitens eines meiner Herren völlig ferngelegen hat. Ich werde mir erlauben, Sie im Laufe der nächsten Woche zu mir zu bitten.
Mit verbindlichen Grüßen an Ihre Gattin und Sie

Ihr sehr ergebener
(Adenauer)

Nr. 299
26. August 1950 (Rhöndorf): An den nordrhein-westfälischen Ministerpräsidenten *Karl Arnold,* Düsseldorf

StBKAH 08.64/10.03, mit eigenhändig korrigiertem Entwurf Adenauers, Durchschlag an Dr. Bruno Six[1], Düsseldorf

Sehr geehrter Herr Ministerpräsident!

Aus der Presse entnehme ich heute, daß Sie anläßlich des deutschen Schneidertages in Köln in einer Rede zu Problemen Stellung genommen haben, die aufs engste mit der internationalen Politik verknüpft sind[2]. Sie haben in dieser Rede die Forderung nach Aufhebung der noch bestehenden Restriktionen als Voraussetzung einer echten europäischen Zusammenarbeit erhoben und in diesem Zusammenhang auch die Entlassung der in Frankreich verbliebenen deutschen Gefangenen, die in Kriegsverbrecherprozesse verwickelt sind, und die Revision des Urteils gegen den früheren Staatssekretär v. Weizsäcker[3] gefordert.
Ich darf Ihnen in aller Offenheit sagen, daß diese Rede der Sache nicht genützt hat. Die Bundesregierung steht seit Monaten in schwierigen Verhandlungen über die Freigabe unserer Gefangenen in Frankreich. Sie hat die Frage der Revision des Urteils im Weizsäckerprozeß mit dem amerikanischen Hohen Kommissar ebenfalls mehrfach erörtert. Es bestand die Aussicht, in allen diesen Fragen gute Ergebnisse zu erzielen. Voraussetzung war allerdings, daß sie nicht zum Gegenstand öffentlicher Diskussionen gemacht würden; denn wie Sie wissen, haben wir sowohl in Amerika als auch in Frankreich mit einer öffentlichen Meinung zu rechnen, die derartige Äußerungen so auslegt, ‹als ob die anderen Länder ein Unrecht begangen hätten.›[a]
Ich muß mich auf das Eindringlichste dagegen wehren, daß der Ministerpräsident eines Landes derartige Ausführungen macht, die weit über seine Zuständigkeit hinausgehen; denn mit dieser Rede in Köln sind nach meiner Meinung in höchst unzweckmäßiger Weise außenpolitische Fragen angeschnitten worden, die nach dem Grundgesetz ausschließlich in den Bereich und die Verantwortung der Bundesregierung gehören[4].

Mit vorzüglicher Hochachtung
Ihr ergebener
(Adenauer)

Nr. 300
28. August 1950 (Rhöndorf): An Oberbürgermeister *Dr. Ernst Schwering*, Köln
StBKAH 10.17

Sehr geehrter Herr Schwering!

Ich bitte Sie, den anliegenden Artikel aus der »Neuen Zeitung« vom 26.6.1950 »Die ›Rote Marie‹ regiert im 700jährigen Weimar«[1] und insbesondere die von mir angestrichenen Sätze, die sich mit Herrn Abendroth beschäftigen, zu lesen. Sie werden vielleicht daraus ein gewisses Verständnis für meine Haltung bei der Jubiläumsfeier der Musikhochschule finden. Wie ich höre, ist für diesen Winter wiederum ein Auftreten von Abendroth in Köln geplant[2]. Ich bitte Sie aufs dringendste, unter allen Umständen das zu verhindern. Ich halte es für ganz unmöglich, daß bei der Persönlichkeit des Herrn Abendroth und bei der Zuspitzung der politischen Lage ein derartiges Auftreten stattfinden darf. Die Konzerte werden ja wohl mit finanzieller oder sonstiger Hilfe der Stadt veranstaltet, so daß Ihnen sicher Einflußmöglichkeiten genügend vorhanden sind[3].

Mit ausgezeichneter Hochachtung
(Adenauer)

Nr. 301
29. August 1950 (Bonn): An den Geschäftsführenden Vorsitzenden der Alliierten Hohen Kommission, *John J. McCloy*, Bonn-Petersberg
Druck: Paul *Weymar*, Adenauer, S. 527f.

Herr Hoher Kommissar!

Ich beehre mich, Ihnen hiermit ein Memorandum über die Sicherung des Bundesgebietes nach innen und außen[1] zu übersenden. Ich wäre Ihnen dankbar, wenn Sie dieses Memorandum den Außenministern der drei alliierten Mächte so rechtzeitig zuleiten wollten, daß es zum Gegenstand der Beratung auf der kommenden Außenministerkonferenz in New York[2] gemacht werden kann.
Genehmigen Sie, Herr Hoher Kommissar, den Ausdruck meiner ausgezeichneten Hochachtung.

gez. Adenauer

Nr. 302
2. September 1950 (Bonn): An den Hohen Kommissar des Vereinigten Königreiches, *Sir Ivone Kirkpatrick,* Wahnerheide
AA, Noten an AHK, Bd. 10

Sehr verehrter Sir Ivone!

Wie Sie wissen, habe ich mit Sir Brian Robertson zahlreiche Besprechungen über die schwierige Frage der Demontage in Watenstedt-Salzgitter[1] geführt. Mit Schreiben vom 29. April 1950 – HC/815/2[2] – hat Sir Brian mir mitgeteilt, daß er die Vorschläge der Bundesregierung über den Umfang der Demontagen in Watenstedt-Salzgitter unter gewissen Bedingungen annehme, und ich habe ihm am 19. Juni ds. Js. – 5203/3673/50[3] – geantwortet, daß ich die Bedingungen akzeptiere. Die Demontagen in Watenstedt-Salzgitter sind daraufhin in dem vereinbarten Rahmen weitergeführt und bis auf die Demontage der großen Walzwerkshalle durchgeführt worden.
Seit meinem Schreiben vom 19. Juni ds. Js. hat sich die politische Gesamtsituation grundlegend verändert. Es schweben Erwägungen, die Bundesrepublik bei der Verteidigung Westeuropas einzuschalten. Diese Umstände zwingen meines Erachtens dazu, auch die Frage der Demontage der großen Walzwerkshalle in Watenstedt-Salzgitter einer Revision zu unterziehen. Weder für die Bundesregierung noch für die deutsche Bevölkerung ist es verständlich, daß bei der gegenwärtigen Weltsituation weitere Demontagen von Fabrikgebäuden durchgeführt werden. Darüber hinaus wird die innere Bereitschaft der deutschen Bevölkerung zur Mitwirkung an der Verteidigung Westeuropas einer ernstlichen Belastung ausgesetzt, wenn zur gleichen Zeit, in der diese Fragen zur Erörterung stehen, noch Demontagen durchgeführt werden.
Ich wäre Ihnen daher persönlich zu Dank verpflichtet, wenn Sie der Frage Watenstedt-Salzgitter noch einmal Ihre Aufmerksamkeit schenken würden. Vielleicht läßt es sich ermöglichen, die Demontage der Walzwerkshalle, die zudem einen Kostenaufwand von 2 1/2 Millionen D-Mark erfordert, vorläufig solange zurückzustellen, bis eine erneute Entscheidung der alliierten Regierung zu dieser Frage herbeigeführt worden ist[4].
Mit dem Ausdruck meiner vorzüglichsten Hochachtung bin ich

Ihr sehr ergebener
gez. Adenauer

Nr. 303
4. September 1950 (Bonn): An *Hedwig Finger,* Siegen
StBKAH 10.03, mit ms. Vermerk *»Persönlich«*

Sehr geehrte Frau Finger[1]!

Ich möchte auf Ihr Schreiben vom 21. August zurückkommen. Ich bedaure sehr Ihre Ansicht, die ich aber für völlig falsch halte. Selbstverständlich wollen unsere Männer und Söhne, aber auch unsere Frauen und Kinder leben und nicht sterben, und es ist wohl ganz selbstverständlich, daß gerade Deutschland nicht irgendwie zur Vergrößerung der Kriegsgefahr beitragen darf. Aber so wie die Dinge jetzt liegen, reizen wir geradezu und fordern die Sowjetregierung und die Ostzonenregierung auf, unser Land in Besitz zu nehmen. Die Folge davon würde sein, daß unsere Männer in die Armee gepreßt oder ebenso wie Frauen und Kinder zur Arbeit abtransportiert werden.
Wenn Sie die Dinge einmal durchdenken, werden Sie mir beipflichten. Neutralität kann nur dann ein Land bewahren, wenn es stark genug ist, diese Neutralität gegenüber jedermann zu verteidigen, sonst bleibt die Neutralität auf dem Papier[2]. Das haben wir an Belgien und Holland erlebt.
Ich bitte Sie, haben Sie das Vertrauen, daß die Bundesregierung sicher keinen Krieg will. Ich bitte Sie, diesen Brief vertraulich zu behandeln.
Mit vielen Grüßen

(Adenauer)

Nr. 304
6. September 1950 (Bonn): An Bundespräsident
Professor Dr. Theodor Heuss, Bad Godesberg
StBKAH III/47

Sehr verehrter Herr Bundespräsident!

Gestern sprach ich mit Herrn Klaiber[1] über den Akt am Donnerstag[2]. Ich beabsichtige, nur ganz wenige einleitende Sätze zu sagen und keine Übersicht zu geben über das, was in diesem Jahre vor sich gegangen ist. Ich meine, daß weder die Bundesregierung noch der Bundestag in eigener Sache sprechen sollten. Dagegen ist der Bundespräsident als höchste über den Parteien stehende Instanz wohl in der Lage, einen solchen Überblick zu geben, und darum möchte ich Sie herzlich bitten. Sie werden wissen, welch defätistische Stimmung in weiten Kreisen unserer Bevölkerung plötzlich Platz gegriffen hat. Ich hoffe, daß es gelingen wird, sie auch morgen etwas zu zerstreuen.

Mit vielen Grüßen

Ihr sehr ergebener
(Adenauer)

Nr. 305

6. September 1950 (Bonn): An den Vorsitzenden der SPD-Fraktion des Deutschen Bundestages, *Dr. Kurt Schumacher,* Bonn

StBKAH 12.27, mit ms. Vermerk »*Persönlich*«

Sehr geehrter Herr Schumacher!

Im Ältesten-Ausschuß ist, wie mir berichtet wird, die Frage der Unterrichtung des Auswärtigen Ausschusses über schwebende internationale Fragen zur Sprache gekommen[1]. Als Herr Minister Kaiser Herrn Prof. Schmid gesagt hat, ich trüge Bedenken, das zu tun, er – Kaiser – nähme aber an, daß ich die Fraktionsvorsitzenden doch unterrichte, schob Herr Schmid das beiseite und sagte, der Auswärtige Ausschuß sei die Instanz. Ich wäre Ihnen, sehr geehrter Herr Schumacher, sehr dankbar, wenn Sie Herrn Schmid verständigen und ihm sagen würden, daß eine wirkliche Unterrichtung des Auswärtigen Ausschusses vor Beginn der New Yorker Konferenz wahrscheinlich sehr schädlich sein würde, da dadurch in Frankreich der Widerstand gegen die Politik Schumans angestachelt werden würde[2].

Ich bitte, mir zu erlauben, eine Frage an Sie zu stellen, die etwas delikater Natur ist. Sind Sie der Auffassung, daß Herr Minister Severing[3] körperlich noch in der Lage ist, beim Aufbau der Bundespolizei oder des Schutzes des Bundes[4] seine Erfahrungen zur Verfügung zu stellen? Man wird ihn selbstverständlich in entscheidenden Fragen um Rat fragen müssen, aber ich hatte nicht den Eindruck, als ich ihn zuletzt sah, daß man ihm bei seinem körperlichen Zustand zu viel zumuten dürfe.

Ich denke, daß ich die Fraktionsvorsitzenden am Montag[5] zu einer Besprechung zusammenbitten muß. Ich werde Sie aber noch benachrichtigen[6].

Mit verbindlichen Grüßen

Ihr ergebener
(Adenauer)

Nr. 306

14. September 1950 (Bonn): An den Bundesminister der Justiz, *Dr. Thomas Dehler,* Bonn

StBKAH III/21, ohne Anrede und Grußformel

Wie ich z. B. von der Stadt Köln höre, sind in Köln und auch in anderen Gemeinden Mitglieder der Kommunistischen Partei in Angestellten- und Beamten-Stellen[1]. Es ist mir weiter glaubhaft berichtet worden, daß diese Leute ihren Urlaub dazu benutzen, um in der Ostzone sich schulen zu lassen und dann zurückkommen, um hier ihre Wühlarbeit fortzusetzen. Man erwartet sowohl von seiten der Länder wie von seiten der Gemeinden eine eindeutige Stellungnahme der Bundesregierung zu der ganzen Frage der kommunistischen Beamten und Angestellten. Ich würde Ihnen dankbar sein für Vortrag in der Kabinettssitzung[2].

(Adenauer)

Nr. 307

15. September 1950 (Bonn): An den Vorsitzenden der CDU/CSU-Fraktion des Deutschen Bundestages, *Dr. Heinrich von Brentano,* Bonn

StBKAH III/38, mit ms. Vermerk *»Persönlich!«*

Sehr geehrter Herr von Brentano!

Ich bestätige den Eingang Ihres Briefes vom 14. ds. Ms.[1]
Wie Sie richtig hervorheben, bemühe ich mich, Herren ausfindig zu machen, die für die Verwendung im Auswärtigen Dienst geeignet sind, die aber dem früheren Auswärtigen Amt nicht angehört haben. Auch ich kenne Herrn *Köhler,* insbesondere auch aus seiner Frankfurter Tätigkeit her[2], und glaube, daß er eine nach jeder Richtung hin geeignete Persönlichkeit ist, so daß es zweifellos für uns einen Gewinn bedeuten würde, wenn er sich bereit erklären würde, in den Auswärtigen Dienst einzutreten.
Ich wäre Ihnen dankbar, wenn Sie mir eine solche Erklärung des Herrn Köhler übermitteln und mir mitteilen könnten, wann annähernd seine Gesundheit so weit wiederhergestellt sein wird, daß er eine solche neue Tätigkeit übernehmen kann[3].

Mit besten Grüßen Ihr

(Adenauer)

Nr. 308
18. September 1950 (Bonn): An Oberpräsident a. D. *Johannes Gronowski,* Bad Driburg
StBKAH 10.03, mit ms. Vermerk »*Persönlich. Vertraulich!*« und hs. Notiz Zimmermann »ab am 19.9.«

Sehr geehrter Herr Gronowski!

In der gemeinsamen Sitzung der Vorstände der CDU Nordrhein und Westfalen im Juni d. J.[1] haben alle Anwesenden, mit Ausnahme des Herrn Ministerpräsidenten Arnold, sich auf den Standpunkt gestellt, daß eine Koalitionsregierung CDU/Zentrum nicht in Frage kommt. Trotzdem hat Herr Ministerpräsident Arnold eine solche Regierung gebildet[2]. Mir hat er diese, seine Absicht nicht mitgeteilt. Ich weiß nicht, ob er sie Ihnen mitgeteilt hat. Auf alle Fälle bin ich der Auffassung, daß wir ein derartiges direktes Zuwiderhandeln gegen den Beschluß der beiden Parteivorstände nicht ohne weiteres hinnehmen können. Ich wäre Ihnen sehr dankbar für Ihre Stellungnahme[3].
Mit vielen Grüßen

Ihr ergebener
(Adenauer)

Nr. 309
18. September 1950 (Bonn): An Generalkonsul *Dr. Hans Schlange-Schöningen,* Knightsbridge, London
StBKAH 10.04, mit ms. Vermerk »*Persönlich!*« und hs. Notiz Zimmermann »ab am 18. Sep. 1950«

Sehr geehrter Herr Schlange!

Ich danke Ihnen für Ihren Brief vom 9. September[1], der am 15. hier einging. Ich glaube, daß Lord Pakenham[2] aus eigener Initiative gehandelt hat.
Mit freundlichen Grüßen

Ihr ergebener
(Adenauer)

Nr. 310

21. September 1950 (Bonn): An den Bundesminister für Angelegenheiten des Marshallplanes, *Franz Blücher,* Bad Godesberg

Original in BA, NL Blücher, Nr. 78, mit ms. Briefkopf wie Nr. 220, ms. Vermerk »*Persönlich*« und Eingangsstempel 23.9.1950, Abschrift an Wilhelm Johnen, Jülich (vgl. Nr. 316)

Sehr geehrter Herr Blücher!

Am Mittwoch vergangener Woche[1] unterrichtete ich Sie davon, daß der einmütige Wille der CDU-Fraktion des Landtages Nordrhein-Westfalen dahin gehe, daß das Mißtrauen Ihrer Fraktion gegen Herrn Arnold beseitigt werde. Man hielt als den besten Weg dazu eine Erklärung des Herrn Arnold Ihnen gegenüber, daß er bereit sei, von seinem Posten zurückzutreten, falls eine der Fraktionen, die ihn gewählt hätten, dies von ihm verlange, da es ihm ja nicht möglich gewesen sei, dem Willen dieser 3 Fraktionen entsprechend ein Kabinett aus CDU, FDP und Zentrum zu bilden[2]. Sie sagten mir, daß Sie in den nächsten Tagen mit Arnold über die Angelegenheit sprechen würden. Ich wäre Ihnen dankbar, wenn Sie mir mitteilen würden, ob in der Besprechung mit Herrn Arnold dieser Ihnen das oben wiedergegebene Anerbieten gemacht hat[3].

Mit freundlichen Grüßen Ihr ergebener

(Adenauer)

Nr. 311

21. September 1950 (Bonn): An den Vorsitzenden der CDU/CSU-Fraktion des Deutschen Bundestages, *Dr. Heinrich von Brentano,* Bonn

Original in BA, NL von Brentano, Bd. 154, auf Kopfbogen des Bundeskanzlers, mit ms. Vermerk »*Sofort auf den Tisch! Persönlich*«

Lieber Herr v. Brentano!

Die Angelegenheit Heinemann[1] muß jetzt zum Spruch kommen, da Herr Heinemann auf eine baldige Entscheidung drängt. Ich möchte vorher mit Ihnen und vielleicht 2 ‹oder 3›[a] Herren Ihrer Fraktion die Angelegenheit besprechen[2] und schlage Ihnen vor, diese Besprechung heute während der Plenarsitzung[3] wahrzunehmen.

Der Antrag gegen Schäffer wird vertagt[4].

Mit freundlichen Grüßen (Adenauer)

Nr. 312

22. September 1950 (Bonn): An den Geschäftsführenden Vorstand des CDU-Landesverbandes Rheinland, Monschau

StBKAH 11.03, Durchschlag an Wilhelm Johnen, Jülich

Sehr geehrte Herren!

Weder an der Sitzung des geschäftsführenden Vorstands noch den übrigen Sitzungen kann ich teilnehmen[1], da Samstag nachmittag 15.30 Uhr die erste Besprechung mit den Hohen Kommissaren nach ihrer Rückkehr aus New York stattfindet[2]. Ich muß Ihnen nochmals mein Bedauern darüber aussprechen, daß man bei der Wahl des Ortes nicht mit mir vorher Fühlung genommen hat.

Ich möchte noch folgendes zur Sprache bringen: Auf der Sitzung der Landtagsfraktion in Düsseldorf am 12. September[3] erklärte Herr Dr. Lehr, er sei vom geschäftsführenden Vorstand beauftragt worden, dort eine Regierungsbildung unter Einschluß der Sozialdemokraten zu empfehlen. Ich darf zunächst bemerken, daß nach meiner Feststellung dieser Punkt nicht auf der Tagesordnung des geschäftsführenden Vorstandes gestanden hat und daß nach Mitteilung des Herrn Marx, Wuppertal, man trotz seines Widerspruches diese Sache dann behandelt hat. Vor allem aber weise ich darauf hin, daß ein anders lautender Beschluß des Gesamtvorstandes vorliegt und der geschäftsführende Vorstand nicht das Recht hat, sich über Beschlüsse des Gesamtvorstandes einfach hinwegzusetzen. Ich wäre dankbar, wenn hiervon Kenntnis genommen würde.

Ebenfalls wäre ich dankbar, wenn – falls die Rede darauf kommt – im Landesausschuß von diesem, meinem Standpunkt Kenntnis gegeben würde.

Ferner wäre ich dankbar, wenn gleichfalls mitgeteilt würde, daß ich von der Regierungsbildung in Düsseldorf völlig überrascht worden bin[4], und zwar trotzdem ich am Tage vorher auf Verlangen des Herrn Ministerpräsidenten Arnold, in Übereinstimmung mit einem dahingehenden einstimmigen Beschluß der Landtagsfraktion, mit Herrn Vizekanzler Blücher als dem Vorsitzenden der Demokratischen Partei über die Beilegung der Differenzen mit der FDP verhandelt habe und obgleich Herr Ministerpräsident Arnold Herrn Vizekanzler Blücher, der ihn dann sofort aufgesucht hat, eine weitere Verhandlung in Aussicht gestellt hat. Herr Blücher wird mir das noch schriftlich bestätigen[5].

Mit freundlichen Grüßen (Adenauer)

Nr. 313
23. September 1950 (Rhöndorf): An Oberpräsident a. D.
Johannes Gronowski, Bad Driburg
StBKAH 10.21

Lieber Herr Gronowski!

Haben Sie vielen Dank für Ihren Brief vom 21. September[1]. Ich finde Ihre Ausführungen sehr gut. Ich bedauere im allgemeinen politischen Interesse diese Entwicklung der Dinge. Man hat fast den Eindruck, als wenn die ganze Arbeit und die ganze Wahl nur den einen Zweck gehabt hätte, Herrn Arnold die Ministerpräsidentschaft zu verschaffen. Ich glaube, wir werden doch, wenn kurze Zeit vorüber ist, mal mit unseren beiden Parteivorständen zusammentreten müssen, um diese ganzen Angelegenheiten zu besprechen.
Mit herzlichen Grüßen Ihr
(Adenauer)

Nr. 314
23. September 1950 (Rhöndorf): An den Bundesminister des Innern,
Dr. Dr. Gustav Heinemann, Bonn
StBKAH 11.02, Briefentwurf auf Kopfbogen des Bundeskanzlers, mit hs. Notiz Hohmann »Brief wurde noch geändert«[1]

Sehr geehrter Herr Heinemann[2]!

Wie ich Ihnen bereits mündlich mitteilte, beabsichtigen die Herren Gerstenmaier, Tillmanns[3] und Kunze[4], Sie Anfang nächster Woche aufzusuchen[5]. Zur Vorbereitung dieser Besprechung darf ich Ihnen meinen Standpunkt in der entscheidenden Frage nochmals präzisieren, nachdem ich Ihr Memorandum[6] und Ihren mündlichen Zusatz »Gott habe uns die Waffen zweimal aus der Hand genommen, wir dürften sie nicht zum dritten Male in die Hand nehmen, sondern müßten geduldig warten«[7] mit größter Sorgfalt überdacht habe.
Ich stimme darin mit Ihnen überein, daß den Alliierten die Verpflichtung obliegt, für unsere Sicherheit gegen Angriffe von außen zu sorgen. Das habe ich ja immer wieder den Hohen Kommissaren vorgetragen und kann mit großer Genugtuung feststellen, daß in dem New Yorker Kommuniqué[8] die von mir erbetene Zusage gegeben worden ist. Ich stimme auch darin mit Ihnen überein, daß es nicht an uns ist, um eine deutsche Beteiligung an militärischen Maßnahmen nachzusuchen oder auch nur

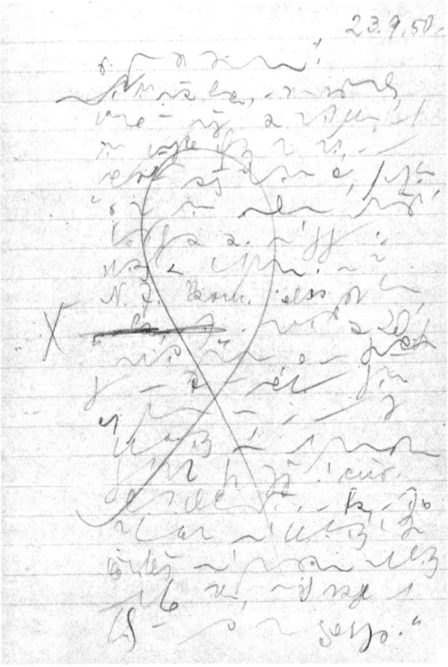

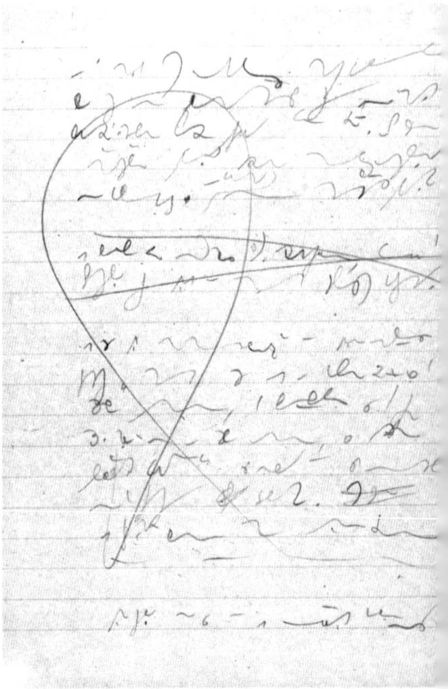

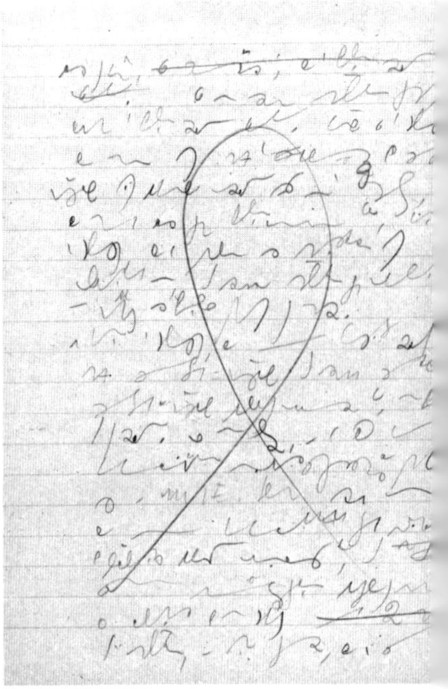

Stenogramm des Schreibens an Gustav Heinemann (zu Dok. Nr. 314, Anm. 1)

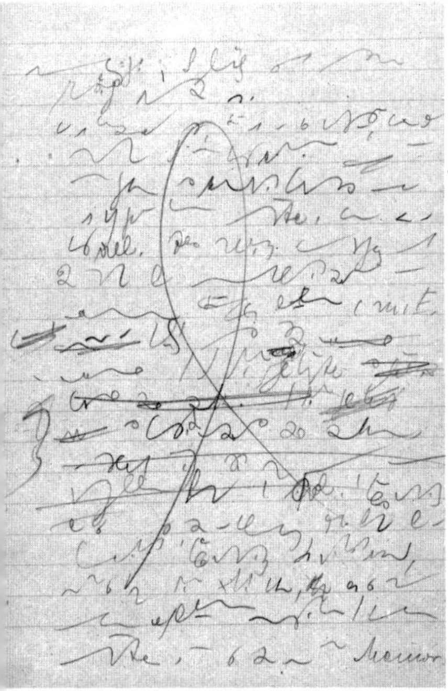

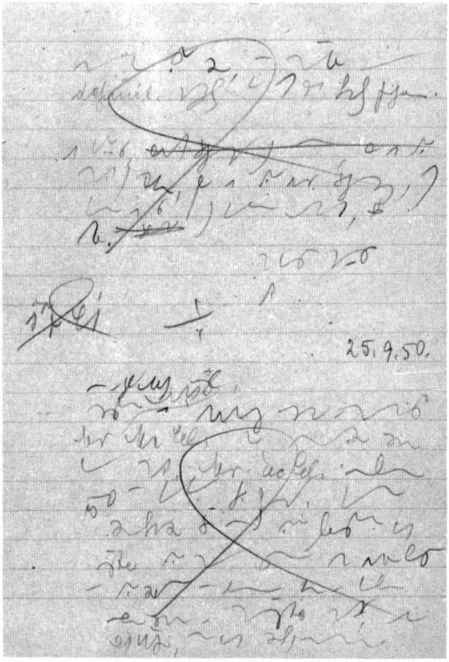
25.9.50.

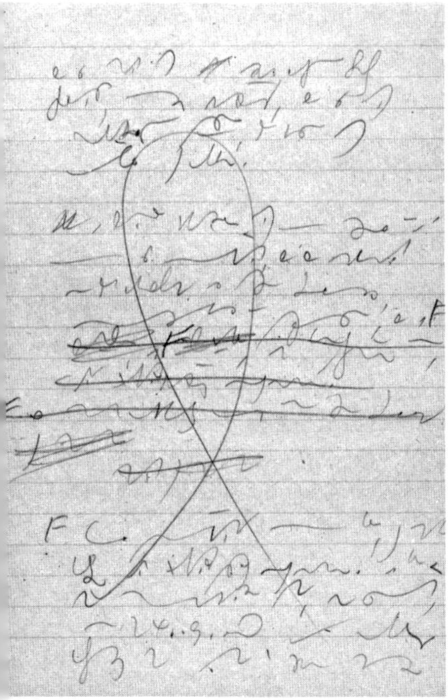

anzubieten, daß wir vielmehr abwarten müssen, ob die Alliierten an uns herantreten und uns um unsere Mitwirkung ersuchen. Ich bin auch der Auffassung, daß alsdann dieses Ersuchen einer sehr sorgfältigen Prüfung durch uns unterzogen werden muß.
Besonders und nachdrücklich betone ich, daß auch ich ebenso wie Sie die Bewahrung des Friedens will.
Unsere Auffassungen unterscheiden sich nur in folgendem:
Sie sind der Auffassung, daß geduldiges Warten den Frieden erhalten werde.
Ich bin angesichts der Heeresmacht, die Sowjet-Rußland in der Sowjetzone gegen Deutschland aufgestellt hat, angesichts der Drohungen der Ostzonenregierung der Auffassung, daß der Frieden nur dann gewahrt wird, wenn es gelingt, eine europäisch-amerikanische Streitmacht aufzustellen, die Sowjet-Rußland klarmacht, daß es selbst größte Gefahr läuft, wenn es den Frieden bricht. Wie ich wiederholt erklärt habe, würde ich es besonders begrüßen, wenn diese Streitmacht ohne uns aufgestellt werden könnte. Erst wenn nach reiflicher Überprüfung aller Umstände und aller Verhältnisse sich ergeben sollte, daß die Westalliierten Deutschlands Mitwirkung bei Aufstellung der Streitmacht für notwendig halten und verlangen, würden wir uns einer solchen Aufforderung nicht entziehen können, um den Frieden nicht zu gefährden.
Mit besten Grüßen Ihr
(Adenauer)

Nr. 314A
18. September 1950 (Bonn): Vermerk über ein Gespräch mit dem Bundesminister des Innern, *Dr. Dr. Gustav Heinemann*, am 11. September 1950
StBKAH III/115, mit hs. Vermerk Arenz »Vertraulich«

Am 11. September habe ich eine Aussprache mit Herrn Bundesminister Heinemann gehabt. Im Verlaufe dieser Aussprache übergab mir Herr Minister Heinemann die beiliegende Niederschrift, die seine Gedanken wiedergibt[1]. Ich habe ihm vergeblich klarzumachen versucht, daß er sich bezüglich der Memoranden[2] irre und daß ich erklärt hätte, in der auf Donnerstag, den 31. 8., festgesetzten Kabinettssitzung[3] wollte ich Anträge an die westalliierten Regierungen für die New Yorker Konferenz[4] vorlegen, daß es sich aber dabei nicht gehandelt habe um das Memorandum bezüglich der Sicherheitsfrage.
Ich habe ihn dann weiter gefragt, ob Herr Kirchenpräsident Niemöller ihn

in seiner kirchlichen Eigenschaft oder als Privatmann besucht habe[5]. Er sagte mir, er sei mit Niemöller sehr befreundet. Niemöller habe ihn als Privatmann besucht, ebenso Präses Held und Propst Gröler[6] aus Essen. Dies seien auch seine persönlichen Freunde, mit denen er die Angelegenheit besprochen hätte. Er erläuterte dann sein Exposé, auf das ich nicht eingegangen bin, mit folgenden Ausführungen: Gott habe uns zweimal die Waffen aus der Hand genommen. Wir dürften sie nicht ein drittes Mal in die Hand nehmen. Wir müßten Geduld haben und warten. In einem Jahr oder 1 1/2 Jahren würden wir dann die Früchte dieses geduldigen Abwartens ernten.
Er erklärte noch weiter, daß er einverstanden damit sein würde, wenn sein Verbleiben durch organisatorische Änderungen ermöglicht würde, etwa dadurch, daß die Bundespolizei-Sachen aus seinem Ministerium herausgenommen und einer anderen Stelle unterstellt würden[7]. Ich habe ihm darauf nichts erwidert. Ich habe ihm gesagt, wir müßten jetzt zunächst die Ergebnisse der New Yorker Konferenz abwarten, dann käme ich auf die Angelegenheit zurück.

Adenauer

Nr. 315
25. September 1950 (Rhöndorf): An die Stadtverwaltung Honnef
StBKAH 10.16, ohne Anrede

Gestern vormittag war der amerikanische Hohe Kommissar, Mister McCloy, mit einigen Herren bei mir[1]. Mr. McCloy ist Anfang der 50er Jahre[2] und treibt viel Sport. Beim Heruntergehen über den von Ihnen gepflasterten Weg mußte ihn mein Sohn am Arme fassen und ihn halten. Ebenso hatten die beiden anderen Herren die größte Mühe, ohne auszurutschen, den Weg herunterzukommen.
Mir war das Vorkommnis sehr peinlich, wie überhaupt auch die Hohen Kommissare mir gegenüber schon wiederholt zum Ausdruck gebracht haben, wie merkwürdig sie es fänden, daß meine Umgebung derartig vernachlässigt würde[3].
Ich halte die jetzige Anlage und die Befestigung des Weges aus folgenden Gründen für verfehlt:
1) Das Stück des Weges von der Straße bis zu dem zu mir führenden Privatweg ist infolge des Abtragens der Straße sehr steil geworden.
2) Das aus den Bergen kommende Wasser, das bei starken Regenfällen quantitativ sehr groß ist und eine sehr starke Strömung hat, kann unmöglich dadurch, daß dieses gepflasterte Stück Weg nach der

Nordseite zu etwas abfallend ist, abfließen, ohne den ganzen Weg zu überschwemmen.

3) Sobald etwas Schnee fällt oder Eis sich bildet, ist der Weg überhaupt unpassierbar. Meines Erachtens hätte man in folgender Weise verfahren müssen:
Man müßte sehen, das Gefälle des Weges dadurch zu verringern, daß man etwas oberhalb der Einmündung meines Privatweges für den Weg, der zu den Häusern Finger[4] und Heinemann[5] geht, einige Treppenstufen anlegt. Dadurch hätte man erreicht, daß das Gefälle bis zu meinem Wege geringer würde und andererseits doch den oberhalb liegenden Häusern die Möglichkeit gegeben, Kohlen und dergleichen bis an die gleiche Stelle mit dem Wagen transportieren zu lassen, wie jetzt.
Mein Privatweg liegt jetzt tiefer als der öffentliche Weg in seiner jetzigen Gestaltung. Evtl. hätte er auch an seinem letzten Ende etwas niedriger gelegt werden können, damit der Übergang zu dem öffentlichen Wege gut ist.

4) Sie können die Wassermengen überhaupt nicht bewältigen, wenn Sie nicht jetzt eine Rinne dafür anlegen, die groß genug ist und die offen ist, so daß sie von der Erde und dem Geröll, die die Wassermengen mit sich bringen, gereinigt werden kann.

Ich wäre Ihnen aufrichtig dankbar, wenn Sie endlich die Sache in Ordnung bringen würden. Ziehen Sie doch den Wegewärter Müller[6] zu. Er kennt die Verhältnisse, und er ist ein, wie ich in den Jahren festgestellt habe, sehr zuverlässiger Mann.

Hochachtungsvoll
(Adenauer)

Nr. 316

25. September 1950 (Bonn): An *Wilhelm Johnen,* Jülich

StBKAH 11.03, mit ms. Briefkopf wie Nr. 220, ms. Vermerk »*Persönlich*« und hs. Notiz »ab am 26.9.50«

Lieber Herr Johnen!

Anliegend übersende ich Ihnen Abschriften eines Briefwechsels zwischen Herrn Blücher und mir[1]. Ich glaube, es ist doch wichtig, daß Sie als Vorsitzender der Landtagsfraktion hiervon Kenntnis haben. Herr Blücher hat mir auch mündlich erklärt, daß die Verhandlungen durchaus aussichtsvoll gewesen, aber von Herrn Arnold einfach nicht fortgesetzt worden seien.

Ich für meine Person fühle mich wirklich sehr unangenehm dadurch berührt, daß Herr Arnold die Forderung der Gesamtfraktion, die zu erfüllen er zugesagt hatte, Aussöhnung mit der FDP, nicht erfüllt hat. Ich werde, sobald ich einen Augenblick Zeit habe, Herrn Arnold darüber schreiben[2]. Ich fühle mich von Herrn Arnold enttäuscht, denn er selbst hat noch am Morgen des Tages, an dem er die Unterredung mit Blücher gehabt hat[3], telefonisch angerufen und mich gebeten, die Sache mit Blücher zu beschleunigen.

Mit freundlichen Grüßen Ihr ergebener

(Adenauer)

Nr. 317

26. September 1950 (Bonn): An den Bundesminister des Innern, *Dr. Dr. Gustav Heinemann,* Bonn

StBKAH III/21, mit Stempel *»Persönlich!«* und hs. Notiz Zimmermann »ab 27. Sep. 1950«

Sehr geehrter Herr Heinemann,

Der ganze Komplex der Polizeifragen, der am kommenden Sonnabend Gegenstand der Beratungen mit den Herren Ministerpräsidenten und Innenministern der Länder sein wird[1], wird voraussichtlich zu Beginn der kommenden Woche schon in einer Aussprache zwischen deutschen und alliierten Sachverständigen auf dem Petersberg behandelt werden. Ich wäre Ihnen deshalb dankbar, wenn alle wesentlichen Entscheidungen sachlicher und personeller Natur solange zurückgestellt werden, bis diese Beratungen ihren Abschluß gefunden haben.

Die Verwendung des früheren Generals von Zangen[2] bei Schulungskursen in Traunstein[3] hat sich als höchst unglücklich ausgewirkt. Es wäre wohl zweckmäßiger gewesen, hierfür eine Persönlichkeit zu wählen, die weniger Anlaß zu Kritik gegeben hätte.

Mit besten Grüßen Ihr sehr ergebener

(Adenauer)

Nr. 318
27. September 1950 (Bonn): An den Vorsitzenden der CDU/CSU-Fraktion des Deutschen Bundestages, *Dr. Heinrich von Brentano,* Bonn
StBKAH III/38, mit ms. Briefkopf wie Nr. 101 und Stempel »*Persönlich!*«

Lieber Herr von Brentano[1]!

Teilnehmer der Tagung des Vereins »Unionpresse«[2] am 16. und 17. September in Bielefeld[3] haben mir über die Rede berichtet, die Sie dort über die gegenwärtige innen- und außenpolitische Lage gehalten haben. Herr Wirmer, der in meinem Auftrage ebenfalls an der Tagung teilgenommen hat, hat mir diese Berichte im wesentlichen bestätigt. Des weiteren ist mir berichtet worden über Ihre Rede in Heppenheim[4], die Sie in den letzten Tagen dort gehalten haben. Ich habe aus diesen Berichten den Eindruck gewonnen, daß Sie sich nicht nur kritisch mit den politischen Ereignissen der letzten Zeit auseinandersetzen, sondern daß Sie es nach Ihren eigenen Worten als Ihre Aufgabe betrachten, in der Öffentlichkeit sehr pointiert die von Ihnen gesehenen grundsätzlichen Fehler der bisherigen Politik der Bundesregierung herauszustellen. Ich fürchte, daß eine solche von Ihnen offenbar in diesen Reden klar ausgesprochene Haltung weder der Politik der CDU förderlich ist, noch auch dazu beiträgt, der Bundesregierung ihre Arbeit zu erleichtern. Ich möchte dabei annehmen, und unterstelle das selbstverständlich bei Ihnen, daß der Beweggrund Ihrer Reden nicht die Absicht ist, die Autorität der Bundesregierung bei den Wählern zu untergraben, sondern daß Sie nur einen Weg suchen, zu einer guten Entwicklung der Lage beizutragen.
Ich wäre Ihnen dankbar, wenn wir uns hierüber gelegentlich unterhalten könnten. Auch wenn ich Ihnen zugebe, daß vielleicht an manchen Maßnahmen der Bundesregierung oder einzelner ihrer Mitglieder Kritik möglich ist, glaube ich nicht, daß sie in der bewußt prononcierten Form, wie sie mir berichtet wurde, von Nutzen ist. Ich bin jeder Zeit bereit, Wünsche oder Kritik offen mit unserer Fraktion zu besprechen. Ich glaube, daß dieser Weg im allgemeinen Interesse und im Interesse der CDU/CSU besser ist als das Herausstellen einer oppositionellen Haltung zur Regierungspolitik von seiten des Vorsitzenden der größten Koalitionspartei.
Mit freundlichen Grüßen

Ihr ergebener
(Adenauer)

Nr. 319
28. September 1950 (Bonn): An den Bundesminister des Innern,
Dr. Dr. Gustav Heinemann, Bonn

Original in AdsD, NL Heinemann, Nr. 32, auf Kopfbogen des Bundeskanzlers; Teildruck: Gustav W. *Heinemann,* Was Dr. Adenauer vergißt, S. 464 und Diether *Koch,* Heinemann und die Deutschlandfrage, S. 173, 513[1]

Sehr geehrter Herr Heinemann!

Wie ich höre, finden noch fortgesetzt Besprechungen zwischen Ihnen und Ihnen nahestehenden evangelischen Persönlichkeiten über die zwischen uns bestehende Meinungsverschiedenheit statt[2]. Es liegt mir deswegen daran, Ihnen ebenso, wie Sie das getan haben, meinen Standpunkt schriftlich niederzulegen. Dabei lasse ich alles das weg aus Ihrer Niederschrift, was sich schon als überholt erwiesen hat, z. B. daß wir uns nicht anbieten dürften usw.[3]. Sie werden ja aus meinem gestrigen Vortrag im Kabinett[4] entnommen haben, daß ein Anbieten auch von mir absolut abgelehnt wird und daß es sich lediglich um folgendes handelt: Es wird in absehbarer Zeit – es können bis dahin einige Wochen vergehen, es kann aber auch schon sehr bald kommen – an die Bundesregierung und Deutschland die offizielle Frage gestellt werden, ob es bereit sein wird, seine Menschenreserven und seine Materialreserven zum Schutze der westlichen Freiheit einer internationalen Armee zur Verfügung zu stellen, die allerdings unter Umständen die Aufgabe haben wird, einen sowjetrussischen Angriff abzuwehren.
Sie wollen den Frieden. Ich will den Frieden und will alles tun, damit der Frieden Deutschland und der Welt erhalten bleibt. Während Sie aber der Auffassung sind und für sich das Recht beanspruchen, diese Auffassung öffentlich zu vertreten, daß man, nachdem uns Gott das Schwert zweimal aus der Hand genommen hat, es nicht zum dritten Mal in die Hand nehmen dürfe, sondern geduldig abwarten müsse, was über uns verhängt werde, bin ich der Auffassung, daß der Frieden nur dadurch erhalten werden kann, daß man durch Aufbau und Bereitschaft einer entsprechenden Streitmacht dem allein als Angreifer in Betracht kommenden Staate, Sowjetrußland, vor Augen führt, daß ein Bruch des Friedens auch für ihn selbst ein sehr großes Risiko bedeutet.
Ich glaube, daß ich damit die Verschiedenheit unserer Standpunkte völlig klar wiedergegeben habe. Lassen Sie mich noch folgendes hinzusetzen. Ich hatte vorgehabt, Sie heute zu mir zu bitten, weil Sie ja auf eine Entscheidung über Ihr Rücktrittsgesuch drängen. Ich verstehe sehr, daß Sie

aus dem jetzigen ungeklärten Zustand baldmöglichst herauskommen wollen. Nun bekomme ich heute früh die Nachricht von Herrn Kunze, daß er gestern mit Ihnen gesprochen hat, daß er jedoch heute zur Hochzeit seiner Tochter müsse und mir daher über die Besprechung mit Ihnen erst nächsten Montag berichten könne. Ich weiß nicht, ob es Ihnen recht ist, wenn wir bis dahin warten. Falls Sie schon früher eine entscheidende Aussprache haben wollen, stehe ich Ihnen natürlich zur Verfügung.
Noch eins lassen Sie mich anfügen: In dem pro memoria, das Sie mir übergeben haben, nehmen Sie es als Ihr Recht in Anspruch, auch als Kabinettsmitglied Ihre oben wiedergegebene Ansicht, mit der Sie, wie mir scheint, im Kabinett allein stehen, öffentlich zu vertreten. Davon kann natürlich keine Rede sein. In einer so entscheidenden Frage kann das Kabinett nur eine einheitliche Haltung einnehmen.

Mit freundlichen Grüßen Ihr ergebener
(Adenauer)

Nr. 320
1. Oktober 1950 (Bonn): An den Geschäftsführenden Vorsitzenden der Alliierten Hohen Kommission, *Sir Ivone Kirkpatrick,* Bonn-Petersberg
AA, Noten an AHK, Bd. 11, Druck: Mitteilungen des Presse- und Informationsamtes der Bundesregierung vom 11.12.1950[1] (Nr. 1040/50)

Herr Hoher Kommissar!

Ich beehre mich, Ihre Aufmerksamkeit auf den Beschluß zu lenken, den der Deutsche Bundestag in seiner 85. Sitzung am 14. September ds. Js. gefaßt hat und in dem die Bundesregierung aufgefordert wird, die Besatzungsmächte in aller Form zu bitten, in allen vier Besatzungszonen freie, allgemeine, gleiche, geheime und direkte Wahlen zu einem gesamtdeutschen Parlament unter internationaler Kontrolle vornehmen zu lassen[2].
Die Bundesregierung hat mit Genugtuung davon Kenntnis genommen, daß die vier an der Besetzung Deutschlands beteiligten Regierungen bei verschiedenen Anlässen der Auffassung Ausdruck gegeben haben, daß die Wiederherstellung der politischen und verwaltungsmäßigen Einheit Deutschlands ein Ziel ist, das sie durch ihre Besatzungspolitik anzustreben gewillt sind.
Nach Ansicht der Bundesregierung ist der erste und unerläßliche Schritt zur Erreichung dieses Zieles die Einberufung einer verfassungsgebenden deutschen Nationalversammlung. Um dieses Ziel zu erreichen, kann nach Ansicht der Bundesregierung folgendermaßen verfahren werden:

1) Nach Erlaß eines Wahlgesetzes durch die vier Besatzungsmächte werden gesamtdeutsche Wahlen zu einer verfassungsgebenden Nationalversammlung ausgeschrieben.
2) Die Wahlen zur Nationalversammlung stehen in allen Teilen Deutschlands unter der Kontrolle von Kommissionen, die sich aus Vertretern der vier Besatzungsmächte oder aus Vertretern der Vereinten Nationen zusammensetzen.
3) Einzige Aufgabe der Nationalversammlung ist die Ausarbeitung einer deutschen Verfassung. Der Verfassungsentwurf wird dem deutschen Volke zur Bestätigung vorgelegt.

Als Voraussetzung für die Durchführung gesamtdeutscher Wahlen muß in allen Zonen die persönliche und politische Bewegungs- und Betätigungsfreiheit garantiert sein. Die Bundesregierung hält insbesondere für erforderlich:

Betätigungsfreiheit für alle Parteien in ganz Deutschland und Verzicht aller Besatzungsmächte, die Bildung und Betätigung politischer Parteien zu beeinflussen.

Die persönliche Sicherheit und der Schutz vor wirtschaftlichen Benachteiligungen aller für politische Parteien tätigen Personen muß von allen Besatzungsmächten und deutschen Behörden vor und nach der Wahl gewährleistet sein.

Zulassung und Vertriebsfreiheit für alle Zeitungen in ganz Deutschland.

Freiheit des Personenverkehrs innerhalb ganz Deutschlands und Fortfall des Interzonenpasses.

Ich wäre Ihnen dankbar, wenn Sie die in der Alliierten Hohen Kommission vertretenen Regierungen bitten würden, diese Wünsche der Bundesregierung und des Bundestages nachdrücklich zu unterstützen, und wenn Sie dafür Sorge tragen würden, daß sie auch dem Chef der Obersten Kontrollmission der UdSSR in der sowjetisch besetzten Zone übermittelt werden[3].

Genehmigen Sie, Herr Hoher Kommissar, den Ausdruck meiner ausgezeichnetsten Hochachtung.

gez. Adenauer

Nr. 321
2. Oktober 1950 (Bonn): An *Franz Robert Ingrim,* St. Niklausen bei Stans, Schweiz
StBKAH 10.03, mit hs. Notiz Zimmermann »ab 2.10.50«

Sehr geehrter Herr Ingrim[1]!

Ehe ich Ihnen für die Übersendung Ihres Buches »Bismarck selbst«[2] dankte, wollte ich zuerst das Buch wenigstens zum großen Teil gelesen haben. Das ist inzwischen geschehen. Ich danke Ihnen herzlich für die Zusendung dieses Buches und auch für das Schreiben dieses Buches, dem ich eine sehr große Verbreitung wünsche. Das Buch ist nicht nur der beste Beweis dafür, daß das Bild Bismarcks nach vielen Richtungen hin verzeichnet ist. Das Buch gibt auch jetzt noch sehr wertvolle Hinweise für unsere zukünftige Politik.
Sie wissen, daß ich z. Zt. große Vorbehalte gegen die Innenpolitik Bismarcks habe[3]. Ich habe sie Ihnen auf dem Bürgenstock auseinandergesetzt, aber selbstverständlich hindert das mich nicht, das Große seines Geistes staunend anzuerkennen. Um so beschämter bin ich über die Widmung, die Sie mir in das Buch geschrieben haben, aber ich danke Ihnen auch hierfür als Zeichen einer freundschaftlichen Gesinnung.
Ich würde mich freuen, Sie bald wiederzusehen, und bin
mit vielen Grüßen

Ihr ergebener
(Adenauer)

Nr. 322
2. Oktober 1950 (Rhöndorf): An den Preußischen Staats- und Finanzminister a. D. *Otto Klepper,* Frankfurt/Main-Schwanheim
StBKAH 10.03, mit ms. Vermerk »*Persönlich! Vertraulich!*« und hs. Notiz Zimmermann »ab 2.10.50. Versiegelt«

Sehr geehrter Herr Klepper[1]!

Sie wissen, daß ich die »Frankfurter Allgemeine« immer mit großer Sorgfalt lese und in der Regel als erstes Blatt täglich[2]. Heute lese ich einen Artikel von Ihnen »Wo stehen wir?«[3]. Ich bin mit dem Inhalt des Artikels bis auf den letzten Passus absolut einverstanden. Was den letzten Passus angeht, überschrieben »Deutsche Initiative«, so möchte ich Ihnen ganz vertraulich, *für Sie,* meine Haltung erklären.
Man hat in New York Frankreich eine Frist gegeben bis Ende Oktober.

Am 17. Oktober tritt die französische Kammer zusammen. Die französische Regierung[4] wollte nicht eine Entscheidung treffen in Abwesenheit der Kammer. Sie wissen, daß starke Widerstände in Frankreich vorhanden sind gegen eine Einreihung deutscher Divisionen in eine amerikanisch-europäische Streitmacht[5]. Ich halte es nach wie vor für die beste Politik, die ich z. Zt. tun kann, nichts zu tun und ruhig zu warten, weil alles, was ich tun würde, den Gegnern Deutschlands in Frankreich nur Wasser auf die Mühlen treiben würde. Deshalb kann meines Erachtens Deutschland z. Zt. keine Initiative entfalten. Wir müssen das Ende des Oktober abwarten.
Wenn Sie wieder einmal nach Bonn kommen, so würde ich mich freuen, Sie zu sehen, aber bitte geben Sie vorher Nachricht[6].
Mit freundlichen Grüßen Ihr ergebener
(Adenauer)

Nr. 323
4. Oktober 1950 (Bonn): An den Vorsitzenden der CDU/CSU-Fraktion des Deutschen Bundestages, *Dr. Heinrich von Brentano,* Bonn
StBKAH 11.03, mit ms. Vermerk »-persönlich-«

Sehr geehrter Herr Dr. von Brentano!

In der Anlage erlaube ich mir, der Bundestagsfraktion der CDU/CSU eine Einladung zum ersten Bundesparteitag[1] der Christlich-Demokratischen Union Deutschlands zuzusenden.
Der Vorbereitende Ausschuß[2] hatte ursprünglich beschlossen, an die Herren Abgeordneten keine besondere Einladung ergehen zu lassen, in der Annahme, daß die Landesverbände ihre Abgeordneten als eigene Delegierte zum Bundesparteitag entsenden würden.
Damit auch jeder der Herren Abgeordneten berücksichtigt wird, bitte ich die Herren Abgeordneten, Ihre Teilnahme am Bundesparteitag bei ihren Landesverbänden anzumelden.
Das Programm und die sonstigen Unterlagen werden den Herren rechtzeitig zugestellt werden.
Mit freundlichen Grüßen! Ihr
(Adenauer)

Nr. 324

6. Oktober 1950 (Bonn): An den Vorsitzenden der CDU/CSU-Fraktion des Deutschen Bundestages, *Dr. Heinrich von Brentano,* Bonn

Original in BA, NL von Brentano, Bd. 154, auf Kopfbogen des Bundeskanzlers, mit ms. Vermerk *»Persönlich!«*

Sehr geehrter Herr von Brentano!

Von Herrn Dörpinghaus bekomme ich anliegende Notiz[1], die ich sofort zu Ihrer Kenntnis bringe. Ich bitte, diese Angelegenheit zunächst im Fraktionsvorstand und evtl. in der Fraktion zur Sprache zu bringen. Ich erkläre Ihnen hiermit ausdrücklich, daß ich niemals, weder direkt noch indirekt, irgend jemand Vorteile angeboten oder Nachteile angedroht habe für den Fall, daß er für Bonn statt für Frankfurt stimmt. Dagegen hat mir damals ein Abgeordneter, meiner Erinnerung nach der Abgeordnete Strauß[2] (CSU), gesagt, ihm seien, wenn ich nicht irre, 10.000 Mark geboten worden für den Fall, daß er für Frankfurt stimme. Diese 10.000 Mark lägen im Bundeshaus für ihn abholbereit[3].

Mit freundlichen Grüßen (Adenauer)

Nr. 325

7. Oktober 1950 (Bonn): An den Geschäftsführenden Vorsitzenden der Alliierten Hohen Kommission, *Sir Ivone Kirkpatrick,* Bonn-Petersberg

AA, Noten an AHK, Bd. 11

Herr Hoher Kommissar!

Die Innenminister der Länder haben sich vor einigen Tagen mit der Frage der Reorganisation der Polizei befaßt[1] und sind dabei zu folgenden Ergebnissen gekommen:

Die nach dem Ende der Feindseligkeiten eingeführte Organisation der Polizei in den Ländern der ehemaligen britischen und amerikanischen Zone entspricht in keiner Weise mehr den heutigen Erfordernissen. Sie kann wohl den normalen Aufgaben in ihrem jeweiligen Bereich genügen. Außergewöhnlichen Anforderungen – Massenansammlungen, Katastrophenfällen oder gar inneren Unruhen – steht sie jedoch ohne genügende Ausbildung, Ausrüstung (Bewaffnung und technische Mittel) und ohne jegliche Reserve gegenüber.

Die in den Ländern der ehemaligen britischen und amerikanischen Zone

durchgeführte, zu weit gehende Dezentralisation der Polizei macht eine einheitliche Zusammenfassung und einen überörtlichen Einsatz an besonderen Gefahrenpunkten unmöglich.
Nach einmütiger Ansicht der Länderinnenminister und Senatoren sollte folgenden Forderungen Rechnung getragen werden:
1. Alle Beschränkungen des Rechts der Länder, ihre Polizei zu organisieren, sollten aufgehoben werden, soweit sie nicht für die Sicherheit der Besatzungsmächte erforderlich sind.
2. Einer Gesetzgebung der Länder, die ihren Innenministern ein Weisungsrecht gegenüber den sämtlichen Polizeikräften in ihrem Lande sowie eine hinreichende Einwirkung auf die personelle Zusammensetzung ihrer Polizeikräfte einräumt, sollte seitens der Besatzungsmacht zugestimmt werden.
3. Eine ausreichende Bewaffnung und Ausrüstung der Polizei sollte beschleunigt ermöglicht werden. Dazu gehören vor allem Schußwaffen mit ausreichender Munition für jeden Polizeibeamten.

Diese Vorschläge werden durch die Innenminister der Länder den Kabinetten der Länder unterbreitet werden. Trotzdem wäre ich dankbar, wenn die Alliierte Hohe Kommission sich bereits jetzt und mit tunlichster Beschleunigung mit der Angelegenheit befassen wollte.
Genehmigen Sie, Herr Hoher Kommissar, die Versicherung meiner ausgezeichnetsten Hochachtung.

gez. Adenauer

Nr. 326
9. Oktober 1950 (Bonn): An den Bundesminister des Innern,
Dr. Dr. Gustav Heinemann, Bonn

Original in AdsD, NL Heinemann, Nr. 33, auf Kopfbogen des Bundeskanzlers; Faksimile: Kabinettsprotokolle, Bd. 2, nach S. 56; Druck: Paul *Weymar*, Adenauer, S. 548

Sehr geehrter Herr Heinemann!

Die heutige Besprechung[1] mit Ihnen und der Inhalt Ihrer schriftlichen Erklärung, die Sie mir bei dieser Besprechung übergeben haben[2], haben in mir die Überzeugung vertieft, daß unsere Auffassungen von den politischen Gegebenheiten und der politischen Lage des deutschen Volkes so weit auseinandergehen, daß eine fruchtbringende Zusammenarbeit nicht mehr möglich ist. Ich kann mich des Eindrucks nicht erwehren, daß Sie sich trotz besten Willens nicht zu der Klarheit des Urteils und daher auch nicht zu der Entschlußkraft haben durchringen können, die ein Bundesminister, zumal ein Bundesminister des Innern, in der gegenwärtigen gefahrvollen Lage besitzen muß. Ich sehe mich daher angesichts der Verantwortung, die ich vor dem deutschen Volke trage, zu meinem Bedauern gezwungen, dem Herrn Bundespräsidenten auf Grund Ihres Rücktrittsgesuches die Entlassung aus Ihrem Ministeramt vorzuschlagen[3].

Mein Entschluß ist mir im Hinblick auf die Arbeit, die wir in dem vergangenen schweren Jahr gemeinsam geleistet haben, nicht leicht gefallen. Ich verfehle nicht, Ihnen für Ihre Mitarbeit meinen verbindlichsten Dank auszusprechen, und darf der Hoffnung Ausdruck geben, daß die hinter uns liegende Arbeit uns auch in Zukunft verbinden wird[4].

Mit freundlichen Grüßen Ihr

(Adenauer)

Nr. 326A

9. Oktober 1950 (Bonn): Vermerk über ein Gespräch mit dem Bundesminister des Innern, *Dr. Dr. Gustav Heinemann*, am 9. Oktober 1950

StBKAH III/115

Heute um 11.45 Uhr war Herr Bundesminister Heinemann bei mir. Er überreichte mir die anliegende Erklärung[1]. Er sagte weiter, daß er von dem Brief Niemöller[2] vorher nichts gewußt habe. Herr Niemöller habe ihm diesen Brief erst in Berlin am Freitag gezeigt. Als ich ihm sagte, daß der Brief des Herrn Niemöller zum größten Teil unwahr sei, zeigte er mir ein Schriftstück, in dem ein nur mit den Anfangsbuchstaben sich nennender Schreiber an General Beyer schrieb, daß er beauftragt sei, ein Truppenkontingent aufzustellen[3]. Herr Heinemann nannte weiter mehrere andere Generale, die den gleichen Auftrag hätten. Die Namen der Herren waren mir sämtlich unbekannt. Ich hatte sie bisher nie gehört. Ich erklärte ihm, daß das alles nicht wahr sei. Ob er nunmehr nicht das Bedürfnis in sich fühle, von dem Brief des Herrn Niemöller sich zu distanzieren. Er erklärte mir darauf, er lasse sich nicht in irgendeinen Gegensatz zu Herrn Niemöller bringen.

Er zeigte mir zum Schluß der Unterredung ein Plakat, auf dem in großen Buchstaben Dibelius, Heinemann und Niemöller als Redner in Frankfurt aufgeführt waren[4]. Ich sagte ihm, nach diesem Brief des Herrn Niemöller hielte ich es für völlig unmöglich, daß ein Bundesminister auf einem Plakat mit Herrn Niemöller genannt werde. Er erwiderte mir, daß diese Versammlung schon lange in Aussicht genommen sei und daß die Plakate

h

Blitz

+++ b l i t z
124 dpa (inland)
bundesinnemminister dr+ gustav heinemann tritt zurueck+
ende 124 091908 ni+++

Blitz

+++b l i t z
125 dpa (inland)
adenauer nimmt ruecktrittsgesuch heinemanns an+
bonn, 9+10+50 (dpa)
bundesk/innenminister dr+ gustav heinemann hat bundeskanzler dr+
adenauer seinen ruecktritt angeboten+ dr+ adenauer hat das ruek
trittsgesuch angenommeh und wird - wie es das grundgesetz vorschreibt
- bundespraesident professor dr+ hauss vorschlagen, dr+ heinemann
zu entlassen+
ende 125 091916 ni+++

dpa-Blitzmeldung zum Rücktritt Gustav Heinemanns
(zu Dok. Nr. 326)

schon angeklebt seien. Es sei ein Zufall, daß jetzt diese Verstrickung hinzukomme. Ich erklärte ihm, er müsse sich als Bundesminister hieraus lösen und absagen. Er erklärte, dazu nicht im Stande zu sein[5].
Ich habe ihm zugesagt, ich würde ihm im Laufe des Nachmittags Bescheid geben, aber meine Meinung sei nach dem Verlauf unserer heutigen Unterredung völlig klar.

Adenauer

Nr. 327

11. Oktober 1950 (Bonn): An *Dr. Friedrich Holzapfel,* Herford

StBKAH 10.03, Telegrammvorlage mit ms. Notiz Zimmermann »Aufgegeben am 11.10.50 um 14.45 Uhr«

Höre zu meinem großen Bedauern, daß Sie bei Ablehnung verbleiben[1]. Ich danke Ihnen für Ihr Kommen und hoffe auf weitere gute Zusammenarbeit.

Gruß

Adenauer – Bundeskanzler

Nr. 328

12. Oktober 1950 (Bonn): An den Vorsitzenden der SPD-Fraktion des Deutschen Bundestages, *Dr. Kurt Schumacher,* Bonn

StBKAH 12.27, mit hs. Notiz Arenz »d. Boten ab 12.X.50, 12.30«

Sehr geehrter Herr Schumacher!

Inzwischen werden Sie gehört haben, daß nicht Herr Holzapfel, sondern Herr Lehr zum Bundesinnenminister ernannt worden ist[1].
Ich möchte Ihnen persönlich und vertraulich erklären, warum entgegen meiner Ihnen vorgestern[2] gemachten Mitteilung nicht Herr Holzapfel betraut worden ist. Ich habe mit Herrn Holzapfel vorgestern bis 10 Uhr abends verhandelt. Ich habe mich schließlich seinen Gründen, die ihn zwangen, abzulehnen, nicht verschließen können. Der Hauptgrund – und ich bitte, das besonders vertraulich zu behandeln – ist wohl der, daß er sich zwar in wirtschaftlichen Angelegenheiten sicher fühlt, aber nicht in Sachen der inneren Verwaltung. Ich hatte angenommen, daß er bei seiner Tätigkeit als Oberbürgermeister von Herford auf diesem Gebiete genügend Erfahrungen gesammelt habe.
Was Herrn Lehr angeht, so ist er Ihnen – wie ich annehme – ja bekannt. Jedenfalls können Ihre Parteifreunde aus Düsseldorf über ihn genau Aus-

kunft geben. Er war 1933 im Gefängnis und hat dadurch und in der Folgezeit viel gelernt. Fachlich ist er erprobt.
Eben höre ich zu meiner Überraschung, daß Sie in einem Interview gesagt haben sollen, die Ernennung von Herrn Ministerialdirektor Globke zum Polizeiinspekteur sei eine Provokation der SPD[3]. Wahrscheinlich handelt es sich wieder um eine der üblichen Entstellungen der Presse. Ich habe Ihnen meiner Erinnerung nach am Dienstag in unserer Besprechung gesagt, daß ich überhaupt noch niemanden für diesen Posten wisse[4].
Mit freundlichen Grüßen

Ihr ergebener
(Adenauer)

Nr. 329
16. Oktober 1950 (Bonn): An den Vorsitzenden der CDU/CSU-Fraktion des Deutschen Bundestages, *Dr. Heinrich von Brentano,* Bonn
StBKAH III/38, mit Stempel »Persönlich!«; Druck: Arnulf *Baring,* Sehr verehrter Herr Bundeskanzler!, S. 56f.[1]

Sehr geehrter Herr von Brentano!

Auf Ihren Brief vom 12. Oktober betr. Sitz der obersten Bundesbehörden erlaube ich mir zu erwidern, daß unzweifelhaft rechtlich über diese Fragen das Bundeskabinett zu entscheiden hat. Das Budgetrecht des Parlaments hat damit nichts zu tun. Wenn man so weit in der Auslegung des Budgetrechts gehen will, könnte das Parlament mit Hilfe dieses Rechtes die ganze Exekutive an sich ziehen. In der Sache selbst liegt es mir natürlich daran, mit den Koalitions-Fraktionen möglichst einigzugehen. Wenn ich Ihnen einen guten Rat geben darf – das gilt auch für die anderen Koalitions-Fraktionen –, würde ich Ihnen empfehlen, sich aus diesen Dingen herauszuhalten. Sie können eine Entscheidung treffen, welche Sie wollen, Ihre Entscheidung wird mehr Ärger als Freude hervorrufen, und die Enttäuschten, die sich ärgern, schreien natürlich lauter als die Beglückten[2].
Ich habe Herrn Bundesminister Hellwege gebeten, sich mit Ihnen in Verbindung zu setzen.
Mit freundlichen Grüßen

Ihr ergebener
gez. Adenauer

Nr. 330
16. Oktober 1950 (Rhöndorf): An *Josef Giesen,* Urfeld bei Wesseling
StBKAH 10.16

Lieber Herr Giesen[1]!

Ist Ajuga wirklich schön?
Alyssum habe ich zahlreich, allerdings nicht gefüllt.
Arabis habe ich gefüllt.
Wenn coccinea eine schöne Sorte ist, ja.
Aster alpinus möchte ich nur in weiß und rot, blau ist verwaschen.
Campanula nur in rot und weiß, das hellblaue ist verwaschen.
Helleborus nur maximus und praecox.
Iberis nur kleine Sorten.
Lavandula wird zu groß.
Leontopodium ist nicht schön.
Oenothera habe ich selbst.
Polsterprimel – ich nehme an, daß es die gewöhnliche Primel ist – habe ich vor allem in blauen Sorten gerne.
Pulmonaria und Saponaria habe ich, ebenso Thymus in purpur und weiß.
Von der A[qu]ilegia bevorzuge ich blaue Sorten, ebenfalls bei Delphinium.
Heracleum und Lupinus habe ich nicht gerne.
Trollius habe ich.
Mit freundlichen Grüßen Ihr
(Adenauer)

[PS:] Müssen evtl. Rankrosen durch neuere und schönere ersetzt werden?

Nr. 331
16. Oktober 1950 (Bonn): An Präses *D. Heinrich Held,* Düsseldorf
StBKAH 12.07, mit Stempel »Persönlich!«

Sehr geehrter Herr Präses!

Haben Sie vielen Dank für Ihren Brief vom 12.10.[1] In der letzten Unterredung, die ich mit Herrn Heinemann hatte, es war am 9. d. M., zeigte mir Herr Heinemann den Durchschlag eines Briefes eines Generalleutnant Paul M[ahlmann] an Generalleutnant a. D. Dr. Beyer[2]. Der Text dessen, was er zeigte, stimmt meiner Erinnerung nach im wesentlichen

überein mit dem, was Sie schreiben. Ich habe Herrn Heinemann sofort erklärt und erkläre das hiermit auch Ihnen gegenüber, sehr geehrter Herr Präses, daß ich von der ganzen Sache nichts weiß, daß ich bisher auch nicht habe feststellen können, wer dahintersteckt und daß, wenn irgend jemand irgendeinen solchen Auftrag gegeben haben sollte, das absolut gegen meine Intentionen ist. Wäre es nicht möglich, daß man mir mitteilt, wer dieser Generalleutnant a. D. Paul M[ahlmann] ist, damit ich mich an ihn wenden kann?
Ich möchte Ihnen noch besonders danken für das Verständnis für meine Lage, das aus Ihrem Brief spricht. Seien Sie überzeugt, daß ich bei den Entscheidungen, die in diesen Angelegenheiten noch zu fällen sind, ebenso auf die Hilfe Gottes vertraue wie irgendein anderer.
Mit freundlichen Grüßen

Ihr ergebener
(Adenauer)

Nr. 332
16. Oktober 1950 (Bonn): An Staatssekretär a. D.
Dr. Franz-Josef Wuermeling, Bonn
StBKAH 10.04, mit ms. Vermerk »*Persönlich!*«

Lieber Herr Wuermeling!

Ich danke Ihnen für Ihren Brief vom 14.10.[1] Ich habe mir vorgenommen, zu gegebener Zeit auf die Angelegenheit zurückzukommen, um Herrn von Brentano zu sagen, daß, selbst wenn er oder der Vorstand recht gehabt hätten, es wohl richtiger gewesen wäre, mit mir über die Angelegenheit unter 4 Augen zu sprechen. Diese Szene habe ich sehr unangenehm empfunden.
Im übrigen habe ich in der Angelegenheit Heinemann lange genug gewartet, und ich wußte, daß Herr von Brentano – wie er mir selbst gesagt hatte – und ebenso die überwiegende Mehrheit der Fraktion – er sagte damals: mit Ausnahme von 1 oder 2 Herren – mit mir übereinstimmen. Es hatte da wohl keinen Zweck, noch lange zu fackeln.
Mit freundlichen Grüßen

Ihr ergebener
(Adenauer)

Nr. 333

17. Oktober 1950 (Bonn): An den Geschäftsführenden Vorsitzenden der Alliierten Hohen Kommission, *Sir Ivone Kirkpatrick,* Bonn-Petersberg

AA, Noten an AHK, Bd. 11

Herr Hoher Kommissar!

Die Alliierte Hohe Kommission hat sich in den letzten Wochen bei zwei Anlässen, die Grundfragen des Verhältnisses der Bundesrepublik zu der sogenannten Deutschen Demokratischen Republik berühren, zum Sprecher und Vertreter der Forderungen der Bundesregierung gemacht.
Ich denke dabei an die Weitergabe meines Protestes gegen das sogenannte Görlitzer Abkommen über die Anerkennung der Oder-Neiße-Grenze (Ihr Schreiben vom 2. Oktober 1950 – AGSDC (50) 2169 –)[1] und an die Weitergabe meines Vorschlags betreffend die Abhaltung gesamtdeutscher Wahlen (Ihr Schreiben vom 10. Oktober 1950 – 207/2/65/50 –)[2].
Es ist mir ein Bedürfnis, Ihnen hierfür den Dank der Bundesregierung zum Ausdruck zu bringen. Ich sehe in der Tatsache, daß in einer für das deutsche Volk so wichtigen Frage die Interessengemeinschaft zwischen der Bundesrepublik und den in der Alliierten Hohen Kommission vertretenen Regierungen nach außen hin eindeutig bekundet wurde, eine Gewähr für die weitere Entwicklung unserer Beziehungen im Geiste einer echten und aufrichtigen Zusammenarbeit. Ich darf Sie bitten, diesen Ausdruck meines Dankes auch den Herren Hohen Kommissaren der Französischen Republik und der Vereinigten Staaten zum Ausdruck bringen zu wollen.
Genehmigen Sie, Herr Hoher Kommissar, den Ausdruck meiner ausgezeichnetsten Hochachtung.

gez. Adenauer

Nr. 334

18. Oktober 1950 (Bonn): An den Vorsitzenden der CDU/CSU-Fraktion des Deutschen Bundestages, *Dr. Heinrich von Brentano,* Bonn

StBKAH III/38, mit ms. Vermerk *»Persönlich!«*

Lieber Herr von Brentano!

Die Zusammensetzung des Bundesparteivorstandes hat nachträglich Bedenken hervorgerufen; Bedenken, die ich teile[1]. Man hat Sie als Vorsitzenden der Bundestagsfraktion nicht vorgeschlagen, dagegen sind andere, und zwar zusammen 8 Mitglieder der Bundestagsfraktion, vorgeschlagen worden. Nachträglich sind in Parteikreisen dagegen Bedenken laut geworden[2]. Man fürchtet, daß der Einfluß der Bundestagsfraktion zu groß würde. Ich glaube, man wird in Goslar die ganze Frage noch einmal besprechen. Ich hoffe, daß es Ihnen dann möglich sein wird, an einer Vorbesprechung teilzunehmen.

Mit freundlichen Grüßen Ihr ergebener

(Adenauer)

Nr. 335

18. Oktober 1950 (Bonn): An den Bundesminister für Wirtschaft, *Professor Dr. Ludwig Erhard,* Bonn

Original in LES, NL Erhard I. 1) 1, auf Kopfbogen des Bundeskanzlers, mit ms. Vermerk »*Persönlich*«; Faksimile (des Durchschlags in BA, B 136/2456): Kabinettsprotokolle, Bd. 2, nach S. 56

Sehr geehrter Herr Erhard[1]!

Ich bedaure, Ihnen mitteilen zu müssen, daß die Stimmung der Hohen Kommissare gegen Sie anscheinend nicht ohne Grund derartig ablehnend ist. Ich habe den Eindruck, daß das von Ihnen geleitete Ministerium in der Frage der Dekonzentration[2] schon lange viel aktiver hätte sein müssen. Das ist übrigens auch der Eindruck maßgebender Kreise des Bundestags. Es wird ferner von der Hohen Kommission gegen Sie der Vorwurf erhoben, daß Sie nicht genügend bedacht darauf gewesen seien, dem Devisenschwund[3] Einhalt zu tun. Endlich hat der englische Hohe Kommissar in sehr ernster Weise mich auf die politischen Folgen aufmerksam gemacht, die durch nicht genügenden Verkauf von Schrott nach England eintreten würden[4]. Das Rüstungsprogramm Englands würde dadurch gefährdet. England sei überzeugt davon, daß künstlich zurückgehalten würde von unseren Interessenten mit der Abgabe von Schrott, um höhere Preise zu erzielen. Der englische Hohe Kommissar hat mir ausdrücklich erklärt, daß England bereit sei, höhere Preise zu zahlen. Aber er ist der Auffassung, daß seitens des Wirtschaftsministeriums dieser ganzen Aktion nicht die nötige Aufmerksamkeit gewidmet und nicht der nötige Druck dahinter gesetzt wird.

Ich bitte Sie sehr dringend, dem Ernst der gesamten Situation Rechnung zu tragen. Wenn durch ein Versagen des Wirtschaftsministeriums die Dekonzentration in einer den deutschen Interessen abträglichen Weise einseitig von den Westalliierten vorgenommen wird, werden Ihre ganzen Verdienste um die Hebung der deutschen Wirtschaft demgegenüber verblassen und es wird auch für die Bundesregierung eine höchst gefahrvolle Lage dadurch heraufbeschworen. Diese Lage kann nur dadurch gemeistert werden, daß Sie unverzüglich mir bezw. dem Kabinett die nötigen Vorlagen zwecks Weiterleitung an die Hohen Kommissare unterbreiten. Ich habe das Ihrem Staatssekretär[5] auch bereits mündlich gesagt.

Mit besten Grüßen Ihr ergebener

(Adenauer)

Nr. 336

23. Oktober 1950 (Bonn): An Bundespräsident *Professor Dr. Theodor Heuss,* Bad Godesberg

StBKAH III/47, mit ms. Vermerk »Persönlich – Durch Boten« und hs. Notiz Zimmermann »ab 23.10.50«

Sehr geehrter Herr Bundespräsident!

Nach meiner Rückkehr vom ersten CDU-Parteitag in Goslar finde ich Ihren Brief vom 20. Oktober[1] vor betr. Herrn Köhler. Zu Herrn Köhler möchte ich vorläufig folgendes sagen. Herr Köhler hat als Präsident des Bundestages versagt. Er war nicht in der Lage, ein Parlament von diesem Umfang richtig zu leiten. Gegen seine Person liegt nichts vor. Als Vorsitzender des Wirtschaftsrats der Bizone hat er sich unzweifelhaft große Verdienste erworben. Als Vorsitzender des Wirtschaftsrates hatte er nicht nur die Leitung des Wirtschaftsrates in seinen Sitzungen, sondern der Vorsitzende des Wirtschaftsrates hatte, da der Wirtschaftsrat kein eigentliches Parlament war, sehr viel Verhandlungen mit den Alliierten zu führen. Nach übereinstimmenden Berichten, die ich bekomme und die ich auch früher erhalten habe, hat Herr Köhler bei diesen Verhandlungen sehr gut gewirkt und für die Bizone viel erreicht. Ich glaube, wenn man gegeneinander abwägt sein Versagen bei der Funktion als Präsident des Bundestages und seine unbestrittenen Erfolge bei der Leitung des Wirtschaftsrates, so wird man von einem »Abschieben« wirklich nicht sprechen können. Die Eigenschaften, die Herr Köhler bei diesen Verhandlungen gezeigt hat, machen ihn, wie ich glaube, auch durchaus geeignet, einen diplomatischen Posten zu versehen. Es kommt hinzu, daß Sie, wie Sie selbst, sehr verehrter Herr Präsident, in Ihrem Brief ausgeführt haben, der Auffassung sind, daß neue Männer in den Auswärtigen Dienst genommen werden müssen.

Ich darf mir erlauben, möglichst bald nach meiner Rückkehr mit Ihnen über die Sache zu sprechen[2].

Mit freundlichen Grüßen Ihr ergebener

(Adenauer)

Nr. 337

30. Oktober 1950 (Rhöndorf): An *Johannes Albers*, Junkersdorf bei Köln

StBKAH 10.21

Sehr geehrter Herr Albers!

Auf Ihren Brief vom 23. Oktober[1] erwidere ich ergebenst, daß Ihre Kritik, es seien zu viel Akademiker im Vorstand, mir berechtigt erscheint. Man wird gelegentlich daran denken müssen, das zu ändern.

Darf ich mir bei dieser Gelegenheit folgende Ausführung erlauben:

Ich fürchte, die Arbeitnehmerschaft hat dadurch, daß sie sich bei ihrem Zusammenschluß in Sozialausschüssen zu stark distanziert, sich letzten Endes selbst geschadet[2].

Ich bitte Sie, diese Frage einmal nachzuprüfen. [Sie] scheint mir des Prüfens wert zu sein.

Mit vielen Grüßen (Adenauer)

Nr. 338

30. Oktober 1950 (Rhöndorf): An den legalen Hauptvorstand der Exil-CDU, Berlin-Charlottenburg

StBKAH 08.13; mit ms. Vermerk »*Luftpost!*«

Sehr geehrte Herren[1]!

Ich bestätige den Empfang Ihres Briefes vom 25. d. Mts.[2], den ich im Vorstand zur Sprache bringen werde.

1) Ihre Kritik an der Schlußkundgebung halte ich in wesentlichen Punkten für gerechtfertigt.
2) Die Leitung fast des ganzen Parteitages ist einem Mann aus den Reihen der Exil-CDU, Herrn Lemmer, übertragen gewesen. Wenn man die Schlußkundgebung ebenfalls einem Mitglied der Exil-CDU übertragen hätte, wäre höchstwahrscheinlich der Vorwurf laut geworden, die übrige CDU distanziere sich.
3) Ihre Ausführungen gegen Herrn Kiesinger[3] enthalten ja wohl nichts Neues[4]. Ich zweifle nicht, daß Ihre Ausführungen nochmals überlegt werden.
4) Auf den engen Kontakt der Exil-CDU mit dem Generalsekretariat lege ich ebenfalls großen Wert.

Mit freundlichen Grüßen (Adenauer)

Nr. 339
30. Oktober 1950 (Bonn): An Pastor *D. Wilhelm Niesel,* Schöller/Post Dornap
StBKAH 12.07, mit hs. Notiz Zimmermann »zdA-Heinemann-Niemöller«

Sehr geehrter Herr Pastor[1]!

Ihren Brief vom 24.10.[2] habe ich erhalten.
Sie gehen davon aus, daß das, was Herr Heinemann sagt, den Tatsachen entspricht. Das ist leider nicht der Fall. Ich bitte Sie, davon Kenntnis zu nehmen, daß ich sowohl der New Yorker Außenministerkonferenz wie der deutschen Öffentlichkeit wiederholt erklärt habe, daß über die Frage der Stellung eines deutschen Kontingentes nur der Bundestag zu entscheiden hat und weder der Bundeskanzler noch die Bundesregierung. Ich bitte Sie, auch davon Kenntnis zu nehmen, daß das gesamte Kabinett sich der Beschwerde des Herrn Heinemann, es sei nicht genügend unterrichtet worden, nicht anschließt. Ich glaube, das dürfte doch zu denken geben.

Mit vorzüglicher Hochachtung
(Adenauer)

Nr. 340
30. Oktober 1950 (Bonn): An den Bundestagsabgeordneten *Dr. Hermann Schäfer,* Hamburg
StBKAH 10.04, mit ms. Vermerk »*Vertraulich!*« und ms. Notiz »Durchschlag dieses Schrb. ist an die Bonner Anschrift unter pers. u. vertraulich gegangen, da Herr Dr. Schäfer zur Zeit in Holland ist und nicht genau feststeht, ob er nach Hamburg oder Bonn zurückkommt.«

Sehr geehrter Herr Schäfer!

Die in Ihrem Brief vom 27. Oktober angeschnittene Frage[1] werden wir wohl zweckmäßig zunächst im kleinen Kreise der Koalitionsfraktionen besprechen.
In der Zwischenzeit habe ich festgestellt, daß Herr Staatssekretär Hallstein nicht der CDU angehört. Ob er der FDP angehört oder ihr nahesteht, weiß ich nicht.
Der Staatssekretär für das Innere im Bundeskanzleramt wird so eng mit mir zusammenarbeiten müssen, daß persönliche Beziehungen zwischen mir und ihm eine Rolle spielen. Ich habe noch keinen Herrn gefunden[2]; aber ich bitte, mir keine offiziellen Vorschläge Ihrer Fraktion zu

machen, sondern ehe Ihre Fraktion irgendwelche Beschlüsse faßt, die Angelegenheit mit mir zu besprechen.

Mit vorzüglicher Hochachtung
Ihr sehr ergebener
(Adenauer)

Nr. 341
30. Oktober 1950 (Rhöndorf): An Präses *Ernst Wilm,* Bethel bei Bielefeld
StBKAH 10.21

Sehr geehrter Herr Präses[1]!

Auf Ihren Brief vom 15. d. Mts., bei mir eingegangen am 18.10.50, komme ich erst jetzt zurück, weil ich in der Zwischenzeit in Goslar und in Berlin war.
Ich verkenne nicht den Ernst, der Ihren Ausführungen zu Grunde liegt, aber mir scheint, daß Sie meine Erklärungen nicht zur Kenntnis nehmen. Ich habe wiederholt erklärt, daß der Bundestag und nicht die Bundesregierung berufen sei, über die in Rede stehenden Fragen zu entscheiden.
Was den Termin der außenpolitischen Debatte im Bundestag angeht, so muß das Lebensinteresse des deutschen Volkes selbst entscheidend sein. Eine Debatte im Bundestag bei einer völlig ungeklärten Lage über die Stellungnahme der Westalliierten, insbesondere Frankreichs, kann aber die Situation nicht nur nicht klären, sondern sie nur noch verdunkeln. Die Opposition im Bundestag hätte sicher diese außenpolitische Debatte schon lange gefordert, wenn nicht auch sie davon überzeugt wäre, daß eine Behandlung im gegenwärtigen Augenblick den Interessen des deutschen Volkes nicht entspricht. Dem muß sich schließlich auch Herr Kirchenpräsident Niemöller fügen.
Was Ihre Ausführungen bezüglich des Herrn Bundesministers a.D. Heinemann angeht, so kann ich Ihnen nicht folgen. Ich halte es nicht für Gottes Wille, daß man dem Todfeind des Christentums, dem Bolschewismus, keinen Widerstand leistet.
In der Zwischenzeit haben ja auch wohl zahlreiche Entschließungen evangelischer Kreise gezeigt, daß man die Auffassung des Herrn Kirchenpräsidenten Niemöller und des Herrn Heinemann nicht teilt[2]. Ich nehme an, daß am 8. November im Bundestag die Aussprache stattfinden wird[3]. Bis dahin muß sich die deutsche Öffentlichkeit gedulden.

Ihr ergebener
(Adenauer)

Nr. 342
3. November 1950 (Bonn): An *Dr. Gerd Bucerius,* Bonn
StBKAH 10.03

Sehr geehrter Herr Bucerius!

Der Herr Bundesverkehrsminister hat mir die Ausgabe der »Zeit« vom 26.10.50 zugeleitet und mir sein Befremden darüber zum Ausdruck gebracht, daß ein der Regierungskoalition nahestehendes Blatt den Artikel »Der verkehrte Verkehrsminister«[1] gebracht habe. Er wies dabei auch auf die Karikatur »der eiserne Kanzler und gepanzertes Adenauto«[2] und den Artikel gegen Dr. Köhler[3] hin.
Ich möchte zu diesen Veröffentlichungen im einzelnen nicht Stellung nehmen, wäre Ihnen aber außerordentlich dankbar, wenn Sie durch Ihren Einfluß bewirken könnten, daß kritische Stellungnahmen der »Zeit« sich um einen so zurückhaltenden Ton bemühen, daß die Zusammenarbeit der Koalitionsparteien nicht erschwert wird. Dieses Bemühen scheint mir angesichts des niedersächsischen Wahlkampfes[4] besonders tunlich zu sein.
Mit freundlichen Grüßen Ihr
(Adenauer)

Nr. 343
3. November 1950 (Bonn): An den Geschäftsführenden Vorsitzenden der Alliierten Hohen Kommission, *John J. McCloy,* Bonn-Petersberg
AA, Noten an AHK, Bd. 11

Herr Hoher Kommissar!

Ich beehre mich, Ihre Aufmerksamkeit auf das Schicksal des vom Nürnberger Militärtribunal III im Falle Nr. 3 zu lebenslänglicher Gefängnisstrafe verurteilten früheren Staatssekretärs Dr. Franz *Schlegelberger*[1] zu lenken. Dr. Schlegelberger ist der älteste Inhaftierte der Landsberger Haftanstalt. Von Beginn seiner Haftzeit an leidet der jetzt 75jährige an schwersten Angina pectoris-Anfällen. Wie aus dem urschriftlich beigefügten Schreiben des Chefarztes des Landsberger Gefängnisses an den Verteidiger Dr. Schlegelbergers hervorgeht, hat sich der Zustand des Gefangenen durch einen am 23. August ds. Js. eingetretenen Schlaganfall erheblich verschlimmert. Der Arzt rechnet mit der Möglichkeit einer Wiederholung des Anfalls mit ernstem Ausgange.

Unter diesen Umständen wäre ich Euerer Exzellenz zu Dank verpflichtet, wenn Sie die Möglichkeit einer baldigen Haftentlassung des betagten und schwerkranken Gefangenen in Erwägung ziehen würden[2].
Genehmigen Sie, Herr Hoher Kommissar, den Ausdruck meiner ausgezeichnetsten Hochachtung.

gez. Adenauer

Nr. 344
9. November 1950 (Bonn): An den Hohen Kommissar der Französischen Republik, Botschafter *André François-Poncet,* Bonn-Petersberg
AA, Noten an AHK, Bd. 12

Herr Botschafter!

Ich beehre mich, die Aufmerksamkeit Euerer Exzellenz auf die folgende Angelegenheit zu lenken:
Der deutsche Staatsangehörige Ernst *Röchling*[1] ist durch Urteil des Tribunal Supérieur der französischen Militärregierung vom 25. Januar 1949 rechtskräftig zu fünf Jahren Gefängnis, Einziehung seines gesamten Vermögens und Entzug der bürgerlichen Ehrenrechte verurteilt worden. Er verbüßt seine Strafe im Gefängnis in Wittlich.
Die Ehefrau des Herrn Röchling hat am 17. Dezember 1949 ein Gnadengesuch an den Herrn Präsidenten der Französischen Republik gerichtet. Dieses Gnadengesuch ist, soweit ich höre, vor längerer Zeit von Paris aus Euerer Exzellenz zur Entscheidung vorgelegt worden. Eine Entscheidung über den Gnadenantrag ist aber noch nicht getroffen worden.
Der Verurteilte dürfte eines Gnadenerweises besonders würdig sein. Als erklärter Gegner des Nationalsozialismus ist Ernst Röchling vom sogenannten Volksgerichtshof in Berlin zu fünf Jahren Zwangsarbeit verurteilt und erst nach dem Zusammenbruch aus dem Gefängnis befreit worden. Er ist nunmehr 60 Jahre alt und empfindet die erneute Gefängnishaft als besondere Härte.
Auch die Tatsache, daß Herr Röchling in erster Instanz als nicht schuldig freigesprochen wurde, dürfte für die Möglichkeit eines großherzigen Gnadenaktes sprechen.
Ich beehre mich daher Euerer Exzellenz mitzuteilen, daß die Bundesregierung es dankbar begrüßen würde, wenn Sie eine baldige positive Entscheidung über das Gnadengesuch der Frau Röchling treffen würden[2].
Genehmigen Sie, Herr Hoher Kommissar, den Ausdruck meiner ausgezeichnetsten Hochachtung.

gez. Adenauer

Nr. 345
10. November 1950 (Rhöndorf): An *Professor Dr. August Adenauer,* Gielsdorf bei Bonn
StBKAH 10.16

Lieber August!

Deinen Brief wegen des Hotels Feldbergerhof habe ich noch nicht beantwortet[1]. Leider sind diese berechtigten Klagen sehr häufig[2]. Ich hoffe, daß es gelingt, wenn wir jetzt einbezogen werden in den Kreis der Verteidiger des Westens, eine erhebliche Einschränkung der Besatzungskosten zu erreichen[3]. Wenn das gelingt, werden auch solche Hotels wie der Feldbergerhof wieder frei werden.
Ich nehme an, daß Du meinen Brief wegen Ludwig[4] erhalten hast.
Mit herzlichen Grüßen A

Nr. 346
10. November 1950 (Rhöndorf): An Rechtsanwalt *Dr. Friedrich Manstetten,* Köln
StBKAH 10.17

Sehr geehrter Herr Manstetten!

Sie werden sich sicher schon gewundert haben, daß ich bisher nach der Erledigung der Kölner Angelegenheit[1] noch nicht geschrieben habe. Die Fülle der auf mir lastenden Arbeit ist schuld daran. Erst eine starke Erkältung, die mich zwingt, einige Tage zu Hause zu bleiben, gibt mir die Möglichkeit, meine Korrespondenz, die seit langem rückständig ist, zu erledigen.
Ich danke Ihnen herzlichst für die große Mühe, die Sie sich während der ganzen Jahre in meiner Angelegenheit gegeben haben. Ich weiß wohl zu würdigen, wie schwierig es oft für Sie gewesen ist.
Um so größer ist mein Dank Ihnen gegenüber.
In Ihrem Brief vom 6. Oktober übermittelten Sie mir den Wunsch, Herrn Senatspräsidenten Dr. Staff[2] zu empfangen. Wenn der Wunsch noch weiter bestehen sollte, so lasse ich Herrn Staff bitten, sich unverzüglich mit meinem Vorzimmer in Verbindung zu setzen wegen eines Termins.
Ich bin mit herzlichen Grüßen

Ihr sehr ergebener
(Adenauer)

Nr. 347
10. November 1950 (Rhöndorf): An *Dr. Josef Rust,* Bonn
StBKAH 11.02, ohne Anrede und Grußformel

Ich bitte Sie, den Aufsatz von Herrn Höpker Aschoff[1] im »Volkswirt« zu lesen[2]. Mir scheinen seine Ausführungen sehr beachtenswert. Der Vorschlag des Finanzministers liefert m. E. die Bundesregierung noch immer zu sehr der Bundesnotenbank aus[3].

(Adenauer)

Nr. 348
15. November 1950 (Bonn): An *Dannie N. Heineman,* Brüssel
StBKAH 10.12, mit ms. Vermerk »Persönlich!« und hs. Notiz Zimmermann »wird durch Kurier abgeholt. abgeholt am 17.11.50, 12.20«[1]

Lieber Freund!

Daß Sie besonders von Brüssel herübergekommen sind[2], um mir Lebewohl zu sagen, hat mich sehr gefreut. Ich danke Ihnen für Ihren Besuch und für die vielen Anregungen, die er mir gebracht hat.
Besonders waren mir auch Ihre Hinweise auf die Frage der Elektrizitätsversorgung von Interesse. Ich werde, sobald Sie, wie in Aussicht gestellt, die Darlegungen schriftlich übermittelt haben, die Angelegenheit weiter verfolgen.
Zu unserem Gespräch über Sowjetrußlands Satellitenstaaten und Westeuropa darf ich folgendes wiederholen und hinzusetzen:
Sowjetrußland hat sich seit 1945 die Herrschaft über Gebiete von zusammen 12 Mill. qkm verschafft. Es ist dabei in derselben Art und Weise vorgegangen: 5. Kolonne, Einschüchterung der widerstandsbereiten Elemente in den zu unterwerfenden Staaten, Schaffung vollendeter Tat sachen auf dem Wege der Gewalt, Einheitspartei, Einheitswahlen, Sowjetrußland hörige Regierungen. Die Expansionstendenz Sowjetrußlands seit 1945 ist derartig eklatant, daß man nicht versteht, wie es möglich war, daß die Westalliierten dem so lange untätig zugesehen haben. Es spricht auch nichts dafür, daß diese Expansionspolitik nicht weiter verfolgt werden soll. Im Gegenteil, die Ansammlung sowjetrussischer Armeen in der Sowjetzone Deutschlands, die Schaffung des Satellitenstaates »Sowjetzone Deutschland« nach der oben geschilderten Methode, die Schaffung der sogenannten Volkspolizei-Armee, die Wühlarbeit in der Bundesrepublik Deutschland, in den kommunistischen Parteien

Frankreichs und Italiens lassen völlig klar erkennen, daß Sowjetrußland die Absicht hat, seine Herrschaft auch über Westeuropa auszudehnen.
Das Verhalten der westeuropäischen Staaten demgegenüber, insbesondere auch die Einstellung Frankreichs gegenüber der Schaffung einer Abwehrfront einschließlich der Bundesrepublik Deutschland, lassen den mangelnden Widerstandswillen und die mangelnde Einsicht in die Gefährlichkeit der Lage sehr deutlich erkennen.
Die Behandlung der deutschen Wehrmacht und des deutschen Volkes nach dem Zusammenbruch durch die Westalliierten hat die Achtung vor allem, was mit Wehrmacht irgendwie zusammenhängt, im deutschen Volke weitgehend vernichtet. Auch das Bewußtsein, abhängig und nicht frei zu sein, schränkt in der Bundesrepublik Deutschland, insbesondere auch bei der jüngeren Generation, die Überzeugung, daß es notwendig sei, auch unter Opfern sich die Freiheit von Sowjetrußland zu bewahren, in starkem Maße ein. Man kann nur dann von einem Volk verlangen, für die Freiheit alles zu opfern, wenn es wirklich frei ist und wenn es davon überzeugt ist. Hinzu kommt, daß die Menschen in der Bundesrepublik Deutschland nicht davon überzeugt sind, daß die Westalliierten wirklich bereit sind, alles, was in ihren Kräften steht, zu tun, um die Bundesrepublik vor einem Einbruch sowjetischer Truppen zu schützen. Diese Überzeugung fehlt insbesondere aus 2 Gründen: Zunächst ist seit etwa 2 Jahren von den Westalliierten einmal von der Verteidigung westlich des Rheins und dann von einer hinhaltenden Verteidigung zwischen Elbe und Rhein gesprochen worden. Ferner sind die westalliierten Streitkräfte in Deutschland im Verhältnis zu den sowjetrussischen in der Ostzone derartig gering, daß vielfach der Eindruck entstanden ist, die Westalliierten, insbesondere die Vereinigten Staaten, wollten im Grunde doch keine wirkliche Zurückdrängung Sowjetrußlands.
Diese defaitistische Stimmung, die von der Ostzone her aus tausend Quellen genährt wird, war besonders stark nach dem Angriff der Nordkoreaner auf Südkorea. Die Stimmung besserte sich, als die Nordkoreaner durch die UNO-Streitkräfte zurückgeschlagen wurden. Sie ist wieder gesunken, seitdem anscheinend auch Rot-China sich in den Kampf einmischt. Durch letzteres ist die Befürchtung entstanden, US werde die bisher für Europa bestimmten Streitkräfte zu einem erheblichen Teil in Asien verwenden müssen, so daß eine erfolgreiche Verteidigung gegenüber Sowjetrußland nicht möglich sei.
Sie haben mich nun gefragt, was man dagegen tun könne? Lassen Sie mich kurz zusammenfassen, was meines Erachtens unbedingt geschehen muß, und zwar bald geschehen muß.

1. Die sich nunmehr seit September hinziehenden Beratungen unter den Atlantikpaktmächten müssen endlich zu einem vernünftigen Schluß gebracht werden, damit das deutsche Volk sieht, die Atlantikpaktmächte sind einig.
2. Ganz dringend ist, daß so schnell wie möglich amerikanische Truppen in nicht unerheblicher Stärke nach hier gelegt werden, damit das deutsche Volk an den Widerstandswillen der Vereinigten Staaten in Europa wieder glaubt. Zwei Divisionen, die jetzt hier stehen, kann man notfalls zurücknehmen, eine Armee wird man nicht zurücknehmen können. Die Aufstellung einer solchen Armee ist daher ein unbedingtes Erfordernis.
3. In ernsthafter Weise muß die wirtschaftliche Kraft Deutschlands, wenn es einen Beitrag zur Verteidigung zu stellen hat, nachgeprüft werden. Man muß dafür sorgen, daß die sozialen Aufgaben weiter gelöst werden können. Man wird nicht, wie anscheinend in Aussicht genommen ist, einfach sagen dürfen, ein bestimmter Prozentsatz des Sozialprodukts muß für Besatzung und Verteidigung ausgegeben werden. Man würde dabei übersehen, daß Deutschland anders wie andere Länder durch seine Flüchtlinge und die großen Zerstörungen infolge des Krieges viel größere Soziallasten zu tragen hat und daß die Nichterfüllung dieser Soziallasten das beste Mittel sein würde, den Widerstandswillen zu schwächen.
4. Ein Volk wird nur dann Opfer für seine Freiheit bringen, wenn es überzeugt ist, im Besitze dieser Freiheit zu sein. Diese Überzeugung besteht im deutschen Volke noch nicht und kann auch noch nicht bestehen. In einer sichtbaren und die breiten Massen überzeugenden Weise müssen, wenn das deutsche Volk Kontingente stellen soll, Beweise dafür gegeben werden, daß dem deutschen Volke seine Freiheit in kürzester Frist wiedergegeben wird. Sicher wird das nicht auf einmal möglich sein, aber es muß doch ein sehr starker Fortschritt für alle sichtbar eintreten. Die Auslieferung von Deutschen an Frankreich zur Aburteilung und die Verhaftung dieser Personen durch Organe der Besatzung unter der Begründung, daß der Wille der Besatzungsbehörden über dem deutschen Grundgesetz stehe, und eine ganze Anzahl ähnlicher Dinge erzeugen sehr viel böses Blut. Sicher weiß die Mehrzahl der Deutschen, daß das Leben unter russischer Besatzung ungleich härter ist, aber dieses Wissen befähigt noch nicht, unter Umständen Gut und Blut einzusetzen gegen den sowjetrussischen Druck.
5. Die sozialdemokratische Partei versucht, die Abneigung der Deut-

schen gegen die Stellung deutscher Kontingente für ihre parteipolitischen Zwecke auszunutzen. Dabei hat sie unzweifelhaft Erfolge. Der Krieg, der Nationalsozialismus, die Behandlung aller militärischen Fragen seit 1945 durch die Westalliierten in Deutschland, haben eben eine sehr ungünstige Atmosphäre geschaffen. Man wird der sozialdemokratischen Agitation nur dann mit Erfolg entgegentreten können, wenn man die oben angeführten Punkte berücksichtigt.

Ich bin, lieber Freund, wie Sie mir angemerkt haben, in ernster Sorge um die gesamte Entwicklung. Ich hoffe dennoch, daß man in den übrigen Ländern Westeuropas, insbesondere in Frankreich – ebenso wie in den Vereinigten Staaten – einsieht, worum es sich handelt, und weiter einsieht, daß schnelles Handeln unbedingt erforderlich ist. –

Ich würde mich sehr freuen, wenn Sie mir baldmöglichst Ihr Bild senden würden.

Ich hoffe, daß Sie im nächsten Sommer ebenso frisch zurückkehren, wie Sie jetzt beim Abschied waren. Grüßen Sie Ihre Frau recht herzlich und seien Sie selbst vielmals gegrüßt von

Ihrem
(Adenauer)

P.S. In *strengem Vertrauen* lege ich Ihnen einen Teil von Ausführungen bei, die ich der Hohen Kommission gemacht habe[3].

Wenngleich ich der Auffassung bin, daß sich im Deutschen Bundestag eine Mehrheit für die Leistung eines Beitrages zur Verteidigung Europas finden wird, so zeigen doch der Erfolg der Agitation der sozialdemokratischen Partei, die Rundfunkkommentare, Zeitungsäußerungen – auch von angeblich neutralen Blättern –, daß der Gedanke der Leistung eines Beitrages und der Übernahme von Verpflichtungen im deutschen Volke nicht so aufgenommen wird, wie er aufgenommen werden müßte. Um die zögernde Haltung der deutschen Bevölkerung zu überwinden, wird es notwendig sein, sie davon zu überzeugen, daß die Bundesrepublik Deutschland frei ist oder wenigstens die Aussicht besteht, bald völlige Freiheit für sie zu erlangen, daß es sich deshalb verlohnt, Opfer zu bringen. Die psychologische Vorbereitung der deutschen Bevölkerung bitte ich dringend durch entsprechende Schritte der Besatzungsmächte zu erleichtern. Die Situation in der Welt hat sich seit der New Yorker Außenministerkonferenz im September so außerordentlich schnell zugespitzt, daß nach meiner Meinung großzügige Handlungen der Westalliierten gegenüber Deutschland, Handlungen, die für jeden verständlich sind, schnellstens erfolgen müssen. Es wird sonst sehr schwer, wenn nicht unmöglich sein, die deutsche Bevölkerung zur freiwilligen Mitarbeit an der Verteidigung Europas auch innerlich zu gewinnen.

Nr. 349
18. November 1950 (Bonn): An den Bundestagsabgeordneten
Dr. Erich Köhler, Wiesbaden
StBKAH 10.03, mit ms. Vermerk »*Vertraulich!*« und hs. Notiz Arenz »ab 18.11.50«

Lieber Herr Köhler!

Der Herr Bundespräsident hat gewisse Bedenken gegen Ihre Ernennung für Australien, trotzdem das Kabinett ihr zugestimmt hat[1]. Ob der Herr Bundespräsident, wenn ich ihm einen Vorschlag mache, einen bestimmten Herrn zu ernennen, in der Lage ist, das abzulehnen, lasse ich dahingestellt sein. Es kann wohl sein, daß er auf diesem Standpunkt bleiben kann, wenngleich ich nicht glaube, daß er einen solchen Standpunkt bis zu Ende durchhalten könnte. Immerhin glaube ich nicht, daß es zweckmäßig erscheint, gerade wegen Ihrer Ernennung diese Frage zur Entscheidung zu bringen. Der Herr Bundespräsident hat mich in dem Zusammenhang auf den ja sehr häßlichen Artikel in der »Zeit«[2] verwiesen, den Sie wohl kennen werden. Ich fürchte, wenn man auf Ihrer Ernennung besteht, daß dann in der Presse bei der bekannten Indiskretion in unseren Ämtern eine Diskussion anheben würde, die für Sie und die Sache nicht förderlich sein würde.

Der Herr Bundespräsident hat bei mir angeregt, ob nicht Iran für Sie ein geeigneter Platz sei. Er ist wohl darauf gekommen, weil der Schah von Iran[3] angeregt hat, daß ein Vertreter Deutschlands an seiner Hochzeit am 24. Dezember[4] anwesend sein möchte. Iran ist politisch sehr interessant und für uns sehr wichtig. Es kommt hinzu, daß in Iran ein Zeremoniell herrscht, das Ihrer Begabung vielleicht mehr liegt, als die Atmosphäre in Australien. Ich halte diesen Vorschlag des Herrn Bundespräsidenten vom sachlichen und vom persönlichen Standpunkt aus für sehr erwägenswert. Ich bitte Sie, sich die Frage zu überlegen und mir möglichst bald Ihre Meinung mitzuteilen[5].

Falls Sie geneigt sein sollten, nach Iran zu gehen, würden Sie wohl zweckmäßig zunächst als Vertreter zu der Hochzeit entsandt werden, da das Agrément bis dahin vielleicht noch nicht eingetroffen sein wird.

Ich bitte Sie, die Angelegenheit ganz diskret zu behandeln und mir möglichst bald Ihre Meinung zukommen zu lassen.

Mit vielen Grüßen

Ihr ergebener
(Adenauer)

Nr. 350
23. November 1950 (Bonn): An den nordrhein-westfälischen Ministerpräsidenten *Karl Arnold,* Düsseldorf
StBKAH 10.03, mit ms. Briefkopf wie Nr. 101, Stempel »Persönlich!« und hs. Notiz Arenz »ab am 25.11.50«

Sehr geehrter Herr Ministerpräsident!

Der Wortlaut Ihrer Rede, die Sie auf dem Essener Kongreß 1950 der Christlich Demokratischen Arbeitnehmerschaft gehalten haben, liegt mir nicht vor[1]. Wenn ich aber die Wiedergabe des Teiles Ihrer Ausführungen, der in verschiedenen Presseberichten gleichförmig wiederkehrt, als zuverlässig ansehe, zwingt mich die ernste Sorge um das zukünftige Schicksal der Bundesrepublik, Ihnen die Gefahren anzudeuten, die in solchen Äußerungen liegen.
Ihre Stellung als Ministerpräsident des größten deutschen Landes verleiht Ihren Worten ein besonderes Gewicht. Im gleichen Maße erhöht sich die Verantwortung. Dies gilt zweifellos auch dann, wenn es sich wie hier um Dinge handelt, die sich ihrer Natur nach und nach der Verfassung einer Entscheidung auf der Landesebene entziehen[2].
Sie haben nach den Presseberichten den deutschen Beitrag zur europäischen Verteidigung als sinnlos und als Spiel mit Zinnsoldaten bezeichnet, solange nicht Bedingungen erfüllt sind, deren Realisierung in jedem Falle einen Zeitraum erfordert, der weit über den möglichen Beginn einer akuten Gefährdung der Bundesrepublik hinausreichen würde. Ihre Äußerungen sind daher einem glatten »Nein« gleichzusetzen, wie es in ähnlich verklausulierter Form vom Vorsitzenden der Sozialdemokratischen Partei Deutschlands vor kurzem im Bundestag ausgesprochen worden ist[3].
Sie haben dabei sicher nicht bedacht, daß die ausschließlich von der öffentlichen Meinung im eigenen Lande abhängige stärkste Macht der westlichen Welt ihr Interesse am Schutz der Bundesrepublik gegen die Gefährdung aus dem Osten verlieren könnte, wenn die Bundesrepublik nicht bereit ist, alles ihr Mögliche aus eigener Kraft zum Schutze ihres Bestandes beizutragen. Sie dürfen nicht übersehen, daß die weitgespannten Interessen dieser Macht unter Umständen einen Ausgleich zulassen, der die Bundesrepublik einem Schicksal überlassen würde, das Sie ebenso tief bedauern würden wie ich.
Ich spreche zu Ihnen nicht als Vorsitzender der Christlich-Demokratischen Union, sondern als Chef der Bundesregierung, und muß Sie bei

der mir zunächst obliegenden Verantwortung für das äußere Schicksal der Bundesrepublik bitten, sich bei Äußerungen in der Öffentlichkeit in dieser Frage der Rücksichten bewußt zu bleiben, die die Interessen des deutschen Volkes in einer Zeit weltpolitischer Hochspannung von uns allen fordern.

In vorzüglicher Hochachtung
(Adenauer)

Nr. 351
23. November 1950 (Bonn): An die Bundestagsabgeordneten
Franz Blücher und *Dr. Hans Wellhausen,* beide Bonn
Original in BA, NL Blücher, Nr. 78, mit ms. Vermerk »*Persönlich! Streng Vertraulich!*« und hs. Notiz Zimmermann »ab am 24.11.«

Sehr geehrte Herren[1]!

Ihren Brief vom 17. November[2] habe ich erhalten. Ich bedaure, daß in Ihrer Partei und Ihrer Fraktion der Eindruck vorherrscht, es würden Anregungen und auch konkrete Wünsche der Freien Demokraten nicht genügend in der Bundesregierung und den Verwaltungen der Bundesrepublik beachtet. Wenn begründeter Anlaß hierfür vorhanden sein sollte, so widerspricht das ganz bestimmt meinen Absichten. Ich bin mit Ihnen darin einig, daß Einigkeit unserer Parteien Voraussetzung für die Verwirklichung unserer Ziele ist und daß diese Einigkeit in der Koalition nur gehalten werden kann, wenn alle Teilnehmer das Gefühl einer angemessenen Berücksichtigung ihrer Wünsche haben können. Gestatten Sie mir ganz allgemein folgende Bemerkung: Ähnliche Beschwerden, wie die von Ihnen wiedergegebenen, erhalte ich vor allem aus den Kreisen der CDU/CSU. Die Verworrenheit und die Schwierigkeit unserer Zeit bringt es mit sich, daß überall Wünsche bestehen, daß man aber leider nicht überall diesen Wünschen, die sich ja oft widersprechen, stattgeben kann.
Ein Teil der von Ihnen besonders angeführten Beschwerden betrifft sowohl die Arbeit der Bundesminister wie die Grundlage der ganzen Koalition und auch die Arbeit des Bundeskanzlers. Es sind dies die Fragen der parlamentarischen Staatssekretäre[3], Schaffung eines Ministeriums für Außenhandel[4], Zusammenlegung – so fasse ich es auf – des Wirtschaftsministeriums und des Landwirtschaftsministeriums[5]. Auf diese Fragen kann ich erst eingehen, wenn ich sie mit den Mitgliedern der Bundesregierung und den übrigen Koalitionsparteien besprochen habe. Ehe ich das tue, scheint mir aber eine Aussprache zwischen Ihnen und

mir über diese Fragen notwendig zu sein. Diese Aussprache kann leider frühestens in der zweiten Hälfte der nächsten oder der ersten Hälfte der übernächsten Woche stattfinden[6]. Ich komme darauf zurück.

Zu den anderen von Ihnen aufgeführten Punkten kann ich jetzt schon im wesentlichen Stellung nehmen.

Zu 1) *Auswärtiger Dienst*

Wie Sie wissen, ist es uns bisher nicht gestattet, einen Minister des Auswärtigen zu schaffen. Die Erlaubnis werden wir erst bekommen, wenn die Frage der Anerkennung der Vorkriegsschulden geregelt ist[7]. Darüber werden immerhin noch einige Wochen vergehen. Es ist auch mein dringender Wunsch – dringend aus sachlichen und persönlichen Gründen –, sobald wie möglich einen Außenminister im Kabinett zu haben. Ich hoffe, daß es möglich sein wird, nach einer kurzen Übergangszeit, sobald wir überhaupt die Genehmigung zur Schaffung eines Außenministeriums besitzen, einen Außenminister an die Spitze dieser Aufgabe zu stellen. Ich möchte aber doch nicht versäumen, darauf hinzuweisen, daß auch für die Arbeit dieses Außenministers in letzter und entscheidender Hinsicht der Bundeskanzler die parlamentarische Verantwortung trägt.

Zu 2) *Besetzung der Außendienststellen*

Es scheint Ihnen nicht bekannt zu sein, daß der Auswärtige Ausschuß des Bundestages unter Mitwirkung Ihrer Freunde einen Unterausschuß für die Personalfragen des Auswärtigen Dienstes geschaffen hat, der in ausführlicher Weise mit den Herren, die diese Fragen bearbeiten, verhandelt hat[8]. Wenn Sie darüber hinaus den Wunsch haben, daß noch ein besonderes Gremium aus den drei Koalitionsfraktionen geschaffen wird, so würde ich dagegen nichts einzuwenden haben. Naturgemäß ergeben sich dann sehr leicht Reibungsmöglichkeiten zwischen diesem Gremium und dem Unterausschuß des Auswärtigen Ausschusses. Ich weiß, daß ich auch Ihre Meinung richtig wiedergebe, wenn ich hervorhebe, daß parlamentarische Ausschüsse oder Fraktionsausschüsse ja auch in Personalsachen niemals die letzte Verantwortung übernehmen können.

Zu 4) *Besetzung von Staatssekretärstellen*

Noch ehe Herr Bundesminister Lehr das Amt des Bundesinnenministers übernahm, ist erwogen worden, in diesem Ministerium eine zweite Staatssekretärstelle zu schaffen[9]. Als dann Herr Dr. Schäfer an mich herantrat mit dem Wunsche, der Fraktion Ihrer Partei eine verstärkte Vertretung innerhalb der entscheidenden Organe der Bundesregierung zu geben, habe ich ihm von dieser Aussicht gesprochen. Er hat mir den Oberbürgermeister Pfi[z]er[10] von Ulm als einen geeigneten Mann genannt. Ich habe ihn gebeten, dafür zu sorgen, daß Herr Pfi[z]er mich einmal aufsucht. Mit Herrn Bundesminister Lehr habe ich über die Frage absichtlich noch nicht gesprochen, weil ich ihm erst Zeit lassen wollte, eine völlige Übersicht über die Aufgaben seines Ministeriums zu erhalten. Ich war und bin der Ansicht, daß man Herrn Lehr z. Zt. nicht zumuten kann, ja oder nein zu der Schaffung einer zweiten Staatssekretärstelle zu sagen, daß er aber binnen verhältnismäßig kurzer Zeit auch zu der Überzeugung kommen wird, daß eine solche Stelle notwendig ist. Da das Gespräch zwischen Herrn Dr. Schäfer und mir vertraulichen Charakter hatte, konnte ich nicht annehmen, daß man sich schon so schnell und unmittelbar an Herrn Lehr wenden würde. Selbstverständlich halte ich die Angelegenheit im Auge.

Daß die Polizeiangelegenheiten in das Innenministerium einbezogen werden müssen, ist ja schon lange entschieden.

Zu 5) *Geschäftsordnung des Kabinetts*

In diesem Punkte vermag ich allerdings Ihre Auffassung keineswegs zu teilen. Seit einer ganzen Anzahl von Monaten dränge ich immer wieder die zuständigen Stellen auf Fertigstellung einer Geschäftsordnung für das Kabinett[11]. Auf Grund der Erfahrungen, die im Laufe des letzten Jahres gesammelt worden sind, ist der Entwurf mehrfach geändert worden. Da der Herr Bundespräsident die Geschäftsordnung zu genehmigen hat, habe ich es für richtig gehalten, ihm den Entwurf zur vorläufigen Kenntnis zu bringen, weil ich vermeiden wollte, daß irgendwelche Gegensätze zwischen Bundesregierung und Bundespräsident oder Bundeskanzler und Bundespräsident entstünden. Der Entwurf ist vom Herrn Bundespräsidenten zurückgekommen und wird in der nächsten Zeit dem Kabinett zugehen.

In sachlicher Hinsicht bemerke ich, daß Ihre Meinung, daß die Stellung des Bundeskanzlers sich gegenüber der des Reichskanzlers nicht wesentlich verändert habe, nicht zutreffend ist. Nach der Weimarer Verfassung konnte jedem Reichsminister das Mißtrauen durch den Reichstag ausgesprochen werden, nach dem Grundgesetz kann nur dem Bundeskanzler ein Mißtrauensvotum gegeben werden[12]. Daraus folgt ganz klar, daß auch innerhalb der Regierung die Stellung der Minister eine andere ist als im früheren Reichskabinett[13]. Wenn Sie insbesondere hervorheben, daß die Abgrenzung der Geschäftsbereiche vor allem Sache des Bundeskabinetts, also der Gesamtregierung sei, so kann ich dieser Auffassung nicht beipflichten. Der Bundeskanzler wird dem Herrn Bundespräsidenten Herren für bestimmte Ministerien immer im Hinblick auf die Eignung dieser Herren für den Geschäftsbereich des betreffenden Ministeriums vorschlagen[14]. Wenn nach der Ernennung durch einen Beschluß der

Bundesregierung der Geschäftsbereich in wesentlichen Punkten geändert werden könnte, so würde damit das Recht des Bundeskanzlers, dem Bundespräsidenten Bundesminister zur Ernennung vorzuschlagen, in einer für ihn unerträglichen Weise verändert werden.

Zu 7) *Schutz der Regierung und des Parlaments vor Korruption*[15]

Auch ich betrachte diese Angelegenheit mit großer Sorge. Es handelt sich anscheinend um strafbare Handlungen, Bestechungen. Falls der Herr Bundesjustizminister nicht schon von sich aus die Landesjustizbehörden zur Strafverfolgung aufgefordert haben sollte, werde ich ihn ersuchen, das zu tun.

Zu 8) *Bundespresseamt*

Ich teile Ihre Kritik am Bundespresseamt. Beim Bundespresseamt waren 3 Übelstände:

1) Verwaltungsmäßig herrschte große Unordnung. Der jetzige Bundespressechef Dr. Brand[16] hat diese Unordnung beseitigt.
2) Die Mittel des Bundespresseamtes sind zu gering, um wirklich fähige Journalisten besolden zu können. Hier muß Abhilfe durch den Haushaltsplan geschaffen werden.
3) Die Persönlichkeit des Bundespressechefs. Hier handelt es sich um eine reine Personen-Frage. Ich gebe mir die denkbar größte Mühe, eine geeignete Persönlichkeit zu finden und bin für jeden Vorschlag nach dieser Richtung hin Ihnen sehr dankbar.

   Ich kann Ihnen im übrigen vertraulich mitteilen, daß Herr Dr. Brand von Nordrhein-Westfalen zum Regierungspräsidenten in Aachen ernannt worden ist und demnächst ausscheiden wird[17].

Gestatten Sie, meine sehr geehrten Herren, noch ein Wort zu Ihren Schlußäußerungen.

Ich bitte Sie, daß Sie – wenn auch nur bedingt – nicht davon sprechen, daß Sie die Regierungskoalition in ernster Gefahr sehen. Ich halte eine solche schriftliche Äußerung für sehr gefährlich. Es wird kaum zu vermeiden sein, daß sie nicht bekannt wird. Es wird dadurch von seiten der Opposition ein verstärkter Anstoß gegen die Koalition ausgelöst werden. Davon abgesehen werden durch solche Äußerungen diejenigen Elemente innerhalb der CDU/CSU, sowohl in der Bundestagsfraktion wie in Süddeutschland und Nordrhein-Westfalen, die mit der Tendenz und Haltung Ihrer Partei aus ihrer Sicht heraus nicht immer einverstanden sein können, in ihrer ablehnenden Haltung gegenüber Ihrer Partei naturgemäß bestärkt werden. Ich bitte Sie daher, doch auf Ihre Herren einzuwirken, daß sie alles vermeiden, was bei böswilliger Auslegung den Anschein erwekken könnte, daß unter Umständen an ein Ausscheiden der FDP aus der

Koalition gedacht werden könnte. Die Presse hat schon ähnliche Äußerungen gebracht.

Mit ausgezeichneter Hochachtung
Ihr sehr ergebener
Adenauer

Nr. 352
24. November 1950 (Bonn): An den Bundesminister des Innern, *Dr. Robert Lehr*, Bonn
StBKAH III/21

Sehr geehrter Herr Bundesminister[1]!

Das Schreiben, das Sie an die Stuttgarter Polizei gerichtet haben, wird in der Öffentlichkeit allgemein aufgefaßt als eine Korrektur meiner Beschwerden über die Stuttgarter Polizei. Es läßt sich nicht verhehlen, daß – wenn Sie auch selbstverständlich etwas Derartiges nicht gewollt haben – eine solche Auslegung möglich ist. Ich halte es – ich muß das in aller Offenheit sagen – für unmöglich, daß ein Mitglied der Bundesregierung, insbesondere der Bundeskanzler, derartig von einem Mitglied des Kabinetts – wenigstens anscheinend – desavouiert wird.

In vorzüglicher Hochachtung
(Adenauer)

Nr. 353
27. November 1950 (Bonn): An den Vorsitzenden des Deutschen Gewerkschaftsbundes, *Dr. Hans Böckler*, Düsseldorf
BA, B 136/725, mit ms. Briefkopf wie Nr. 101 und Stempel »abgesandt 29. Nov. 1950«; Druck: Theo *Pirker*, Die blinde Macht, T. 1, S. 188 f.; Gabriele *Müller-List* (Bearb.), Montanmitbestimmung, S. 176[1]

Sehr geehrter Herr Böckler!

Ich habe die gewerkschaftlichen Wünsche zur Neuordnung der Grundstoffindustrie zur Kenntnis genommen und die Herren Bundesminister für Wirtschaft und Arbeit unterrichtet. Auch die Bundesregierung ist an der Herbeiführung einer baldigen Neuordnung stärkstens interessiert[2]. Die Auffassung des Deutschen Gewerkschaftsbundes wird hierbei mit dem ihr zukommenden Gewicht gewürdigt werden.
Über das Mitbestimmungsrecht wird das Parlament Entscheidung treffen. In den zuständigen Ausschüssen des Bundestages werden gegenwärtig der Entwurf eines Initiativ-Gesetzes der CDU/CSU, der Entwurf eines Initiativ-Gesetzes der sozialdemokratischen Fraktion, der den

gewerkschaftlichen Forderungen in vollem Umfang Rechnung trägt, und der Regierungsentwurf beraten[3]. Die Bundesregierung hat auf das Gesetzgebungsverfahren in diesem Stadium keinen Einfluß. Es darf Ihnen deshalb anheimgegeben werden, die Auffassung des DGB auch den Fraktionen des Bundestages bekanntzugeben.

Mit Besorgnis erfüllt mich aber die Ankündigung der Industrie-Gewerkschaft Metall über die Durchführung einer Urabstimmung in den eisenschaffenden Betrieben. Das Rechtsbewußtsein und die Rechtsordnung haben den Arbeitern das Streikrecht in allen Fragen des Tarifvertrages zugestanden. Der angekündigte Streik geht aber über diesen Rahmen hinaus. Ein solcher Streik könnte nur das Ziel haben, die Entscheidung der frei gewählten Volksvertretung durch die Androhung oder Herbeiführung wirtschaftlicher Schäden, die alle treffen, in die Richtung der gewerkschaftlichen Wünsche zu drängen. Ich befürchte, daß damit ein Weg beschritten wird, der letztlich zu einem Konflikt mit der staatsrechtlichen Grundordnung führen kann[4].

Die Bundesregierung würde es daher sehr begrüßen, wenn der Bundesvorstand des DGB der Industrie-Gewerkschaft Metall in dieser Frage Zurückhaltung empfehlen und die parlamentarische Entscheidung abwarten würde.

Ich glaube, eine solche Bitte an Sie richten zu sollen, weil ich Ihre aufrechte demokratische Haltung und Gesinnung kenne, die Sie in den vielen Jahren ihrer gewerkschaftlichen Tätigkeit unter wechselnden und oft gefährlichen Umständen durch Wort und Tat unter Beweis gestellt haben.

In vorzüglicher Hochachtung!
gez. Adenauer

Nr. 354
27. November 1950 (Rhöndorf): An *Wilhelm Johnen*, Jülich
StBKAH 10.21

Lieber Herr Johnen!

Vielleicht sind Sie schon über den Verlauf der Beratung[1] unterrichtet. Auf alle Fälle darf ich Ihnen folgendes mitteilen:

Die Clique Albers–Warsch leistete hartnäckigen Widerstand gegen Ihre Wahl, Arnold hielt sich zurück. Es war unmöglich, eine Einigkeit zu erzielen, so daß es voraussichtlich auf dem Parteitag[2] selbst zu einer Debatte gekommen wäre. Das wäre natürlich ungünstig gewesen. Es wurde daher schließlich auch von mir der Vorschlag angenommen, dem in Duisburg

zu wählenden geschäftsführenden Vorstand die Regelung zu übertragen[3]. Ich habe keinen Zweifel, daß hierbei Sie eine erhebliche Mehrheit bekommen werden.
Ich halte nach wie vor daran fest, daß Sie der richtige Mann sind.
Mit vielen Grüßen

Ihr
(Adenauer)

Nr. 355
30. November 1950 (Bonn): An den Bundesminister der Justiz, *Dr. Thomas Dehler,* Bonn
StBKAH III/21, mit hs. Notiz Zimmermann »ab am 30.11.50«

Sehr geehrter Herr Dehler!

Ich erhielt Ihr Schreiben vom 27. November[1]. Es liegt hier offenbar ein Mißverständnis vor. Herr McCloy hat mir nicht von Herrn von Achenbach[2] gesprochen, sondern nur gesagt, daß durch Zeitungsartikel der Erfolg seiner Bemühungen verhindert worden ist. Das habe ich im Kabinett gesagt. Darauf hat einer der anwesenden Kollegen – ich weiß nicht mehr, wer es war – den Namen Achenbach genannt[3]. Bitte teilen Sie das Herrn von Achenbach mit.
Mit freundlichen Grüßen

Ihr ergebener
(Adenauer)

Nr. 356
30. November 1950 (Bonn): An *Lambert Lensing,* Dortmund
StBKAH 12.50, mit ms. Briefkopf wie Nr. 101, ms. Vermerk »Persönlich«, hs. Notiz Zimmermann »ab am 30.11.« und ms. Notiz »2) Auf den Tatbestand hat Herr Lubbers[1] aufmerksam gemacht, 3) z.d.A.«

Sehr geehrter Herr Lensing!

Sie haben mir so oft Gelegenheit gegeben, mich von Ihrer Loyalität zu überzeugen, daß es sich bei der publizistischen Entgleisung, die in der Nummer vom 25.11.1950 der Ruhr-Nachrichten unterlaufen ist, nur um ein Versehen handeln kann.
Beim ersten Blick auf die Zeitung springt unter der Blocküberschrift »Offene Krise in Bonn«[2] eine Nachricht Ihres Bonner Büros über angebliche ernste Spannungen in der Regierungskoalition in die Augen, während auf derselben Seite in unauffälliger Form meine beim Presse-Tee

am 24.11.1950[3] gegebene Erklärung über den festen Bestand der Regierungskoalition gebracht wird.
Ich muß sagen, daß ich zunächst äußerst betroffen war, zumal dieser Panne eine gerade im Verbreitungsgebiet Ihrer Zeitung naheliegende politische Tendenz unterstellt werden kann.
Sie würden mich wirklich sehr verpflichten, wenn Sie dafür sorgen würden, daß sich ähnliche politisch gefährliche Unzuträglichkeiten nicht wiederholen.
Mit den besten Grüßen (Adenauer)

Nr. 357
4. Dezember 1950 (Rhöndorf): An Bundespräsident
Professor Dr. Theodor Heuss, Bad Godesberg
StBKAH III/47

Sehr verehrter Herr Bundespräsident!

Herzlich danke ich Ihnen für die Mühe, die Sie sich mit Herrn Dr. Schumacher gegeben haben, und für die Übersendung der Niederschrift[1].
Die Berliner Wahl[2] hat ja nun einen Ausgang für Ihre und meine Partei genommen, wie wir [ihn] uns besser nicht wünschen können. Ich glaube, daß dieser Ausgang im Auslande tiefen Eindruck machen wird, daß sie aber auch die Erwartungen der SPD etwas unterdrücken wird.
Ich darf mir erlauben, in den nächsten Tagen anzurufen, um zu hören, wann ich zu Ihnen kommen kann.
Mit freundlichen Grüßen Ihr ergebener
(Adenauer)

Nr. 358
4. Dezember 1950 (Bonn): An den Bundesminister der Finanzen,
Fritz Schäffer, Bonn
StBKAH III/21, mit ms. Vermerk »*Persönlich!*« und hs. Notiz Zimmermann »ab am 4.12.50 durch Sonderboten«

Lieber Herr Schäffer[1]!

In der heutigen Besprechung der Kabinettsmitglieder mit den Vertretern der Koalitionsfraktionen[2] wurden auf meine Anregung die Meinungsverschiedenheiten zwischen Ihnen und dem Unkeler Kreis[3] in der Frage des Lastenausgleichs erörtert. In eine sachliche Besprechung wurde nicht eingetreten. Es erklärten aber die Vertreter aller Koalitionsfraktionen, daß diejenigen Mitglieder ihrer Fraktionen, auf die in dieser Angelegenheit die Fraktion höre, auf dem Standpunkt des Unkeler Kreises stünden. Herr Kunze fügte hinzu, daß allerdings die CSU innerhalb der Gesamtfraktion der CDU/CSU auf dem Standpunkt des Herrn Schäffer stehe. Wir hatten die Erörterung abgeschlossen, als Sie erschienen. Ich habe es dann mit Absicht unterlassen, die Frage in Ihrer Gegenwart nochmal anzuschneiden. Ich möchte Sie aber doch herzlichst bitten, dieser Sachlage Rechnung zu tragen. Es hat wirklich keinen Zweck, wenn wir als Kabinett eine Vorlage machen, von der wir bestimmt wissen, daß sie in entscheidenden Punkten von den Koalitionsfraktionen nicht gebilligt wird. Das gilt vor allem von einer Angelegenheit wie dieser. Wenn es uns nicht gelingt, vielleicht in einer gemeinsamen Sitzung aller drei Koalitionsfraktionen demnächst Übereinstimmung zu erzielen, laufen wir Gefahr des Auseinanderfallens und der Herbeiführung einer solchen wirtschaftlichen und politischen Beunruhigung, daß sie für uns untragbar ist. Wir wollen morgen im Kabinett darüber sprechen[4]. Es wäre mir aber doch lieb, wenn Sie eine Viertelstunde vorher zu mir kämen, damit wir uns verständigen können.

Mit vielen Grüßen

Ihr ergebener
(Adenauer)

Nr. 359
4. Dezember 1950 (Rhöndorf): An den Bundestagsabgeordneten
Franz Josef Strauß, Bonn

StBKAH 11.02, Durchschlag an Dr. Hans Ehard, München, und Dr. Fritz Schäffer, Bonn

Sehr geehrter Herr Strauß!

Am Dienstag, den 28. November 1950, hat mich Herr Abgeordneter Seelos[1] zwischen 9 und 10 Uhr telefonisch angerufen – ich war in Rhöndorf – und mir gesagt, er müßte mich dringend sprechen in Sachen des bayerischen Wahlausgangs[2]. Ich habe ihm erwidert, daß ich gegen Mittag nach Berlin flöge[3] und daß ich daher keine Zeit hätte. Als er dringendst bat, mich kurz sprechen zu können, habe ich ihn auf kurz vor 12 Uhr nach Rhöndorf bestellt. Ich habe dann Herrn Bundesfinanzminister Schäffer angerufen und ihm hiervon Mitteilung gemacht. Ich habe mich weiter telefonisch mit ihm verständigt, was ich Herrn Seelos sagen sollte. Herr Seelos hat nach seinem Erscheinen gegen 11.30 Uhr mir gesagt, daß die Zusammensetzung der bayerischen Regierung erheblichsten Einfluß

auf die Zusammensetzung des Bundesrats haben werde und daher für die Bundesregierung von größter Bedeutung sei. Nach seiner Meinung komme eine Regierung, gebildet aus CSU und ‹Bayernpartei›[a] in Frage. Ich habe ihm geantwortet, daß von jeher meine Meinung dahin gegangen sei, daß CSU und ‹Bayernpartei› wieder zusammenfinden müßten. Ich fürchtete aber, daß die Bildung einer Regierung aus CSU und ‹Bayernpartei› auf große personelle Schwierigkeiten stoßen werde.
Ich habe weiter Herrn Seelos gesagt, er möge doch zu Herrn Finanzminister Schäffer gehen und sich mit ihm aussprechen. Ich hätte diesen telefonisch unterrichtet.
Das ist der Verlauf der Angelegenheit gewesen. Wenn durch falsche Nachrichten in der Presse die Verhandlungen gestört sein sollten, so trage ich daran nicht die Schuld. Ich kann daher Ihren Vorwurf nicht als richtig annehmen. Es ist mir auch unerfindlich, wie ich Sie vor der Unterredung hätte unterrichten sollen. Herrn Schäffer (CSU), der ja Mitglied Ihrer Landesgruppe ist, habe ich unterrichtet. Ich bin daher nicht in der Lage, »den Ausdruck des Befremdens der Landesgruppe« entgegenzunehmen. Wenn Sie sich durch einen Anruf bei mir über die Angelegenheit unterrichtet hätten, würde – glaube ich – die Aufregung bei Ihnen nicht entstanden sein.

Mit vorzüglicher Hochachtung
Ihr sehr ergebener
(Adenauer)

P.S.: Durchschlag dieses Schreibens erhielten die Herren Ministerpräsident Dr. Ehard, München, und Bundesfinanzminister Dr. Schäffer, Bonn.

Nr. 360
4. Dezember 1950 (Rhöndorf): An *Wilhelmine* und *Professor Dr. Ferdinand Zinsser,* Tübingen
StBKAH 10.17

Liebes Mamachen, lieber Vater[1]!

Seid herzlichst bedankt für Euren lieben Namenstagsgruß. Die Torte, die ihn begleitete, hat allgemeines Entzücken hervorgerufen.
Auch Euch beiden wünsche ich herzlich Glück zur Verlobung von Ilse[2]. Wie Lotte schrieb, ist die Verlobung ganz nach ihrem Herzen, und so darf ich annehmen, daß sie auch nach Euren Wünschen ist. Wir alle haben uns sehr darüber gefreut.
Ich krabbele weiter, habe naturgemäß viele Sorgen. Die Berliner Wahl ist aber ein großer Erfolg, der einem auch wieder neue Kraft gibt[3].
Seid herzlichst gegrüßt, auch von den Kindern, von Eurem
A

Nr. 361
5. Dezember 1950 (Rhöndorf): An *Ella Schmittmann,* Köln
StBKAH 10.17

Liebe Ella!

Habe herzlichen Dank für Deine lieben Wünsche[1]. Gisela geht es gut. Erlaube mir auch, bei dieser Gelegenheit Dir für Deine Namenstagsglückwünsche vielmals zu danken.
Was Straßburg angeht, so darf man nicht den Mut verlieren[2]. Die europäische Geschichte wirkt sich in unsere Zeit nach [sic!], und so schnell geht es halt nicht.
Deine Mitteilung von dem Unesco-Ausschuß ist mir neu[3]. Ich werde mich orientieren, auch nach Herrn Professor Lenz-Médoc[4], selbstverständlich in sehr wohlwollender Weise, erkundigen[5].
Herzliche Grüße Dein
A

Nr. 362
6. Dezember 1950 (Rhöndorf): An *Dr. Konrad Adenauer*, Köln-Lindenthal
StBKAH 10.16

Lieber Konrad!

Gelegentlich müssen wir uns über die Verhältnisse im Landesvorstand[1] mündlich unterhalten. Ich habe das auch Herrn Rheinfels[2] mitgeteilt. Schriftlich kann man nicht gut darüber sprechen. –
Teile bitte Herrn Andree[3] mit, daß die Zeitungsnachricht entstellt war, daß wir aber, wenn es zur Aufstellung einer Truppe kommt, Berater verschiedener ausländischer Staaten bekommen werden und auch bekommen müssen[4]. Einen Schweizer Berater dabei zu haben, wird wertvoll sein[5].
Herzliche Grüße Dein
A

Nr. 363
7. Dezember 1950 (Bonn): An den Vorsitzenden der FDP-Fraktion des Deutschen Bundestages, *Dr. Hermann Schäfer*, Bonn
StBKAH 12.32, mit hs. Notiz Zimmermann »ab am 7.12.50«

Sehr geehrter Herr Schäfer[1]!

Es ist ganz klar, daß ich die Note nicht unterzeichne, ehe der Außenpolitische Ausschuß sein Votum abgegeben hat[2].
Mit freundlichen Grüßen (Adenauer)

Nr. 364
8. Dezember 1950 (Rhöndorf): An *Dr. Friedrich Holzapfel*, Herford
StBKAH 10.21, mit ms. Briefkopf »Der Vorstand der Christlich-Demokratischen Union Deutschlands«

Sehr geehrter Herr Holzapfel!

Erlauben Sie mir, nochmals zurückzukommen auf die Frage Ihres Besuchs bei Herrn Dr. Niemöller[1]. Sie erklärten in der Vorstandssitzung[2], daß Sie, nachdem Sie die Meinung des Vorstandes kennengelernt hätten, davon Abstand nähmen, mit anderen CDU-Abgeordneten zusammen eine solchehe Besprechung abzuhalten. Sie fügten aber hinzu, daß Sie selbst der Einladung des Herrn Niemöller Folge leisten würden.

Ich bitte Sie, die Frage dieses Besuches doch noch einmal zu überlegen. Es handelt sich ja nicht um einen privaten Besuch, sondern um ein politisches Gespräch. Sie sind aber stellvertretender Vorsitzender der CDU Deutschlands, und es besteht die große Gefahr, wenn nicht sogar die Gewißheit, daß Ihr Gespräch mit Herrn Dr. Niemöller in der Öffentlichkeit falsch kommentiert werden wird.

Mit vielen Grüßen (Adenauer)

Nr. 365

9. Dezember 1950 (Rhöndorf): An den Vorsitzenden der CDU/CSU-Fraktion des Deutschen Bundestages, *Dr. Heinrich von Brentano,* Bonn

Original in BA, NL von Brentano, Bd. 154, mit ms. Briefkopf wie Nr. 364

Sehr geehrter Herr von Brentano!

Aus Hessen habe ich von Parteifreunden eine Anzahl von Zuschriften bekommen[1], aus denen hervorzugehen scheint, daß das schlechte Wahlergebnis in Hessen[2] doch wohl zum großen Teil zurückzuführen ist auf die inneren Zwistigkeiten in der hessischen CDU. Ich möchte bei unserer – hoffentlich bald stattfindenden – Besprechung darauf zurückkommen[3].

Mit vielen Grüßen

Ihr ergebener

(Adenauer)

Nr. 366

9. Dezember 1950 (Rhöndorf): An die Direktion der Daimler-Benz AG, Stuttgart-Untertürkheim

StBKAH 10.16

Sehr geehrte Herren!

Ihre Dokumentensammlung »Gottlieb Daimler zum Gedächtnis« und die »Biographie Gottlieb Daimler«[1] habe ich erhalten. Ich danke Ihnen herzlich dafür. Die Dokumentensammlung ist in Wahrheit »eine Sammlung von Dokumenten«, die einem wieder klarmacht, welch ungeheure Entwicklung die Menschheit in verhältnismäßig kurzer Zeit durchgemacht hat und wie entscheidend dabei waren die Erfindungsgabe, die Ausdauer und der Mut eines einzelnen.

Es wäre sehr wünschenswert, wenn in einer leicht faßlichen Form unserer Jugend durch die Lebensbeschreibungen der großen Männer, die die Entwicklung bei uns begründet haben, nahegebracht würde die Über-

zeugung, daß letzten Endes der Fortschritt auf dem ruht, was ein einzelner leistet.
Ich danke Ihnen nochmals herzlich und bin mit hochachtungsvollen Grüßen

Ihr ergebener
(Adenauer)

Nr. 367
11. Dezember 1950 (Bonn): An den Geschäftsführenden Vorsitzenden der Alliierten Hohen Kommission, Botschafter *André François-Poncet*, Bonn-Petersberg
AA, Noten an AHK, Bd. 12

Herr Hoher Kommissar!

Ich beehre mich, Ihnen folgendes mitzuteilen:
In Verfolg der New Yorker Beschlüsse der Alliierten Außenminister werden die alliierten Truppenkontingente im Bereich der Bundesrepublik erheblich verstärkt[1]. Die organisatorischen Maßnahmen für diese Verstärkung stellen die Dienststellen der Bundesrepublik und der deutschen Länder vor schwierige Aufgaben. Die Beschaffung von Unterkünften für die neuen Truppen, die Anlage von Flughäfen sowie die Errichtung von Ausweichunterkünften für die weichende Bevölkerung, Betriebe und Behörden erfordern Planungen größten Umfanges und von weitreichender Bedeutung.
Ich habe daher den Bundestagsabgeordneten Theodor Blank zu meinem Beauftragten für die mit der Vermehrung der alliierten Truppen zusammenhängenden Fragen ernannt[2]. Insbesondere wird sich Herr Blank den Fragen der Unterbringung der alliierten Truppen im Zuge dieser Maßnahmen widmen. Herr Blank ist beauftragt, auf diesem Gebiet die Bundesregierung gegenüber der Alliierten Hohen Kommission zu vertreten. Daneben soll Herr Blank mir auch als Berater für alle technischen Fragen zur Verfügung stehen, die mit der äußeren Sicherheit der Bundesrepublik zusammenhängen.
Herr Blank hat seine Tätigkeit inzwischen aufgenommen. Ich bitte die Alliierte Hohe Kommission, von seiner Beauftragung Kenntnis zu nehmen und ihn bei der Durchführung seiner Aufgaben zu unterstützen.
Genehmigen Sie, Herr Hoher Kommissar, den Ausdruck meiner ausgezeichnetsten Hochachtung.

gez. Adenauer

Nr. 368

11. Dezember 1950 (Bonn): An den Hohen Kommissar der Vereinigten Staaten von Amerika, *John J. McCloy*, Bad Godesberg

StBKAH III/5, mit ms. Briefkopf »Bundeskanzler Dr. Adenauer« und hs. Notiz Zimmermann »Ab am 11.12.50«

Lieber Herr McCloy!

Gestern kamen weitere sehr besorgniserregende Nachrichten aus Frankreich über die Stellung der französischen Regierung zur Frage eines Beitrages der Bundesrepublik. Insbesondere wurde mehrfach mitgeteilt, daß Herr Außenminister Schuman in Brüssel erklärt habe, man solle die Deutschen bewaffnen, aber nicht Deutschland[1]. Gerade diese letztere Äußerung von einem Mann wie Schuman würde, wenn sie so gefallen wäre, sehr schlechte Wirkungen auf Deutschland und auf die Politik der Bundesregierung haben müssen. Sie würde in direktem Gegensatz stehen zu den Äußerungen, die vor allem von seiten Schumans gemacht worden sind, als der Schuman-Plan der Öffentlichkeit übergeben worden ist[2].
Ich fürchte, daß eine derartige Stellungnahme der französischen Regierung dem Zustandekommen des Schuman-Planes große Hindernisse bereiten wird. Der französische Vorschlag über einen Beitrag der Bundesrepublik zur europäischen Verteidigung würde von der Bundesregierung und dem Bundesparlament einmütig abgelehnt werden[3]. Durch alle diese Ausführungen und Verlautbarungen wird – ehe überhaupt mit der Bundesregierung Fühlung genommen worden ist – die Stimmung in der Bundesrepublik immer mehr verschlechtert.
Die Ausführungen, die die »Basler Nachrichten« in ihrer Nummer 526 vom 9./10.12. macht[4], geben die Situation sehr richtig wieder.
Im Anschluß an unser Gespräch am vergangenen Samstag, den 9.12.[5], drängt es mich doch, Ihnen diese meine sehr ernsten und tiefen Besorgnisse mitzuteilen.
Mit herzlichen Grüßen wie immer

Ihr
A

Nr. 369

14. Dezember 1950 (Bonn): An den Vorsitzenden des Deutschen Gewerkschaftsbundes, *Dr. Hans Böckler,* Düsseldorf

BA, B 136/725, mit ms. Briefkopf wie Nr. 101; Druck: Theo *Pirker,* Die blinde Macht, T. 1, S. 191 f.; Gabriele *Müller-List* (Bearb.), Montanmitbestimmung, S. 188

Sehr geehrter Herr Böckler!

Bei den ernsten Folgen, die sich aus der Auffassung des Deutschen Gewerkschaftsbundes über die Zulässigkeit der Anwendung gewerkschaftlicher Kampfmittel zur Durchsetzung des Mitbestimmungsrechtes ergeben können, kann ich mich nicht darauf beschränken, Ihr Schreiben vom 11.12.1950 nur zur Kenntnis zu nehmen[1].
In einem demokratischen Staatswesen kann es einen Streik gegen die verfassungsmäßigen Gesetzgebungsorgane nicht geben[2]. Das Koalitionsrecht, auf das Sie sich berufen, sichert nur das Recht, zur Wahrung und Förderung der Arbeits- und Wirtschaftsbedingungen Vereinigungen zu bilden. Es kann keine Rede davon sein, daß die verfassungsgesetzlich gewährleistete Koalitionsfreiheit einer organisierten Minderheit[3], die die Gewerkschaften vom Ganzen gesehen sind, das Recht gibt, durch Niederlegung der Arbeit die Wirtschaft lahmzulegen, um dadurch bestimmte Akte der Gesetzgebung zu erzwingen. Auch das Tarifvertragsgesetz kann zur Begründung Ihrer Auffassung schon deshalb nicht herangezogen werden, weil Streitigkeiten aus einem Tarifvertrag nicht vorliegen.
Ich habe wiederholt Gelegenheit gehabt, anzuerkennen, daß die Haltung des Deutschen Gewerkschaftsbundes in wichtigen wirtschafts- und sozialpolitischen Fragen von einer maßvollen Besonnenheit und dem Bewußtsein der Verantwortung für die Allgemeinheit bestimmt war. Ich schöpfe daraus die Hoffnung, daß das verfassungsmäßige Gesetzgebungsverfahren im Bundestag über das Mitbestimmungsrecht von den Gewerkschaften nicht gestört werden wird. Es läge wahrhaft im Interesse aller Schichten der Bevölkerung, wenn ihr in dieser Zeit ernster, ja bedrohlicher Spannungen ein solcher Konflikt erspart bliebe.
Ich bin überzeugt, daß Ihre Auffassung der Sorge um die soziale Gestaltung der Arbeits- und Wirtschaftsordnung in der Bundesrepublik entspringt. Die Vorstellungen, wie dieses Ziel erreicht werden kann, mögen verschieden sein. Die Entscheidung darüber steht allein den verfassungsmäßigen Trägern der politischen Willensbildung zu.

Mit vorzüglicher Hochachtung
Ihr ergebener
gez. Adenauer

Nr. 370

15. Dezember 1950 (Bonn): An den Bundestagsabgeordneten
Ernst Mayer, Bonn

StBKAH 10.04, mit ms. Vermerk »*Persönlich!*« und hs. Notiz Zimmermann »ab m. Anl. am 16.12.«

Sehr geehrter Herr Mayer[1]!

Die Dinge in Stuttgart[2] laufen ja nun weiter. Ich hatte, Ihrem Wunsche entsprechend, mit unseren Parteimitgliedern gesprochen. Es war aber nichts zu wollen.

In der Zwischenzeit habe ich die Rede des Herrn Ministerpräsident[en] Maier gelesen und muß Ihnen doch gestehen, daß ich entsetzt und empört bin über die Angriffe, die der Ministerpräsident eines Landes und ein führender Mann in der Regierungskoalition gegen Bonn, d. h. gegen die Koalition, insbesondere gegen den Bundeskanzler, richtet[3]. Ich finde, namentlich in der heutigen kritischen Zeit, daß der Ministerpräsident eines Landes unter keinen Umständen so etwas tun darf. Er schädigt damit die Autorität des Bundeskanzlers in der schwierigsten Zeit. Aus dieser meiner Auffassung habe ich in einer Sitzung des Bundesrats kein Hehl gemacht[4]. Ich nehme an, daß der Vertreter des Herrn Ministerpräsident[en] Maier ihm meine Auffassung zur Kenntnis bringen wird.

Ich bekomme weiter Abschrift einer Rede, die ein FDP-Redner in Niedersachsen gehalten hat[5]. Die Deutsche Partei ist über die Rede empört, und zwar, wie mir scheint, mit Recht. Ich lege Ihnen einen Durchschlag bei.

Wir müssen mit vereinten Kräften dafür sorgen, daß bei aller parteipolitischen Polemik in den Ländern doch die notwendige Rücksicht darauf genommen wird, daß die 3 Koalitionsparteien im Bund zusammenarbeiten und *gemeinsam* die Verantwortung tragen.

Ich wünsche Ihnen ein gesegnetes Weihnachtsfest und bin
mit freundlichen Grüßen

Ihr
(Adenauer)

Nr. 371
15. Dezember 1950 (Rhöndorf): An Regierungsbaurat a. D.
Friedrich Spennrath, Berlin
StBKAH 10.17, mit ms. Notiz »*Luftpost.*«

Lieber Herr Spennrath[1]!

Ein solches Gerät, wie Sie es schildern, würde mir eine große Freude machen und kann wirklich zu meiner Entspannung beitragen, da mir, wenn ich von der Tagesarbeit abends müde nach Hause komme, gute Musik eine Ablenkung bedeutet.
Auf die Berliner Regierungsbildung[2] habe ich absichtlich keinen Einfluß genommen, da die Berliner Verhältnisse von einer besonderen Art sind. Natürlich dürfen unsere Wähler nicht enttäuscht werden. Wenn man zu einer großen Koalition kommt, müssen die wesentlichsten Forderungen, die wir bei der Wahl gestellt haben, auch erfüllt werden.
Den Besuch des Herrn Königsheim[3] erwarte ich sehr gerne.
Seien Sie mit Ihrer Frau herzlichst gegrüßt von Ihrem
(Adenauer)

Nr. 372
16. Dezember 1950 (Bonn): An den Hohen Kommissar der Französischen Republik, Botschafter *André François-Poncet,* Bad Godesberg
StBKAH III/3, mit hs. Notiz Arenz »durch H. Blankenhorn abgegeben«

Sehr geehrter Herr Botschafter!

Ich habe nach den verschiedensten Richtungen hin Untersuchungen anstellen lassen, ob ich nicht der Anregung des Herrn Präsidenten Schuman entsprechend irgendwelche anderen Vorschläge machen könnte[1]. Leider haben wir nichts gefunden, was Ihnen vor dem 18. Dezember[2] mitgeteilt werden könnte. Ich bitte, Herrn Präsident Schuman meine besten Grüße zu übermitteln und zu sagen, wie sehr ich darauf hoffe, daß die Verhandlungen ein gutes Ende nehmen.
Mit verbindlichsten Grüßen Ihr sehr ergebener
(Adenauer)

Nr. 373
21. Dezember 1950 (Bonn): An den Geschäftsführenden Vorsitzenden der Alliierten Hohen Kommission, Botschafter *André François-Poncet,* Bonn-Petersberg
AA, Noten an AHK, Bd. 12

Herr Hoher Kommissar!

Anläßlich des bevorstehenden Weihnachtsfestes beehre ich mich, der Alliierten Hohen Kommission folgende Bitte zu unterbreiten:
Unter den von alliierten Gerichten wegen Kriegsverbrechen und ähnlicher Vergehen verurteilten deutschen Staatsangehörigen befindet sich eine große Anzahl von Personen, die durch das Kriegsgeschehen sowie durch die anschließende Kriegsgefangenschaft in Haft seit vielen Jahren von ihren nächsten Familienangehörigen getrennt ist. Das gleiche gilt für alle die Deutschen, die noch in ausländischer Untersuchungshaft festgehalten werden. Die Bundesregierung würde es lebhaft begrüßen, wenn diesen Gefangenen die Möglichkeit gegeben würde, dieses sechste Weihnachten nach Beendigung der Kampfhandlungen im Kreise ihrer Familie zu verleben. Ich wäre daher der Alliierten Hohen Kommission dankbar, wenn sie den in Frage kommenden alliierten Regierungen die Bitte der Bundesregierung übermitteln würde, allen den Gefangenen über das Weihnachtsfest Urlaub auf Ehrenwort zu erteilen, die sich nicht schwerer Verbrechen schuldig gemacht haben und deren Tat nicht in verwerflicher Gesinnung, sondern eher in den Zeitumständen und den Geboten der militärischen Gehorsamspflicht ihre Erklärung findet. Ich darf die Alliierten Hohen Kommissare ferner bitten, für die Gefangenen, deren Strafvollzug ihrer Autorität unmittelbar untersteht, selbst eine gleiche Maßnahme anzuordnen. Falls sich eine solche Beurlaubung nicht mehr rechtzeitig zum Weihnachtsfest durchführen läßt, könnte sie zum Neujahrstag oder in den ersten Januarwochen erfolgen. Soviel mir bekannt ist, sind Beurlaubungen auf Ehrenwort wiederholt vom Herrn Hohen Kommissar der Vereinigten Staaten erteilt worden. Ich bin überzeugt, daß eine solche Geste anläßlich des höchsten christlichen Feiertags im gesamten deutschen Volk ein dankbares und freudiges Echo finden würde[1].
Genehmigen Sie, Herr Hoher Kommissar, den Ausdruck meiner ausgezeichnetsten Hochachtung.

gez. Adenauer

3265 WHITNEY AVENUE
MOUNT CARMEL, CONNECTICUT
TELEPHONE: NEW HAVEN, ATWATER 8-0409

USA.

Den 1. Januar 1951

Herrn Bundeskanzler
Dr. Konrad Adenauer
Rhoendorf am Rhein

Sehr verehrter Herr Bundeskanzler,lieber Herr Adenauer!

Vielen Dank fuer Ihren Brief. Leider schreiben Sie nichts ueber Ihre eigene Gesundheit. Die New York Times hat mehrmals angedeutet,dass Sie leidend seien.

Ich bin am 1.August zurueckgeflogen, da zwei hervorragende Aerzte in Frankfurt Magenkrebs feststellten. Diese Diagnose wurde hier bestaetigt. Es wurde versucht zu operieren,aber der Leib wurde sofort wieder zugenaeht, da nach der Meinung der Aezte ich nach der Operation dauernd Schmerzen haben wuerde und mein Leben nicht verlaengert wereden koennte. Vielleicht darf ich Ihnen sagen, dass ich jetzt langsam verhungere und verdurste. Seit Wochen habe ich buchstaeblich weder gegessen noch getrunken. Ich lebe von einigen Litern Salz und Zuckerloesung,die mir taeglich in die Adern gegeben werden. Ich habe mit meiner Tochter hier auf dem Lande ein Haeuschen gemietet und sehe meinem unvermeidlichen Schicksal entgegen. Ich bin schon sehr schwach und diktiere diesen Brief mit Schwierigkeit meiner Tochter.

Ich haette politisch viel auf dem Herzen und weiss,dass ich noch immer klar denke,aber physisch geht es zu Ende. Es bleibt mein Wunsch,dass sich in Deutschland ein Zwei-Parteien System entwickeln moege. Das ist durchaus moeglich,wenn die sehr vielgestaltigen Gruppen, die in Ihrer Partei leidlich zusammen arbeiten sich ein paar ganz grossen Notwendigkeiten unterwerfen lernen. Das selbe ist wahr fuer meine eigne Partei. Dogmen gehoeren in die Religion und nicht in den politischen,sozialen und wirtschaftlichen Tageskampf.

Nun leben Sie wohl. Ich empfinde es tragisch,dass ich jetzt gehen muss,denn jetzt wuerde ich,wenn der 3. Weltkrieg vermieden wird in einer Atmosphaere haben wirken koennen,wie man sie zu einer Freundschaft zwischen den Vereinigten Staaten und Deutschland braucht.

Meine Tochter,meine Frau,die mich Tag und Nacht umgeben lassen Sie herzlich gruessen.

Mit freundschaftlichen Gruessen und allen guten Wuenschen fuer Sie und Ihre Familie bleibe ich

Ihr

W. Sollmann

William F.Sollmann

William F. Sollmann an Adenauer
(zu Dok. Nr. 375, Anm. 1)

Nr. 374
23. Dezember 1950 (Rhöndorf): An den Bundesminister für gesamtdeutsche Fragen, *Jakob Kaiser,* Bonn
StBKAH 11.02

Sehr geehrter Herr Kaiser!

Es tut mir leid, daß wir in der Angelegenheit »Anfrage bei Dertinger«[1] nicht derselben Meinung sind. Ich bin aber nach wie vor der Überzeugung, daß Sie diese Angelegenheit doch aus Ihrem verständlichen Zorn heraus nicht ganz richtig sehen[2]. Das ganze Kabinett war, mit Ausnahme von Ihnen, ja auch meiner Ansicht.

Mit vielen Grüßen

Ihr ergebener
(Adenauer)

Nr. 375
23. Dezember 1950 (Bonn): An *William F. Sollmann,* Mount Carmel/ Connecticut
StBKAH 10.04, Druck (des Originals in HAStK, Best. 1120): Ulrike *Nyassi* (Bearb.), Wilhelm Sollmann, Ausstellungskatalog, Bd. II, S. 60[1]

Sehr geehrter Herr Sollmann!

Zu meinem großen Bedauern habe ich vor kurzem gehört[2], daß Sie wegen einer plötzlichen Erkrankung Ihren Aufenthalt in Deutschland vorzeitig haben abbrechen müssen. Ich hoffe, daß Sie in der Zwischenzeit sich doch etwas erholt haben und daß es Ihnen besser geht.
Ihnen und Ihrer Frau[3] wünsche ich ein friedvolles Weihnachtsfest und alles Gute für 1951.

Mit herzlichen Grüßen

Ihr sehr ergebener
(Adenauer)

Nr. 376
24. Dezember 1950 (Rhöndorf): An *Karlheinz Hellwig*, Marburg/Lahn
StBKAH 10.21

Sehr geehrter Herr Hellwig[1]!

Ihren Brief vom 21. Dezember[2] habe ich erhalten und ich fühle daraus, daß Sie es ernst meinen.
Holen Sie sich bitte einmal Rat über das, was wir tun sollen, bei unseren deutschen Brüdern und Schwestern in der Ostzone. Sie wissen genau, daß man gegen brutale Gewalt nicht nur mit geistigen Waffen bestehen kann, und wissen ebenso genau, daß im Verlaufe einer verhältnismäßig kurzen Zeit die heranwachsende Jugend vollständig allen christlichen und geistigen Ideen fremd gegenübersteht.
Mit freundlichen Grüßen (Adenauer)

Nr. 377
29. Dezember 1950 (Rhöndorf): An den Bundestagsabgeordneten *Dr. Eugen Gerstenmaier*, Stuttgart
StBKAH 10.21

Sehr geehrter Herr Gerstenmaier!

Ich erhalte Durchschlag des Briefes, den Sie unter dem 23. Dezember an Herrn Holzapfel gerichtet haben[1]. Ich bin völlig Ihrer Meinung. Ich habe auch Herrn Holzapfel gebeten, nicht zu Herrn Niemöller zu gehen[2]. Er ist trotzdem vor einiger Zeit bei ihm gewesen zusammen mit Herrn Dr. Tillmanns und Herrn Frat[z]scher[3]. Was sich dort ereignet hat, lassen Sie sich am besten demnächst von Herrn Dr. Tillmanns in Bonn erzählen.
Ich wünsche Ihnen und Ihrer Frau für das Jahr 1951 alles Gute und rechne auf gute Zusammenarbeit.
Mit freundlichen Grüßen (Adenauer)

Nr. 378
29. Dezember 1950 (Rhöndorf): An Bundespräsident
Professor Dr. Theodor Heuss, Bonn
StBKAH III/47

Sehr verehrter Herr Bundespräsident!

Herr Böckler hat mir vor einiger Zeit durch Herrn Minister Lehr sagen lassen[1], er würde es begrüßen, wenn unter meinem Vorsitz noch einmal Verhandlungen über das Mitbestimmungsrecht stattfinden würden[2]. Ich habe darauf mit Herrn Minister Storch gesprochen. Herr Storch ist wie ich der Auffassung, daß man bis nach Neujahr warten solle. Nun wird vielleicht eine besonders gute Atmosphäre dadurch geschaffen werden, daß Herr Böckler und ich gleichzeitig am 4. Januar das Ehrenbürgerrecht der Stadt Köln erhalten werden[3]. –
Ich versuche, zwischen Weihnachten und Neujahr etwas mich meiner Familie zu widmen und etwas mir Ruhe zu verschaffen. Ich muß aber gestehen, die außenpolitischen Fragen sind so schwer und so drückend, daß man zu einer wirklichen Entspannung nicht kommt. Ich darf, vorausgesetzt, daß es Ihnen recht ist, am 2. oder 3. Januar – ich überschaue die Lage noch nicht – anrufen, ob ich für ein Stündchen zu Ihnen herüberkommen kann[4].
Ihrer verehrten Gattin und Ihnen wünsche ich von Herzen alles Gute für das Jahr 1951.
Mit vielen Grüßen Ihr
(Adenauer)

Nr. 379
2. Januar 1951 (Bonn): An den Bundestagsabgeordneten *Ernst Mayer,* Bonn
StBKAH 12.32, mit hs. Notiz Arenz »ab 2.1.51«

Sehr geehrter Herr Mayer!

Auf Ihr gefälliges Schreiben vom 16. Dezember[1] betreffend Bundespresse- und Informationsamt erlaube ich mir, Ihnen mitzuteilen, daß ich mit den darin angestellten Erwägungen fast restlos einig gehe. Ich habe die gleichen Erwägungen angestellt. Es ist auch richtig, daß im Etat ganz andere Mittel vorgesehen werden müssen. Aber die Hauptsache ist der leitende

DER PRÄSIDENT
DER
BUNDESREPUBLIK DEUTSCHLAND

BONN , 28.Dezember 1950

Verehrter, lieber Herr Bundeskanzler,

Kurz vor Weihnachten war eine dreigliedrige Vertretung der Arbeitgeberverbände bei mir, gestern 7 Mann stark der Vorstand des Deutschen Gewerkschaftsbundes unter Führung von Dr.Böckler. Die Initiative lag in beiden Fällen bei den Besuchenden.

Es waren beide Male Gespräche von etwa 1 1/2 Stunden Dauer, in der wir die verschiedenen sozialpolitischen und sozialwirtschaftlichen Probleme abschritten. Beide Male ging das Gespräch etwas auf die Pointe, Sie, Herr Bundeskanzler, möchten die Leute doch noch einmal an den runden Tisch rufen. In meiner Sylvesteransprache habe ich den Komplex selber vorbereitet und ihn jetzt noch etwas in dieser Richtung abgetönt.

Vielleicht wäre es ganz gut, wenn wir uns in den kommenden Tagen einmal kurz über die taktische und psychologische Behandlung des Komplexes unterhalten könnten, ohne dass ich Sie aus Ruhe (?) oder Arbeit herausreisse. Entweder komme ich einmal zu Ihnen herüber, um mich am Palais Schaumburg, das ich noch nie betrat, zu erfreuen, oder Sie sehen sich an, was wir aus dem Kasten der "Villa Hammerschmidt" gemacht haben. Bei dem sogenannten Neujahrsempfang reicht es ja doch nicht zu einem verständigen Gespräch. Dr.Böckler will, wie ich spüre, Sie auch demnächst aufsuchen.

Mit guten Grüssen

Ihr

Theodor Heuss

Herrn Bundeskanzler
Dr.Konrad A d e n a u e r

B o n n

Theodor Heuss an Adenauer
(zu Dok. Nr. 378, Anm. 2)

Mann. Ich habe ihn bisher nicht gefunden trotz aller Bemühungen. Ich habe eine ganze Reihe von Journalisten gefragt, ob sie mir jemand nennen können, auch Zeitungsverleger, keiner war in der Lage, mir einen Mann zu benennen. Ich möchte die gleiche Frage auch an Sie richten, ob Sie jemand wissen[2].

Ein Wort möchte ich aber doch sagen zu den von mir in ausländischen Zeitungen gegebenen Interviews[3]. Wenn ich in den Vereinigten Staaten oder in Frankreich oder England einen Gedanken im Interesse Deutschlands klarlegen will, dann kann ich das nur tun, indem ich Vertretern amerikanischer oder französischer oder englischer Zeitungen Interviews gebe. Die deutschen Zeitungen finden dort keine Beachtung. Nach meiner Meinung hat deswegen kein deutscher Journalist einen wirklichen Grund dafür, gekränkt zu sein.

Ich wiederhole zum Schluß nochmals meine Bitte, mir so bald wie möglich Namen zu benennen.

Mit freundlichen Grüßen Ihr ergebener

(Adenauer)

Nr. 379 A

2. Januar 1951 (Bonn): An den Bundestagsabgeordneten *Ernst Mayer,* Bonn

StBKAH 12.32, mit hs. Notiz Arenz »ab 2.1.51«

Sehr geehrter Herr Mayer!

Die Darlegungen Ihres Briefes vom 21. Dezember[1] habe ich mir in Ruhe durch den Kopf gehen lassen, auch mit Parteifreunden gesprochen.

Wie sich die Dinge in Württemberg-Baden entwirren lassen können, sehe ich noch nicht. Ich darf zum Verständnis der CDU dort folgendes sagen: Bei den Landtagswahlen vor 4 Jahren war die CDU-Fraktion die stärkste Fraktion[2]. Sie hat aber weder den Ministerpräsidenten, noch den Innenminister, noch den Landtagspräsidenten bekommen. Man hat das der Parteileitung und der Fraktion in weitesten Kreisen der Partei sehr verargt. Jetzt kam hinzu der Mißerfolg bei den Wahlen. Worin er liegt, will ich im einzelnen nicht untersuchen. Und endlich die Ausführungen des Herrn Ministerpräsidenten Maier[3], die – soviel mir bekannt ist – sich nicht annähernd so scharf gegen die SPD gewendet haben wie gegen die CDU. Aus allen diesen Gründen heraus ist die Stimmung in der CDU in Württemberg-Baden durchaus negativ. Ich werde, sobald die Bundestags-

abgeordneten zusammenkommen, mit ihnen nochmals sprechen und feststellen, wie die Situation liegt[4].
Ich wünsche Ihnen alles Gute zum neuen Jahr und bin
mit freundlichen Grüßen Ihr ergebener
(Adenauer)

Nr. 380
8. Januar 1951 (Bonn): An Regierungsbaurat a. D. *Friedrich Spennrath,* Berlin-Dahlem

StBKAH 12.40, Telegrammvorlage mit hs. Notiz »nur tel. durchgegeben an Sekret. Spennrath«

Ich halte es für unmöglich, unsere Berliner Wähler dadurch zu enttäuschen, daß man alle nach außen wirkenden Posten, insbesondere sowohl den Regierenden Bürgermeister als den Präsidenten des Abgeordnetenhauses, den Sozialdemokraten überträgt[1].

Adenauer

Nr. 381
11. Januar 1951 (Bonn): An Bundestagspräsident *Dr. Hermann Ehlers,* Bonn

StBKAH III/18, mit ms. Vermerk »Persönlich!« und hs. Notiz Zimmermann »ab am 12.1.51«

Sehr geehrter Herr Präsident[1]!

Die gestrige Sitzung der vereinigten Ausschüsse für Besatzungsstatut und auswärtige Angelegenheiten und für gesamtdeutsche Fragen ist so verlaufen, daß nach meiner Meinung eine nochmalige Besprechung mit Herrn Präses Kreyssig[2] keinen Zweck hat. Ich stelle Ihnen deswegen anheim, eventuell Herrn Kreyssig zu benachrichtigen, damit er seine Reise nach hier nicht unnötig macht.
Mit freundlichen Grüßen Ihr ergebener
(Adenauer)

Nr. 382
17. Januar 1951 (Bonn): An den Vorsitzenden des Deutschen Gewerkschaftsbundes, *Dr. Hans Böckler,* Düsseldorf

BA, B 136/725, mit ms. Vermerk »*Persönlich!*« und hs. Notiz Zimmermann »Brief geht durch Kurier ab. Er wurde dem Vorzimmer Dr. Böcklers telefonisch durchgesagt um 10.30«[1]

Sehr geehrter Herr Böckler!

Soeben erhalte ich Ihr Schreiben vom 16. Januar, in dem Sie mir mitteilen, daß an der Besprechung am 19. Januar[2] insgesamt von Ihrer Seite 9 Herren teilnehmen sollen. Das wird zur Folge haben, daß von Unternehmerseite ebenfalls 9 Vertreter teilnehmen wollen. Dazu kommen dann die Vertreter der Regierung, so daß wir auf ein Gremium von über 20 Personen kommen. Die Größe dieses Gremiums birgt die große Gefahr in sich, daß schließlich wie bei den bisherigen Verhandlungen alles zerredet wird. Ich hatte unsere Absprache[3] dahin aufgefaßt, daß wir losgelöst von den bisherigen Verhandlungen ein neues Gremium aus dem Industriegebiet mit der Frage befassen würden. Sie sagten mir, daß unter Ihrer Führung kommen würden Dr. Deist[4], Herr vom Hoff, Herr Schmid[t][5] und Herr Freitag[6]. Dementsprechend habe ich auch mit den Unternehmern schon verhandelt[7]. Ihre neuerliche Mitteilung wirft dieses Gremium um. Ich bitte Sie, doch zu erwägen, ob man nicht zunächst, entsprechend Ihrer ersten Erklärung, in diesem kleinen Kreise verhandeln sollte.

Mit verbindlichen Grüßen

Ihr ergebener
(Adenauer)

Nr. 383
19. Januar 1951 (Bonn): An *Jean Monnet,* Paris

StBKAH III/5, mit Ausgangsstempel 20.1.1951

Sehr geehrter Herr Monnet!

Herr Leroy-Beaulieu überbrachte mir Ihren Brief vom 15. Januar[1] und den Cognac[2]. Ich teile Ihren Wunsch, daß wir bald einmal die Gelegenheit haben möchten, uns auszutauschen. Ich denke, daß sich nach der wohl bald erfolgenden Paraphierung des Schuman-Plans eine Gelegenheit dann herbeiführen läßt.

Ebenso danke ich Ihnen für den wirklich ausgezeichneten Cognac. Ich bin

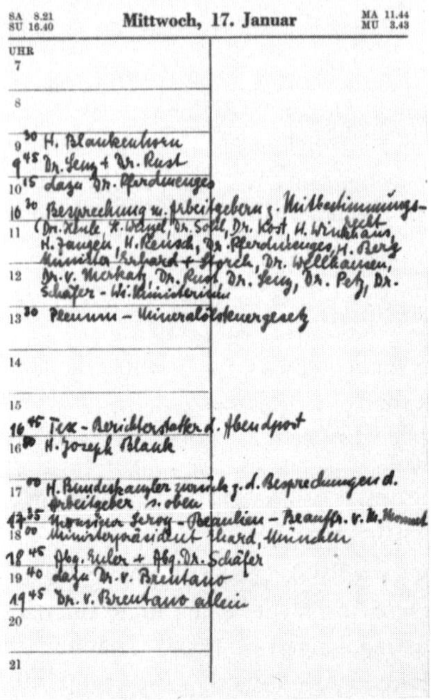

SA 8.21
SU 16.40

Mittwoch, 17. Januar

MA 11.44
MU 3.43

UHR

9.30 H. Blankenhorn
9.45 Dr. Lenz + Dr. Rust
10.15 dazu Dr. Pferdmenges
10.30 Besprechung m. Arbeitgebern z. Mitbestimmungsrecht
(Dr. Heule, H. Weigel, Dr. Sohl, Dr. Kost, H. Winkhaus,
H. Jangen, H. Reusch, Dr. Pferdmenges, H. Berg,
Minister Erhard + Storch, Dr. Wellhausen,
Dr. v. Merkatz, Dr. Rust, Dr. Lenz, Dr. Petz, Dr.
Schäfer – Wi. Ministerium
13.30 Plenum – Mineralölsteuergesetz
16.45 Tex – Berichterstatter d. Abendpost
16.50 H. Joseph Blank
17.00 H. Bundeskanzler zurück z. d. Besprechungen d.
Arbeitgeber s. oben
17.35 Monsignor Leroy – Beaulieu – Beauftr. v. Mr. Monnet
18.00 Ministerpräsident Ehard, München
18.45 Abg. Euler + Abg. Dr. Schäfer
19.40 dazu Dr. v. Brentano
19.45 Dr. v. Brentano allein

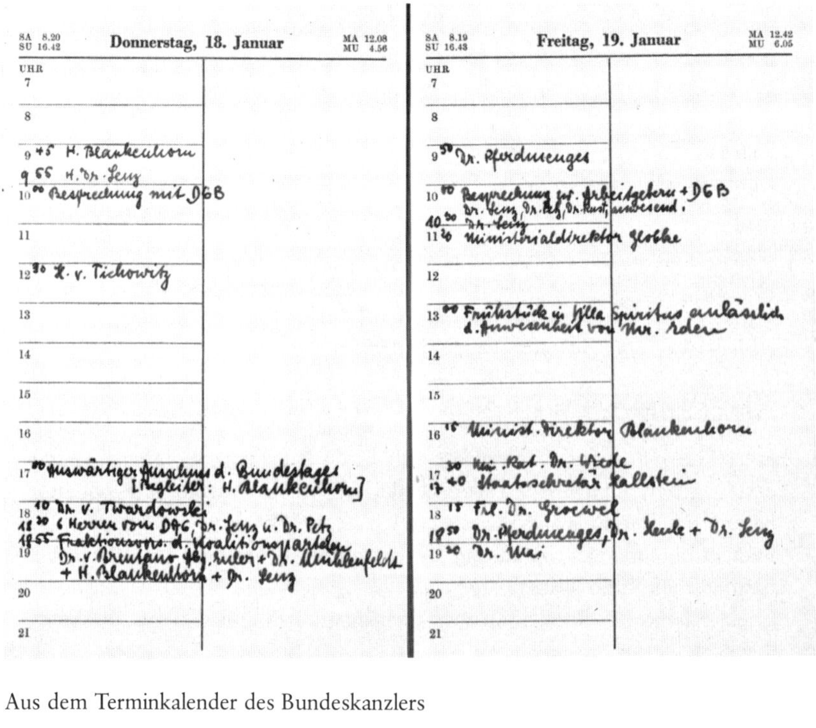

SA 8.20
SU 16.42

Donnerstag, 18. Januar

MA 12.08
MU 4.56

UHR

9.45 H. Blankenhorn
9.55 H. Dr. Lenz
10.00 Besprechung mit DGB
12.30 H. v. Tichowitz
17.00 Auswärtiger Ausschuss d. Bundestages
[Begleiter: H. Blankenhorn]
18.10 Dr. v. Twardowski
18.30 6 Herren vom DAG, Dr. Lenz u. Dr. Petz
18.55 Fraktionsvors. d. Koalitionsparteien
Dr. v. Brentano Abg. Euler + Dr. Mühlenfeldt
+ H. Blankenhorn + Dr. Lenz

SA 8.19
SU 16.43

Freitag, 19. Januar

MA 12.42
MU 6.05

UHR

9.50 Dr. Pferdmenges
10.00 Besprechung m. Arbeitgebern + DGB
Dr. Lenz, Dr. Petz, Dr. Rust, anwesend.
10.30 Dr. Lenz
11.20 Ministerialdirektor Globke
13.00 Frühstück in Villa Spiritus anlässlich
d. Anwesenheit von Mr. Roder
16.15 Minist. Direktor Blankenhorn
17.30 Min. Rat. Dr. Wiede
17.40 Staatssekretär Hallstein
18.15 Frl. Dr. Groewel
18.50 Dr. Pferdmenges, Dr. Henle + Dr. Lenz
19.30 Dr. Mai

Aus dem Terminkalender des Bundeskanzlers

sonst kein besonderer Verehrer davon, aber Ihr Cognac ist wirklich sehr gut.

Mit verbindlichen Grüßen

Ihr ergebener
(Adenauer)

Nr. 384
20. Januar 1951 (Bonn): An *Rudolf Müller-Graefe,* Delmenhorst
BA, B 136/419

Sehr geehrter Herr Müller-Graefe[1]!

Für die freundliche Zueignung des von Ihrer Hand gestalteten Portraits von Dr. Stresemann[2], das mir gut gefallen hat, danke ich Ihnen herzlich. Dieses Bild ist nicht nur wegen seiner künstlerischen Qualität eine wertvolle Gabe für mich, sondern auch wegen der Erinnerung an Dr. Stresemann, den ich als Politiker und Staatsmann hoch verehre[3]. Auch er war nach einem unendlich schweren Zusammenbruch unseres Volkes unter Einsatz seiner ganzen Kraft bemüht, das deutsche Volk in seiner staatlichen Existenz wieder aufzubauen und es aus der Vereinsamung in die Gemeinschaft gleichberechtigter Völker zurückzuführen. Ich darf Ihnen daher versichern, daß dieses Bild für mich eine besondere Freude ist.

Mit freundlichen Grüßen

A
(Adenauer)

Nr. 385
22. Januar 1951 (Bonn): An den Bundestagsabgeordneten *Johannes Kunze,* Bonn
StBKAH 11.03, mit Vermerk »Persönlich!« und Ausgangsstempel 22.1.1951

Sehr geehrter Herr Kunze[1]!

Die Entsendung eines evangelischen Herren als Vertreter an den Vatikan in den früheren Zeiten war ein ganz offensichtliches Zeichen des Mißtrauens gegen den katholischen Bevölkerungsteil Deutschlands. Der katholische Volksteil Deutschlands würde es nicht verstehen, wenn man nicht mit dieser Überlieferung brechen würde. Es ist an sich wohl selbstverständlich, daß man an den Vatikan einen katholischen Vertreter entsendet[2]. Ich glaube nicht, daß irgendeiner der beim Vatikan akkreditierten Staaten einen Nicht-Katholiken dorthin schickt. Ich bitte Sie sehr, sich doch auch in die Lage des katholischen Volksteiles zu versetzen.

Ich danke Ihnen für Ihren Hinweis und bin mit vielen Grüßen

Ihr ergebener
(Adenauer)

Nr. 386

22. Januar 1951 (Bonn): An den Vorsitzenden der SPD-Fraktion des Deutschen Bundestages, *Dr. Kurt Schumacher,* Bonn

StBKAH 12.27, mit Notiz Zimmermann »ab durch Boten« und Ausgangsstempel 22.1.1951

Sehr geehrter Herr Schumacher!

Wie ich höre, werden heute beim Empfang bei Mr. McCloy[1] sehr viele Menschen zugegen sein. Es wird sich daher leider keine Gelegenheit zu einer ruhigen Besprechung ergeben. Die Entwicklung ist aber sehr schnell. Ich möchte, ehe entscheidende Beschlüsse zu fassen sind, den Versuch machen, unsere beider Ansichten abzuklären. Falls Ihnen eine solche Aussprache recht ist, möchte ich sie durch einen Briefwechsel mit Ihnen vorbereiten[2].

Ich wäre dankbar, wenn Sie mir mitteilen wollten, ob Sie damit einverstanden sind.

Mit hochachtungsvollen Grüßen

Ihr ergebener
(Adenauer)

Nr. 387

25. Januar 1951 (Bonn): An den Vorsitzenden der CDU/CSU-Fraktion des Deutschen Bundestages, *Dr. Heinrich von Brentano,* Bonn

StBKAH III/38

Sehr geehrter Herr von Brentano!

Mir scheint, daß Ihr Brief vom 25. Januar[1] wirklich nicht nötig war. Sie haben – wie ich heute erfahre – Dienstagabend angerufen. Mein Vorzimmer hat mich davon abends ziemlich spät benachrichtigt, weil ich bis zum späten Abend in einer Sitzung mit den Gewerkschaften war[2]. Ich habe Ihnen dann sagen lassen, ich wollte Sie im Auswärtigen Ausschuß sprechen und habe Ihnen gleichzeitig einen Brief geschrieben[3]. Ich hätte Sie gern im Auswärtigen Ausschuß oder als ich wegging gesprochen, Sie waren aber vorher schon gegangen, ohne sich an mich zu wenden. Daß Sie heute morgen angerufen haben, habe ich erst gehört, als mir gleichzeitig Ihr Brief vorgelegt wurde. Hätten Sie mich einmal telefonisch zu sprechen gewünscht, wäre dieses ganze Mißverständnis nicht entstanden.

Jetzt bekomme ich Ihren Brief unmittelbar wieder vor Beginn der Bespre-

chungen mit den beiden Sozialpartnern[4]. Ob ich mich eine Zeitlang daraus entfernen kann, weiß ich nicht, ich werde es aber versuchen.
Ich bitte Sie, auch hiervon dem Vorstand Mitteilung zu machen, damit der Vorstand nicht den Eindruck bekommt, daß ich irgendwie den Vorsitzenden der Fraktion vernachlässige. Aber ich wiederhole nochmals: ist es nicht viel richtiger, wenn Sie mich in einem solchen ‹Fall›[a] telefonisch sprechen würden, würde sich alles viel besser regeln, als durch die beiderseitigen Vorzimmer.
Mit verbindlichen Grüßen

Ihr ergebener
(Adenauer)

Nr. 388
27. Januar 1951 (Rhöndorf): An *Elisabeth Disselbeck,* Brühl
StBKAH 10.18

Liebe Frau Disselbeck!

Ihr Brief vom 4. d. Mts.[1] hat in mir hervorgerufen die Erinnerung an die Sonntagnachmittage im Café Maus an der Goldenen Ecke. Wie lange liegt das schon hinter uns!
Ich habe mich gefreut, von Ihnen etwas gehört zu haben und bin mit herzlichen Grüßen

Ihr ergebener
(Adenauer)

Nr. 389
27. Januar 1951 (Rhöndorf): An *Mary Körner,* Lindenfels/Odenwald
StBKAH 10.18

Liebe Frau Körner!

Ihr Brief vom 4. d. Mts.[1] hat mich aufrichtig gefreut. Ich danke Ihnen herzlich dafür, insbesondere für Ihre guten Wünsche.
Die Situation ist sehr schwierig; z. T. sind die Deutschen selbst daran schuld, zum großen Teil die Westalliierten. Aber, wir wollen zusammenstehen, damit wir unser Volk durch die Gefahrenzone glücklich hindurchbringen.
Mit vielen Grüßen

Ihr ergebener
(Adenauer)

Nr. 390

29. Januar 1951 (Bonn): An *Wilhelm Johnen,* Jülich

StBKAH 11.03, mit ms. Vermerk *»Persönlich!«* und hs. Notiz Zimmermann »ab m. Anl. am 29.1.51«

Sehr geehrter Herr Johnen!

Ich erhalte einen Brief über die finanzielle Lage der CDU Nordrhein, der von Herrn Dr. Schreiber unterzeichnet ist[1]. Es geht aus dem Brief nicht hervor, ob Sie seinen Inhalt kennen. Ich bitte Sie, mir Ihre Stellungnahme dazu baldigst mitzuteilen.

Der Brief ist ein bedauerliches Eingeständnis des völligen Versagens der CDU Nordrhein auf finanziellem Gebiet. Daß ich dabei einen Teil der Schuld auf mich nehmen muß, wissen Sie. Aber diese Mitschuld darf mich nicht blind machen für die Fehler, die insbesondere von anderen gemacht worden sind. Wenn der Landesverband Westfalen in verhältnismäßig kurzer Zeit sich finanziell in Ordnung gebracht hat, hätte die CDU Nordrhein das auch tun müssen.

Lassen Sie mich im einzelnen zunächst folgendes sagen: Ich bin sehr erstaunt, daß aus dem Aufkommen der Adenauer-Spende[2] 50% den Kreisparteien verbleiben sollen. Ich hatte diese Spende immer so aufgefaßt, daß ich derjenige sein sollte, der über den Zweck des Ganzen sollte verfügen können. Meines Wissens bin ich auch nicht vorher von irgendjemand gefragt worden, ob ich mit einer solchen Verwendung einverstanden sei. Ich bin damit keineswegs einverstanden, da ich gern diese Spende einem Dauerzweck zugeführt hätte.

Die Entschuldigung der traurigen Finanzlage mit dem Abschöpfen durch andere kann ich nicht gelten lassen. In gleicher Weise ist Westfalen von anderen abgeschöpft worden, aber Westfalen hat trotzdem seine Finanzen in Ordnung gebracht.

Mit freundlichen Grüßen (Adenauer)

Nr. 391
6. Februar 1951 (Bonn): An den Geschäftsführenden Vorsitzenden der Alliierten Hohen Kommission, *John J. McCloy,* Bonn-Petersberg
AA, Noten an AHK, Bd. 13

Herr Hoher Kommissar,

Die bevorstehende Viererkonferenz[1] wird sich in erster Linie mit dem Deutschlandproblem befassen. Ich darf Sie bitten, den drei westalliierten Regierungen den Wunsch der Bundesregierung zu übermitteln, über alle Phasen der Verhandlung des Deutschlandproblems sowohl auf der Vorkonferenz als auch auf der eigentlichen Hauptkonferenz unterrichtet zu werden. Da auf diesen Konferenzen unter Umständen Entscheidungen getroffen werden, die für das Schicksal des deutschen Volkes von außerordentlicher, lebenswichtiger Bedeutung sind, beehre ich mich gleichzeitig, namens der Bundesregierung darum zu bitten, daß rechtzeitig vor jeder Entscheidung der Bundesregierung Gelegenheit gegeben werde, ihre Auffassung zu dem in Frage stehenden Problem zum Ausdruck zu bringen[2].
Genehmigen Sie, Herr Hoher Kommissar, den Ausdruck meiner ausgezeichnetsten Hochachtung.

gez. Adenauer

Nr. 392
6. Februar 1951 (Bonn): An den Bundestagsabgeordneten *Erich Ollenhauer,* Bonn
StBKAH 10.05, mit hs. Notiz Zimmermann »ab am 6.2. durch Boten«

Sehr geehrter Herr Ollenhauer!

Ich bin sehr betroffen durch den heute in der »Frankfurter Rundschau« erschienenen Artikel[1] über meinen Brief an Herrn Dr. Schumacher. Wie Sie aus dem Gespräch mit mir[2] gehört haben, wollte ich mit Herrn Dr. Schumacher in aller Offenheit, aber auch aller Vertraulichkeit sprechen[3]. Diese Veröffentlichung gefährdet mein Vorhaben außerordentlich. Ich möchte Ihnen vor Ihrer Abreise hiervon Kenntnis geben[4].
Hoffentlich kommen Sie mit Erfolg zurück.
Mit freundlichen Grüßen

Ihr ergebener
(Adenauer)

Nr. 393
9. Februar 1951 (Bonn): An den Geschäftsführenden Vorsitzenden der Alliierten Hohen Kommission, *John J. McCloy*, Bonn-Petersberg
AA, Noten an AHK, Bd. 13

Herr Hoher Kommissar,

Eine der wichtigsten Voraussetzungen für die Entwicklung der Zusammenarbeit der europäischen Völker und darüber hinaus aller demokratischen Nationen ist es, der Jugend mehr als bisher Gelegenheit zu geben, sich über die Grenzen hinweg kennen und verstehen zu lernen. Der europäische Gedanke ist in der Jugend besonders lebendig. Diese Auffassung wird durch die großen Erfolge bestätigt, die im vergangenen Jahr zahlreiche internationale Jugendbegegnungen, Zeltlager und Studientreffen gehabt haben, die auch von der Alliierten Hohen Kommission mit Verständnis und großem Entgegenkommen gefördert worden sind.
Um die Jugend unter erleichterten Bedingungen häufiger zusammenzuführen, möchte die Bundesregierung bei allen beteiligten Regierungen die Einführung eines Jugendpasses anregen[1]. Ich beehre mich deshalb, Sie zu bitten, den Regierungen der drei in der Alliierten Hohen Kommission vertretenen Mächte diese Anregung zu unterbreiten und ihnen nahezulegen, die Einführung eines Jugendpasses ihrerseits nach Kräften zu fördern. Ich wäre Ihnen dankbar, wenn Sie mir die Stellungnahme der drei Regierungen möglichst bald mitteilen würden.
Der Jugendpaß könnte zunächst von den europäischen Regierungen geschaffen und später auch in einem weiteren Rahmen eingeführt werden. Ein Vorschlag für die allgemeinen Richtlinien, die der Ausstellung eines Jugendpasses zugrunde gelegt werden könnten, ist in dem anliegenden Memorandum niedergelegt.
Ich beabsichtige, auf dieser Grundlage mit den westlich orientierten Nachbarstaaten der Bundesrepublik in Verbindung zu treten[2] und bei ihren Regierungen anzuregen, schon bevor allgemeine Vereinbarungen über den Jugendpaß erreicht sind, eine Lockerung des Visumszwanges eintreten zu lassen, damit schon möglichst bald die Zwecke gefördert werden können, denen später der Jugendpaß dienen soll.
Ich habe ferner die Absicht, die Organisation für Europäische Wirtschaftliche Zusammenarbeit (OEEC) zu bitten, bei den zunächst beteiligten Regierungen auf die Einführung des Jugendpasses hinzuwirken.
Gelänge es, durch Erleichterungen des Paß- und Visumszwanges die demokratische Jugend untereinander näher bekanntzumachen, so wäre

ein bedeutender Schritt auf dem Wege der Verständigung der Völker getan.
Genehmigen Sie, Herr Hoher Kommissar, den Ausdruck meiner ausgezeichnetsten Hochachtung.

gez. Adenauer

Nr. 394
12. Februar 1951 (Bonn): An den Vorstand der CDU/CSU-Fraktion des Deutschen Bundestages, Bonn
Original in BA, NL von Brentano, Bd. 154, auf Kopfbogen des Bundeskanzlers

Sehr geehrte Herren!

Am Sonntag, den 11.2., hat der Fraktionsvorstand eine Beratung über das Wirtschaftsprogramm abgehalten[1]. Diese Beratung soll heute fortgesetzt werden. Ich konnte an der gestrigen Vorstandssitzung nicht teilnehmen wegen der Primiz-Feier meines Sohnes[2]; heute bin ich verhindert durch die Abschluß-Sitzung des Zonenausschusses[3] und eine Sitzung des Parteiausschusses der CDU für Deutschland[4].
Die Sitzung des Zonenausschusses und des Parteiausschusses für Deutschland hatten wir absichtlich auf einen Montag gelegt, weil erfahrungsgemäß dann die Fraktion oder der Vorstand frei sind und weil ich Wert darauf lege, daß die Mitglieder des Parteiausschusses, die in der Fraktion sind, an der Sitzung des Parteiausschusses teilnehmen.
Ich darf wohl zunächst die Bitte aussprechen, daß bei der Festsetzung des Termines so wichtiger Sitzungen vorher mit mir Rücksprache genommen wird. Es scheint mir sowohl im Interesse der Sache wie im Interesse der Partei unbedingt notwendig zu sein, daß bei der Behandlung einer so wichtigen Frage, wie es die notwendig werdenden Umstellungen in der Wirtschaftspolitik zur Zeit sind, zwischen Fraktionsvorstand und dem Bundeskanzler und Parteivorsitzenden volle Übereinstimmung besteht.
Eben erhalte ich Ihren Brief wegen des Agrar-Programms[5]. Ich darf dazu bemerken, daß ich von Herrn Dr. Karl Müller vor längerer Zeit hörte, daß die landwirtschaftlichen Interessenten und die sie betreuenden Kreise ein Agrar-Programm aufzustellen im Begriffe sind. Ich habe ihm gesagt, daß das Ernährungs- und Landwirtschaftsministerium mit derselben Arbeit beschäftigt sei und daß es mir unmöglich scheint, wenn die Fraktion für sich gesondert ein Programm aufstelle; ich bäte ihn, doch mit dem Ernährungs- und Landwirtschaftsministerium engste Fühlung zu

halten, damit wir in der Gestaltung dieses Programms übereinstimmen. Herr Dr. Müller hat mir das zugesagt.

Ich bitte Sie, daraus zu ersehen, daß ich derjenige gewesen bin, der die Initiative dafür ergriffen hat, daß eine Übereinstimmung zwischen der Fraktion und der Bundesregierung bzw. mir hergestellt wird.

Das Agrar-Programm der Bundesregierung kann ich Ihnen noch nicht vortragen, weil es mir bisher noch nicht vorgelegt worden ist, auch im Kabinett noch nicht besprochen wurde. Ich hoffe, daß es in diesen Tagen fertig wird und daß dann eine Abklärung der Angelegenheit zwischen der Fraktion und uns und mit den übrigen Koalitionsfraktionen herbeigeführt wird.

Ich bitte Sie zum Schluß dringend, doch dafür Sorge zu tragen, daß einige Herren an der Sitzung des Parteiausschusses an diesem Nachmittag teilnehmen.

Mit vorzüglicher Hochachtung
Ihr ergebener
(Adenauer)

P.S.

Nach Zeitungsnachrichten soll Herr Erhard das Zwecksparen[6] als einen Plan der Bundesregierung bezeichnet haben. Es handelt sich um eine Idee des Herrn Erhard, der das gesamte Kabinett zur Zeit wenigstens wegen der Undurchführbarkeit und Aussichtslosigkeit ablehnend gegenübersteht. Ich bitte, auch daraus zu ersehen, daß es unmöglich ist, in so wichtigen Fragen lediglich den Ressortminister zu hören[7].

Nr. 395

16. Februar 1951 (Bonn): An den Bundesminister für Angelegenheiten des Marshallplanes, *Franz Blücher,* Bad Godesberg

Original in BA, NL Blücher, Nr. 79, auf Kopfbogen des Bundeskanzlers, mit ms. Vermerk *»Persönlich!«*

Sehr geehrter Herr Blücher!

Bei meinen württembergischen Parteifreunden haben Ausführungen, die Herr Ministerpräsident Maier gemacht hat, sehr unliebsames Aufsehen erregt. Ich lege Ihnen einen Ausschnitt aus der »Stuttgarter Zeitung« vom 5.2. bei[1]. Ich meine, wir sollten gerade in den gegenwärtigen schwierigen Zeiten alles vermeiden, was die Stimmung unter den Koalitionsparteien ungünstig beeinflussen könnte. Ich bitte Sie, in diesem Sinn auch auf

Herrn Maier einwirken zu wollen. Eventuell bin ich zu einer Aussprache mit Herrn Maier gern bereit.

Mit freundlichen Grüßen

Ihr ergebener

(Adenauer)

Nr. 396

17. Februar 1951 (Rhöndorf): An den Vorstand des Deutschen Gewerkschaftsbundes, Düsseldorf

StBKAH 10.22, Druck: Mitteilungen des Presse- und Informationsamtes der Bundesregierung vom 17.2.1951 (Nr. 131/51)

Sehr geehrte Herren!

Durch den Heimgang des Herrn Dr. h.c. *Böckler*[1], Ihres 1. Vorsitzenden, hat das deutsche Wirtschaftsleben und das ganze deutsche Volk einen sehr schweren Verlust erlitten. Klugheit, klare Erkenntnis des Notwendigen und des Erreichbaren und Maß zeichneten ihn aus. Diese Eigenschaften, denen sich eine wahrhafte Liebe zum deutschen Volk und Deutschland und seine große innere Herzensgüte zugesellten, befähigten ihn, in schwerster Zeit ein besonders starkes Element des Aufbaues zu werden.

Mit Bewunderung und tiefer Sorge bin ich während der Aussprachen und der Verhandlungen in den letzten Wochen[2] Zeuge der heldenhaften Anstrengungen gewesen, mit der er die Schwäche seines Körpers überwand. Er hat das getan, nicht nur um seiner Gewerkschaft willen, sondern wie ich aus seinem eigenen Munde weiß, um damit dem ganzen deutschen Volke zu dienen.

Ich selbst habe in ihm einen in jahrzehntelanger Verbundenheit erprobten Weggenossen[3] verloren, dem ich ein treues Andenken bewahren werde. Im Namen der Bundesregierung und im eigenen Namen spreche ich Ihnen mein herzlichstes Beileid aus.

In aufrichtiger Teilnahme

Ihr sehr ergebener

(Adenauer)

Nr. 397

20. Februar 1951 (Bonn): An den Hohen Kommissar der Vereinigten Staaten von Amerika, *John J. McCloy,* Bonn-Petersberg

AA, Noten an AHK, Bd. 13

Sehr geehrter Mr. McCloy!

Ich habe über unsere Unterredung am 17. d. M.[1] noch lange nachgedacht. Ich bitte Sie, im Hinblick auf die von uns besprochene Streitfrage doch einmal folgendes zu erwägen. Der Zweck, der seinerzeit mit dem Gesetz Nr. 27[2] verfolgt wurde, wird ja jetzt in ganz wesentlichem Maße mit der Unterzeichnung des Schumanplans erreicht. Wenn die deutsche Kohle- und Eisenindustrie gemäß dem von der Deutschen Kohlenbergbauleitung und der Stahltreuhändervereinigung aufgestellten Plan neu organisiert wird, so ist damit eine übermäßige Machtkonzentration auf dem Gebiet von Kohle und Eisen in Deutschland überhaupt nicht mehr vorhanden. Eine künftige Machtkonzentration wird durch die Bestimmungen des Schumanplans verhindert. Mit dem Inkrafttreten des Schumanplans ist außerdem auch der mit dem Gesetz Nr. 27 beabsichtigte Erfolg der Verhinderung der Entwicklung eines Kriegspotentials erreicht. Für den Fall ernsthafter Störungen in der Kohleversorgung hat die Hohe Behörde außerdem immer die Möglichkeit, im Zusammenwirken mit dem Ministerrat geeignete Maßnahmen zu treffen. Unter diesen Umständen glaube ich, daß die von uns vorgeschlagene Regelung hinsichtlich der Ausgestaltung der Verbundwirtschaft auch in Zeiten einer etwaigen Kohleknappheit zu irgendwelchen Störungen nicht führen kann und auch dem Sinne des Gesetzes Nr. 27 nicht widerspricht.

Ich werde aber, wie ich Ihnen zusagte, die ganze Situation noch einmal sehr ernsthaft überprüfen und wäre Ihnen sehr dankbar, wenn Sie mir dann Gelegenheit geben würden, noch einmal mit Ihnen persönlich über die strittigen Punkte zu sprechen.

Mit verbindlichsten Empfehlungen
Ihr sehr ergebener
gez. Adenauer

Nr. 398
22. Februar 1951 (Bonn): An den Bundestagsabgeordneten *Carl Schröter,* Kiel
StBKAH 11.03

Sehr geehrter Herr Schröter!

Heute abend war Herr Ministerpräsident Bartram[1] bei mir. Er hat mir erklärt, daß vor der Regierungsbildung dem BHE namens des Wahlblocks, also auch namens der CDU die verpflichtende Zusage gemacht worden sei, Kommunalwahlen vorzeitig abzuhalten[2].
Ob die Abgabe eines solchen Versprechens politisch richtig war oder nicht, insbesondere im Hinblick darauf, daß es für jede Gemeinde unerwünscht ist, in so schneller Folge neue Wahlen zu haben, mag dahingestellt bleiben. Jedenfalls bin ich aber der Auffassung, daß, wenn eine Partei oder die legitimierten Vertreter einer Partei eine Verpflichtung eingegangen sind, sie an diese Verpflichtung gebunden sind, es sei denn, daß derjenige, demgegenüber sie die Verpflichtung eingegangen sind, sie davon entbindet.
Da ich keine Möglichkeit sehe, diesen Brief auf eine andere Weise rechtzeitig in Ihre Hände kommen zu lassen, habe ich Herrn Ministerpräsident Bartram, der den Inhalt dieses Briefes kennt, gebeten, Ihnen diesen Brief zu übermitteln.
Mit freundlichen Grüßen

Ihr ergebener
(Adenauer)

Nr. 399
23. Februar 1951 (Bonn): An den Hohen Kommissar der Französischen Republik, Botschafter *André François-Poncet,* Bad Godesberg
AA, Noten an AHK, Bd. 13, Druck: Gabriele *Muller-List* (Bearb.), Montanmitbestimmung, S. 393f.[1]

Herr Hoher Kommissar,

Ich beehre mich, den Empfang Ihres Schreibens vom 13. Februar 1951, betr. das Mitbestimmungsrecht in den Kohlenbergwerken, die zur Zeit Eigentum ausländischer Staatsangehöriger sind, zu bestätigen.
Die besonderen Umstände, unter denen der Gesetzentwurf zur Regelung des Mitbestimmungsrechtes entstand, hatten mich vor die Aufgabe gestellt, im Interesse des sozialen Friedens bei den Verhandlungen der Sozialpartner zu vermitteln. In Anbetracht der politischen Tragweite der

erfolgten Einigung und der sich hieraus ergebenden Pflicht, eine Gefährdung des Verhandlungsergebnisses zu vermeiden, hat die Bundesregierung die zwischen den Arbeitgebern und Arbeitnehmern getroffene Vereinbarung den gesetzgebenden Körperschaften in der Form eines Gesetzentwurfes umgehend zur Beratung zugeleitet. Ich habe nicht versäumt, die von Ihnen geäußerten Bedenken dem Präsidenten des Bundesrates und dem Präsidenten des Bundestages zur Kenntnis zu bringen, und darf meiner Überzeugung Ausdruck geben, daß die in Ihrem Schreiben enthaltenen Ausführungen bei den Beratungen der gesetzgebenden Körperschaften eingehend gewürdigt werden.
Genehmigen Sie, Herr Hoher Kommissar, den Ausdruck meiner ausgezeichnetsten Hochachtung.

gez. Adenauer

Nr. 400
23. Februar 1951 (Bonn): An *Wilhelm Simpfendörfer,* Stuttgart
StBKAH 12.32, mit ms. Vermerk »*Persönlich!*« und hs. Notiz Zimmermann »ab am 24.2.«

Sehr geehrter Herr Simpfendörfer[1]!

Gestatten Sie mir zum Ausdruck zu bringen, daß hier in Bonn allgemein bei unseren Parteifreunden, aber auch außerhalb dieses Kreises, das Vorgehen des Herrn Gerstenmaier gegen Herrn Ministerpräsident Maier Zustimmung und Beifall gefunden hat[2]. Auch in einer Sitzung des Bundeskabinetts, in der ich die Angelegenheit heute zur Sprache gebracht habe, fand man es in höchstem Grade bedauerlich, daß Herr Maier geglaubt hat, in einer lebenswichtigen Angelegenheit des deutschen Volkes sich derartig auszulassen[3]. Er hat dadurch zweifellos der Bundesrepublik, besonders im Ausland, erheblichen Schaden zugefügt. Ich glaube, man kann Herrn Gerstenmaier nur dankbar dafür sein, daß er in energischer Weise dagegen Front gemacht hat.
Mit freundlichen Grüßen

Ihr ergebener
(Adenauer)

Nr. 401
24. Februar 1951 (Rhöndorf): An den Bundesminister für Wirtschaft, *Professor Dr. Ludwig Erhard,* Bonn
Original in LES, NL Erhard, I. 1) 2, auf Kopfbogen des Bundeskanzlers

Sehr geehrter Herr Bundesminister!

Die Bitte, die ich Ihnen gestern in der Kabinettssitzung in Übereinstimmung mit dem ganzen Kabinett schon mündlich mitteilte, darf ich schriftlich wiederholen.
Die Zeitverhältnisse sind so schwierig und unübersehbar, daß ich Sie bitten muß, sowohl in der Zahl Ihrer öffentlichen Reden wie auch in deren Inhalt höchste Vorsicht walten zu lassen. Ich darf Sie daran erinnern, daß wiederholt Ausführungen von Ihnen zu Schwierigkeiten Veranlassung gegeben haben[1]. Zwei besonders markante Fälle darf ich hier anführen:
Die Ausführungen, die Sie, zwar nicht öffentlich, aber halböffentlich, nämlich in einem Kreise von etwa 25 Personen, über die voraussichtliche zukünftige Besetzung der Aufsichtsräte der entflochtenen Gesellschaften gemacht haben, sind zumindest von den gewerkschaftlichen Vertretern, die bei Ihren Ausführungen anwesend gewesen sind, mißverstanden worden. Sie haben entscheidend zur Entstehung der ganzen Beunruhigung der Gewerkschaften, die schließlich in einer Streikdrohung gipfelte, beigetragen[2].
Der zweite Fall ist der folgende:
Sie haben wiederholt im Dezember erklärt, die Kohlenschwierigkeiten seien absolut vorübergehender Natur, im Januar werde man überhaupt nicht mehr davon sprechen[3]. Genau das Gegenteil ist eingetreten, und es ist dadurch der Eindruck entstanden, daß der Bundeswirtschaftsminister die Gründe der Kohlenknappheit überhaupt nicht erkannt hat.
Ihre letzte Rede – ich weiß augenblicklich nicht, wo Sie sie gehalten haben –, von der ich Ihnen gestern in der Kabinettssitzung sprach, ist zum mindesten von der Öffentlichkeit dahin aufgefaßt worden, wie die Berichte in zahlreichen Zeitungen zeigen, daß Sie mit sehr großem Optimismus die Preisentwicklung betrachten.
Ich bitte Sie, eingedenk zu sein, daß jede Enttäuschung der Öffentlichkeit über Sie und Ihre Voraussicht der gesamten Bundesregierung zur Last fällt. Ich hoffe, Sie werden bei ruhiger Überlegung meine oben ausgesprochene Bitte verstehen.
In einer Besprechung, die ich gestern nachmittag, am 23.2.51, mit den

Vertretern der Berg- und Hüttenwerke hatte[4], ereignete sich ein sehr peinlicher Vorfall. Es wurde von den Vertretern der Berg- und Hüttenwerke behauptet, daß Sie eine sehr detaillierte Aussprache mit Mr. Bovi[5] über den stufenweisen Abbau der Kohlenvertriebsgesellschaften gehabt hätten und daß ein Schriftwechsel hierüber vorliege. Herr Staatssekretär Schalfejew, der anwesend war, erklärte, daß ihm hiervon nichts bekannt sei. Ich schloß mich dem an. Herr Staatssekretär Hallstein sagte, daß ein solches Schriftstück, wie er glaube, existiere, ihm seien aber nur die Eingangssätze davon einmal mitgeteilt worden. Darauf wurde von den Vertretern der Berg- und Hüttenindustrie eine Abschrift einer sehr ausführlichen Niederschrift, die Sie gefertigt haben sollen, vorgelegt. Ich halte es für unmöglich, daß Sie von derartig wichtigen Verhandlungen nicht einmal Ihren Staatssekretär unterrichten.

Die Lage der Bundesregierung war bei den gestrigen Verhandlungen mehr als peinlich. Ich mußte sie schnellstens abbrechen mit der Begründung, den Tatbestand feststellen zu wollen[6].

Ich vermisse bei der Arbeit Ihres Ministeriums, wie Sie wissen, schon seit geraumer Zeit die Kontinuierlichkeit und die Stetigkeit der Arbeit sowie die Einheitlichkeit. Ich halte es für notwendig, daß wir darüber uns austauschen. Ich muß vor allem darauf bestehen, daß bei Ihrer sehr häufigen – vielleicht notwendigen – Abwesenheit von Bonn Ihr Staatssekretär die Fäden so in die Hand bekommt, daß er immer über alles unterrichtet ist[7].

Mit besten Grüßen

Ihr ergebener
(Adenauer)

Nr. 402

26. Februar 1951 (Bonn): An den Geschäftsführenden Vorsitzenden der Alliierten Hohen Kommission, *John J. McCloy,* Bonn-Petersberg

AA, Noten an AHK, Bd. 13

Herr Hoher Kommissar,

Ich beehre mich, Euerer Exzellenz den Empfang des telefonisch übermittelten Schreibens vom 22. Februar 1951[1] über die bevorstehende Viererkonferenz mit Dank zu bestätigen. Ich habe mit Befriedigung zur Kenntnis genommen, daß die in der Alliierten Hohen Kommission vertretenen Regierungen bereit sind, mich in größtmöglichem Ausmaß über die Besprechungen bei der Vor- und Hauptkonferenz laufend zu unter-

richten und die Auffassung der Bundesregierung zu den auf der Konferenz zu behandelnden Problemen entgegenzunehmen.
Da mit dem Zusammentritt der Vorkonferenz[2] der vier Stellvertretenden Außenminister in Kürze zu rechnen ist, würde ich es begrüßen, wenn der Bundesregierung schon jetzt mitgeteilt werden könnte, welche Vorschläge die alliierten Mächte bei der Aufstellung der Tagesordnung hinsichtlich der deutschen Frage zu machen beabsichtigen. Insbesondere würde ich für eine Mitteilung dankbar sein, ob es den Absichten der drei westalliierten Regierungen entspricht, die Frage der Abhaltung gesamtdeutscher Wahlen zum Gegenstand der Tagesordnung der Viererkonferenz zu machen[3].
Genehmigen Sie, Herr Hoher Kommissar, den Ausdruck meiner ausgezeichnetsten Hochachtung.

gez. Adenauer

Nr. 403

27. Februar 1951 (Bonn): An den Vorsitzenden der SPD-Fraktion des Deutschen Bundestages, *Dr. Kurt Schumacher,* Bonn

StBKAH 12.27, mit hs. Vermerk Zimmermann »Persönlich – Vertraulich« und hs. Notiz Zimmermann »ab am 27.2.51 durch Boten«

Sehr geehrter Herr Schumacher!

Im Anschluß an unsere Unterredung vorige Woche[1] erlaube ich mir, Ihnen folgendes mitzuteilen:
Da einige der Herren, die in US waren[2], erst heute ihren Fraktionen über ihre Reise Bericht erstatten, wird in dieser Woche die Angelegenheit »Freie Wahlen« usw. nicht mehr im Bundestag zur Verhandlung kommen können. Es wird aber unter allen Umständen die Verhandlung in der nächsten Woche stattfinden müssen[3].
Da am 5. März voraussichtlich die Vorkonferenz[4], die die Tagesordnung der Viererkonferenz festsetzt, beginnt, ist bei mir angeregt worden, ich solle namens der Bundesregierung den Antrag, »Freie Wahlen« auf die Tagesordnung der Viererkonferenz zu setzen, jetzt schon stellen. Die Stellung dieses Antrages soll geheim bleiben, und ich solle dann in der nächsten Woche in der betreffenden Bundestagssitzung dem Bundestag hiervon Kenntnis geben. Es würde sich im Anschluß daran Gelegenheit zu den notwendigen Ausführungen ergeben, und vielleicht könnte dann die Beratung mit einer von den Fraktionen gemeinsam zu fassenden Resolution abgeschlossen werden.

Ich beabsichtige, für morgen die Vorsitzenden der Fraktionen zu einer Besprechung einzuladen[5]. Ich höre eben, daß Sie morgen nach Berlin zu fliegen beabsichtigen[6], und erlaube mir daher, Ihnen jetzt schon diese Mitteilung zu machen, die ich vertraulich zu behandeln bitte.
Mit ergebenen Grüßen Ihr
(Adenauer)

Nr. 404
28. Februar 1951 (Bonn): An den Staatspräsidenten von Baden,
Leo Wohleb, Freiburg/Breisgau
StBKAH 10.05, mit ms. Briefkopf wie Nr. 98

Sehr geehrter Herr Wohleb!

Ich danke Ihnen für die ausführlichen Darlegungen, die Sie mir in Ihrem Schreiben vom 15.2.1951[1] über den gegenwärtigen Stand der Frage des Süd-West-Staates gemacht haben.
Nach meiner Ansicht, die vom Kabinett durchaus geteilt wird, ist es bei unserer derzeitigen außen- und innenpolitischen Lage erforderlich, daß jede Beunruhigung der Bevölkerung und jeder Anlaß zu Auseinandersetzungen, die außerhalb der eigentlichen derzeitigen Lebensfragen unseres Volkes liegen, vermieden werden.
Ich würde es deshalb für wünschenswert halten, daß vorläufig die Frage der Bildung eines Süd-West-Staates in den Hintergrund der politischen Diskussion treten würde und man zunächst die weitere Behandlung dieser Angelegenheit ruhen läßt[2].
Ich wäre Ihnen dankbar, wenn Sie Ihren Einfluß in dieser Richtung geltend machen würden.
Mit freundlichen Grüßen Ihr sehr ergebener
(Adenauer)

Nr. 405
4. März 1951 (Rhöndorf): An den Bundesminister für Wirtschaft,
Professor Dr. Ludwig Erhard, Bonn
Original in LES, NL Erhard, I. 1) 2, auf Kopfbogen des Bundeskanzlers

Sehr geehrter Herr Erhard!

Auf Ihr Schreiben vom 2. d. Mts.[1] erwidere ich Ihnen ergebenst, daß mein Gedanke folgender ist:
Ich berufe einen Kabinettsausschuß zur Koordinierung in Wirtschafts-

angelegenheiten, bestehend aus Ihnen, dem Bundesfinanzminister, dem Bundesernährungsminister, dem Bundesarbeitsminister, dem ERP-Bundesminister und dem Minister für Wohnungsbau. Den Vorsitz übernehme ich. Mit meiner ständigen Vertretung betraue ich den Vizekanzler. Herr Ernst[2] wird nicht in das Marshall-Plan-Ministerium eingereiht, sondern soll die Leitung der Geschäfte dieses Ausschusses übernehmen. Ich glaube, daß damit die von Ihnen in Ihrem Brief vom 2. März geäußerten Befürchtungen entfallen.

Mit besten Grüßen

Ihr ergebener
(Adenauer)

Nr. 406
8. März 1951 (Bonn): An den Geschäftsführenden Vorsitzenden der Alliierten Hohen Kommission, Botschafter *André François-Poncet,* Bonn-Petersberg
AA, Noten an AHK, Bd. 13

Herr Hoher Kommissar,

Nachdem durch die Revision des Besatzungsstatuts[1] der Bundesrepublik das Recht der Errichtung eines Bundesministeriums für Auswärtige Angelegenheiten und des Austausches diplomatischer Vertreter mit befreundeten Staaten zugestanden worden ist[2], sind nach Ansicht der Bundesregierung die Voraussetzungen dafür gegeben, daß die Bundesrepublik ordentliches Mitglied des Europarates wird[3].

Ich habe daher den Generalsekretär des Europarats gebeten, dem Ministerkomitee die Frage der ordentlichen Mitgliedschaft der Bundesrepublik im Europarat zu unterbreiten.

Ich beehre mich, die Alliierte Hohe Kommission hiervon zu unterrichten.

Genehmigen Sie, Herr Hoher Kommissar, den Ausdruck meiner ausgezeichnetsten Hochachtung.

gez. Adenauer

Nr. 407
9. März 1951 (Bonn): An den Geschäftsführenden Vorsitzenden der Alliierten Hohen Kommission, Botschafter *André François-Poncet*, Bonn-Petersberg

AA, Noten an AHK, Bd. 13; eigenhändig korrigierter Entwurf Adenauers vom 8.3.1951 in StBKAH 03.03; Druck: Mitteilungen des Presse- und Informationsamtes der Bundesregierung vom 9.3.1951[1] (Nr. 178/51)

Herr Hoher Kommissar!

Mit Schreiben vom 22. Februar 1951[2] haben Sie mir mitgeteilt, daß die in der Alliierten Hohen Kommission vertretenen Regierungen in voller Würdigung des deutschen Interesses an den auf der Vor- und Hauptkonferenz der vier Außenminister zu behandelnden Fragen bereit sind, die Bundesregierung in ‹vollstem›[a] Umfange über die Verhandlungen zu unterrichten und die Auffassungen der Bundesregierung ‹zwecks Weiterleitung an ihre Regierungen›[b] entgegenzunehmen.
In Ausführung dieser Zusicherungen haben Sie mich darüber unterrichtet, daß die drei westalliierten Mächte beabsichtigen, auf der Konferenz der vier Außenminister vor allem die Gründe zu untersuchen, die zu den gegenwärtigen internationalen Spannungen geführt haben.
Die Bundesregierung begrüßt diese Absicht aufrichtig, denn sie ist der Überzeugung, daß nur durch die Erkenntnis und Beseitigung der wirklichen Ursachen dieser Spannungen die Grundlage für einen dauerhaften Frieden in Europa und der Welt geschaffen werden kann. Sie teilt ferner die Auffassung der Westmächte, daß diese Ursachen sich keinesfalls auf das deutsche Problem beschränken. Das deutsche Problem ist vielmehr eine der Folgen der viel umfassenderen zwischen dem Westen und Sowjetrußland bestehenden Spannungen. Gleichzeitig ist es eine der Ursachen für das Fortbestehen dieser Spannungen. Die Regelung der deutschen Frage ist daher eine der wesentlichen Voraussetzungen für die Erhaltung des Friedens.
‹Diese Regelung kann›[c] nicht ohne Zustimmung des deutschen Volkes erfolgen.
‹Ich beehre mich›[d], Euerer Exzellenz nachstehend die Auffassung der Bundesregierung zur deutschen Frage mit der Bitte zu unterbreiten, sie an die Regierungen der drei in der Alliierten Hohen Kommission vertretenen Mächte weiterzuleiten.
Bereits in den Erklärungen der Bundesregierung vom 22. März[3] und vom 14. September 1950[4] ist klar und eindeutig festgestellt worden, daß

291

BUNDESREPUBLIK DEUTSCHLAND
DER BUNDESKANZLER

BONN, den 8. März 1951

Seiner Excellenz
dem Geschäftsführenden Vorsitzenden
der Alliierten Hohen Kommission
Herrn Botschafter André François-Poncet
Bonn
Petersberg

Herr Hoher Kommissar!

Mit Schreiben vom 22. Februar 1951 haben Sie mir mitgeteilt, daß die in der Alliierten Hohen Kommission vertretenen Regierungen in voller Würdigung des deutschen Interesses an den auf der Vor- und Hauptkonferenz der vier Außenminister zu behandelnden Fragen bereit sind, die Bundesregierung in ~~[illegible]~~ Umfang über die Verhandlungen zu unterrichten und die Auffassungen der Bundesregierung ~~entgegenzunehmen~~.

In Ausführung dieser Zusicherungen haben Sie mich darüber unterrichtet, daß die drei westalliierten Mächte beabsichtigen, auf der Konferenz der vier Außenminister vor allem die Gründe zu untersuchen, die zu den gegenwärtigen internationalen Spannungen geführt haben.

Die Bundesregierung begrüßt diese Absicht aufrichtig, denn sie ist der Überzeugung, daß nur durch die Erkenntnis und Beseitigung der wirklichen Ursachen dieser Spannungen die Grundlage für einen dauerhaften Frieden in Europa und der Welt geschaffen werden kann. Sie teilt ferner die Auffassung der Westmächte, daß diese Ursachen sich keinesfalls auf das deutsche Problem beschränken. Das deutsche Problem ist vielmehr eine der Folgen der viel umfassenden zwischen dem Westen und Sowjetrußland bestehenden Spannungen. Gleichzeitig ist es eine der Ursachen für das Fortbestehen dieser Spannungen. Die Regelung der deutschen Frage ist daher eine der wesentlichen Voraussetzungen für die Erhaltung des Friedens.

Entwurf des Schreibens an André François-Poncet
(Dok. Nr. 407)

Diese Regelung kann

~~Ausgehend von der Erkenntnis, dass die Regelung der deutschen Frage nicht~~ ohne Zustimmung des deutschen Volkes erfolgen ~~kann~~, beehre ~~ich~~ mich, Euerer Exzellenz nachstehend die Auffassung der Bundesregierung zur deutschen Frage mit der Bitte zu unterbreiten, sie an die Regierungen der drei in der Alliierten Hohen Kommission vertretenen Mächte weiterzuleiten.

Bereits in den Erklärungen der Bundesregierung vom 22. März und vom 14. September 1950 ist klar und eindeutig festgestellt worden, dass der Weg zur deutschen Einheit nur durch eine freie und unbeeinflusste Willensentscheidung des deutschen Volkes gefunden werden kann. ~~Als erster Schritt zu diesem Ziel~~ wurde die Abhaltung freier, allgemeiner, gleicher, geheimer und direkter Wahlen in ganz Deutschland zu einem verfassunggebenden deutschen Parlament gefordert, ~~dem gleichzeitig die Aufgabe übertragen werden~~ muss, bis zum Inkrafttreten einer freiheitlichen Verfassung die Wahrnehmung der gesamtdeutschen Regierungsgewalt zu regeln. X ~~Ich kann mit Befriedigung feststellen, dass~~ die Alliierte Hohe Kommission ~~sich~~ diese Forderung dadurch voll zu eigen ~~gemacht~~ hat, dass sie die Erklärung vom 14. September 1950 an den Vorsitzenden der sowjetischen Kontrollkommission für Deutschland weitergeleitet ~~hat~~.

Die Bundesregierung ist ~~auch heute~~ der Auffassung, dass die Wiederherstellung der Einheit Deutschlands nur auf Grund wirklich freier gesamtdeutscher Wahlen erfolgen kann. Sie wiederholt daher ihre Forderung auf baldmöglichste Abhaltung dieser Wahlen mit aller Entschiedenheit.

Voraussetzung für die Durchführung wirklich freier Wahlen ist jedoch, dass ebenso wie in der Bundesrepublik auch in der Sowjetzone die unerlässlichen Freiheiten vor, während und nach der Wahl sichergestellt sind. Seit Jahr

- 3 -

292

Mit Genugtuung stellen wir fest, dass sich die AHK diese Forderung voll zu

X Zur Genugtuung des deutschen Volkes hat sich die AHK diese Forderung zu eigen gemacht und sie mit Schreiben vom 9. Oktober 1950 an den Vorsitzenden der sowjetischen Kontrollkommission für Deutschland weitergeleitet

und Tag ist in der Sowjetzone die bürgerliche Freiheit unterdrückt und die Bevölkerung noch in jüngster Zeit durch das sogenannte "Gesetz zum Schutze des Friedens" unter einen besonders scharfen politischen Zwang gestellt worden. Diese Massnahme, nicht zuletzt aber die völlige Beseitigung aller in demokratischen Staaten als Grundlage aller bürgerlichen Freiheit angesehenen Garantien einer rechtsstaatlichen Ordnung, insbesondere einer wirklich unabhängigen Rechtspflege und eines ordentlichen Gerichtsverfahrens, hat in der Sowjetzone eine Atmosphäre der Unsicherheit und der Angst geschaffen, in der freie Wahlen unmöglich durchgeführt werden können.

Diese Unsicherheit und Angst schwinden nicht von heute auf morgen, es genügt deshalb nicht, wenn hinsichtlich der Voraussetzungen für die Abhaltung freier Wahlen lediglich Erklärungen oder Zusicherungen abgegeben werden. Es ist vielmehr erforderlich, dass in ganz Deutschland die politischen und psychologischen Voraussetzungen für die Abhaltung freier Wahlen sofort geschaffen werden, damit sie sich während eines angemessenen Zeitraumes auswirken können. Die zum Wesen eines demokratischen Staates gehörende staatsbürgerliche Freiheit muss also in der sowjetischen Besatzungszone in Angleichung an ~~die~~ tatsächlichen Zustände in der Bundesrepublik während einer angemessenen Dauer wiederhergestellt sein, bevor eine freie Wahl dort stattfinden kann.

Die Bundesregierung hält es daher für unerlässlich, dass in der sowjetisch besetzen Zone ohne Verzögerung folgende Voraussetzungen geschaffen werden :

1.) Wiederherstellung der ordnungsgemässen deutschen Rechtspflege, insbesondere unabhängiger Gerichte und eines ordentlichen Gerichtsverfahrens;

2.) Freilassung aller wegen ihrer Gegnerschaft gegen das herrschende Regime inhaftierten Personen; Rückführung aller Deportierten;

3.) Ausserkraftsetzung des sogenannten "Gesetzes zum Schutz des Friedens";

4.) Auflösung des "Staatssicherheitsdienstes" SSD) und ähnlicher Einrichtungen;

5.) Verminderung der Polizeikräfte auf die für die Erfüllung normaler polizeilicher Aufgaben erforderliche Zahl;

6.) Persönliche Sicherheit und Schutz für alle Staatsbürger vor jeder politischen, wirtschaftlichen und sozialen Benachteiligung, insbesondere für die in den politischen Parteien tätigen Personen;

7.) Volle rechtliche und tatsächliche Freiheit zur Bildung und Betätigung politischer Parteien;

8.) Verhinderung jeder Art von Wahlterror;

9.) Uneingeschränkte Presse-, Meinungs- und Versammlungsfreiheit; Zulassung und Vertriebsfreiheit für alle Zeitungen;

10.) Freiheit des Personenverkehrs und Fortfall des Interzonenpasses;

11.) Wirksame internationale Kontrolle der Durchführung der geforderten Maßnahmen.

Nur wenn diese Voraussetzungen erfüllt sind, können wirklich freie Wahlen durchgeführt werden, aus denen ein gesamtdeutsches Parlament hervorgeht.

Die Bundesregierung glaubt nicht, daß mit der Verwirklichung der vorstehend dargelegten, Deutschland allein betreffenden Maßnahmen die Ursachen der bestehenden Spannungen in ihrer Gesamtheit beseitigt werden können. Sie ist aber überzeugt, daß diese Vorschläge das Minimum dessen darstellen, was sie selbst auf Grund ihres Anteils an der gemeinsamen Verantwortung zur Sicherung des Friedens beizutragen hat.

Genehmigen Sie, Herr Hoher Kommissar, den Ausdruck meiner ausgezeichnetsten Hochachtung.

[illegible]

(A d e n a u e r)

der Weg zur deutschen Einheit nur durch eine freie und unbeeinflußte Willensentscheidung des deutschen Volkes gefunden werden kann. ‹Es wurde deshalb›[e] die Abhaltung freier, allgemeiner, gleicher, geheimer und direkter Wahlen in ganz Deutschland zu einem verfassunggebenden deutschen Parlament gefordert, dem gleichzeitig die Aufgabe übertragen werden muß, bis zum Inkrafttreten einer freiheitlichen Verfassung die Wahrnehmung der gesamtdeutschen Regierungsgewalt zu regeln. ‹Zur Genugtuung des deutschen Volkes hat sich die AHK diese Forderung zu eigen gemacht und sie mit Schreiben vom 9. Oktober 1950[5] an den Vorsitzenden der sowjetischen Kontrollkommission für Deutschland empfehlend weitergeleitet.›[f]

Die Bundesregierung ist ‹nach wie vor›[g] der Auffassung, daß die Wiederherstellung der Einheit Deutschlands nur auf Grund wirklich freier gesamtdeutscher Wahlen erfolgen kann. Sie wiederholt daher ihre Forderung auf baldmöglichste Abhaltung dieser Wahlen mit aller Entschiedenheit.

Voraussetzung für die Durchführung wirklich freier Wahlen ist jedoch, daß ebenso wie in der Bundesrepublik auch in der Sowjetzone die unerläßlichen Freiheiten vor, während und nach der Wahl sichergestellt sind. Seit Jahr und Tag ist in der Sowjetzone die bürgerliche Freiheit unterdrückt und die Bevölkerung noch in jüngster Zeit durch das sogenannte »Gesetz zum Schutze des Friedens«[6] unter einen besonders scharfen politischen Zwang gestellt worden. Diese Maßnahme, nicht zuletzt aber die völlige Beseitigung aller in demokratischen Staaten als Grundlage aller bürgerlichen Freiheit angesehenen Garantien einer rechtsstaatlichen Ordnung, insbesondere einer wirklich unabhängigen Rechtspflege und eines ordentlichen Gerichtsverfahrens, hat in der Sowjetzone eine Atmosphäre der Unsicherheit und der Angst geschaffen, in der freie Wahlen unmöglich durchgeführt werden können.

Diese Unsicherheit und Angst schwinden nicht von heute auf morgen, es genügt deshalb nicht, wenn hinsichtlich der Voraussetzungen für die Abhaltung freier Wahlen lediglich Erklärungen oder Zusicherungen abgegeben werden. Es ist vielmehr erforderlich, daß in ganz Deutschland die politischen und psychologischen Voraussetzungen für die Abhaltung freier Wahlen sofort geschaffen werden, damit sie sich während eines angemessenen Zeitraumes auswirken können. Die zum Wesen eines demokratischen Staates gehörende staatsbürgerliche Freiheit muß also in der sowjetischen Besatzungszone in Angleichung an ‹den Verfassungszustand›[h] der Bundesrepublik während einer angemessenen Dauer wiederhergestellt sein, bevor eine freie Wahl dort stattfinden kann.

⟨...⟩[i]

Die Bundesregierung glaubt nicht, daß mit der Verwirklichung der vorstehend dargelegten, Deutschland allein betreffenden Maßnahmen die Ursachen der bestehenden Spannungen in ihrer Gesamtheit beseitigt werden können. Sie ist aber überzeugt, daß diese Vorschläge das Minimum dessen darstellen, was sie selbst auf Grund ihres Anteils an der gemeinsamen Verantwortung zur Sicherung des Friedens beizutragen hat.

Genehmigen Sie, Herr Hoher Kommissar, den Ausdruck meiner ausgezeichnetsten Hochachtung.

gez. Adenauer

Nr. 408

10. März 1951 (Rhöndorf): An den Bundesminister für Wirtschaft, *Professor Dr. Ludwig Erhard,* Bonn

Original in LES, NL Erhard, I. 1) 2, auf Kopfbogen des Bundeskanzlers

Sehr geehrter Herr Erhard!

Wie mir mitgeteilt wird, sollen Sie schon mit Industriellen Verabredungen über die von Ihnen gelegentlich erwähnte Reise nach den Vereinigten Staaten getroffen haben[1]. Ich sehe mich leider gezwungen, Ihnen mitzuteilen, daß in der nächsten Zeit eine Reise nach Amerika für Sie unmöglich ist. Die wirtschaftliche Lage in Deutschland ist so, daß der Bundeswirtschaftsminister unbedingt im Lande sein muß.

Ich bitte ferner um Mitteilung, auf wessen Veranlassung Ihre Reise zurückzuführen ist[2].

Auf alle Fälle hätte ich erwarten dürfen, daß Sie mit mir gesprochen hätten, bevor Sie sich mit Mister McCloy in Verbindung gesetzt haben.

Mit ergebenem Gruß

(Adenauer)

Nr. 409
15. März 1951 (Bonn): An den Vorsitzenden der CDU/CSU-Fraktion des Deutschen Bundestages, *Dr. Heinrich von Brentano,* Bonn
StBKAH III/38, mit hs. Notiz Arenz »ab 15.3.51 d. Boten«

Sehr geehrter Herr Dr. von Brentano[1]!

Heute morgen hat in den Vereinigten Ausschüssen für Arbeit und für Wirtschaftspolitik eine Abstimmung stattgefunden[2]. Ich kann nicht verhehlen, daß mich diese Abstimmung mit großer Besorgnis erfüllt. Ich habe heute morgen eine Besprechung in anderen Fragen mit den leitenden Herren des Bundesverbandes der Deutschen Industrie, des Bundesverbandes der Arbeitgeber und des Deutschen Industrie- und Handelskammertages [sic!] gehabt[3], und auch dort wurde von allen Seiten hervorgehoben, wie absolut man in den schwierigen Zeiten, denen wir entgegengehen, auf ein gutes Einvernehmen mit dem DGB angewiesen sei. Es ist z. B. auch sehr begrüßt worden von den Herren Dr. Raymond und Dr. Erdmann, daß sie bei einer Besprechung in den letzten Tagen mit dem DGB, insbesondere mit Herrn vom Hoff, solch verantwortungserfülltes Verständnis angetroffen haben. Nach meiner Meinung erfordern es Gründe der höheren Politik unbedingt, zu einem befriedigenden Ergebnis zu kommen. Ich darf auch noch hinzufügen, daß ich mich persönlich engagiert habe. Ich empfinde es außerordentlich schmerzlich, daß weder Herr Sabel[4] noch Herr Schröder[5] es für der Mühe wert gehalten haben, mich rechtzeitig von ihren Absichten in Kenntnis zu setzen. Ich finde das Verhalten der beiden Herren mir gegenüber völlig unverständlich.
Ich bitte Sie sehr, mir Vorschläge zu machen, wie die Angelegenheit hoffentlich zu einem befriedigenden Ergebnis gebracht werden kann.
Mit verbindlichen Grüßen

Ihr ergebener
(Adenauer)

Nr. 410

15. März 1951 (Bonn): An den Bundesminister für Wirtschaft, *Professor Dr. Ludwig Erhard,* Bonn

Original in LES, NL Erhard, I. 1) 2, auf Kopfbogen des Bundeskanzlers

Sehr geehrter Herr Erhard!

Sie sprachen heute davon, daß Sie für Herrn Friedrich[1] eine besondere Aufgabe in Aussicht genommen hätten. Ich bitte Sie dringend, von einer Erledigung organisatorischer Fragen dieser Art abzusehen, bis Herr Westrick[2] sein Amt als Staatssekretär in Ihrem Ministerium angetreten hat. Dies wird, wie ich höre, in diesen Tagen der Fall sein.

Mit freundlichen Grüßen

Ihr

A

Nr. 411

15. März 1951 (Bonn): An den Geschäftsführenden Vorsitzenden der Alliierten Hohen Kommission, Botschafter *André François-Poncet,* Bonn-Petersberg

AA, Noten an AHK, Bd. 13

Herr Hoher Kommissar,

Ich beehre mich, Ihnen mitzuteilen, daß mit Wirkung vom heutigen Tage das Auswärtige Amt gebildet worden ist und daß ich das Amt des Bundesministers des Auswärtigen übernommen habe[1].

Genehmigen Sie, Herr Hoher Kommissar, den Ausdruck meiner ausgezeichnetsten Hochachtung.

gez. Adenauer

Nr. 411 A

15. März 1951 (Bonn): An den Hohen Kommissar der Französischen Republik, Botschafter *André François-Poncet,* Bonn-Petersberg

AA, Noten an AHK, Bd. 13

Sehr geehrter Herr Botschafter!

Sie haben in der geistvollen Ansprache, die Sie bei dem gestrigen Bankett gehalten haben[1], so freundliche Worte der Würdigung meiner eigenen Person und meines politischen Wirkens gefunden, daß ich mich gedrängt fühle, Ihnen hierfür ein Wort herzlichen Dankes zu sagen. Im besonderen bin ich glücklich über die Unzweideutigkeit, mit der die Zugehörigkeit der Bundesrepublik zum Westen anerkannt worden ist, und den ebenso glänzenden wie kraftvollen Ausdruck, den die Idee der europäischen Gemeinschaft in Ihren Worten gefunden hat.

Mit verbindlichsten Empfehlungen
Ihr sehr ergebener
gez. Adenauer

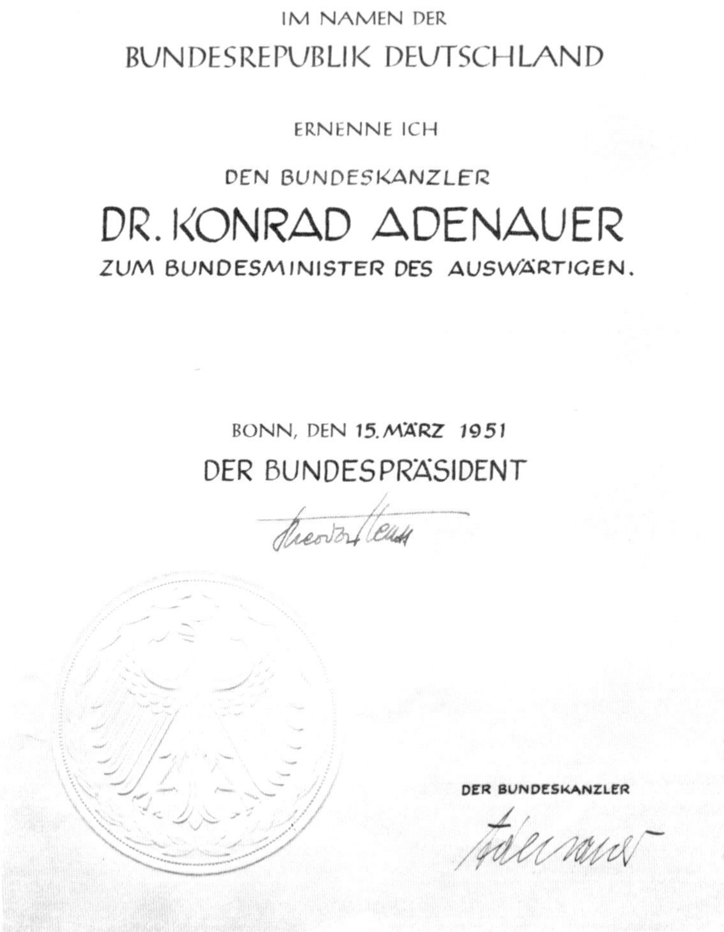

IM NAMEN DER

BUNDESREPUBLIK DEUTSCHLAND

ERNENNE ICH

DEN BUNDESKANZLER

DR. KONRAD ADENAUER

ZUM BUNDESMINISTER DES AUSWÄRTIGEN.

BONN, DEN 15. MÄRZ 1951

DER BUNDESPRÄSIDENT

Theodor Heuss

DER BUNDESKANZLER

Adenauer

Ernennungsurkunde zum Bundesminister des Auswärtigen
(zu Dok. Nr. 411)

Bildteil

oben: Mit Schwiegertochter Lola †, Schwiegertochter Gisela, Sohn Paul, Schwiegersohn Walter Reiners †, Tochter Ria, Sohn Max, Sohn Georg, Tochter Libet, Schwiegersohn Hermann-Josef Werhahn, Tochter Lotte

unten: Mit Sohn Max, Schwiegertochter Gisela, Tochter Lotte, Schwiegersohn Walter Reiners †, Tochter Ria, Tochter Libet, Schwiegertochter Lola †, Sohn Konrad

oben: Bei der Demontagestop-Feier der August Thyssen-Hütte AG in der Rhein-Ruhr-Halle Duisburg-Hochfeld (20. Dezember 1949) mit Robert Lehr, Gustav Heinemann, Joan Crane und Hans-Günther Sohl

rechts: Bei der Vorstellung der Bundesregierung vor der Alliierten Hohen Kommission (21. September 1949) mit Fritz Schäffer, Thomas Dehler, Jakob Kaiser und Franz Blücher

oben: Mit Dean Acheson (November 1949)

rechts oben: Mit Robert Schuman (Januar 1950)
rechts unten: Mit Robert Schuman und Theodor Heuss

Beim Besuch in Berlin (April 1950)

Mit den Stadtkommandanten von Berlin (April 1950)

Mit John J. McCloy, Sir Brian H. Robertson und André François-Poncet

oben: Mit Walter Hallstein und Jean Monnet
unten: Mit Sir Brian H. Robertson

Mit Theodor Heuss

Mit Karl Arnold

Beim Gründungsparteitag der CDU in Goslar (Oktober 1950)
oben: Mit Friedrich Holzapfel und Jakob Kaiser
unten: Im Gespräch mit Parteifreunden

Bei der Parteitagsrede in Goslar
(20. Oktober 1950)

Vor dem Landesparteitag der CDU Rheinland in Duisburg (Dezember 1950)

oben: Mit Ludwig Erhard
links: Mit Walter Freitag

An seinem 75. Geburtstag (5. Januar 1951) mit Franz Blücher, Fritz Schäffer und Anton Storch

Mit Franz Rudolf von Weiss

Walter
Bartram

Paul
Bausch

Maria
Dietz

Hermann
Ehlers

Hedwig
Finger

Walter
Freitag

Portraitphotos hier und auf den folgenden Seiten aus:
Fritz Sänger (Hrsg.), Handbuch des Deutschen Bundestages, Stuttgart[2] 1952; Landtag Nordrhein-Westfalen (Hrsg.), Handbuch des Landtages Nordrhein-Westfalen. Ausgabe für die 1. Wahlperiode (von 1947 an), Düsseldorf 1949

Eugen
Gerstenmaier

Eugen
Huth

Wilhelm
Johnen

Erich
Köhler

Johannes
Kunze

Paul
Lücke

Ernst
Mayer

Wilhelm
Niklas

Erich
Ollenhauer

Fritz
Schäffer

Josef
Schrage

Carl
Schröter

Kurt
Schumacher

Franz Josef
Strauß

Hans
Wellhausen

Helene
Wessel

Eberhard
Wildermuth

Franz-Josef
Wuermeling

Kommentar

Nr. 1

1 Sir Brian H. *Robertson – Baron of Oakridge* – (1896–1974), 1947–1949 Militärgouverneur der britischen Zone, 1949/50 Hoher Kommissar in Deutschland; weitere biographische Angaben in: Adenauer, Briefe 1945–1947, S. 674.

2 Druck: Adenauer, Briefe 1947–1949, S. 335f.

3 W. Henry Alexander *Bishop* (geb. 1897), 1948–1952 Regional Commissioner für Nordrhein-Westfalen; weitere biographische Angaben in: Adenauer, Briefe 1945–1947, S. 570f.

4 Auszüge hieraus in: Adenauer, Briefe 1947–1949, S. 613.

5 Karl *Arnold* (1901–1958), 1947–1956 Ministerpräsident von Nordrhein-Westfalen (CDU); weitere biographische Angaben in: Adenauer, Briefe 1945–1947, S. 600.

6 Diese Kontakte hatte Arnold als Vorsitzender eines am 23.5.1949 erstmals zusammengekommenen ›Technischen Ausschusses‹ der Ministerpräsidentenkonferenz für die Unterbringung der zu schaffenden Bundesorgane angeknüpft; vgl. Detlev *Hüwel,* Karl Arnold, S. 204 und Akten zur Vorgeschichte, Bd. 5, S. 456-459, 467f.

7 Zur Tätigkeit dieses im Januar 1949 gebildeten Ausschusses zur »Prüfung der Angaben der Städte Bonn, Frankfurt a. M., Kassel und Stuttgart betr. vorläufigen Sitz des Bundes« vgl. Hermann *Wandersleb,* Die Berufung Bonns, S. 315.

8 Vor der Bestätigung durch den Deutschen Bundestag am 3.11.1949 (vgl. Nr. 129, Anm. 1) hatte der Parlamentarische Rat die Hauptstadtentscheidung für Bonn am 10.5.1949 gefällt; zur Bewertung des Vorgangs durch Adenauer vgl. die umfangreiche Korrespondenz dieses Zeitraumes in: Adenauer, Briefe 1947–1949, S. 451-459.

9 Nach Verhandlungen der britischen Militärregierung mit belgischen Stellen wurde am 30.6.1949 Bonn bzw. das Gebiet um Bonn als zukünftiger Sitz der Bundesregierung und der Alliierten Hohen Kommission zum Sondergebiet außerhalb des britischen Hoheitsbereichs erklärt; Teildruck des hierzu erlassenen Statuts der Militärgouverneure im Verwaltungsbericht ›Bonn 1945–1950. Fünf Jahre Stadtverwaltung‹, S. 39; vgl. a. Hermann *Wandersleb,* a.a.O., S. 318f.

Nr. 2

1 Karl *Greib* (1899–1972), christlicher Gewerkschaftler und CSU-Politiker, Mitbegründer der Partei in Unterfranken, dort 1952–1957 Bezirksvorsitzender, 1950–1962 MdL in Bayern; vgl. Alf *Mintzel,* Die CSU, S. 694.

2 Fritz *Dengler* (geb. 1901), Dr. jur., Notar und CSU-Politiker, Mitbegründer der Partei in Regensburg, 1948/49 Mitglied des Wirtschaftsrates, 1949 im CSU-Landesvorstand, 1950 Bezirksvorsitzender in der Oberpfalz.

3 Ähnlich die Bewertung Adenauers »Zur Lage in der CSU« (deren Landesversammlung am 28.5.1949 in Straubing Hans *Ehard* zu ihrem neuen Vorsitzenden und Nachfolger Josef *Müllers* wählte) in einer am 24.5.1949 vor der CDU/CSU-Fraktion des Parlamentarischen Rates abgegebenen Stellungnahme; vgl. Rainer *Salzmann* (Bearb.), Die CDU/CSU, S. 568; vgl. a. Adenauer, Briefe 1947–1949, S. 461, 670f. und Alf *Mintzel,* a.a.O., S. 245-247.

4 Eine Antwort Denglers oder auch eines der anderen angeschriebenen CSU-Politiker konnte nicht nachgewiesen werden. Über die Ereignisse in Straubing wurde Adenauer am 29.5.1949 brieflich von Heinrich *von Brentano* informiert: »Meine letzten Unterredungen mit Herrn Ministerpräsidenten Dr. Ehard haben mir bestätigt, daß er allein in der Lage sein wird, den Auflösungsprozeß innerhalb der CSU aufzuhalten. Verschiedene vertrauliche Unterredungen, die ich noch in den letzten Tagen mit maßgeblichen Vertretern der CSU hatte, haben mir auch bestätigt, daß Ministerpräsident Dr. Ehard tatsächlich eine eindeutig klare Linie verfolgt und daß wir jeden Anlaß haben, ihn gegenüber gewissen zentrifugalen Kräften innerhalb der CSU zu stützen.« Original dieses Schreibens (»*Persönlich und Vertraulich!*«) in StBKAH III/38. – Vgl. Nr. 6.

Nr. 3

1 Bei der Übergabe des Genehmigungsschreibens der Militärgouverneure zum Grundgesetz war am 12.5.1949 in Frankfurt/Main auch die Einrichtung eines deutschen Beraterkreises (»Konsultativrates«) für die Pariser Außenministerkonferenz (23.5.–20.6.1949) angekündigt worden; vgl. Akten zur Vorgeschichte, Bd. 5, S. 423-428, 909. Hierzu auch (unter Verwendung dieses Schreibens) Adenauer, Briefe 1947–1949, S. 671f.

2 Vgl. hierzu den von Anton *Pfeiffer* (s. u.) am 23.5.1949 der in Bad Godesberg tagenden Ministerpräsidentenkonferenz erstatteten Bericht über diese interfraktionellen Besprechungen (Druck: Akten zur Vorgeschichte, Bd. 5, S. 461f.) sowie die diesbezüglichen Beratungen der CDU/CSU-Fraktion des Parlamentarischen Rates am 24.5.1949 (Druck: Rainer *Salzmann* [Bearb.], Die CDU/CSU, S. 569, 571f.)

3 Gemeint ist die FDP-Fraktion, die dann durch Theodor *Heuss* (s. u.) am Konsultativrat beteiligt wurde.

4 Anton *Pfeiffer* (1888–1957), 1948/49 Fraktionsvorsitzender der CDU/CSU im Parlamentarischen Rat; weitere biographische Angaben in: Adenauer, Briefe 1945–1947, S. 723.

5 Carlo *Schmid* (1896–1979), 1948/49 Fraktionsvorsitzender der SPD im Parlamentarischen Rat, 1949–1972 MdB, 1966–1969 Bundesminister für Angelegenheiten des Bundesrates; weitere biographische Angaben a.a.O., S. 706f.

6 Erich *Ollenhauer* (1901–1963), 1949 Mitglied des Parlamentarischen Rates,

1952–1963 Vorsitzender der SPD und ihrer Bundestagsfraktion; weitere biographische Angaben in: Adenauer, Briefe 1947–1949, S. 583. Seither erschienen: Brigitte *Seebacher-Brandt,* Ollenhauer. Biedermann und Patriot, Berlin 1984.

7 Theodor *Heuss* (1884–1963), 1948/49 FDP-Vorsitzender und Mitglied des Parlamentarischen Rates (Fraktionsvorsitzender), 1949–1959 Bundespräsident; weitere biographische Angaben in: Adenauer, Briefe 1947–1949, S. 632. Seither erschienen: Ralf *Dahrendorf*/Martin *Vogt* (Hrsg.), Theodor Heuss. Politiker und Publizist; Jürgen C. *Heß,* »Machtlos inmitten des Mächtespiels der anderen ...« Theodor Heuss und die deutsche Frage 1945–1949, in: Vfz, Jg. 33 (1985), S. 88-135.

Nr. 3A

1 Jakob *Kaiser* (1888–1961), 1949–1957 Bundesminister für gesamtdeutsche Fragen (CDU); weitere biographische Angaben in: Adenauer, Briefe 1945–1947, S. 565f. Seither erschienen: Gerhard *Beier,* Jakob Kaiser. Zwischen Einheit und Spaltung: Der gesamtdeutsche Kaiser, in: *ders.,* Schulter an Schulter, Schritt für Schritt, S. 107-113.

2 Ernst *Reuter* (1889–1953), 1949–1953 Regierender Bürgermeister von Berlin (SPD); weitere biographische Angaben in: Adenauer, Briefe 1947–1949, S. 596f.

3 Nach der in Nr. 3, Anm. 1 zitierten Literatur kamen die Alliierten diesem Wunsch nach. – Die Beschlüsse der Pariser Außenministerkonferenz zur Stellung Berlins (mit der Absichtserklärung ›einer weitestgehenden Normalisierung des Lebens in der Stadt‹) gehen aus dem Schlußkommuniqué vom 20. 6. 1949 hervor; Druck: EA, Jg. 4 (1949), S. 2327f.

Nr. 4

1 Hermann *Goldschmidt* (1933 in die Niederlande emigriert, in Amsterdam Inhaber eines »Ateliers für feine Damenhüte«, zugleich am Aufbau von Hilfsorganisationen für NS-Verfolgte beteiligt) stand seit 1947 gemeinsam mit seiner Frau Elise *Goldschmidt-Gromeier* im brieflichen Kontakt mit Adenauer und versorgte ihn mit Nahrungsmitteln und Informationsmaterial. Hierfür Belege in: Adenauer, Briefe 1947–1949, S. 144, 392, 535, 639. – Mit seinem hier beantworteten Schreiben hatte er Adenauer seine Mitarbeit bei der zukünftigen Gestaltung diplomatischer oder konsularischer Kontakte zu den Niederlanden angeboten. Vgl. Nr. 242.

2 Ein ähnliches Schreiben richtete Adenauer am 18.7.1949 an Pater Johannes *Vollmar*/Abtei Maria Laach: »Die Frage der Konsulate scheint mir noch nicht spruchreif zu sein. Erst wird eine neue Bundesregierung gebildet werden müssen. Ich glaube, daß man dann in erster Linie auf Berufskonsulen zurückgreifen wird ...« (StBKAH 07.09; das Anschreiben Vollmars ist nicht erhalten).

Nr. 5

1 Heinrich *Raskop* (geb. 1904), 1949/50 Verwaltungsratsvorsitzender des NWDR; weitere biographische Angaben in: Adenauer, Briefe 1945–1947, S. 667f. – Vgl. Nr. 196.

2 Hierzu vgl. Adenauer, Briefe 1945–1947, S. 400, 468, 485; Briefe 1947–1949, S. 160, 431-433. Zu den Nachkriegskonflikten zwischen NWDR und politischen Parteien (besonders der CDU) vgl. Eva-Maria *Freiburg*, Köln und der NWDR. Rückblick und Chronik III (1945–56), in: Walter *Först* (Hrsg.), Aus Köln in die Welt, S. 284-287 und die zahlreichen Belege in: Wolf *Bierbach*, Der neue WDR. – Vgl. a. Nr. 55.

Nr. 6

1 Zu diesem Telegramm an den bayerischen Ministerpräsidenten der Jahre 1946–1954 und 1960–1962 sowie CSU-Vorsitzenden der Jahre 1949–1955, Hans *Ehard* (1887–1980; weitere biographische Angaben in: Adenauer, Briefe 1945–1947, S. 723f.), vgl. Adenauer, Briefe 1947–1949, S. 670 und Rudolf *Morsey*, Zwischen Bayern und der Bundesrepublik, S. 369. Dort auch ein Hinweis auf die in StBKAH 09.03 erhaltene Antwort vom 4. 6. 1949 (Bitte um freundschaftliche Zusammenarbeit).

Nr. 7

1 Hermann *Lüdemann* (1880–1959), 1947–1949 Ministerpräsident von Schleswig-Holstein (SPD); weitere biographische Angaben in: Adenauer, Briefe 1947–1949, S. 565.

2 Max *Brauer* (1887–1973), 1946–1953 und 1957–1961 Erster Bürgermeister von Hamburg (SPD); weitere biographische Angaben in: Adenauer, Teegespräche 1950–1954, S. 679.

3 Wilhelm *Kaisen* (1887–1979), 1945–1965 Präsident des Senats von Bremen (SPD); weitere biographische Angaben in: Adenauer, Briefe 1947–1949, S. 506.

4 Hinrich Wilhelm *Kopf* (1893–1961), 1946–1955 und 1959–1961 Ministerpräsident von Niedersachsen (SPD); weitere biographische Angaben a.a.O., S. 576.

5 Christian *Stock* (1884–1967), sozialdemokratischer Politiker; 1919/20 MdR, 1920 Unterstaatssekretär im Reichswehrministerium, danach Krankenkassendirektor in Heidelberg, dort 1926–1932 Stadtrat, 1933 inhaftiert, anschließend Handelsvertreter und Inhaber eines Zigarrengeschäftes, 1945/46 Mitbegründer und erster Präsident der hessischen Landesversicherungsanstalt, 1946–1951 Ministerpräsident von Hessen (Regierungschef einer großen Koalition); vgl. Wilhelm Leuschner. Auftrag und Verpflichtung, hrsg. vom *Hessendienst der Staatskanzlei*, Wiesbaden [2]1982, S. 99f.

6 Peter *Altmeier* (1899–1977), 1947–1969 Ministerpräsident von Rheinland-Pfalz (CDU); weitere biographische Angaben in: Adenauer, Briefe 1947–1949, S. 596. Seither erschienen: die biographischen Aufsätze von Rudolf *Morsey* (in:

Zeitgeschichte in Lebensbildern, Bd. 6, S. 200-213, 277 f.) und Franz Josef *Heyen* (in: *ders.* [Hrsg.], Rheinland-Pfalz entsteht, S. 199-208).

7 Leo *Wohleb* (1888–1955), 1947–1952 Staatspräsident von Baden (CDU); weitere biographische Angaben a.a.O., S. 647.

8 Gebhard *Müller* (geb. 1900), 1948–1952 Staatspräsident von Württemberg-Hohenzollern (CDU); weitere biographische Angaben a.a.O., S. 648.

9 Reinhold *Maier* (1889–1971), 1945–1952 Ministerpräsident von Württemberg-Baden, 1952/53 von Baden-Württemberg (FDP); weitere biographische Angaben in: Adenauer, Teegespräche 1950–1954, S. 689 f.

10 Teilnahme und Vorsitz Adenauers bei dieser Zonenausschuß-Tagung (2./3.6.1949 in Königswinter) wurden von der ›Kölnischen Rundschau‹ am 4.6. und 7.6.1949 gemeldet (jeweils auf S. 1). Die Stenographische Niederschrift über diese Sitzung ist in HStAD, RWN 105/7 sowie in der Bibliothek des Deutschen Bundestages erhalten. – Ebenfalls in Königswinter hatte sich bereits am 1.6.1949 der Wahlrechtsausschuß der CDU aller drei Zonen mit Fragen des Wahlgesetzes und des Wahltermins befaßt; hierzu ein Adenauer-Schreiben an Anne *Franken,* Düsseldorf, vom 2.6.1949 (StBKAH 07.26).

11 Hierzu vgl. Konrad *Adenauer,* Erinnerungen, Bd. 1, S. 174. – Durch Mehrheitsbeschluß der Ministerpräsidenten-Konferenz wurde am 10.6.1949 in Bad Schlangenbad der 14.8.1949 als Wahltag ins Auge gefaßt, das Wahlgesetz am 15.6.1949 verkündet; vgl. Akten zur Vorgeschichte, Bd. 5, S. 552. Zum Wahlgesetz insgesamt Erhard H. M. *Lange,* Der Parlamentarische Rat und die Entstehung des ersten Bundestagswahlgesetzes, in: VfZ, Jg. 20 (1972), S. 280-318. – Vgl. Nr. 16, 17 und 37.

Nr. 8

1 Der vom Parlamentarischen Rat am 6.5.1949 gebildete Überleitungsausschuß hatte am 3.6.1949 mit den Länderchefs von Schleswig-Holstein, Hamburg, Bremen, Niedersachsen, Nordrhein-Westfalen und Rheinland-Pfalz Fragen der Wahlgesetzgebung, auch der Planung zukünftiger Bundesorgane erörtert; vgl. Erhard H. M. *Lange,* Wahlrecht und Innenpolitik, S. 401-403 und Akten zur Vorgeschichte, Bd. 5, S. 554.

Nr. 9

1 Johannes *Maier-Hultschin* (1901–1958), Journalist; 1922–1934 beim ›Oberschlesischen Kurier‹, 1934–1939 Chefredakteur der in Kattowitz erscheinenden Zeitung ›Der Deutsche in Polen‹, danach in der Emigration, zuletzt in London, dort u. a. Mitarbeiter der BBC, 1950 nach Deutschland zurückgekehrt, 1951–1957 nordrhein-westfälischer Landespressechef; vgl. Biographisches Handbuch, Bd. 1, S. 470 sowie Claire *Nix* (Hrsg.), Brüning-Briefe 1946–1960, u. a. S. 202.

2 Hierin die Anregung für ein von den deutschen Parteien getragenes Gremium, das bei Erörterung der »Oder-Neisse-Grenze« durch die Pariser Außenministerkonferenz »auf den Plan treten kann, ohne von der Entwicklung über-

rascht zu werden. Dieses Gremium kann sich aber nicht aus abgestandenen diplomatischen Sachbearbeitern zusammensetzen, sondern muß aus Persönlichkeiten bestehen, die dieses brennendste deutsche Problem wirklich kennen, es in allen Details beherrschen, die mit dem Herzen dabei sind, aber ohne Ressentiments eine konstruktive Lösung herbeizuführen bereit sind.«

Nr. 10

1 Alois *Hundhammer* (1900–1974), 1946–1950 bayerischer Kultusminister (CSU); weitere biographische Angaben in: Adenauer, Briefe 1947–1949, S. 615.

2 Hundhammer hatte ein Adenauer-Schreiben vom 19.5.1949 (Druck: a.a.O., S. 462) beantwortet und auf seine Bemühungen verwiesen, »den gesamten Kreis der christlich eingestellten Kräfte im Staat zu einer einheitlichen Wirkung zu bündeln. Das gilt sowohl für die Landes- wie für die Bundesebene.« Auf die massive Beeinflussung der CSU-Vorstandswahlen (vgl. Nr. 2 und 6) durch Hundhammer, zugleich auf dessen besondere Wertschätzung durch Adenauer, verweist Günter *Müchler,* CDU/CSU, S. 53.

Nr. 11

1 Biographische Angaben zum Honnefer Bürgermeister der Jahre 1946–1949 und 1952–1961, Jakob *Mölbert* (1893–1979), in: Adenauer, Briefe 1945–1947, S. 690. Dort (S. 338) auch ein früherer Beleg für die jahrelangen Auseinandersetzungen Adenauers mit der Stadtverwaltung wegen des mangelhaften Zustandes des Zugangsweges in Rhöndorf. Hierzu vgl. a. Nr. 315.

2 Laut Telefonnotiz der Rhöndorfer Privatsekretärin Adenauers, Hohmann, vom 8.6.1949 wurde umgehend das Bauamt Honnef eingeschaltet, das jedoch nach einer Ortsbesichtigung vom selben Tage keine verbindliche Zusage geben konnte (Kostenproblem).

Nr. 12

1 Hermann *Pünder* (1888–1976), 1948/49 Oberdirektor des Verwaltungsrates des Vereinigten Wirtschaftsgebietes (CDU); weitere biographische Angaben in: Adenauer, Briefe 1945–1947, S. 578f.

2 In diesem Schreiben an Karl *Gerold* (1906–1973; weitere biographische Angaben in: Adenauer, Teegespräche 1950–1954, S. 680) hatte Pünder um Richtigstellung eines Artikels der ›Frankfurter Rundschau‹ vom 3.6.1949 gebeten. Dort war unter der Überschrift »Zusammenarbeit Pünder–Adenauer« behauptet worden, Adenauer habe den Oberdirektor darum ersucht, »durch einen Verwaltungsratsbeschluß die Bereitstellung [von 33 Millionen D-Mark] für die Zweizonenbauaktion in Frankfurt rückgängig zu machen und die Abzweigung dieser Summe für Bonn zu veranlassen.« Wegen derartiger Vorwürfe wurde am 23.6. 1949 auf Initiative der SPD-Fraktion des Wirtschaftsrates ein Untersuchungsausschuß gegen Pünder eingesetzt, der am 20.7.1949 zur Entlastung des Oberdirektors führte; vgl. Akten zur Vorgeschichte, Bd. 5, S. 686f., 913. – Vgl. Nr. 28.

Nr. 13

1 Dannie N. *Heineman* (1872–1962), amerikanischer Industrieller, Generaldirektor des belgischen Konzerns Sofina (1905–1955), seit 1907 in persönlicher und brieflicher Verbindung mit Adenauer; weitere biographische Angaben in: Adenauer, Briefe 1945–1947, S. 555.

2 Zu *Samuel* konnten keine Angaben ermittelt werden, er findet keine Erwähnung in den Schreiben Heinemans an Adenauer aus diesem Zeitraum. (Am 13.5. 1949 hatte Heineman Adenauer zuletzt ein Empfehlungsschreiben für die amerikanischen Geschäftsleute Mr. *Reilly* und Mr. *Haag*, Präsident bzw. Vizepräsident der Todd Shipyards Corporation, zugeleitet).

3 Lucius D. *Clay* (1897–1978), 1947–1949 Militärgouverneur der amerikanischen Zone; weitere biographische Angaben in: Adenauer, Briefe 1947–1949, S. 544. – Nach der Rückberufung des Generals nach Washington Anfang Mai 1949 hatte Adenauer in einer Presseerklärung vom 11.5.1949 seine persönliche Hochachtung vor Clay bekannt. Besonders bei den Beratungen des Grundgesetzes habe er »gezeigt ..., daß er mit wirklich innerer Anteilnahme bestrebt war, alles zu tun, was ihm möglich war, um so schnell wie möglich eine Einigung über das Grundgesetz herbeizuführen. ... Er hat ein großes Verdienst daran, daß nunmehr eine neue Staatsform für die drei Westzonen gefunden worden ist« (StBKAH 02.02). Vgl. Rudolf *Morsey*, Konrad Adenauer und die Gründung, S. 111.

4 John J. *McCloy* (geb. 1895), 1949–1952 Hoher Kommissar der USA in Deutschland; weitere biographische Angaben in: Adenauer, Teegespräche 1950–1954, S. 624. Seither erschienen: Erika J. *Fischer*/Heinz-D. *Fischer*, John J. McCloy und die Frühgeschichte der Bundesrepublik Deutschland. – Vgl. Nr. 14.

5 Hierzu, unter Verwendung dieses Briefes, Hans-Peter *Schwarz*, Adenauer und Europa, S. 489.

6 Laut Taschenkalendereintragung Adenauers hatte diese persönliche Begegnung am 23.4.1949 stattgefunden; zwecks Vorbereitung des Treffens hatte sich Heineman am 9.4.1949 an Adenauer gewandt (»Wann und wo kann ich Sie treffen? Wir haben uns leider im Jahre 1947 verfehlt«; hierzu vgl. Adenauer, Briefe 1947–1949, S. 33. Das von Adenauer angesprochene »letzte Zusammentreffen« datiert aus dem Jahre 1938; hierzu vgl. Adenauer, Briefe 1945–1947, S. 26).

Nr. 14

1 Ellen *McCloy* geb. *Zinsser* (geb. 1898), seit 1930 verheiratet mit John J. McCloy.

2 Die zweite Frau Adenauers, Gussie geb. *Zinsser* (1895–1948), war am 3.3. 1948 an den Folgen ihrer Inhaftierung im Kölner Gestapo-Gefängnis Brauweiler (Herbst 1944) verstorben; vgl. Adenauer, Briefe 1945–1947, S. XVII, 545.

3 Ferdinand *Zinsser* (1865–1952), Schwiegervater Adenauers; weitere biographische Angaben a.a.O., S. 575.

4 Die entfernte Verwandtschaft zwischen Gussie Adenauer und Ellen McCloy (gemeinsamer Urgroßvater, die Väter waren Vettern), um deren Aufklärung sich

Adenauer mit diesem Brief *erstmals* bemühte, wurde verschiedentlich im Sinne politischer Begünstigung gedeutet; vgl. George F. *Hallgarten*/Joachim *Radkau*, Deutsche Industrie und Politik von Bismarck bis heute, Frankfurt/Main-Köln 1974, S. 451. Zur Richtigstellung trägt neben Adenauers eigenen Aussagen ein Interview Lothar Loewes mit John J. McCloy bei: »Vor meinem Eintreffen in Deutschland hatte ich keine Ahnung, daß ich über meine Frau ... mit Adenauer verwandt war« (III. Fernsehprogramm vom NDR, RB, SFB und WDR, 10.7.1981, S. 10f. des Manuskripts). Vgl. a. John J. *McCloy*, Adenauer und die Hohe Kommission, in: Konrad Adenauer und seine Zeit, Bd. 1, S. 421 und Erika J. *Fischer*/ Heinz-D. *Fischer*, John J. McCloy und die Frühgeschichte der Bundesrepublik Deutschland (dort das Faksimile eines Briefes von Ellen McCloy an Adenauer vom 31.10.1949, der dieses Verwandtschaftsverhältnis bestätigt).

Nr. 15

a ‹...› Die ausgelassene Passage enthält ein persönliches Urteil über einen gemeinsamen Bekannten.

1 Paul *Silverberg* (1876–1959), rheinischer Großindustrieller, seit 1934 in der Emigration in der Schweiz, Adressat zahlreicher wichtiger Auslandsbriefe Adenauers nach 1945; weitere biographische Angaben in: Adenauer, Briefe 1945–1947, S. 709.

2 Durch Vermittlung Silverbergs gehörte die ›Neue Zürcher Zeitung‹ zu den bevorzugten Informationsmitteln Adenauers nach 1945; vgl. a.a.O., S. 428f. – Die ›Neue Zürcher Zeitung‹ hatte im Mai 1949 in mehreren Korrespondentenberichten mit negativer Tendenz zur Hauptstadtentscheidung des Parlamentarischen Rates Stellung genommen (Fernausgabe Nr. 129 vom 12.5.1949: »... erscheint die Wahl Bonns, aus der Perspektive reiner Zweckmäßigkeit und Wirtschaftlichkeit betrachtet, ... als ein Mißgriff«; Fernausgabe Nr. 131 vom 14.5.1949: »... kaum jemand in Deutschland im Ernst der Meinung ..., die Stadt sei der Aufgabe, die sie sich nun aufgeladen hat, wirklich gewachsen«). Vgl. Nr. 68.

3 Ludwig *Erhard* (1897–1977), 1948/49 Direktor der Verwaltung für Wirtschaft des Vereinigten Wirtschaftsgebietes, 1949–1963 Bundeswirtschaftsminister, 1963–1966 Bundeskanzler; weitere biographische Angaben in: Adenauer, Briefe 1947–1949, S. 564f. – Eine ähnliche Beurteilung Erhards durch Adenauer findet sich bereits in einem Schreiben an Friedrich Holzapfel vom 12.2.1949; vgl. Adenauer, Briefe 1947–1949, S. 406. Vgl. a. Rudolf *Morsey*, Konrad Adenauer und die Gründung, S. 22, 114.
Zur direkten Kontaktaufnahme zwischen beiden Politikern in diesem Zeitraum vgl. Nr. 18.

4 Biographische Angaben zum Bankier Hermann Josef *Abs* (geb. 1901) in: Adenauer, Teegespräche 1950–1954, S. 691f. – An Korrespondenz Adenauer–Abs aus diesem Zeitraum ist in StBKAH 09.20 erhalten: ein Schriftwechsel vom 5./9.6.1949 zur Frage einer Kreditgewährung für Baumaßnahmen in Bonn durch die Kreditanstalt für Wiederaufbau (deren Verwaltungsrat Abs als stellvertretender Vorsitzender ab Dezember 1948 angehörte).

5 Vgl. Nr. 13, Anm. 1.
6 Paul *Adenauer* (geb. 1923), Prälat, später in der Katholischen Familienseelsorge tätig; weitere biographische Angaben in: Adenauer, Briefe 1945–1947, S. 552.

Nr. 16
1 Hans *Toussaint* (1902–1977), 1949–1956 Oberbürgermeister von Essen; weitere biographische Angaben in: Adenauer, Briefe 1947–1949, S. 566.
2 Hierin Kritik an der Terminierung der Bundestagswahl auf den 14.8.1949 (besonders ungünstig für die Landwirtschaft; Ferienzeit); vgl. Nr. 7, 17 und 37.

Nr. 17
1 Biographische Angaben zum Hamburger Unionspolitiker Paul *de Chapeaurouge* (1876–1952; 1948/49 Mitglied des Parlamentarischen Rates) in: Adenauer, Briefe 1947–1949, S. 657.
2 Hierin Kritik am »überspitzte[n] Widerstand unserer Fraktion in Sachen des Wahlgesetzes«, der dazu geführt habe, daß selbst »in Freundeskreisen ... die CDU/CSU für die Verzögerung der Festsetzung des Wahltages verantwortlich gemacht« werde. Zu dem zwischen und in den Parteien entbrannten Streit um das am Tag der Ausfertigung dieses Briefes verkündete Wahlgesetz (vgl. Nr. 7, Anm. 11) Erhard H. M. *Lange,* Vom Wahlrechtsstreit zur Regierungskrise, S. 90f. Dort (S. 91f.) auch ausführliche Angaben zu einem in derselben Angelegenheit am 14.6.1949 an Thomas *Dehler* gerichteten Schreiben Adenauers.

Nr. 18
1 *Erhard* hatte u. a. die Frage seiner Kandidatur bei den Bundestagswahlen aufgeworfen; er zöge die CDU-Liste für Nordrhein-Westfalen vor, sei aber auch zum Wahlkampf in Württemberg-Baden bereit. Hierzu ist im Nachlaß Erhard erhalten: Korrespondenz Erhards mit dem CDU-Landesvorsitzenden in Nord-Württemberg, Wilhelm *Simpfendörfer,* vom 9./21.6.1949, in der beide unter Berufung auf Absprache mit Adenauer die dortige Kandidatur vereinbarten. Erhard (zugleich Spitzenkandidat der von den Landesverbänden Nord-Württemberg und Nord-Baden erstellten gemeinsamen Landesliste) wurde daraufhin über den Wahlkreis 8 (Ulm) für die CDU in den Bundestag gewählt; vgl. Volkhard *Laitenberger,* Zur Programmatik und zur Politik Ludwig Erhards, in: Orientierungen zur Wirtschafts- und Gesellschaftspolitik, hrsg. von der Ludwig-Erhard-Stiftung, Nr. 3 (1980), S. 19. (Parteimitglied der Union wurde er formell erst 1963; vgl. Wolfgang *Benz,* Von der Besatzungsherrschaft zur Bundesrepublik, S. 269). – Zu den weiteren Aspekten des Anschreibens (Ablehnung eines von Hermann *Pünder* angeregten Außenhandelsministeriums) vgl. Udo *Wengst,* Staatsaufbau und Regierungspraxis, S. 104. Vgl. a. Nr. 44.

Nr. 19

1 Adolf *Kaschny* (1881–1951), 1924–1944 Oberbürgermeister von Ratibor; weitere biographische Angaben in: Adenauer, Briefe 1945–1947, S. 718.

2 Dieses Schreiben ist in StBKAH nicht erhalten, hierzu die Notiz Hohmann: »hat Herr Bl[ankenhorn] z. Rückspr.«. Für die Einschaltung Herbert *Blankenhorns* bei der Beantwortung von Kandidatenvorschlägen aus Flüchtlings- und Vertriebenenkreisen finden sich mehrere Belege in HStAD, RWV 26/202. Weitere Adenauer-Korrespondenz hierzu mit Verbänden und Einzelpersonen ist in StBKAH 12.02, 09.08 erhalten.

3 Zum Anteil heimatvertriebener Wähler und Gewählter am CDU-Bundestagswahlergebnis 1949 vgl. Jürgen W. *Falter,* Kontinuität und Neubeginn, S. 252f. – Vgl. Nr. 81.

Nr. 20

1 Diese »verfassungs- und konfessionsgeschichtliche Studie« des Publizisten Emil *Ritter* (1881–1968) war 1948 erschienen; in der Einleitung hatte der Verfasser der Hoffnung Ausdruck verliehen, daß der preußische General und Politiker Joseph *von Radowitz* (1797–1853) »beispielhaft und wegweisend für das heutige Geschlecht werden« könne (S. 11). – Für eine weitere Buchlieferung des Bachem-Verlags (»... Übersendung des Fremdwörter-Buchs. Es ist heute sicher sehr am Platze«) bedankte sich Adenauer am 18.7.1949.

Nr. 21

1 Adenauer stützt sich hier auf ein Schreiben seines Schwagers Willy *Suth* (1881–1956; 1946–1953 Oberstadtdirektor von Köln; weitere biographische Angaben in: Adenauer, Briefe 1945–1947, S. 580). – Suth hatte am 3.6.1949 die Verordnung Nr. 152 der britischen Militärregierung zur Neuregelung der Versicherungsaufsicht (nach Auflösung des zonalen Aufsichtsamtes) zum Anlaß genommen, »Köln als Sitz des neu zu schaffenden zentralen Aufsichtsamtes für Privatversicherung« vorzuschlagen, da »Köln ein Schwerpunkt der Versicherungsgesellschaft ist, dessen volkswirtschaftliche Bedeutung allgemein anerkannt und bekannt ist.« Ähnlich die Begründung in einem Schreiben Suths an Bundeskanzler Adenauer vom 15.11.1949, das in BA, B 136/1841 erhalten ist.

2 Walter *Dudek* (geb. 1890), Dr. jur., sozialdemokratischer Politiker in Hamburg, 1925–1933 Oberbürgermeister von Hamburg-Wilhelmsburg, nach Entlassung durch die Nationalsozialisten als Kaufmann tätig, 1946–1953 Senator der Hansestadt, Leiter der Kämmerei bzw. Finanzbehörde, später Berater des DGB.

3 Mit diesem Hinweis hatte ebenfalls Willy *Suth* in einem weiteren Schreiben vom 3.6.1949 die Errichtung der geplanten »Zentralanstalt für Arbeitsvermittlung und Arbeitslosenhilfe« in Köln beantragt.

4 Wahrscheinlich gemeint: der Bonner Unionspolitiker und Stellvertreter Adenauers als CDU-Fraktionsvorsitzender im nordrhein-westfälischen Landtag, Heinrich *Wolf* (1909–1984; biographische Angaben in: Adenauer, Briefe 1947–1949, S. 574).

Nr. 21A

1 Hermann *Wandersleb* (1895–1977), 1946–1949 Chef der nordrhein-westfälischen Staatskanzlei, 1949–1959 Staatssekretär im Bundesministerium für Wohnungsbau; weitere biographische Angaben in: Adenauer, Briefe 1945–1947, S. 627. – Zum Stand der von Wandersleb maßgeblich beeinflußten Hauptstadtplanungen in diesem Zeitraum und zu seinen deswegen besonders intensiven Adenauer-Kontakten vgl. seine eigenen Aufzeichnungen: Die Berufung Bonns, S. 318-323 und: Erinnerungen an Konrad Adenauer, in: Bonner Geschichtsblätter, Bd. 27 (1975), S. 209-228. Vgl. a. Klaus *Dreher,* Ein Kampf um Bonn, passim; Dietrich *Höroldt,* 25 Jahre Bundeshauptstadt Bonn, passim und *ders.,* Von der Bürgerstadt zur Bundeshauptstadt, in: Walter *Först,* Städte nach zwei Weltkriegen, Köln 1984, S. 72-76.

2 Dieses Ressort wurde von Mai 1949–Juli 1950 von Fritz *Steinhoff* (SPD) geleitet.

3 Ein schriftlicher Bescheid *Arnolds* ist in StBKAH nicht erhalten; zur weiteren Erörterung der Hauptstadtfrage zwischen Adenauer und dem nordrhein-westfälischen Ministerpräsidenten vgl. Nr. 61 und 68.

Nr. 22

1 Wilhelm *Böhler* (1891–1958), 1948/49 Vertreter der Fuldaer Bischofskonferenz beim Parlamentarischen Rat; weitere biographische Angaben in: Adenauer, Briefe 1945–1947, S. 720.

2 Zentraler Punkt des Entwurfs »für eine Vereinbarung zwischen CDU und Zentrum für den Wahlkampf zum Bundestag«: gegenseitige Rücksichtnahme und Verzicht auf persönliche Angriffe, besonders auch kulturpolitische Polemik, bei Wahrung der programmatischen Eigenständigkeit. Vor allem müsse »alles vermieden werden, was die Zahl der christlich gesinnten Abgeordneten vermindern könnte.« – Zur weiteren deswegen mit Böhler und führenden Zentrumspolitikern geführten Adenauer-Korrespondenz und zum schließlichen Scheitern der Verhandlungen vgl. Nr. 24, 42, 47 und 53. Vgl. a. Ute *Schmidt,* Deutsche Zentrums-Partei, in: Richard *Stöss* (Hrsg.), Parteien-Handbuch, Bd. 1, S. 1216f.

Nr. 23

1 Johannes *Albers* (1890–1963), führender Vertreter des Gewerkschaftsflügels im CDU-Landesverband Rheinland, langjähriger Parteivorsitzender in Köln, 1958–1963 Vorsitzender der CDU-Sozialausschüsse; weitere biographische Angaben in: Adenauer, Briefe 1945–1947, S. 556.

2 Zwei Tage zuvor hatte Albers dem rheinischen Parteivorstand (vgl. Nr. 22) mitgeteilt, »daß nach Erklärung des Herrn Böckler die Gewerkschaften erst nach der Wahl mit ihren Forderungen an die Bundestagsmitglieder herantreten würden« (Adenauer-Notiz vom 21.6.1949). Nach einer dpd-Inlandsmeldung vom 17.6.1949 wollten die Gewerkschaften »in den Wahlkampf selbst ... nicht eingreifen, sondern die Mitglieder nur über die Gewerkschaftsorgane auffordern, auf jeden Fall von ihrem Wahlrecht Gebrauch zu machen.«

Nr. 24

1 Wilhelm *Hamacher* (1883–1951), 1920–1933 Generalsekretär des Zentrums im Rheinland, 1945/46 Vorsitzender der neugegründeten Deutschen Zentrums-Partei; weitere biographische Angaben in: Adenauer, Briefe 1945–1947, S. 582. Seither erschienen: Ute *Schmidt,* Deutsche Zentrums-Partei, in: Richard *Stöss* (Hrsg.), Parteien-Handbuch, Bd. 1, S. 1235 und Gisela *Schwarze,* Eine Region im demokratischen Aufbau, u. a. S. 83-92. – Zu Adenauers Beziehungen zu Hamacher (seinem Gegenkandidaten in den Nachkriegswahlkämpfen des Rhein-Sieg-Kreises), auch zum nachfolgenden Brief, vgl. Karlheinz *Ossendorf,* Wilhelm Hamachers Ringen um das neue Zentrum, in: Troisdorfer Jahreshefte, Jg. XIII (1983), S. 117f.

2 Fritz *Stricker* (1897–1949), 1949 Vorsitzender der Deutschen Zentrums-Partei (bis zu seinem Tod am 9.7.1949); weitere biographische Angaben in: Adenauer, Briefe 1945–1947, S. 754. Seither erschienen: Ute *Schmidt,* a.a.O., S. 1235. – Vgl. Nr. 42.

3 Lambert *Lensing* (1889–1965), 1945/46 und 1951–1959 Landesvorsitzender der CDU Westfalen; weitere biographische Angaben in: Adenauer, Briefe 1945–1947, S. 609.

4 Helene *Weber* (1881–1962), führende Zentrums- bzw. Unionspolitikerin, 1919–1933 MdR, 1949–1962 MdB; weitere biographische Angaben a.a.O., S. 644f.

5 Zu diesen Verhandlungen zwischen CDU und Zentrum (vgl. Nr. 22) lag Adenauer ein ausführlicher Bericht des Vorsitzenden des CDU-Kreisverbandes Münster-Land, Hans *Lauscher,* vom 3.6.1949 vor (StBKAH 08.13). Lauscher zufolge war die Initiative für diesen Verständigungsversuch vom Bischof von Münster, Michael *Keller,* ausgegangen.

6 »... jederzeit bereit..., vor jedwedem Gremium mit Ihnen in eine Diskussion einzutreten«, antwortete Hamacher am 26.6.1949 grundsätzlich positiv, machte jedoch ein persönliches Gespräch von der Hinzuziehung eines Vertrauensmannes (Bürgermeister *Heinrichs,* Siegburg) abhängig. Zu Adenauers weiteren Bemühungen um direkte Kontaktaufnahme mit Hamacher vgl. Nr. 53.

Nr. 25

1 Günter *Henle* (1899–1979), Industrieller (Teilhaber der Klöckner-Werke), Diplomat und Politiker (1949–1953 MdB für die CDU); weitere biographische Angaben in: Adenauer, Briefe 1945–1947, S. 553. Die im nachfolgenden aufgeworfene Frage seines Bundestagsmandats für die CDU hat Henle in den Lebenserinnerungen nur kurz gestreift: »... Adenauer hat mich damals ganz einfach dazu breitgeschlagen« (Weggenosse des Jahrhunderts. Als Diplomat, Industrieller, Politiker und Freund der Musik, Stuttgart 1968, S. 92). Hierzu ist in StBKAH 07.27 ein weiteres Schreiben vom 23.7.1949 erhalten, mit dem sich Adenauer für die Einwilligung in eine dann am 14.8.1949 erfolgreiche Kandidatur für den Rheinisch-Bergischen Kreis bedankte, die ihm »aus allgemeinen Gründen und aus den

besonderen Gründen und Interessen der Wirtschaft heraus« unverzichtbar erschien; vgl. Nr. 64.

Nr. 26

a ‹ › Hs. Zusatz Zimmermann ohne Zeichen der Zuordnung zu einer Interviewpassage.

1 Rudolf *Junges* (geb. 1909; 1949–1953 Büroleiter des Christlich-Demokratischen Pressedienstes; weitere biographische Angaben in: Adenauer, Teegespräche 1950–1954, S. 604) hatte sich in seinem schriftlich vorgelegten Fragenkatalog vor allem auf eine tags zuvor abgegebene Adenauer-Erklärung zum Abschluß der Pariser Außenministerkonferenz »vom deutschen Standpunkt aus betrachtet« bezogen (Druck: ›Kölnische Rundschau‹ vom 23.6.1949, S. 1. Faksimile der von Adenauer hs. korrigierten Vorlage auf S. 42f.).
Soweit nicht bereits die Antworten Rückschlüsse erlauben und ohne weiteres verständlich sind, betreffen die Fragen: 1. die Ergebnisse von Paris (Adenauers o. g. Erklärung werde »allgemein ... so aufgefaßt, als dauere Ihrer Auffassung nach die Spaltung Deutschlands ... fort. Ist diese Interpretation Ihrer Erklärung richtig?«); 4. das damals für 1952 zu erwartende Auslaufen der ERP-Hilfe; 5. eine daraus 1952 möglicherweise resultierende Wirtschaftsdepression und Arbeitslosigkeit (die »die sowjetischen Propaganda- und Erfolgsaussichten« verstärken könnte, »wodurch wiederum Gegenmaßnahmen der Westmächte provoziert würden«); 6./7. die wirtschaftlichen Zukunftsaussichten Deutschlands »ohne den süd-östlichen Absatzmarkt« bzw. »Chinas Absatzmarkt und Rohstoffquellen« (die im Hinblick auf das dortige »Vordringen der Kommunisten ... nur mehr den Ostblock-Staaten zur Verfügung stehen werden«); 11. die »Einbeziehung Westdeutschlands in das gemeinsame Verteidigungssystem«. Adenauer hierzu in einem am 24.6.1949 veröffentlichten Interview mit dem ›Echo der Woche‹/München: »Vermutlich könnte die Frage der Ostzonenpolizei in einem größeren modus vivendi zur Zufriedenheit gelöst werden. Andernfalls ist damit zu rechnen, daß Westdeutschland in den Atlantik-Pakt aufgenommen wird, woraus sich automatisch andere und weit größere Probleme ergeben.« Ausführliche Angaben zum sicherheitspolitischen Konzept Adenauers in diesem Zeitraum bei Norbert *Wiggershaus*, Die Entscheidung für einen westdeutschen Verteidigungsbeitrag, S. 333f.

2 Vgl. Nr. 54, 56, 77 und 84.

Nr. 27

1 Denselben Personenkreis hatte Adenauer am 25.5.1949 für den 1.6.1949 nach Königswinter eingeladen (vgl. Nr. 7, Anm. 10). Der Verteiler dieses Schreibens nennt folgende Adressaten: Peter *Altmeier* (Landesverband Rheinland-Pfalz), Anton *Dichtel* (Süd-Baden), Walther *Dieckmann* (Oldenburg), Günther *Gereke* (Hannover), Johannes *Gronowski* (Westfalen), Fridolin *Heurich* (Nord-Baden), Werner *Hilpert* (Hessen), Gebhard *Müller* (Württemberg-Hohenzollern), Josef *Müller* (Bayern; am 28.5.1949 durch Hans *Ehard* abgelöst), Emil *Rex* (Bremen),

Hugo *Scharnberg* (Hamburg), Carl *Schröter* (Schleswig-Holstein), Wilhelm *Simpfendörfer* (Nord-Württemberg), Georg *Strickrodt* (Braunschweig). – Zwecks Wahlkampfvorbereitung hatte sich Adenauer am 15.2.1949 erstmals mit den Vorsitzenden der Landesverbände in Verbindung gesetzt; Druck: Adenauer, Briefe 1947–1949, S. 411-413.

2 Bis zur Bildung der CDU-Bundespartei im Herbst 1950 (vgl. Nr. 287, Anm. 1) wurden die Landesverbände der Union durch die seit Februar 1947 bestehende »Arbeitsgemeinschaft der CDU/CSU Deutschlands« organisatorisch zusammengefaßt.

3 Hierfür zahlreiche Belege in den Akten des von Adenauer seit Februar 1946 geführten CDU-Landesverbandes Rheinland; vgl. HStAD, RWV 26/21 und 202.

4 Nach Abschluß der Kandidatennominierung zog Adenauer als Lösungsmöglichkeit des hieraus erwachsenden Problems (»daß unsere Bundestagsfraktion in mancher Hinsicht aus sich heraus nicht genügend unterrichtet werden wird«) in Betracht, »der Fraktion demnächst vorzuschlagen, Beiräte für die Fraktion zu schaffen, auf die die Fraktion bei der Beratung einschlägiger Gesetze zurückgreifen kann« (an Dr. Fritz *Wester*, Amorbach/Westerwald am 6.8.1949; StBKAH 07.28).

5 Dieses Schreiben konnte nicht nachgewiesen werden; in HStAD, RWV 26/21 ist lediglich erhalten: ein Dankschreiben der Hauptgemeinschaft des Einzelhandels (Frankfurt/Main) vom 29.7.1949 für die besonderen Bemühungen Adenauers, »daß ein Vertreter des Einzelhandels als Kandidat für den Bundestag in Ihrer Partei aufgestellt wurde.« Hiermit gemeint: der Präsident der Hauptgemeinschaft, Hans *Schmitz* (Godesberg), der am 14.8.1949 im Wahlkreis Rheydt-Mönchengladbach in den Bundestag gewählt wurde.

6 Zu dieser Konferenz konnten keine näheren Angaben ermittelt werden. – Teilergebnisse der Kandidatendiskussion vom 1.7.1949 sind aus der Adenauer-Korrespondenz desselben Tages ersichtlich; vgl. Nr. 32, 33 und 34.

Nr. 28

1 Alfred *Hartmann* (1894–1967), 1947–1950 Direktor der Verwaltung für Finanzen des Vereinigten Wirtschaftsgebietes, 1950–1959 Staatssekretär im Bundesfinanzministerium; weitere biographische Angaben in: Adenauer, Briefe 1947–1949, S. 497f.

2 Vgl. Nr. 12, Anm. 2.

3 Ähnlich die Fragen Adenauers in einem bereits am 22.6.1949 an den stellvertretenden Ministerpräsidenten und Finanzminister Hessens und dortigen CDU-Landesvorsitzenden, Dr. Werner *Hilpert*, gerichteten Schreiben. – Hartmann antwortete am 28.6.1949: » . . . daß das sogenannte bizonale Bauprogramm zunächst nicht von der bizonalen Verwaltung, sondern von den 8 Ländern durchgeführt und finanziert worden ist unter der Federführung des Landes Hessen. Erst vom September 1948 an hat die Direktorialkanzlei die Leitung des bizonalen Bauprogramms übernommen.«

Nr. 29

1 Gustav *Heinemann* (1899–1976), 1949/50 Bundesminister des Innern (als CDU-Politiker), 1966–1969 Bundesjustizminister (als SPD-Politiker), 1969–1974 Bundespräsident; weitere biographische Angaben in: Adenauer, Briefe 1945–1947, S. 673f. – Zum nachfolgenden Schreiben Angaben bei Diether *Koch,* Heinemann und die Deutschlandfrage, S. 99; Udo *Wengst,* Staatsaufbau und Regierungspraxis, S. 129 und in: Kabinettsprotokolle, Bd. 2, S. 48.

2 Gemeint ist eine Sitzung der CDU/CSU-Fraktion des Parlamentarischen Rates am 28.6.1949, in der Adenauer auch Fragen der Kandidatenaufstellung aufgeworfen hatte; vgl. Rainer *Salzmann* (Bearb.), Die CDU/CSU, S. 574.

3 Nach Rückkehr von einer Reise nach Dresden antwortete Heinemann am 7.7.1949: »Im Hinblick sowohl auf meine beruflichen Aufgaben als auch auf meine verschiedenen Ämter in der evangelischen Kirche ... kann ich außer dem Essener Rathaus nicht auch noch ein Mandat im Bundestag versehen. ... Den CDU-Freunden der anderen Länder und Zonen bleibt nur zu sagen übrig, daß ich nicht alles machen kann«; vgl. Nr. 36, Anm. 4.

4 Vgl. Nr. 36. – Konfessionelle Einflüsse auf das Bundestagswahlergebnis 1949 und die CDU-Anteile in evangelischen, katholischen und Mischgebieten werden nachgewiesen bei Jürgen W. *Falter,* Kontinuität und Neubeginn, S. 242-244, 248f.

Nr. 30

1 Gerta *Krabbel* (1881–1961), Dr. phil.; 1926–1952 Bundesvorsitzende des Katholischen Deutschen Frauenbundes, 1923–1961 Schriftleiterin des Bundesorgans ›Die christliche Frau‹; vgl. das 1961 erschienene Sonderheft dieser Zeitschrift »Gedenken an Dr. Gerta Krabbel«. – Frau Krabbel hatte am 27.6.1949 den »lebhaften Wunsch« ihrer Organisation übermittelt, »daß die CDU Frau Dr. Helene Weber an durchaus sicherer Stelle für den Bundestag aufstellt.« Dies wurde im Wahlkreis Aachen-Stadt realisiert, eine weitere Absicherung erfolgte über Platz 4 der nordrhein-westfälischen CDU-Landesliste (HStAD, RWV 26/21).

Nr. 31

1 Der Architekt Hans *Schwippert* (1899–1973) war 1949 an Planung und Ausführung der Bundesbauten in Bonn (besonders des in diesem Brief angesprochenen Plenarsaals des Deutschen Bundestages) beteiligt; weitere biographische Angaben in: Adenauer, Briefe 1945–1947, S. 557. Seither erschienen: Katalog zur Ausstellung Hans Schwippert, hrsg. von der *Deutschen UNESCO-Kommission,* in: Architektur und Denkmalpflege, Bd. 23 (1984) und Gisbert *Knopp,* Das Bundeshaus in Bonn. Von der Pädagogischen Akademie zum Parlamentsgebäude der Bundesrepublik Deutschland, in: Bonner Geschichtsblätter, Bd. 35 (1984), S. 269f.

2 Dieser Auslandstermin wird durch eine Taschenkalendereintragung Adenauers für den 10.6.1949 bestätigt; bereits am 2.6.1949 hatte er seinem Sohn Paul mitgeteilt: »Am Mittwoch nächster Woche [8.6.] muß ich nach der Schweiz zu

einer wichtigen Besprechung, und zwar nach Genf« (StBKAH 07.07). Damit gemeint: eine der in der Nachkriegszeit unter Beteiligung Adenauers häufiger zustandegekommenen »Genfer Sitzungen« europäischer Christdemokraten, zugleich jene Sitzung, bei der »Adenauer und Bidault zum letzten Male dabei« waren; vgl. Bruno *Dörpinghaus,* Die Genfer Sitzungen, S. 559 und Paul *Legoll,* Konrad Adenauer et l'Idée d'Unification, S. 84-92. – Eine weitere Auslandsverpflichtung Adenauers in diesem Zeitraum: seine Teilnahme an einer Tagung der Europäischen Parlamentarischen Union am 3.7.1949 in Straßburg, über die er anschließend im Südwestfunk berichtete: »Nur wenn bei den Bevölkerungen der verschiedenen Staaten Europas die Idee einer solchen Zusammenarbeit Wurzel schlägt, wird es auch zu einer solchen Zusammenarbeit kommen« (zit. nach einem Bericht der ›Neuen Zeitung‹ vom 5.7.1949).

3 *Le Corbusier,* eigentlich Charles Edouard *Jeanneret* (1887–1965), schweizerischer Architekt (ab 1930 französischer Staatsbürger); vgl. Norbert *Huse,* Le Corbusier in Selbstzeugnissen und Bilddokumenten, Hamburg 1976. Dort (S. 49-51) auch Beschreibung und Abbildung des von ihm entworfenen Genfer Völkerbundpalastes, den Adenauer im nachfolgenden kommentiert. – Hinweise auf Städtebaukonzept und Architekturkriterien Adenauers bei Carl-Wolfgang *Schümann,* Adenauers Ansichten zur Architektur im Spiegel der Akten, in: Hugo *Stehkämper* (Hrsg.), Konrad Adenauer, S. 155-166.

Nr. 32

1 Josef *Gockeln* (1900–1958), rheinischer CDU-Politiker, 1947–1958 nordrhein-westfälischer Landtagspräsident, 1949–1958 MdB; weitere biographische Angaben in: Adenauer, Briefe 1945–1947, S. 635. – Eine Antwort Gockelns auf das hier abgedruckte Schreiben ist nicht erhalten. Vgl. Nr. 64, Anm. 1.

2 Johannes *Even* (1903–1964), Verbandssekretär der Katholischen Arbeiter-Bewegung Westdeutschlands, 1949–1964 MdB für die CDU; weitere biographische Angaben a.a.O., S. 610. – Zu den Bedenken Adenauers gegen eine Bundestagskandidatur Evens ist ein direkt an diesen gerichtetes Schreiben ähnlichen Inhalts vom selben Tage (ebenfalls ohne Antwort) erhalten.

3 Robert *Lehr* (1883–1956), führender Politiker der CDU des Rheinlandes, 1950–1953 Bundesminister des Innern; weitere biographische Angaben a.a.O., S. 575f.

4 Heinrich *Scheppmann* (1895–1968), Gewerkschaftsfunktionär und CDU-Politiker, 1953–1965 MdB; weitere biographische Angaben a.a.O., S. 724f.

5 Johann *Platte* (1894–1960), christlicher Gewerkschaftler, Journalist und CDU-Politiker; ab 1925 in der Gewerkschaftsbewegung tätig (zeitweise Landesarbeitsrichter in Schlesien), ab 1947 Leiter der Presseabteilung, ab 1950 Vorstandsmitglied der IG Bergbau in Bochum, 1953/54 Arbeitnehmervertreter im Beratenden Ausschuß der Montanunion, 1954–1956 nordrhein-westfälischer Arbeits- und Sozialminister; vgl. Hans *Dichgans,* Montanunion, S. 252.

6 In diesem Wahlkreis wurde am 14.8.1949 der CDU-Politiker Franz *Mühlenberg* in den Bundestag gewählt.

Nr. 33

1 Robert *Pferdmenges* (1880–1962), Bankier und CDU-Politiker, 1950–1962 MdB, enger Vertrauter und finanz- und wirtschaftspolitischer Ratgeber von Bundeskanzler Adenauer; weitere biographische Angaben in: Adenauer, Briefe 1945–1947, S. 570. – Anschreiben oder Antwort Pferdmenges' sind in StBKAH nicht erhalten. Hinweise auf sein von Adenauer gewünschtes Bundestagsmandat (das er als nordrhein-westfälischer Listenkandidat ab 12.1.1950 wahrnahm) bei Wilhelm *Treue,* Robert Pferdmenges, in: Rheinische Lebensbilder, Bd. 7 (1977), S. 285-287.

Nr. 34

1 Carl *Spiecker* (1888–1953), Politiker der Deutschen Zentrums-Partei bzw. der CDU (Parteiwechsel im März 1949), 1949–1953 nordrhein-westfälischer Staatsminister ohne Geschäftsbereich; weitere biographische Angaben in: Adenauer, Briefe 1945–1947, S. 590. Seither erschienen: Ute *Schmidt,* Deutsche Zentrums-Partei, in: Richard *Stöss* (Hrsg.), Parteien-Handbuch, Bd. 1, S. 1236 und Gisela *Schwarze,* Eine Region im demokratischen Aufbau, S. 89-99. – Anschreiben oder Antwort Spieckers sind in StBKAH nicht erhalten. Seine nicht zustandegekommene Bundestagskandidatur und die eines weiteren ehemaligen Zentrumspolitikers, Richard *Muckermann* (MdB 1949–1961), hatte der Wirtschaftsrechtler Georg *Franck,* Bad Godesberg, in einem am 28.6.1949 an Adenauer gerichteten Brief gefordert (»... Sorge, daß ... die früheren Zentrumsmitglieder ... an die Wand gedrückt werden«).

2 Martin *Heix* (1903–1977), Sekretär der Katholischen Arbeiter-Bewegung (1930–1940) und CDU-Politiker in Oberhausen, dort 1945 Mitbegründer der Union und langjähriger Kreisvorsitzender sowie Stadtverordneter, 1946–1948 MdL in Nordrhein-Westfalen, 1949–1965 MdB (für seinen hier erörterten heimischen Wahlkreis).

Nr. 35

1 Eugen *Huth* (1901–1976), CDU-Politiker in Wuppertal, dortiger Kreisvorsitzender ab 1947, 1949–1961 MdB; weitere biographische Angaben in: Adenauer, Briefe 1947–1949, S. 638.

2 In diesem Schreiben hatte Huth ein in Wuppertal geplantes Wahlabkommen mit der FDP kritisiert, »derartige Scherze« würden »mit Sicherheit« zu einem »Staatsbegräbnis erster Klasse für die CDU« führen (vgl. Nr. 52). – Bei den ersten Bundestagswahlen verzichtete die CDU im Wahlkreis Wuppertal I (mit traditionell großem liberalen Wähleranteil) auf eine eigene Direktkandidatur, gewählt wurde der FDP-Politiker Karl *Wirths*; vice versa setzte sich in Wuppertal II Eugen Huth durch (ohne FDP-Konkurrenz).

3 Emil *Marx* (1895–1962), CDU-Politiker in Wuppertal, langjähriger Geschäftsführer der dortigen Kreispartei; weitere biographische Angaben in: Adenauer, Briefe 1945–1947, S. 749.

4 Daß »anscheinend in Hamburg zwischen CDU und FDP ein vernünftiges Übereinkommen erzielt wurde«, bestätigte Ernst *Schwering* nach ihm vorliegenden Informationen des Hamburger CDU-Politikers Rudolf H. *Petersen* in einem Schreiben an Adenauer vom 13.7.1949; vgl. Nr. 48, Anm. 1. – In den 8 Hamburger Wahlkreisen kandidierte am 14.8.1949 je ein CDU- oder FDP-Vertreter unter jeweiligem Verzicht auf Konkurrenz; vgl. Nr. 58, Anm. 2.

Nr. 36

1 Martin *Niemöller* (1892–1984), 1947–1964 Präsident der evangelischen Landeskirche von Hessen und Nassau, 1948–1955 Ratsmitglied der EKD; weitere biographische Angaben in: Adenauer, Teegespräche 1950–1954, S. 612.

2 Heinrich *Held* (1897–1957), 1949–1957 Präses der Evangelischen Kirche im Rheinland; weitere biographische Angaben in: Adenauer, Briefe 1947–1949, S. 625.

3 Mit Schreiben vom 30.6.1949 hatte *Lehr* (1950 Nachfolger Heinemanns im Amt des Bundesinnenministers) Adenauer auf Äußerungen führender EKD-Vertreter zum Grundgesetz und zum Engagement evangelischer Christen im Wahlkampf hingewiesen und zugleich Kritik geübt an einer (nach seiner Meinung die SPD begünstigenden) Entschließung der EKD-Konferenz vom 3.6.1949 zur Mitarbeit der Kirchen im politischen Leben. Vgl. Rainer *Salzmann* (Bearb.), Die CDU/CSU, S. 575.

4 Aus der bereits in Nr. 29, Anm. 3 zitierten Antwort Heinemanns: » ... sind mir keine Schreiben bekannt, welche eine Besorgnis für die Wahl auslösen könnten. ... Darüber hinaus ist auch mir bekannt, daß in evangelischen Kreisen erhebliche Einwände gegen die CDU bestehen. Es dürfte an der Zeit sein, darüber einmal in einem geeigneten Kreis in eine ausführliche Aussprache einzutreten.« (Der nächste Kontakt Adenauer–Heinemann: der mit Hans *Ehard* gemeinsame Auftritt bei der großen CDU/CSU-Wahlkampfveranstaltung in Heidelberg am 21.7.1949; vgl. Nr. 51, Anm. 2 und Nr. 57, Anm. 1).

5 Vgl. Nr. 29.

Nr. 37

1 Adenauer folgt hier und im nachfolgenden weitgehend einem Formulierungsvorschlag, den ihm Paul *de Chapeaurouge* am 2.7.1949 brieflich übermittelt hatte. Der Anfrage an den Oberdirektor des Vereinigten Wirtschaftsgebietes liegt weiterhin zugrunde: ein privater Briefwechsel Adenauers mit Emma *Horion,* Fischbach/Krs. Bitburg, aus dem Juni 1949 (StBKAH 07.07). Vgl. a. Nr. 7, 16 und 17.

2 Nach Zwischenbescheid des Leiters der Direktorialkanzlei, Dr. Carl *Krautwig,* vom 12.7.1949 informierte *Pünder* Adenauer am 26.7.1949 über die Bereitschaft der Reichsbahn zu einer diesbezüglichen Regelung (50 %ige Ermäßigung); vgl. Akten zur Vorgeschichte, Bd. 5, S. 1021.

Nr. 38

1 Hans-Christoph *Seebohm* (1903–1967), führender Politiker der DP (1947–1955 2. Vorsitzender), 1949–1966 Bundesminister für Verkehr; weitere biographische Angaben in: Adenauer, Briefe 1947–1949, S. 553. Seither erschienen: Horst W. *Schmollinger,* Deutsche Partei, in: Richard *Stöss* (Hrsg.), Parteien-Handbuch, Bd. 1, S. 1030.

2 Kritik Seebohms am CDU-Landesverband Hannover, der sich nach den niedersächsischen Kreistags- und Gemeindewahlen vom 28.11.1948 nicht überall und konsequent an vorher getroffene Absprachen mit der Deutschen Partei gehalten habe; vgl. Horst W. *Schmollinger,* a.a.O., S. 1046f.

3 In dem in Nr. 22, Anm. 2 verwendeten Entwurf eines Abkommens zwischen CDU und Zentrum hatte es geheißen: »11. Es soll versucht werden, mit der DP eine gleichlautende Abmachung zu treffen« (StBKAH 09.01). Hierzu ein Telegramm Adenauers an den CDU-Landesverbandsvorsitzenden in Hannover, Günther *Gereke,* vom 22.7.1949: »Bitte Sie dringendst, bei Verhandlungen mit anderen Parteien als oberstes Ziel Bundestag immer im Auge zu halten« (StBKAH 07.26). Vgl. Nr. 50.

Nr. 38A

1 *Seebohm* hatte in einem zweiten Schreiben vom 23.6.1949 scharfe Kritik an der konstituierenden Sitzung des Deutschen Rates der Europäischen Bewegung am 13.6.1949 in Wiesbaden geübt (»vollständig ungenügende Vertretung des deutschen Unternehmertums«). Hierzu lag Adenauer eine weitere weitgehend negative Stellungnahme von Ella *Schmittmann* vom 16.6.1949 vor (»ein gut redigierter ›Schauprozeß‹ im Staatstheater«), auf die er am 18.6.1949 geantwortet hatte: »Über Wiesbaden hat mir Herr [Jakob] Kaiser berichtet, es sei eine rein sozialistische Schaustellung gewesen. Er war sehr un[w]illig, daß alles sozialistisch arrangiert gewesen ist« (StBKAH 07.09). Hinweise auf dieses Schreiben wie auch den Brief Adenauers bei Paul *Legoll,* Konrad Adenauer et l'Idée d'Unification, S. 119. – Zum angesprochenen Ereignis vgl. Wilhelm *Cornides,* Die Anfänge des europäischen föderalistischen Gedankens in Deutschland 1945–1949, in: EA, Jg. 6 (1951), S. 4255f. (dort auch eine Analyse der beteiligten Berufsgruppen). Zur Europäischen Bewegung insgesamt vgl. Walter *Lipgens,* Die Anfänge, passim.

2 Eugen *Kogon* (geb. 1903), Politikwissenschaftler und Publizist, 1949 zum Vorsitzenden des Exekutivkomitees des Deutschen Rates der Europäischen Bewegung sowie zum Präsidenten der Europa-Union gewählt; weitere biographische Angaben in: Adenauer, Briefe 1947–1949, S. 556f. – Zur direkten Kontaktaufnahme zwischen Adenauer und Kogon konnte lediglich ein an den Bundeskanzler gerichtetes Schreiben Kogons vom 3.10.1949 nachgewiesen werden (BA, B 136/6431).

Nr. 39

1 Diese Statistik hatte *Albers* erstellen lassen, nachdem Adenauer bei »einer der letzten Beratungen im kleinen Wahlausschuß« daran Anstoß genommen hatte, »daß in Köln die Arbeiterschaft nicht genügend in der Partei vertreten wäre.« Ähnlich bereits die Kritik in einem Schreiben an Albers vom 7.11.1947; Druck: Adenauer, Briefe 1947–1949, S. 102f., 518. – Zur Mitgliederstruktur der CDU insgesamt vgl. Dorothee *Buchhaas*/Herbert *Kühr,* Von der Volkskirche zur Volkspartei. Ein analytisches Stenogramm zum Wandel der CDU im rheinischen Ruhrgebiet, in: Herbert *Kühr* (Hrsg.), Vom Milieu zur Volkspartei. Funktionen und Wandlungen der Parteien im kommunalen und regionalen Bereich, Königstein/Taunus 1979, S. 135-232; Nils *Diederich,* Zur Mitgliederstruktur von CDU und SPD, in: Jürgen *Dittberner*/Rolf *Ebbinghaus* (Hrsg.), Parteiensystem in der Legitimationskrise. Studien und Materialien zur Soziologie der Parteien in der Bundesrepublik Deutschland, Opladen 1973, S. 35-55 und Geoffrey *Pridham,* Christian Democracy, S. 274-290.

Nr. 40

1 Das Diktatzeichen bezeichnet die Bonner Sekretärin Adenauers, Elisabeth *Zimmermann,* und den persönlichen Referenten Adenauers im Präsidium des Parlamentarischen Rates, den Diplomaten Herbert *Blankenhorn* (geb. 1904; weitere biographische Angaben in: Adenauer, Briefe 1947–1949, S. 533).

2 Anton *Betz* (1893–1984), ab 1946 Verleger der ›Rheinischen Post‹; weitere biographische Angaben in: Adenauer, Briefe 1945–1947, S. 586. Dort auch mehrere frühe Belege für pressepolitische Zusammenarbeit und Konflikte zwischen Adenauer und Betz (S. 273, 277f., 293f.).

3 August *de Schrijver* (geb. 1898), langjähriger Vorsitzender der Christlich-Sozialen Partei Belgiens; weitere biographische Angaben in: Adenauer, Briefe 1947–1949, S. 597.

4 Aus den belgischen Parlamentswahlen vom 26.6.1949 war die Partei de Schrijvers mit 105 Sitzen als Sieger hervorgegangen (Gewinn von 13 Mandaten in der Repräsentantenkammer). Daraufhin wurde die seit 1947 bestehende Regierung des Sozialisten Paul Henri *Spaak* durch eine Koalition aus Christlich-Sozialen und Liberalen unter Gaston *Eyskens* abgelöst.

5 Postkarte eines Karl *Hartmann,* Rheydt, vom 29.6.1949: »Es war mir bisher unbekannt, daß man als Evangelischer durch die CDU einer katholischen Partei angehört. Ich danke Ihnen für Ihre offenen Worte und werde mich dementsprechend umstellen.«

Nr. 41

1 Wilhelm *Röpke* (1899–1966), Sozial- und Wirtschaftswissenschaftler, ab 1937 Institutsdirektor in Genf; weitere Angaben zur Biographie und besonderen Wertschätzung durch Adenauer in: Adenauer, Briefe 1945–1947, S. 756.

2 Antwort auf eine in StBKAH nicht nachweisbare Anfrage Adenauers, ob

Röpkes Aufsatz »Der Griff des Staates nach der Wirtschaft« im Wahlkampf verwendet werden dürfe; das Verbreitungsrecht liege zwar bei einer Lübecker Agentur, doch wolle er »vermeiden, mich durch Autorschaft an einem Flugblatt in den Parteienstreit zu mischen.« Hierzu, unter Verwendung des Adenauer-Briefes, Paul *Legoll,* Konrad Adenauer et l'Idée d'Unification, S. 281. – Der genannte Aufsatz ist in dem von Albert *Hunold* (in: *ders.* [Hrsg.], Wilhelm Röpke. Gegen die Brandung – Zeugnisse eines Gelehrtenlebens unserer Zeit, Erlenbach–Zürich und Stuttgart 1959, S. 398-417) erstellten »*Vollständigen* Verzeichnis der Veröffentlichungen von Wilhelm Röpke« nicht erfaßt; ob es sich um eine Zweitveröffentlichung einer dort genannten Schrift unter anderem Titel handelt, konnte nicht geklärt werden.

Nr. 42

1 Anknüpfend an seine früheren Vermittlungsversuche zwischen CDU und Zentrum (vgl. Nr. 22), hatte *Böhler* am 9.7.1949 ein Schreiben des zwischenzeitlich verstorbenen Zentrumsvorsitzenden Fritz *Stricker* übermittelt (beide Parteien »als gleichberechtigte politische Faktoren an[zu]sehen«) und über ein Gespräch mit Helene *Wessel* berichtet (die im Oktober 1949 zur Nachfolgerin Strickers gewählt wurde; vgl. Nr. 53, Anm. 3). Die darin bezogene gemeinsame Position: keine Fusion CDU–Zentrum, Fairnessabkommen nur für die Zeit des Wahlkampfes.

2 Dieses Gespräch hatte am 30.6.1949 stattgefunden (vgl. Abs. 4 dieses Briefes), als Grundlage hatten gedient: von Böhler entworfene, von Vorstand und Parteikongreß des Zentrums mittlerweile gutgeheißene Wahlkampfrichtlinien.

3 Hierunter hatte es geheißen, daß Vertreter beider Parteien »wie die gesamte Geistlichkeit zur Stimmabgabe für solche Kandidaten auffordern, die die katholischen Belange zuverlässig vertreten.«

4 Vgl. Nr. 34, Anm. 1.

5 13-seitiger Leitfaden für Wahlkampfredner des Zentrums, o. D. Das in StBKAH erhaltene hektographierte Exemplar ist mit zahlreichen Randmarkierungen Adenauers versehen, die der hier geübten Kritik entsprechen. Von Adenauer besonders beanstandet (in der Abfolge seiner Argumentation): »in Weltanschauungsfragen kein Kompromiß« (S. 3); Absage an staatliches Schulmonopol (ebd.), »Elternrecht durch Volksentscheid« (S. 4); Vorwurf der »Kompromißpolitik« bei Art. 123 GG – Gültigkeit des Reichskonkordats – (S. 5); wirtschaftliche Erfolge Ludwig Erhards nur »eine ziemlich fadenscheinige Kulisse« (S. 6); Notwendigkeit »planwirtschaftliche[r] Maßnahmen« (S. 9). Vgl. Wolfgang *Benz,* Von der Besatzungsherrschaft zur Bundesrepublik, S. 256.

6 In diesem zweiseitigen Zusatz zur Rednerskizze hatte Stricker der CDU »eine gefährliche Annäherung an die Idee des totalen Staates« (beim Kompromiß zum Elternrecht) sowie Versagen beim Wohnungsbau, der Vertriebenenfürsorge, der Produktionslenkung und der »Bekämpfung des Preiswuchers« vorgeworfen.

7 Am 14.7.1949 fand laut Taschenkalendereintragung Adenauers eine Vor-

standssitzung der CDU des Rheinlandes in Königswinter statt, tags darauf ebenfalls dort eine Tagung der CDU/CSU-Arbeitsgemeinschaft; vgl. ›Kölnische Rundschau‹ vom 16.7.1949, S. 1.

Nr. 43

1 Durchschlag des Schreibens in StBKAH 07.26. Dort weiterhin erhalten: ein Telegramm *Blüchers* (s. u.) an Adenauer vom 11.7.1949 zur »Einstellung Ihrer Bremer Freunde«, das Adenauer am 13.7.1949 beantwortet hatte: »Habe wegen Bremen Schritte getan. Lenke Ihre Aufmerksamkeit auf Remscheid–Solingen. Wie steht es mit Hessen?« – Vgl. Nr. 48.
In beiden Überlieferungen ist eine Antwort Blüchers auf das hier abgedruckte Schreiben nicht erhalten. Laut Vorzimmerschreiben vom 23.7.1949 wurde ihm der Inhalt während seiner Wahlreisen telefonisch durchgegeben: »... hat es sich vorgemerkt und, wie ich vermute, schon die entsprechende Verbindung ... aufgenommen.« – An persönliche Kontakte zu Adenauer in diesem Zeitraum (»Seitdem wir zum ersten Mal über die Regierungsbildung gesprochen haben, also seit dem Juli 1949 ...«) erinnerte Blücher in einem Schreiben an Bundeskanzler Adenauer vom 11.4.1950 (StBKAH III/21; vgl. Nr. 213, Anm. 2).

2 Franz *Blücher* (1896–1959), 1949–1954 FDP-Bundesvorsitzender, 1949–1953 Bundesminister für Angelegenheiten des Marshallplanes, Vizekanzler; weitere biographische Angaben in: Adenauer, Briefe 1945–1947, S. 722f.

3 Christoph Heinrich *Wolf* (geb. 1892), Kaufmann und CDU-Politiker in Remscheid, dort langjähriger Präsident der Bergischen Industrie- und Handelskammer und Vorstandsmitglied der CDU-Kreispartei, 1948/49 Mitglied des Wirtschaftsrates, später Mitglied des Außenhandelsbeirates beim Bundeswirtschaftsministerium. – Zu seiner hier angesprochenen Bundestagskandidatur ist umfangreiche Adenauer-Korrespondenz (einschließlich mehrerer Schreiben Robert *Lehrs*) in StBKAH 07.27, 07.28 und 12.02/3 sowie in HStAD, RWV 26/21 erhalten. Daraus ersichtlich: Das Scheitern des Verständigungsversuchs mit der FDP Remscheid–Solingen und der schließliche Verzicht Wolfs auf seine Kandidatur (Schreiben an Adenauer vom 21.7.1949 sowie an die Landesgeschäftsführung der CDU Rheinland vom 2.8.1949: »... alle Möglichkeiten erschöpft ..., die Wahl eines marxistischen Kandidaten ... zu verhindern ...«). – In diesem Wahlkreis wurde am 14.8.1949 Hermann *Runge* (SPD) in den Bundestag gewählt.

4 Zu Dr. Otto *Böhmer* konnte lediglich dessen FDP-Listenplatz bei den ersten Bundestagswahlen im Oberbergischen Kreis ermittelt werden (StBKAH 12.02).

5 Friedrich *Middelhauve* (1896–1966), Verleger und führender FDP-Politiker, deren langjähriger Landesverbandsvorsitzender in Nordrhein-Westfalen, 1949–1954 MdB; weitere biographische Angaben in: Adenauer, Briefe 1945–1947, S. 642.

6 In einem weiteren, an Blücher und Middelhauve gemeinsam gerichteten Schreiben vom 22.7.1949 regte Adenauer seinerseits als Lösungsmöglichkeit (»eine andere Form des Ausgleichs«) an, auch »die Frage der Besetzung von Stellen

bei der Organisation der Bundesregierung« in Betracht zu ziehen; vgl. Udo *Wengst,* Staatsaufbau und Regierungspraxis, S. 113.

Nr. 44

1 Viktoria *Steinbiss* (1892–1971), westfälische CDU-Politikerin, 1949–1961 MdB; weitere biographische Angaben in: Adenauer, Briefe 1945–1947, S. 737. – Die von ihr am 14. 7. 1949 erbetene Wahlrede Adenauers in Bielefeld (»wir brauchen hier einen Mann, der zündet!«) kam nicht zustande.

2 Frau Steinbiss wurde am 14. 8. 1949 über die nordrhein-westfälische CDU-Landesliste in den Bundestag gewählt, das Bielefelder Direktmandat errang Frieda *Nadig* (SPD).

3 Vgl. Nr. 18, Anm. 1 und Nr. 46.

Nr. 45

a, b ‹ . . . › Die ausgelassenen Passagen enthalten personalpolitische Angaben zu Beförderungsangelegenheiten im nordrhein-westfälischen Schul- und Hochschulbereich.

1 Christine *Teusch* (1888–1968), führende rheinische CDU-Politikerin, 1947–1954 nordrhein-westfälische Kultusministerin; weitere biographische Angaben in: Adenauer, Briefe 1945–1947, S. 600.

2 Unter Bezug auf Adenauer-Schreiben vom 6. 6., 17. 6., 28. 6. und 4. 7. 1949 hatte die Kultusministerin auf die langwierige und schwierige Bearbeitung der ihr vorgetragenen (Personal-) Probleme durch die Instanzen ihres Hauses hingewiesen.

Nr. 46

1 Unter der Überschrift »Briefwechsel unter Freunden« hatte die Berliner Tageszeitung Auszüge aus einem Adenauer-Brief an *Pünder* vom 12. 2. 1949 (Druck: Adenauer, Briefe 1947–1949, S. 408) sowie aus der Antwort vom 22. 2. 1949 veröffentlicht, dies als Beispiel für »das bei der CDU besonders beliebte Thema der Notwendigkeit sachlicher Entscheidungen, fern von allen Niederungen parteiegoistischer Personalpolitik.« Hierzu, unter Verwendung dieses Adenauer-Schreibens, Rudolf *Morsey,* Personal- und Beamtenpolitik, S. 215.

2 Kurt *Oppler* (1902–1981), 1947–1949 Leiter des Personalamtes der Verwaltung des Vereinigten Wirtschaftsgebietes; weitere biographische Angaben in: Adenauer, Briefe 1947–1949, S. 646.

3 Pünder wies am 27. 7. 1949 darauf hin, daß Adenauer laut Aussage in seinem eigenen Brief vom Februar einen Durchschlag an den CDU/CSU-Fraktionsvorsitzenden im Wirtschaftsrat, Friedrich *Holzapfel,* weitergeleitet habe; er selbst habe seine Antwort (»damit sie schnell und sicher in Ihre persönlichen Hände gelangte«) dem Leiter der CDU/CSU-Arbeitsgemeinschaft, Bruno *Dörpinghaus,* übergeben.

Nr. 47

1 Zu dieser Veranstaltung konnten lediglich Adenauers eigene Angaben ermittelt werden; im Taschenkalender ist für diesen Tag »Königswinter« vermerkt, im Schreiben an Wilhelm *Hamacher* vom 23.7.1949 (Nr. 53) erwähnt er eine »Delegiertenversammlung der CDU/Nordrhein-Westfalen«.

2 Vgl. Nr. 22, 24, 42 und 53.

Nr. 48

1 Zum Bremer FDP-Landesverband BDV (Bremer Demokratische Volkspartei) vgl. Heinrich *Potthoff*/Rüdiger *Wenzel*, Handbuch politischer Institutionen, S. 283 f. – Informationen zur Parteiensituation in der Hansestadt hatte der Kölner Bürgermeister Ernst *Schwering* Adenauer am 13.7.1949 zugeleitet: Senator Gustav Wilhelm *Harmssen* habe ihm als sein Tischnachbar bei einer Sitzung des Außenhandelsbeirates der Verwaltung für Wirtschaft mitgeteilt, »daß die CDU sehr weitgehende Forderungen stelle, die ein Übereinkommen ... absolut in Frage stell[en]« (StBKAH 07.28 und HAStK 904/145). Am 14.8.1949 fielen die drei Bremer Direktmandate an die SPD. Vgl. Nr. 43 und 58.

2 Eine Antwort ist in StBKAH nicht erhalten.

Nr. 49

1 Johann *Junglas* (1898–1963), christlicher Gewerkschaftler und Politiker des Zentrums bzw. der CDU; 1920–1933 Gewerkschaftssekretär u. a. in Koblenz, dort nach 1933 Angestellter (1940–1946 beim Arbeitsamt), 1945 Mitbegründer der Union in Rheinland-Pfalz, dort 1946–1949 Minister für Gesundheit und Wohlfahrt, 1949 Arbeitsminister, 1949–1953 MdB; vgl. Franz-Josef *Heyen* (Hrsg.), Rheinland-Pfalz entsteht, S. 109-111, 160 f.

2 Die besonderen Gründe Adenauers für die Auswahl dieses Adressatenkreises konnten nicht ermittelt werden. Antworten konnten nur nachgewiesen werden für Hermann *Pünder* (26.7.1949: »... nachts liege ich auf der Landstraße, tagsüber arbeite ich und abends rede ich«) und Helene *Weber* (29.7.1949: starke Beanspruchung durch Schulungsarbeit für katholische Frauenverbände, häufiger Einsatz in Westfalen trotz Benachteiligung ihres eigenen Wahlkreises durch die Parteiorganisation; StBKAH 07.28). Vgl. Nr. 61, Anm. 2. – Hinweise auf dieses Schreiben bei Rudolf *Morsey*, Die Rolle Konrad Adenauers im Parlamentarischen Rat, S. 91; *ders.*, Der politische Aufstieg, S. 92 und Detlev *Hüwel*, Karl Arnold, S. 206.

Nr. 50

1 Adolf *Cillien* (1893–1960), führender niedersächsischer CDU-Politiker, 1953–1960 MdB; weitere biographische Angaben in: Adenauer, Briefe 1945–1947, S. 706. – Eine Antwort Cilliens ist in StBKAH nicht erhalten.

2 Vgl. Nr. 38, Anm. 3.

Nr. 51

1 Theophil *Kaufmann* (1888–1961), führender CDU-Politiker in Nord-Baden, 1952–1954 Generalkonsul in Basel; weitere biographische Angaben in: Adenauer, Briefe 1947–1949, S. 618. Zur eigenen Situation Kaufmanns nach einem Unfall im Mai 1949 (vgl. a.a.O., S. 670) und nach dem Scheitern seiner Bundestagskandidatur (21.7.1949: »der abgefeimteste Schurkenstreich«) sind mehrere Anschreiben aus dem Juni und Juli 1949 erhalten.

2 Druck der Wahlkampfrede Adenauers vom 21.7.1949 im Heidelberger Schloß: Adenauer, Reden, S. 137-149. Faksimile des in StBKAH 12.02 erhaltenen hs. Konzepts auf S. 19f. – Vgl. Konrad *Adenauer,* Erinnerungen, Bd. 1, S. 219 und Wolfgang *Benz,* Von der Besatzungsherrschaft zur Bundesrepublik, S. 260f.; vgl. a. Nr. 57, Anm. 1.

3 Wilhelm *Simpfendörfer* (1888–1973), 1948–1958 Vorsitzender des CDU-Landesverbandes Nord-Württemberg; weitere biographische Angaben in: Adenauer, Briefe 1945–1947, S. 632.

4 Fridolin *Heurich* (1878–1960), 1946–1951 Vorsitzender des CDU-Landesverbandes Nord-Baden; weitere biographische Angaben a.a.O., S. 708.

5 Bundeskanzler Adenauer beabsichtigte zeitweise, Kaufmann zum Staatssekretär im Bundesverkehrsministerium zu machen; vgl. Udo *Wengst,* Staatsaufbau und Regierungspraxis, S. 152.

Nr. 52

1 Anton *Roesen* (geb. 1901), Dr. jur.; ab 1930 Rechtsanwalt in Düsseldorf, langjähriger Vorsitzender der Landesgruppe Nordrhein-Westfalen des Deutschen Anwaltvereins, 1946–1961 Vorsitzender des Diözesankomitees der Katholikenausschüsse der Erzdiözese Köln, seit 1949 Mitglied des Zentralkomitees der deutschen Katholiken, 1962–1968 dessen Vizepräsident, 1958 Präsident des 75. Deutschen Katholikentages; vgl. seine ›Erinnerungen und Erfahrungen. Aus dem Leben eines Juristen‹, Düsseldorf 1979 (S. 170-176 zur Tätigkeit im Diözesankomitee).

2 Roesen hatte vor taktisch motivierten regionalen und lokalen Wahlbündnissen der CDU mit der FDP gewarnt, »deren kulturkämpferische Haltung in Bonn der der SPD leider in nichts nachsteht«; vgl. Nr. 35 und 43. – Zur grundsätzlichen Position Roesens in Verfassungsfragen vgl. seinen in der o. g. Funktion an die Abgeordneten des Parlamentarischen Rates gerichteten offenen Brief vom 21.2.1949; Druck: Werner *Sörgel,* Konsensus und Interessen, S. 319f. Hierzu auch Burkhard *van Schewick,* Die katholische Kirche, S. 121 und Anselm *Doering-Manteuffel,* Katholizismus und Wiederbewaffnung, S. 55.

Nr. 53

1 Durchschlag des Schreibens in StBKAH 09.01. Dort auch erhalten: ein nach dem Briefkontakt vom Juni (Nr. 24) geführter Briefwechsel Adenauer–*Hamacher* vom 8./10.7.1949 sowie die Antwort des Zentrumspolitikers auf das hier abge-

druckte Schreiben vom 8.8.1949. Darin Vorwürfe wegen mittlerweile verschärfter CDU-Wahlkampfführung gegen seine Partei.

2 Verlobung von Libet *Adenauer* (geb. 1928) mit Hermann-Josef *Werhahn*; zu beiden vgl. Adenauer, Briefe 1945–1947, S. 545. – Vgl. a. Nr. 219.

3 Helene *Wessel* (1898–1969), Politikerin der Deutschen Zentrums-Partei (1949–1952 Parteivorsitzende), der Gesamtdeutschen Volkspartei (ab 1952) und der SPD (ab 1957); weitere biographische Angaben in: Adenauer, Briefe 1947–1949, S. 579. Seither erschienen: Ute *Schmidt,* Deutsche Zentrums-Partei, in: Richard *Stöss* (Hrsg.), Parteien-Handbuch, Bd. 1, S. 1235f. und Siegfried *Heimann,* Gesamtdeutsche Volkspartei, in: Richard *Stöss* (Hrsg.), a.a.O., Bd. 2, S. 1500.

4 Vgl. Nr. 47.

5 Vgl. Nr. 42, Anm. 5.

Nr. 54

1 Ernest *Bevin* (1881–1951), 1945–1951 britischer Außenminister; weitere biographische Angaben in: Adenauer, Teegespräche 1950–1954, S. 640f. – Zum nachfolgenden konnte eine Antwort nicht nachgewiesen werden. Daß Bevin der Bitte Adenauers um Einflußnahme auf die Demontagepolitik nachkam, geht aus der am 20.12.1949 anläßlich des Demontagestops (24.11.1949) während einer Feierstunde der August Thyssen-Hütte in Duisburg-Hochfeld gehaltenen Kanzlerrede hervor: »In erster Linie möchte ich hier den Namen des Außenministers Bevin nennen. Darüber dürfen wir uns ganz klar sein: Bevin, der bis vor einiger Zeit kein Freund davon war, daß die Demontage gestoppt wurde, hat sich kurz vor der Pariser Konferenz zum Gegenteil bekannt. Ich glaube, daß, wenn auf der Pariser Konferenz die Beschlüsse gefaßt worden sind, die nachher im Petersberger Abkommen ihren Niederschlag gefunden haben, das auf die Initiative von Minister Bevin sehr viel zurückzuführen ist, und dafür müssen wir ihm auch heute in dieser Feierstunde danken« (nach der stenographischen Niederschrift der Rede in AThAG VSt-Presse 710 05). – Vgl. Nr. 56, 77, 84 und 147.

2 Die Begegnung hatte am 9.5.1949 stattgefunden; vgl. Rainer *Salzmann* (Bearb.), Die CDU/CSU, S. 561 und Hanns Jürgen *Küsters*/Hans Peter *Mensing*, Konrad Adenauer zur politischen Lage 1946–1949, S. 317. – Erhard H. M. *Lange* (Wahlrecht und Innenpolitik, S. 111) spricht irrtümlich von einem Zusammentreffen in London. Der erste dortige Nachkriegsaufenthalt Adenauers kam im Dezember 1951 zustande.

Nr. 55

a, b ‹ › Hs. von Blankenhorn eingefügt.

1 Dort wurde am 30.7.1949 (S. 2) auch das Antworttelegramm veröffentlicht, mit dem der Verwaltungsrat des NWDR und dessen Generaldirektor der Jahre 1948–1956, Adolf *Grimme* (1889–1963; weitere biographische Angaben in: Adenauer, Briefe 1945–1947, S. 651f.), die Vorwürfe Adenauers zurückwiesen.

2 Kurt *Schumacher* (1895–1952), 1946–1952 SPD-Vorsitzender; weitere biographische Angaben a.a.O., S. 653. Seither erschienen: Willy *Albrecht,* Kurt Schumacher. Ein Leben für den demokratischen Sozialismus, Bonn 1985. – Zu seinen Wahlkampfauftritten und den besonders heftigen Angriffen gegen die Unionsparteien und Adenauer persönlich (»Lügenauer«) vgl. Konrad *Adenauer,* Erinnerungen, Bd. 1, S. 220; Arno *Scholz*/Walther G. *Oschilewski* (Hrsg.), Turmwächter der Demokratie, Bd. 1, S. 227-255; Lewis J. *Edinger,* Kurt Schumacher, S. 315 und Wolfgang *Benz,* Von der Besatzungsherrschaft zur Bundesrepublik, S. 260-270.

3 Zur Rundfunkkritik Adenauers im Wahlkampf 1949 vgl. Arnulf *Baring,* Außenpolitik in Adenauers Kanzlerdemokratie, S. 293f. und Rolf *Steininger,* Nordrhein-Westfalen und der Rundfunkstreit zwischen Bund und Ländern in der Ära Adenauer, in: Kurt *Düwell*/Wolfgang *Köllmann* (Hrsg.), Vom Ende der Weimarer Republik bis zum Land Nordrhein-Westfalen, S. 305. – Vgl. Nr. 5.

Nr. 56

1 Robert *Schuman* (1886–1963), 1948–1952 französischer Außenminister, Initiator des nach ihm benannten Plans für die 1950 ins Leben gerufene Montanunion; weitere biographische Angaben in: Adenauer, Briefe 1945–1947, S. 739f. Seither erschienen: Rudolf *Mittendorfer,* Robert Schuman. Dort (S. 508) auch Hinweise auf das hier abgedruckte Schreiben; vgl. a. Paul *Legoll,* Konrad Adenauer et l'Idée d'Unification, S. 212. – Die von Adenauer verwendete Anrede »Herr Präsident« bezieht sich auf das 1947/48 von Schuman ausgeübte Amt des französischen Ministerpräsidenten (»président du conseil«).

2 Diese Formulierung läßt auf frühere Schreiben Adenauers an Schuman zur Demontageproblematik schließen, die jedoch nicht nachgewiesen werden konnten. Der erste in StBKAH erhaltene Adenauer-Brief an den französischen Staatsmann vom 4.11.1948 (Druck: Adenauer, Briefe 1947–1949, S. 337-339) enthält hierzu keine Aussagen. Vor diesem Schreiben war es im Oktober 1948 in Bassenheim bei Koblenz zur ersten persönlichen Begegnung beider Politiker gekommen. Vgl. Adenauer, Briefe 1947–1949, S. 604; Claude Hettier *de Boislambert,* Les fers de l'espoir, Paris 1978, S. 476f. und Rudolf *Mittendorfer,* a.a.O., S. 512. Vgl. a. Nr. 168.

3 Hierzu Schuman in seiner Antwort vom 5.8.1949: »Leider kann ich Ihnen keine Zusicherung betreffend einer Abänderung der ergangenen Beschlüsse geben. Wie so oft handelt es sich um eine Mittellösung, die niemanden zufriedenstellt.... Der Ausgang der Wahlen wird bestimmend sein für die weitere Entwicklung der Beziehungen zwischen Westdeutschland und den Alliierten. Jeder Radikalismus würde die angestrebte und durchaus mögliche Entspannung ernstlich in Frage stellen. Seit Juni 1948 wurde Wesentliches erreicht, ohne Zwang und Drohung. In diesem Sinne bleibt jede Möglichkeit offen; nur muß sie beiderseits verstanden werden«; Faksimile des Originals: Konrad *Adenauer,* Erinnerungen, Bd. 1, nach S. 432; Druck: Konrad Adenauer, Seine Zeit – sein Werk, S. 238. – Vgl. Nr. 54, 77 und 84.

Nr. 57

1 Dort auch Druck eines ersten Adenauer-Telegramms an die SPD vom 25.7. 1949 sowie des der Kontroverse zugrundeliegenden SPD-Telegramms (gez. Fritz *Heine*) vom 22.7.1949 (Datierung nach Original). Hierin war Adenauer die ›wahrheitswidrige Behauptung‹ in seiner Heidelberger Rede vom 21.7.1949 (vgl. Nr. 51, Anm. 2) vorgehalten worden, führende sozialdemokratische Mitglieder des Parlamentarischen Rates hätten in der entscheidenden Phase der Grundgesetzberatungen im April 1949 8 Tage vor der offiziellen Übergabe an den Präsidenten Adenauer von einer alliierten Note »über gewisse Möglichkeiten der Änderung im Grundgesetz« erfahren. Diesen Informationsvorsprung hätte die SPD für Selbstdarstellungszwecke mißbraucht: »Ein absolut abgekartetes Spiel ... zwischen der britischen Regierung und den deutschen Sozialdemokraten, um auf diese Weise den deutschen Sozialdemokraten den Nimbus zu geben, daß sie die nationale Partei par excellence seien«; vgl. Adenauer, Reden, S. 145. Die telegraphischen Reaktionen: »... völlig aus der Luft gegriffen ... Wir überlassen den deutschen Wählern das Urteil über Sie« (22.7.); Vertuschungsversuch, »daß Sie und Ihre Partei zusammen mit Besatzungsmächten gegen die Notwendigkeit des deutschen Volkes gearbeitet haben« (27.7.). Zu diesem Vorgang (der bereits im Wahlkampf selbst veröffentlicht und gegenseitig verwendet wurde; hierzu die Dokumentation »Wer lügt?« in StBKAH 12.01) ausführliche Angaben bei Konrad *Adenauer,* Erinnerungen, Bd. 1, S. 218-220; Rudolf *Morsey,* Die Rolle Konrad Adenauers im Parlamentarischen Rat, S. 82f. und Wolfgang *Benz,* Von der Besatzungsherrschaft zur Bundesrepublik, S. 260-262. Vgl. a. Hans-Jürgen *Grabbe,* Die deutsch-alliierte Kontroverse um den Grundgesetzentwurf im Frühjahr 1949, in: VfZ, Jg. 26 (1978), S. 393-418.

2 Carlo *Schmid* (Erinnerungen, S. 392-394) rekonstruiert den Ereignisablauf der deutsch-alliierten Verhandlungen im April 1949, ohne auf die spätere Wahlkampfpolemik einzugehen.

3 Walter *Menzel* (1901–1963), 1946–1950 nordrhein-westfälischer Innenminister (SPD); weitere biographische Angaben in: Adenauer, Briefe 1947–1949, S. 509.

4 Sir Christopher *Steel* (1903–1973), britischer Diplomat, 1949 Stellvertreter von General Robertson als Hoher Kommissar; weitere biographische Angaben in: Adenauer, Briefe 1945–1947, S. 690f.

Nr. 58

1 J. Hermann *Siemer* (geb. 1902), führender CDU-Politiker in Oldenburg, 1953–1972 MdB; weitere biographische Angaben in: Adenauer, Briefe 1945–1947, S. 702. Dort (S. 373, 469, 496f.) auch frühe Belege für die durch diesen Brief bestätigte Hilfestellung, die Siemer der Familie Adenauer bei der Beschaffung von Nahrungsmitteln in der Nachkriegszeit gab.

2 Dort nahm Adenauer am 31.7.1949 an einer gemeinsamen Wahlkundgebung von CDU und FDP teil; hierzu die ausführliche Presseberichterstattung (»Bürger-

liche Mehrheit für den Bundestag! Hände in den Schoß legen ist das Gefährlichste, SPD kein Bollwerk gegen den Bolschewismus«) in StBKAH 16.04. – Vgl. Nr. 35, Anm. 4.

3 Laut Terminplan Adenauers (StBKAH 12.02) reiste Adenauer von Hamburg nach Kiel (1.8., 9.30 h Besprechung mit dortigen Bundestagskandidaten), von dort nach Osnabrück (1.8., 20.00 h Rede in den Zentrallichtspielen). Weitere Wahlkampfstationen: 3.8. Koblenz und Trier (vgl. Nr. 61), 5.8. Fürth und Nürnberg (vgl. Nr. 71, Anm. 2), 7.8. Mönchengladbach und Rheydt, 8.8. Langenfeld und Leverkusen, 9.8. Bad Dürkheim und Landau/Pfalz, 10.8. Essen, 11.8. Paderborn, 12.8. Siegburg und Beuel, 13.8. Bad Godesberg.

4 Im Antwortschreiben vom 6.8.1949 korrigierte Siemer diesen Eindruck für seinen eigenen Landesverband (»einigermaßen gute Männer ... herausgestellt«), obwohl er selbst bei der Kandidatennominierung dem Landwirt Georg *Kühling* unterlegen war.

Nr. 59

1 Vier Schreiben vom 1.8.1949, zwei zu personalpolitischen Fragen, zwei zu grundsätzlichen Problemen der CDU-Vorstandsarbeit im Rheinland (»Sie und der geschäftsführende Vorstand tragen die Verantwortung für die Verstimmung in dem ersten Mitarbeiterkreis der Partei«) bzw. des wahltaktischen Zusammengehens mit der FDP (»... weltanschaulich hat der Liberalismus dieselben Sünden aufzuweisen wie die SPD ...«).

2 Zu Dr. Ferdinand *Schunck* (gest. 1949) konnten lediglich dessen Funktionen als Vorstandsvorsitzender der Gemeinnützigen Wohnungsbaugesellschaft in Köln sowie als Verwaltungsratsmitglied der Kreditanstalt für Wohnungsbau ermittelt werden; vgl. Manfred *Pohl*, Wiederaufbau, S. 44 und Kabinettsprotokolle, Bd. 2, S. 318, 344. – Albers hatte ihn als den »beste[n] Sachkenner des ganzen deutschen Wohnungswesens, des Städtebaurechtes und der Bodenpolitik« für ein zukünftiges Wiederaufbauministerium des Bundes vorgeschlagen.

3 Wilhelm *Mewes* (1876–1964), Dr. rer. pol., Landesrat a. D.; 1915–1933 Vorsitzender des Vorstands, 1947–1957 Vorsitzender des Verwaltungsrates des Verbandes rheinischer Wohnungsunternehmen in Düsseldorf.

4 Johannes *Handschuhmacher* (1887–1957), Dr. jur., Kommunalpolitiker und Verbandsfunktionär; 1929–1933 Oberbürgermeister von Mönchengladbach-Rheydt, 1933 amtsenthoben, danach als Rechtsanwalt tätig, ab 1948 Präsident des Zentralverbandes der Deutschen Haus- und Grundbesitzer, ab 1950 im Verwaltungsrat der Kreditanstalt für Wiederaufbau, 1953 MdB (CDU); vgl. Manfred *Pohl*, a.a.O., S. 44 und Kabinettsprotokolle, Bd. 2, S. 344. – In den am 1.8.1949 dem nordrhein-westfälischen Landeswahlleiter übermittelten Landesergänzungsvorschlägen der CDU nahm Handschuhmacher Platz 9 ein (HStAD, RWV 26/21).

Nr. 60

1 Ähnliche Schreiben sind in der Adenauer-Korrespondenz vor und nach der Kanzlerwahl häufiger nachzuweisen; vgl. Adenauer, Briefe 1947–1949, S. 180, 184, 420. – Vgl. a. Nr. 330.

Nr. 61

1 Zu diesem Schreiben an *Arnold* (dessen Konflikt mit Adenauer sich in der Folgezeit vor allem wegen seiner entschiedenen Fürsprache für eine große Koalition auf Bundes- wie auf nordrhein-westfälischer Landesebene verschärfte) vgl. die Angaben bei Walter *Först,* Geschichte, S. 593f. Dort auch Auszüge aus der in StBKAH nicht erhaltenen Antwort vom 8. 8. 1949, in der Arnold u. a. einräumte, daß sich die Presse »›rein mengenmäßig ... stärker für Frankfurt als für Bonn eingesetzt‹ habe. Doch den Kampf für Bonn ›damit führen zu wollen, daß die kommende Bundesregierung die besseren Möglichkeiten in Bonn hat‹, erklärte Arnold, werde nur zur Folge haben, daß Frankfurt ›durch zum Teil unwahre Angaben‹ zu beweisen versuche, daß seine technischen Voraussetzungen besser seien.«

Von den persönlichen Begegnungen beider Politiker im August 1949 (zweimal am 18. 8.) ist bekannt, daß sie einerseits zu allgemeinem Einverständnis führten, andererseits aber den koalitionspolitischen Dissens bestätigten; vgl. Rudolf *Morsey,* Die Rhöndorfer Weichenstellung, S. 515 und Detlev *Hüwel,* a.a.O., S. 207.

2 Die dortige Wahlkampfveranstaltung (vgl. Nr. 58, Anm. 3) hatte Adenauer gemeinsam mit Helene *Weber* abgehalten (vgl. Nr. 49, Anm. 2).

3 Der *erste* Bundestagsantrag der SPD betraf die »erneute Überprüfung der Demontage-Listen« (Bundestagsdrucksache Nr. 2), der zweite die Zugehörigkeit »Groß-Berlins« zur Bundesrepublik (Nr. 3) und erst der dritte, wie die anderen in der konstituierenden Sitzung vom 7. 9. 1949 eingebracht, die Verlegung des »vorläufigen Sitz[es] der leitenden Bundesorgane« nach Frankfurt/Main (Nr. 4).

4 Pressekonferenz Arnolds vom 7. 7. 1949; vgl. Walter *Först,* a.a.O., S. 591-593; Detlev *Hüwel,* a.a.O., S. 205 und Dietrich *Höroldt,* 25 Jahre Bundeshauptstadt Bonn, S. 59.

5 Hermann *Katzenberger* (geb. 1891), 1947–1949 Pressechef der nordrhein-westfälischen Landesregierung; weitere biographische Angaben in: Adenauer, Briefe 1945–1947, S. 633f.

6 Gemeint ist die am 8. 8. 1949 in Straßburg eröffnete erste Sitzungsperiode der Beratenden Versammlung des Europarates; hierzu die Dokumentation in: EA, Jg. 4 (1949), S. 2557-2560, 2569-2584.

7 Bei der am Folgetag in Wiesbaden tagenden Ministerpräsidentenkonferenz beantragte Arnold eine Sondersitzung ausschließlich für diesen Zweck; bei der nächsten Zusammenkunft der Länderchefs am 25./26. 8. 1949 in Koblenz wurde der Bundestag auf den 7. 9. 1949 einberufen. Vgl. Akten zur Vorgeschichte, Bd. 5, S. 1024, 1060-1062.

8 Vgl. Nr. 74.

Nr. 62

1 Zu Ada *Deichmann* (geb. 1886), einer Kölner Bekannten Adenauers aus der Oberbürgermeisterzeit vor 1933 und Briefpartnerin in den Nachkriegsjahren, vgl. Adenauer, Briefe 1945–1947, S. 561; Briefe 1947–1949, S. 669 sowie die Angaben ihrer Tochter Freya *von Moltke* in: *dies.*/Michael *Balfour*/Julian *Frisby,* Helmuth James von Moltke 1907–1945. Anwalt der Zukunft, Stuttgart 1975, S. 41, 52, 332f.

Nr. 63

1 Das Diktatzeichen bezeichnet neben Herbert Blankenhorn Elisabeth *Arenz,* gemeinsam mit Elisabeth Zimmermann Bonner Sekretärin Adenauers.

2 Goetz *Briefs* (1889–1974), Prof. Dr. rer. pol.; Wirtschaftswissenschaftler und Soziologe; lehrte an den Universitäten/Technischen Hochschulen Würzburg (1922), Freiburg (1923–1926) und Berlin (1926–1934), 1934 in die USA emigriert, dort u. a. an den Universitäten Georgetown (1937–1962) und Columbia (Gastprofessur 1938–1949); vgl. den biographischen Aufsatz von Wilhelm *Weber* in: Zeitgeschichte in Lebensbildern, Bd. 3, S. 235-246, 293f.; Biographisches Handbuch, Bd. 2, S. 155 und Heinrich Basilius *Streithofen*/Rüdiger *Voss* (Hrsg.), Goetz Briefs. Ausgewählte Schriften, 2 Bde., Berlin 1980. – Eine Antwort Briefs' konnte nicht nachgewiesen werden. Hinweise auf das Adenauer-Schreiben bei Rudolf *Morsey,* Konrad Adenauer und die Gründung, S. 34.

3 Welcher Art diese Anlagen waren, konnte nicht ermittelt werden. Es darf jedoch angenommen werden, daß Adenauer u. a. die am 15.7.1949 verabschiedete wirtschafts- und sozialpolitische Programmerklärung und Wahlkampfplattform der CDU, die »Düsseldorfer Leitsätze« über Wirtschaftspolitik, Landwirtschaftspolitik, Sozialpolitik und Wohnungsbau übermittelt hatte; Druck (u. a.): Christliche Demokratie in Deutschland. Analysen und Dokumente zur Geschichte und Programmatik der Christlich Demokratischen Union Deutschlands und der Jungen Union Deutschlands, in: Handbücher der Politischen Akademie Eichholz, Bd. 7 (1978), S. 206-217. Vgl. a. Konrad *Adenauer,* Erinnerungen, Bd. 1, S. 208 und Rudolf *Uertz,* Christentum und Sozialismus, S. 185-204.

4 Hierfür Belege bei Werner *Link,* Deutsche und amerikanische Gewerkschaften und Geschäftsleute, S. 61-63, 83f.

5 CIO, d. i. Congress of Industrial Organizations; AFL, d. i. American Federation of Labor. Zu den Deutschland-Aktivitäten beider Organisationen und zur »transnationalen Koalition zwischen DGB / SPD und AFL / CIO« vgl. Werner *Link,* a.a.O., S. 44-49.

Nr. 64

1 An den nordrhein-westfälischen Landtagspräsidenten hatte Adenauer am 3.8.1949 ein persönliches Schreiben gerichtet, mit dem er *Gockeln* um Korrektur seiner »reservierte[n] Haltung« in der Frage des Bundessitzes bat (StBKAH 09.01).

2 Joseph *Bollig* (1906–1983), 1947–1966 MdL in Nordrhein-Westfalen (CDU);

weitere biographische Angaben in: Adenauer, Briefe 1947–1949, S. 500f. – Bollig selber setzte sich am 18.8.1949 mit Adenauer brieflich in Verbindung, seine darin enthaltene Wahlanalyse: »die Koalition mit der SPD in Nordrhein-Westfalen zu Fall zu bringen«, um dem »Gewaltregiment« des sozialdemokratischen Innenministers Walter *Menzel* ein Ende zu bereiten.

3 Hans *Schreiber* (1894–1968), ab 1946 Landesgeschäftsführer der CDU Rheinland; weitere biographische Angaben in: Adenauer, Briefe 1945–1947, S. 615.

4 Als »die berufene Vertretung der katholischen Bevölkerung der über 62000 Einwohner zählenden, ganz überwiegend katholischen Industriestadt« Leverkusen hatte der Katholiken-Ausschuß die CDU um Auskunft über die grundsätzliche Haltung der von ihr nominierten Bundestagskandidaten zu Fragen des Elternrechts, des Reichskonkordats und der christlichen Soziallehre gebeten. Stein des Anstoßes: die mit der CDU Rhein-Wupper angeblich nicht abgesprochene Kandidatur Günter *Henles;* vgl. Nr. 25.

Nr. 65

1 Franz *Etzel* (1902–1970), führender Finanz-, Sozial- und Wirtschaftspolitiker der CDU, 1957–1961 Bundesminister der Finanzen; weitere biographische Angaben in: Adenauer, Briefe 1945–1947, S. 737.

2 Etzel hatte ein Schreiben des früheren DVP-Politikers und Reichsinnenministers der Jahre 1923–1925, Karl *Jarres* (1874–1951; weitere biographische Angaben a.a.O., S. 676), übermittelt; hierin Kritik an der »Art und Weise, mit welcher die Parteileitung die ... Wünsche der Wirtschaft hinsichtlich mehrerer Kandidaturen unberücksichtigt gelassen hat.«

3 Zu Dr. Reinhold *Saenger* konnten lediglich die in einem Empfehlungsschreiben Etzels an Adenauer vom 17.6.1949 enthaltenen Angaben ermittelt werden: Justitiar der Gelsenkirchener Bergwerks AG, bis 1933 DNVP-Landesverbandsvorsitzender in Düsseldorf-West, ab 1946 in der CDU.

Nr. 66

a ‹...› Die ausgelassene Passage enthält persönliche Angaben zu einer gemeinsamen Bekannten.

1 Zu Lore *Lehmann,* Tochter des langjährigen Adenauer-Bekannten und Berliner Völkerkundlers Prof. Dr. Walter *Lehmann,* vgl. Adenauer, Briefe 1945–1947, S. 693. In zwei Anschreiben hatte sie eigene berufliche Absichten dargelegt und zugleich an die von ihrer und Adenauers Familie gemeinsam verlebten »Zeiten in Berlin« erinnert, als »die Kinder zusammen im Garten in Neu-Babelsberg herumtollten!« Dort hatte sich Adenauer 1934/35 aufgehalten; vgl. Adenauer, Briefe 1947–1949, S. 34, 456, 489 und 668 sowie Rudolf *Morsey,* Adenauer und der Nationalsozialismus, S. 487f. – Vgl. a. Nr. 93, Anm. 1.

2 Biographische Angaben zum ältesten *Adenauer*-Sohn Konrad (geb. 1906) und dessen Frau Lola geb. *Hunold* (1922–1983) in: Adenauer, Briefe 1945–1947, S. 545.

3 Biographische Angaben zu Max *Adenauer* (geb. 1910) und dessen Frau Gisela geb. *Klein* a.a.O., S. 552.
4 Biographische Angaben zu Georg *Adenauer* (geb. 1931) a.a.O., S. 545. Das dort genannte Jahr der Eheschließung mit Ulla-Britta *Jeansson* ist zu korrigieren: 1957 statt 1955.
5 Vgl. Nr. 72.

Nr. 67
1 Max *Röchling* (geb. 1892), Kaufmann und Industrieller; ab 1920 geschäftsführender Gesellschafter der Firma Gebr. Röchling (Großhandel in Eisen und Kohle) sowie Aufsichtsratsmitglied der Röchling'schen Eisen- und Stahlwerke AG in Völklingen/Saar (ab 1881 im Familienbesitz, nach 1945 unter französischer Verwaltung, 1956 wieder in deutschem Besitz, 1971 Fusion mit Arbed Saarstahl). Ausführliche Angaben zu Biographie, Familiengeschichte und Konzernentwicklung vor 1933 in: *Deutscher Wirtschaftsverlag* (Hrsg.), Reichshandbuch der Deutschen Gesellschaft. Das Handbuch der Persönlichkeiten in Wort und Bild, Bd. 2, Berlin 1931, S. 1539-1543.
2 Hierin a) Angaben zur Situation der derzeit im Zuchthaus Wittlich inhaftierten Familienmitglieder, seines Bruders bzw. seines Vetters Dr. Hermann und Ernst *Röchling* (vgl. Nr. 344), b) die Bitte an Adenauer, sich ebenso deutlich wie zuvor bereits die SPD- und FDP-Vorsitzenden *Schumacher* und *Heuss* »zu der Entwicklung [auszusprechen], die die Saarfrage zu nehmen droht.« – Vgl. Nr. 168.
3 Vergleichbar mit der nachfolgenden Stellungnahme ein am 14.9.1949 veröffentlichtes Adenauer-Interview der ›Neuen Zeitung‹. Vgl. a. die schon in der früheren Korrespondenz enthaltenen Aussagen Adenauers in: Briefe 1947–1949, S. 92, 145, 315.
4 Vgl. Nr. 56, Anm. 2.

Nr. 68
1 Zu dieser Antwort auf das Adenauer-Schreiben vom 4.8.1949 vgl. Nr. 61, Anm. 1.
2 Karl Sigmund *Mayr* (1906–1978), 1948/49 Mitglied des Parlamentarischen Rates für die CSU, Kontaktmann Adenauers in der Schwesterpartei; weitere biographische Angaben in: Adenauer, Briefe 1947–1949, S. 666.
3 Vgl. Nr. 15, Anm. 2.
4 Wahrscheinlich gemeint: die Denkschrift »Der vorläufige Sitz der Deutschen Bundesorgane« (o. D.); hierzu Dietrich *Höroldt,* 25 Jahre Bundeshauptstadt Bonn, S. 58f. und Klaus *Dreher,* Ein Kampf um Bonn, S. 150-161.
5 Gemeint ist der aus den Länderchefs, Abgeordneten des Parlamentarischen Rates und des Wirtschaftsrates sowie Vertretern der französischen Zone gebildete Hauptausschuß, der am 14./15.6. und am 6.7.1949 in Bad Schlangenbad Fragen des Bundessitzes erörtert hatte. Vgl. Dokumentation und Kommentar in: Akten zur Vorgeschichte, Bd. 5, S. 577-591, 795-802; Hermann *Wandersleb,* Die Beru-

fung Bonns, S. 317f.; Dietrich *Höroldt,* a.a.O., S. 58; Klaus *Dreher,* a.a.O., S. 154-161.

6 Entschließung vom 6.7.1949: »1. Die Entscheidung über den vorläufigen Sitz der künftigen Bundesorgane ist auch nach der Auffassung dieser Versammlung eine ausschließlich deutsche Angelegenheit. 2. Nachdem der Parlamentarische Rat im Rahmen der ihm übertragenen Zuständigkeit einen Beschluß über den vorläufigen Sitz der Bundesorgane gefaßt hat, muß es hierbei verbleiben, es sei denn, daß der Bundestag eine andere Entscheidung fällt. 3. Die Versammlung empfiehlt sämtlichen beteiligten Stellen, ihre Vorbereitungen auf das Maß zu beschränken, das erforderlich ist, um den ordnungsgemäßen Beginn der Tätigkeit der Bundesorgane zu gewährleisten«; zit. nach Akten zur Vorgeschichte, Bd. 5, S. 802. (Druck einer in Punkt 2 abweichenden Variante: Hermann *Wandersleb,* a.a.O., S. 37; Dietrich *Höroldt,* a.a.O., S. 58).

Nr. 69

1 Für den Deutschen Pressedienst (aus dessen Fusion mit der Deutschen Nachrichtenagentur am 18.8.1949 die Deutsche Presseagentur hervorging) hatten sich am 9.8.1949 Anton *Betz,* Georg *Macknow* und Wilhelm *Grabbert* an Adenauer gewandt. Anlaß: die »mehrfach in der Öffentlichkeit«, so u. a. in Hamburg (vgl. Nr. 58, Anm. 2) erhobenen Vorwürfe, »die verantwortlichen Männer im dpd seien in ihrer Mehrzahl Sozialdemokraten und dpd unterliege damit dem besonderen sozialdemokratischen Einfluß.« Die vom dpd-Vorstand gestellte Forderung nach Nennung der Unterlagen hatten in ähnlich akzentuierten Schreiben vorher bereits erhoben: der Chefredakteur des Pressedienstes, Fritz *Sänger,* am 31.7.1949 sowie der Vorsitzende des Nordwestdeutschen Zeitungsverleger-Vereins, Emil *Gross* (s. u.), am 5.8.1949.

Ausführliche Angaben zu diesen Schreiben und Auszüge aus der Adenauer-Antwort an den dpd bei Arnulf *Baring,* Außenpolitik in Adenauers Kanzlerdemokratie, S. 294f.; vgl. a. Fritz *Sänger,* Verborgene Fäden, S. 156f.

2 Druck: Adenauer, Briefe 1947–1949, S. 324.

3 Emil *Gross* (1904–1967), sozialdemokratischer Politiker und Verleger; weitere biographische Angaben a.a.O., S. 608.

4 Zu Hans Dietrich *Müller* vgl. Fritz *Sänger,* a.a.O., S. 172.

5 Zu Hans *Rahm* konnten keine Angaben ermittelt werden.

6 Heinz *Büchsenschütz* (geb. 1910), Dr., später Fernseh-Redakteur beim NWDR. – Seine ihm hier zugeschriebene parteipolitische Funktion in der LDPD konnte nicht verifiziert werden; in der dazu vorliegenden Literatur findet er keine Erwähnung.

7 Korrektur der Adenauer-Schreibweise (»Lanske«) nach der Personenangabe zu Willy *Lanzke* bei Arnulf *Baring,* a.a.O., S. 466.

8 Wilhelm *Papenhoff* (1914–1979), 1949–1954 Bonner Büroleiter der ›Neuen Zeitung‹; weitere biographische Angaben in: Adenauer, Teegespräche 1950–1954, S. 646.

9 Heinz *Kerneck* (1912–1968), sozialdemokratischer Journalist; nach 1933 zeitweise in der Emigration (Niederlande), ab 1946 Redakteur beim Sopade-Dienst in Hannover, 1948–1953 dpd/dpa-Berichterstatter in Frankfurt/Main und Bonn, 1953–1957 bei der Deutschen Welle, 1957–1968 Intendant von Radio Bremen; vgl. Biographisches Handbuch, Bd. 1, S. 362.
10 Nach Arnulf *Baring* (a.a.O., S. 466) liegt hier eine Verwechslung mit Johannes *Faber* vor. Anderslautend die Auskunft des heutigen dpa-Chefredakteurs Dr. Hans *Benirschke* in einem Schreiben an den Bearb. vom 28.3.1985: »Johannes Schader blieb Landesbüroleiter auch für dpa und ist vor wenigen Jahren in den Ruhestand getreten.«
11 Korrektur der Adenauer-Schreibweise (»Bilkes«) nach der kurzen Personenangabe zu Hans *Bilges* in: Wer schreibt worüber? Journalisten-Handbuch 1956, S. 25. Vgl. a. Arnulf *Baring,* a.a.O.
12 Zu Jakob *Funke* konnten keine Angaben ermittelt werden.
13 Zu *Möller* konnten keine Angaben ermittelt werden.

Nr. 70
1 Bruno *Dörpinghaus* (geb. 1903), 1948–1950 Generalsekretär der CDU/CSU-Arbeitsgemeinschaft; weitere biographische Angaben in: Adenauer, Briefe 1945–1947, S. 712.
2 Zu der in diesem Zeitraum geführten Diskussion über Zusammensetzung und Einberufung der Bundesversammlung (dem gemeinsamen Gremium von Bundestag und Landtagen für die Wahl des Bundespräsidenten) vgl. Akten zur Vorgeschichte, Bd. 5, S. 1018-1021, 1023 f., 1060–1062.

Nr. 71
1 Zu der wissenschaftlichen Diskussion dieses in der Literatur schon mehrfach verwendeten Adenauer-Briefes vgl. a. Udo *Wengst,* Staatsaufbau und Regierungspraxis, S. 109; Rudolf *Morsey,* Zwischen Bayern und der Bundesrepublik, S. 369 und *ders.,* Die Bildung der ersten Regierungskoalition, S. 425. Dort (S. 430-434) auch erster Abdruck eines in BA, NL Pünder erhaltenen, von Johannes *von Elmenau* (dem bayerischen Bevollmächtigten für das Vereinigte Wirtschaftsgebiet) verfaßten Berichts über die im nachfolgenden vereinbarten Frankfurter Verhandlungen vom 20.8.1949 zwischen Adenauer und dem bayerischen Ministerpräsidenten. Neudruck des Elmenau-Berichts »Betr.: Regierungsbildung und Personalfragen«: Udo *Wengst,* Auftakt zur Ära Adenauer, S. 30-32. Wengst ergänzt die Überlieferung mit der hierzu vorliegenden Tagebuchaufzeichnung der Ehefrau *Ehards,* Annelore (a.a.O., S. 32).
2 Frühere Belege für diese Terminabsprache sind in StBKAH nicht erhalten. In einem Schreiben vom 9.8.1949 hatte Ehard zuletzt seinem Bedauern »über die skandalösen Vorfälle ... anläßlich Ihrer Wahlkundgebung für die CSU in Nürnberg« (vgl. Nr. 58, Anm. 3) Ausdruck verliehen: »Es ist geradezu unerhört, daß der kommunistische Pöbel sich sogar in tätlichen Angriffen auf Sie und Ihren Fahrer,

der, wie ich höre, verletzt worden sein soll, hat hinreißen lassen.« Hierzu und zur Adenauer-Antwort vom 12.8.1949 (»Die polizeilichen Verhältnisse in der amerikanischen, aber wohl auch in der britischen Zone sind wirklich unhaltbar«) vgl. Rudolf *Morsey,* Zwischen Bayern und der Bundesrepublik, S. 369.

3 Der »Ellwanger Kreis« föderalistischer Politiker war im Frühjahr 1947 als »informelle[s] Gremium zur Koordinierung der CDU/CSU-Interessen auf Länderebene in der US-Zone« gegründet worden; vgl. Wolfgang *Benz,* Föderalistische Politik, S. 818 und Peter Jakob *Kock,* Bayerns Weg in die Bundesrepublik, S. 263-272. Belege für die Auseinandersetzung Adenauers mit den dort in der Nachkriegszeit entwickelten Verfassungsvorstellungen in: Adenauer, Briefe 1947–1949, S. 205f., 226, 271.

4 Die Sitzung fand dann am 19./20.8.1949 statt; Druck einer hierzu vorliegenden Aufzeichnung des Ministerialrats in der bayerischen Staatskanzlei und engen Ehard-Vertrauten, Karl *Schwend:* Udo *Wengst,* a.a.O., S. 24-30; vgl. a. Rudolf *Morsey,* a.a.O., S. 369.

5 Zur hiermit erstmals angesprochenen Rhöndorfer Konferenz vom 21.8.1949 vgl. Nr. 75, Anm. 3.

Nr. 72

1 Erich *Peyer* (geb. 1911), Adenauer-Bekannter in der Schweiz, Organisator der Nachkriegskonferenzen der ›Moralischen Aufrüstung‹/MRA in Caux; weitere biographische Angaben in: Adenauer, Briefe 1947–1949, S. 633. Dort (S. 310, 600) auch Informationen zum MRA-Gründer Frank N. D. *Buchman* und zur Teilnahme Adenauers an einer Caux-Konferenz im September 1948; hierzu seither erschienen das Kapitel »›Le bon esprit de Caux‹, refaire le monde« in: Paul *Legoll,* Konrad Adenauer et l'Idée d'Unification, S. 170-174. – Vor den hier abgedruckten gemeinsamen Grüßen der Familie Adenauer an das Ehepaar Peyer (dem einzigen für den Tag der Bundestagswahlen 1949 nachgewiesenen Rhöndorfer Schriftstück; hierzu das Faksimile auf S. 85) hatte sich Adenauer im Frühsommer 1949 mehrfach mit MRA-Vertretern in Verbindung gesetzt, um für seine Kinder und deren Ehepartner sowie für mehrere Verwandte, Bekannte und Mitarbeiter Urlaubsreisen in die Schweiz und Aufenthalte im MRA-Tagungszentrum Caux vorzubereiten. Eines dieser Schreiben an Buchman selbst nutzte er, um »Ihnen nochmals meinen Dank dafür zum Ausdruck zu bringen, daß Sie uns Deutschen in so hilfsbereiter Weise immer wieder die Möglichkeit schaffen, mit Vertretern der anderen Länder zusammenzukommen und auf diese Weise eine Brücke über die Kluft zu schlagen, die uns leider noch immer von unserer Umwelt trennt« (13.6.1949; StBKAH 12.05). – Vgl. Nr. 225 und 225 A.

2 Bundestagswahlergebnis vom 14.8.1949: CDU 25,2 %, CSU 5,8 % – CDU/CSU 31,0 % (= 139 Mandate), SPD 29,2 % (= 131), FDP 11,9 % (= 52), KPD 5,7 % (= 15), BP 4,2 % (= 17), DP 4,0 % (= 17), Zentrum 3,1 % (= 10), WAV 2,9 % (= 12), Deutsche Rechtspartei/Deutsche Reichspartei/DRP 1,8 % (= 5), Notgemeinschaft 1,0 % (= 1), SSW 0,3 % (= 1), Unabhängige 3,8 % (= 2).

Adenauers persönlicher Erfolg im Wahlkreis Bonn (Stadt und Land): 54,9 %; vgl. Manfred *van Rey,* 100 Jahre Wahlen und Parteien im Rhein-Sieg-Kreis 1848–1949, Siegburg 1978, S. 135 f. Zur Situation in Rhöndorf am Wahlsonntag vgl. Paul *Weymar,* Adenauer, S. 424 f. und den ›Spiegel‹-Bericht vom 18.8.1949 (Nr. 34, S. 5 f.).

3 Aus diesem Lied der MRA-Bewegung die erste und letzte Strophe: »Hundred of roads, hundred of years / Hundred of hopes, hundred of fears: / Hundred of guides to show us the way – / But there's one good road, / So the wise men say! ... Listen! The march of longing millions! / Listen! The clatter of children's feet; / The click of clogs and the rustle of sandals – / All in rhythm with a mighty beat!«

Nr. 73

1 Telegramm vom 15.8.1949; hierzu und zur Adenauer-Antwort Rudolf *Morsey,* Zwischen Bayern und der Bundesrepublik, S. 369. – Ein Beispiel für die konventionellen Dankesbriefe Adenauers, die er nach der Bundestagswahl in großer Zahl und weitgehend gleichförmig an Funktionsträger, Wahlhelfer und gewählte Bundestagsabgeordnete seiner Partei richtete, die aber wegen fehlender persönlicher Akzente in dieser Edition keine Berücksichtigung finden, in den Lebenserinnerungen des CDU-Kreisvorsitzenden in Celle-Land und MdB der Jahre 1949–1969, Wilhelm *Brese* (geb. 1896): Erlebnisse und Erkenntnisse, Celle 1976, nach S. 103.

2 Vgl. Nr. 71, Anm. 1.

Nr. 73 A

1 Gerta E. *Tzschaschel* (geb. 1914), 1948–1950 Bonner Korrespondentin der ›Süddeutschen Zeitung‹; weitere biographische Angaben in: Adenauer, Teegespräche 1950–1954, S. 647.

2 Franz *Hange* (geb. 1921), ab 1949 dpa-Chefkorrespondent in Bonn; weitere biographische Angaben in: Adenauer, Briefe 1947–1949, S. 511. Vgl. a. seine Aktennotizen über Hintergrundgespräche Adenauers mit der Presse 1950/51 in: Adenauer, Teegespräche 1950–1954, S. 12-56, 121-124, 146-150, 168-170.

3 Eine erste Presseerklärung Adenauers zum Wahlergebnis vom 14.8.1949 (abends) hatte die ›Kölnische Rundschau‹ am 15.8. veröffentlicht (S. 1); am 17.8. führte er hierzu Interviews mit ›United Press‹ (vgl. AdG, Jg. 18/19 [1948/49], S. 2043) und ›Associated Press‹ (vgl. ›Kölnische Rundschau‹ vom 18.8.1949, S. 1). Druck einer weiteren Erklärung vom 15.8.: Udo *Wengst* (Bearb.), Auftakt zur Ära Adenauer, S. 9 f. – Eine umfangreichere Wahlanalyse nahm Adenauer in einem nicht datierten Beitrag für die amerikanische Zeitschrift ›Life‹ vor: »Die Bedeutung der Wahlen zum ersten deutschen Bundestag« (6-seitiges Manuskript mit Übersetzung in StBKAH 02.02; hier auch das vorausgegangene Telegramm der Zeitschrift vom 12.8., mit dem »eine 1500 Worte-Erklärung an das amerikanische Volk über Ziele seiner und der CDU/CSU-Politik nach der Wahl zum Bundestag« erbeten worden war. ›Life‹ veröffentlichte den Bei-

trag in der Ausgabe vom 29.8.1949, Titel: »We are of the West«). Vgl. Nr. 77, Anm. 5.

4 Die Wahlbeteiligung am 14.8.1949: 78,5 % (1953: 86,0 %, 1957: 87,8 %).

Nr. 74

1 Johannes *Langendörfer* (1891–1985), 1947–1956 Oberstadtdirektor von Bonn; weitere biographische Angaben in: Adenauer, Briefe 1947–1949, S. 667.

Nr. 75

1 Hierauf die hs. Notiz von Unbekannt zur telegraphisch anscheinend nicht ausgefertigten, wahrscheinlich telefonisch erfolgten Antwort *Holzapfels* (s. u.) »... Nachricht gegeben, daß Teilnahme nicht möglich«; vgl. Rudolf *Morsey*, Die Rhöndorfer Weichenstellung, S. 522. – Nach den in StBKAH 06.07/09.20 erhaltenen Telegrammvorlagen richtete Adenauer weitere Einladungen zur Rhöndorfer Konferenz (s. u.) an Theodor *Blank* (18.8.; s. u.), Albert *Finck* (17.8.), Günther *Gereke*, Michael *Horlacher* und Hermann *Pünder* (alle 18.8.) sowie Edmund *Kaufmann* (19.8.). Darüber hinaus erhielt er telegraphisch Zusagen von Ludwig *Erhard* (17.8.; hierzu das Faksimile auf S. 88) und Gebhard *Müller* (16.8.). Neben den Genannten nahmen ausweislich dreier hierzu erhaltener Listen (StBKAH 06.07) weiterhin teil: Peter *Altmeier*, Adolf *Cillien*, Anton *Dichtel*, Johannes *Gronowski*, Werner *Hilpert*, Jakob *Kaiser*, Willi *Koch*, Erich *Köhler*, Robert *Pferdmenges* (mit Listennotiz »inoffiziell«), Hugo *Scharnberg* und Carl *Schröter*. Zusätzlich weist Rudolf *Morsey* (a.a.O., S. 509) als Konferenzteilnehmer nach: Wilhelm *Naegel*, Anton *Pfeiffer* und Franz Josef *Strauß*. Absagen hatten außer Holzapfel erteilt: Hans *Ehard*, Fridolin *Heurich* und Walther *Schreiber* (dessen Berliner CDU-Landesverband in Unkenntnis der Teilnahme Jakob Kaisers und der Absage seines Vorsitzenden Schreiber am 22.8.1949 an Adenauer telegraphierte: »Erfahren zu unserer größten Überraschung aus Presse ..., [daß] Berlin ... übergangen wurde«; StBKAH 09.20).

2 Friedrich *Holzapfel* (1900–1969), 1946–1950 2. Vorsitzender der CDU der britischen Zone, 1947–1949 CDU/CSU-Fraktionsvorsitzender im Wirtschaftsrat, 1949–1953 MdB (im Fraktionsvorstand); weitere biographische Angaben in: Adenauer, Briefe 1945–1947, S. 608.

3 Zur Rhöndorfer Konferenz, der entscheidenden unionsinternen Absprache über Regierungsbildung, -bündnis und Kanzlerwahl, vgl. Adenauers eigene Darstellung (Erinnerungen Bd. 1, S. 223-230). Die hierzu weiterhin vorliegenden Aufzeichnungen, Erinnerungen und Interviewauskünfte anderer Anwesender sowie die wissenschaftliche Diskussion über dieses Ereignis faßt auf der Basis der vor allem von Rudolf *Morsey* durchgeführten Forschungen (Die Bildung der ersten Regierungskoalition, passim; Die Rhöndorfer Weichenstellung, passim) zusammen: Udo *Wengst* (Bearb.), a.a.O., S. IX-XI, XLf. Vgl. a. *ders.*, Adenauers erste Koalitions- und Regierungsbildung im Spätsommer 1949, in: Aus Politik und Zeitgeschichte, B 18/85, S. 3-14.

4 Theodor *Blank* (1905–1972), führender CDU-Politiker, später Bundesminister für Verteidigung (1955/56) sowie Arbeit und Sozialordnung (1957–1965); weitere biographische Angaben in: Adenauer, Briefe 1947–1949, S. 498. – Blank selbst bestätigte seine Konferenzteilnahme mit Telegramm vom 20.8.1949 (StBKAH 06.07).

Nr. 76
1 Unter dieser Überschrift hatte die Hamburger Tageszeitung über Erklärungen der Bayernpartei/BP und der Wirtschaftlichen Aufbau-Vereinigung/WAV zu den Bonner Regierungsverhandlungen berichtet. Erstere wolle wegen ihrer grundsätzlichen Ablehnung des Grundgesetzes in Opposition gehen, letztere habe »›keine Lust, sich noch einmal von den alten Versagerparteien betrügen zu lassen.‹« Hierzu, unter Verwendung dieses Briefes, Rudolf *Morsey,* Zwischen Bayern und der Bundesrepublik, S. 369.
2 Josef *Baumgartner* (1904–1964), 1948–1957 BP-Vorsitzender, 1949–1951 MdB; weitere biographische Angaben in: Adenauer, Briefe 1947–1949, S. 626. – Auf kurzfristige Bestrebungen, »die Bayernpartei in die Regierung aufzunehmen und Baumgartner das Landwirtschaftsministerium zu übertragen«, verweist Ilse *Unger,* Die Bayernpartei, S. 155; vgl. a. Konstanze *Wolf,* CSU und Bayernpartei, S. 160.
3 Alfred *Loritz* (1902–1979), WAV-Vorsitzender, 1949–1953 MdB (ab 1951 fraktionslos); vgl. Adenauer, Teegespräche 1950–1954, S. 667. – Zur Position Loritz' und seiner Partei vor und nach den Bundestagswahlen vgl. Hans *Woller,* Die Loritz-Partei, S. 126-128.
4 Für ›Die Welt‹ antwortete am 31.8.1949 deren Chefredakteur der Jahre 1946–1950, Rudolf *Küstermeier* (1903–1977; vgl. Heinz-Dietrich *Fischer,* Reeducations- und Pressepolitik unter britischem Besatzungsstatus. Die Zonenzeitung ›Die Welt‹ 1946–1950. Konzeption, Artikulation und Rezeption, Düsseldorf 1978, passim). – Aus der Richtigstellung Küstermeiers: » ... Bericht ... so gefaßt ..., daß ... die Initiative auf bayerischer Seite lag, ohne daß ein Anstoß von seiten der CDU gegeben war.« Grundsätzlich könne ›Die Welt‹ »kein CDU-Organ sein, ebenso wenig wie sie ein SPD-Organ oder das einer anderen Partei sein kann. Sie kann natürlich auch kein Organ der zukünftigen Bundesregierung sein.« – Vgl. Nr. 91.

Nr. 77
1 Aus dem dort beiliegenden Material ist ersichtlich, daß sich Adenauer bei diesem Telegramm an John J. *McCloy* wie auch beim Demontage-Schreiben an Robert *Schuman* vom 25.8.1949 (Nr. 84) weitestgehend auf Vorarbeiten und Briefentwürfe stützte, die ihm über Robert *Pferdmenges* und Herbert *Blankenhorn* zugeleitet worden waren von: Hans-Günther *Sohl* (geb. 1906), Dr.-Ing. E. h., Bergassessor a. D.; 1942–1944 im Verwaltungsrat der Reichsvereinigung Eisen, 1941–1945, ab 1948 erneut Vorstandsmitglied der Vereinigten Stahlwerke AG in

Düsseldorf (1948–1950 in deren Liquidatorenkollegium, das die mit AHK-Gesetz vom 16.5.1950 vollzogene Entflechtung der deutschen Montanindustrie vorbereitete), 1953–1973 Vorstandsvorsitzender, 1973–1981 Aufsichtsratsvorsitzender der August Thyssen-Hütte AG (heute Thyssen AG) in Duisburg-Hamborn, 1956–1969 Vorsitzender der Wirtschaftsvereinigung Eisen- und Stahlindustrie, 1972–1977 Präsident des Bundesverbandes der Deutschen Industrie. – Vgl. Nr. 84, Anm. 1.

In den Akten ist u. a. auch erhalten: ein Schreiben Herbert *Blankenhorns* an den Sohl-Mitarbeiter Dr. Wolfgang *Homberg* (1903–1968) vom 5.9.1949, in dem die ansonsten nicht nachweisbare Antwort McCloys auf das Adenauer-Telegramm zitiert wird: »Bestätige den Eingang Ihres Telegramms, dessen Inhalt ich an Mr. Hoffman und an meine Regierung übermitteln werde.«

2 Paul G. *Hoffman* (geb. 1891), amerikanischer Wirtschaftspolitiker; 1948–1950 Direktor der Marshallplan-Verwaltung (ECA-Administrator) mit Kabinettsrang in der Administration Truman. – Über ein direkt an Hoffman gerichtetes Adenauer-Telegramm zur Demontagefrage (o. D., kein Beleg in StBKAH) berichtete die ›Kölnische Rundschau‹ am 1.9.1949 (S. 1).

3 Auszüge aus einer am 21.8.1949 in Frankfurt/Main abgegebenen Erklärung Hoffmans in: AdG, Jg. 18/19 (1948/49), S. 2048.

4 Gemeint ist das von George M. *Humphrey* (geb. 1890; 1953–1957 Finanzminister in der Administration Eisenhower) geleitete ›Industrial Advisory Committee‹ der ECA, dem 1948/49 die Überprüfung der Demontagelisten oblag. Vgl. Wilhelm *Treue,* Die Demontagepolitik der Westmächte nach dem Zweiten Weltkrieg, S. 78-82.

5 In dem in Nr. 73 A, Anm. 3 erwähnten ›Life‹-Beitrag Adenauers hatte es hierzu geheißen: »Mit großer Genugtuung hat die deutsche Öffentlichkeit von dem Senatsbeschluß Kenntnis genommen. ... Es ist völlig unverständlich, daß man vier Jahre nach Einstellung der Feindseligkeiten und in einem Zeitpunkt, in dem die ganze Welt davon überzeugt ist, daß Europa nur durch Erhöhung seiner Produktion gerettet werden kann, deutsche Arbeiter zwingt, Werke abzubrechen, die mit Kriegsproduktion überhaupt nichts zu tun haben. ... Eine solche Politik wäre um so bedenklicher, als das wirtschaftliche Potential in der Hand Deutschlands nach wie vor bedeutend ist. Es in die Gewalt der bolschewistischen Mächte fallen zu lassen, hieße, der atlantischen Welt im europäischen Raum einen entscheidenden, wenn nicht tödlichen Stoß beibringen. Bei richtiger Eingliederung und der Verleihung des nötigen Schutzes könnte dagegen das deutsche Industriepotential das atlantische Kräftereservoir in hervorragender Weise verstärken.«

6 Vgl. Nr. 54, 56 und 84.

Nr. 78

1 *De Chapeaurouge* hatte Adenauer davor gewarnt, sich bei der Regierungsbildung »zu sehr auf die Zuverlässigkeit der Deutschen Partei« zu verlassen; u. a. sei ihm der in Hamburg gewählte DP-Kandidat »als ein scharfer Parteigänger der

KPD bekannt, der bis 1933 Führer der Kommunistischen Organisation der Deutschen Seeleute gewesen ist«. Gemeint ist: Albert *Walter* (geb. 1885), 1949–1957 MdB.

Nr. 79

1 Dort (S. 44f.) auch Druck des Anschreibens vom 22.8.1949: »... Versuch einer großen Koalition gescheitert ... Wer nicht sieht, daß die Zukunft gegen die derzeitigen Auffassungen der Sozialdemokratie, nicht gegen die Arbeiter, gestaltet werden muß, hat den letzten Sinn der politischen Situation nicht begriffen.« Vgl. Nr. 82, 89, Anm. 1 und Nr. 90.

2 Vgl. Nr. 61, Anm. 1. – Noch am 26.8.1949 sprach sich eine Mehrheit der in Koblenz tagenden Ministerpräsidentenkonferenz für eine große Koalition aus, »wahrscheinlich vor allem auf Betreiben Arnolds«; vgl. Udo *Wengst* (Bearb.), Auftakt zur Ära Adenauer, S. XLII und Detlev *Hüwel,* Karl Arnold, S. 208.

Nr. 80

1 Hans *Fuchs* (1874–1956), Oberpräsident der Rheinprovinz (1922–1933) und der Nordrheinprovinz (1945), aus beiden Funktionen wie der Kölner Oberbürgermeister Adenauer durch die Nationalsozialisten bzw. die britische Militärregierung entlassen; weitere biographische Angaben in: Adenauer, Briefe 1945–1947, S. 554.

2 Nach den Angaben im Anschreiben (»... hat man im Lande Wohlebs meinen Mitarbeiter im Roten Kreuz, Bargatzky, aus konfessionellen Gründen als Kandidat der CDU abgelehnt ...«) handelt es sich um Walter *Bargatzky* (geb. 1910), den späteren Vizepräsidenten (ab 1950) und Präsidenten des Deutschen Roten Kreuzes (1967–1982) sowie Staatssekretär im Bundesgesundheitsministerium (1963–1968).

Nr. 81

1 Dort (S. 43f. und S. 70f.) auch Druck des Anschreibens vom 22.8.1949 sowie eines Telegramms vom 24.8.1949, mit denen der Adressat (s. u.) die Nichtberücksichtigung der Vertriebenenverbände bei der Rhöndorfer Konferenz sowie – laut Rundfunkmeldung – bei der »Errichtung und Besetzung des Flüchtlingsministeriums« beklagt hatte.

2 Linus *Kather* (1893–1983), führender Vertriebenenfunktionär, 1949–1957 MdB für die CDU; weitere biographische Angaben in: Adenauer, Briefe 1945–1947, S. 737. – Eigene Angaben Kathers zur Regierungsbildung 1949, zu diesem Briefwechsel mit Adenauer, u. a. auch zu seinen Ambitionen auf das Bundesvertriebenenministerium in seinen Erinnerungen: Die Entmachtung der Vertriebenen, Bd. 1, S. 82-90.

3 Erster Bundesminister für Vertriebene, Flüchtlinge und Kriegsbeschädigte wurde Hans *Lukaschek.*

4 Druck der stenographischen Niederschrift über die konstituierende Sitzung der CDU/CSU-Bundestagsfraktion: Udo *Wengst* (Bearb.), a.a.O., S. 140-202. Vgl. Nr. 91.
5 Kather zu dieser Schlußformel: »... das Schlimmste aber war das ›Hochachtungsvoll‹ am Schluß. Das kam nach den sonstigen Gepflogenheiten fast einer Beleidigung gleich« (vgl. a.a.O., S. 83).

Nr. 82
a ‹ › Vom Bearb. korrigiert aus »folgerechtlich«.
1 Bei *Morsey* (S. 531f.) und *Wengst* (S. 66f.) auch Druck des Anschreibens, in dem der Staatspräsident von Württemberg-Hohenzollern und dortige CDU-Landesverbandsvorsitzende Indiskretionen über die Rhöndorfer Konferenz bedauert hatte. Damit gemeint: ein ›ausführlicher und insgesamt zutreffender‹ (Rudolf *Morsey,* a.a.O., S. 531) Bericht der ›Neuen Zeitung‹ vom 23.8.1949, dem u. a. Informationen von Jakob *Kaiser* zugrundelagen; vgl. Werner *Conze,* Jakob Kaiser, S. 70f. und Rudolf *Morsey,* a.a.O., S. 530f. – Über den Bruch der in Rhöndorf vereinbarten Vertraulichkeit hatte sich bereits am 22.8.1949 Werner *Hilpert* beschwert; Druck seines Schreibens, auch der Antwort vom 25.8.1949 (mit der Adenauer eine deswegen am 23.8.1949 in Bonn abgehaltene Pressekonferenz rechtfertigte: »... blieb mir daraufhin gar nichts anderes übrig, als die z. T. falschen Mitteilungen ... richtigzustellen«): Rudolf *Morsey,* a.a.O., S. 530, 537; Udo *Wengst* (Bearb.), a.a.O., S. 42, 74.
2 Vgl. die Presseerklärung Kurt *Schumachers* vom 20.8.1949 im ›Neuen Vorwärts‹; Druck: Arno *Scholz*/Walther G. *Oschilewski* (Hrsg.), Turmwächter der Demokratie, Bd. 1, S. 256f.
3 Dies das während der Rhöndorfer Konferenz »mehrfach wiederholte Hauptargument Adenauers« gegen eine u. a. vom Adressaten befürwortete große Koalition; vgl. Rudolf *Morsey,* Die Rhöndorfer Weichenstellung, S. 540.
4 Hierzu, unter Verwendung dieses Briefes, Hans-Peter *Schwarz,* Die Ära Adenauer 1949–1957, S. 31.
5 Nach Maßgabe der Gewaltentrennung hatte *Müller* die Einbeziehung der Bundespräsidentenkandidatur in die Regierungsverhandlungen im Sinne der FDP, zugunsten von Theodor Heuss, für schädlich gehalten: »... wird ihm von Anfang an das Ansehen jener Unabhängigkeit genommen, deren er für seine Autorität unbedingt bedarf.« Hierzu Erhard H. M. *Lange,* Die Diskussion um die Stellung des Staatsoberhauptes, passim.
6 Mit dieser Initiative (für die schriftliche Belege nicht ermittelt werden konnten; vgl. Rudolf *Morsey,* a.a.O., S. 531) setzte sich Adenauer am 31.8.1949 in der Sitzung der Landesvorsitzenden, Ministerpräsidenten, Minister und Landtagspräsidenten der CDU/CSU in Bonn auseinander; vgl. die hierzu in StBKAH 12.03 erhaltene stenographische Mitschrift, S. 13-15. Druck: Udo *Wengst* (Bearb.), a.a.O., S. 89-130.
7 Bundespräsident in Österreich 1945–1950: Karl *Renner* (SPÖ); dortiger

Bundeskanzler 1945–1953: Leopold *Figl* (ÖVP); vgl. Wolfgang *Oberleitner*, Politisches Handbuch Österreich, 1945–1980, Wien 1972, S. 16f., 20-22.
8 Hierzu vgl. den in Nr. 71, Anm. 1 verwendeten Bericht über die Verhandlungen Adenauers mit Hans *Ehard*. – Erster Bundesratspräsident wurde am 7.9.1949 Karl *Arnold*, Ehard sein Nachfolger am 8.9.1950.

Nr. 83
1 Hjalmar *Schacht* (1877–1970); biographische Angaben in: Adenauer, Briefe 1947–1949, S. 601. Dort (S. 310f., 325) Aussagen Adenauers über den Reichswirtschaftsminister der Jahre 1934–1937, zu denen dessen Entnazifizierungsverfahren Anlaß gab.
2 Ein Hans *Beer* aus Tann/Rhön habe sich, so das Anschreiben, bei einer gegen ihn gerichteten Strafanzeige zwecks Verhinderung der »Rückkehr Schachts in öffentliche Ämter« u. a. auf eine derartige Erklärung Adenauers berufen.

Nr. 84
1 *Grosser* verbindet den Abdruck mit dem Hinweis, daß »der Brief von Hans-Günther Sohl … entworfen war« (a.a.O., S. 375). Entwurf und ausgefertigtes, von Herbert *Blankenhorn* durchformuliertes Adenauer-Schreiben waren weitgehend identisch, wie aus den in AThAG VSt-Presse 710 01 archivierten Unterlagen, Vermerken und Briefwechseln *Sohls* (vgl. Nr. 77, Anm. 1) aus diesem Zeitraum hervorgeht (u. a. Schreiben an Robert *Pferdmenges* vom 19. und 20.8.1949). – Die Übermittlung des Briefes nach Paris besorgte Alfred *Grosser*, wie dieser dem Bearb. telefonisch mitteilte und wie dies bereits in einem Vermerk des Sohl-Mitarbeiters *Homberg* vom 26.8.1949 festgehalten wurde: »Herr Blankenhorn bat besonders darum, ihn über das Ergebnis der Besprechung, die Gr. morgen nachmittag mit Sch. haben wird, zu unterrichten, da insbesondere naturgemäß auch Herr A. die Reaktionen lebhaft interessieren«.
Die Einschaltung Grossers (des damaligen Generalsekretärs des ›Comité d'Echanges avec l'Allemagne nouvelle‹, der am 4.11.1949 eigenen brieflichen Kontakt mit Adenauer aufnahm; StBKAH 09.20) wird durch ein Schreiben Sohls an Pferdmenges vom 6.9.1949 bestätigt, das vor allem aufschlußreich ist für die bisher nicht bekannte Reaktion Schumans auf den von Adenauer dargelegten Plan: »Der Brief war bekanntlich durch Mr. Grosser … persönlich übergeben worden. Herr Schuman hat mit Herrn Grosser etwa 1/2 Stunde lang über diesen Brief gesprochen und ihm zugesagt, Herrn Dr. Adenauer noch persönlich zu antworten. Es sei ihm nicht möglich, vor Washington noch eine persönliche Besprechung über die Frage Thyssen-Hütte herbeizuführen; er werde sich aber in Washington dieser Frage annehmen und seine endgültige Stellungnahme abhängig machen von dem Rat, den ihm seine amerikanischen Freunde geben. Der persönliche Eindruck von Herrn Grosser war, daß Herr Schuman bereit ist, den Plan zu unterstützen, daß er sich aber französischerseits nicht festlegen möchte, bevor er sich nicht die amerikanische Rückendeckung geholt hat«.

Zu den angedeuteten Gesprächen Schumans mit seinen amerikanischen und britischen Amtskollegen Dean *Acheson* und Ernest *Bevin* (die das Ende der Demontagepolitik beschleunigten) vgl. L'Europe – une longue marche, S. 20-27. Vgl. a. Nr. 119, Anm. 2.

2 Vgl. Nr. 56, Anm. 3.

3 Vgl. Nr. 77, Anm. 4.

4 In diesem Artikel (»A propos des démontages«) war über eine britische Unterhausdebatte vom 30.6.1949 berichtet worden, in der Außenminister *Bevin* zu deutschen Vorschlägen zur Internationalisierung der August Thyssen-Hütte Stellung genommen hatte. ›Le Monde‹ (»Das deutsche Angebot verdient beachtet zu werden«) hatte u. a. auch über eine von Karl *Arnold* überbrachte Petition prominenter deutscher Persönlichkeiten (u. a. Josef Kardinal *Frings,* Christine *Teusch,* Werner *Heisenberg,* Hans *Lilje*) an die Außenminister der USA, Großbritanniens und Frankreichs berichtet, in der angeregt worden war, die Hütte »als ›Jugendaufbauwerk Europa‹ in den Dienst der Jugend Europas« zu stellen (»Musterbetrieb ... gegen jeden Mißbrauch für Kriegszweck«).

5 Hierzu, unter Verwendung dieses Briefes, Hans-Peter *Schwarz,* Die Ära Adenauer 1949–1957, S. 101.

Nr. 85

1 Eugen *Lang* (Inhaber einer Werkstätte für feine Herren- und Damenkleidung) war bereits in der Kölner Oberbürgermeisterzeit bis 1933 Adenauers Schneidermeister gewesen; vgl. Anneliese *Poppinga,* Meine Erinnerungen an Konrad Adenauer, S. 275 f.

2 Die feierlichen Ereignisse des Folgetags: Eröffnungssitzungen des Bundesrates und des Bundestages mit der Wahl des jeweiligen Präsidenten, Karl *Arnold* bzw. Erich *Köhler.*

Nr. 86

a ‹ › Von Adenauer hs. korrigiert aus »einer bürgerlichen Koalition solche Kredite eher zu geben als einer Regierung, an der Sozialisten teilnehmen«.

b ‹ › Von Blankenhorn hs. eingefügt.

c ‹...› Hier in der Vorlage gestrichen: »Ich hätte noch manches hinzufügen können, unterlasse es aber, weil Einzelheiten das Gesamtbild nur unnötig belasten«.

1 »Im Anschluß an unser Gespräch« setzte Adenauer den Zentrumspolitiker am 23.9.1949 von diesem Vorgang in Kenntnis (HStAD, RWV 48/29).

2 Übermittlung der Abschrift an Heinrich *Hellwege* durch Herbert *Blankenhorn* am 2.9.1949 (StBKAH 09.01).

3 Dort (S. 217) auch Druck der Antwort Helene *Wessels* vom 3.9.1949, mit der die zukünftige Fraktionsvorsitzende des Zentrums im Bundestag (ab 15.10.1949 auch Parteivorsitzende) eine ›kurze Orientierung‹ über die Ziele ihrer Partei gab: »wirksame und gerechte Lösung der sozialen Frage«, Absage an ›liberalistische,

marxistische und nationalistische Strömungen‹. – Zum Verhältnis zwischen CDU und Zentrum während der Regierungsbildung die Aussage Adenauers bei der Rhöndorfer Konferenz: »Zentrum hat zum Schluß ein bodenlos gemeines Flugblatt herausgegeben, so daß wir nicht mit dieser Fraktion verhandeln können. Wenn sie wollen, können sie zu uns kommen. Frau Wessel ist mit Haß gegen uns erfüllt«; vgl. Rudolf *Morsey,* Die Rhöndorfer Weichenstellung, S. 527.

4 Beide Politiker hatten am 25.8.1949 an einer Sitzung des Hauptausschusses (vgl. Nr. 68, Anm. 5) auf dem Rittersturz bei Koblenz teilgenommen; hierzu eine Meldung in der ›Kölnischen Rundschau‹ vom 27.8.1949 (S. 1).

5 Zur gesetzlichen Regelung des Lastenausgleichs (8.8.1949: Soforthilfegesetz des Wirtschaftsrates zur Milderung sozialer Notstände; 14.8.1952: Lastenausgleichsgesetz) vgl. Die Lastenausgleichsgesetze, Bd. I/2, S. 11-13. – Vgl. a. Nr. 283 und 358.

6 Programmatische Erklärung des Zonenausschusses der CDU der britischen Zone auf der Tagung vom 1. bis 3. Februar 1947 in Ahlen. Zu diesem sozial- und wirtschaftspolitischen Dokument der frühen Programmdiskussion und zu seiner Beurteilung durch Adenauer vgl. seine Briefe 1945–1947, S. 421 f., 427, 430, 726. Zusätzlich zur dort angegebenen Literatur seither erschienen: Rolf *Wenzel,* Konrad Adenauer und die Gestaltung der Wirtschafts- und Sozialordnung im Nachkriegsdeutschland, S. 93-108.

7 Vgl. Nr. 63, Anm. 3.

8 Hierzu und zum nachfolgenden, unter Verwendung dieses Briefes, Hans-Peter *Schwarz,* Adenauer und Europa, S. 480 und *ders.,* Die Ära Adenauer 1949–1957, S. 55.

Nr. 87

1 Franz Graf *von Galen* (1879–1961), westfälischer CDU-Politiker; weitere biographische Angaben in: Adenauer, Briefe 1945–1947, S. 734.

2 Gestützt auf negative Auskünfte von Heinrich *Brüning* und Gottfried *Treviranus* (1891–1971; 1924–1930 MdR für die DNVP, 1930–1932 Minister in verschiedenen Ressorts beider Kabinette Brünings), hatte sich von Galen gegen eine in Pressemeldungen angedeutete Kandidatur Carl *Spieckers* »als künftiger Außenminister der Bundesrepublik« ausgesprochen. – Dieses Amt wurde erst im März 1951 geschaffen, erster Inhaber (15.3.1951–6.6.1955): Konrad Adenauer. Vgl. Nr. 109, Anm. 2 und Nr. 140.

Nr. 88

1 Dort (S. 79 f.) auch Druck des Anschreibens, das bereits in der vom Adressaten (s. u.) selbst herausgegebenen Erinnerungsschrift (Im Schatten des Hungers, S. 288-290) wiedergegeben wird. Darin Aussagen zum Scheitern einer großen Koalition (»Die breiteste Basis wäre die beste gewesen«) und zu den Erfordernissen zukünftiger Agrarpolitik (»Nur dann ... erfolgreich ..., wenn sie eine Politik für die Armen ist«); vgl. Arnulf *Baring,* Außenpolitik in Adenauers Kanzler-

demokratie, S. 183, 421 und Martin *Schumacher,* Agrarpolitische Weichenstellung, S. 269.

2 Hans *Schlange-Schöningen* (1886–1960), führender norddeutscher CDU-Politiker, 1947–1949 Direktor der Verwaltung für Ernährung, Landwirtschaft und Forsten des Vereinigten Wirtschaftsgebietes, am 12.9.1949 einer der Kandidaten für das Amt des Bundespräsidenten (6 Stimmen im 1. Wahlgang, 2 im 2.); weitere biographische Angaben in: Adenauer, Briefe 1945–1947, S. 603 f.

Nr. 89

1 Dort (S. 80-82) auch Druck des Anschreibens, mit dem der Adressat (s. u.) namens der von ihm geleiteten Organisation (s. u.) Kritik an den Koalitionsentscheidungen geübt hatte: dies besonders an der Absage an die SPD (»... keine eindeutige Arbeiterpartei mehr ...«) und der Hinwendung zur FDP (»... klassenmäßige Arbeitsmarktpartei ...«). – Vgl. Nr. 79, Anm. 1, Nr. 82 und 90.

2 Hermann Joseph *Schmitt* (1896–1964), 1945–1962 Präses der in der Katholischen Arbeiter-Bewegung/KAB zusammengefaßten Katholischen Arbeiter- und Knappenvereine Westdeutschlands; weitere biographische Angaben in: Adenauer, Briefe 1945–1947, S. 666. Seither erschienen: der biographische Aufsatz von Jürgen *Aretz* in: Zeitgeschichte in Lebensbildern, Bd. 6, S. 115-126, 272. Dort auch ein Hinweis auf das in diesem Zeitraum deutlich zutage tretende gesellschaftspolitische Engagement Schmitts (anläßlich des in Bochum Anfang September 1949 veranstalteten Deutschen Katholikentages, an dessen Schlußkundgebung Adenauer am 4.9.1949 teilnahm).

3 Hierzu, unter Verwendung dieses Briefes, Rudolf *Morsey,* Die Rhöndorfer Weichenstellung, S. 514.

4 Fritz *Heine* (geb. 1904), 1946–1957 SPD-Vorstandssprecher; weitere biographische Angaben in: Adenauer, Briefe 1947–1949, S. 584.

Nr. 90

1 Pfarrer Ferdinand *Schmitz* hatte in seinem Anschreiben u. a. an jene Zeit erinnert, »als Ihr Herr Bruder als Vicar in Fritzdorf wirkte« (gemeint ist: Hans *Adenauer* [1873–1937], langjähriger Domkapitular in Köln) und darüber hinaus die Ablehnung der großen Koalition begrüßt: »Schon im Jahre 1891 – ich stand damals als Kaplan in Bischofshofen ... – hatte ich schwere Kämpfe mit der Socialdemokratie zu bestehen, welche sich damals in Österreich breit machte.«

Nr. 91

1 Vgl. Nr. 76.

2 Vgl. Nr. 81, Anm. 4.

3 ›Die Welt‹ (Ausgabe Nord) hatte am 2.9.1949 unter der Überschrift »Adenauer-Kurs umstritten« über die »bewegte« erste CDU/CSU-Fraktionssitzung berichtet. Einer dort vereinbarten Resolution zur Zusammenarbeit mit der SPD (Druck: Udo *Wengst* [Bearb.], Auftakt zur Ära Adenauer, S. 201 f.) »gingen

langwierige und schwierige Besprechungen voraus, in denen nach Ansicht unterrichteter politischer Kreise teilweise eine nicht unerhebliche Opposition gegen die von der Parteimehrheit und Dr. Adenauer geforderte Politik auftrat. ... Zu den Gruppierungen innerhalb der CDU wird bekannt, daß vor allem der den Gewerkschaften nahestehende Flügel der CDU Bedenken bei den angeschnittenen sozialpolitischen Problemen äußerte. Vielfach sollen die Beschlüsse ... nur mit einer geringen Mehrheit gefaßt worden sein.«
4 Eine Reaktion *Küstermeiers* konnte nicht nachgewiesen werden. – Noch am 9.9.1949 äußerte Adenauer in einem Interview mit dem ›Manchester Guardian‹, ›Die Welt‹ habe »Sonderrechte erhalten und verfolgt eine entschieden sozialistische Politik« (StBKAH 16.04).

Nr. 92
1 Josef Kardinal *Frings* (1887–1978), 1942–1969 Erzbischof von Köln, 1945–1965 Vorsitzender der Fuldaer Bischofskonferenz; weitere biographische Angaben in: Adenauer, Briefe 1945–1947, S. 549.
Der Kardinal in seinem Anschreiben vom 31.8.1949: »Die Geburtsstunde der Bundesrepublik ist belastet mit der Ausweisung Hunderter von Personen und Familien aus ihren Wohnungen in Köln, Junkersdorf, Weiden und anderswo. Das Verfahren steht in schreiendem Widerspruch zu Artikel 13 des Grundgesetzes [Unverletzlichkeit der Wohnung] ... «. Zu den damit angesprochenen Räumungsaktionen zugunsten belgischer Besatzungstruppen (nach Schaffung der Bundeszone Bonn; vgl. Nr. 1, Anm. 9) sind in StBKAH 07.07, 07.28, 09.10 und 09.20 zahlreiche Bittbriefe und Petitionen betroffener Bürger, Interessengemeinschaften und Ausschüsse einschließlich ungewöhnlich vieler und engagierter Adenauer-Antworten erhalten. – Das Thema beschäftigte am 20.9.1949 auch das Bundeskabinett und führte im Oktober 1949 zu einem Telegrammwechsel des Bundeskanzlers mit General *Bishop* und dem belgischen Oberbefehlshaber *Piron* (StBKAH 09.20, III/1). Vgl. Kabinettsprotokolle, Bd. 1, S. 70 und Dietrich *Höroldt,* 25 Jahre Bundeshauptstadt Bonn, S. 65.
2 Hierzu ein Fernschreiben (»spätestens sofort!«) an *Arnold* vom 2.9.1949, das über das Ausmaß der Ausquartierung Auskunft gibt (1000 Personen bedroht, für diese erst 40 Ersatzhäuser aus Holz im Bau; StBKAH 09.10).

Nr. 93
1 Das Anschreiben der Ordensschwester ist in StBKAH nicht erhalten; worauf sich die im nachfolgenden angesprochenen gemeinsamen »Erinnerungen« beziehen, konnte nicht geklärt werden. – Ähnlich akzentuierte Schreiben richtete Adenauer in diesem Zeitraum u. a. an Else *Falk,* São Paulo (1874–1956; Ehefrau des 1944 in Brüssel verstorbenen Kölner Juristen und liberalen Politikers Bernhard *Falk;* weitere biographische Angaben in: Adenauer, Briefe 1945–1947, S. 625) und an Bertha *Lustig*, Los Angeles (eine USA-Emigrantin aus Berlin – Inhaberin der dortigen Bettengeschäfte Lustig –, die am 24.8.1949 Begegnungen in der Reichs-

hauptstadt wachgerufen hatte; letzter Kontakt 1934 über »unser[en] gemeinsame[n] Bekannte[n] Ferdinand Kinkel ... Sie erwarteten damals Ihre Gattin und Kinder aus Köln, sehnten den Moment herbei, mit Ihrer Familie wieder vereint zu sein«; vgl. Nr. 66, Anm. 1). – Korrespondenz Falk/Lustig in StBKAH 07.07, 07.08.

Nr. 94

1 Julian Ito *Piggott* (1888–1965), britischer Unternehmer, zeitweise in hohen militärischen Verwaltungsfunktionen; 1920–1925 britischer Kommissar der Interalliierten Rheinlandkommission (mit Sitz in Köln), danach in der Industrie, 1929–1936 Manager der British Steel Export Association, 1940–1944 in Diensten der Ressorts für Flugzeugindustrie und Kriegserzeugung, 1944–1949 Geschäftsführer einer Handelskammer, 1949–1953 Aufsichtsratsvorsitzender des Jewellery and Silverware Council, nach 1950 Vorsitzender der Anglo German Association. – Erste Kontakte zu Adenauer hatte Piggott in seiner o. g. Funktion nach dem Ersten Weltkrieg angeknüpft, zuletzt war er mit ihm 1934 in Berlin zusammengekommen; vgl. Adenauer, Briefe 1947–1949, S. 520f. Ein Hinweis von Hans *Herwarth von Bittenfeld* auf spätere Begegnungen (»Jedesmal, wenn Adenauer in London war, bat er als ersten Piggott zu sich«) in: Rudolf *Morsey,* Konrad Adenauer und die Gründung, S. 82. Dort (S. 111) auch Angaben zu dem hier abgedruckten Adenauer-Brief.

2 Dem Schreiben Piggotts lagen bei: ein Adenauer-»Profile« des ›Observer‹ vom 21.8.1949 (»... it is well to remember that he will set the pattern within which the new Germany can shape itself. This old man of 73 can influence the future of Europe for 50 years to come«) sowie ein daraufhin an die Tageszeitung gerichteter Leserbrief: »I find lacking ... any reference to the outstanding role he filled as Lord Mayor of Cologne ... Thus Cologne came to be known throughout Europe as *Die Insel der Seligen* ... and as a tribute to his behaviour towards the Occupation authorities, Adenauer was invited, in the late twenties, to a dinner at the House of Commons.«

3 »... ich bin weder frankophil noch frankophob, weder anglophil noch anglophob, wohl aber germanophil«, so Adenauer in einem Privatbrief vom 29.11.1945; Druck: Adenauer, Briefe 1945–1947, S. 135.

Nr. 95

1 Das Anschreiben des Adenauer-Schwagers Max *Weyer* (Bruder der 1916 verstorbenen ersten Ehefrau Adenauers Emma [geb. 1880]; vgl. Adenauer, Briefe 1947–1949, S. 535) ist in StBKAH nicht erhalten. – Zu den verwandtschaftlichen Beziehungen vgl. Robert *Steimel,* Mit Köln versippt, T. I, Tafel 214.

2 Hierzu, unter Verwendung dieses Briefes, Rudolf *Morsey,* Konrad Adenauer und die Gründung, S. 121.

3 Zu dieser Personalangelegenheit ist in StBKAH keine weitere Korrespondenz erhalten.

4 Vgl. Rudolf *Morsey,* Personal- und Beamtenpolitik, passim und Udo *Wengst,* Staatsaufbau und Regierungspraxis, S. 81-107.

Nr. 96

1 Hubert *Wüsten* (1891–1962), 1917–1926 Kaplan in Willich bei Krefeld, 1929–1935 Sakristanpriester des Kölner Doms, ab 1935 Pfarrer von Honnef; vgl. Ulrich *von Hehl* (Bearb.), Priester unter Hitlers Terror. Eine biographische und statistische Erhebung, Mainz 1984, S. 579.

2 Wüsten hatte in seinem Anschreiben vom 18.8.1949 u. a. die Kandidatur des Honnefer Bürgermeisters Jakob *Mölbert* für das Landratsamt des Siegkreises unterstützt.

Nr. 97

1 Dort (S. 407-409) auch Druck des Anschreibens, in dem der Adressat (s. u.) die Erwartungen der Deutschen Partei an Regierungserklärung und Koalitionsbündnis formuliert hatte. Faksimile des Briefes, aus dem die von Adenauer nachfolgend kommentierten Punkte hervorgehen, auf S. 104-106. – Zur wissenschaftlichen Diskussion dieses Vorgangs vgl. Udo *Wengst,* Staatsaufbau und Regierungspraxis, S. 131; Gabriele *Müller-List* (Bearb.), Montanmitbestimmung, S. 383 und Kabinettsprotokolle, Bd. 2, S. 44. Zur DP-Position nach der Bundestagswahl vgl. a. Emil *Ehrich,* Heinrich Hellwege, S. 73-75.

2 Heinrich *Hellwege* (geb. 1908), 1947–1961 Vorsitzender der DP, 1949–1955 Bundesminister für Angelegenheiten des Bundesrates; weitere biographische Angaben in: Adenauer, Briefe 1945–1947, S. 707. Seither erschienen: Horst W. *Schmollinger,* Deutsche Partei, in: Richard *Stöss* (Hrsg.), Parteien-Handbuch, Bd. 1, S. 1026. – Zusätzlich zur Regierungsbildung beschäftigte beide Politiker/Parteiführer in diesem Zeitraum »die gemeinsame Durchführung der Bürgerschaftswahl« in Hamburg am 16.10.1949; hierzu ein Adenauer-Telegramm an Hellwege vom 9.9.1949 (StBKAH 09.01). Vgl. Nr. 98, Anm. 4.

Nr. 98

1 Hiermit wird die neue Amtsbezeichnung Adenauers nach seiner Wahl zum Bundeskanzler am 15.9.1949 erstmals in seiner Korrespondenz verwendet.

2 Zu Julia *Dünner* (gest. 1959; Ministerialrätin in der rheinland-pfälzischen Landesregierung) hatte Adenauer bereits in den 20er Jahren erste Kontakte angeknüpft, die in regelmäßiger Nachkriegskorrespondenz fortgeführt wurden; vgl. Adenauer, Briefe 1945–1947, S. 516, 756f. – Vor dem hier abgedruckten Brief hatte Adenauer bereits am 5.9.1949 »Ihr Urteil über Herrn Höpker Aschoff« (den späteren ersten Präsidenten des Bundesverfassungsgerichts; vgl. Nr. 347) geteilt (StBKAH 07.26); hierzu konnte das Anschreiben, damit auch die Urteilsbegründung, nicht nachgewiesen werden.

3 Hierin u. a. Kritik an dem mit Adenauer nicht koordinierten, gegen den Adenauer-Favoriten Hans *Ehard* gerichteten Verhalten der Ministerpräsidenten von Nordrhein-Westfalen und Rheinland-Pfalz bei der Wahl des Bundesratspräsidenten: » . . . wie überaus groß der Unwillen darüber ist, daß Altmeier und Arnold Ihnen in dieser Weise in den Rücken gefallen sind! . . . Wie beschämend, daß aus-

gerechnet von diesem Fetzen Land aus diese Störung Ihrer so sorgsam und weitblickend geführten Verhandlungen und Vorbereitungen erfolgen mußte!«

4 Die nach dem 14.8.1949 durchgeführten ersten Landtagswahlen führten in Hamburg (16.10.1949) zu einem nur kurzlebigen SPD/FDP-Bündnis im Senat; in Nordrhein-Westfalen (18.6.1950) zur Ablösung der Koalition CDU/SPD/KPD/Zentrum durch eine CDU-Regierung des alten und neuen Ministerpräsidenten *Arnold* (spätere Zentrums-Beteiligung); in Schleswig-Holstein (9.7.1950) zum Regierungswechsel von einem SPD-Kabinett (unter Hermann *Lüdemann*) zu einer bürgerlichen Koalition nach Bonner Muster unter Walter *Bartram*.

Nr. 99

1 Andreas *Hermes* (1878–1964), 1947–1954 Vorsitzender des Deutschen Bauernverbandes, 1948–1961 des Deutschen Raiffeisenverbandes; weitere biographische Angaben in: Adenauer, Briefe 1945–1947, S. 602f. Seither erschienen: der biographische Aufsatz von Günter *Buchstab* in: Zeitgeschichte in Lebensbildern, Bd. 6, S. 102-115, 271. – Auszüge aus der Antwort Hermes' (»Meine Person scheidet bei der Entscheidung in dieser Frage vollkommen aus, da ich das in den letzten Jahren aufgebaute ... Werk ... nicht verlassen kann ... «) bei Anna *Hermes,* Und setzet ihr das Leben nicht ein, S. 258 und (mit der sinnentstellenden Deutung, der nachfolgende Brief enthalte eine Ressortofferte) Klaus *Dreher,* Der Weg zum Kanzler, S. 148, 285.

2 Dieses Ressort hatte Adenauer zunächst seinem Vertrauten aus der nordrhein-westfälischen Landespolitik, Karl *Müller,* zugedacht und wurde dann vom CSU-Politiker Wilhelm *Niklas* übernommen; vgl. Udo *Wengst,* Staatsaufbau und Regierungspraxis, S. 126, 132f. und Martin *Schumacher,* Agrarpolitische Weichenstellung, S. 267-269.

3 Gesprächskreis um den Diplomaten Rudolf *Nadolny* (1873–1953), in dem 1949/50 Neutralisierungstendenzen ventiliert wurden; vgl. Adenauer, Briefe 1947–1949, S. 654. – Eine Tagung des Kreises (aus dem im Januar 1950 die ›Gesellschaft für die Wiedervereinigung Deutschlands‹ hervorging) hatte am 28.8. 1949 stattgefunden; vgl. Günter *Wollstein,* Rudolf Nadolny – Außenminister ohne Verwendung, in: VfZ, Jg. 28 (1980), S. 84-86.

Nr. 100

a ‹ › Im Original des Hellwege-Schreibens ms., im Durchschlag hs. aus »justiz« korrigiert.

1 Dort (S. 455) auch Druck der Antwort *Hellweges* vom 20.9.1949 (Durchschlag in dessen Privatbesitz), mit dem der erste Bundesratsminister namens der DP die Zustimmung zu Anton *Storch* (s. u.) von der Ernennung Max *Sauerborns* (s. u.) zu dessen Staatssekretär abhängig machte. Weiter gehe es seiner Partei um die »maßgebliche Verankerung im Ressort des Landwirtschaftsministeriums durch einen Staatssekretär«. Beide Wünsche wurden erfüllt (Staatssekretär unter *Niklas*: der niedersächsische Verbandsfunktionär und DP-Politiker Theodor

Sonnemann). Vgl. Udo *Wengst,* Staatsaufbau und Regierungspraxis, S. 126, 131, 133.

2 Eine Antwort des ersten Bundesministers für die Angelegenheiten des Marshallplanes und Vizekanzlers konnte nicht nachgewiesen werden.

3 Anton *Storch* (1892–1975), Gewerkschaftsfunktionär und CDU-Politiker, 1949–1957 Bundesminister für Arbeit und Sozialordnung; weitere biographische Angaben in: Adenauer, Briefe 1945–1947, S. 711f.

4 Maximilian *Sauerborn* (1889–1963), Dr. jur. h. c.; 1923–1945 im Reichsarbeitsministerium, 1948/49 im bayerischen Arbeitsministerium, Präsident des dortigen Landesversicherungsamtes, 1950–1957 Staatssekretär im Ressort Anton Storchs; vgl. Hans Günter *Hockerts,* Sozialpolitische Entscheidungen, S. 47f., 112, 114 und Udo *Wengst,* a.a.O., S. 132, 148, 157f., 164.

Mit der Nominierung Sauerborns (die am 25.11.1949 durch die Bundesregierung bestätigt wurde; vgl. Kabinettsprotokolle, Bd. 1, S. 223) trug der Kanzler insbesondere den Bedenken »maßgebliche[r] Herren der Wirtschaft« und auch der bayerischen Staatsregierung Rechnung, die sich gegen »die Unzuverlässigkeit des Herrn Storch« richteten (» ... daß dieser der sozialistischen Forderung nach einer Einheitsversicherung sicherlich im Innern, vielleicht auch, wenn er an der Macht ist, nach außen hin Raum geben würde«; Vermerk *Blankenhorns* vom 31.8.1949 in StBKAH 10.11). – Ähnliche Überlegungen waren schon im Frankfurter Adenauer-Ehard-Gespräch vom 20.8.1949 (vgl. Nr. 71, Anm. 1) angestellt worden; vgl. Rudolf *Morsey,* Die Bildung der ersten Regierungskoalition, S. 433.

5 Julius *Scheuble* (1890–1965), 1948/49 Stellvertreter Storchs als Direktor der Verwaltung für Arbeit des Vereinigten Wirtschaftsgebietes, 1950–1952 Ministerialdirektor im Bundesarbeitsministerium; weitere biographische Angaben in: Adenauer, Briefe 1945–1947, S. 566.

6 Mit ›dringendem Telegramm‹ vom 17.9.1949 hatte Adenauer Sauerborn sowie »Ministerialrat Eckardt« für den 18.9.1949 nach Rhöndorf eingeladen (StBKAH 09.20). Mit Eckardt gemeint: der spätere Abteilungsleiter für Sozialversicherung im Bundesarbeitsministerium, Josef *Eckert;* vgl. Hans Günter *Hockerts,* a.a.O., S. 37, 47-49 und Udo *Wengst,* a.a.O., S. 164.

Nr. 101

1 Aus dem Schriftverkehr zwischen *Heuss* und Adenauer ist aus den ersten Tagen nach Aufnahme der Amtsgeschäfte weiterhin erhalten: die über Herbert *Blankenhorn* weitergeleitete Abschrift eines Schreibens des Bundespräsidenten an die ›Allgemeine Wochenzeitung der Juden in Deutschland‹ vom 19.9.1949, in dem Heuss die Anregung, einen Regierungsberater für jüdische Fragen heranzuziehen, befürwortet hatte.

2 Hierzu das Faksimile auf S. 113.

3 Zum Ablauf der Ereignisse vom 20.9.1949 vgl. Konrad *Adenauer,* Erinnerungen, Bd. 1, S. 231-233; Herbert *Blankenhorn,* Verständnis und Verständigung, S. 61f. und Franz *Alt,* Der Prozeß der ersten Regierungsbildung, S. 139f. Dort

(S. 130) auch Hinweise auf den in den Tagen zuvor geführten Kompetenzstreit zwischen Adenauer und Heuss wegen der mit diesem Schreiben schließlich erfolgten Vorlage der Ministerliste; vgl. a. Udo *Wengst,* Staatsaufbau und Regierungspraxis, S. 132f. und Eberhard *Pikart,* Theodor Heuss und Konrad Adenauer, S. 77f.

Nr. 102

1 Zu Josef *Roedig* (Mühlenbesitzer im Nistertal/Westerwald) vgl. Adenauer, Briefe 1945–1947, S. 694. Dort (S. 54, 101f., 349) auch mehrere eigene Angaben Adenauers zu seinem nachfolgend erwähnten Aufenthalt in der Nister-Mühle; er hatte sich dort im Herbst 1944 unter dem Decknamen Dr. Weber vorübergehend dem Zugriff der Gestapo entziehen können.

Nr. 103

1 Zum Benediktinerpater Johannes *Vollmar* und zur Abtei Maria Laach (1933/34 einer der Aufenthaltsorte Adenauers unter nationalsozialistischer Verfolgung) vgl. Adenauer, Briefe 1945–1947, S. 138, 332f., 599. – Vgl. a. Nr. 219.

2 Eine ähnliche Reminiszenz enthält ein Schreiben vom 12.10.1949 an Pater Maurus *Sabel*/Abtei Maria Laach.

Nr. 104

1 Elias *Keller,* bis 1933 Inhaber eines Kölner Kommissionshauses am dortigen Heumarkt und Thurnmarkt, danach nach London emigriert, ab 1947 in den USA ansässig. Diese Angaben stützen sich auf sein Anschreiben vom 21.9.1949, in dem er die Übernahme des Kanzleramtes durch Adenauer (»Sehr verehrter Herr Reichskanzler«) als »schlagenden Beweis Ihres Mutes« gewertet hatte, »trotz allen entgegengesetzten politischen Strömungen einen demokratischen Wall aufzurichten, der gegen jeden Ansturm standhalten wird.«

2 Vor seiner Wahl zum Kölner Oberbürgermeister (18.9.1917) hatte der Beigeordnete Adenauer die Dezernate Wochenmärkte und Markthallen (1906–1909), Wahlen (1906–1909), Steuern (1906–1917), Personalangelegenheiten (1909–1917) und Kriegswirtschaft (1914–1917) geleitet; vgl. Everhard *Kleinertz,* Konrad Adenauer als Beigeordneter der Stadt Köln (1906–1917), in: Hugo *Stehkämper* (Hrsg.), Konrad Adenauer, S. 33-78 und Engelbert *Hommel,* Der Kölner Konrad Adenauer, Köln 1983, S. 17f.

Nr. 105

1 Erich *Köhler* (1892–1958), erster Präsident des Deutschen Bundestages (7.9.1949–18.10.1950); weitere biographische Angaben in: Adenauer, Briefe 1945–1947, S. 730f. – Zum weiteren Schriftverkehr mit dem bisherigen Präsidenten des Frankfurter Wirtschaftsrates (an dessen dortiger Amtsführung Adenauer heftige Kritik geübt hatte; vgl. Adenauer, Briefe 1947–1949, S. 47, 54, 221f.) vgl. Nr. 188, 191 und 349.

2 Gemeint ist der Ältestenrat des Deutschen Bundestages.
3 Einen entsprechenden Beschluß hatte das Kabinett am Vortag gefaßt; vgl. Kabinettsprotokolle, Bd. 1, S. 90, 341 f. und Udo *Wengst,* Staatsaufbau und Regierungspraxis, S. 292.
4 Eine solche Regelung zugunsten Kaisers kam erst im März 1950 zustande; in der Übergangszeit nahm u. a. auch der Kanzler selbst verschiedentlich an Sitzungen des Ältestenrates teil; vgl. Datenhandbuch zur Geschichte des Deutschen Bundestages, S. 229.

Nr. 106
1 Hierin Kritik *Pünders* an Ausführungen Adenauers anläßlich einer Sitzung der nordrhein-westfälischen CDU-Landtagsfraktion am 24.9.1949 in Königswinter: »[Bei der Erörterung der DM-Abwertung] brauchten Sie die Wendung, daß Sie sich in Ihrer Kabinettssitzung sofort gegen ›die leidige Frankfurter Gewohnheit, immer zunächst bei den Alliierten zu fragen‹ gewandt und auf den Standpunkt gestellt hätten, in eigener deutscher Zuständigkeit auch dieses Problem zu behandeln.« Tendenziell ähnliche Äußerungen des Kanzlers (»... Frankfurter Regime nun vorbei ...«) in der Kabinettssitzung vom 24.9.1949; vgl. Kabinettsprotokolle, Bd. 1, S. 323. – Aus diesem Zeitraum ist weitere Korrespondenz zwischen Adenauer und Pünder zur Auflösung der Frankfurter Zweizonenorgane und zur Übernahme einzelner Ämter durch den Bund (nach Art. 130 GG) in BA, NL Pünder, Nr. 606, in BA, B 136/1868 sowie in dem hier ausgewerteten Rhöndorfer Aktenbestand erhalten; vgl. Rudolf *Morsey,* Personal- und Beamtenpolitik, S. 216.
2 Vgl. Nr. 46, Anm. 2 und Kabinettsprotokolle, Bd. 1, S. 71, 89 f., 342-347.

Nr. 107
1 Als Inhaber einer regelmäßig erneuerten Ehrenkarte benutzte Adenauer die Fähre Königswinter-Mehlem, später auch die Schnellfähre Bad Godesberg-Niederdollendorf auf seinen Fahrten zum Kanzleramt. Vgl. Adenauer, Briefe 1945–1947, S. 188.

Nr. 108
1 Artur *Sträter* (1902–1977), westfälischer CDU-Politiker, 1948–1950, 1962–1966 nordrhein-westfälischer Justizminister; weitere biographische Angaben in: Adenauer, Briefe 1945–1947, S. 710. – In seinem Anschreiben (o. D.) hatte Sträter ein bürgerliches Regierungsbündnis auch für Nordrhein-Westfalen gefordert; vgl. Nr. 98.

Nr. 109
1 Paul *Bausch* (1895–1981), Politiker des Christlich-Sozialen Volksdienstes/CSVD bis 1933, der CDU ab 1945; ab 1920 im württembergischen Wirtschaftsministerium (zuletzt Oberregierungsrat), 1924 maßgeblich an der CSVD-Grün-

dung beteiligt, 1928–1932 MdL in Württemberg, 1930–1933 MdR, 1945 Mitbegründer der CDU in Württemberg-Baden, dort 1946–1950 MdL, 1949–1965 MdB; vgl. Paul-Ludwig *Weinacht* (Hrsg.), Die CDU in Baden-Württemberg, S. 141 f., 157.

2 In seinem in StBKAH 10.01 erhaltenen Anschreiben hatte Bausch Eugen *Gerstenmaier* (s. u.) für ein zu bildendes »Staatssekretariat des Äußeren« empfohlen. Hierzu und zur Antwort Adenauers vgl. Rudolf *Morsey,* Konrad Adenauer und die Gründung, S. 122. – Zu den im Herbst 1949 über das genannte Amt angestellten Spekulationen ist weiterhin ein Schreiben Heinrich *von Brentanos* erhalten, in dem sich der CDU/CSU-Fraktionsvorsitzende nach angeblichen Plänen des Kanzlers erkundigte, den früheren hessischen Wirtschaftsminister Rudolf *Müller* zu ernennen (StBKAH III/38). Vgl. Nr. 87, Anm. 2 und Nr. 140.

3 Eugen *Gerstenmaier* (geb. 1906), führender protestantischer Politiker der CDU, 1954–1969 Bundestagspräsident; weitere biographische Angaben in: Adenauer, Teegespräche 1950–1954, S. 642.

Nr. 110

1 Ludwig *Greven* (geb. 1904), Dr. jur., aus Köln gebürtiger Notar in Aachen, über seine Tante Maria Greven (Ehefrau des Adenauer-Bruders August) entfernt mit Adenauer verwandt; vgl. Robert *Steimel,* Mit Köln versippt, T. II, Tafel 274 f.

Nr. 111

1 Johannes *Meerfeld* (1871–1956), Dr. rer. pol. h. c., sozialdemokratischer Journalist und Politiker; ab 1894 bei der ›Rheinischen Zeitung‹ (ab 1906 deren Chefredakteur), 1917–1924 MdR, 1917–1933 Mitglied des Preußischen Staatsrates, 1920–1933 (amtsenthoben) Beigeordneter der Stadt Köln (Leiter des Kunstdezernats), von den Nationalsozialisten verfolgt, 1944 (wie Adenauer) im Konzentrationslager auf dem Kölner Messegelände; vgl. Everhard *Kleinertz*/Klaus *Pabst,* Die Kölner Beigeordneten, in: Hugo *Stehkämper* (Hrsg.), Konrad Adenauer, S. 634 und Ulrike *Nyassi* (Bearb.), Wilhelm Sollmann. Ausstellungskatalog, Bd. II, S. 47.

2 Meerfeld am 16. 9. 1949 u. a.: »Eine sachliche und von dem Willen zum Helfen geleitete Opposition ist der notwendige Bestandteil eines parlamentarischen Systems ...«; vgl. Nr. 162.

3 Über ein derartiges Gespräch mit Kurt *Schumacher,* Carlo *Schmid* und Erich *Ollenhauer* (am 15.10.1949 über Berlin-Fragen) berichtete Adenauer am 18.10. 1949 im Kabinett; vgl. Herbert *Blankenhorn,* Verständnis und Verständigung, S. 69 und Kabinettsprotokolle, Bd. 1, S. 129.

Nr. 112

1 Friedrich *Spennrath* (1888–1959), 1927–1931 Beigeordneter der Stadt Köln, 1947–1955 AEG-Vorstandsvorsitzender in Berlin; weitere biographische Angaben in: Adenauer, Briefe 1945–1947, S. 626. – Seine Berlin-Aufenthalte als Bundeskanzler nutzte Adenauer regelmäßig, um neben den politischen Gesprächen

auch die freundschaftliche Beziehung zu Spennrath zu vertiefen; vgl. Hans J. *Reichardt* (Bearb.), Ernst Reuter, Bd. 4, S. 904.
2 Telegramm vom 15.9., Schreiben vom 21.9.1949. Hierin u. a. Angaben zu einem bevorstehenden Gespräch zwischen Vertretern des »Stabe[s] Mr. McCloy ... [und] einige[n] führende[n] Männer[n] der Wirtschaft über die besondere Lage Berlins«. Hierzu fand am 18.10.1949 eine Besprechung des Bundeskanzlers mit führenden Berliner Politikern statt, an der auch Spennrath teilnahm; vgl. Kabinettsprotokolle, Bd. 1, S. 129.
3 Hierzu, unter Verwendung dieses Briefes, Rudolf *Morsey,* Konrad Adenauer und die Gründung, S. 38.
4 Vgl. Nr. 153 und 197.

Nr. 113
1 William F. *Sollmann* (1881–1951), nach dem Ersten Weltkrieg führender Kommunalpolitiker der SPD in Köln (Fraktionsführer im Stadtrat), 1923 Reichsinnenminister, nach 1933 in die USA emigriert; weitere biographische Angaben in: Adenauer, Briefe 1945–1947, S. 588. – Sein zuvor an Adenauer gerichtetes Glückwunschtelegramm (» ... wünsche ich Ihnen Gesundheit, Kraft aus dem Glauben und die Weisheit, nicht bitter zu werden ... «) ist in StBKAH 14.58 erhalten. Davor war es auch zu einer persönlichen Begegnung gekommen: »Er trifft Konrad Adenauer ›mitten in einer Regierungsbildung‹ und nimmt an der Eröffnungssitzung des Ersten Deutschen Bundestages als ›in Front vor allen anderen Gästen placierter‹ Ehrengast teil«; vgl. die von Peter *Fuchs* zusammengestellte Zeittafel in: Wilhelm Sollmann. Ausstellungskatalog, Bd. I, S. 96. Zu den späteren Kontakten zwischen beiden Politikern vgl. Nr. 375.
2 Gemeint sind die Schwierigkeiten, die sich aus der Neufestsetzung des DM-Wechselkurses zum amerikanischen Dollar ergaben (28.9.1949: Abwertung um 20,6 % wegen der ungünstigen Auswirkungen des bisherigen Kurses auf den Export); vgl. Kabinettsprotokolle, Bd. 1, S. 285-348. – Vgl. a. Nr. 106, Anm. 1.

Nr. 114
1 Adenauers amerikanischer Freund hatte Glückwünsche zur bevorstehenden Kanzlerwahl übermittelt (»Ihre Jahre zählen nicht; ich bin fünf Jahre älter als Sie«) und zugleich an eine Begegnung in den 20er Jahren erinnert: »Erinnern Sie sich noch unserer Unterhaltung im Kaiserhof Berlin, als man Ihnen die Kanzlerschaft anbot und Sie ablehnten?« Zu den Kanzlerkandidaturen Adenauers in der Weimarer Republik (die ernsthafteste scheiterte im Mai 1926 an seiner Forderung nach einer großen Koalition sowie am Widerstand der DVP) vgl. Hugo *Stehkämper,* Adenauer und das Reichskanzleramt, passim.

Nr. 115
1 Heinrich *Brüning* (1885–1970), führender Zentrumspolitiker, 1930–1932 Reichskanzler, ab 1934 im Exil (1939–1952 Professor für öffentliche Verwaltung

an der Harvard-Universität), 1951–1955 vorübergehend wieder in Deutschland; weitere biographische Angaben in: Adenauer, Briefe 1945–1947, S. 650f. Seither erschienen: Rudolf *Morsey*, Leben und Überleben im Exil. Am Beispiel von Joseph Wirth, Ludwig Kaas und Heinrich Brüning, in: Paulus *Gordan* (Hrsg.), Um der Freiheit willen. Festgabe für und von Johanna und Karin Schauff, Pfullingen 1983, S. 86-117.

Die erste persönliche Nachkriegsbegegnung beider Politiker war im August 1948 in Köln zustandegekommen; vgl. Adenauer, Briefe 1947–1949, S. 287, 590. Zu den späteren direkten Kontakten vgl. Nr. 262, zur gegenseitigen politischen Einschätzung vor und nach 1949 Rudolf *Morsey*, Brünings Kritik am Wiederaufbau, S. 290-299 und *ders.*, Brüning und Adenauer, passim. Dort (S. 39) auch Wiedergabe des Anschreibens vom 17.9.1949: »... daß es Ihnen gelingen wird, trotz der übermenschlichen Schwierigkeiten, die im Wege stehen, unser armes Volk durch weitsichtige und verantwortungsvolle Arbeit ein gutes Stück vorwärtszubringen auf dem Wege zu einer versöhnlichen politischen Entwicklung im Innern und zum wirtschaftlichen und sozialen Wiederaufstiege.« Weitere Druckorte (ohne Anrede und Grußformel: »Sehr verehrter Herr Bundeskanzler! ... Mit allen guten persönlichen Wünschen verbleibe ich Ihr aufrichtig ergebener H. Brüning«): Claire *Nix* (Hrsg.), Brüning-Briefe 1946–1960, S. 197 und Konrad Adenauer. Seine Zeit – sein Werk, S. 195.

Nr. 116

1 Adenauer bezieht sich hier auf eine Tagung der staatspolitischen Sektion der Katholischen Arbeiter-Bewegung/KAB am 2.10.1949 in Düsseldorf und dazu erschienene Meldungen in der ›Rheinischen Zeitung‹ sowie in der ›Allgemeinen Zeitung‹ (Mainz). Letztere hatte am 3.10.1949 unter der Überschrift »Ein schwacher Staat und starke Parteien« ausführlich über das Hauptreferat *Gockelns* berichtet: »... der Angelpunkt für die gegenwärtige Entwicklung seien die Fehler im Wahlkampf, ... daß durch die nicht mehr vertretbare Schärfe der parteipolitischen Auseinandersetzungen der Blick des Volkes von den außenpolitischen Bedingungen Deutschlands abgezogen und auf den Parteienstaat hingelenkt worden sei.«

2 Aus einer dort gefaßten Entschließung: »Der Vorstand hat mit Bedauern von den Vorgängen ... Kenntnis genommen. Die ... erhobenen Vorwürfe hätten in den zuständigen Gremien der Partei erhoben ... werden müssen. Die von der CDU getragene Bundesregierung unter dem Vorsitz des Bundeskanzlers Herrn Dr. Adenauer bedarf unseres ganzen Vertrauens, wenn sie ihr soziales und wirtschaftliches Programm zum Nutzen unseres Volkes durchführen soll« (StBKAH 10.01).

3 Bernhard *Winkelheide* (geb. 1908), führender Vertreter der KAB und CDU-Politiker; ab 1929 Sekretär der katholischen Werkjugend in Münster, nach 1933 als Buchvertreter tätig, ab 1946 Arbeitersekretär in Recklinghausen und Diözesansekretär der KAB in Münster, 1948/49 Mitglied des Wirtschaftsrates, 1949–1972 MdB, führender Sozialpolitiker seiner Partei, 1955 Gründer der interkonfessio-

nellen Betriebsaktion Rhein-Ruhr, 1956 an der Gründung des Christlichen Gewerkschaftsbundes Deutschlands beteiligt, 1965–1972 KAB-Verbandsvorsitzender; Hinweise auf sein gesellschaftspolitisches Engagement bei Hans Günter *Hockerts,* Sozialpolitische Entscheidungen, S. 144, 374.

4 Josef *Schrage* (1881–1953), christlicher Gewerkschaftler und CDU-Politiker, 1949/50 Fraktionsvorsitzender im nordrhein-westfälischen Landtag (Nachfolger Adenauers); weitere biographische Angaben in: Adenauer, Briefe 1947–1949, S. 562.

Nr. 117

1 Willi *Hirtsiefer* (geb. 1906), Dr. jur., nach 1945 Geschäftsführer der Zweigstelle Mülheim/Ruhr der Industrie- und Handelskammer Essen. – Daß Adenauer der von ihm am 8.9.1949 vorgetragenen Bitte um die nachfolgend abgedruckte Bescheinigung nachkam, dürfte wesentlich durch Namen und Bedeutung seines Vaters beeinflußt worden sein: Heinrich *Hirtsiefer* (1876–1941), führender Vertreter der christlichen Gewerkschaftsbewegung und Zentrumspolitiker, 1919–1933 MdL in Preußen, 1921–1932 dortiger Wohlfahrtsminister. Zur Beziehung Adenauer-Hirtsiefer (der sich zuletzt in seinem Todesjahr mit einem Geburtstagsglückwunsch vom 3.1.1941 an Adenauer wandte; StBKAH 14.02) ein Hinweis bei Wolfgang *Stump,* Konrad Adenauers Beziehungen zur Zentrumspartei, in: Hugo *Stehkämper* (Hrsg.), Konrad Adenauer, S. 445.

2 »... ist 1938 aus Berlin nach Amerika emigriert ...... hat in den Jahren vor 1933 nicht nur meinen Vater in vielen Beleidigungsprozessen gegen nationalsozialistische Schriftsteller erfolgreich vertreten, sondern auch die Zentrumspartei ... Ich kann mir sehr gut vorstellen, daß Herr Dr. Pindar ... ein Mittler zwischen Deutschland und Amerika sein könnte« (aus dem Anschreiben Hirtsiefers).

Nr. 118

1 John J. *McCloy* wird hier nicht persönlich, sondern in seiner Eigenschaft als Geschäftsführender Vorsitzender der Alliierten Hohen Kommission angeschrieben; im AHK-Vorsitz wurde er im November 1949 von Sir Brian H. *Robertson* abgelöst, im Dezember von André *François-Poncet* (1887–1978; 1949–1953 französischer Hoher Kommissar in Deutschland, 1953–1955 Botschafter in Bonn; weitere biographische Angaben in: Adenauer, Briefe 1947–1949, S. 652). Ab Januar 1950 folgte im monatlichen Rhythmus bzw. vierteljährlichen Turnus dem britischen Hochkommissar der amerikanische, diesem der französische (jeweils in dieser Reihenfolge). – Eine Antwort McCloys auf die hier abgedruckte Note zur Demontage der Thyssen-Hütte (vgl. Nr. 77 und 84) konnte nicht nachgewiesen werden. Doch geht aus dem in AThAG A/5126 erhaltenen Durchschlag eines Schreibens von General *Robertson* (den Adenauer ebenfalls am 10.10.1949 – nach Rücksprache mit Karl *Arnold* – um Einstellung der Demontagemaßnahmen gebeten hatte, »bis die von mir zugesagten Gegenvorschläge ... geprüft worden sind«) die in dieser Phase vertretene AHK-Position hervor: »Ich bedaure, daß es nicht in

meiner Macht steht, die Durchführung des Planes auszusetzen. Die August-Thyssen-Hütte ist ein wichtiger Punkt des durch interalliierte Verabredung festgelegten Gesamtplanes betreffs Reparationen und Industriebeschränkungen. Die Aussetzung der Demontage dieser Anlage würde die Erfüllung dieser Vereinbarung als ganzes ernsthaft gefährden« (Robertson an Adenauer am 21.10.1949). Vgl. Akten zur Vorgeschichte, Bd. 5, S. 1107 und Kabinettsprotokolle, Bd. 1, S. 72, 96, 161f. Die entscheidenden Vorstöße in der Demontagepolitik erfolgten nicht im Schriftverkehr, sondern in Verhandlungen des Bundeskanzlers mit der AHK einerseits, der Stahlindustrie (vornehmlich der Kreise um Hans-Günther *Sohl* in den Vereinigten Stahlwerken) mit Besatzungsvertretern andererseits. Hierzu ein privater Briefwechsel zwischen Adenauer und Robert *Lehr* in StBKAH 10.02 (Adenauer-Schreiben vom 14.10.1949 zu einer Sitzung mit der AHK vom selben Tage; hierzu ein Vermerk Sohls über den Gesprächsverlauf nach Auskünften von Robert *Pferdmenges* in AThAG VSt-Presse 710 01) sowie in AThAG VSt-Presse 90 100 (Lehr am 22.10.1949 über ihm zugänglich gemachte Informationen, nach denen »die englische Regierung General Robertson ermächtigt habe, die Demontageverhandlungen zu Ende zu führen und ihm ausreichende Vollmachten gegeben habe. Diese Informationen werden bestätigt durch eine Äußerung, die Herr Sohl gestern abend von einem maßgebenden Herrn des englischen Secret Service gehört hat. Dieser Herr hat mitgeteilt, daß die Außenminister die Absicht gehabt hätten, die Demontagefrage aus der obersten politischen Sphäre herauszunehmen, damit keiner der Beteiligten ›das Gesicht verliere‹, wenn eine Regelung gefunden würde, die den deutschen Wünschen entgegenkommt. Deshalb seien alle drei Hohen Kommissare von ihren Regierungen in der Demontagefrage mit weitgehenden Vollmachten ausgestattet worden. In diesem Zusammenhang wurde bemerkt, daß Mister McCloy, soweit es sich um reine wirtschaftliche Dinge handele, eine so ausschlaggebende Stellung innerhalb der Hohen Kommissare einnehme, daß er an sich die Demontagefrage im deutschen Sinne entscheiden könne. Die Schwierigkeit liege nur darin, daß General Robertson und François-Poncet wahrscheinlich einwenden würden, daß die Demontagefrage keine rein wirtschaftliche Angelegenheit sei, sondern einen stark politischen Charakter habe.«)

2 Zu diesem Memorandum, dessen Zielsetzung im nachfolgenden charakterisiert wird, vgl. Kabinettsprotokolle, Bd. 1, S. 96. Vorarbeiten hierzu sind in AThAG VSt-Presse 710 01 erhalten.

Nr. 119

1 Zum Zeitpunkt dieses Schreibens gehörte *Schuman* der nach Rücktritt am 6.10.1949 interimistisch amtierenden Regierung *Queuille* an, Außenminister wie bisher wurde er auch in der am 28.10.1949 gebildeten neuen Regierung *Bidault* (s. u.).

2 Hierzu liegt dem – soweit ersichtlich, nicht beantworteten – Adenauer-Schreiben das nicht gezeichnete, undatierte »Memorandum einer Besprechung im State Department mit Gesandten Robert Murphy am 28.9.1949« bei. Aus einer

in AThAG VSt-Presse 500 03 – I (Korrespondenz Hans-Günther *Sohl* – Kurt Freiherr *von Lersner*) archivierten Parallelüberlieferung (weitgehend identischer Text; Abweichungen aufgrund verschiedener Übersetzungen) geht hervor, daß diese Gesprächsaufzeichnung von Christopher *Emmet* angefertigt wurde (»dem bekannten amerikanischen Vorkämpfer gegen die Demontage in Deutschland«; Sohl an von Lersner am 11.11.1949). Laut Emmet hatte Robert *Murphy* (1894–1978; 1945–1949 maßgeblicher Kontaktmann des State Department in der amerikanischen Militärregierung; weitere biographische Angaben in: Adenauer, Briefe 1947–1949, S. 627f.) über ein Gespräch Adenauer-McCloy berichtet, in dessen Verlauf der Kanzler »McCloy über eine private Unterhaltung mit Schuman unterrichtet [habe]. Adenauer habe erklärt, daß Schuman ihm gegenüber seine Bereitschaft zum Ausdruck gebracht habe, einige Demontagefälle erneut zu prüfen. Als jedoch Acheson diesen Bericht McCloys erwähnte, habe Schuman nicht nur alles abgestritten, sondern auch zu erkennen gegeben, daß Dr. Adenauer dieses Gespräch falsch ausgelegt habe. Dies sei, so habe Schuman gesagt, ein typisch deutscher Trick. Acheson sei hierdurch stutzig geworden, und Schuman habe nun scheinbar einen weiteren Grund, um jegliche weiteren Verhandlungen in der Demontageangelegenheit abzulehnen.« (Zu der im Zitat angesprochenen Begegnung Acheson-Schuman vgl. Nr. 84, Anm. 1).

3 Georges *Bidault* (1899–1983), französischer Außenminister (1944–1946, 1947/48 und 1953/54) und Ministerpräsident (1946 und 1949/50); weitere biographische Angaben in: Adenauer, Teegespräche 1950–1954, S. 635. – Zu dem hier erwähnten Adenauer-Kontakt konnten keine Angaben ermittelt werden.

4 Über Verhandlungen zwischen McCloy und Schuman in Paris und dabei erzielte »Übereinstimmung« über den weiteren Demontagekurs berichtete Adenauer am 25.10.1949 dem Kabinett; vgl. Kabinettsprotokolle, Bd. 1, S. 147.

Nr. 120

1 Zu diesem Schreiben an Anton *Pfeiffer*, den CDU/CSU-Fraktionsvorsitzenden im Parlamentarischen Rat (zugleich dessen Haushaltsreferent), konnte eine Antwort nicht nachgewiesen werden. Dem Vorgang liegt lediglich bei: eine »Vollmacht« Adenauers, die Pfeiffer zur Liquidation des verfassunggebenden Organs (u. a. zur Verfügung über »die noch vorhandenen finanziellen Mittel«) berechtigte.

2 Hans *Troßmann* (geb. 1906), hoher Verwaltungsbeamter und bayerischer Politiker; 1940–1945 im Reichskommissariat für die Preisbildung, 1947 stellvertretender Generalsekretär der CSU, 1948/49 Sekretär des Parlamentarischen Rates, 1949–1970 Direktor des Deutschen Bundestages. – Ausführliche Angaben zu dem von ihm in diesem Zeitraum maßgeblich beeinflußten Aufbau der Bundestagsverwaltung (an deren Spitze er am 7.9.1949 berufen worden war) bei Udo *Wengst*, Staatsaufbau und Regierungspraxis, S. 208-211; vgl. a. Rainer *Salzmann* (Bearb.), Die CDU/CSU, S. IX.

3 Zur wissenschaftlichen Beschäftigung mit dem Parlamentarischen Rat, zur Quellenlage und zur Bibliographie vgl. Rudolf *Morsey*, Die Rolle Konrad Ade-

nauers im Parlamentarischen Rat, S. 62f. und Rainer *Salzmann* (Bearb.), a.a.O., S. VII-X.

4 Der Nachlaß *Kaufmanns* befindet sich in ACDP; in dem von Adenauer hier intendierten Sinne wurde er intensiv ausgewertet von Rainer *Salzmann* (Bearb.), a.a.O., passim.

Nr. 121

1 Jacob *Lindner* hatte sich in seinem Glückwunschschreiben zur »Vollendung des Bundesverfassungswerkes« und zur Kanzlerwahl u. a. auf entfernte Verwandtschaft mit dem Kanzler berufen (seine Tochter Hildegunde war mit dem Adenauer-Neffen und Kölner Rechtsanwalt Kurt *Adenauer* verheiratet; vgl. Robert *Steimel,* Mit Köln versippt, T. II, Tafel 275).

Nr. 122

1 Franz *Thedieck* (geb. 1900), 1950–1964 Staatssekretär im Bundesministerium für gesamtdeutsche Fragen, 1966–1972 Intendant des Deutschlandfunks; weitere biographische Angaben in: Adenauer, Briefe 1945–1947, S. 593f. – Zur Auseinandersetzung zwischen Adenauer und Jakob *Kaiser* wegen der Ernennung Thediecks zum Staatssekretär (die im Sommer 1950 vollzogen wurde; vgl. Kabinettsprotokolle, Bd. 2, S. 506) vgl. seine eigenen Angaben (Gespräche und Begegnungen mit Konrad Adenauer, S. 332f.); die Kaiser-Biographie Erich *Kosthorsts* (S. 95-100) sowie Gisela *Rüss,* Anatomie einer politischen Verwaltung, S. 21.

2 Thedieck behielt diese Bezeichnung bei, als er sich am 12.11.1949 über Herbert *Blankenhorn* an das Kanzleramt wandte (StBKAH 12.50; ein weiterer entsprechender Vorgang vom 12.12.1949 ist in AA, 514-01-39, Bd. 1 erhalten). Vgl. Nr. 153.

Nr. 123

1 Edgar *Wallace* (1875–1932), englischer Journalist und Kriminalschriftsteller. – Seine und ähnliche Romane anderer Autoren gehörten zur bevorzugten Lektüre Adenauers vor und nach der Kanzlerwahl; vgl. Adenauer, Briefe 1947–1949, S. 493.

Nr. 124

1 Heinrich *Kost* (1890–1978), ab 1947 Generaldirektor, ab 1953 Präsident der Deutschen Kohlenbergbauleitung; weitere biographische Angaben in: Adenauer, Briefe 1947–1949, S. 602. – Zur nachfolgend erwähnten Personalfrage konnten keine Angaben ermittelt werden. Auch ein am selben Tage an den Kölner Bankier Waldemar *von Oppenheim* gerichtetes Schreiben in derselben Angelegenheit enthält keine weiterführenden Auskünfte (StBKAH 10.02). Zum Oppenheim-Brief vgl. Paul *Legoll,* Konrad Adenauer et l'Idée d'Unification, S. 372.

2 Zur Geschichte des rheinischen Braunkohlenbergbaus und seiner besonderen Funktion für Köln vgl. den Beitrag »Das Braunkohlenrevier – ein Energiezentrum

Europas. Entwicklung und Bedeutung einer Industrielandschaft« in: 150 Jahre Regierungsbezirk Köln, S. 392-395.

3 Dieser Vorgang datiert aus dem Jahre 1920; vgl. a.a.O., S. 393.

4 Gustav *Brecht* (geb. 1880), 1925–1945 Vorstandsvorsitzender der Rheinischen AG für Braunkohlenbergbau und Brikettfabrikation (Rheinbraun).

Nr. 125

1 Zum nachfolgenden Angaben anhand einer in AA 221-02, Bd. 1 erhaltenen Parallelüberlieferung in: Kabinettsprotokolle, Bd. 1, S. 143. – Das Telegramm ist gerichtet an: Lord Walther Thomas *Layton – Baron of Danehill* – (1884–1966), britischer Nationalökonom und Zeitungsverleger, führender Vertreter der liberalen Partei seines Landes; 1922–1938 Herausgeber des ›Economist‹, 1930–1950 Aufsichtsratsvorsitzender des ›News Chronicle‹, 1940–1943 in den Planungsstäben der Ressorts für Versorgung und Kriegserzeugung, 1945–1953 Direktor der Nachrichtenagentur Reuters, 1949–1957 Vizepräsident der Beratenden Versammlung des Europarates, 1952–1955 Sprecher der Liberalen im Oberhaus; Nachruf von Edgar *Stern-Rubarth* in: ›Rheinischer Merkur‹ vom 4.3.1966.

2 Dieser Besuch *Laytons* hatte »im September« stattgefunden, wie aus seinem Antworttelegramm vom 21.10.1949 hervorgeht. Nähere Angaben, auch Hinweise auf spätere Kontakte Adenauers zu Layton, konnten nicht ermittelt werden. – Aus der Antwort weiter ersichtlich: die britische Zustimmung zu einer etwaigen außerordentlichen Mitgliedschaft Deutschlands im Europarat, entscheidend sei aber die französische Zustimmung (»... würden daher gut daran tun, Ihre eigenen Sondierungen in Paris vorzunehmen«). Vgl. Nr. 136.

3 Ähnlich die Frage in einem Adenauer-Telegramm desselben Tages an den belgischen Europapolitiker und Präsidenten der Abgeordnetenkammer, Frans *van Cauwelaert* (1880–1961; weitere biographische Angaben in: Adenauer, Briefe 1947–1949, S. 597), mit dem Adenauer am 24.10.1949 im Bundeskanzleramt zusammenkam. (Hierzu vorbereitende Korrespondenz in StBKAH III/21).

Nr. 126

1 Hermann *Schäfer* (1892–1966), Dr. rer. pol., Journalist und Politiker der DDP/DStP bis 1933, der FDP ab 1946; 1920–1924 Vorstandsmitglied der Vereinigung der leitenden Angestellten, ab 1925 im Reichsvorstand der DDP/DStP, nach 1933 in der Versicherungswirtschaft, 1946 an der FDP-Gründung in Hamburg beteiligt, 1948/49 Mitglied des Parlamentarischen Rates, einer seiner Vizepräsidenten wie auch des 1. Deutschen Bundestages, 1949–1957 MdB (1949–1951 Fraktionsvorsitzender), 1953–1956 Bundesminister für besondere Aufgaben, 1956 Parteiaustritt, Mitbegründer der Freien Volkspartei/FVP, ab 1961 wieder in der FDP; vgl. die zahlreichen Angaben (auch zu den wechselvollen liberalen Organisationsformen nach 1945) bei Jörg Michael *Gutscher*, Die Entwicklung der FDP, passim.

2 Heinrich *von Brentano* (1904–1964), führender hessischer CDU-Politiker, 1949–1955, 1961–1964 Vorsitzender der CDU/CSU-Bundestagsfraktion, 1955–

1961 Außenminister; weitere biographische Angaben in: Adenauer, Briefe 1945–1947, S. 623. – Sein hier angesprochenes Schreiben vom 19.10.1949 (mit dem er auf Spannungen zwischen CDU und FDP in Hessen hingewiesen hatte, die durch eine Veröffentlichung der dortigen FDP-Wochenzeitschrift ›Deutscher Kurier‹ zur Hauptstadtfrage hervorgerufen worden waren) konnte nicht nachgewiesen werden.

Nr. 127

1 Zum Verwandtschaftsverhältnis zwischen Adenauer und Lili *Sertorius,* einer Cousine seiner ersten Frau Emma geb. *Weyer,* ein Hinweis bei Robert *Steimel,* Mit Köln versippt, T. I, Tafel 214.

2 Josef *Knecht* (geb. 1897), Dr. rer. pol., Verleger; 1924–1934 Verlagsleiter der Carolus-Druckerei in Frankfurt/Main, 1946 Lizenzträger und Mitinhaber (Neugründung als Verlag Josef Knecht), später Verlagsdirektor des Herder-Verlages in Freiburg/Brsg., 1951–1953 Vorsitzender des Börsenvereins des Deutschen Buchhändler- und Verlegerverbandes.

3 Oskar *Stark* (1890–1970), Journalist; 1911–1943 Redakteur u. a. der ›Münchener Neuesten Nachrichten‹ und der ›Frankfurter Zeitung‹, ab 1946 der ›Badischen Zeitung‹, Freiburg/Brsg.

4 Erster Inhaber dieses Amtes: Heinrich *Böx,* sein Nachfolger ab 10.11.1949: Paul *Bourdin,* dessen Kandidatur Heinrich *von Brentano* mit Schreiben vom 2.11. 1949 befürwortete (StBKAH III/38); zu diesem Vorgang vgl. Arnulf *Baring,* Sehr verehrter Herr Bundeskanzler!, S. 37. Vgl. a. Horst O. *Walker,* Das Presse- und Informationsamt, S. 80, 125.

Nr. 128

1 Georg *Jöstingmeier* (geb. 1905), Rechtsanwalt und Notar, westfälischer CDU-Politiker; weitere biographische Angaben in: Adenauer, Briefe 1945–1947, S. 678.

2 Hierin u. a. Informationen des Verfassungsexperten der nordrhein-westfälischen Landtagsfraktion über Verhandlungen mit der Zentrumsfraktion in Düsseldorf über eine nach den nächsten Landtagswahlen (vgl. Nr. 261, Anm. 1) zu bildende Koalition. Dabei sei Einverständnis erzielt worden über ein von ihm vorgeschlagenes Regierungsprogramm (gemeinsame Basis: Verabschiedung der Landesverfassung »auf christlicher Grundlage« – vgl. Nr. 135, Anm. 1 – sowie die Einbringung und Durchführung von Verwaltungs-, Schul- und Kommunalverfassungsgesetzen, dazu ein Wohnungsbau- und Kleinsiedlungsprogramm). Zur zentralen Fragestellung, der im Juli 1950 in Kraft getretenen nordrhein-westfälischen Landesverfassung und ihrer parlamentarischen Beratung in diesem Zeitraum vgl. Detlev *Hüwel,* Karl Arnold, S. 160-163. – Vgl. a. Nr. 220, Anm. 3 und Nr. 255, Anm. 1.

3 Hermann *Terdenge* (1892–1959), Dr. oec. publ., Diplomat; 1921–1926 im Reichsfinanzministerium, danach im Auswärtigen Amt, dort ab 1930 in der Kulturabteilung, 1934–1936 Generalkonsul in Algier, 1946–1951 Oberkreisdirektor in Warendorf, 1951–1955 Botschafter in Argentinien.

Nr. 129

1 Das Abstimmungsergebnis in der entscheidenden Bundestagssitzung vom 3.11.1949 (200:176 gegen die Verlegung des Bundessitzes nach Frankfurt/Main; 3 Enthaltungen, 11 ungültige Stimmen) läßt darauf schließen, »daß die Einstellung der CDU/CSU für Bonn wie auch die der SPD für Frankfurt im Bundestag nicht so geschlossen gewesen sein dürfte, wie es im Parlamentarischen Rat der Fall gewesen war«; vgl. Hermann *Wandersleb,* Die Berufung Bonns, S. 325. – Vgl. a. Nr. 132.

Nr. 130

1 Fritz *Linnert* (1885–1949), Dr. h. c.; Zahnarzt und liberaler Politiker der DDP/DStP bis 1933, der FDP ab 1945, deren Mitbegründer in Nürnberg, ab 1947 2. Vorsitzender des bayerischen Landesverbandes, 1949 MdB. – Linnert hatte an dem von Adenauer erwähnten Freitag (21.10.1949) an einer Bundestagsdebatte über »Entlassungen bei der Deutschen Bundesbahn« teilgenommen; hierzu sind in den Stenographischen Berichten (Bd. 1, S. 328) nur seine Zwischenrufe zum Abstimmungsprocedere über einen diesbezüglichen Ausschußantrag vermerkt.

2 Hans *Globke* (1898–1973), ab 1949 enger Mitarbeiter Adenauers im Bundeskanzleramt (ab 1950 als Ministerialdirektor), 1953–1963 Staatssekretär; weitere biographische Angaben in: Adenauer, Briefe 1947–1949, S. 566. Vgl. Nr. 148, Anm. 4 und Nr. 153, Anm. 7.

3 Edmund *Frohne* (1891–1971), 1947–1950 Direktor der Verwaltung für Verkehr des Vereinigten Wirtschaftsgebietes, 1950–1952 Staatssekretär im Bundesverkehrsministerium; weitere biographische Angaben a.a.O., S. 494. – Die von Adenauer hier mit seinem Namen verknüpfte personelle Neuregelung an der Spitze der Bundesbahn war durch das bevorstehende Ausscheiden des bisherigen Generaldirektors Fritz *Busch* notwendig geworden. Hierzu *Seebohm*-Schreiben an Adenauer vom 25.10.1949 (vgl. Kabinettsprotokolle, Bd. 1, S. 163) sowie vom 3.12.1949, in dem Seebohm eine Pressemeldung bestätigte, derzufolge er ohne Abstimmung mit Adenauer den ehemaligen Reichsbahndirektor Walther *Helberg* mit der Wahrnehmung der Geschäfte des DB-Präsidenten beauftragt habe (StBKAH III/21). Helberg (geb. 1899; Dr.-Ing. h. c.) blieb in diesem Amt bis zum 12.5.1952; vgl. Walter *Vogel,* Westdeutschland, T. III, S. 384.

4 Ludwig M. *Homberger* (1882–1954), Prof. Dr. jur. et rer. pol., Verkehrswissenschaftler; 1909–1920 bei den bayerischen Staatsbahnen, 1920–1935 Finanzsachverständiger bei der Reichsbahn, 1938 in die USA emigriert (1944 naturalisiert), 1939–1945 an der American University/Washington D. C., nach 1945 an Wiederaufbau und Neuordnung der Eisenbahnen in der amerikanischen Zone beteiligt. – Adenauer hatte bereits am 18.10.1949 anläßlich der einschlägigen Beratungen des Kabinetts auf Homberger aufmerksam gemacht; vgl. Kabinettsprotokolle, Bd. 1, S. 136.

5 Friedrich *Schiller* (geb. 1895), Dr. jur.; 1933–1946 Vorstandsmitglied der Deutschen Eisenbahngesellschaft AG, 1946/47 Vorsitzender des Verwaltungsrates für Verkehr des amerikanischen und britischen Besatzungsgebietes, 1947–

1949 stellvertretender Direktor der Verwaltung für Verkehr des Vereinigten Wirtschaftsgebietes, 1949–1960 Ministerialdirektor im Bundesverkehrsministerium, Stellvertreter des Staatssekretärs; vgl. Walter *Vogel,* a.a.O., S. 301 und Udo *Wengst,* Staatsaufbau und Regierungspraxis, S. 152.

Nr. 131

1 Zu den in diesem Zeitraum vornehmlich wegen der Demontagefrage geführten Gesprächen zwischen Adenauer und *Robertson* vgl. Konrad *Adenauer,* Erinnerungen, Bd. 1, S. 252f.; Herbert *Blankenhorn,* Verständnis und Verständigung, S. 70; Arnulf *Baring,* Außenpolitik in Adenauers Kanzlerdemokratie, S. 374 und Kabinettsprotokolle, Bd. 1, S. 165. – Vgl. a. Nr. 118, Anm. 1.

2 Auf Schloß Röttgen bei Köln amtierten in der Nachkriegszeit zunächst die Regional Commissioner für Nordrhein-Westfalen, *Asbury* und *Bishop,* dann die britischen Hochkommissare *Robertson* und *Kirkpatrick.* 1953 wurde das Schloß an die Besitzer, die Kölner Unternehmerfamilie *Mülhens,* zurückgegeben (deren geschäftliche Interessen in der Eau de Cologne-Produktion nach 1950 durch den Sohn Bishops wahrgenommen wurden – Leiter der britischen Exportabteilung des Hauses 4711; vgl. ›Rheinischer Merkur‹ vom 13.11.1953 –).

Nr. 132

1 Schreiben vom 28.10.1949, mit dem Heinrich *von Brentano* den Kanzler über Besprechungen mit Vertretern der Koalitionsfraktionen einerseits, SPD-Politikern andererseits informiert hatte. Gemeinsame Tendenz in beiden Gesprächen: Verzicht auf Bundestagsdebatte bei der am 3.11.1949 anstehenden Hauptstadtentscheidung, dies unter der Voraussetzung, daß auch eine Erklärung der Bundesregierung unterbleibe (StBKAH III/38). Vgl. Nr. 129.

2 Der »Sonderausschuß für die Frage des vorläufigen Sitzes der leitenden Bundesorgane« hatte in seinem am 29.10.1949 erstatteten Abschlußbericht (hiervon ein Exemplar mit zahlreichen hs. Notizen Adenauers in StBKAH 09.20) ohne eigene Präferenz pro oder contra Bonn dem Bundestag »das Tatsachenmaterial unterbreitet ..., das erforderlich war, um die Frage der Eignung der Städte Bonn oder Frankfurt zum vorläufigen Bundessitz entscheiden zu können.« Vgl. Hermann *Wandersleb,* Die Berufung Bonns, S. 324; Dietrich *Höroldt,* 25 Jahre Bundeshauptstadt Bonn, S. 66-68 und Klaus *Dreher,* Ein Kampf um Bonn, S. 176-187. – Vgl. a. Nr. 132A, Anm. 1.

3 Nach Bestätigung der interfraktionellen Absprache durch den Ältestenrat des Bundestages fand die Abstimmung ohne Aussprache statt; vgl. Stenographische Berichte, Bd. 1, S. 341-343.

4 Ähnlich die Begründung, mit der Adenauer ebenfalls am 30.10.1949 den rheinland-pfälzischen Ministerpräsidenten *Altmeier* aufforderte, für vollzähliges Erscheinen der Fraktionsmitglieder aus seinem CDU-Landesverband zu sorgen; vgl. StBKAH 11.02. Dort ebenfalls erhalten: weitere Schreiben desselben Tages an Karl *Arnold* – u. a. zur Frage der dem Bundesrat nach Ausschußbericht zur Ver-

fügung stehenden Räumlichkeiten –, Thomas *Dehler* – Bitte um ein Gutachten zur Kompetenzabgrenzung zwischen den Bundesorganen und zur Rechtslage bei dem bevorstehenden Bundestagsbeschluß –, Erich *Köhler* – Ankündigung einer Regierungsverlautbarung bis zum 2.11.1949 – sowie ein Telegramm an Fritz *Schäffer* – ähnliche Bitte wie an Altmeier hinsichtlich der CSU –.

Nr. 132 A

1 Adenauer fertigte diese Notiz (hierzu das Faksimile auf S. 131) auf der Rückseite einer Aktennotiz des kommissarischen Leiters des Presse- und Informationsamtes der Bundesregierung, Heinrich *Böx*, vom 31.10.1949 an. Dies wurde als Datierungsanhalt benutzt. – Die nachfolgend aufgestellte Kalkulation enthält Angaben, die mit denen einer am 3.11.1949 abgegebenen offiziellen Stellungnahme der Bundesregierung zum Bericht des Hauptstadtausschusses (vgl. Nr. 132, Anm. 2) teilweise identisch sind. Vgl. Klaus *Dreher*, Ein Kampf um Bonn, S. 184-187, 191 f.

2 Das Hotel Petersberg oberhalb von Königswinter diente 1949–1951 als Sitz der Alliierten Hohen Kommission. Zum dort am 22.11.1949 abgeschlossenen Petersberger Abkommen vgl. Nr. 143, Anm. 1.

3 Rheinhotel Dreesen in Bad Godesberg, bekannt durch die dort 1938 geführten Verhandlungen zwischen Hitler und Chamberlain, nach 1945 Flüchtlingsquartier, ab 1949 zeitweise Sitz des französischen Hochkommissars François-Poncet.

Nr. 133

a ‹ › In der Telegrammvorlage hs. von Zimmermann korrigiert aus »die erst die Arbeit der Bundesorgane in einer freieren Atmosphäre gewährleisten.«

1 Vgl. Nr. 1, Anm. 9.

2 Am 7.10.1949 war die Verfassung der DDR in Kraft getreten und Otto *Grotewohl* zum ersten Ministerpräsidenten gewählt worden. Noch am selben Tag gab Adenauer in Königswinter (vgl. Nr. 116) seine erste öffentliche Erklärung zu diesem Vorgang ab: »Eine Ostzonenregierung repräsentiert nicht den Willen der Ostzonenbevölkerung, um so weniger kann sie Anspruch darauf machen, in gesamtdeutschen Fragen zu sprechen«; zit. nach ›Neue Zeitung‹ vom 8.10.1949. Vgl. a. die am 21.10.1949 vor dem Bundestag abgegebene Regierungserklärung Adenauers; Druck: Adenauer, Reden, S. 170-173.

Nr. 134

1 Vgl. Nr. 54, 56, 77, 84, 118 und 119.

Nr. 135

1 Im Anschluß an die Korrespondenz vom Oktober 1949 (vgl. Nr. 128) hatte *Jöstingmeier* von der Fortführung der nordrhein-westfälischen Verfassungsberatungen berichtet. Im Rahmen eines ›privaten Verfassungskonventes‹, mit dem sich *Arnold* umgeben habe, sei es nunmehr – u. a. unter Einbeziehung der Zen-

trumspolitiker Johannes *Brockmann* und Rudolf *Amelunxen* – gelungen, »mit eiserner Konsequenz unsere christlichen und kulturellen Forderungen in den Entwurf« hineinzubringen; vgl. Detlev *Hüwel,* Karl Arnold, S. 161f.

2 August *Halbfell* (1889–1961), 1946–1950 nordrhein-westfälischer Arbeitsminister (SPD); weitere biographische Angaben in: Adenauer, Briefe 1945–1947, S. 701. – Dem hier erhobenen Vorwurf lag zugrunde: ein Schreiben des Bonner Adenauer-Freundes und CDU-Kommunalpolitikers, Rechtsanwalt Johannes *Henry* (1876–1958; weitere biographische Angaben a.a.O., S. 615).

Nr. 136

1 Die italienische Journalistin Lina *Morino* (Redakteurin der Wochenzeitschrift ›La Via‹, nach 1950 Leiterin der Verbindungsstelle der ›Democrazia Cristiana‹ zur Auslandspresse) hatte als Delegierte der Christdemokraten ihres Landes bei den Genfer Sitzungen (vgl. Nr. 31, Anm. 2) persönliche und politische Kontakte zu Adenauer angeknüpft; hierfür Belege in: Adenauer, Briefe 1947–1949, S. 362f., 624. – Dem hier abgedruckten Brief war vorausgegangen: ein Telegrammwechsel Adenauer–Morino vom 15./18.10.1949 wegen der Vorbereitungen einer für Anfang November geplanten Besprechung in Genf, zu deren Nichtzustandekommen ausführliche Informationen enthalten sind in einem Schreiben von Bruno *Dörpinghaus* an Adenauer vom 5.11.1949 (StBKAH 10.01).

2 Vgl. Nr. 125. – Hierzu auch das am 3.11.1949 in der ›Zeit‹ veröffentlichte Gespräch Adenauers mit Ernst *Friedlaender*; vgl. Konrad *Adenauer,* Erinnerungen, Bd. 1, S. 255 und Norbert *Frei*/Franziska *Friedlaender* (Hrsg.), Ernst Friedlaender: Klärung für Deutschland. Leitartikel in der Zeit 1946–1950, München 1982, S. 249-251.

Nr. 137

1 Die Ordensschwester hatte in ihrem Glückwunschschreiben zur Kanzlerwahl u. a. an eine Begegnung mit Adenauer im Jahre 1908 erinnert (Ferienaufenthalt in Neusatzeck im Schwarzwald gemeinsam »mit Ihrer ersten Gemahlin und dem zweijährigen Konrädchen«).

2 Aus dem Anschreiben: »Es wird nun jede Stunde bei Tag und Nacht für Sie gebetet, so lang das Kloster besteht.«

Nr. 138

1 Dieses Gesetzesvorhaben hatte Karl *Arnold* in seiner Eigenschaft als nordrhein-westfälischer Verkehrsminister (1948–1950) am 8.11.1949 im Düsseldorfer Landtag angekündigt und begründet; vgl. Stenographischer Bericht über die 112. bis 115. Sitzung des Landtages Nordrhein-Westfalen, S. 3391f. – Kritik an diesen Absichten (die am 9.12.1949 zur Einbringung des Gesetzentwurfes im Bundesrat führten) hatte *Seebohm* bereits am 18.10.1949 im Kabinett geäußert (›unfreundlicher Akt‹); vgl. Kabinettsprotokolle, Bd. 1, S. 136f. – Vgl. a. Kabinettsprotokolle, Bd. 2, S. 182f., 605f. und Detlev *Hüwel,* Karl Arnold, S. 219.

Nr. 139

1 Heinrich *Weitz* (1890–1962), 1947–1951 nordrhein-westfälischer Finanzminister (CDU), Vertrauter Adenauers in der Landespolitik Nordrhein-Westfalens; weitere biographische Angaben und zahlreiche Belege für die nach 1945 geführte intensive Korrespondenz in: Adenauer, Briefe 1945–1947, S. 129-131, 274f., 342f., 548. – Wegen der besonderen Zuständigkeit seines Ressorts für die Hauptstadtplanung und die Etatisierung der Folgemaßnahmen in Bonn war Weitz in den Vormonaten häufig von Adenauer eingeschaltet worden; hierfür ein Beleg in: Adenauer, Briefe 1947–1949, S. 409f.

2 Mit einem weiteren Schreiben vom 9.11.1949 dankte Adenauer Karl *Arnold* und der nordrhein-westfälischen Landesregierung auch offiziell »für die große Mühe und Arbeit, die Sie aufgewandt haben, damit die Bundesregierung mit ihrer Arbeit beginnen konnte«; Faksimile des Originalschreibens in: Walter *Först,* Geschichte, vor S. 529.

Nr. 140

1 Anschreiben oder Antwort *Pfeiffers* sind in StBKAH nicht erhalten. Der Zusammenhang des Adenauer-Briefes (Auftrag des Kanzlers an Pfeiffer für die Ausarbeitung eines ›Bundesamtes für Auswärtige Angelegenheiten‹, Vorlage der Denkschrift über »Außenpolitische Aufgaben und Möglichkeiten der Bundesrepublik Deutschland« am 8.10.1949) wird erhellt durch Darstellung und Dokumentation bei Wilhelm *Haas,* Beitrag zur Geschichte der Entstehung des Auswärtigen Dienstes, S. 21, 101-119; vgl. a. Udo *Wengst,* Staatsaufbau und Regierungspraxis, S. 183-185.

2 Vgl. Nr. 87, Anm. 2 und Nr. 109, Anm. 2.

Nr. 141

1 Den Vorsitz im Bundestags-»Ausschuß für Besatzungsstatut und auswärtige Angelegenheiten« (der erst ab 1953 die von Adenauer verwendete Bezeichnung trug) hatte Carlo *Schmid* inne, sein Stellvertreter: Eugen *Gerstenmaier.*

2 Zu diesem Gespräch (u. a. auch über die Kontakte des Kanzlers zu Robertson und die Demontage-Note vom 1.11.1949; vgl. Nr. 134) vgl. Carlo *Schmid,* Erinnerungen, S. 450f.

3 Hierfür konnte kein Beleg ermittelt werden.

Nr. 142

1 Otto *Geßler* (1875–1955), Dr. jur., liberaler Politiker, führender Repräsentant der Weimarer Republik; Oberbürgermeister von Regensburg (1911–1914) und von Nürnberg (1914–1919), 1919 Mitbegründer der DDP, 1920–1924 MdR, Reichsminister für den Wiederaufbau (1919) und Reichswehrminister (1920–1928), 1931–1933 Reichskommissar für das Deutsche Rote Kreuz, nach dem 20.7.1944 in Haft, nach 1945 maßgeblich am Neuaufbau des DRK in Bayern beteiligt, 1950–1952 DRK-Präsident. Vgl. die Erinnerungen des Adressaten dieses

Adenauer-Briefes, Hermann *Pünder* (Von Preußen nach Europa, u. a. S. 77, 314).
2 Laut *Pünders* Antwort vom 21.11.1949 hatte Geßler »etwas ganz anderes gesagt, … daß nämlich meiner Kandidatur sehr geschadet hätte, daß der Vorschlag gerade von Ihnen gekommen sei. Dieser Hinweis bezog sich wohl … darauf, daß das Rote Kreuz … jede Einflußnahme der Bundesregierung auf die bevorstehende Präsidentenwahl ablehnt« (BA, NL Pünder, Nr. 606). Zu den »letzten Akten« des zugunsten von Geßler dann nicht gewählten Pünder vgl. dessen Erinnerungen (a.a.O., S. 421-431). Ein Hinweis auf die Kandidatur Pünders (und ihre Unterstützung durch Franz *Blücher*) bei: Rudolf *Morsey,* Personal- und Beamtenpolitik, S. 217.

Nr. 143
1 Verhandlungen vom 15., 17. und 22.11.1949, die auf der Grundlage der am 11.11.1949 veröffentlichten Pariser Außenministerbeschlüsse (Druck: EA, Jg. 5 [1950], S. 3153f.) zum Petersberger Abkommen vom 22.11.1949 führten: ›der ersten frei ausgehandelten Vereinbarung zwischen Deutschland und den Besatzungsmächten‹ (Karl Dietrich *Erdmann,* Die Zeit der Weltkriege, S. 777), die den Weg der Bundesrepublik in das westliche Bündnissystem und zu nicht-reglementierter innerer Neuordnung bahnte. Das 10 Punkte umfassende Abkommen (zur Teilnahme Deutschlands an internationalen Organisationen, Mitgliedschaft in der Ruhrbehörde, Zusammenarbeit mit dem Militärischen Sicherheitsamt, Aufnahme von konsularischen und Handelsbeziehungen, insbesondere zur Revision der Demontagepolitik) wurde am 26.11.1949 veröffentlicht. Druck (u. a.): Ursachen und Folgen, Bd. 26: Die staatliche Neuordnung Deutschlands, S. 425f.; FRUS, 1949, Vol. III, S. 344-346.
Grundlegend für Zustandekommen, Aushandlung und Bewertung des Dokuments: Konrad *Adenauer,* Erinnerungen, Bd. 1, S. 273-284; Herbert *Blankenhorn,* Verständnis und Verständigung, S. 76-83; Kabinettsprotokolle, Bd. 1, S. 219f.; Hans-Peter *Schwarz,* Die Ära Adenauer 1949–1957, S. 61-69 und Horst *Lademacher,* Das Petersberger Abkommen, in: Walter *Först* (Hrsg.), Zwischen Ruhrkontrolle und Mitbestimmung, S. 67-87, 205f.
2 Wilhelm *Haas* (1896–1975), Dr. jur., Diplomat; ab 1922 im Auswärtigen Dienst, bis 1934 u. a. an den Botschaften in Paris, Shanghai und Peking, 1934–1937 Botschafter in Tokio, danach im Ruhestand (privatwirtschaftliche Tätigkeit in China), 1947–1949 Staatsrat, Chef der Präsidialabteilung des Senats in Bremen, 1950–1952 Ministerialdirektor und Leiter der Abteilung Personal und Verwaltung der Dienststelle für auswärtige Angelegenheiten bzw. des Auswärtigen Amtes, dann Botschafter in Ankara (1952–1956), Moskau (1956–1958) und Tokio (1958–1961). Vgl. seinen eigenen ›Beitrag zur Geschichte der Entstehung des Auswärtigen Dienstes‹ passim, sowie Udo *Wengst,* Staatsaufbau und Regierungspraxis, S. 185-188.
3 Ein hierzu geführtes persönliches Gespräch hatte am 18.11.1949 stattgefunden; vgl. Wilhelm *Haas,* a.a.O., S. 22f. – Zwecks Entbindung Haas' von seiner

bisherigen Tätigkeit wandte sich Adenauer ebenfalls am 19.11.1949 an den Bremer Senatspräsidenten Wilhelm *Kaisen* (StBKAH 10.01), seine offizielle Beauftragung – gemeinsam mit Herbert *Blankenhorn* – für die Errichtung von Auslandsvertretungen teilte er am 11.1.1950 dem AHK-Vorsitzenden *Robertson* mit (AA, Noten an AHK, Bd. 2).

Nr. 144

1 Hermann *Knuth* (1899–1951), Dr. phil., Geologe und Industrieller; ab 1932 kaufmännischer Direktor, ab 1939 stellvertretender Betriebsführer, nach 1945 Direktor der Didier-Werke AG Bonn (Herstellung feuerfester Erzeugnisse), dort 1945 (Mai–August) Bürgermeister und Leiter der Finanzverwaltung; hierzu Angaben bei Eduard *Spoelgen,* Aus Bonns jüngster Vergangenheit, in: Bonner Geschichtsblätter, Bd. XV (1961), S. 417-469.

2 Knuth hatte mit »Bestürzung und mit Beschämung« auf Angriffe Kurt *Schumachers* gegen Erklärungen Adenauers zur zukünftigen Zusammenarbeit mit Frankreich reagiert: »Ich bedaure es auf das Lebhafteste, daß der Vorsitzende einer Partei, die die internationale Verständigung auf ihre Fahnen geschrieben hat, Ihnen derartig in den Rücken fällt«; vgl. Arno *Scholz*/Walther G. *Oschilewski* (Hrsg.), Turmwächter der Demokratie, Bd. 1, S. 277f.

Nr. 145

1 Wilhelm *Warsch* (1885–1969), führender CDU-Politiker im Rheinland, 1947–1957 Kölner Regierungspräsident; weitere biographische Angaben in: Adenauer, Briefe 1945–1947, S. 616. – Aufgrund seiner langjährigen Beziehungen zu Warsch hatte Adenauer in den Vormonaten die Kandidatur des Regierungspräsidenten für den Posten des Staatssekretärs im Bundeswohnungsbauministerium unterstützt (den dann Hermann *Wandersleb* übernahm). Zu dem hierzu in StBKAH 07.26, 10.02 erhaltenen Schriftverkehr (u. a. Adenauer–*Albers*) vgl. Udo *Wengst,* Staatsaufbau und Regierungspraxis, S. 155. Vgl. a. Kabinettsprotokolle, Bd. 1, S. 348.

2 Ein früher Beleg für derartige Bemühungen Adenauers in: Adenauer, Briefe 1947–1949, S. 269. Vgl. a. Hans *Vogts,* Dr. Konrad Adenauer und die Denkmalspflege in Köln, in: Rheinische Heimatpflege, N. F., Jg. 3 (1966), S. 61-66.

Nr. 146

1 Damit angesprochen: die Bundestagsdebatte vom 24./25.11.1949 über das Petersberger Abkommen, in der *Bausch* im Anschluß an den Zwischenruf Kurt *Schumachers* »Der Bundeskanzler der Alliierten« ein Vertrauensbekenntnis zur Regierungsweise Adenauers abgelegt hatte; vgl. Stenographische Berichte, Bd. 1, S. 525f. sowie Konrad *Adenauer,* Erinnerungen, Bd. 1, S. 284-294; Kabinettsprotokolle, Bd. 1, S. 225 und Hans-Peter *Schwarz,* Die Ära Adenauer 1949–1957, S. 65, 69.

Nr. 147

1 Den Dank der Vereinigten Stahlwerke/VSt »für Ihre zähen und zielbewußten Bemühungen um die Erhaltung wichtigster deutscher Industriestätten«, die durch den im Petersberger Abkommen erzielten Demontagestop gewährleistet war, hatten am 24.11.1949 abgestattet: die Vorstandsmitglieder Hans-Günther *Sohl,* Wolfgang *Linz* (1896–1970; Dr. jur. utr. et rer. pol., wie Sohl VSt-Liquidator [vgl. Nr. 77, Anm. 1], zugleich Rechtsanwalt am Oberlandesgericht Düsseldorf, ab 1952 im Vorstand der Rheinischen Stahlwerke/Essen sowie gleichzeitig der Rheinstahl-Union Maschinen- und Stahlbau AG, Düsseldorf) und Siegfried *Seelig* (1895–1964; wie Sohl und Linz VSt-Liquidator, später im Vorstand der Handelsunion AG/Düsseldorf sowie Vorsitzender des Beirates u. a. der Düsseldorfer Metallwerke GmbH).

Zahlreiche ähnlich geartete Dankschreiben anderer Unternehmen, betroffener Betriebsräte und Kommunalpolitiker an den Bundeskanzler vom 25./26.11.1949 sind in BA, B 136/4915 archiviert und wurden nach Vereinbarung im Kabinett am 29.11.1949 (vgl. Kabinettsprotokolle, Bd. 1, S. 225) noch am selben Tage in den Mitteilungen des Presse- und Informationsamtes der Bundesregierung veröffentlicht.

2 Am 20.12.1949, in seiner Rede anläßlich der Demontage-Abschlußfeier der August Thyssen-Hütte (vgl. Nr. 54, Anm. 1), verknüpfte der Kanzler die nun anstehende Neuordnung der Ruhrindustrie mit der weit »über das Ruhrgebiet hinaus[gehenden] ... Neuordnung ... auf sozialem Gebiet«, besonders im Mitbestimmungsrecht: »... Bundesregierung und Bundesparlament [erblicken] als eine der vordringlichsten Aufgaben der nächsten Monate ... die Neuordnung des Industriegebietes und die Neuordnung der Belange der Arbeitnehmerschaft« (AThAG VSt-Presse 710 05).

Nr. 148

1 »Auf dem Gebiet der Dekartellisierung und zur Beseitigung monopolistischer Tendenzen wird die Bundesregierung gesetzgeberische Maßnahmen treffen ...« (Punkt 6 des Petersberger Abkommens). – Hierzu, zu Vorgeschichte und weiterer gesetzlicher Entwicklung (die in das Gesetz gegen Wettbewerbsbeschränkungen vom 27.7.1957 einmündete) vgl. Dokumentation und Kommentar zur Kabinettssitzung vom 29.11.1949 in: Kabinettsprotokolle, Bd. 1, S. 225f.

2 Auch dieses Thema war bereits am Vortage im Kabinett behandelt worden; vgl. a.a.O., S. 231f.

3 Eine schriftliche Stellungnahme *Erhards* konnte nicht nachgewiesen werden. – In einem seitens des Kanzlers nicht beantworteten Grundsatzschreiben des Bundeswirtschaftsministers vom 24.11.1949 (»*Persönlich! Geheim!*«) hatte dieser seine »ernstesten Bedenken gegen eine sich anbahnende, sehr gefährliche Entwicklung«, gegen »Versuche einer Aufspaltung und Atomisierung der Wirtschaftspolitik« vorgetragen: »Ich beschwöre Sie daher ... [,] die mir auch ressortmäßig zustehende Aufgabe der Wirtschaftspolitik zu sichern. Sie müssen es selbst

spüren, daß manche unserer Kollegen geradezu Morgenluft wittern und vielleicht auch vor politischen Druckmitteln nicht zurückschrecken würden ... Ist es z. B. nicht grotesk, wenn Herr Blücher ... den Gedanken, mich zum Bundesbankpräsidenten zu bestellen, an den Mann zu bringen sucht, um für sich den Weg als Wirtschaftsminister freizumachen, – den Weg frei zur unternehmerischen Planwirtschaft. ... Wenn ich an der konsequenten Verfolgung meiner Politik verhindert werde, dann wird es keine soziale Marktwirtschaft, keine soziale Befriedigung und keinen Sieg der bürgerlichen Freiheiten geben, sondern es wird kommen die kapitalistische Wirtschaft von gestern als kurze Übergangsphase zum vollendeten Sozialismus«.

4 »Vizepräsident« bezieht sich auf *Globkes* 1949 wahrgenommene Funktion im nordrhein-westfälischen Landesrechnungshof.

5 Hierzu, unter Verwendung dieses Briefes, Rudolf *Morsey,* Personal- und Beamtenpolitik, S. 218 und Udo *Wengst,* Staatsaufbau und Regierungspraxis, S. 152. – Zur Ernennung von Eduard *Schalfejew* zum Staatssekretär des Bundeswirtschaftsministeriums vgl. Nr. 186.

Das gespannte Verhältnis zwischen Kanzleramt und Wirtschaftsministerium in diesem Zeitraum geht u. a. auch aus einem Adenauer-Brief an Josef *Löns* vom 17.12.1949 hervor, mit dem der Kanzler einen Beförderungsvorschlag abschlägig beschied: »Wir sind überbesetzt und müssen im Wirtschaftsministerium abbauen« (StBKAH 10.02).

Nr. 149

1 Wilhelm *Niklas* (1887–1957), Agrarexperte der CSU, 1948/49 stellvertretender Verwaltungsdirektor für Ernährung, Landwirtschaft und Forsten des Vereinigten Wirtschaftsgebietes, 1949–1953 Bundesminister für Ernährung, Landwirtschaft und Forsten; weitere biographische Angaben in: Adenauer, Teegespräche 1950–1954, S. 742.

2 Zu einer Kontroverse zwischen Niklas und anderen Regierungsmitgliedern kam es in der von Adenauer nachfolgend erwähnten Kabinettssitzung vom 6.12. 1949, in der der Landwirtschaftsminister einen in seinem Hause erarbeiteten Gesetzentwurf zur Verlängerung des Wirtschaftsratsgesetzes vom 22.8.1949 »über die Festsetzung und Verrechnung von Ausgleichs- und Unterschiedsbeträgen für Einfuhrgüter der Land- und Ernährungswirtschaft« (vgl. Tilman *Pünder,* Das bizonale Interregnum, S. 222) erläuterte; vgl. Kabinettsprotokolle, Bd. 1, S. 236f.

Nr. 150

1 Vgl. Nr. 143, Anm. 1.

2 Das Abkommen über die Errichtung einer Internationalen Ruhrbehörde (der die Aufteilung der Erzeugnisse der Ruhrindustrie »zwischen deutschem Verbrauch und Ausfuhr« oblag) war am 28.4.1949 abgeschlossen worden; seine Grundlage: das am 28.12.1948 zwischen den USA, Großbritannien, Frankreich

und den Beneluxländern vereinbarte Ruhrstatut. Hierzu vgl. die Aussagen Adenauers in seiner zeitgenössischen Korrespondenz (Briefe 1947–1949, S. 369-373) sowie in seinen Erinnerungen (Bd. 1, S. 249-252, 275f.). Vgl. a. Walter *Vogel,* Westdeutschland, T. II, S. 245-248.

3 Dem hier gestellten Antrag folgte am 16.12.1949 die Ernennung Franz *Blüchers* zum deutschen Delegierten bei der Behörde; vgl. Nr. 156.

Nr. 151

1 Werner *Heisenberg* (1901–1976), Physiker (erhielt 1932 den Nobelpreis), 1946–1958 Direktor des Max-Planck-Instituts für Physik; weitere biographische Angaben in: Adenauer, Briefe 1947–1949, S. 636. Vgl. die zahlreichen Angaben zu seinem Beitrag zum Aufbau westdeutscher Forschungseinrichtungen nach 1945 bei Thomas *Stamm,* Zwischen Staat und Selbstverwaltung.

2 Vgl. die hierzu am 29.8.1950 geführten Kabinettsberatungen in: Kabinettsprotokolle, Bd. 2, S. 648. Vgl. a. Nr. 286, Anm. 4.

3 Erich *Wende* (1884–1966), Dr. rer. pol. et jur. h.c., Kulturpolitiker; 1917–1923 und 1926–1933 leitender Beamter im Preußischen Kultusministerium, 1923–1926 Kurator der Universität Kiel, 1933–1945 Landgerichtsdirektor in Berlin, 1945/46 Abteilungsleiter in der Justizverwaltung der SBZ, 1946–1950 Staatssekretär im niedersächsischen Kultusministerium, 1950–1953 Leiter der Kulturabteilung des Bundesinnenministeriums; vgl. Udo *Wengst,* Staatsaufbau und Regierungspraxis, S. 169 sowie (zu seiner Berufung ins BMI im Januar 1950) Thomas *Stamm,* a.a.O., S. 146, 148 und Kabinettsprotokolle, Bd. 2, S. 121.

4 Laut ms. Vermerk auf einem Schreiben Wendes an *Blankenhorn* vom 30.11. 1949 hatte diese Begegnung am 2.12.1949 stattgefunden.

Nr. 152

1 Zu diesem Vorgang, über den der Kanzler am 13.12.1949 im Kabinett berichtete, vgl. Kabinettsprotokolle, Bd. 1, S. 263f. Dort auch Angaben zur Antwortnote *François-Poncets* vom 7.12.1949 (AA, Noten an AHK, Bd. 22), mit der der französische Hohe Kommissar über die Anzahl der bereits abgeurteilten und der noch anhängigen Fälle informierte (Stand 31.10.1949: 234 Fälle, »die etwa 600 Angeklagte umfassen«) sowie die Beschleunigung und rechtliche Verbesserung (Stellung von Verteidigern) der in Frankreich noch ausstehenden Verfahren zusicherte. Vgl. Georg *Meyer,* Zur Situation der deutschen militärischen Führungsschicht, S. 630-635. – Vgl. a. Nr. 373.

Nr. 153

1 Zu diesem Schreiben an Jakob *Kaiser,* auch zu dessen Anschreiben vom 8.12. 1949 (StBKAH III/21), ausführliche Angaben mit Briefzitaten bei Erich *Kosthorst,* Jakob Kaiser, S. 98f.; Gisela *Rüss,* Anatomie einer politischen Verwaltung, S. 22; Franz *Thedieck,* Gespräche und Begegnungen mit Konrad Adenauer, S. 332; *ders.,* Hans Globke und die »Gewerkschaft der Staatssekretäre«, in: Klaus *Gotto* (Hrsg.),

Der Staatssekretär Adenauers, S. 144-159 (bes. S. 148) und Udo *Wengst,* Staatsaufbau und Regierungspraxis, S. 153f. Vgl. a. Kabinettsprotokolle, Bd. 1, S. 168 und Rudolf *Morsey,* Personal- und Beamtenpolitik, S. 217.

2 Hierzu das Anschreiben: »Berlin und die Sowjetzone müssen sehen, daß die Bundesrepublik auch für sie da ist. Es geht ja in unserer Politik um Gesamtdeutschland.« Vgl. Nr. 112, Anm. 2 und Nr. 197.

3 Kabinettsbeschluß vom 6.12.1949; vgl. Kabinettsprotokolle, Bd. 1, S. 243.

4 Vgl. Nr. 122, Anm. 1. – Kaiser am 8.12.1949 zur nach wie vor ungeklärten Frage der Ernennung *Thedieck*s zu seinem Staatssekretär: »... empfinde es einfach als lähmend, daß das noch nicht geschehen ist. Und daß stattdessen sogar eine Atmosphäre der Unsicherheit Platz greift. ... daß ich nicht zu den Männern gehöre, die einen wertvollen Mitarbeiter gegen bessere Überzeugung und gegen das Interesse der übernommenen Aufgabe fallen lassen könnten. Eher müßte ich selber die Konsequenzen ziehen«.

5 Zur Tätigkeit Thediecks als Generalreferent der deutschen Militärverwaltung in Brüssel (1940–1943; auf Anordnung Heinrich Himmlers aus dem Amt entfernt) vgl. Erich *Kosthorst,* a.a.O., S. 96f. und seine eigenen Angaben: Gespräche und Begegnungen mit Konrad Adenauer, S. 329.

6 Hierzu ein weiteres Adenauer-Schreiben an Kaiser vom 23.12.1949: »Gestern war auch der belgische Verkehrsminister [Paul Willem Segers] bei mir, den ich von früher her kenne. Ich habe mit ihm die Angelegenheit vertraulich besprochen. Er sagte mir, er kenne Herrn Thedieck. Herr Thedieck habe sich während der Besatzungszeit in Belgien tadellos verhalten. Trotzdem empfehle er, im Hinblick auf die Tätigkeit des Herrn Thedieck vor 1933 bezüglich Eupen-Malmédys, Herrn Thedieck nicht zum Staatssekretär in diesem Ministerium zu machen. Es würde das in Belgien sehr unangenehm wirken.«

7 Gemeinsam mit Wilhelm *Stuckart* verfaßte, 1936 erschienene »Kommentare zur deutschen Rassengesetzgebung« von 1935; vgl. Ulrich *von Hehl,* Der Beamte im Reichsinnenministerium: die Beurteilung Globkes in der Diskussion der Nachkriegszeit. Eine Dokumentation, in: Klaus *Gotto* (Hrsg.), a.a.O., S. 230-282.

8 Laut StBKAH 04.01 hatte die Besprechung Adenauer–Thedieck am 5.12. 1949 (11.00 h) stattgefunden.

9 Möglicherweise gemeint: Bundesinnenminister *Heinemann,* der als nächster Besucher nach Thedieck ebenfalls am 5.12.1949 (11.30 h) beim Kanzler gewesen war. Andere Ministerbesuche bei Adenauer zwischen dem 5. und 9.12.1949 sind in StBKAH 04.01 nicht erwähnt. Hierzu auch das Anschreiben Kaisers: »Lebhafter noch bedauere ich es, daß Sie – wie ich aus einer Unterhaltung mit Dr. Heinemann entnehmen durfte – glaubten, schon anderweitig über [Thedieck] verfügen zu können, ohne mir selbst ein Wort davon zu sagen.« – Ein anderes mit dieser Angelegenheit befaßtes Kabinettsmitglied wird in einem Privatbrief Adenauers an Ella *Schmittmann* vom 15.12.1949 benannt: »Meines Erachtens kannst Du den Brief [vgl. Anm. 12] Herrn Hellwege schicken, weil Herr Hellwege mir sagte, daß sein Vater mit Benedikt [Schmittmann] befreundet gewesen sei« (StBKAH 10.17).

10 Thedieck leitete 1923–1930 die Abwehrstelle des Preußischen Innenministeriums gegen den Separatismus im besetzten Rheinland (Sitz in Köln); vgl. seine eigenen Angaben: Gespräche und Begegnungen mit Konrad Adenauer, S. 327f.

11 Benedikt *Schmittmann* (1872–1939), 1919–1933 Ordinarius für Sozialwissenschaften an der Universität Köln, führendes Mitglied des ›Friedensbundes deutscher Katholiken‹, 1933 dienstentlassen und inhaftiert, am 13.9.1939 im Konzentrationslager Sachsenhausen ermordet; vgl. Adenauer, Briefe 1945–1947, S. 584f.

12 Hierzu schaltete Adenauer die Witwe Schmittmanns, Ella *Schmittmann,* ein, die in einer Aufzeichnung vom 12.12.1949 ohne direkte Schuldzuweisung gegen Thedieck u. a. die Auffassung vertrat: »Die Frage ist daher m. E. nicht so sehr, ob Thedieck am Tode von Schmittmann Schuld trägt, sondern ob er durch Beibehaltung dieser ›Abwehrstelle‹ sogar unter nat.soz. Regime die zwangsläufige Lebensgefährdung all der von dieser ›Abwehrstelle‹ erfaßten Rheinländer verantworten konnte und ob er nach dieser Betätigung geeignet erscheint, in die führende Stellung eines Staatssekretärs der neuen Bundesregierung berufen zu werden.«

Nr. 154

1 Laut FAZ (»›Absolut gegen eine Wehrmacht‹. Bundespräsident Heuss über die deutsche Demokratie«) hatte sich Heuss gegen die Schaffung einer deutschen Armee ausgesprochen: »Selbst wenn die westlichen Alliierten [dies] vorschlügen, würde er sich dagegen wehren. ... ›Unsere Verfassung erlaubt keine allgemeine Wehrpflicht.‹ ... Der augenblickliche Konflikt zwischen Ost und West könne bereinigt werden. ›Das ist ein weiterer Grund, warum ich gegen eine deutsche Wehrmacht bin‹«. – Nach einem diesem Schreiben beiliegenden, von Herbert *Blankenhorn* angefertigten, nicht ausgefertigten Entwurf vom 9.12.1949 sah Adenauer hierin einen Widerspruch »mit den von mir in letzter Zeit wiederholt dargelegten Auffassungen über die Frage der militärischen Sicherheit des Gebietes der Bundesrepublik ... Ich bitte, Verständnis dafür zu haben, wenn ich in diesem Falle darauf hinweise, daß nach dem Grundgesetz die Richtlinien der Politik der Bundesregierung vom Bundeskanzler zu bestimmen sind.«

Die in diesem Zeitraum vertretene Position Adenauers zur Wiederbewaffnung Deutschlands geht vor allem aus seinem am 3.12.1949 geführten Interview mit dem Korrespondenten des ›Cleveland Plain Dealer‹, John *Leacacos,* hervor. Hierzu und zur dadurch ausgelösten Kontroverse vgl. Konrad *Adenauer,* Erinnerungen, Bd. 1, S. 341-345. – Vgl. a. die am 16.12.1949 zum Interview abgegebene Kanzlererklärung vor dem Bundestag: »Das Äußerste, was wir in Betracht ziehen könnten, wäre ein deutsches Kontingent im Rahmen einer europäischen Armee«; zit. nach Stenographische Berichte, Bd. 1, S. 734.

Nr. 155

1 ›Kölner Aktenstücke zur Lage der Katholischen Kirche in Deutschland 1933–1945‹. Diese Dokumentation aus Aktenbeständen des Kölner Erzbistums war –

herausgegeben vom Domkapitular Wilhelm *Corsten* – 1949 im Verlag Bachem erschienen. Sie enthielt »Verlautbarungen, Hirtenbriefe, Kanzelverkündigungen, Ansprachen, Proteste und Eingaben, die während der Herrschaft des Nationalsozialismus von *Köln* ausgegangen oder wenigstens kirchenamtlich verbreitet worden sind« (aus dem Vorwort). Vgl. Klaus *Gotto,* Katholische Kirche, in: *Historisches Archiv der Stadt Köln* (Hrsg.), Widerstand und Verfolgung, S. 199-210.

Nr. 156

a ‹ › Hs. von Adenauer in den Entwurf eingefügt.

1 Vgl. Nr. 150. – Zur Kontroverse um die Ernennung *Blüchers* und zu den im Dezember 1949 erörterten personellen Alternativen vgl. Nr. 158. Vgl. a. Kabinettsprotokolle, Bd. 1, S. 261.

2 »Sobald eine deutsche Regierung errichtet worden ist, kann sie dem vorliegenden Abkommen beitreten durch Unterzeichnung einer Erklärung, die diejenigen Verpflichtungen für die Übernahme der Verantwortlichkeiten der deutschen Regierung ... enthält, welche die Signatarmächte vereinbaren mögen«.

3 Der letzte Halbsatz ist identisch mit der entsprechenden Klausel in Punkt 2 des Petersberger Abkommens.

Nr. 157

1 Der evangelische Kirchenpräsident von Hessen-Nassau in einem am 14.12. 1949 in der ›New York Herald Tribune‹/NYHT veröffentlichten Interview (nach Übersetzung im ›Wiesbadener Kurier‹ vom 16.12.1949): »... Deutschland würde rotes Regime der Spaltung vorziehen. [Niemöller] sagt aber, er hoffe, daß ein dritter Weg gefunden werden könne, um Deutschland als Nation am Leben zu lassen.« Aus einer daraufhin ebenfalls am 16.12.1949 wiederum vom ›Wiesbadener Kurier‹ verbreiteten Meldung (»Niemöller bezeichnet Bund als katholischen Staat«): »[Der westdeutsche Staat] ist meiner Meinung nach ein Kind, das im Vatikan gezeugt und in Washington geboren wurde.« Zu diesem Vorgang ausführliche Angaben bei Dietmar *Schmidt,* Martin Niemöller, Hamburg 1959, S. 204-207; Diether *Koch,* Heinemann und die Deutschlandfrage, S. 109-111; Hans-Peter *Schwarz,* Die Ära Adenauer 1949–1957, S. 123 und Kabinettsprotokolle, Bd. 2, S. 118. Der deswegen geführte Briefwechsel Adenauer–Niemöller (vgl. a. Nr. 174) wird, einschließlich des hier abgedruckten Schreibens, auszugsweise wiedergegeben bei Paul *Weymar,* Adenauer, S. 534-536.

2 Mit Vorzimmerschreiben vom 27.12.1949 ließ Niemöller u. a. eine bereits vorher in der Presse veröffentlichte Stellungnahme zum NYHT-Interview übermitteln (»Worum ging es wirklich? ... [um] die Frage nach unserem Verhalten in einer etwaigen Kriegssituation zwischen Amerika und Rußland. ... daß die Deutschen beider Zonen eine solche Beteiligung am Kriege und damit auch jede Remilitarisierung entschieden ablehnen«). Mit den am 3.1.1950 brieflich erneuerten Erläuterungen Niemöllers (»Es ging mir indessen ... um einen Weg zum Frieden ...«) gab sich Adenauer nicht zufrieden; am 4.1.1950 bat er um den

»Wortlaut Ihrer gesamten Erklärung ..., vor allem ... zu dem Teil, in dem Sie sich mit der Entstehung der Bundesrepublik Deutschland beschäftigt haben«. Vgl. Nr. 174, Anm. 2.

Nr. 158

a ‹...› Hs. von Adenauer korrigiert aus »wirtschaft«.

1 Laut Anschreiben waren am 16.12.1949 »in einem Kreise maßgeblichster Freunde aus der CDU und Vertretern der SPD sowie der Gewerkschaften« [!] Bedenken gegen die Ernennung Franz *Blüchers* zum Vertreter in der Ruhrbehörde (vgl. Nr. 156) geäußert worden (»... weil er immerhin als der Vertreter einer bestimmten wirtschaftlichen und politischen Auffassung zu gelten hat, die den Herren der Schwereisenindustrie und der Kohlenwirtschaft bei der in Aussicht genommenen Neuorientierung Patengeschenke überreichen will«).

2 Ähnlich die Begründung Adenauers in einem Schreiben vom 5.12.1949 an Karl *Arnold,* mit dem er dessen Vorschläge für die deutsche Interessenvertretung (Walther *Hensel* oder Carl *Spiecker*) abschlägig beschieden hatte (StBKAH 10.01).

3 Hans *Böckler* (1875–1951), 1949–1951 DGB-Vorsitzender; weitere biographische Angaben in: Adenauer, Briefe 1947–1949, S. 557. – Böckler hatte brieflich bereits am 21.11.1949 die Gewerkschaftsforderung vorgetragen, »in maßgeblicher und verantwortlicher Weise an dieser Mitarbeit beteiligt zu werden« (AA, 243-01, Bd. 1).

Hinweise auf die hier angesprochene Zusammenkunft des Kanzlers mit einer DGB-Delegation am 22.12.1949 sind in einem Adenauer-Schreiben an Theodor *Blank* vom 23.12.1949 enthalten: »Wir sind ... dahin übereingekommen, daß Herr Böckler mir zunächst vertraulich einen Namen nennt und meine Stellungnahme dazu hört, ehe ein offizieller Vorschlag erfolgt« (StBKAH 10.01). Die daraus resultierende Nominierung von Heinrich *Potthoff* als Stellvertreter Blüchers teilte Adenauer am 23.1.1950 der AHK mit (AA, Noten an AHK, Bd. 1a). Vgl. Kabinettsprotokolle, Bd. 1, S. 262 und Kabinettsprotokolle, Bd. 2, S. 127, 137.

Nr. 159

1 Walter *Strauß* (1900–1976), 1948/49 Leiter des Rechtsamtes des Vereinigten Wirtschaftsgebietes, 1949–1962 Staatssekretär im Bundesjustizministerium; weitere biographische Angaben in: Adenauer, Briefe 1947–1949, S. 556. – Eine Antwort des CDU-Rechtsexperten ist in StBKAH nicht erhalten; zum nachfolgenden, unter Verwendung dieses Adenauer-Briefes, Rudolf *Morsey,* Konrad Adenauer und die Gründung, S. 123 und Udo *Wengst,* Staatsaufbau und Regierungspraxis, S. 156.

2 Thomas *Dehler* (1897–1967), führender FDP-Politiker (1954–1957 Bundesvorsitzender), 1949–1953 Bundesminister der Justiz; weitere biographische Angaben in: Adenauer, Teegespräche 1950–1954, S. 649f. – Die divergierenden Vorstellungen über die Besetzung seines Staatssekretariats machte Dehler noch am 4.3.1950 in einem Schreiben an Adenauer deutlich; hierin benannte er als seinen

Wunschkandidaten den späteren ersten Präsidenten des Bundesgerichtshofes (1950–1960), Hermann *Weinkauff* (1894–1981), Strauß hingegen solle Vizepräsident des BGH werden (StBKAH III/21); vgl. Udo *Wengst,* a.a.O., S. 157.

Nr. 160

1 Der rheinland-pfälzische Ministerpräsident hatte über Unstimmigkeiten zwischen ihm und der CDU-Landtagsfraktion einerseits und dem bisherigen Staatssekretär im dortigen Innenministerium, *Wuermeling* (s. u.), berichtet. Anlaß: das Ausscheiden der SPD-, FDP- und KPD-Minister aus dem Allparteienkabinett Altmeier am 20.10.1949, die erneute Regierungsbeteiligung der Sozialdemokraten ab 14.12.1949. Zu diesem Vorgang, unter Verwendung des Adenauer-Briefes, Udo *Wengst,* Staatsaufbau und Regierungspraxis, S. 309f.

2 Franz-Josef *Wuermeling* (geb. 1900), rheinland-pfälzischer CDU-Politiker, November 1949–Februar 1950 mit der Wahrnehmung der Geschäfte des Staatssekretärs im Bundeskanzleramt beauftragt, 1949–1969 MdB, 1953–1962 Bundesminister für Familien- und Jugendfragen; weitere biographische Angaben in: Adenauer, Briefe 1947–1949, S. 566f.

3 Nach den nächsten rheinland-pfälzischen Landtagswahlen vom 29.4.1951 wurde das nachfolgende Kabinett *Altmeier* aus Vertretern von CDU und FDP zusammengesetzt. – Der Beilegung des hier ausgebrochenen Konfliktes diente u. a. eine am 9.1.1950 zustandegekommene persönliche Begegnung Adenauers mit dem Justiz- und Kultusminister von Rheinland-Pfalz, Adolf *Süsterhenn*; vgl. StBKAH 04.01, 12.50.

4 Am 24.12.1949 wurde die erste der traditionellen Weihnachtsansprachen des Bundeskanzlers über den NWDR ausgestrahlt (Aufnahme am 22.12.1949, Wortlaut in: StBKAH 12.50). Jahresende und Ausblick auf 1950 waren Gegenstand zahlreicher weiterer Interviews und Presseerklärungen, so z. B. einer am 28.12. 1949 von Rüdiger *von Wechmar* für United Press erbetenen Stellungnahme. Daraus die Kernsätze: »Für das Jahr 1950 erhoffe ich vor allem eine Stärkung des Friedensgedankens auf der ganzen Welt. Die Menschheit und vor allem wir Deutsche brauchen in erster Linie Frieden. ... So wünschenswert die baldigste Bildung einer gesamtdeutschen Regierung für jeden Deutschen ist, so ist sie dennoch nur dann möglich, wenn bürgerliche Freiheit auch in Ostdeutschland eingeführt wird. ... Wenn der deutsch-französische Gegensatz in Europa endgültig behoben ist, wird das m. E. zu einer engeren Verbindung zwischen allen westeuropäischen Ländern einschließlich Englands führen. Der älteste und tiefste Grund für die europäische Uneinigkeit liegt in diesem Jahrhunderte alten Gegensatz zwischen Deutschland und Frankreich. Wenn dieser Krankheitsherd im europäischen Gesamtkörper beseitigt ist, werden alle Glieder davon Vorteil haben« (StBKAH 07.09).

Nr. 161

1 Weihnachtsgrüße »von Ihrem Sie tief verehrenden« Karl Sigmund *Mayr* vom 16.12.1949.

2 Vgl. Nr. 71, Anm. 2.

3 Zum Verhältnis der CSU zur Bayernpartei nach der Bundestagswahl vgl. Ilse *Unger,* Die Bayernpartei, S. 154f. und Konstanze *Wolf,* CSU und Bayernpartei, S. 160-165.

4 Hinweise auf in diesem Zeitraum angeknüpfte Kontakte zwischen Wirtschaftlicher Aufbau-Vereinigung und CSU-Kreisen um Fritz *Schäffer* bei Hans *Woller,* Die Loritz-Partei, S. 128.

5 Unter Beteiligung Mayrs wurde ein »Evangelischer Arbeitskreis in der CSU« (nach analoger CDU-Gründung 1952) erst 1953 gebildet; vgl. Alf *Mintzel,* Die CSU, S. 204, 215-221. Zum Entstehungsprozeß evangelischer Interessenvertretungen in beiden Parteien Peter *Egen,* Die Entstehung des Evangelischen Arbeitskreises, S. 181-187.

Nr. 162

1 *Meerfeld* in seinen Glückwünschen zum Jahreswechsel: »Ich bin Sozialist, heute mehr denn je, aber ich habe auch Respekt vor dem Streben solcher Männer, die der gequälten Menschheit auf anderen Wegen zu helfen versuchen«; vgl. Nr. 111.

Nr. 163

1 Zum Kölner Journalisten Dr. Fritz *Blumrath* (vor 1945 zeitweise stellvertretender Chefredakteur der ›Kölnischen Zeitung‹) Angaben bei Josef *Hofmann,* Journalist in Republik, Diktatur und Besatzungszeit, S. 103-106, 110, 113, 142. – Vor dem hier nachgewiesenen brieflichen Kontakt hatte Adenauer am 22.12. 1949 ein persönliches Gespräch mit Blumrath über die zukünftige politische Ausrichtung und redaktionelle Gestaltung der ›Allgemeinen Kölnischen Rundschau‹ geführt (die als überregionales CDU-Organ in der britischen Zone zum 31.3. 1950 ihr Erscheinen einstellte; vgl. Heinz-Dietrich *Fischer,* Parteien und Presse, S. 144f., 154f.). In anderem Zusammenhang hatte sich Blumrath bereits am 12.11. 1949 dem Kanzler »zur Verfügung [gestellt], um so mehr, da, wenn das Eis mit Frankreich durch Ihre Bemühungen gebrochen wird, der Weg zu positiver Arbeit frei wird« (StBKAH 10.01; auf diesem Schreiben die hs. Terminnotiz Adenauers »Sonntag [13.11.1949] 12 Uhr«).

2 Reinhold *Heinen* (1894–1969), ab 1946 Herausgeber der ›Kölnischen Rundschau‹/KR; weitere biographische Angaben und frühe Belege für die zwischen ihm und Adenauer geführte kontroverse pressepolitische Korrespondenz in: Adenauer, Briefe 1945–1947, S. 427f., 443, 609. – Vor dem hier abgedruckten Schreiben hatte sich der Kanzler bereits am 17.11., 3.12. und 7.12.1949 kritisch mit der Berichterstattung der KR auseinandergesetzt (Vorwurf der SPD-Bevorzugung, »daß ich nur den Kopf schütteln kann«; »... keine richtige Kenntnis der

Sachlage ... «, » ... kein politisches Fingerspitzengefühl ... «. Schreiben an Heinen und die Lizenzträger dieser Zeitung, Josef *Baumhoff,* Fritz *Fuchs,* Hugo *Mönnig* und Fritz *Wester* in: StBKAH 07.27/12.50).

3 Hierin Kritik an dem Blumrath-Gespräch Adenauers, das frühere Vereinbarungen des Kanzlers mit dem KR-Lizenzträgergremium (zwecks Unterstützung der »Politik Ihrer Regierung«) in Frage stelle.

4 Theodor *Wolff* (1868–1943), liberaler Politiker und Publizist; 1906–1933 Chefredakteur des ›Berliner Tageblatts‹, 1918 Gründungsmitglied der DDP (1927 Parteiaustritt), 1933/34 über Zürich nach Nizza emigriert, 1943 verhaftet und an die Gestapo ausgeliefert, Tod nach Aufenthalten in den Konzentrationslagern Oranienburg und Sachsenhausen; vgl. Biographisches Handbuch, Bd. 1, S. 834 sowie Bernd *Sösemann* (Hrsg.), Theodor Wolff: Tagebücher 1914–1919. Der Erste Weltkrieg und die Entstehung der Weimarer Republik in Tagebüchern, Leitartikeln und Briefen des Chefredakteurs am ›Berliner Tageblatt‹ und Mitbegründers der ›Deutschen Demokratischen Partei‹, Boppard/Rhein 1984.

5 Ernst *Posse* (1860–1943), Dr. h.c., Journalist, 1901–1923 Chefredakteur der ›Kölnischen Zeitung‹; vgl. Ekkhard *Häussermann,* Konrad Adenauer und die Presse vor 1933, in: Hugo *Stehkämper* (Hrsg.), Konrad Adenauer, S. 233.

Nr. 164

1 Eduard *Hemmerle* (1884–1952), Dr. phil., Journalist; nach 1914 Stenograph und Berichterstatter beim Reichstag in Berlin, bis 1933 Redakteur der ›Kölnischen Volkszeitung‹, nach 1945 am Neuaufbau der Presse im Rheinland beteiligt, leitender Redakteur der ›Kölnischen Rundschau‹, Mitarbeiter des ›Rheinischen Merkur‹; vgl. Der Journalist, H. 5 (1952), S. 19.

Nr. 164A

1 Zur Verleihung der Stadtrechte an Köln im Jahre 50 n. Chr. (Benennung zu Ehren der römischen Kaiserin *Agrippina*) und den 1950 durchgeführten großangelegten Jubiläumsfeierlichkeiten vgl. Otto *Doppelfeld* (Bearb.), Quellen zur Geschichte Kölns in römischer und fränkischer Zeit, Köln 1958, S. 25-29 und Peter Joseph *Hasenberg* (Bearb.), Quellen zur Geschichte Kölns, S. 32f.

2 Im Verlauf des Stadtjubiläums wurden 1950 mehrere ähnliche Erklärungen und Artikel Adenauers veröffentlicht, so u. a. in einer vom ›Rheinischen Merkur‹ am 27.5.1950 herausgegebenen Sonderausgabe (S. 1f.: »Ein Vorort des Abendlandes«). Vgl. a. die stadtgeschichtlichen Aussagen Adenauers aus den 20er Jahren bei Engelbert *Hommel,* Der Kölner Konrad Adenauer, S. 23-32.

Nr. 165

1 Zu diesem Schreiben Adenauers an seinen Schwager Willy *Suth* konnte eine Antwort nicht nachgewiesen werden.

2 Nach provisorischer Unterbringung im Naturkunde-»Museum König« wurde der Amtssitz Adenauers im Herbst 1950 in das Palais Schaumburg verlegt (be-

nannt nach Prinz Adolf Wilhelm Victor *zu Schaumburg-Lippe,* der die frühere »Villa Löschigk« 1890 erworben hatte und gemeinsam mit seiner Frau, Prinzessin Friederike Amalie Wilhelmine Victoria – Schwester von Kaiser Wilhelm II. –, zu einem Mittelpunkt des Bonner Gesellschaftslebens gemacht hatte. Nach 1945 diente das Palais als Hauptquartier der belgischen Besatzungstruppen; »Haus des Bundeskanzlers« blieb es bis 1976; zu den deswegen dort in der Folgezeit vorgenommenen Veränderungen u. a. baulicher Art vgl. Nr. 244).

Nr. 166

1 Ernst *Wirmer* (1910–1981; Bruder des Rechtsanwalts Dr. Josef Wirmer – 1901–1944, nach Verurteilung durch den »Volksgerichtshof« hingerichtet –), hoher Verwaltungsbeamter; 1945–1949 in der Verwaltung des Landes bzw. (ab 1946) des Verwaltungsbezirkes Oldenburg, zuletzt als Regierungsdirektor, 1948/49 Mitglied des Parlamentarischen Rates für die CDU, 1949/50 Persönlicher Referent des Bundeskanzlers, 1950–1955 maßgeblich am Aufbau der Dienststelle Blank beteiligt, 1955–1975 Ministerialdirektor im Bundesministerium für Verteidigung; vgl. Udo *Wengst,* Staatsaufbau und Regierungspraxis, S. 191-193.

2 Die ›Kölnische Rundschau‹ hatte Antworten *Erhards* auf Fragen des CDU-Informationsdienstes »zur Problematik des Mitbestimmungsrechts der Arbeitnehmer in den Betrieben« veröffentlicht: »Mitwirkung ist ein Bestandteil der freien Marktwirtschaft; Mitbestimmung gehört in den Bereich der Planwirtschaft. ... Die ganze Frage darf nicht dazu führen, daß die Funktionen der einzelnen Organisationsformen miteinander vermanscht werden.« Vgl. Nr. 173.

3 Nach der in StBKAH III/21 erhaltenen Vorlage wurde dieses Telegramm noch am selben Tag aufgegeben; eine Reaktion des Bundeswirtschaftsministers konnte nicht nachgewiesen werden.

4 Auf diese Serie (die u. a. einen »Vorschlag zur Behandlung des Mitbestimmungsrechts aus der Perspektive des Arbeitsplatzes« enthielt) war Adenauer vom Verfasser Fritz *Blumrath* hingewiesen worden; Schreiben vom 24.12.1949 in StBKAH 07.26.

5 Paul *Bourdin* (1900–1955), November 1949–Februar 1950 Leiter des Presse- und Informationsamtes der Bundesregierung; weitere biographische Angaben in: Adenauer, Briefe 1947–1949, S. 573.

6 Die Anlagen sind in StBKAH nicht erhalten.

Nr. 167

1 Zu diesem Schreiben an Hans *Schwippert,* den Architekten der Bundesbauten in Bonn, konnte eine Antwort nicht nachgewiesen werden. Vgl. Nr. 244.

Nr. 168

a ‹...› Auslassung wie in der Vorlage.

1 Ein ausgefertigtes Exemplar dieses Schreibens an den französischen Außenminister vor dessen erstem Besuch in Bonn vom 13.–15.1.1950 (s. u.) konnte nicht

nachgewiesen werden. Falls es sich um die Vorlage eines dann nicht mehr abgeschriebenen Handschreibens handelt, besteht die Möglichkeit, daß es außerhalb der üblichen Formen postalischer Übermittlung und anschließender Archivierung persönlich überbracht wurde, wie in der Korrespondenz Adenauer–*Schuman* schon im August 1949 praktiziert (vgl. Nr. 84, Anm. 1). Kontaktmann in diesem Fall: der Bonner Mediävist Eugen *Ewig* (geb. 1913; Prof. Dr. phil., Ordinarius an den Universitäten Mainz [1954–1964] und Bonn [seit 1964]), der Adenauer nach einer persönlichen Begegnung am 9.1.1950 (vgl. StBKAH 04.01) am 19.1.1950 schrieb: »Es war mir möglich, Herrn Schuman noch kurz vor seiner Abreise in Paris zu erreichen und ihm Ihren Standpunkt vorzutragen. Zu einer eingehenden Diskussion kam es nicht, da Herr Schuman nur wenig Zeit hatte und mir auch die nötigen Unterlagen fehlten« (StBKAH 10.01).

2 Zu den anschließenden direkten Beratungen Adenauers mit Schuman in Bonn (die der Information des Außenministers über deutsche Standpunkte dienten und zu keinem gemeinsamen Verhandlungsergebnis führten) vgl. Konrad *Adenauer,* Erinnerungen, Bd. 1, S. 294-302 (dort, S. 296, Erläuterungen zum Saarkonflikt Anfang 1950, die mit dem nachfolgenden Dokument teilweise wörtlich übereinstimmen); Herbert *Blankenhorn,* Verständnis und Verständigung, S. 90f.; Rudolf *Mittendorfer,* Robert Schuman, S. 129-136; Kabinettsprotokolle, Bd. 2, S. 123, 134 und Hans-Peter *Schwarz,* Die Ära Adenauer 1949–1957, S. 91-93.

3 Vgl. Nr. 56, Anm. 2.

4 Zu der in diesem Zeitraum vertretenen Position Kurt *Schumachers* in der Saarfrage (über die der SPD-Vorsitzende am 13.1.1950 auch mit Schuman selbst konferierte) vgl. Arno *Scholz*/Walther G. *Oschilewski* (Hrsg.), Turmwächter der Demokratie, Bd. 1, S. 305-307. Dort auch mehrere Belege für seine hier erwähnte Kritik am Bundeskanzler.

5 Vgl. Robert H. *Schmidt,* Saarpolitik, Bd. 2, S. 217-221.

6 Die wesentlichen Bestandteile der am 3.3.1950 in Paris unterzeichneten Saarkonventionen: Allgemeine Konvention zwischen dem Saarland und Frankreich; Konvention über die Durchführung der französisch-saarländischen Wirtschaftsunion; Konvention zwischen dem Saarland und Frankreich über den Betrieb der Saargruben. Druck: Robert H. *Schmidt,* a.a.O., S. 244-248, 681-691; vgl. Rudolf *Mittendorfer,* a.a.O., S. 139f. – Zu den Bonner Reaktionen auf diese Konventionen, soweit im Schriftverkehr des Kanzlers nachweisbar, vgl. Nr. 190, 192 und 194.

7 Art. 1 der Allgemeinen Konvention: »Das Saarland ist autonom in Gesetzgebung, Verwaltung und Rechtsprechung«; vgl. a.a.O., S. 681.

8 Johannes *Hoffmann* (1890–1967), 1947–1955 Ministerpräsident des Saargebietes; weitere biographische Angaben in: Adenauer, Teegespräche 1950–1954, S. 625. – Zu seinem Verständnis von »politischer Autonomie« hatte sich Hoffmann am 2.9.1949 auf einer Pressekonferenz in Straßburg geäußert; vgl. AdG, Jg. 18/19 (1948/49), S. 2057 und Robert H. *Schmidt,* a.a.O., S. 218.

9 Zu der auf 50 oder 99 Jahre geplanten Anpachtung der Saargruben durch Frankreich lag Adenauer bei seinem diesbezüglichen Gespräch mit Schuman am

15.1.1950 (vgl. Konrad *Adenauer,* Erinnerungen, Bd. 1, S. 299f.) u. a. eine schriftliche Argumentationshilfe Franz *Blüchers* vom 11.1.1950 vor: falls derartige Versuche mit den Reparationsforderungen Frankreichs begründet würden, könne dem mit dem Hinweis auf die aus der französischen Besatzungszone bereits entnommenen Güter und Leistungen im Wert von über 300 Millionen Dollar entgegnet werden (StBKAH III/68). – In einer weiteren vorbereitenden Expertise vom 11.1.1950 unterbreitete Ludwig *Erhard* dem Kanzler den Vorschlag eines von Belgien, Deutschland, Frankreich und Luxemburg gemeinsam zu errichtenden »Rates der Saarländischen Wirtschaft« (vgl. a.a.O.).

10 Hierfür keine Belege in der Adenauer-Korrespondenz. Die vor diesem Schreiben letzte interfraktionelle Besprechung des Bundeskanzlers hatte am 14.12. 1949 stattgefunden; vgl. StBKAH 04.01. – Über eine Abstimmung der Regierungsposition mit der Opposition (Gespräch mit Carlo *Schmid* am 11.1.1950 über die »Möglichkeit für eine von beiden Parteien gemeinsam zu praktizierende Politik«) berichtet Herbert *Blankenhorn,* a.a.O., S. 89.

11 Gemeint ist der Europarat, dessen assoziiertes Mitglied die Bundesrepublik nach Bundestagsbeschluß vom 15.6.1950 wurde; vgl. Nr. 212.

Nr. 169

1 Franz Rudolf *von Weiss* (1885–1960), 1920–1950 im Schweizerischen Generalkonsulat Köln, ab 1943 als Generalkonsul. Belege für die besonders intensive Beziehung zwischen Adenauer und seinem »langjährigen Freund« von Weiss (vgl. Konrad *Adenauer,* Erinnerungen, Bd. 1, S. 39) und weitere biographische Angaben in: Adenauer, Briefe 1945–1947, S. 39, 333f., 509, 548; Briefe 1947–1949, S. 131f., 247-249, 357, 447. Vgl. a. die in der im Dokumentenkopf genannten Veröffentlichung enthaltene Würdigung.

2 Hierzu vgl. neben den Belegen in der o. g. Literatur Wilhelm *Treue,* Das Schicksal des Bankhauses Sal. Oppenheimer jr. & Cie. und seiner Inhaber im Dritten Reich, in: Zeitschrift für Unternehmensgeschichte, Beiheft 27 (1983), S. 68f. (Druck eines Gestapo-Berichtes vom 4.8.1944, in dem von Weiss »wegen seiner hervorragenden Verbindungen zu den verschiedensten Gesellschafts- und Wirtschaftskreisen« als eine der »für das Ausland ... besten Nachrichtenquellen« bezeichnet wird).

Nr. 170

1 *Dehlers* Position in der von Adenauer nachfolgend aufgeworfenen Frage des Sitzes des Bundesgerichtshofes (der schließlich nach Karlsruhe verlegt wurde) geht aus den diesbezüglichen Kabinettsberatungen hervor; vgl. Kabinettsprotokolle, Bd. 2, S. 208, 215f., 246, 280f., 343, 379f., 529.

2 In diesem Sinne hatte sich bereits am 17.11.1949 der Adenauer-Sohn Max an seinen Vater gewandt; weitere Belege aus dem nachfolgenden Zeitraum: Schreiben des langjährigen Adenauer-Bekannten Justizrat Dr. Heinrich *Schrömbgens* vom 16.1.1950, des Kölner Oberstadtdirektors Willy *Suth* vom 27.1.1950, dazu

eine Denkschrift des Kölner Juristen Hans Carl *Nipperdey* (1895–1968; Prof. Dr. jur., ab 1925 Ordinarius an der Kölner Universität, 1954–1963 Präsident des Bundesarbeitsgerichts), die der Kanzler am 18.1.1950 an Dehler weiterleitete (alle Unterlagen in BA, B 136/1840).

3 Damit gemeint: die in Köln 1947 bzw. 1948 eingerichteten Vorläuferorganisationen des Bundesgerichtshofes, der Oberste Gerichtshof für die britische Zone und das Deutsche Obergericht für das Vereinigte Wirtschaftsgebiet; vgl. Walter *Vogel,* Westdeutschland, T. I, S. 109-113.

Nr. 171

1 Der Bundesminister für gesamtdeutsche Fragen hatte zuvor den direkten persönlichen Kontakt zwischen Adenauer und dem Adressaten (Besprechung am 4.1.1950) hergestellt; Schreiben vom 20.12.1949 in StBKAH III/21.

2 Friedrich *Ernst* (1889–1960), Dr. jur., Verwaltungsjurist und Bankier (Teilhaber des Hauses Delbrück, Schickler & Co); 1919–1931 im Preußischen Finanzministerium, 1931–1939 Reichskommissar für das Bankgewerbe, nach dem 20.7. 1944 verhaftet, 1949–1960 Vorsitzender des Verwaltungsrates der Berliner Zentralbank; vgl. Hans J. *Reichardt* (Bearb.), Ernst Reuter, Bd. 4, S. 131, 140, 267, 1055 sowie die Hinweise auf seine im nachfolgenden erörterte, nicht zustandegekommene Kandidatur als Bundesbevollmächtigter in Berlin in: Kabinettsprotokolle, Bd. 1, S. 258; Kabinettsprotokolle, Bd. 2, S. 119. Dort auch Angaben zur Übernahme der genannten Funktion durch Heinrich *Vockel* im Februar 1950; zu Aufgabenbereich und Amtsausübung des Bevollmächtigten vgl. Johann Baptist *Gradl,* Adenauer und Berlin, S. 353-356.

Nr. 172

1 Heinrich *Lehmann* (1876–1963), Prof. Dr. jur. et rer. pol. hc.; Jurist, Ordinarius für Römisches und Deutsches Bürgerliches Recht an den Universitäten Jena (ab 1912), Straßburg (1917/18) und Köln (ab 1920), dort 1921/22 Rektor, Verfasser zahlreicher maßgebender Lehrbücher des Zivilrechtes; hierzu vgl. die Angaben Hans Carl *Nipperdeys* in: *ders.* (Hrsg.), Das deutsche Privatrecht in der Mitte des 20. Jahrhunderts. Festschrift für Heinrich Lehmann zum 80. Geburtstag, Bd. 1, Berlin–Frankfurt/Main–Tübingen 1956, S. III-XVI. – Auf frühere Beziehungen Adenauers zu Lehmann (der über seine Frau mit dem Adenauer-Schwager Max *Weyer* verwandt war) verweist Konrad *Adenauer jun.,* Adenauer als Präsident des Preußischen Staatsrates, S. 759. Politisch relevant der Kontakt, der sich 1951 aus gutachterlicher Tätigkeit des Juristen in Mitbestimmungsfragen ergab; hierzu Gabriele *Müller-List* (Bearb.), Montanmitbestimmung, S. LVII.

2 Lehmann hatte am 11.1.1950 um Hilfe für seinen Sohn Karl-Heinz gebeten, über dessen Schicksal in russischer Kriegsgefangenschaft ihm besorgniserregende Nachrichten vorlägen.

3 Max *Reimann* (1898–1977), 1949–1953 MdB (KPD); weitere biographische Angaben in: Adenauer, Briefe 1945–1947, S. 663.

4 Heinz *Renner* (1892–1964), 1949–1953 MdB (KPD); weitere biographische Angaben a.a.O., S. 751.

Nr. 173

1 Soweit ersichtlich, war Adenauer zuletzt am 16.12.1949 von *McCloy* auf die Mitbestimmungsproblematik und die Dringlichkeit eines entsprechenden Bundesgesetzes angesprochen worden (das nach Verabschiedung durch den Bundestag am 10.4.1951 am 21.5.1951 verkündet wurde). Vgl. Kabinettsprotokolle, Bd. 1, S. 226; Werner *Link,* Deutsche und amerikanische Gewerkschaften und Geschäftsleute, S. 75f. und Gabriele *Müller-List* (Bearb.), Montanmitbestimmung, S. 31. Eine übersichtliche Gesamtdarstellung der Mitbestimmungsdiskussion (besonders auch der Position Adenauers) gibt *dies.,* Die Entstehung der Montanmitbestimmung, in: Walter *Först* (Hrsg.), Zwischen Ruhrkontrolle und Mitbestimmung, S. 121-142, 214-217; *dies.,* Adenauer, Unternehmer und Gewerkschaften. Zur Einigung über die Montanmitbestimmung 1950/51, in: VfZ, Jg. 33 (1985), S. 288-309; vgl. a. Bernd *Otto,* Der Kampf um die Mitbestimmung, passim und Horst *Thum,* Mitbestimmung, passim.

2 Hierzu vgl. die Kabinettsberatungen vom 29.11.1949 in: Kabinettsprotokolle, Bd. 1, S. 226-228.

3 In diesem Sinne ein Schreiben Anton *Storchs* an den stellvertretenden Bundesvorsitzenden des DGB, Matthias *Föcher,* vom 9.11.1949; Teildruck: Gabriele *Müller-List* (Bearb.), a.a.O., S. 6.

4 Walter *Raymond* (1886–1972), Dr. phil., Industrieller; 1930–1959 Vorstandsmitglied der Vereinigten Deutschen Metallwerke AG, Frankfurt/Main, 1949–1953 Präsident der Bundesvereinigung der Deutschen Arbeitgeberverbände.

5 Gemeint sind: die Verhandlungen der Sozialpartner in Hattenheim am 9./10.1.1950; Druck einer hierzu in BA, B 156/3 erhaltenen Niederschrift: Gabriele *Müller-List* (Bearb.), a.a.O., S. 11-22.

6 Wilhelm *Herschel* (geb. 1895), Arbeitsrechtler, 1949–1960 Abteilungsleiter im Bundesministerium für Arbeit und Sozialordnung; weitere biographische Angaben in: Adenauer, Briefe 1945–1947, S. 715f.

7 Genauer die Datierung (»Vorlage einer entsprechenden Gesetzesvorlage bis 1.4.1950«) in einem am 20.1.1950 unter Hinweis auf dieses Schreiben erstatteten Bericht Adenauers im Kabinett; vgl. Kabinettsprotokolle, Bd. 2, S. 147f. – Der weitere Verlauf der Diskussion und die Position McCloys bzw. die von ihm aus der Nichteinhaltung dieser Zeitplanung gezogene Konsequenz geht aus Nr. 209, Anm. 7 hervor.

Nr. 174

1 Vgl. Nr. 157, Anm. 1 und 2.

2 *Niemöller* antwortete am 25.1.1950: »Was die Äußerung: ›Im Vatikan gezeugt – in Washington geboren‹ angeht, so war sie eine Wiederholung dessen, was ich bereits früher zum Ausdruck gebracht hatte. ... Dagegen möchte ich es

ablehnen, von Ihnen Belehrungen entgegenzunehmen darüber, daß dies sogenannte ›Interview‹ bei den Hohen Kommissaren ›etwas peinliches Aufsehen erregt hat‹. Ich habe in der Zwischenzeit ein mehrstündiges Gespräch sowohl mit Mr. McCloy wie auch mit M. François-Poncet gehabt, so daß ich über die Auffassung dieser beiden Herren völlig im Bilde bin. Von einem ›peinlichen Aufsehen‹ habe ich bei beiden Herren nichts gefunden«; vgl. Paul *Weymar,* Adenauer, S. 535f. und Kabinettsprotokolle, Bd. 2, S. 118.

Nr. 175

1 Diese Antwort des britischen Hohen Kommissars datiert vom 4.2.1950 und enthält die Zusicherung, »daß ich Ihre Besorgnis teile, daß die [durch Wohnungsbeschlagnahmungen für alliierte Besatzungszwecke] für die deutsche Bevölkerung entstehenden Unzuträglichkeiten auf ein Mindestmaß beschränkt werden sollten ...«. In diesem Sinne habe er, *Robertson,* selbst »absichtlich und unter Hinnahme größter Unbequemlichkeiten mein Büro in Wahnerheide errichtet und mußte viele meiner Mitarbeiter veranlassen, dort in barackenartigen Verhältnissen zu wohnen, um den Druck auf das Enklaven-Gebiet zu mildern.« Den von Adenauer nachfolgend bezifferten Umfang der Maßnahmen hingegen zweifele er an; zwecks Vergleich mit den wesentlich niedrigeren eigenen Zahlenangaben werde er Verbindung mit dem Bundesministerium für Wohnungsbau aufnehmen (AA, Noten von AHK, Bd. 22. Dort auch ein weiteres Schreiben Robertsons vom 21.3. 1950, mit dem er seinerseits Kritik an deutschen Stellen übte, die für die Unterbringung seines Mitarbeiterstabes nicht die erforderlichen baulichen Voraussetzungen schüfen – ›kaum Fortschritte in der tatsächlichen Baudurchführung‹ – und dadurch möglicherweise weitere Beschlagnahmungen provozierten).

2 Vereinzelte Belege hierfür, die über persönliche Bemühungen des Bundeskanzlers in akuten Notfällen sowie über diesbezügliche Kontakte zum Bundeswohnungsbauministerium, zur nordrhein-westfälischen Landeswohnungsstelle, auch zu städtischen Wohnungsämtern Aufschluß geben, sind in StBKAH 10.02 erhalten.

Nr. 176

1 Seit dem 10.11.1948 in Kraft: Gesetz Nr. 75 der britischen und amerikanischen Militärregierung über die ›Umgestaltung des deutschen Kohlenbergbaus und der deutschen Eisen- und Stahlindustrie‹ mit der zentralen Zielsetzung der »Dezentralisation der deutschen Wirtschaft ... zu dem Zwecke, die übermäßige Konzentration von Wirtschaftskraft zu beseitigen und das Entstehen der Fähigkeit zur Kriegsführung zu verhindern«; Druck: Die Neuordnung der Eisen- und Stahlindustrie, S. 319-335. Dort (S. 341-363) auch Druck des weitgehend identischen AHK-Gesetzes Nr. 27, das am 16.5.1950 an die Stelle des früheren Dekartellisierungs- und Entflechtungsgesetzes trat. Vgl. Rolf *Steininger,* Großbritannien und die Ruhr, in: Walter *Först* (Hrsg.), Zwischen Ruhrkontrolle und Mitbestimmung, S. 45-53 und Horst *Thum,* Mitbestimmung, S. 49-53. – Nach der von Adenauer

erwähnten Präambel blieb die endgültige Neuordnung »einer aus freien Wahlen hervorgegangenen, den politischen Willen der Bevölkerung zum Ausdruck bringenden deutschen Regierung« vorbehalten.

2 Zur Behandlung des Gesetzes im Kabinett vgl. Kabinettsprotokolle, Bd. 1, S. 148f.; Kabinettsprotokolle, Bd. 2, S. 288. – Dort sowie bei Horst *Thum* (a.a.O., S. 56) auch Angaben zu dem hier abgedruckten Schreiben sowie zur Antwortnote vom 23.2.1950, mit der die AHK (durch deren dann amtierenden Vorsitzenden *McCloy*) lediglich deutsche Mitwirkung, nicht hingegen Gesetzesinitiativen akzeptierte: »... the High Commission is not prepared at this time to authorize the initiation of legislation in this field by the Federal Government under paragraph 4 of the Occupation Statute and requests that no such action be taken by the Federal Government« (AA, Noten von AHK, Bd. 22; BA, B 136/2456). – Vgl. Nr. 208.

3 Vgl. Nr. 148, Anm. 1.

4 Hierzu vgl. Horst *Thum,* a.a.O., S. 56.

5 Hierin war die deutsche Befugnis in Aussicht gestellt worden, »nach ordnungsgemäßer Benachrichtigung der Besatzungsbehörden ... Gesetze zu erlassen und Maßnahmen zu treffen, es sei denn, daß die Besatzungsbehörden etwas anderes besonderes anordnen ...«.

Nr. 177

1 Dieses Stenogramm ist in StBKAH nicht erhalten. Zur inkriminierten Konferenz des Bundespressechefs *Bourdin,* auch zu dem hier abgedruckten Schreiben, vgl. Kabinettsprotokolle, Bd. 2, S. 176. – Auf die in diesen Tagen häufigere Kritik Adenauers an der Amtsführung Bourdins (die zu dessen Rücktritt führte; Nachfolger ab Februar 1950: Heinrich *Brand*) verweist auch Arnulf *Baring,* Außenpolitik in Adenauers Kanzlerdemokratie, S. 41-43.

2 Bezieht sich auf ein Gespräch des Kanzlers mit *McCloy* am 19.1.1950 in Bad Homburg (Thema: Saarfrage), über das Adenauer selbst ausführlich berichtet hat; vgl. Erinnerungen, Bd. 1, S. 303f. und Kabinettsprotokolle, Bd. 2, S. 146.

3 Vgl. Nr. 168, Anm. 1, 2 und 9.

Nr. 178

1 Nach einer von *François-Poncet* verwendeten dpa-Meldung hatte *Dehler* am 22.1.1950 u.a. erklärt: »Wir haben das Recht, die These zu widerlegen, nach welcher Deutschland eine überwiegende Verantwortung für den ersten Weltkrieg gehabt haben soll.... Es ist jetzt auch an der Zeit zu sagen, daß Deutschland nicht allein für das Hitlerphänomen verantwortlich ist. Hitler war weitgehend eine Folgeerscheinung des Versailler Vertrages und vor allem der kleinmütigen Haltung Frankreichs, das glaubte, die einzige Lösung der europäischen Frage sei die, Deutschland nicht wieder hochkommen zu lassen, ihm einen Sicherheitsgürtel aufzuzwingen und den Deutschen Österreichs und Böhmens den Weg nach Deutschland zu verschließen« (vgl. Anm. 3). Dazu der französische Hohe Kom-

missar: »Solche Worte aus dem Munde eines Bundesministers tragen einen überaus schockierenden Charakter. Sie gehen tatsächlich darauf hinaus, durch eine flagrante Entstellung der Geschichte Frankreich die Verantwortung für den ersten Weltkrieg aufzubürden ...« Zu diesem Vorgang vgl. Arnulf *Baring,* Außenpolitik in Adenauers Kanzlerdemokratie, S. 42; Rudolf *Mittendorfer,* Robert Schuman, S. 138 und Kabinettsprotokolle, Bd. 2, S. 157f.

2 Druck dieses ebenfalls am 24.1.1950 im Kabinett beschlossenen Pressekommuniqués: Kabinettsprotokolle, Bd. 2, S. 157f. – In einer ersten öffentlichen Stellungnahme hatte Adenauer bereits am 23.1.1950 mitgeteilt, »daß er zunächst feststellen werde, was [...] Dr. Dehler in Hamburg ausgeführt habe. Er hält es für durchaus unwahrscheinlich, daß [...] Dr. Dehler solche Äußerungen gemacht haben sollte.« Von den angekündigten Erkundigungen zeugt ein ›dringendes‹ Telegramm, das tags darauf der Hamburger CDU-Politiker Paul *de Chapeaurouge* an Adenauer richtete: »Habe Hamburger Rede Dehler gehört. Sie war sehr maßvoll im Ton und inhaltlich nicht zu beanstanden« (StBKAH 10.01; Übermittlung des Telegramms um 10.00 h, Beginn der o. g. Kabinettssitzung um 11.10 h).

3 Im nachfolgenden stützt sich Adenauer auf ein Schreiben des Bundesjustizministers vom 23.1.1950, dessen Durchschlag im Archiv des Deutschen Liberalismus, NL Dehler, Ordner 1, erhalten ist. Dehlers Richtigstellung der in Anm. 1 wiedergegebenen Presseversion (»... einige Sätze ... aus dem Zusammenhang gerissen ...«): »Die Politik Frankreichs während der Weimarer Zeit ... habe ich als einen verhängnisvollen Irrtum bezeichnet und daraus die Folgerung gezogen, daß nur durch eine vorbehaltslose Verständigung zwischen Frankreich und Deutschland die Wiederholung gleichen Unheils ausgeschlossen werden könne. Es ist demnach nicht richtig, daß ich Frankreich die Verantwortung für den ersten Weltkrieg aufgebürdet habe.... Der Grundtenor meiner Rede war die Forderung, daß das Leben unseres Volkes nach außen und im Innern auf Recht und Gerechtigkeit gegründet werden müsse. Ich glaube nicht, daß ich das Billigkeitsgefühl, das mein Amt als Justizminister erfordert, habe vermissen lassen.«

Nr. 179

1 Diese Zeitschrift erschien seit 1947 als sozialdemokratisches Grundsatzorgan in Berlin, einer ihrer Lizenzträger: der SPD-Politiker Otto *Suhr* (1894–1957), Dr. phil.; 1922–1933 Sekretär des Allgemeinen Deutschen Gewerkschaftsbundes, nach 1933 freier Volkswirt, 1948/49 Mitglied des Parlamentarischen Rates, ab 1949 Direktor der Deutschen Hochschule für Politik, 1949–1952 MdB, 1951–1954 Präsident des Abgeordnetenhauses, 1955–1957 Regierender Bürgermeister von Berlin. – Suhr hatte Adenauer am 27.12.1949 ein Probeheft des ›Sozialistischen Jahrhundert‹ zugesandt: »Der Inhalt ... dürfte Sie davon überzeugen, daß es auch für Sie wertvoll sein würde, zu den ständigen Lesern ... zu gehören.«

Nr. 180

1 Mit dieser Denkschrift über Vorgeschichte und Stand der Saarfrage vom 12.1. 1950 (20-seitiges Manuskript, vervielfältigt) hatte *Kaiser* noch vor dem Bonn-Besuch Robert *Schumans* (vgl. Nr. 168, Anm. 1 und 2) vor deutsch-französischen Kompromissen hinsichtlich des Saarstatus gewarnt. Ausführliche Angaben zum Inhalt und Druck der abschließenden Passage (»1. Keine weiteren Tatsachen vor Abschluß des Friedensvertrages; 2. Volksabstimmung an der Saar über Status quo, Anschluß an Frankreich oder Verbleiben bei Deutschland. ... Lösung der Saarfrage ... nur im gesamteuropäischen Rahmen ...«): Erich *Kosthorst,* Jakob Kaiser, S. 119f.; vgl. a. Gisela *Rüss,* Anatomie einer politischen Verwaltung, S. 166f.

2 Hierzu und zum nachfolgenden, unter Verwendung dieses Adenauer-Briefes, Erich *Kosthorst,* a.a.O., S. 120-124, 319f., 369, 390; Arnulf *Baring,* Außenpolitik in Adenauers Kanzlerdemokratie, S. 42f. und Kabinettsprotokolle, Bd. 2, S. 158.

3 Pressekonferenzen vom 15. und 16.1.1950 mit zentralen Aussagen Adenauers zur zukünftigen Entwicklung an der Saar (Wunsch der Bundesregierung, daß die dortige Bevölkerung selbst ihrer Meinung Ausdruck verleiht); Belege für die hierüber erstatteten Presseberichte in StBKAH 12.08.

4 Kabinettssitzung vom 13.1.1950; vgl. Kabinettsprotokolle, Bd. 2, S. 158.

5 Vgl. Nr. 178.

6 Presseerklärung vom 24.1.1950: »Es handelt sich um den Entwurf einer Denkschrift, die weder dem Bundeskanzler noch der Bundesregierung vorgelegen hat und durch eine Indiskretion an die Öffentlichkeit gekommen ist. Von den Vorschlägen der Denkschrift hat der Bundeskanzler durch die Presse Kenntnis bekommen. Er ist mit diesen Vorschlägen nicht einverstanden« (StBKAH 12.50). Aus einer Gegenerklärung Kaisers (von der der Minister den Kanzler noch am selben Tage brieflich in Kenntnis setzte): »Die ... Denkschrift ... wurde ... den Mitgliedern des Bundeskabinetts als vertrauliches Material zur Beurteilung des Saarproblems zugeleitet. Das Bekanntwerden der Denkschrift in der Öffentlichkeit entsprach nicht dem Willen des Ministeriums. Die in der Denkschrift gezogenen Schlußfolgerungen suchen den deutschen und europäischen Notwendigkeiten Rechnung zu tragen, um die es bei der Saarfrage geht« (StBKAH 12.08).

7 Hierzu Adenauer noch deutlicher in dem nicht ausgefertigten Entwurf eines Schreibens an Kaiser vom 24.1.1950: »Es handelt sich um eine Materie, die nach Lage der Dinge zu meinem Arbeitsbereich gehört« (auf diesem Brief die hs. Notiz Arenz »nicht abgesandt, da mit Schreiben vom 30.I.50 erl.«).

8 Vgl. Art. 65 GG.

9 Nach einer Aktennotiz des Bundespressechefs *Bourdin* vom 25.1.1950 (der das Original der entsprechenden AFP-Meldung desselben Tages beilag) hatte Kaiser gegenüber der französischen Nachrichtenagentur erklärt: »Ich verstehe, daß die Staatsraison unter gewissen Umständen vor anderen Erwägungen den Vorrang hat. Sie darf aber nicht der Menschenwürde Abbruch tun« (StBKAH 12.08).

Nr. 181

1 Bezieht sich auf einen am 18.1.1950 eingebrachten SPD-Antrag »betreffend Bekämpfung der Arbeitslosigkeit« (Bundestagsdrucksache Nr. 406), mit der die Oppositionspartei »ein eingehendes Programm zur Bekämpfung der Arbeitslosigkeit mit dem Ziel der Vollbeschäftigung« gefordert hatte. Nach vorheriger Beratung im Kabinett (vgl. Kabinettsprotokolle, Bd. 2, S. 193-195) war dieses dominierende Thema des Winters 1949/50 (ca. 2 Millionen Arbeitslose im Februar; Quote 13,5 %) einziger Beratungsgegenstand der 36. Bundestagssitzung vom 9.2.1950, der Antrag wurde mit großer Mehrheit angenommen; vgl. Stenographische Berichte, Bd. 2, S. 1141-1214. Dort (S. 1149-1154) auch die eigenen Ausführungen Adenauers (›es hätte des SPD-Antrages nicht bedurft‹) sowie die des Adressaten Anton *Storch* zu den bevorstehenden Arbeitsbeschaffungsmaßnahmen. Hierzu vgl. Helmut *Meinhold,* Das Arbeitsbeschaffungsprogramm von 1950 – Experiment und Lehre, in: Wirtschaftsfragen der freien Welt. Festschrift für Ludwig Erhard, Frankfurt/Main 1957, S. 342-350 und Manfred *Pohl,* Wiederaufbau, S. 94-102, 128-136. – Vgl. a. Nr. 185.

2 Diese Anlagen sind in StBKAH nicht erhalten.

Nr. 182

1 Dieses Schreiben *Blanks* ist in StBKAH nicht erhalten. Aus anderer Gegenkorrespondenz dieses Zeitraums (Schreiben von Franz *Etzel* vom 1.2.1950 in StBKAH 10.01 und Heinrich *von Brentano* vom 2.2.1950 in StBKAH III/38) geht hervor, daß sich Adenauer im nachfolgenden auf eine Sitzung der CDU/CSU-Bundestagsfraktion vom 31.1.1950 bezieht, in der er zur wirtschaftspolitischen Lage u. a. geäußert hatte: »Unter keinen Umständen dürfe es so weitergehen ... Es ist zu überprüfen, ob es nicht an der Zeit ist, den Kurs unserer Wirtschaftspolitik zu überprüfen und an deren Stelle eine konkrete Behandlung der Wirtschaft vorzunehmen«; vgl. Rolf *Wenzel,* Konrad Adenauer und die Gestaltung der Wirtschafts- und Sozialordnung im Nachkriegsdeutschland, S. 132.

Nr. 183

1 So die ›Bonner Rundschau‹ am 8.2.1950 unter Berufung auf »Beamte der alliierten Oberkommission in Frankfurt«. Anlaß: die am 5.2.1950 gehaltene Adenauer-Rede bei der Schlußkundgebung der Deutschland-Tagung der CDU/CSU-Sozialausschüsse in Oberhausen, in der der Kanzler sich, dem zitierten Artikel zufolge, »[i]n einem kleinen Abstecher ... kurz mit ›alliierten Sprechern‹ beschäftigt und ihnen größere Zurückhaltung empfohlen« hatte.

2 Hinweise auf dieses Gespräch vom 7.2.1950 in Frankfurt/Main (in dem u. a. »die Frage der Öffnung der saarländisch-deutschen Grenze behandelt« worden war) in einem Schreiben Herbert *Blankenhorns* an James *Riddleberger* vom 10.2. 1950 (AA, Noten an AHK, Bd. 1a).

3 In diesem Sinne auch das in AA, Noten an AHK, Bd. 22 erhaltene Antwortschreiben *McCloys*: »Nach einer bei unserem Presse- und Informationsdienst

angestellten Untersuchung konnte ich niemand feststellen, der irgendeinen Bericht hierüber gemacht hat. Ich habe es ganz klar zum Ausdruck gebracht, daß von meinen Beamten keine Berichte herausgegeben werden dürfen, die Sie oder Ihre Regierung ohne meine Zustimmung kritisieren«. – Über andere in diesem Zeitraum geäußerte alliierte Kritik erfuhr Adenauer aus einem Privatschreiben Reinhold *Heinens* vom 22.2.1950: »ein guter Bekannter von mir (Deutscher aus Paris)« habe ihm über ein Gespräch mit *François-Poncet* berichtet, in dem dieser »die Frage auf[warf], wie lange H. Adenauer sich noch als Bundeskanzler werde halten können. Er habe das Vertrauen in Sie verloren ...; man sei in Paris (aber auch er persönlich) über Sie sehr enttäuscht, und zwar ... wegen Ihrer Haltung in der Saarfrage« (StBKAH 10.01).

Nr. 184

1 Edmund *Kaufmann* (1893–1953), südwestdeutscher Politiker der CDU (ab 1952 der FDP), 1949/50 Finanzminister von Württemberg-Baden; weitere biographische Angaben in: Adenauer, Briefe 1947–1949, S. 573. – Zu seiner im nachfolgenden erörterten Kandidatur als Staatssekretär des Bundeskanzleramtes (in der Nachfolge Franz-Josef *Wuermelings*), unter Verwendung der deswegen mit Adenauer geführten Korrespondenz (weitere Kanzlerbriefe vom 20. und 27.3. 1950), Udo *Wengst,* Staatsaufbau und Regierungspraxis, S. 146; vgl. a. Kabinettsprotokolle, Bd. 2, S. 251. Zum Scheitern der Verhandlungen und zu den anschließenden Bemühungen Adenauers, andere Persönlichkeiten für dieses Amt zu gewinnen (bevor es im Spätsommer 1950 von Walter *Hallstein* übernommen wurde), vgl. Nr. 226.

2 Das FDP/CDU/SPD-Kabinett des liberalen Ministerpräsidenten von Württemberg-Baden, Reinhold *Maier,* war in diesem Zeitraum ersten Zerreißproben wegen divergierender Vorstellungen in der Frage des Südweststaates unterworfen; hierzu vgl. Wilhelm *Hofmann,* Die Zeit der Regierungsbildung, in: Paul *Rothmund*/Erhard R. *Wiehn,* die F.D.P./DVP, S. 259. – Vgl. a. Nr. 404.

Nr. 185

1 Vgl. Nr. 183, Anm. 2.

2 Vgl. Nr. 181, Anm. 1.

3 Zu Errichtung (1.3.1948), Aufbau und Aufgabenbereich der Bank deutscher Länder (aus der 1957 die Deutsche Bundesbank hervorging) vgl. Walter *Vogel,* Westdeutschland, T. III, S. 138-143.

4 Damit gemeint: die 1948 gegründete Kreditanstalt für den Wiederaufbau, »ein zentrales Finanzierungsinstitut« u. a. in den Sektoren Grundstoffindustrie, Landwirtschaft, Exportwirtschaft, Arbeitsbeschaffung und Flüchtlingsunterstützung; vgl. Manfred *Pohl,* Wiederaufbau, S. 34-36 und Walter *Vogel,* a.a.O., S. 144-147.

5 Führende Vertreter beider Banken gehörten einem wirtschaftspolitischen Ausschuß der Bundesregierung an (Aufgabe: »Prüfung der Gründe der Arbeits-

losigkeit«), mit dem der Bundeskanzler am 8.2.1950 konferiert hatte; Terminangabe nach StBKAH 04.01, vgl. a. Kabinettsprotokolle, Bd. 2, S. 194.

6 Wilhelm *Vocke* (1886–1973), Dr. jur. et rer. pol. h.c., Bankier; 1919–1939 im Direktorium der Reichsbank, 1946–1948 stellvertretender Leiter der Reichsbankleitstelle für die britische Zone, 1948–1957 Präsident des Direktoriums der Bank deutscher Länder bzw. der Deutschen Bundesbank; vgl. Walter *Vogel,* a.a.O., S. 142f. sowie die Memoiren Vockes (Stuttgart 1973) und seinen eigenen Beitrag zur Adenauer-Literatur: Adenauer und die Wirtschaft, in: Hans-Joachim *Netzer* (Hrsg.), Adenauer und die Folgen, S. 149-158. – Zu seinen persönlichen Kontakten zu Adenauer in diesem Zeitraum vgl. Nr. 199.

7 Zu dieser Deutung der Position Vockes und der Bank deutscher Länder hatte u. a. ein in StBKAH 10.02 erhaltenes Vocke-Schreiben an Adenauer vom 2.2. 1950 Anlaß gegeben (»... daß bei jeder Erweiterung der augenblicklichen notenbankmäßigen Expansion für langfristige Kredite ein relativ enges Maß gehalten werden muß ... «).

8 George Price *Hays* (geb. 1892), amerikanischer General, 1949–1952 Stellvertreter McCloys als Hoher Kommissar; weitere biographische Angaben in: Adenauer, Teegespräche 1950–1954, S. 610.

Nr. 186

1 Vgl. Kabinettsprotokolle, Bd. 1, S. 223f. Dort auch ein Hinweis auf dieses Schreiben.

2 Eduard *Schalfejew* (1888–1962), 1947–1949 stellvertretender Direktor der Verwaltung für Wirtschaft des Vereinigten Wirtschaftsgebietes, 1950/51 Staatssekretär im Bundeswirtschaftsministerium; weitere biographische Angaben in: Adenauer, Briefe 1947–1949, S. 579f. – Zur Diskussion um seine Ernennung vgl. Rudolf *Morsey,* Personal- und Beamtenpolitik, S. 218 und Udo *Wengst,* Staatsaufbau und Regierungspraxis, S. 151f.

3 Vgl. Nr. 148, Anm. 5.

4 Zu Einsetzung (4.11.1949), Zusammensetzung und Auftrag dieser Kommission vgl. Kabinettsprotokolle, Bd. 1, S. 173 und Udo *Wengst,* a.a.O., S. 140f.

Nr. 187

1 Fritz Erich *von Lewinski, genannt von Manstein* (1887–1973), 1942–1944 Oberbefehlshaber der Heeresgruppe Süd in Rußland, Generalfeldmarschall, 1949–1953 in Haft, nach der Entlassung militärischer Berater der Bundesregierung; weitere biographische Angaben in: Adenauer, Teegespräche 1950–1954, S. 674. – Zum Prozeß gegen Manstein, zur besonderen prozeßrechtlichen Problematik und zur Verurteilung durch ein britisches Militärgericht im Dezember 1949 in Hamburg (wegen angeblicher Kriegsverbrechen) ausführliche Angaben bei Georg *Meyer,* Zur Situation der deutschen militärischen Führungsschicht, u. a. S. 624-628 (S. 627: »... es [handelte] sich nicht um spezifische Vorwürfe gegen Manstein ..., sondern daß damit die deutsche Kriegführung im Osten schlechthin

an den Pranger gestellt werden sollte.«) Vgl. a. die vom deutschen Verteidiger Mansteins, Paul *Leverkuehn,* zusammengestellte zeitgenössische Dokumentation: Verteidigung Manstein, Hamburg 1950.
2 Mit seiner Antwort vom 16.3.1950 setzte *Robertson* Adenauer von der zwischenzeitlich durch die bestätigende Instanz erfolgten Urteilsrevision in Kenntnis (12 Jahre Gefängnis, Aussicht auf Freilassung nach 8 Jahren »nach den allgemeinen, von den britischen Behörden über Straferlaß angewandten Prinzipien«); er selbst jedoch sei »nicht in der Lage, in den Fall einzugreifen« (AA, Noten von AHK, Bd. 23).

Nr. 188
1 Bei Bundestagsberatungen über Änderungen des Einkommenssteuergesetzes hatte am Vortage der SPD-Abgeordnete *Seuffert* (s. u.) Ausführungen des Bundesfinanzministers *Schäffer* so kommentiert: »Mit den Absichten dieser Regierung und der *Mehrheit dieses Bundestages* hat der *deutsche Name* nichts zu tun. Der deutsche Name wird anderswo repräsentiert«. Nach zweifacher Unterbrechung der Sitzung, Einberufung des Ältestenrates und Überprüfung des Stenogramms war Seuffert daraufhin durch den Bundestagspräsidenten für den Rest der Sitzung ausgeschlossen worden; vgl. Stenographische Berichte, Bd. 2, S. 1407-1409. – Vgl. a. ›Der Spiegel‹ Nr. 9 (1950), S. 8.
2 Walter *Seuffert* (geb. 1907), Rechtsanwalt und sozialdemokratischer Politiker; 1932–1967 Fachanwalt für Steuerrecht in München, 1948/49 Mitglied des Wirtschaftsrates, 1949–1967 MdB, 1967–1975 Vizepräsident des Bundesverfassungsgerichtes.
3 In seiner Entgegnung vom 2.3.1950 rekonstruierte *Köhler* die Situation dahingehend, »daß Sie in einer dem gesamten Hause und der Öffentlichkeit sichtbaren Form auf mich zugetreten sind. Sie haben mit drohend erhobenem Finger mir bekanntlich zugerufen: ›ich werde nachher gegen Sie sprechen‹«. Dies werte er als »ein[en] in der Parlamentsgeschichte, meines Wissens, noch nie dagewesene[n] Vorgang ... Ich darf daher der bestimmten Erwartung Ausdruck geben, daß Ihrerseits nicht noch einmal ein derartiges Vorgehen erfolgt.« Zur Antwort Adenauers hierauf vgl. Nr. 191.

Nr. 189
1 Nach einem in StBKAH III/38 erhaltenen Aktenvermerk Hans *Globkes* vom 27.2.1950 (von dem Adenauer *von Brentano* bereits am 28.2.1950 brieflich in Kenntnis gesetzt hatte) waren insbesondere »bei den Beratungen des Haushaltsausschusses Anträge auf Herabsetzung der von der Bundesregierung beantragten Mittel nicht selten von Vertretern der Regierungsparteien gestellt worden. ... Der Streichung der Staatssekretärstellen in den Haushaltsplänen der Ministerien Wildermuth, Kaiser und Hellwege hat die Mehrzahl der Abgeordneten der Koalitionsparteien zugestimmt.« Hierzu der CDU/CSU-Fraktionsvorsitzende in einem Schreiben vom 2.3.1950 (das Adenauer am 17.3.1950 im Kabinett verlas; vgl.

Kabinettsprotokolle, Bd. 2, S. 279): »... Ursache hierfür sicherlich auch in einer unbefriedigenden Zusammenarbeit zwischen dem Kabinett einerseits und den Fraktionen der Koalition andererseits zu finden ...«. – Um Abhilfe zu schaffen, wurden im März 1950 regelmäßige »Dienstag-Besprechungen der Koalitionsfraktionen mit den Mitgliedern des Kabinetts« im Bundeskanzleramt abgehalten; hierzu die am 17.3.1950 an die Fraktionsvorsitzenden der CDU/CSU, DP und FDP gerichteten Einladungsschreiben Adenauers für die auf den 21.3.1950 anberaumte erste Sitzung (BA, NL von Brentano, Bd. 154; StBKAH 12.29).

2 Auf die daraus resultierenden Probleme (mögliche Rückkehr des in Aussicht genommenen Hermann *Wandersleb* in seine bisherige Düsseldorfer Stellung) machte mit Schreiben vom 4.3.1950 kurz darauf auch der betroffene Fachminister selbst, Eberhard *Wildermuth,* Adenauer aufmerksam (StBKAH III/21). – Am 4.7. 1950 willigte das Kabinett in die Ernennung Wanderslebs ein; vgl. Kabinettsprotokolle, Bd. 2, S. 506. Vgl. a. Nr. 145, Anm. 1.

3 Zu den Abstimmungsproblemen in der Koalition und zwischen Adenauer und dem CDU/CSU-Fraktionschef in diesem Zeitraum vgl. a. das grundsätzliche Schreiben von Brentanos vom 17.2.1950; Druck: Arnulf *Baring,* Sehr verehrter Herr Bundeskanzler!, S. 40-42.

Nr. 190

1 Vgl. Nr. 168, Anm. 6.

2 Zur britischen Position vgl. Nr. 192, Anm. 1.

3 Zu den Saarkonventionen vom 3.3.1950 hatte Adenauer am 4.3.1950 bei einer Pressekonferenz in Bonn seine erste öffentliche Stellungnahme abgegeben: »Psychologisch ist für uns Deutsche und für die europäische Frage der Abschluß der Konventionen zwischen Frankreich und der Saar geradezu verheerend. ... Es ist mir ... völlig unbegreiflich ..., warum man in Frankreich den gegenwärtigen Augenblick gewählt hat, um diesen Zündstoff hier auszuschütten.« Besonderer Anlaß der heftigen Kritik des Kanzlers: die mit der ersten Konvention vollzogene Lostrennung des Saargebietes »aus den alten Grenzen Deutschlands« und Erklärung politischer Unabhängigkeit einschließlich eigener auswärtiger Vertretung. – Wortlaut dieser Rede (nach Mitteilung Nr. 300/50 des Presse- und Informationsamtes der Bundesregierung) in StBKAH 16.05.

4 Vgl. Arno *Scholz*/Walther G. *Oschilewski* (Hrsg.), Turmwächter der Demokratie, Bd. 1, S. 314.

Nr. 191

1 Vgl. Nr. 188, Anm. 3.

Nr. 192

1 Im Anschluß an eine persönliche Begegnung Adenauer–*Robertson* vom 8.3. 1950 hatte der britische Hohe Kommissar durch seinen Adjutanten, Captain *Anderson,* Auszüge aus einer Oberhaus-Rede Lord *Hendersons* (s. u.) vom 8.3.

1950 übermittelt: »Es wird darin ausdrücklich niedergelegt, daß der endgültige Status des Saarlandes nur durch den Friedensvertrag bestimmt werden kann. ... Daraus geht hervor, daß die Abkommen die bestehende Lage der Dinge nicht ändern. Sie wird lediglich auf eine Vertragsbasis gestellt, bis der zukünftige Status der Saar endgültig durch eine Friedensregelung entschieden werden wird« (AA, Noten von AHK, Bd. 23).

2 Lord William Watson *Henderson – Baron of Westgate* – (geb. 1891), britischer Journalist und Politiker der Labour Party; 1921–1945 Sekretär des Press- and Publicity Department seiner Partei, 1923/24 und 1929–1931 Member of Parliament, 1948–1951 Parlamentarischer Staatssekretär des Foreign Office.

3 Vgl. Nr. 168, Anm. 6.

4 Noch am selben Tage erläuterte Robertson die Haltung seiner Regierung erneut; über den endgültigen Status des Saarlandes werde nur durch den Friedensvertrag entschieden. Keinesfalls gehe aus den Konventionen hervor, daß das Saarland »ein selbständiger Staat sei« (AA, Noten von AHK, Bd. 23). Auszüge aus diesem Schreiben bei Konrad *Adenauer,* Erinnerungen, Bd. 1, S. 309. Vgl. Nr. 194 und 202.

Nr. 193

1 Der Bundestag hatte am 2.3.1950 in dritter Lesung einen Gesetzentwurf »zur vorläufigen Regelung der Rechtsverhältnisse der im Dienst des Bundes stehenden Personen« angenommen; vgl. Stenographische Berichte, Bd. 2, S. 1476-1494. – Zu Vorbereitung, Erörterung und Durchführung dieses Gesetzes (das an die Stelle des im März 1949 in Kraft getretenen alliierten Beamtengesetzes – Nr. 15 – treten sollte) vgl. Rudolf *Morsey,* Personal- und Beamtenpolitik, S. 205f., 234f.; Udo *Wengst,* Staatsaufbau und Regierungspraxis, S. 135-137 und Ulrich *Reusch,* Britische Beamtenpolitik in Deutschland. Versuche zur Neuordnung des Berufsbeamtentums 1945–1950, in: Zeitschrift für Beamtenrecht, Jg. 32 (1984), H. 1, S. 5-10. Vgl. a. die hierzu in den Wochen zuvor im Kabinett geführten Diskussionen (Kabinettsprotokolle, Bd. 2, S. 148, 241, 261).

2 Die nordrhein-westfälischen Bedenken gegen das Beamtengesetz sind aus einem in BA, B 136/489 erhaltenen Vermerk Hans *Globkes* vom 9.3.1950 ersichtlich (nach einer Information von Finanzminister *Weitz* habe die Kultusministerin *Teusch* »mit der SPD für die Ablehnung des Entwurfes stimmen wollen, weil die Rechte der Frauen nicht genügend berücksichtigt seien«).

3 Hierzu ein weiteres Schreiben Adenauers an *Arnold* vom 17.3.1950: »Es ist noch niemand zum Staatssekretär ernannt worden, weil das Beamtengesetz noch nicht rechtskräftig ist und weil ebenfalls der Haushaltsplan noch nicht verabschiedet ist.«

4 Mit seiner Antwort vom 14.3.1950 informierte Arnold Adenauer über den Verzicht seines Kabinetts auf Einspruch im Bundesrat (BA, B 136/489); zur dortigen Entscheidung vom 17.3.1950 vgl. Kabinettsprotokolle, Bd. 2, S. 261.

Nr. 194
1 Vgl. Nr. 192, Anm. 4.
2 Regierungserklärung vor dem Bundestag zur Saarfrage; vgl. Stenographische Berichte, Bd. 2, S. 1555-1560. Dort (S. 1556) Hinweise des Kanzlers auf die im Schriftverkehr mit der AHK eingeholte Zusicherung des Friedensvertrags-Vorbehalts. – Eine ausführliche Inhaltsangabe auch bei Konrad *Adenauer,* Erinnerungen, Bd. 1, S. 310f. Vgl. a. Kabinettsprotokolle, Bd. 2, S. 247f.

Nr. 195
a ‹ . . . › Hier in der Vorlage »nämlich« gestrichen.
1 Im Protokoll der Kabinettssitzung vom 14.3.1950 hierzu nur die Formulierung: » . . . weist der Bundeskanzler auf das Verhalten des Bundeswirtschaftsministeriums hin, das auch eine Unterstützung der Stadt Hamburg im Rahmen dieses Programms gefordert habe«; vgl. Kabinettsprotokolle, Bd. 2, S. 263. Damit angesprochen: die vom Ressort Ludwig *Erhards* gewünschte Ausdehnung von Förderungsmaßnahmen für finanzschwache Bundesländer (durch einen Kredit in Höhe von 300 Millionen DM) auch auf die Hansestadt. – Fragen des Schiffsbaus und der Werftindustrie unter besonderer Berücksichtigung Hamburger Belange waren im Zeitraum Januar–März 1950 mehrfach Gegenstand offizieller Schreiben Adenauers an die AHK gewesen; vgl. AA, Noten an AHK, Bd. 2, 3 und 4.
2 Die Hamburger Tageszeitung hatte am 14.3.1950 gemeldet, das Wirtschaftsministerium beabsichtige (unter Zurückweisung der vom Bundesfinanzministerium angemeldeten Ansprüche), »in seiner wirtschaftspolitischen Hauptabteilung eine Zentralstelle zur einheitlichen Bearbeitung der versicherungswirtschaftlichen Fragen einzurichten.«
3 Eine schriftliche Stellungnahme des Bundeswirtschaftsministers konnte nicht nachgewiesen werden.

Nr. 196
1 Nach den Besucherlisten in StBKAH 04.01 war *Grimme* am 13.[!]3.1950 um 11.00 h, *Raskop* am selben Tage um 13.00 h beim Kanzler gewesen.
2 Diese »Intervention Adenauers« (Dierk Ludwig *Schaaf,* Politik und Proporz, S. 66f.) scheiterte: am 19.3.1950 wählte der NWDR-Verwaltungsrat Emil *Dovifat* zum Nachfolger seines bisherigen Vorsitzenden Raskop (der Adenauer am 3.4.1950 ausführlich über diese Wahl berichtete; StBKAH 12.50). – Zur anschließenden Tätigkeit Raskops meldete ›Die Welt‹ am 21.3.1950, er werde »künftig die Bundesregierung als Sachverständiger für Rundfunkwesen beraten«. Diese von der rundfunkgeschichtlichen Forschung verschiedentlich übernommene Version (vgl. Dierk Ludwig *Schaaf,* a.a.O., S. 66; Wolf *Bierbach,* Der neue WDR, S. 159) entspricht nicht dem tatsächlichen Sachverhalt. Adenauer in einem Schreiben an Hans *Globke* vom 5.6.1950: »Herrn Professor Raskop ist eine derartige Funktion von mir nicht übertragen worden. Meiner Erinnerung nach hat lediglich Herr Böx mich eines Tages gebeten, auf irgendeiner bestimmten Anlage etwas zu unter-

zeichnen, das Herrn Raskop als Berater des *Bundespresseamtes* bezeichnete« (StBKAH 11.02); vgl. Wolfgang *Jacobmeyer,* Politischer Kommentar und Rundfunkpolitik. Zur Geschichte des Nordwestdeutschen Rundfunks, 1945–1951, in: VfZ, Jg. 21 (1973), S. 375.

Nr. 197

1 Gerd *Bucerius* (geb. 1906), Hamburger Zeitungsverleger (u. a. der Wochenzeitung ›Die Zeit‹) und CDU-Politiker (Parteiaustritt 1962), 1949–1962 MdB; weitere biographische Angaben in: Adenauer, Briefe 1947–1949, S. 574. – Der von Bucerius geleitete Bundestagsausschuß für Berlin existierte nur in der ersten Legislaturperiode, ab 1953 wurde er Bestandteil des Ausschusses für Gesamtdeutsche Fragen (ab 1969: für innerdeutsche Beziehungen).

2 Vgl. Nr. 112 und 153.

3 Diese Verhandlungen kamen erst am 23.3.1950 zustande; vgl. StBKAH 04.01 sowie die dazu am 24.3.1950 gemachten Ausführungen Adenauers im Kabinett in: Kabinettsprotokolle, Bd. 2, S. 286f.

4 Vgl. Kabinettsprotokolle, Bd. 2, S. 280-282.

5 Ohne auf dieses Schreiben Bezug zu nehmen, teilte Bucerius am Folgetag dem Kanzler mit, »daß eine große Zahl [von Koalitionsmitgliedern] mit der SPD für eine Verlegung des Bundesgerichtshofes und des Bundesverfassungsgerichts nach Berlin stimmen wird. Damit steht die Verlegung dieser Behörden nach Berlin fest« (BA, B 136/1839).

Nr. 198

1 Wegen der nachfolgend aufgeworfenen Frage der deutschen Generalkonsulate in den USA und in Großbritannien hatte *Schlange-Schöningen* am 11.3.1950 ein persönliches Gespräch mit Adenauer geführt (vgl. StBKAH 04.01) und am 13.3.1950 noch einmal brieflich seine diesbezüglichen Vorstellungen festgehalten. Gegenüber dem in Vorschlag gebrachten Amtssitz New York sei er nach wie vor skeptisch, doch »werde ich mich mit zäher Geschicklichkeit schon allmählich nach Washington vorarbeiten.« – Der CDU-Politiker übernahm nach Niederlegung seines Bundestagsmandats am 9.6.1950 das am 16.6.1950 eröffnete Generalkonsulat in London. Vgl. Arnulf *Baring,* Außenpolitik in Adenauers Kanzlerdemokratie, S. 34; Wilhelm *Haas,* Beitrag zur Geschichte der Entstehung des Auswärtigen Dienstes, S. 43, 47 und (unter Verwendung dieses Adenauer-Briefes) Kabinettsprotokolle, Bd. 2, S. 257.

2 Erster dortiger Generalkonsul (mit Sitz in New York) wurde Heinz *Krekeler*; vgl. Nr. 231.

3 Anders die Bewertung in einem Adenauer-Schreiben an Dr. Hermann *Schäfer* ebenfalls vom 16.3.1950: »Herrn Blankenhorn ist mitgeteilt worden, man würde es nicht gern sehen, wenn nach London ein Politiker geschickt würde. Man würde es begrüßen, wenn ein Verwaltungsfachmann dorthin käme« (StBKAH 12.32). Ähnlich hatte sich Adenauer bereits am 14.3.1950 im Kabinett geäußert; vgl. Kabinettsprotokolle, Bd. 2, S. 257.

4 Zu dieser Bitte dürfte den Kanzler veranlaßt haben, daß die Kandidatur des für London zunächst in Aussicht genommenen FDP-Politikers Fritz *Oellers* durch vorzeitige Presseveröffentlichungen ins Gerede gekommen war; hierzu Korrespondenz Oellers–Adenauer vom 16.3./21.3./26.4.1950 in StBKAH 10.02, 10.04. Vgl. a. Kabinettsprotokolle, Bd. 2, S. 257.

Nr. 199

1 Vgl. Nr. 185, Anm. 5.

2 Diese zeitgleich auch an Hans *Schlange-Schöningen* gerichtete Frage (vgl. Nr. 198) verneinte *Vocke* am 18.3.1950, dies vor allem aufgrund seiner »Verantwortung in meinem gegenwärtigen Posten« als Präsident des Direktoriums der Bank deutscher Länder. Gegen eine Nachfolge beispielsweise durch Hermann Josef *Abs* spreche u. a., daß »ihm die spezifische währungs- und notenbankmäßige Erfahrung« fehle; auch habe John J. *McCloy* davon abgeraten. – Ein Hinweis auf dieses Adenauer-Schreiben in: Kabinettsprotokolle, Bd. 2, S. 257.

Nr. 200

1 *Robertson* hatte Adenauer am 16.3.1950 von seinem bevorstehenden Ausscheiden aus dem Amt des britischen Hochkommissars informiert (offizielle Verabschiedung am 21.6.1950): »Es tut mir sehr leid, Deutschland und meine vielen guten Freunde hier, zu denen ich auch Sie zähle, zu verlassen.... Mein Nachfolger ist Sir Ivone Kirkpatrick, der selbstverständlich regelrechter Angehöriger des diplomatischen Dienstes ist, und ich glaube doch, daß dies durchaus dem natürlichen Lauf der Dinge entspricht«. Hierzu das Faksimile auf S. 181.

2 Oberbefehlshaber der britischen Luftstreitkräfte im Nahen Osten (1950–1953).

3 Von diesen guten persönlichen Beziehungen zeugt u. a. ein im Februar/März 1950 geführter Briefwechsel zur geplanten Verlegung der Residenz Robertsons von Schloß Röttgen nach Schloß Birlinghoven. Adenauer am 13.3.1950: »... daß ein längerer Aufenthalt auf Schloß Röttgen Ihrer Gesundheit abträglich sein könnte. Der dadurch entstehende Schaden würde für Ihre Nation wie für das deutsche Volk in gar keinem Verhältnis zur Höhe der für Ihre Unterbringung in Schloß Birlinghoven aufzuwendenden Kosten stehen«.

Nr. 201

a ‹...› Hier in der Vorlage »doch« gestrichen.

1 Fritz *Schäffer* (1888–1967), führender CSU-Politiker, Bundesminister der Finanzen (1949–1957) und der Justiz (1957–1961); weitere biographische Angaben in: Adenauer, Briefe 1945–1947, S. 571.

2 Nach Überlieferung in StBKAH hatte Adenauer u. a. übermittelt: einen Aktenvermerk des Ministerialrats im Kanzleramt, Josef *Rust,* vom 13.3.1950 zur »Zuständigkeitsabgrenzung auf dem Gebiete des Geld- und Kreditwesens«. Die für diesen Bereich vom Bundeswirtschaftsminister beanspruchte Kompetenz

(andernfalls sei er »nicht viel mehr als Minister für Industrie, Handwerk, Handel und Gewerbe«) werde insbesondere »von seiten der Wirtschaft wohl übereinstimmend« befürwortet. Zu den deswegen zwischen den Ressorts Ludwig *Erhards* und Fritz Schäffers geführten langwierigen Auseinandersetzungen (die im Sommer 1952 zugunsten des Wirtschaftsministeriums entschieden wurden) vgl. Udo *Wengst,* Staatsaufbau und Regierungspraxis, S. 251-253.

Nr. 202

1 Dort (S. 325 f.) auch Druck der Antwort vom selben Tage (gleichlautende Schreiben der Hohen Kommissare Frankreichs und Großbritanniens sowie des Stellvertreters des amerikanischen Hohen Kommissars). Darin die Zustimmung zu Punkt 1 und 2 der nachfolgend von Adenauer angeregten Stellungnahme; hinsichtlich der unter Punkt 3 geäußerten Wünsche (deutsche Vollmitgliedschaft im Europarat, zwischenzeitliche Teilnahme am Ministerrat durch einen Beobachter) müßten jedoch, da hier ihre AHK-Kompetenzen überschritten seien, die jeweiligen Regierungen eingeschaltet werden. – Nach erfolgter Konsultierung wurde Adenauer am 28.3.1949 ein entsprechendes Memorandum übergeben, das vor allem die britische und französische Position wiedergibt (»... keinerlei deutsche Vertretung im Ministerausschuß, solange Deutschland ein assoziiertes Mitglied ist«; Bereitschaft, für diese Form der Beteiligung eine Einladung durch den Ministerausschuß in die Wege zu leiten), seitens der USA aber, weil Nicht-Mitglied des Rates, nur allgemeine Hinweise enthält; Druck: EA, Jg. 5 (1950), S. 3131. Vgl. a. Nr. 212, Anm. 1.

2 Zu diesen Verhandlungen mit der AHK vgl. Konrad *Adenauer,* Erinnerungen, Bd. 1, S. 317-324; Paul *Weymar,* Adenauer, S. 510-512 sowie den am 24.3.1950 erstatteten Bericht Adenauers im Kabinett (Kabinettsprotokolle, Bd. 2, S. 285 f.).

3 Adenauer stützt sich hier auf eine Absprache mit den Fraktionsvorsitzenden der Koalitionsparteien, die ebenfalls am 23.3.1950 von diesem Schreiben in Kenntnis gesetzt worden waren und ihre Zustimmung erteilt hatten; vgl. Konrad *Adenauer,* a.a.O., S. 324. – Zur Unterrichtung der SPD durch den Kanzler vgl. Nr. 207.

4 Vgl. Nr. 125, Anm. 2 und Nr. 143, Anm. 1.

5 Vgl. Nr. 192, Anm. 4.

6 Vgl. Nr. 212.

7 Vgl. Nr. 207, Anm. 7.

Nr. 203

a ‹ › Hs. von Blankenhorn korrigiert aus »daß man doch damit rechnen muß«.

1 Vgl. Kabinettsprotokolle, Bd. 2, S. 303.

2 Die Hattenheimer Mitbestimmungsverhandlungen der Arbeitgeber- und Gewerkschaftsvertreter vom 9./10.1.1950 (vgl. Nr. 173, Anm. 5) wurden am 30./31.3.1950 fortgeführt; in zentralen Punkten – paritätische Besetzung der Aufsichtsräte und der Industrie- und Handelskammern – konnte keine Übereinstim-

mung erzielt werden, Zustimmung fand nur das von Adenauer nachfolgend angesprochene Modell eines Bundeswirtschaftsrates. Druck einer hierzu in BA, B 156/3 erhaltenen Niederschrift sowie eines gemeinsamen Kommuniqués der Sozialpartner vom 31.3.1950: Gabriele *Müller-List* (Bearb.), Montanmitbestimmung, S. 32-47, 50. Vgl. Nr. 209.

3 Ähnlich die Argumentation Adenauers in den Kabinettssitzungen vom 14. und 28.3.1950; vgl. Kabinettsprotokolle, Bd. 2, S. 262, 300. – Zur Erörterung dieser Frage im nordrhein-westfälischen Landtagswahlkampf (vor den Wahlen vom 18.6.1950) vgl. Nr. 241, Anm. 4.

4 Die Haltung des Bundesarbeitsministers in der Mitbestimmungsfrage geht aus den Kabinettsberatungen dieses Zeitraums hervor; vgl. Kabinettsprotokolle, Bd. 2, S. 262, 276, 300.

Nr. 204

1 Georg *Strickrodt* (geb. 1902), 1945–1951 Vorsitzender des CDU-Landesverbandes Braunschweig, 1946–1950 niedersächsischer Finanzminister; weitere biographische Angaben in: Adenauer, Briefe 1945–1947, S. 612.

2 Strickrodt hatte Angriffe CDU-naher Organe gegen Günther *Gereke* (s. u.) als »parteischädigendes Verhalten« kritisiert und namens seines Landesverbandes darum gebeten, daß durch den CDU-Zonenvorstand »baldigst eine ... konstruktive Lösung der niedersächsischen Parteiprobleme herbeigeführt wird«. Wegen der ebenfalls angesprochenen »Regierungskrise um die Person des Ministers Kubel« (s. u.) – aus der und aus anderen landespolitischen Gründen sich im September 1950 der Rückzug der CDU-Minister aus der von Hinrich Wilhelm *Kopf* geleiteten großen Koalition ergab – führte Adenauer in den folgenden Wochen mehrfach Verhandlungen mit niedersächsischen Parteifreunden und Vertretern der DP (besonders den Bundesministern *Hellwege* und *Seebohm*). Das von ihm dabei angestrebte CDU/DP-Bündnis in Hannover kam nicht zustande. Hierzu Schreiben an Adolf *Cillien* und Otto *Fricke* (s. u.) vom 6. bzw. 27.4.1950 in StBKAH 10.01.

3 Vgl. Nr. 163, Anm. 1.

4 Besprechung vom 6.2.1950; vgl. StBKAH 04.01.

5 Werner *Hofmeister* (1902–1984), Dr. jur., Rechtsanwalt und Notar, Politiker der DVP bis 1933, der CDU ab 1945; ab 1929 in der braunschweigischen Justizverwaltung, 1933 entlassen, danach als Anwalt tätig, Mitbegründer der CDU in Braunschweig (1947–1958 Kreisvorsitzender), 1947–1967 MdL in Niedersachsen, dort 1947–1950 und 1957–1959 Justizminister, 1949 Mitglied des Parlamentarischen Rates; Nachruf in ›Frankfurter Allgemeine‹ vom 27.9.1984.

6 Alfred *Kubel* (geb. 1909), niedersächsischer SPD-Politiker; hervorgegangen aus dem ›Internationalen Sozialistischen Kampfbund‹, 1937 Gefängnishaft nach Verurteilung durch den ›Volksgerichtshof‹, danach in der Industrie, 1946 Ministerpräsident von Braunschweig, danach niedersächsischer Minister für Wirtschaft (1946/47), Wirtschaft und Verkehr (1947/48; 1957–1959), Arbeit, Aufbau

und Gesundheit (1948–1950), Wirtschaft und Arbeit (1950/51), Finanzen (1951–1955; 1965–1970) sowie Ernährung, Landwirtschaft und Forsten (1959–1965), 1970–1976 Ministerpräsident; vgl. Bernd *Rebe*/Klaus *Lompe*/Rudolf *von Thadden* (Hrsg.), Idee und Pragmatik in der politischen Entscheidung. Alfred Kubel zum 75. Geburtstag, Bonn 1984 und Wolfgang *Rentzsch*, Alfred Kubel – 30 Jahre Politik für Niedersachsen. Eine politische Biographie, Bonn 1985.

7 Kubel nach einem Bericht der ›Wilhelmshavener Zeitung‹ vom 31.1.1950: »Ich behaupte, daß der wesentliche Teil der Erwerbslosigkeit gewollt oder von der Bundesregierung gern gesehen ist«. Hierüber war es in der Bundestagssitzung vom 9.2.1950 (vgl. Nr. 181, Anm. 1) zu einer scharfen Auseinandersetzung zwischen dem SPD-Politiker und Adenauer gekommen; vgl. Stenographische Berichte, Bd. 2, S. 1180–1183.

8 Otto *Fricke* (geb. 1902), 1948–1950 niedersächsischer Wirtschafts- und Finanzminister für die CDU, 1960–1968 deren Landesvorsitzender in Braunschweig; weitere biographische Angaben in: Adenauer, Briefe 1947–1949, S. 579.

9 Christian *Kuhlemann* (1891–1964), führender DP-Politiker, 1949–1953 MdB; weitere biographische Angaben a.a.O., S. 575.

10 Carl *Schröter* (1887–1952), 1946–1951 Vorsitzender des CDU-Landesverbandes Schleswig-Holstein, 1949–1952 MdB; weitere biographische Angaben in: Adenauer, Briefe 1945–1947, S. 661.

11 Günther *Gereke* (1893–1970), 1948–1950 Vorsitzender des CDU-Landesverbandes Hannover und niedersächsischer Landwirtschaftsminister, stellvertretender Ministerpräsident; weitere biographische Angaben a.a.O., S. 757. Seither erschienen: Richard *Stöss*, Deutsch-Soziale Union, in: *ders.*, (Hrsg.), Parteien-Handbuch, Bd. 1, S. 1266. – Zum ›Fall Gereke‹ (der im Sommer 1950 aus der CDU ausgeschlossen wurde und 1952 in die DDR übersiedelte) vgl. Nr. 252, Anm. 4.

Nr. 205

1 Zu den ab Dezember 1949 geführten deutschen Handelsvertragsverhandlungen mit Frankreich vorbereitende Korrespondenz Adenauers mit Erhard aus dem Dezember 1949 in StBKAH III/21. Das am 30.1.1950 in Paris abgeschlossene erste Abkommen (vgl. AdG, Jg. XX [1950], S. 2233, 2241) sah u. a. die französische Lieferung von Saarkohle vor. – Die grundsätzliche Position des Bundeswirtschaftsministers in der Saarfrage geht aus dem in Nr. 168, Anm. 9 erwähnten Memorandum vom 11.1.1950 hervor.

2 Hierfür keine Belege in der Korrespondenz dieses Zeitraums.

Nr. 206

1 Adolf *Kober* (1879–1958), Dr. phil.; Schriftsteller, Religionslehrer und Rabbiner in Wiesbaden (1918) und Köln (1918–1939), dort 1925 Leiter der jüdischen Abteilung der Jahrtausend-Ausstellung im Rheinland, 1939 in die USA emigriert; vgl. Walter *Tetzlaff*, 2000 Kurzbiographien bedeutender deutscher Juden des 20. Jahrhunderts, Lindhorst 1982, S. 179 und die zahlreichen Angaben in: Köln und das rheinische Judentum. Festschrift Germania Judaica 1959–1984.

2 Mit Schreiben vom 6.3.1950 hatte Kober die Übermittlung seines 1940 erstmals erschienenen Hauptwerkes »History of Jews in Cologne« durch die ›Jewish Publication Society of America‹ angekündigt, dies »mit Rücksicht auf das 1900jährige Jubiläum der Stadt Köln, dessen hochgeschätztes Oberhaupt Sie so lange Jahre hindurch gewesen sind«.

Nr. 207

a ‹ › Vom Bearb. korrigiert aus »8./9.«.

1 Zu diesem ersten in StBKAH nachweisbaren Adenauer-Schreiben an den Oppositionsführer Kurt *Schumacher* ist eine schriftliche Antwort nicht erhalten. Gelegenheit zur Erwiderung bestand am Folgetag, als Dr. Herbert *Dittmann* (1904–1965; 1949–1951 in der Verbindungsstelle des Bundeskanzleramtes zur AHK) den Beitritt zum Europarat mündlich mit Schumacher erörterte; vgl. Kabinettsprotokolle, Bd. 2, S. 299. Zur grundsätzlichen Haltung des SPD-Vorsitzenden in dieser Frage (Beitritt Deutschlands nur bei Nicht-Aufnahme des Saargebietes) vgl. Arno *Scholz*/Walther G. *Oschilewski* (Hrsg.), Turmwächter der Demokratie, Bd. 1, S. 318-320. Vgl. a. Nr. 232.

2 Vgl. Nr. 202, Anm. 2.

3 Vgl. Nr. 143, Anm. 1.

4 Druck der Satzung des Europarates vom 5.5.1949: Friedrich *Berber* (Hrsg.), Völkerrechtliche Verträge, S. 45-56.

5 Vgl. Nr. 202.

6 Vgl. a.a.O., Anm. 1.

7 Hierzu auch Ausführungen Adenauers am 28.3.1950 im Kabinett; vgl. Kabinettsprotokolle, Bd. 2, S. 299.

8 Der britische Außenminister *Bevin* am 28.3.1950 im Unterhaus: » ... solange das Besatzungsstatut in Kraft ist, tut das deutsche Volk nicht gut, wenn es mit uns über die Bedingungen seines Zutritts zum Europarat rechten will«; vgl. EA, Jg. 5 (1950), S. 3128.

Nr. 208

a ‹ ... › Hier in der Vorlage »offizielle« gestrichen.

b ‹ ... › Hier in der Vorlage »ausschließlich« gestrichen.

1 Vgl. Nr. 176, Anm. 1.

2 Hierzu, unter Hinweis auf dieses Schreiben, Ausführungen Adenauers in der Kabinettssitzung vom 31.3.1950 (vgl. Kabinettsprotokolle, Bd. 2, S. 306). – Zur Position der Gewerkschaften in Fragen der Neuordnung der Eisen- und Stahlindustrie, auch zu den deswegen angeknüpften Kontakten zu führenden Besatzungsvertretern, Angaben bei Horst *Thum*, Mitbestimmung, S. 53-56.

3 Eine derartige Besprechung Adenauers mit der AHK (an der auch Ludwig *Erhard* teilnahm) kam am 5.4.1950 zustande (vgl. Kabinettsprotokolle, Bd. 2, S. 307), sie änderte jedoch nichts an der weiteren alliierten Vorbereitung des Gesetzes Nr. 27, das im Mai 1950 »ohne vorherige Konsultation deutscher Stellen« (Horst *Thum*, a.a.O., S. 57) das Gesetz Nr. 75 ablöste.

Nr. 209

1 Vgl. Nr. 173.

2 Vgl. Nr. 203, Anm. 2.

3 Für diese Verhandlungen Anton *Storchs* mit dem DGB konnte kein Beleg ermittelt werden.

4 Den Kabinettsprotokollen (Bd. 2, S. 303) zufolge hatte eine DGB-Delegation bereits am 29. 3. 1950 mit der AHK verhandelt, »dem Vernehmen nach« (Auskunft Storch a.a.O.) jedoch nicht über Mitbestimmungsfragen.

5 Gerhard *Erdmann* (1896–1974), Dr. jur., Verbandsfunktionär; 1921–1933 in der Vereinigung der Deutschen Arbeitgeberverbände, 1934/35 Abteilungsleiter der Reichsgruppe Industrie, 1935–1945 Hauptgeschäftsführer der Reichswirtschaftskammer, 1949–1957 Hauptgeschäftsführer der Bundesvereinigung der Deutschen Arbeitgeberverbände.

6 Zur Mitbestimmungsposition der Arbeitgeberverbände vgl. Horst *Thum,* Mitbestimmung, S. 41 f. und Gabriele *Müller-List* (Bearb.), Montanmitbestimmung, S. XLIV-XLVII.

7 Die Erwartung *McCloys* geht aus seiner Antwort vom 21. 4. 1950 hervor: » ... daß dieses wichtige Problem bald auf einer die beiden sozialen Partner zufriedenstellenden Grundlage und zum Nutzen der Gesamtwirtschaft gelöst werden wird. Es wird immer klarer ersichtlich, daß die gegenwärtige wirtschaftliche und politische Lage eine volle Ausnutzung der Produktionskapazität der Bundesrepublik erfordert. Dazu bedarf es selbstverständlich einer vollkommenen Zusammenarbeit zwischen Betriebsführung und Arbeiterschaft« (AA, Noten von AHK, Bd. 23; vgl. Nr. 241, Anm. 3). – In diesem Sinne und als Reaktion auf die verzögerte Bundesgesetzgebung hatte der Hohe Kommissar bereits am 7. 4. 1950 die 1948 verfügte Suspendierung der Mitbestimmungsgesetze von Hessen und Württemberg-Baden aufgehoben. Von dem deshalb an die Ministerpräsidenten beider Länder, Christian *Stock* und Reinhold *Maier,* gerichteten Schreiben hatte er Adenauer noch am selben Tage in Kenntnis gesetzt (vgl. a.a.O.). Hierzu vgl. Werner *Link,* Deutsche und amerikanische Gewerkschaften und Geschäftsleute, S. 75 f.; Horst *Thum,* a.a.O., S. 39 und Gabriele *Müller-List* (Bearb.), a.a.O., S. XLIII, 31, 56.

8 Vgl. Nr. 241, Anm. 3.

Nr. 210

1 Hans *Redlhammer* (geb. 1891), Dr. jur., Diplomat und Kommunalpolitiker; 1920–1933 im Auswärtigen Dienst (zuletzt als Vortragender Legationsrat), danach in der Wirtschaft tätig, 1945 Mitbegründer der hessischen CDU, 1946–1951 Oberbürgermeister von Wiesbaden, nach 1949 Hauptgeschäftsführer der Deutsch-Französischen Gesellschaft; vgl. Adenauer, Briefe 1945–1947, S. 755.

2 Redlhammer hatte »Ihren mutigen Entschluß begrüßt, Frankreich die Schaffung einer deutsch-französischen Union vorzuschlagen. ... Dank Ihrer Initiative ist die Passivität überwunden und eine erfreuliche und notwendige Aktivität an die

Stelle der Resignation getreten.« Damit angesprochen: die in zwei Interviews vom 7. und 21.3.1950 mit dem amerikanischen Journalisten Joseph *Kingsbury-Smith* (geb. 1908; weitere biographische Angaben in: Adenauer, Teegespräche 1950–1954, S. 760) entwickelten Vorschläge Adenauers für eine Union zwischen Deutschland und Frankreich (einschließlich eines gemeinsamen Parlaments); vgl. die ausführlichen eigenen Angaben Adenauers in seinen Erinnerungen, Bd. 1, S. 311-316 und Hans-Peter *Schwarz,* Die Ära Adenauer 1949–1957, S. 94f.

Nr. 211

1 Otto *Dullenkopf* (geb. 1920), Kommunalpolitiker und führender Vertreter der CDU Nordbaden; ab 1946 Bezirksleiter der Katholischen Jugend in Karlsruhe, dort 1947–1961 Stadtrat, ab 1948 Geschäftsführer des o. g. Landesverbandes (1968–1970 Landesvorsitzender), 1956–1970 MdL in Baden-Württemberg, seit 1970 Oberbürgermeister von Karlsruhe; vgl. Paul-Ludwig *Weinacht* (Hrsg.), Die CDU in Baden-Württemberg, S. 122, 200, 345.

2 Adenauer stützt sich hier auf ein Schreiben *Hellweges* vom 21.3.1950 und die darin enthaltenen Angaben zu dem im Landesverbandsorgan erschienenen Artikel Dullenkopfs »Den Anfängen widerstehen! Bundesrepublik ist kein Tummelplatz für neonazistische Abenteurer«. Hellwege: »Dieser Aufsatz geht vom Fall Hedler [s. u.] aus und gipfelt in der Feststellung, heute zeichne sich schon das Schicksal der Deutschen Partei ab, ›weil die Geister, die sie vor sechs Monaten rief, sie aufzufressen beginnen.‹«

3 Der Bankangestellte Wolfgang *Hedler* (geb. 1899), 1949 über die schleswig-holsteinische Landesliste der DP in den Bundestag gewählt, hatte sich am 26.11. 1949 öffentlich über Widerstandsbewegung und ›Judenvergasung‹ geäußert (»Vielleicht hätte es auch andere Mittel gegeben, sich ihrer zu entledigen ...«; zit. nach Hermann *Meyn,* Die Deutsche Partei, S. 32). – Nach Parteiausschluß am 18.1.1950 gehörte Hedler bis zum Auslaufen seines Mandats (1953) vorübergehend den Bundestagsfraktionen von DRP und WAV an; vgl. Horst W. *Schmollinger,* Deutsche Partei, in: Richard *Stöss,* (Hrsg.), Parteien-Handbuch, Bd. 1, S. 1063 und Kabinettsprotokolle, Bd. 2, S. 213.

4 Hierzu vgl. Peter *Dudek*/Hans-Gerd *Jaschke,* Entstehung und Entwicklung des Rechtsextremismus in der Bundesrepublik. Zur Tradition einer besonderen politischen Kultur, Bd. 1, Opladen 1984.

5 Eine Antwort Dullenkopfs konnte nicht nachgewiesen werden.

Nr. 212

1 Dort (S. 3132f.) auch Druck des Anschreibens vom 31.3.1950 (mit dem Camille *Paris* [s. u.] die offizielle Einladung des Ministerausschusses des Europarates zur assoziierten Mitgliedschaft mitgeteilt hatte) sowie der vorbereitenden und begleitenden Korrespondenz Adenauers mit dem geschäftsführenden AHK-Vorsitzenden *Robertson*; vgl. AA, Noten an AHK, Bd. 5 und Noten von AHK, Bd. 22, 23. – Zu diesem Vorgang ausführliche Angaben bei Konrad *Adenauer,*

Erinnerungen, Bd. 1, S. 326; vgl. Kabinettsprotokolle, Bd. 2, S. 306. Vgl. a. Nr. 202.

2 Jacques Camille Georges *Paris* (1902–1953), französischer Diplomat, 1947–1949 Leiter der Europa-Abteilung im Quai d'Orsay, 1949–1953 Generalsekretär des Europarats; weitere biographische Angaben in: Adenauer, Teegespräche 1950–1954, S. 669f.

3 Nach entsprechendem Kabinettsbeschluß vom 9.5.1950 stimmte der Bundestag am 15.6.1950 dem Eintritt in den Europarat zu. – Vgl. Nr. 253, Anm. 3.

4 Hierzu die am 18.4.1950 über die AHK Adenauer zugeleitete »Note über den von der Bundesrepublik Deutschland zu leistenden Beitrag«; Druck: EA, Jg. 5 (1950), S. 3133f.

Nr. 213

a ‹ › Hs. von Adenauer korrigiert aus »Ihr«.

b ‹ › Hs. von Adenauer korrigiert aus »als«.

1 Unter der Überschrift »Blücher: Ich bin Anhänger der Geheimdiplomatie« hatte ›Die Welt‹ am 6.4.1950 über eine am Vortag in Paris abgehaltene Pressekonferenz des Vizekanzlers und ERP-Ministers berichtet. *Blücher* demnach über den im Oktober 1949 erfolgten OEEC-Beitritt Deutschlands sowie besonders die am 4.4.1950 beschlossene Aufnahme in das Exekutivkomitee dieser Organisation (die Bundesrepublik erhielt »damit erstmalig eine exekutive Funktion in einer internationalen Körperschaft«; vgl. AdG, Jg. XX [1950], S. 2321): »... ›wir [wären] bestimmt nicht in den Rat aufgenommen worden ..., wenn die deutsche Delegation hier laut getrommelt hätte ... Man kann vor allem in außenpolitischen Fragen nur dann etwas erreichen, wenn man das Problem mit seinen Partnern streng geheim behandelt.‹«

2 Hierzu Blücher in seiner Antwort vom 11.4.1950: »Es handelte sich nicht um ein Interview, sondern um eine regelmäßig stattfindende Aussprache mit den deutschen Journalisten, die in Paris akkreditiert sind, und nur mit diesen« (StBKAH III/21).

3 Zur Richtigstellung auch in diesem Punkt legte Blücher seinem Schreiben ein Aide-mémoire zu einer Aussprache der FDP-Bundestagsfraktion vom 26.3.1950 zur »gegenwärtigen Lage der deutschen Außenpolitik« bei: »... daß sie die Mitverantwortung für die außenpolitische Entwicklung nicht auf längere Zeit tragen kann, sofern nicht eine Zentralstelle für alle außenpolitischen Arbeiten vorhanden ist«.

Nr. 214

1 August *Dresbach* (1894–1968), 1945–1951 Landrat in Gummersbach, 1949–1965 MdB (CDU); weitere biographische Angaben in: Adenauer, Briefe 1945–1947, S. 665. – Mit seinem Anschreiben vom 6.4.1950 hatte Dresbach auf das Schicksal des in Brüssel inhaftierten Eggert *Reeder* (s. u.) aufmerksam gemacht (»kein blutiger Nazi«, nur »etwas uniformtoll«) und u. a. daran erinnert, »wie er

seinerzeit hilfsbereit war, Ihren Sohn in Brüssel zu beschäftigen und ihn auch dort zu halten.«

2 Eggert *Reeder* (1894–1959), 1936–1945 Regierungspräsident in Köln, 1940–1944 Chef des Verwaltungsstabes beim Militärbefehlshaber für Belgien und Nordfrankreich, 1945 verhaftet, bis 1951 interniert; weitere biographische Angaben in: Adenauer, Teegespräche 1950–1954, S. 626f. Dort (S. 54) auch Aussagen Adenauers zu dem im März 1951 in Belgien gegen Reeder ergangenen Urteil (12 Jahre Zwangsarbeit, anschließend begnadigt und entlassen). Vgl. a. Adolf *Klein,* Die Kölner Regierungspräsidenten, in: 150 Jahre Regierungsbezirk Köln, S. 113-115 (Hinweis auf Empfang Reeders durch den Bundeskanzler am 9.7.1951).

Nr. 215

1 Osterwünsche vom 31.3.1950.

2 Lilli *Suth* geb. *Adenauer* (1879–1950), Ehefrau des Kölner Oberstadtdirektors Willy Suth; vgl. Adenauer, Briefe 1945–1947, S. 580.

Nr. 216

1 Johannes *Rings* (1856–1950), Journalist und Zentrumspolitiker in Köln (1919–1933 dortiger Parteivorsitzender); weitere biographische Angaben und Belege für die frühere Korrespondenz in: Adenauer, Briefe 1945–1947, S. 384f., 401, 601; Briefe 1947–1949, S. 78.

2 In diesem letzten Schreiben an Adenauer vor seinem Tod am 13.6.1950 hatte Rings heftige Kritik an Karl *Arnold* geübt (»Diktatur des Herrn Arnold«), der nach den anstehenden nordrhein-westfälischen Landtagswahlen »mit aller Gewalt mit der SPD regieren will.«

Nr. 217

a ‹ › Hs. von Zimmermann eingefügt.

1 Zu diesem Schreiben an Gustav *Heinemann,* das am 21.4.1950 zu seinem ersten Rücktrittsangebot führte, vgl. seinen eigenen Beitrag »Was Dr. Adenauer vergißt« (S. 461) sowie Diether *Koch,* Heinemann und die Deutschlandfrage, S. 133 und Kabinettsprotokolle, Bd. 2, S. 49, 323, 335f. Dort auch Angaben zu der auf den 23.4.1950 nach Ost-Berlin einberufenen Tagung der EKD-Synode, als deren Präses Heinemann am 29.3.1950 gleichzeitig offizielle Einladungen an die Regierung der DDR und »An die Bundesregierung der Bundesrepublik Deutschland, z. Hd. des Bundeskanzleramtes« gerichtet hatte (StBKAH III/21).

2 Um Einlenken und Wahrung der vom Kanzler geforderten Form bemüht, bat Heinemann Adenauer nach Abschluß der EKD-Tagung (23.–27.4.1950 in Berlin-Weißensee) um Zustimmung zu seiner Teilnahme an der »Synode National de l'Eglise réformée de France« in Nîmes vom 2.–5.6.1950. Auf diesem Schreiben (3.5.1950) die hs. Adenauer-Notiz vom 6.5.1950: »Ich habe H[errn] M[inister] H[einemann] gesagt, ich sei einverstanden«.

Nr. 218

1 Zu diesem Gesprächstermin konnten keine weiteren Angaben ermittelt werden; auch ist eine Antwort *McCloys* auf das nachfolgende Schreiben in StBKAH nicht erhalten.

2 Adenauer hatte sich aus Anlaß einer Tagung des CSU-Wirtschaftsbeirates am 3.4.1950 in der bayerischen Landeshauptstadt aufgehalten; vgl. Nr. 226, Anm. 1.

3 Wortlaut dieser Rede in StBKAH 16.05. – Zu der von McCloy geäußerten Kritik hatte möglicherweise die folgende Aussage Anlaß gegeben: »Wir sind völlig auf uns selbst gestellt. Aber auf die Dauer ist es unmöglich, daß man 50 Millionen Menschen, mitten in Europa und unmittelbar an der Kampflinie gelegen, aus der Außenpolitik ausschaltet. Wenn ich das sage, so ist das kein versteckter Nationalismus.«

Nr. 219

1 Gemeint ist: Basilius *Ebel* (1897–1968), OSB, Dr. jur. et phil., Dr. theol. h.c.; ab 1920 im Benediktiner-Kloster Maria Laach, 1938 zum Prior ernannt, 1939–1946 Abt von St. Matthias in Trier, danach Abt des Heimatklosters (Nachfolger von Ildefons *Herwegen* [1874–1946; vgl. Adenauer, Briefe 1945–1947, S. 561 f.]); vgl. Rudolf *Rotter,* Erneuerer von Maria Laach, in: ›Rheinischer Merkur‹ vom 14.2.1964.

2 Vgl. Nr. 53, Anm. 2.

3 Vgl. Nr. 103, Anm. 1. Vgl. a. Adenauers Mitgliedskarte 1950 des ›Vereins der Förderer und Freunde des Abt-Herwegen-Institutes Maria Laach‹; hierzu das Faksimile auf S. 195.

Nr. 220

1 Zu diesem Schreiben an den CDU-Fraktionsvorsitzenden im nordrhein-westfälischen Landtag liegt weder dem Original in dessen Nachlaß noch dem Durchschlag in StBKAH 10.02 eine Antwort bei. Hinweise auf den Brief Adenauers und seine Auswirkungen auf die Düsseldorfer Verfassungsdiskussion dieses Zeitraumes bei Detlev *Hüwel,* Karl Arnold, S. 163 f.

2 Herbert *Scholtissek* (1900–1979), 1947–1951 MdL in Nordrhein-Westfalen für die CDU (Verfassungsexperte seiner Partei), 1951–1967 Bundesverfassungsrichter; weitere biographische Angaben in: Adenauer, Briefe 1947–1949, S. 525.

3 Zur grundgesetzlichen Regelung des Gesetzgebungsnotstandes vgl. Art. 81 GG. Die nordrhein-westfälische Landesverfassung (die nach Volksentscheid vom 18.6. und Ausfertigung am 28.6. am 11.7.1950 in Kraft trat) sieht derartige Möglichkeiten in Art. 60 vor. – Zu den Beratungen insgesamt vgl. Peter *Hüttenberger,* Nordrhein-Westfalen, S. 437-473; Detlev *Hüwel,* a.a.O., S. 159-165; Die Verfassung des Landes Nordrhein-Westfalen. Vorläufer–Vorbilder–Entstehung, in: Ausstellungskataloge staatlicher Archive, H. 17, hrsg. vom *Nordrhein-Westfälischen Hauptstaatsarchiv,* Düsseldorf 1984. Vgl. a. Nr. 255, Anm. 1.

4 Zu Adenauers nach 1920 entwickelten Verfassungsvorstellungen vgl. Wolfgang *Hofmann,* Konrad Adenauer und die Krise der kommunalen Selbstverwaltung in der Weimarer Republik, in: Hugo *Stehkämper* (Hrsg.), Konrad Adenauer, S. 329-331.
5 Zum präsidialen Notverordnungsrecht der Weimarer Reichsverfassung nach Art. 48 auch Aussagen Adenauers in seinen Teegesprächen 1950–1954, S. 290f.

Nr. 221
1 Ernst *Bach* (1902–1965), Kaufmann und Politiker der DNVP bis 1933, der CDU ab 1945, führender Vertreter des protestantischen Bevölkerungsteils; CDU-Mitbegründer in Siegen, dort 1948–1956 Oberbürgermeister, 1950–1960 Bundesschatzmeister der CDU, 1952 Mitbegründer des ›Evangelischen Arbeitskreises‹ (Gründungstagung 1952 in Siegen), 1958–1965 MdL in Nordrhein-Westfalen; vgl. die Angaben bei Peter *Egen,* Die Entstehung des Evangelischen Arbeitskreises.
2 Karl *Müller* (1884–1964), Vertrauter Adenauers in der nordrhein-westfälischen Landespolitik, 1947–1950 MdL für die CDU, 1949/50 Geschäftsführender Landesvorsitzender der CDU Rheinland, 1949–1957 MdB; weitere biographische Angaben in: Adenauer, Briefe 1945–1947, S. 636f. Seither erschienen: Martin *Schumacher,* Agrarpolitische Weichenstellung, passim.
3 Namens dieser Organisation hatte am 15.4.1950 deren Stadtobmann Hans *Juli* gegen einen Beschluß des CDU-Landesverbandes Rheinland protestiert, daß bei den Wahlen vom 18.6.1950 »kein früheres Parteimitglied der NSDAP kandidieren dürfe. Im Bundestag sind meines Wissens über 80 ehemalige PGs. Vielen jüngeren, aktiven, leistungsfähigen Männern ... wird so der Weg verbaut.« – Diese Diskussion wurde im Frühjahr 1950 auch auf anderer Ebene geführt; vgl. Nr. 230.

Nr. 222
1 Hierzu waren am 20. und 21.4.1950 AHK-Noten ergangen, die dieses Veto formal mit dem Besatzungsstatut (Art. 2-h-), inhaltlich mit drohenden Haushaltsdefiziten begründeten, die sich aus dem geplanten Gesetz und den damit beabsichtigten Steuererleichterungen zwangsläufig ergeben würden. Ausführliche Angaben, auch zu den darüber am 21. und 25.4.1950 geführten Kabinettsberatungen, in: Kabinettsprotokolle, Bd. 2, S. 333f., 346f.
2 Zwecks Vorbereitung seiner Parteitagsteilnahme (22.4.1950) hatte sich Adenauer am 27.3.1950 mit dem rheinland-pfälzischen CDU-Landesvorsitzenden und Ministerpräsidenten Peter *Altmeier* in Verbindung gesetzt (StBKAH 10.01).
3 Mit Schreiben vom 28.4.1950 (das noch am selben Tag in den Mitteilungen des Presse- und Informationsamtes der Bundesregierung veröffentlicht wurde; Nr. 446/50) teilte *Robertson* die mittlerweile erwirkte Rücknahme des AHK-Einspruchs mit; vgl. Nr. 223.

Nr. 223

1 Vgl. Nr. 222, Anm. 1 und 3.

2 Adenauer hatte bereits am 22.4.1950 an *Schäffer* telegraphiert: »Halte Verständigung für durchaus möglich. Bitte bei Reden darauf Rücksicht nehmen.« Hierzu die Antwort vom 23.4.1950, mit der auch Schäffer forderte: »In Reden keine Verständigungsmöglichkeit zerschlagen. Kein Wort von Rücktritt« (StBKAH III/21).

3 Nach Aufhebung des AHK-Vetos wurde das Gesetz am 29.4.1950 verkündet und rückwirkend ab 1.1.1950 in Kraft gesetzt.

Nr. 224

1 John H. *Freeman* (1888–1964), britischer Journalist, 1949–1954 Korrespondent für ›The Times‹ in Bonn; weitere biographische Angaben in: Adenauer, Teegespräche 1950–1954, S. 734.

2 Hierin Ausführungen Freemans über sein Selbstverständnis als Bonner Berichterstatter für das westliche Ausland (» ... habe ... versucht, Ihre Ansichten und die Dinge zu interpretieren, für deren Verwirklichung Sie sich ... so sehr einsetzen ..., obwohl ich Ihre Ansichten über soziale und wirtschaftliche Fragen nicht teile«). Daneben hatte er auf die Gefahren der von Adenauer zuletzt eifrig betriebenen Interviewpolitik hingewiesen (mißverständlich wiedergegebene Aussagen könnten »im Auslande als verletzend und aggressiv ausgelegt werden«); vgl. Anm. 5.

3 Vgl. Rudolf *Morsey,* Brüning und Adenauer, passim und *ders.,* Brünings Kritik am Wiederaufbau, passim. – Eine persönliche Begegnung Adenauers mit dem Reichskanzler der Jahre 1930–1932 kam im Juli 1950 zustande; vgl. Nr. 262, Anm. 3.

4 Nach Volksabstimmung vom 13.1.1935 war das seit 1919 dem Völkerbund unterstellte Saargebiet wieder mit Deutschland vereinigt worden. Zur Bewertung dieses Vorgangs durch Adenauer vgl. a. seine Teegespräche 1950–1954, S. 96, 465, 636, 745.

5 Adenauer hierzu in seinen Erinnerungen (Bd. 1, S. 312): »Die Bundesregierung hatte noch keinen Außenminister, und es war daher sehr schwierig, außenpolitische Schritte zu unternehmen. Auf dem Wege der Interviews hatte ich jedoch ein Mittel, mir im Ausland Gehör zu verschaffen.« Vgl. Nr. 379.

Nr. 225

1 Frank N. D. *Buchman* (1878–1961), amerikanischer Geistlicher, begründete 1938 die ›Moralische Aufrüstung‹ (vgl. Nr. 72, Anm. 1); weitere biographische Angaben in: Adenauer, Briefe 1947–1949, S. 600.

2 Zu den Anfängen und zur Nachkriegstätigkeit der Bewegung in Deutschland vgl. Gabriele *Müller-List,* Eine neue Moral für Deutschland? Die Bewegung für Moralische Aufrüstung und ihre Bedeutung beim Wiederaufbau 1947–1952, in: Aus Politik und Zeitgeschichte, B 44/81, S. 11-23.

3 Vgl. Adenauer, Briefe 1947–1949, S. 633f.
4 Unter Hervorhebung dieser Passage berichtete am 20.5.1950 ›The Manchester Guardian‹ über den Brief Adenauers (»Support to Moral Rearmament. Dr. Adenauer's Letter«).
5 Persönliche Grüße Buchmans überbrachte eine am 6.7.1950 vom Bundeskanzler empfangene Delegation führender japanischer Politiker (Termin nach StBKAH 04.01; Wortlaut der dabei gemachten Ausführungen Adenauers in MRA-Archiv Caux).

Nr. 226
1 Otto *Seeling* (1891–1955), 1947/48 Mitglied des Wirtschaftsrates (CSU), danach Präsident des Landesverbandes der Bayerischen Industrie; weitere biographische Angaben in: Adenauer, Briefe 1947–1949, S. 584. – Zu dem ihm im nachfolgenden gemachten Vorschlag, in der Nachfolge Hanns *Seidels* (s. u.) das bayerische Wirtschaftsministerium zu übernehmen, zugleich zu den intensiven Bemühungen Adenauers, Seidel als Staatssekretär für das Bundeskanzleramt zu gewinnen, ist in StBKAH 10.01, 10.04 und 11.02 umfangreiche Korrespondenz mit Hans *Ehard* (Adenauer-Schreiben und -Telegramme vom 7.4., 13.4., 29.4., 1.5. und 11.5.1950) und Seidel selbst erhalten (19.4., 24.4. und 11.5.1950), die auch auf deswegen geführte persönliche Gespräche des Bundeskanzlers in München (vgl. Nr. 218, Anm. 2) sowie auf Beratungen mit Seidel und Bundesfinanzminister *Schäffer* ebenfalls am 29.4.1950, mit Schäffer und Seeling am 10.5.1950 in Bonn Bezug nimmt.
Zum Gesamtvorgang vgl. Udo *Wengst,* Staatsaufbau und Regierungspraxis, S. 146f. Dort auch ein Hinweis auf den nach dem Scheitern der Verhandlungen über Karl *Arnold* unternommenen Versuch Adenauers, den Präsidenten des nordrhein-westfälischen Oberverwaltungsgerichtes, Paulus *van Husen* (1891–1971; weitere biographische Angaben in: Adenauer, Briefe 1947–1949, S. 651f.), in das Bundeskanzleramt zu holen (Schreiben an Arnold vom 2.6.1950 in StBKAH 08.64). Vgl. Nr. 184, Anm. 1.
2 Hierzu ein Schreiben Schäffers an Adenauer vom 5.4.1950 in StBKAH 10.04.
3 Hanns *Seidel* (1901–1961), Dr. jur., Rechtsanwalt und CSU-Politiker; ab 1930 als Anwalt tätig, 1945 Landrat von Aschaffenburg, ab 1946 MdL in Bayern, dort 1947–1954 Wirtschaftsminister, 1955–1961 CSU-Vorsitzender, 1957–1960 bayerischer Ministerpräsident, Namensgeber der 1957 geschaffenen Stiftung seiner Partei für politische Bildungsarbeit; vgl. Hanns *Seidel,* Zeitprobleme. Gesammelte Aufsätze und Vorträge, Aschaffenburg [2]1961 und die zahlreichen Angaben bei Alf *Mintzel,* Die CSU.
4 Hauptgrund für den in der Antwort vom 3.5.1950 erteilten abschlägigen Bescheid Seelings: ein Ausscheiden Seidels aus dem bayerischen Kabinett »wäre gerade im jetzigen Zeitpunkt, da sich die Wahlperiode ihrem Ende zuneigt [vgl. Nr. 359, Anm. 2], ein unersetzlicher Verlust«, zumal sich »[a]uf der Ebene der oft

recht eigenartigen bayerischen Politik ... der Einfluß [Seidels] ... wohltuend gegenüber allen extremen Richtungen geltend gemacht« habe (StBKAH 10.04).

Nr. 227

1 Rudolf *Petz* (1904–1970), Dr. jur., hoher Verwaltungsbeamter; 1933–1938 Referent im österreichischen Bundeskanzleramt, 1938–1945 im Reichsinnenministerium, 1945–1947 kommissarischer Oberkreisdirektor von Eutin, 1947/48 Abteilungsleiter im Zentralamt für Arbeit der britischen Besatzungszone, 1948/49 in der Verwaltung für Arbeit des Vereinigten Wirtschaftsgebietes, 1950–1952 Ministerialrat im Bundeskanzleramt (Referent für Sozialpolitik), 1952–1961 Abteilungsleiter im Bundesarbeitsministerium; vgl. Udo *Wengst,* Staatsaufbau und Regierungspraxis, S. 144.

2 Vgl. Nr. 166, 173, 203, 209 und 241.

3 Ohne auf dieses Schreiben Bezug zu nehmen, wandte sich *Blücher* (der kurz zuvor vom 2. Bundesparteitag der FDP [29./30.4.1950 in Düsseldorf] als Parteivorsitzender bestätigt worden war) seinerseits am 10.5.1950 wegen der Mitbestimmungsproblematik, speziell wegen eines ohne Abstimmung mit den Koalitionspartnern erarbeiteten Gesetzentwurfes der CDU/CSU-Fraktion (vgl. Nr. 241, Anm. 4), an Adenauer; Original des Briefes (den Adenauer noch am selben Tag an den CDU/CSU-Fraktionsvorsitzenden weiterleitete) in BA, NL von Brentano, Bd. 163. Druck: Gabriele *Müller-List* (Bearb.), Montanmitbestimmung, S. 61f. Vgl. a. Horst *Thum,* Mitbestimmung, S. 45 und Kabinettsprotokolle, Bd. 2, S. 383.

Nr. 228

1 Richard Graf *Coudenhove-Kalergi* (1894–1972), österreichischer Schriftsteller, 1923 Begründer der Paneuropa-Union (der auch Adenauer vor 1933 angehörte), ab 1947 Generalsekretär der Europäischen Parlamentarier-Union; weitere biographische Angaben in: Adenauer, Briefe 1947–1949, S. 613. – Im Anschreiben vom 25.4.1950 die Bitte um Teilnahme am Aachener Festakt anläßlich der 1950 erstmaligen Verleihung des Karlspreises für Verdienste um die Einigung Europas an Coudenhove-Kalergi; vgl. Harald *Kästner* (Hrsg.), Die Karlspreisträger und ihre europäischen Reden, Bonn 1982, S. 18-25.

Dem Schreiben beigefügt: »Europäische Antworten« Adenauers aus dem Jahre 1925 (»Ich halte die Schaffung der Vereinigten Staaten von Europa für notwendig ... [,] das Zustandekommen wohl für möglich, nur im gegenwärtigen Zeitpunkt nicht«; Druck: Kampf um Paneuropa, Bd. II, Wien–Leipzig 1926).

Nr. 229

1 In der Adenauer-Korrespondenz dieses Zeitraums, auch in seinem Schriftverkehr mit der AHK, finden sich hierfür keine weiteren Belege.

2 Den Kabinettsprotokollen (Bd. 2) zufolge wurde dieses Thema im Kabinett nicht erörtert. – In allgemeinerer Form nahm Adenauer, nicht *Heinemann,* dort

am 16.5.1950 zur Problematik Stellung: »... daß einerseits jeglicher Infiltration aus dem Osten entgegen gewirkt werden müsse und andererseits größere Zurückhaltung bei offiziellen Veranstaltungen ... geboten sei«; vgl. a.a.O., S. 392. Vgl. a. Nr. 240 und 300.

3 Gemeint ist: Arnulf *Klett* (1905–1974), Dr. jur., Rechtsanwalt und Kommunalpolitiker, 1945–1974 Oberbürgermeister von Stuttgart.

4 Die Stuttgarter Delegation war Ende Januar 1950 in Dresden gewesen, über den Gegenbesuch hatte ›Die Welt‹ am 26.4.1950 berichtet (S. 6; Zweck der Reise: Studium kommunaler Einrichtungen; Delegationsleitung: Walter *Weidauer* [geb. 1899], KPD- bzw. SED-Politiker, 1932/33 MdR, 1946–1958 Oberbürgermeister von Dresden).

5 Erwin *Redslob* (1884–1973), Prof. Dr. phil., Kunsthistoriker; 1920–1933 im Reichsinnenministerium, Reichskunstwart, 1945–1948 Lizenzträger des Berliner ›Tagesspiegel‹, 1948–1954 Ordinarius an der Freien Universität Berlin, 1948–1950 deren Rektor.

6 Gemeint ist: Hans *Freese* (1886–1953), Prof. Dr.-Ing., Architekt; Ordinarius für Städtebau und Siedlungswesen an den Technischen Hochschulen Karlsruhe (1926–1929) und Dresden (1929–1941), ab 1941 an der Technischen Hochschule (ab 1946 Universität) Berlin, 1949/50 deren Rektor, entwarf den ab 1951 geplanten Neubau des Auswärtigen Amtes.

7 Zum ersten Adenauer-Besuch als Bundeskanzler in Berlin (16.–18.4.1950) vgl. Adenauer, Teegespräche 1950–1954, S. 7f. und Johann Baptist *Gradl,* Adenauer und Berlin, S. 352-354.

Nr. 230

1 Hugo *Scharnberg* (1893–1979), 1948–1958 Vorsitzender des CDU-Landesverbandes Hamburg, 1949–1961 MdB; weitere biographische Angaben in: Adenauer, Briefe 1947–1949, S. 542.

2 Hierin die Mitteilung, daß eine »seitens der Fraktion der CDU/CSU Ihrem Wunsche entsprechend« eingesetzte Kommission »keine Bedenken« gegen die Besetzung der Generalkonsulate in London (durch Hans *Schlange-Schöningen*), New York (durch Kurt *Sieveking*) und Rom (durch Clemens *von Brentano*) habe; nur gegen den für Paris in Aussicht genommenen Wilhelm *Hausenstein,* »bestehen noch gewisse Bedenken«. – Zu diesem Fraktionsausschuß der Unionsparteien vgl. Kabinettsprotokolle, Bd. 2, S. 337.

3 Hierzu hatte der Bundeskanzler bereits am 21.4.1950 in einer Presseerklärung Stellung genommen: »Es kann bei der geringen Anzahl von Bewerbern, die geeignete technische Vorbildung haben, auf frühere PGs nicht absolut verzichtet werden. Es wird naturgemäß peinlichst darauf geachtet, daß die betreffenden Herren entlastet sind und sich überhaupt nicht als Nationalsozialisten betätigt haben. Es wird noch weiter bemerkt, daß selbstverständlich in keiner Weise die frühere Mitgliedschaft bei der NSDAP und die frühere Mitgliedschaft bei einem studentischen Verband auf die gleiche Stufe gestellt werden könnte. Davon ist auch

niemals die Rede gewesen«; vgl. Nr. 221. – Zu den Schwierigkeiten in diesem Bereich (»... nur wenige frühere Mitglieder des Auswärtigen Amtes ..., die man wieder verwenden kann ...«) auch ein Brief Adenauers an Karl *Arnold* vom 29.4.1950, mit dem er um Freigabe des noch in nordrhein-westfälischen Landesdiensten stehenden früheren Diplomaten Dr. Theodor *Kordt* bat (StBKAH 11.02).

4 Wilhelm *Haas* (Leiter des Organisationsbüros für konsularisch-wirtschaftliche Vertretungen im Ausland) hat über die hier erörterte Fragestellung ausführlich selbst berichtet; vgl. seinen Beitrag zur Geschichte der Entstehung des Auswärtigen Dienstes, S. 40-48.

Nr. 231

1 *Blücher* hatte Klage darüber geführt, daß Adenauer nach »von allen Seiten« kolportierten Meldungen eine am 13.4.1950 getroffene Absprache zur Besetzung des Generalkonsulats in New York durch Heinz *Krekeler* (s. u.) nicht einhalten wolle.

2 In diesem Schreiben an Wilhelm *Haas* hatte Adenauer um Stellungnahme zu Pressemeldungen gebeten, »daß Herr [Kurt] Sieveking [geb. 1897; Dr. jur., 1951–1953 Generalkonsul in Stockholm, 1953–1957 Erster Bürgermeister von Hamburg] ausersehen sei, als Generalkonsul nach New York zu gehen ... Ich ersuche weiter, in solchen wichtigen Angelegenheiten ... meine Stellungnahme vorher einzuholen« (StBKAH 10.03).

3 Heinz L. *Krekeler* (geb. 1906), FDP-Politiker (1947–1950 MdL in Nordrhein-Westfalen) und Diplomat, 1950/51 Generalkonsul in New York, 1951–1955 Geschäftsträger in Washington, dort 1955–1958 Botschafter; weitere biographische Angaben in: Adenauer, Teegespräche 1950–1954, S. 626. – Die Ernennung Krekelers teilte Adenauer am 13.5.1950 John J. *McCloy* mit; vgl. AA, Noten an AHK, Bd. 6.

Nr. 232

1 Vgl. Nr. 207, Anm. 1. – Diese ablehnende Haltung wurde bald darauf vom Hamburger SPD-Parteitag (21.–25.5.1950) bestätigt; vgl. Arno *Scholz*/Walther G. *Oschilewski* (Hrsg.), Turmwächter der Demokratie, Bd. 1, S. 330-332.

2 Londoner Außenministerkonferenz der drei Westmächte vom 11.–13.5. 1950; vgl. EA, Jg. 5 (1950), S. 3051-3054.

3 Hierzu die Abschlußerklärung: »Die Minister sind ... übereingekommen, in London einen Studien-Ausschuß zu bilden, der die notwendigen Vorarbeiten durchführen soll, damit das Besatzungsstatut zur gegebenen Zeit überprüft werden kann«; vgl. a.a.O., S. 3054. – Über die Konferenzergebnisse wurde Adenauer am 16.5.1950 durch John J. *McCloy* mündlich informiert; vgl. dessen hierüber am 17.5.1950 dem State Department erstatteten Bericht in: FRUS, 1950, Vol. IV, S. 638-641 sowie Adenauers Auskünfte im Kabinett in: Kabinettsprotokolle, Bd. 2, S. 389f., 406f. Vgl. a. Paul *Weymar,* Adenauer, S. 518-520 und Konrad *Adenauer,* Erinnerungen, Bd. 1, S. 332-335.

3 Neben den von Adenauer in diesem Schreiben genannten Themen wurde in London auch über die Frage der Errichtung einer Bundespolizei verhandelt, die der Bundeskanzler in einer am 28.4.1950 an die AHK gerichteten Note aufgeworfen hatte: »In long run federal state can only maintain itself if it commands an instrument for execution of its will. Other federal states have armies, main purpose of which, it is true, is to resist foreign aggression, but which can also be deployed to ensure maintenance of internal security. At present Germany has no army and does not wish for one. Allied occupation forces provide the necessary means of defence against an attack. It is however, not compatible with prestige of Federal Government to be dependent upon Allied forces for execution of its will; moreover, circumstances might arise in which intervention might cause embarrassment to Allied forces. Federal Government, therefore, considers establishment of federal police force to be an absolute necessity« (zit. nach der von McCloy am 4.5.1950 nach Washington telegraphierten Übersetzung dieses Schreibens; Druck: FRUS, a.a.O., S. 684f.). Zum diesbezüglichen Konferenzergebnis McCloy in seinem o. g. Bericht vom 17.5.1950: »In executive session I informed Adenauer that no action was taken concerning his letter re establishment federal police, but that it was recognized that a case was made out for some sort of federal police, though amount and nature was still uncertain«; vgl. a.a.O., S. 640. Vgl. a. Roland G. *Foerster,* Innenpolitische Aspekte der Sicherheit Westdeutschlands, S. 456f. und Kabinettsprotokolle, Bd. 2, S. 443.

Nr. 233

a ‹ › Ms. eingefügt.

1 Vgl. Nr. 86, Anm. 5.

2 Hierzu, unter Verwendung dieses Briefes, Detlev *Hüwel,* Karl Arnold, S. 163. – Ausführliche Angaben zur nordrhein-westfälischen Sozialisierungsdiskussion (die schließlich zum Art. 27 der Landesverfassung führte) bei Peter *Hüttenberger,* Nordrhein-Westfalen, S. 457f.

3 Eine Antwort des CDU-Fraktionsvorsitzenden im nordrhein-westfälischen Landtag konnte nicht nachgewiesen werden. – In anderem gesellschaftspolitischen Zusammenhang hatte er Adenauer am 20.4.1950 von der Haltung seiner Fraktion zur Mitbestimmungsforderung der nordrhein-westfälischen Landesverfassung (Art. 8) in Kenntnis gesetzt (»Bekenntnis zum Grundsatz«, ohne daß damit die deswegen zeitgleich auf Bundesebene geführten Verhandlungen erschwert werden sollten).

Nr. 234

1 Diesem Schreiben an den Bundesratsminister und DP-Vorsitzenden Heinrich *Hellwege* waren in den Vormonaten umfangreicher Schriftverkehr und persönliche Verhandlungen zwischen Adenauer und den Exponenten der Bonner Koalitionsparteien vorangegangen, die eine zum Regierungsbündnis auf Bundesebene analoge Lösung auch für Nordrhein-Westfalen nach den Landtagswahlen vom 18.6.1950 bezweckten.

2 Zu dem hiermit gemeinten Zentralverband der Fliegergeschädigten, Vertriebenen und Währungsgeschädigten vgl. Richard *Stöss,* Deutsche Gemeinschaft, in: *ders.* (Hrsg.), Parteien-Handbuch, Bd. 1, S. 880f.

3 Vgl. Nr. 43.

4 In seiner Antwort vom 9.5.1950 begründete Hellwege das Vorgehen seiner Partei mit öffentlichen Erklärungen Adenauers zu alleiniger Wahlkampfführung der CDU und den Bemühungen der DP, »einen großen Teil der zur Opposition neigenden Kräfte des rechten Lagers für einen positiven Kurs zu gewinnen.« – Ihr Wahlergebnis vom 18.6.1950: 1,7 %.

Nr. 235

1 Peter *Lütsches* (1898–1959), Journalist und CDU-Politiker in Düsseldorf, 1946–1950 im Vorstand der ›Vereinigung der Verfolgten des Naziregimes‹ VVN, 1950–1953 Vorsitzender des ›Bundes der Verfolgten des Naziregimes‹ BVN; weitere biographische Angaben in: Adenauer, Briefe 1945–1947, S. 675. – Zur Abspaltung des BVN aus der bis 1950 gemeinsamen Organisation der NS-Verfolgten vgl. Kabinettsprotokolle, Bd. 2, S. 184, 702.

2 Hierfür kein Beleg in StBKAH.

3 Noch am 3.2.1951 ließ Adenauer durch seine Rhöndorfer Sekretärin bei Lütsches anfragen, ob er Mitglied des BVN oder des VVN sei: »Der Herr Bundeskanzler möchte darüber gerne Bescheid wissen« (StBKAH 10.19 – ohne Antwort Lütsches' –).

4 Anlaß zu dieser Kritik hatte u. a. eine VVN-Kundgebung am 16.4.1950 in München gegeben, auf die und dortige Äußerungen eines französischen Gastredners (über »Dr. Konrad Adenauer, de Gaulle und Churchill als Kriegshetzer«) bereits am 17.4.1950 der CSU-Generalsekretär Franz Josef *Strauß* aufmerksam gemacht hatte (StBKAH 10.02).

Nr. 236

1 Robert *Schuman* hatte Adenauer von seiner am 9.5.1950 in die Tat umgesetzten Absicht in Kenntnis gesetzt, mit einer Regierungserklärung – der Verkündung des Schuman-Plans – Verhandlungen über eine gemeinsame Organisationsform der französischen und deutschen Kohlen- und Stahlproduktion in die Wege zu leiten. Wortlaut seines Schreibens (nach der dem Original – hierzu das Faksimile auf S. 210f. – beiliegenden Übersetzung):
»Herr Bundeskanzler!
Im Begriff, der französischen Regierung den Vorschlag zu machen, eine für die Zukunft der französisch-deutschen Beziehungen, Europas und des Friedens wichtige Entscheidung zu treffen, möchte ich die Erklärung, die ich am Dienstag den 9.5. abends meine Regierung bitten werde anzunehmen und zu veröffentlichen, Ihnen erläutern. Ich möchte Ihnen auch klarlegen, in welchem Geiste ich diese Erklärung abgefaßt habe.
Der Weltfrieden kann ohne schöpferische Anstrengungen proportional der ihm drohenden Gefahren nicht gewahrt werden.

Der Beitrag, den ein organisiertes und lebendiges Europa zur Zivilisation leisten kann, ist für die Aufrechterhaltung friedlicher Beziehungen unerläßlich. Frankreich, seit über 20 Jahren Vorkämpfer für ein vereinigtes Europa, hat immer als Hauptziel gehabt, dem Frieden zu dienen. Europa ist nicht zustandegekommen, wir haben den Krieg gehabt.
Europa wird nicht mit einem Schlage entstehen, und auch nicht als gemeinschaftliche Konstruktion. Es wird entstehen, wenn konkrete Leistungen zunächst eine tatsächliche Solidarität schaffen. Die Sammlung der europäischen Nationen erfordert es, daß die jahrhundertealte Gegnerschaft Frankreichs und Deutschlands ausgeschaltet wird. Die unternommenen Schritte müssen in erster Linie Frankreich und Deutschland berühren.
Sie selbst haben in öffentlichen Erklärungen und bei den Unterhaltungen, die wir zusammen führten, Ihre volle Übereinstimmung mit einem solchen Vorhaben unterstrichen. Sie haben vor allem die Errichtung einer Wirtschaftsunion zwischen unseren beiden Ländern vorgeschlagen.
Für die französische Regierung ist nun der Augenblick gekommen, diesen Weg einzuschlagen. Sie will deshalb unverzügliche Maßnahmen auf einem begrenzten, aber entscheidenden Gebiet ergreifen:
›Die französische Regierung schlägt vor, die Gesamtheit der französisch-deutschen Kohlen- und Stahlproduktion einer gemeinschaftlichen hohen Stelle im Rahmen einer Organisation, der die anderen europäischen Länder beitreten können, zu unterstellen.‹
Der oben erwähnte Grundgedanke wird Gegenstand eines Abkommens zwischen den Regierungen sein. Die unerläßlichen Verhandlungen zur Festlegung der Maßnahmen für die Durchführung würden unter Mitwirkung eines gemeinschaftlich bestellten Schiedsrichters vor sich gehen. Dieser hätte die Aufgabe, darüber zu wachen, daß die Abkommen den Grundsätzen entsprechen, und er würde im Falle von unüberbrückbaren Gegensätzen die Lösung finden, die angenommen werden müßte.
Die Errichtung dieser hohen Stelle beeinträchtigt in keiner Weise die Eigentümerrechte bei den Unternehmungen. In Ausführung ihrer Aufgabe muß diese hohe Stelle die der Internationalen Ruhrbehörde übertragenen Befugnisse und die Deutschland auferlegten Verpflichtungen jeglicher Art berücksichtigen, soweit diese noch fortbestehen werden.
Dies sind, kurz skizziert, die Hauptlinien eines Systems, welches die Wirtschaftsbeziehungen zwischen unseren beiden Ländern vollständig umändern und sie endgültig zu einer friedlichen Zusammenarbeit hinführen würde. Wir würden gleichzeitig die konkreten Grundlagen für einen europäischen Wirtschaftsorganismus schaffen, dem alle Länder beitreten können, die ein freiheitliches Regime haben und sich ihrer Solidarität bewußt sind.
Dieser Grundgedanke wird natürlich in technischer Hinsicht eingehend geprüft werden müssen: Ich wünsche lebhaft, daß sich die deutsche Regierung in der Lage sieht, an dieser Prüfung teilzunehmen.

Ich hebe noch einmal hervor, daß diese Erklärung am Dienstag abend von der französischen Regierung zweifellos veröffentlicht werden wird. Ich darf Sie bitten, diese Mitteilung bis zu der genannten Veröffentlichung als streng persönlich und vertraulich zu betrachten.
Schlußformel gez. Schuman«
[Schlußformel im Original: »Veuillez agréer, Monsieur le Chancelier, l'assurance de ma haute considération, ‹mit meinen herzlichsten Grüßen, Schuman›; ‹ › hs. Zusatz.]
Zu diesem Schreiben lagen der Forschung vor der 1985 erfolgten Veröffentlichung des französischsprachigen Originals in ›L'Europe – une longue marche‹ (S. 60f.) vor: die Hinweise Konrad *Adenauers* in seinen Erinnerungen (Bd. 1, S. 327; irrtümliche Datierung der Übermittlung auf den 9.5.1950) und bei Herbert *Blankenhorn* (Verständnis und Verständigung, S. 100f.). Lückenlos rekonstruiert sind die Ereignisse vor dem 9.5.1950 auch heute noch nicht, da ein von Adenauer erwähntes weiteres, ein »handgeschriebenes, persönliches Schreiben von Robert Schuman« (vgl. a.a.O.) bisher nicht nachgewiesen werden konnte.
Druck der zwei Tage später, nach der brieflichen Abstimmung mit Adenauer, abgegebenen Regierungserklärung Schumans (u. a.): EA, Jg. 5 (1950), S. 3091f. Druck der ersten öffentlichen Stellungnahme Adenauers zum Schuman-Plan anläßlich einer ebenfalls noch am 9.5.1950 (20.00 h) in Bonn abgehaltenen Pressekonferenz: Adenauer, Reden, S. 175-181. Hierzu das Faksimile der in StBKAH 12.50 erhaltenen Redenotizen auf S. 212-215.
Zum Zustandekommen und zur historischen Einordnung des Schuman-Plans vgl. Jean *Monnet,* Erinnerungen eines Europäers, S. 367-401. Dort (S. 376f.) Auszüge aus den zwischen dem 16.4. und 6.5.1950 entstandenen Vorarbeiten Monnets (vgl. Nr. 254, Anm. 1) und seiner Mitarbeiter, die z. T. wörtlich in dem Schuman-Schreiben Verwendung fanden. – Vgl. a. Pierre *Gerbet,* La Genèse du Plan Schuman, passim; William *Diebold,* The Schuman-Plan. A Study in Economic Cooperation 1950–1959, New York 1959; Hans-Peter *Schwarz,* Die Ära Adenauer 1949–1957, S. 96-104 und Rudolf *Mittendorfer,* Robert Schuman, S. 149-262.

2 Robert *Mischlich* (geb. 1910), französischer Verwaltungsbeamter; 1946–1950 Mitarbeiter Robert Schumans im französischen Finanz- bzw. Außenministerium, danach langjähriger Präsident des Cour d'Appel des Colmarer Oberlandesgerichtes; vgl. Paul *Legoll,* Konrad Adenauer et l'Idée d'Unification, S. 154 und die Angaben von Pierre *Pflimlin* in: Hans-Peter *Schwarz* (Hrsg.), Adenauer und Frankreich. Die deutsch-französischen Beziehungen 1958–1969, in: Rhöndorfer Gespräche, Bd. 7, Bonn 1985, S. 30.
Die Übergabe der beiden Schuman-Schreiben zunächst an Herbert Blankenhorn, durch diesen an Adenauer erfolgte am 8.5.1950 in den Mittagsstunden (vgl. Herbert *Blankenhorn,* a.a.O.), die persönliche Aushändigung der Antwortschreiben durch Adenauer an Mischlich – nach den Besucherlisten in StBKAH 04.01 – abends um 18.50 h.

Nr. 236 A

1 Vgl. Nr. 236, Anm. 1.

2 Vgl. Nr. 168, 180, 183, Anm. 3, Nr. 190, 192 und 210.

3 Vgl. Kabinettsprotokolle, Bd. 2, S. 370. Vgl. a. Nr. 202, 212 und 253.

4 Vgl. Nr. 207, 212, Anm. 3 und Nr. 253, Anm. 3.

Nr. 237

a ‹ › Vom Bearb. korrigiert aus »1925«; vgl. Anm. 3.

b ‹ › Vom Bearb. ergänzt.

1 Anschreiben oder Antwort *Silverbergs* sind in StBKAH nicht erhalten. Zur weiteren Adenauer-Korrespondenz mit dem in Schweizer Emigration lebenden Industriellen vgl. Nr. 264.

2 Hugo *Stinnes* (1870–1924), Großindustrieller – Enkel bzw. Sohn von Mathias *Stinnes* (1790–1845) und Hugo *Stinnes* (1842–1887) –, baute die von ihnen begründeten Unternehmen im Bereich des Kohlenbergbaus, der Schiffahrt und des Überseehandels zu einem Großkonzern aus, 1901 Gründer der Deutsch-Luxemburgischen Bergwerks- und Hütten AG, erwarb 1902 zusammen mit August Thyssen das Rheinisch-Westfälische Elektrizitätswerk, 1918–1924 Mitglied der ›Zentralarbeitsgemeinschaft‹ der Gewerkschaften und Arbeitgeber, 1920–1924 MdR für die DVP; vgl. Peter *Wulf,* Hugo Stinnes. Wirtschaft und Politik 1918–1924, Stuttgart 1979. Dort (S. 490-495) auch ausführliche Angaben zu den Beziehungen Adenauer–Stinnes.

3 Am 9./10.1.1924 hatte Adenauer mit den Genannten in der Berliner Reichskanzlei über Fragen wirtschaftlicher Annäherung zwischen Frankreich und Deutschland verhandelt; vgl. Karl Dietrich *Erdmann,* Adenauer in der Rheinlandpolitik, S. 171-175, 351-359 und Günter *Abramowski* (Bearb.), Die Kabinette Marx I und II, Bd. 1, in: Karl Dietrich *Erdmann*/Hans *Booms* (Hrsg.), Akten der Reichskanzlei: Weimarer Republik, Boppard/Rhein 1973, S. 211-215; vgl. a. Adenauer, Briefe 1945–1947, S. 435.

4 Vgl. Nr. 236 und 236 A.

Nr. 238

a ‹ › Hs. von Zimmermann eingefügt.

1 Eberhard *Wildermuth* (1890–1952), Politiker der DDP/DStP bis 1933, der FDP nach 1945; 1925/26 in der Reichsanstalt für Arbeitslosenversicherung und Arbeitsvermittlung, 1926–1928 im Reichsarbeitsministerium, ab 1928 Vorstandsmitglied der Deutschen Bau- und Bodenbank, 1946/47 Staatssekretär, 1947–1949 Minister für Wirtschaft in Württemberg-Hohenzollern, 1949–1952 Bundesminister für Wohnungsbau und MdB; vgl. Wilhelm *Kohlhaas,* Eberhard Wildermuth. Ein aufrechter Bürger, Bonn 1960 und die Angaben bei Udo *Wengst,* Staatsaufbau und Regierungspraxis.

2 Hierzu wie auch zu den mit diesem Schreiben vorbereiteten Kabinettsberatungen zur Wohnungsbaufrage vom Folgetag vgl. Kabinettsprotokolle, Bd. 2, S. 373-375.

3 Vgl. Nr. 185.
4 Hierzu hatte Adenauer Wildermuth bereits am 6.5.1950 geschrieben: »Es kommt darauf an, zu kontrollieren, wie lange es dauert, bis die vom Bund aus zur Verfügung gestellten Mittel bei den Bauwilligen zur Verfügung stehen. Es scheint dringend erforderlich, insoweit eine genaue Kontrolle einzuführen über den Lauf der Gelder«.

Nr. 239
1 Vgl. Adenauer, Briefe 1947–1949, S. 253, 367f., 382, 453, 458; vgl. a. Kabinettsprotokolle, Bd. 2, S. 362.
2 Nach einer schriftlichen Information des Adenauer-Sohnes Max vom 10.5. 1950 waren diese Pläne von der ›Civil Aviation Branch‹ in Hamburg, der obersten zivilen Flugbehörde der britischen Zone, entwickelt worden. – Von der »Freigabe des Wahner Flugplatzes für die geplanten Binnen-Luftlinien« setzte *Robertson* Adenauer in seinem, soweit ersichtlich, letzten dienstlichen Schreiben als britischer Hoher Kommissar am 17.6.1950 in Kenntnis: »Ich persönlich freue mich, Deutschland mit der Gewißheit zu verlassen, daß Schritte unternommen werden, um Ihren Wünschen in bezug auf Wahn entgegenzukommen« (AA, Noten von AHK, Bd. 24).

Nr. 240
1 Ernst *Schwering* (1886–1962), Kölner Kommunalpolitiker, 1949/50 und 1951–1956 Oberbürgermeister; weitere biographische Angaben in: Adenauer, Briefe 1945–1947, S. 568.
2 Festakt vom 14.5.1950 zum Abschluß einer Musikwoche im kulturellen Rahmenprogramm der 1900-Jahrfeier Kölns (vgl. Nr. 164 A).
3 Hermann *Abendroth* (1883–1956), Prof., Generalmusikdirektor; 1915–1933 städtischer Kapellmeister in Köln, dort 1925 Mitbegründer der staatlichen Hochschule für Musik, 1934–1945 Gewandhauskapellmeister in Leipzig, ab 1946 Leiter des Deutschen Nationaltheaters Weimar; Nachruf in: Musica. Monatsschrift für alle Gebiete des Musiklebens, Jg. 10 (1956), S. 538f. – Zur Teilnahme Abendroths an der Kölner Veranstaltung, unter Hinweis auf diesen Brief, Kabinettsprotokolle, Bd. 2, S. 392. Vgl. a. Nr. 300.
4 Unter Punkt 3 ihrer Abschlußerklärung hatten die westlichen Außenminister festgestellt: »Angesichts der fortwährenden Weigerung der Sowjetregierung, den Einwohnern ihrer Zone die Erlaubnis zur Wiedervereinigung mit ihren Landsleuten in einem demokratischen und geeinten Deutschland zu gestatten, ist es nicht möglich gewesen ..., zum Abschluß eines Friedensvertrages mit Deutschland zu gelangen«; vgl. Nr. 232, Anm. 3.
5 1946 lizenzierte Kölner KPD-Zeitung »für Einheit und Demokratie«, stellte nach KPD-Verbot 1956 ihr Erscheinen ein.
6 Eine schriftliche Antwort Schwerings konnte nicht nachgewiesen werden.

Nr. 241
1 Hierzu, unter Verwendung dieses Briefes, Gabriele *Müller-List* (Bearb.), Montanmitbestimmung, S. XLVI, 63. – Vgl. Nr. 173, 203, 209 und 227.
2 Vgl. Nr. 173, Anm. 5 und Nr. 203, Anm. 2.
3 Im direkten Schriftverkehr mit dem amerikanischen Hohen Kommissar hatte Adenauer diesem tags zuvor für das Schreiben vom 21.4.1950 gedankt (AA, Noten an AHK, Bd. 6; vgl. Nr. 209, Anm. 7).
4 Eine entsprechende Zusicherung hatte Adenauer in einer am 13.5.1950 in Dortmund gehaltenen Wahlkampfrede gegeben; Wortlaut in StBKAH 16.05. – Der Beschleunigung der Mitbestimmungsdiskussion diente ein weiteres Adenauer-Schreiben vom 15.5.1950 an Otto *Seeling,* mit dem er um Einflußnahme »Ihre[r] bayerischen Freunde« auf den von der CDU/CSU-Fraktion am 17.5.1950 vorgelegten Gesetzentwurf bat (»der vor allem die besonders gelagerten Interessen des Handwerks, der kleineren und mittleren Betriebe nicht berücksichtigt«; StBKAH 10.04); vgl. Rolf *Wenzel,* Konrad Adenauer und die Gestaltung der Wirtschafts- und Sozialordnung im Nachkriegsdeutschland, S. 139, 197 und Gabriele *Müller-List* (Bearb.), a.a.O., S. XLVIII.

Nr. 242
1 Carl Paul Maria *Romme* (geb. 1896), Prof. Dr. jur., niederländischer Rechtsanwalt und Politiker der Römisch-Katholischen Staatspartei bis 1945, danach der Katholischen Volkspartei/KVP, deren langjähriger Vorsitzender; 1920–1946 Anwalt in Amsterdam, 1933 und 1946–1961 Abgeordneter der Zweiten Kammer, 1937 der Ersten Kammer, 1937–1939 Minister für soziale Angelegenheiten, 1946–1952 Chefredakteur der KVP-nahen Zeitung ›De Volkskrant‹, ab 1962 Mitglied des Staatsrats. – Erste Kontakte zu Adenauer hatte Romme bereits 1948 angeknüpft; vgl. Adenauer, Briefe 1947–1949, S. 276, 302f., 585.
Dem hier abgedruckten Schreiben war in den Vormonaten umfangreiche Korrespondenz (vgl. NL Romme und StBKAH 10.02) sowie eine persönliche Begegnung am 4.3.1950 in Bonn vorangegangen. Wesentlichen Anteil am Zustandekommen des Treffens hatte der niederländische Kontaktmann Adenauers und Freund seiner Familie, der Unternehmer Wim J. *Schmitz* (1907–1977; weitere Angaben in: Adenauer, Briefe 1945–1947, S. 587); Briefwechsel Adenauer-Schmitz aus demselben Zeitraum in StBKAH 07.09, 10.02.
2 Romme antwortete am 27.6.1950 – ohne Personalvorschläge zu unterbreiten –, daß der niederländischen Regierung ein deutsches Generalkonsulat »zweifelsohne sehr willkommen sein« werde; s. E. »wäre es ... wohl sehr gut, ... wenn die Befugnisse des Konsulats sich ausdehnen würden [auf das] ganze Gebiet der Befugnisse der Deutschen Regierung.«

Nr. 243

1 Hans *Schäffer* (1886–1967), Dr. jur., Rechtsanwalt und führender Wirtschafts- und Finanzexperte in der Weimarer Republik; ab 1919 im Reichswirtschaftsministerium (ab 1923 Ministerialdirektor, Leiter der wirtschaftspolitischen Abteilung), 1929–1932 Staatssekretär im Reichsfinanzministerium, 1932/33 Generaldirektor des Ullstein-Verlages, dann nach Schweden emigriert, 1936–1962 internationaler Rechtsberater der Wallenberg-Gruppe, 1951–1953 Berater der schwedischen Delegation zur Londoner Schuldenkonferenz; vgl. Eckhard *Wandel,* Hans Schäffer. Steuermann in wirtschaftlichen und politischen Krisen, Stuttgart 1974 und Biographisches Handbuch, Bd. 1, S. 638. Vgl. a. Rudolf *Morsey,* Brünings Kritik am Wiederaufbau, S. 293 f.

Zu Schäffers persönlichen Nachkriegskontakten zu Adenauer (erstmals am 15.10. 1949; der Kanzler bot ihm dabei das Staatssekretariat im Bundeswirtschaftsministerium an), auch zu der nachfolgend angeregten Begegnung – die am 3.6. 1950 in Rhöndorf zustandekam –, vgl. die von Eckhard *Wandel* anhand der Tagebuchaufzeichnungen Schäffers erstellte Dokumentation: Adenauer und der Schuman-Plan, passim.

2 Adenauer beabsichtigte, Schäffer gemeinsam mit Hermann Josef *Abs* die Verhandlungsführung bei den am 20.6.1950 in Paris beginnenden Schuman-Plan-Verhandlungen zu übertragen, Schäffer lehnte ab; vgl. Eckhard *Wandel,* Adenauer und der Schuman-Plan, S. 200-203. – Vgl. a. Nr. 256.

Nr. 244

1 Zum nachfolgenden Schreiben zur Gestaltung des Palais Schaumburg (vgl. Nr. 165, Anm. 2) ist ergänzend folgende Aufzeichnung der Rhöndorfer Privatsekretärin über ein am 9.6.1950 geführtes Telefongespräch Adenauers mit Hans *Globke* erhalten: »Ich hatte Herrn Professor Schwippert seinerzeit gesagt, daß bei der Ausstattung der unteren Räume *ich* entscheiden wolle. Eines Tages komme ich zufällig dahin und sehe diesen einen, geradezu abscheulichen Läufer, und zwar den roten, woran man gerade nähte. Es war noch kein grüner Läufer da. Ich habe sofort angeordnet: ›stop! Ich habe das nicht angeordnet. Die Läufer werden nicht gelegt.‹ ... Es ist dies auch Herrn Professor Schwippert geschrieben worden. Nun tut er es trotzdem. Herr Globke soll im Auftrage des Bundeskanzlers schreiben an Schwippert, und zwar, daß er angeordnet habe, er solle sich um nichts mehr kümmern. Der Boden solle ergänzt werden. Es sollten ... einige Teppiche hingelegt werden. Er findet dies alles als eine Unverschämtheit von Schwippert. Der Bundeskanzler ist auch wegen des Außenanstrichs nicht gefragt worden. Er hatte gesagt, daß er Proben sehen wolle. Er hat niemals zugestimmt, daß die Läden grau gemacht werden. Das ist nichts. Das ganze Haus verlangt – im Park liegend – grüne Läden und einen gelb getönten Anstrich.« Hierzu das Faksimile auf S. 221.

Nr. 245

1 *Heinemann* hatte am 23.5.1950 um Zustimmung zur Ernennung einer bisher bei der Jugendbehörde Hamburg tätigen Regierungsdirektorin zur Referatsleiterin in der Wohlfahrtsabteilung seines Ressorts gebeten. – Zum organisatorischen und personellen Aufbau des Bundesinnenministeriums vgl. Udo *Wengst,* Staatsaufbau und Regierungspraxis, S. 167-169.

2 Vgl. Rudolf *Morsey,* Personal- und Beamtenpolitik, S. 220f., 226.

Nr. 246

1 Hierin Angaben des Bundeslandwirtschaftsministers zu einem am 25.5.1950 mit Wirtschaftsberatern der AHK geführten Gespräch über das alliierte Genehmigungsverfahren zu geplanten Gesetzen über den Verkehr mit Vieh und Fleisch (verkündet am 25.4.1951) sowie über den Verkehr mit Getreide und Futtermitteln (verkündet am 4.11.1950). Vgl. Kabinettsprotokolle, Bd. 2, S. 407f., 428-430.

2 Bezieht sich auf Beratungen des Bundeskanzlers mit der AHK am 28.4. 1950; vgl. a.a.O., S. 346, 361, 407.

3 Zu der anschließend im Kabinett vertretenen Position des Bundeswirtschaftsministers (Plädoyer für Brotpreisfreigabe) vgl. a.a.O., S. 429. – Vgl. a. Nr. 283.

4 Zum Verlauf dieser Krankheit, die Adenauer zu einer längeren Unterbrechung der Amtsausübung in Bonn zwang (erst am 4.7.1950 leitete er wieder eine Kabinettssitzung), zahlreiche Angaben in der Korrespondenz der Folgezeit.

Nr. 247

a ‹...› Die ausgelassene Passage enthält persönliche Aussagen zu CDU-Kandidaten für den nordrhein-westfälischen Landtagswahlkampf.

1 Adenauer hatte diese Funktion zunächst im ernannten Landtag für Nordrhein-Westfalen (ab 2.10.1946), dann im ersten gewählten Landtag ab 20.4. 1947 bis zur Übernahme des Kanzleramtes ausgeübt. – Sein Mandat hatte er auch nach dem 15.9.1949 beibehalten; die letzte der in StBKAH 09.20 erhaltenen monatlichen Abrechnungen »für den Landtagsabgeordneten Dr. Konrad Adenauer, Rhöndorf« (über jeweils DM 300, abzüglich DM 50.– für die CDU-Fraktionskasse) datiert vom 23.5.1950.

2 »Die Doppelmandate sind ... nur ein – allerdings besonders unangenehm hervorstechendes – Symptom für die innere Unausgeglichenheit unserer parlamentarischen Demokratie«, so Adenauer in einem am 4.3.1950 vom ›Rheinischen Merkur‹ veröffentlichten Interview mit Paul Wilhelm *Wenger* (»Der Kanzler für eine Reform des politischen Stils«).

3 Hierzu findet sich im Antwortschreiben Karl *Müllers* vom 9.6.1950 (StBKAH 08.13) keinerlei Stellungnahme. – Auf die zunehmende Entfremdung zwischen beiden Politikern verweist Martin *Schumacher,* Agrarpolitische Weichenstellung, S. 269-271.

4 Zwischen Adenauer und *Pferdmenges* wurde in dieser Zeit u. a. über Führungsfragen bei der Bank deutscher Länder verhandelt; hierzu ein Schreiben Adenauers vom 22.5.1950 in StBKAH 10.11.

Nr. 248

1 Maria *Dietz* (1894–1980), rheinland-pfälzische CDU-Politikerin; bis 1922 im Schuldienst, danach in der katholischen Frauenbewegung und in der Weltfriedensbewegung der Mütter und Erzieherinnen, ab 1946 in der CDU, langjährige Landesvorsitzende der CDU-Frauenvereinigung Rheinland-Pfalz, bis 1949 Stadträtin in Mainz, 1949–1957 MdB. – In ihrem Anschreiben vom 25.5.1950 hatte Frau Dietz die Befürchtung geäußert, daß das »Ja zum Europa-Rat auch ein Ja ... zum Atlantik Pakt« nach sich ziehen werde: »Wird es nicht ferner ein Ja sein zu dem Vorschlag McCloys ..., daß ... bei der Verteidigung gegen einen Angreifer Westdeutschland die Infanterie, Amerika die Luftwaffe und England die Marine stellen solle?« Analog zur Zurückhaltung der Schweiz gegenüber der westlichen Bündnispolitik empfehle sie auch für die Bundesrepublik Neutralität, »da wir ja nicht das ganze Deutschland sind und im Ernstfall gegen eigene Brüder kämpfen müßten ...« (vgl. Nr. 249, Anm. 2). – Die *McCloy* zugeschriebene Aussage konnte nicht verifiziert werden. Übersichtliche Angaben zu der in diesem Zeitraum geführten amerikanischen Diskussion über einen westdeutschen Verteidigungsbeitrag bei Norbert *Wiggershaus,* Die Entscheidung für einen westdeutschen Verteidigungsbeitrag, passim.

2 Vgl. Nr. 303.

Nr. 249

1 Nikolaus *Ehlen* (1886–1965), Initiator der deutschen Siedler-Bewegung, einer Selbsthilfeorganisation zum Bau familiengerechter Eigenheime; weitere biographische Angaben in: Adenauer, Briefe 1945–1947, S. 717.

2 Wie auch Maria *Dietz* (vgl. Nr. 248, Anm. 1), hatte Ehlen in seinem Anschreiben (»Grüß Euch Gott, Herr Bundeskanzler!«) vor den Gefahren einer Wiederbewaffnung gewarnt, die sich aus dem Europarat-Beitritt ergeben könne: »Gebt die Milliarden, welche die Remilitarisierung verschlingen wird, aus für die Lösung der sozialen Frage an Rhein und Elbe.« – Zu der Anfang der 50er Jahre auch öffentlich vertretenen Position Ehlens ein Hinweis bei Anselm *Doering-Manteuffel,* Katholizismus und Wiederbewaffnung, S. 121.

3 Vincent *Auriol* (1884–1966), 1947–1954 französischer Staatspräsident; weitere biographische Angaben in: Adenauer, Teegespräche 1950–1954, S. 700.

4 Harry S. *Truman* (1884–1972), 1945–1953 Präsident der Vereinigten Staaten von Amerika; weitere biographische Angaben a.a.O., S. 613.

5 Clement *Attlee* (1883–1967), 1945–1951 britischer Premierminister; weitere biographische Angaben a.a.O., S. 639.

6 Hierzu ausführlich Norbert *Wiggershaus,* Die Entscheidung für einen westdeutschen Verteidigungsbeitrag, S. 331f.

7 Vgl. Nr. 238. – Zur »Lage des Wohnungswesens innerhalb des Gebietes der Bundesrepublik« detaillierte Angaben in einem Bericht des Sachverständigen für Wohnungsfragen im Verteidigungsministerium der USA, Lawrence *Westbrook,* vom 22.5.1950, den John J. *McCloy* am 5.6.1950 dem Bundeskanzler übermittelt

hatte (AA, Noten von AHK, Bd. 24; Antwort Adenauers vom 22.6.1950 a.a.O., Noten an AHK, Bd. 7).

Nr. 250

1 Helene (gen. Ella) *Schmittmann* (1880–1970), Ehefrau des Sozialwissenschaftlers Benedikt Schmittmann, nach 1945 Vorstandsmitglied des Bundes Deutscher Föderalisten, ab 1949 Präsidentin der Katholischen Europa-Liga; weitere biographische Angaben (auch zur verwandtschaftlichen Verbindung zwischen ihr und Adenauer) in: Adenauer, Briefe 1945–1947, S. 584f. – Das Anschreiben ist in StBKAH nicht erhalten.

2 Ähnliche Fragen waren bereits im Frühjahr 1949 zwischen beiden erörtert worden; vgl. Adenauer, Briefe 1947–1949, S. 426, 443, 656, 662.

Nr. 251

a ‹ › Hs. von Zimmermann korrigiert aus »Vorhaltungen«.

1 Armand *Bérard* (geb. 1904), französischer Diplomat; 1931–1936 Attaché der Botschaft in Berlin, danach an den Botschaften in Washington (1938) und Rom (1938–1940), 1943/44 im Außenministerium in Vichy, 1944 in der provisorischen Regierung in Algier, ab 1945 Gesandter in Washington, 1949–1953 Stellvertretender Hoher Kommissar in Bonn, später Botschafter in Tokio (1956–1959) und Rom (1962–1967); vgl. seine Erinnerungen: Un Ambassadeur se souvient, Bd. 2: Washington et Bonn, 1945–1955, Paris 1978.
Zu dieser Unterredung mit Bérard ist eine Aufzeichnung *Blankenhorns* vom 8.6. 1950 erhalten: ein im Ministerium für gesamtdeutsche Fragen eingerichtetes Saarreferat agitiere »in letzter Zeit im Saargebiet mittels Agenten stark gegen Frankreich ... Wenn diese Tätigkeit fortgesetzt würde, so würden sich ungünstige Reaktionen aus Frankreich nicht vermeiden lassen.«

2 Vgl. Robert H. *Schmidt,* Saarpolitik, Bd. 1, S. 532-534; Erich *Kosthorst,* Jakob Kaiser, S. 317 und Gisela *Rüss,* Anatomie einer politischen Verwaltung, S. 165-172.

3 Bestätigung des Termins in StBKAH 04.01.

4 Vgl. Nr. 256 und 269, Anm. 2.

5 Hierzu, unter Verwendung dieses Briefes, Erich *Kosthorst,* a.a.O., S. 321. Dort auch Angaben zur Antwort *Kaisers* vom 11.6.1950: »Wenn ... überhaupt ein Vorwurf ... erhoben werden könnte, dann ist es der, die Deutschland verbundenen Kräfte im Saargebiet ... nicht genügend ... unterstützt zu haben«.

Nr. 252

1 Gemeint ist: Walter *Ulbricht* (1893–1973), 1949–1960 stellvertretender Vorsitzender des Ministerrats der DDR, 1960–1973 Vorsitzender des Staatsrates; weitere biographische Angaben in: Adenauer, Teegespräche 1950–1954, S. 666.

2 Verhandlungen des niedersächsischen Landwirtschaftsministers und Vorsitzenden des CDU-Landesverbandes Hannover, Günther *Gereke,* mit Ulbricht am

7.6.1950 in Berlin; vgl. ›Der Spiegel‹ Nr. 24 (1950), S. 5. Vgl. a. Gerekes eigene Darstellung in: Ich war königlich-preußischer Landrat, S. 374f.

3 Vgl. Kabinettsprotokolle, Bd. 2, S. 442. – Entwurf dieser Erklärung in StBKAH 12.50.

4 Zur Stellungnahme des niedersächsischen Kabinetts ist in StBKAH lediglich ein telegraphischer Zwischenbescheid *Kopfs* vom 18.6.1950 erhalten (Gereke trat am 21.6.1950 zurück). – Parteiintern lief im selben Zeitraum und auch aus anderen Gründen (Adenauer am 30.4.1950 an Rudolf *Junges*: »Alle Sachen über Herrn G. zusammentragen. ... Alles, was er in letzter Zeit verbrochen hat«; StBKAH 12.50) ein Disziplinarverfahren gegen Gereke, das am 29.6.1950 zum Parteiausschluß »wegen Mißachtung grundsätzlicher Beschlüsse des CDU-Zonenausschusses und schwerer Schädigung des Ansehens der Partei« führte (Entscheidung des Ehrengerichts der britischen Zone in StBKAH 10.21); vgl. Nr. 204, Anm. 11.

Nr. 253

1 Hierzu das Faksimile auf S. 226.

2 Zu diesem Schreiben an den Bundesinnenminister, auch zu dessen Anschreiben vom 26.5.1950 vgl. seinen eigenen Beitrag »Was Dr. Adenauer vergißt« (S. 462) sowie Erich *Kosthorst*, Jakob Kaiser, S. 129; Diether *Koch*, Heinemann und die Deutschlandfrage, S. 136 und Kabinettsprotokolle, Bd. 2, S. 49, 418.

3 In der Frage des Europarat-Beitritts hatte das Kabinett am 9.5.1950 beschlossen: »Der Zusammenschluß Europas unter Einbeziehung der Bundesrepublik Deutschland wird als notwendiger Weg zur Erhaltung des Friedens und zur Wiederherstellung der deutschen Einheit *angesehen*«; stilistisch abweichend hiervon die Mitteilung des Presse- und Informationsamtes der Bundesregierung desselben Tages (Nr. 465/50): »Der Zusammenschluß ... *ist* ein notwendiger Weg zur Erhaltung des Friedens und zur Wiederherstellung der deutschen Einheit« (Hervorhebungen nach Anschreiben *Heinemann*). – Auf der Grundlage des veröffentlichten Beschlusses sprach sich der Bundesrat am 25.5.1950 mit 27:16 Stimmen für den Beitritt aus, der Bundestag am 15.6.1950 mit 220:152 Stimmen bei 9 Enthaltungen; vgl. Stenographische Berichte, Bd. 4, S. 2505-2523.

Nr. 254

1 Jean *Monnet* (1888–1979), 1946–1952 Leiter des französischen Planungsamtes (Commissariat Général du Plan de Modernisation et d'Equipement), entscheidend an Vorbereitung und Durchführung des Schuman-Plans beteiligt, 1952–1955 erster Präsident der Hohen Behörde der EGKS; weitere biographische Angaben in: Adenauer, Teegespräche 1950–1954, S. 624. – Vor diesem ersten in StBKAH erhaltenen Schreiben an Monnet war es am 23.5.1950 in Bonn zu einer persönlichen Begegnung beider Politiker gekommen, die der Vorbereitung der Schuman-Plan-Verhandlungen diente. Vgl. Jean *Monnet*, Bewunderung für Adenauer, in: ›Rheinischer Merkur‹ vom 18.10.1963, S. 3; *ders.*, Erinnerungen eines Europäers, S. 393-395; Konrad *Adenauer*, Erinnerungen, Bd. 1, S. 336f.; Eckhard

Wandel, Adenauer und der Schuman-Plan, S. 199-203; Herbert *Blankenhorn*, Verständnis und Verständigung, S. 103-105; Hans-Peter *Schwarz*, Die Ära Adenauer, S. 101-104 und L'Europe – une longue marche, passim. – Vgl. a. Nr. 256.
2 Hiermit übermittelt: »... un petit livre sur le moyen de prolonger la vie ...«. Hierzu das Faksimile auf S. 229.
3 Paul *Leroy-Beaulieu* (geb. 1902), französischer Diplomat, Finanz- und Wirtschaftssachverständiger; ab 1935 bzw. 1937 an den Botschaften in Rom bzw. Washington, 1940–1943 Direktor der Außenhandelsabteilung im Finanzministerium, 1949–1951 Wirtschafts- und Finanzberater beim Hohen Kommissar in Deutschland, ab 1951 bei der NATO, 1953–1957 an der Botschaft in London.
4 Im Auftrag Monnets war Leroy-Beaulieu am 5.6. und 9.6.1950 in Rhöndorf gewesen, der *McCloy*-Termin datiert vom 7.6.1950; vgl. StBKAH 04.01.

Nr. 255
1 Hierin Angaben *Arnolds* zur nordrhein-westfälischen Landtagssitzung vom 6.6.1950, in der die Landesverfassung (vgl. Nr. 220 und 233) mit 110 Stimmen der CDU und des Zentrums gegen 97 Stimmen der SPD, FDP und KPD verabschiedet worden war. (Bei der mit der Landtagswahl vom 18.6.1950 verknüpften Volksabstimmung wurden 3.627.808 Ja-, 2.237.720 Nein-Stimmen abgegeben). Vgl. Peter *Hüttenberger*, Nordrhein-Westfalen, S. 471 und Detlev *Hüwel*, Karl Arnold, S. 164f. – Heftige Kritik hatte Arnold vor allem am Abstimmungsverhalten der FDP geübt, das » – es handelt sich schließlich um eine Koalitionspartei Ihrer Regierung – draußen in der Bevölkerung, in den evangelischen und katholischen Kreisen einfach nicht verstanden wird.« Nicht zuletzt sehe er nunmehr dem Wahlausgang »in den Wahlkreisen, in denen auf Grund Ihres Vorschlages gemeinsame Kandidaten aufgestellt worden sind, mit großer Besorgnis entgegen.«
Mit einem weiteren Schreiben vom 9.6.1950 hatte Arnold Adenauer das erste Exemplar der Verfassung übermittelt (StBKAH 08.64).

Nr. 256
a ‹ › Hs. von Adenauer korrigiert aus »Es ist nunmehr gelungen, eine Gruppe ...«
b ‹ › Hs. von Blankenhorn korrigiert aus »unter meiner Leitung«.
c ‹ › Hs. von Blankenhorn korrigiert aus »Delegation«.
d ‹ › Hs. von Adenauer korrigiert aus »der Vertreter der Gewerkschaften«.
1 Hierzu und zum nachfolgenden vgl. die im selben Zeitraum in Abwesenheit Adenauers geführten Kabinettsberatungen über die Zusammensetzung der deutschen Delegation für die Schuman-Plan-Verhandlungen in: Kabinettsprotokolle, Bd. 2, S. 453, 462-464, 473. – Die offizielle Nominierung erfolgte mit einem am 17.6.1950 an den Geschäftsführenden AHK-Vorsitzenden André *François-Poncet* gerichteten Schreiben Adenauers; vgl. AA, Noten an AHK, Bd. 7. – Zusätzlich zu dem hier benannten Verhandlungsausschuß wurden je ein Ausschuß für wirtschaftliche und technische sowie juristische Sachverständige gebildet. Die Richt-

linienkompetenz für die Verhandlungsführung lag bei einem in Bonn eingerichteten Ministerausschuß (»... ähnlich wie dies in Frankreich geschehen ist ...«, Adenauer an *Blücher* am 10.6.1950; BA, NL Blücher, Nr. 78). Ihm gehörten neben dem Bundeskanzler die Bundesminister für Angelegenheiten des Marshallplanes, Wirtschaft und Finanzen an. Zur Koordinierung wurde nach Konferenzbeginn ein Generalsekretariat für den Schuman-Plan mit Sitz in Bad Godesberg geschaffen; vgl. Kabinettsprotokolle, Bd. 2, S. 473.

2 Walter *Hallstein* (1901–1982), 1950/51 Staatssekretär für Auswärtiges im Bundeskanzleramt und Delegationsleiter bei den EGKS-Verhandlungen, 1951–1957 Staatssekretär im Auswärtigen Amt, 1958–1967 Präsident der EWG-Kommission; weitere biographische Angaben in: Adenauer, Teegespräche 1950–1954, S. 617.

3 Dies das Kriterium, das Jean *Monnet* in seinen Verhandlungen mit Adenauer am 23.5.1950 in Bonn (vgl. Nr. 254, Anm. 1) dem Kanzler für die Zusammensetzung der deutschen Delegation nahegelegt hatte; vgl. Jean *Monnet,* Erinnerungen eines Europäers, S. 394f.

4 Hans *Boden* (1893–1970), Dr. jur. et rer. pol., Industrieller; 1929 Generalsekretär der deutschen Delegation bei den Young-Plan-Verhandlungen, ab 1929 bei der AEG, nach 1945 Vorstandsmitglied, 1956–1961 Vorstandsvorsitzender, 1950 Delegationsmitglied bei den EGKS-Verhandlungen; vgl. Kabinettsprotokolle, Bd. 2, S. 463, 624f. – Seiner Nominierung war ein Gespräch mit Adenauer am 9.6.1950 in Rhöndorf vorausgegangen; vgl. StBKAH 04.01.

5 Walter *Bauer* (1901–1968), Dr. rer. pol., Industrieller; in führenden Funktionen in der Textilbranche tätig, 1946/47 Mitglied des Wirtschaftsrates des Länderrates in Stuttgart, 1946–1951 Entflechtungsbeauftragter des Süddeutschen Kohlekontors, 1949 deutscher Beobachter bei der Internationalen Ruhrbehörde, 1950 Delegationsmitglied bei den EGKS-Verhandlungen; vgl. Walter *Vogel,* Westdeutschland, T. II, S. 247. – Seiner Nominierung war ein Gespräch mit Adenauer am 10.6.1950 in Rhöndorf vorausgegangen; vgl. StBKAH 04.01.

6 Hans *vom Hoff* (1899–1969), 1949–1952 Vorstandsmitglied des DGB, 1952–1955 Sonderberater Jean Monnets bei der Hohen Behörde der EGKS; weitere biographische Angaben in: Adenauer, Teegespräche 1950–1954, S. 627.

7 Franz *Grosse* (geb. 1903), Dr. rer. pol., Statistiker und Gewerkschaftsfunktionär; 1930–1933 Dozent an der Deutschen Hochschule für Politik, nach 1933 zeitweise bei der Wirtschaftskammer Berlin und im Auswärtigen Amt, am Aufbau der SPD-Nachkriegspresse beteiligt, 1949–1952 Leiter der volkswirtschaftlichen Abteilung der IG Bergbau, 1953/54 Arbeitnehmervertreter im Beratenden Ausschuß der Montanunion; vgl. Hans *Dichgans,* Montanunion, S. 251.
Zur Nominierung Grosses ein »Notabene« von Paul *Leroy-Beaulieu* auf der Kopie der französischsprachigen Übersetzung dieses Adenauer-Schreibens: »Le Chancelier a renoncé à envoyer le Docteur Grosse qui a été collaborateur d'Abetz, en France, pendant l'occupation«; vgl. AM, G 2/3/21.

8 Der Vertrag über die Gründung der Europäischen Gemeinschaft für Kohle und Stahl wurde am 18.4.1951 in Paris unterzeichnet. Vgl. Nr. 269, Anm. 2.

Nr. 257

1 Vgl. Stenographische Berichte, Bd. 3, S. 2310-2315 und Bundestagsdrucksache Nr. 848. – Dazu (unter Verwendung dieses Briefes) Josef *Henke,* Das Schicksal deutscher zeitgeschichtlicher Quellen in Kriegs- und Nachkriegszeit. Beschlagnahme – Rückführung – Verbleib, in: VfZ, Jg. 30 (1982), S. 557-620 (bes. S. 585 f.) und Heinz *Boberach,* Die schriftliche Überlieferung der Behörden des Deutschen Reiches 1871–1945. Sicherung – Rückführung – Ersatzdokumentation, in: *ders.*/ Hans *Booms* (Hrsg.), Aus der Arbeit des Bundesarchivs. Beiträge zum Archivwesen, zur Quellenkunde und Zeitgeschichte, Boppard/Rhein, S. 50-61 (bes. S. 56). – In unmittelbarer Verbindung hiermit war am 24.3.1950 die Errichtung des Bundesarchivs beschlossen worden, das am 3.6.1952 in Koblenz seine Tätigkeit aufnahm; vgl. Kabinettsprotokolle, Bd. 2, S. 285.

2 Im Vorfeld dieser Bemühungen hatte Adenauer bereits am 3.4.1950 John J. *McCloy* für die Überführung des geretteten Bestandes der Bibliothek des ehemaligen Auswärtigen Amtes in den Besitz der Bundesregierung gedankt (»... etwa 60.000 Bände ... von großer Bedeutung für die Arbeit der Bundesregierung«; vgl. AA, Noten an AHK, Bd. 5).

3 In diesem Sinne nahm auch das 1947 gegründete Institut für Zeitgeschichte im Herbst 1950 seine Arbeit auf; vgl. Hellmuth *Auerbach,* Die Gründung des Instituts für Zeitgeschichte, in: VfZ, Jg. 18 (1970), S. 529-554.

Nr. 258

1 Hiermit hatte *Pünder* seine Absage auf eine erst verspätet bei ihm eingegangene »Nacheinladung« zum Abschiedsempfang für General *Robertson* begründet (vgl. Nr. 200, Anm. 1). Persönliche Kränkungsabsicht wolle er Adenauer nicht unterstellen, doch würden »Ihnen solche Vorkommnisse in manchen Kreisen als beabsichtigte oder jedenfalls vermeidbare Mißachtung Ihrer Wegbereiter und Vorgänger gedeutet werden« (StBKAH 11.02).

2 Sieben Sätze dieses Briefes beginnen mit »Ich«, Pünder hat dies im Original hervorgehoben.

Nr. 259

1 Constantin Freiherr *von Neurath* (1873–1956), Diplomat; Botschafter in Rom (1922–1930) und London (1930–1932), 1932–1938 Reichsaußenminister, 1938–1945 Reichsminister ohne Geschäftsbereich, Vorsitzender des Geheimen Kabinettsrates, 1939–1943 Reichsprotektor in Böhmen und Mähren (Beurlaubung 1941), am 1.10.1946 durch den Internationalen Militärgerichtshof Nürnberg zu 15 Jahren Gefängnis verurteilt, im November 1954 aus gesundheitlichen Gründen entlassen; vgl. John L. *Heineman,* Hitler's first foreign minister. Constantin Freiherr von Neurath, diplomat and statesman, Los Angeles 1979 und Robert *Wistrich,* Wer war wer im Dritten Reich, S. 195 f.

Wegen vorzeitiger Haftentlassung von Neuraths wandte sich Adenauer auch am 29.1., 7.3., 7.6. und 23.10.1951 an die AHK (AA, Noten an AHK, Bd. 13, 14,

15). Auf erneute Bemühungen des Kanzlers im Jahre 1953 verweist John L. *Heineman,* a.a.O., S. 244f.

2 *Pius XII.,* vorher Eugenio *Pacelli* (1876–1958), 1920–1929 Nuntius für das Deutsche Reich, 1929 Kardinal, 1930 Kardinalstaatssekretär, 1939–1958 Papst.

3 Für die AHK antwortete am 9.8.1950 der Stellvertreter McCloys, George P. *Hays,* »sorgfältige Prüfung« habe ergeben, daß das Vollzugssystem in Spandau »grundsätzlich der Strafvollzugspraxis [entspricht], die in den Strafanstalten der westlichen Länder üblich ist«. In einigen Punkten sei den Änderungswünschen bereits Rechnung getragen worden (Einschaltung des Lichts), in anderen seien die Informationen des Kanzlers ganz oder teilweise unrichtig (kein Verbot der Bettenbenutzung am Tage; »praktisch das gleiche Essen wie die Sowjetsoldaten der Bewachungsmannschaft«; ›angemessene Zuwendungen‹ durchaus erlaubt; ausreichende seelsorgerische Betreuung, »[e]iner der Gefangenen spielt Orgel zur Begleitung des Kirchengesanges«; »bestmögliche ärztliche Hilfe«).

Nr. 260

1 Derartige Pläne waren im angeblichen Interesse des heimischen Fremdenverkehrs von dem Rhöndorfer Bäckermeister und Cafébesitzer Peter *Profittlich* (1894–1963; vgl. Adenauer, Briefe 1947–1949, S. 586) entwickelt worden und führten in den Folgejahren zu heftigen kommunalpolitischen Auseinandersetzungen. In seinen letztlich erfolgreichen Kampf gegen das Projekt schaltete Adenauer mehrfach den auch für das Siebengebirge und den dortigen Naturschutz zuständigen Kölner Regierungspräsidenten Wilhelm *Warsch* ein, so mit Schreiben vom 12.2.1951: »Einmal haben wir das wenige Kapital, das in Deutschland zur Verfügung steht, für andere Zwecke nötig, zum anderen aber würde der Bau einer solchen Drahtseilbahn von Rhöndorf aus den Teil des Siebengebirges südlich vom Drachenfels, der den ganzen Sommer über und im Winter auch an Sonntagen das Ziel von sehr vielen Wanderern ist, die sich in Ruhe erholen wollen, zu einem Jahrmarkt machen. Dafür besteht in unserer Zeit wirklich kein Anlaß, und man sollte Rücksicht nehmen auf die wirklich Erholungsuchenden und nicht auf diejenigen, die sich betrinken und lärmen wollen und auf diejenigen, die verdienen wollen«.

Druck eines in dieser Angelegenheit an den Honnefer Studienrat Dr. Georg *Kliesing* (geb. 1911; 1953–1976 MdB [CDU]) gerichteten Schreibens vom 26.5.1953 (das die Spannungen zwischen Adenauer und Profittlich verdeutlicht): Walter *Henkels,* Adenauers gesammelte Bosheiten. Eine anekdotische Nachlese, Düsseldorf–Wien 1983, S. 53-55.

2 Der Verein, dem auch Adenauer angehörte, sprach sich auf einer Sitzung vom 23.6.1950 einstimmig gegen das Vorhaben aus (Antwort *Stockhausens* vom 24.6.1950 in StBKAH 10.21).

Nr. 261

1 Zuvor hatten am 18.6.1950 die zweiten nordrhein-westfälischen Landtagswahlen stattgefunden, ihr Ergebnis: CDU 36,9 % (= 93 Mandate), SPD 32,3 % (= 68), FDP 12,1 % (= 26), Zentrum 7,5 % (= 16), KPD 5,5 % (= 12). Auf dieser Grundlage bildete Karl *Arnold* nach seiner erneuten Wahl zum Ministerpräsidenten am 27.7.1950 zum 1.8.1950 ein Übergangskabinett aus CDU-Ministern, zum 15.9.1950 eine Koalitionsregierung von CDU und Zentrum; vgl. Peter *Hüttenberger,* Nordrhein-Westfalen, S. 480-500 und Detlev *Hüwel,* Karl Arnold, S. 224-235.

2 Nach Detlev *Hüwel,* a.a.O., S. 225 f. hatte sich Arnold bis zu diesem Zeitpunkt noch nicht an derartigen Verhandlungen beteiligt. – Zum weiteren Ablauf vgl. Nr. 270-271A, 273-275, 277, 278, 288, 290, 295, 297, 308, 310, 312, 313 und 316.

3 Vgl. ›Die Welt‹ vom 21.6.1950, S. 2 (»Arnold gegen Bonner Lenkung«).

Nr. 262

1 *Schmitt* hatte bereits früher als Kontaktperson zwischen Adenauer und *Brüning* fungiert, in seinem Haus waren beide im August 1948 zu ihrer ersten Nachkriegsbegegnung zusammengekommen; vgl. Adenauer, Briefe 1947–1949, S. 287, 590 sowie die diesbezügliche Angabe Schmitts in seinem Schreiben an Adenauer vom 29.8.1949 (Nr. 89, Anm. 1).

2 *Brüning* hielt sich von Juni bis September 1950 in Deutschland, u. a. in Münster bei seiner dort lebenden Schwester Maria, auf. Von dort aus antwortete er am 26.6.1950, er »möchte ... nicht gerne nach Bonn selbst kommen, da das leicht zu irrigen Gerüchten über meine Absichten führen könnte.« – Unterdessen habe er Robert *Pferdmenges* »informiert mit der Bitte um Weitergabe an Sie über gewisse französische Informationen für die Engl. Regierung. ... in bezug auf die Beschränkung der deutschen Rohstoffproduktion ...«.

3 Der mit einem weiteren Adenauer-Schreiben vom 28.6.1950 erbetene Besuch (»Es liegt mir aber sehr viel daran ... Kann ich Sie evtl. mit dem Wagen holen lassen?«) kam am 4.7.1950 (16.30 h) in Rhöndorf zustande; vgl. StBKAH 04.01. Erinnerungen Brünings hieran – mit irrtümlicher Datierung auf den Juni 1950 – in: Claire *Nix* (Hrsg.), Brüning-Briefe 1946–1960, S. 230.

Nr. 263

1 John K. *Patterson,* kommandierender Offizier der amerikanischen Besatzungstruppen in Köln im Frühjahr 1945, verfaßte am 8.5.1945 jenes Schreiben, das Adenauer bestätigte: »... his name is Number one of the White List for Germany«; vgl. Adenauer, Briefe 1945–1947, S. 38, 547.

2 Hierin Angaben zum persönlichen Werdegang seit Rückkehr in die USA und in seinen Beruf als Ingenieur (Bau von Flugplätzen für die Stadt San Diego), daneben Reminiszenzen an die gemeinsame Aufbauarbeit in Köln: »Als wir in Köln und bei der Armee waren, konnten wir nicht viel über die Russen sagen;

ich hätte es manchmal gerne getan, aber ich nehme an, Sie erkannten meine Ansichten über diese Frage, als ich alle Kommunisten von der deutschen Regierung fernhielt.«

3 Zum Adjutanten Pattersons, Major Everett M. *Ross*, konnten keine weiteren Angaben ermittelt werden.

4 Albert C. *Schweizer* (1900–1949), amerikanischer Architekt, 1945–1949 Besatzungsoffizier erst im Rheinland, dann in Bayern; weitere biographische Angaben in: Adenauer, Briefe 1945–1947, S. 551.

5 Krankenhaus in Köln-Hohenlind; vgl. a.a.O., S. 552f.

Nr. 264

1 Vgl. Nr. 237, Anm. 1.

Nr. 265

1 Nach Presseberichten vom 8.5.1950 hatte Adenauer kurz zuvor vor dem Zonenausschuß der CDU in der britischen Zone die im Sommer und Herbst 1949 geführte Hauptstadtdiskussion aufgegriffen und seine Kritik an den mangelhaften Vorbereitungen in Frankfurt/Main erneuert (wegen kurzfristiger Änderungen der Ausführungsbestimmungen durch das Land Hessen hätten keinerlei Bauten genehmigt werden können).

2 Vor seiner Wahl zum Bundesvorsitzenden der CDU in Goslar am 21.10. 1950 (vgl. Nr. 287, Anm. 1) war Adenauer bereits am 11.5.1950 von den in Königswinter tagenden Vertretern aller Landesverbände des Bundesgebietes und Berlins auf Vorschlag des Landesverbandes Hessen einstimmig zum vorläufigen Vorsitzenden der Gesamtpartei gewählt worden; Protokoll und Kommuniqué der Konferenz (demzufolge bereits »heute ... die Christlich-Demokratische Union als Gesamtpartei Deutschlands« gegründet worden war) in StBKAH 08.13.

3 Der am 22.6.1950 in derselben Angelegenheit, mit ähnlicher Argumentation angeschriebene hessische Ministerpräsident Christian *Stock* antwortete am 4.7. 1950: »... daß die breite Öffentlichkeit schwerlich ein Verständnis für so feine Unterscheidungen aufbringen dürfte. Sie vereinen in Ihrer Person als Bundeskanzler und Vorsitzender der CDU zwei hohe Ämter ganz verschiedener Art. ... Die unberechtigten Vorwürfe ... erhielten in den Augen der Öffentlichkeit gerade um deswillen ein besonderes Gewicht, weil Sie der Bundeskanzler sind, auch wenn Sie in einer Parteiveranstaltung gesprochen haben« (BA, NL Pünder, Nr. 606).

Nr. 266

1 Johannes *Schlüter* (1878–1951), 1920–1935 Ministerialrat im Preußischen Kultusministerium, 1935–1941 im Reichskirchenministerium, danach in Rhöndorf ansässig (Nachbar Adenauers); vgl. Adenauer, Briefe 1945–1947, S. 605.

2 Schlüter hatte sich wegen der Übernahme der Versorgungszahlungen für einen ihm bekannten Amtsrat, der noch in Ost-Berlin lebe, aber um »die Heimkehr in das Bundesgebiet« bemüht sei, durch den Bund an Adenauer gewandt. – In einer

zuvor eingeholten Stellungnahme des Bundesfinanzministers habe dieser »ohne jede Begründung jegliche Verpflichtung des Bundes« abgelehnt. Vgl. Nr. 283, Anm. 1.

Nr. 267

1 Bezieht sich auf eine Besprechung Adenauers mit *Blücher* am 17.6.1950 in Rhöndorf; vgl. StBKAH 04.01 und Kabinettsprotokolle, Bd. 2, S. 462.

2 Hierzu, unter Verwendung dieses Briefes, Udo *Wengst,* Staatsaufbau und Regierungspraxis, S. 267. – Vgl. a. Nr. 279.

3 Ein dezidiertes »Landwirtschaftsprogramm« kam 1950 nicht zustande (Adenauer am 8.12.1950 an Blücher: »... daß zu meinem Bedauern das Ernährungs- und Landwirtschaftsministerium – trotz meiner wiederholten Versuche – kein solches Programm vorgelegt hatte«; BA, NL Blücher, Nr. 78). – Damit verbundene Fragestellungen kamen in den Kabinettsberatungen vom 30.6.1950 zur Sprache; vgl. Kabinettsprotokolle, Bd. 2, S. 502f. Vgl. a. Nr. 246, Anm. 1 und Nr. 283, Anm. 4.

Nr. 268

1 Andreas *Sinn* (1877–1954), Bruder der Fabrikanten Josef *Sinn* (1875–1959) und Leo *Sinn* (1880–1950), die Adenauer nach dessen Entlassung aus dem Gestapo-Gefängnis Brauweiler bei Köln Ende November 1944 unterstützten; vgl. Konrad *Adenauer,* Erinnerungen, Bd. 1, S. 16f. und Adenauer, Briefe 1945–1947, S. 355, 515, 695, 756.

Nr. 269

a ‹...› Die ausgelassene Passage enthält persönliche Aussagen zu Mitgliedern der Familie Adenauer.

1 August *Adenauer* (1872–1952; ältester Bruder Adenauers), Rechtsanwalt und Justizrat in Köln; weitere biographische Angaben in: Adenauer, Briefe 1945–1947, S. 613.

2 20.6.1950: Konferenzeröffnung; 21.6.1950: Monnet Vorschlag u. a. für die Überwachung der Montanunion und ihrer Hohen Behörde durch ein eigenes Parlament; 24.6.1950: Vorlage des französischen Vertragsentwurfes, Vertagung auf den 3.7.1950; vgl. Jean *Monnet,* Erinnerungen eines Europäers, S. 403-413.

3 Vgl. Nr. 279, Anm. 1.

4 Dies die erste und vorerst einzige Erwähnung des am 25.6.1950 durch Einrücken nordkoreanischer Streitkräfte in Südkorea ausgelösten Korea-Krieges in den Briefen Adenauers; vgl. Konrad *Adenauer,* Erinnerungen, Bd. 1, S. 346-349. Vgl. a. Nr. 348.

5 Hanna *Adenauer* (1904–1978; Tochter August Adenauers), Kunsthistorikerin, 1953–1969 Konservator der Stadt Köln; weitere biographische Angaben in: Adenauer, Briefe 1947–1949, S. 506.

Nr. 270

1 Zu diesem Gespräch *Arnolds* mit dem DGB-Vorsitzenden vom 29.6.1950, in dem »›eine völlige Übereinstimmung der Auffassungen‹« über die nordrhein-westfälische Koalitionsbildung nach den Landtagswahlen (vgl. Nr. 261, Anm. 1) erzielt worden war, vgl. Detlev *Hüwel,* Karl Arnold, S. 226.

2 Hierzu ein weiteres, ebenfalls am 30.6.1950 in derselben Angelegenheit an Arnold gerichtetes Schreiben, in dem die entsprechende Passage lautet: » . . . Möglichkeiten und die Modalitäten einer Regierungskoalition, bestehend aus CDU, Zentrum und SPD . . . « (StBKAH 08.64).

3 Eine schriftliche Antwort Arnolds ist in StBKAH nicht erhalten. Zur Fortführung der Kontroverse vgl. Nr. 261, Anm. 2.

Nr. 270A

1 Zu dieser gemeinsamen Vorstandssitzung der CDU-Landesverbände Rheinland und Westfalen vgl. Detlev *Hüwel,* Karl Arnold, S. 226.

2 Am 10.7.1950 stellte *Arnold* den Sachverhalt richtig: » . . . daß ich keine Telefongespräche überwachen und auch keine Briefe öffnen lasse. Es ist aber leider kein seltenes Vorkommnis, daß man in nicht gewünschte Verbindungen eingeschaltet wird, und ebenso sind Irrläufer der Post keine Seltenheit. Es besteht aber meines Wissens keine gesetzliche Vorschrift, die verbietet, unabsichtlich erworbene Kenntnisse zu verwerten, wenn dadurch nicht einer schlechten, sondern einer guten Sache gedient werden soll«. Vgl. Nr. 276.

Nr. 271

1 Vgl. Nr. 261 und 270.

2 Zur Unterrichtung und weiteren Einflußnahme Adenauers auf die nordrhein-westfälische Regierungsbildung vgl. Nr. 261, Anm. 2.

Nr. 271A

1 Nach dieser Notiz wurde die Datierung vorgenommen. Peter *Hüttenberger* (Nordrhein-Westfalen, S. 487) und Detlev *Hüwel* (Karl Arnold, S. 226) folgen der hs. Tagesangabe (29.6.) auf dem Original, die jedoch im Widerspruch steht (Schreibfehler?) zur ms. Zahlenzeile im Telegrammkopf: »HONNEFRHEIN F 50/48 *30 1045*«

2 Vgl. Nr. 270.

Nr. 272

1 Wilhelm *Hausenstein* (1882–1957), 1950–1953 Generalkonsul in Paris, dort 1953–1955 Botschafter; weitere biographische Angaben in: Adenauer, Teegespräche 1950–1954, S. 626.

2 Vorausgegangen waren persönliche Kontakte Adenauer–Hausenstein am 3.4., 25.4., 26.4. und 23.6.1950 in Bonn (vgl. StBKAH 04.01) sowie am 18./19.5.1950 anläßlich der Passionsspiele in Oberammergau (hierzu ein vorberei-

tendes Schreiben Hausensteins vom 6.5.1950; StBKAH 10.03). – Ausschlaggebend für die Entscheidung Adenauers: eine Empfehlung der Schriftstellerin Maria *Schlüter-Hermkes* (1889–1971; weitere biographische Angaben in: Adenauer, Briefe 1945–1947, S. 605), der er am 20.6.1950 geschrieben hatte: »Bezüglich des Generalkonsuls für Paris haben Sie mir anscheinend einen guten Rat gegeben« (StBKAH 10.17). Hierzu vgl. Wilhelm *Hausenstein,* Pariser Erinnerungen. Aus fünf Jahren diplomatischen Dienstes 1950–1955, München [3]1961, S. 21. Vgl. a. Wilhelm *Haas,* Beitrag zur Geschichte der Entstehung des Auswärtigen Dienstes, S. 52, 59 und Arnulf *Baring,* Außenpolitik in Adenauers Kanzlerdemokratie, S. 34, 183.

Nr. 273

1 Paul *Lücke* (1914–1976), CDU-Politiker; hervorgegangen aus der Katholischen Jugendbewegung, 1945 Mitbegründer der CDU im Oberbergischen Kreis, 1947–1949 Amtsdirektor von Engelskirchen, 1949–1972 MdB (1950–1957 Vorsitzender des Ausschusses für Wiederaufbau und Wohnungswesen), 1954–1965 Präsident des Deutschen Gemeindetages, Bundesminister für Wohnungsbau bzw. Wohnungswesen, Städtebau und Raumordnung (1957–1965) und des Innern (1965–1968); vgl. Wilhelm *Born,* Weg in die Verantwortung – Paul Lücke, Recklinghausen 1965.

2 Nach einem »für mich unkontrollierbaren Gerücht«, so Lücke, sei geplant, das Wiederaufbauministerium im neuen nordrhein-westfälischen Kabinett mit einem FDP-Politiker zu besetzen. Die Belange dieses Ressorts könnten s. E. »mit größtmöglicher Aussicht auf Erfolg nur von uns vertreten werden«, nicht jedoch von »sozialistischen und liberalen Politikern ..., die die praktische Durchführung der Rahmengesetzgebung des Bundes verhindern oder verzögern.«

3 Amtsinhaberin 1947–1954: Christine *Teusch.*

4 Nach Interimslösung (Karl *Arnold*) ab 15.9.1950 in diesem Amt: Adolf *Flecken.* – Zur Regierungsbildung insgesamt vgl. Nr. 261, Anm. 2.

5 Vgl. Nr. 238.

Nr. 274

1 Nach Anschreiben *Marx'* bezweckte diese erweiterte Vorstandssitzung (gemeinsam mit den am 18.6.1950 gewählten Unionsabgeordneten aus der Arbeitnehmerschaft) eine Klärung der »politische[n] parlamentarische[n] Situation«. Er befürchte, »daß, nachdem die Debatte in der Landtagsfraktion keine günstige Perspektive für die große Koalition eröffnet hat, man versuchen will, über die Sozialausschüsse nun doch jene Einmischung zu vollziehen, gegen die man sich vorher so leidenschaftlich gewehrt hat«. Vgl. Nr. 261, Anm. 2.

Nr. 275

1 Hierin Angaben zum Wahlausgang in Duisburg, wo am 18.6.1950 die SPD alle fünf Direktmandate gewonnen hatte, dies u. a. zu Lasten des nordrhein-west-

fälischen Finanzministers *Weitz*. Auf die daraus resultierenden Folgen – »... erfüllte somit nicht die verfassungsmäßigen Voraussetzungen für das Amt des Ministerpräsidenten« – verweist Detlev *Hüwel*, Karl Arnold, S. 227; vgl. a. Peter *Hüttenberger*, Nordrhein-Westfalen, S. 486.

Weitz wollte zunächst aus der Regierung Arnold ausscheiden (»Auf diese Weise möchte ich eines ›sanften Todes entschlafen‹«; Adenauer abschriftlich übermitteltes Schreiben an *Arnold* vom 20.6.1950 in StBKAH 08.64), übernahm aber am 1.8.1950 wieder sein altes Ressort, bis zum 15.9.1950 kurzfristig auch das Wirtschaftsministerium. Vgl. Nr. 290.

2 Zur Zusammenarbeit des Landesgeschäftsführers der CDU Rheinland, Hans *Schreiber*, mit Karl Arnold in diesem Zeitraum vgl. Detlev *Hüwel*, a.a.O., S. 221.

3 Vgl. Nr. 274.

Nr. 276

1 Vgl. Nr. 270 A, Anm. 2.

Nr. 277

1 Vgl. Nr. 279.

2 Zu dieser Bevollmächtigung *Holzapfels* (2. Vorsitzender des von Johannes *Gronowski* geführten CDU-Landesverbandes Westfalen) vgl. Detlev *Hüwel*, Karl Arnold, S. 228.

3 Vgl. Nr. 278.

Nr. 278

1 Diese sog. »Sechser-Kommission« führte zwischen dem 13.7. und 21.7.1950 mehrere Verhandlungen mit Vertretern von SPD, FDP und Zentrum »über die etwaigen Möglichkeiten, sich an der Bildung einer Regierung im Lande Nordrhein-Westfalen im Wege eines Koalitionszusammenschlusses ... zu beteiligen«; hierzu die jeweils von Adolf *Flecken* (s. u.) gezeichneten Aktenvermerke in HStAD, RWN 85, Nr. 2.

2 Josef Hermann *Dufhues* (1908–1971), Rechtsanwalt und Notar (ab 1935 in Berlin, nach 1945 in Bochum), führender westfälischer CDU-Politiker; entscheidend am Aufbau der Jungen Union beteiligt, 1946–1950 deren Vorsitzender in Westfalen, 1949/50 Bundesvorsitzender, 1946/47 und 1950–1971 MdL in Nordrhein-Westfalen, dort 1958–1962 Innenminister, 1959–1971 Vorsitzender des CDU-Landesverbandes Westfalen, 1962–1966 erster Geschäftsführender Vorsitzender der Bundespartei, 1967–1969 stellvertretender Bundesvorsitzender, langjähriges Verwaltungsratsmitglied des WDR (1955–1971 dessen Vorsitzender); vgl. Hans *Becker*, Josef Hermann Dufhues, in: Walter *Först* (Hrsg.), Land und Bund, S. 194-209, 245 f.

3 Wilhelm *Johnen* (1902–1980), 1945–1971 Landrat des Kreises Jülich, 1950/51 Geschäftsführender Vorsitzender, 1951–1963 Vorsitzender des CDU-Landesverbandes Rheinland (Nachfolger Adenauers); weitere biographische Angaben in: Adenauer, Briefe 1947–1949, S. 575.

4 Adolf *Flecken* (1889–1966), langjähriges Vorstandsmitglied der CDU Rheinland, 1950–1952 nordrhein-westfälischer Innenminister, 1952–1956 Finanzminister; weitere biographische Angaben a.a.O., S. 562.

5 Vgl. Nr. 271.

6 *Böckler* hatte am 30.6.1950 die Beibehaltung des bisherigen Regierungsbündnisses befürwortet; vgl. Detlev *Hüwel,* Karl Arnold, S. 226. – Vgl. a. Nr. 270, Anm. 1.

7 Vgl. Nr. 280, Anm. 1.

Nr. 279

1 Auf dem Bürgenstock, einem Bergzug in der Nähe von Luzern, oberhalb des Vierwaldstätter Sees, hielt sich Adenauer vom 13.7.–11.8.1950 auf. Zu den dortigen Besuchen und Gesprächen vgl. StBKAH 04.01; Briefe von dort unter Nr. 282-293.

2 Josef *Rust* (geb. 1907), Dr. jur., Rechtsanwalt, Finanz- und Wirtschaftsexperte; 1934–1945 im Reichswirtschaftsministerium, 1948/49 im niedersächsischen Finanzministerium, 1949–1952 erst Regierungsrat, dann Ministerialrat im Bundeskanzleramt (Referent für Finanz- und Wirtschaftsfragen), 1952–1955 Ministerialdirektor im Bundeswirtschaftsministerium, 1955–1959 Staatssekretär im Bundesverteidigungsministerium, 1959–1978 Vorstands- und Aufsichtsratsvorsitzender der Wintershall AG; vgl. seinen eigenen Beitrag »Streifzug mit Hans Globke durch gemeinsame Bonner Jahre«, in: Klaus *Gotto* (Hrsg.), Der Staatssekretär Adenauers, S. 27-38 und Udo *Wengst,* Staatsaufbau und Regierungspraxis, u. a. S. 144f., 171f., 192-194, 251f.

3 Ernst *Ostermann von Roth* (1908–1979), Diplomat; ab 1934 im Auswärtigen Dienst, 1935–1945 an den Gesandtschaften bzw. Botschaften in Bukarest, Washington und Lissabon, 1946–1948 Sachverständiger beim Zonenbeirat für die britische Zone, 1948–1950 Senatsrat in Hamburg, ab April 1950 im Bundeskanzleramt (Dienststelle für Auswärtige Angelegenheiten), ab März 1951 im Auswärtigen Amt, 1952–1960 an den Botschaften in Santiago und Rio de Janeiro, 1965–1970 Botschafter in Bogotá.

4 Hierzu, unter Verwendung dieses Briefes, Udo *Wengst,* a.a.O., S. 268.

Nr. 280

1 Anlaß hierzu hatten die zweiten schleswig-holsteinischen Landtagswahlen vom 9.7.1950 gegeben, deren Ergebnis: SPD 27,5 % (= 19 Mandate), CDU 19,7 % (= 16), BHE 23,4 % (= 15), DP 9,6 % (= 7), FDP 7,0 % (= 8), SSW 5,5 % (= 4). – Auf dieser Grundlage wurde in den folgenden Wochen ein Regierungsbündnis von CDU, FDP, DP und BHE ausgehandelt; vgl. Nr. 98, Anm. 4 und Nr. 398, Anm. 2.

2 Vgl. Nr. 365, Anm. 2.

3 Gemeint ist: der Block der Heimatvertriebenen und Entrechteten (BHE; 1952 in Gesamtdeutscher Block/BHE umbenannt, 1953–1955 an der 2. Regierung

Adenauer beteiligt); vgl. Franz *Neumann,* Der Block der Heimatvertriebenen und Entrechteten 1950–1960. Ein Beitrag zur Geschichte und Struktur einer politischen Interessenpartei, Meisenheim am Glan 1968 (S. 34-38 zur BHE-Position nach diesen Landtagswahlen) und Richard *Stöss,* Gesamtdeutscher Block/BHE, in: *ders.* (Hrsg.), Parteien-Handbuch, Bd. 2, S. 1424-1459.

Nr. 281

1 Sir Ivone Augustine *Kirkpatrick* (1897–1964), britischer Diplomat, 1948–1950 Leiter der Deutschland-Abteilung im Foreign Office, 1950–1953 Hoher Kommissar in Deutschland; weitere biographische Angaben in: Adenauer, Teegespräche 1950–1954, S. 609f.

2 In weitgehend gleichlautenden Noten hatten die drei Westmächte die Sowjetunion aufgefordert, volle Aufklärung über die von ihr zurückgehaltenen deutschen Kriegsgefangenen zu geben. Bisherige Auskünfte (so in einer Presseverlautbarung vom 5.5.1950, derzufolge sich insgesamt noch 13.546 Personen in sowjetischem Gewahrsam befänden) seien nicht glaubhaft, Klarheit könne nur die »Erlaubnis zur Durchführung einer Untersuchung durch eine internationale unparteiische Körperschaft« erbringen; zit. nach der amerikanischen Note in: AdG, Jg. XX (1950), S. 2482.

Nr. 282

1 Unter der Überschrift »Merkwürdige Äußerungen eines Bonner Ministers« hatte die ›National-Zeitung‹ am 19.7.1950 über scharfe Kritik des Bundesverkehrsministers an dem am 23.6.1950 abgeschlossenen Prager Abkommen zwischen der Tschechoslowakei und der DDR berichtet: »... setzte sich für den Grenzlandkampf der Deutschen aus Böhmen und Mähren um die Erhaltung ihres nationalen Deutschtums ein« (Äußerung *Seebohms* anläßlich eines Sudetentreffens am 17.7.1950 in Stuttgart; zuvor hatte am 14.7.1950 der Deutsche Bundestag gegen das genannte Abkommen protestiert – vgl. Stenographische Berichte, Bd. 4, S. 2688f.). Vgl. Nr. 342.

2 Erwin Guido *Kolbenheyer* (1878–1962), Dr. phil., Schriftsteller; einer der erfolgreichsten und ideologisch einflußreichsten Autoren im Dritten Reich, durch biologisch-rassistische, völkisch-nationalistische Motive und Darstellungsformen in Affinität zum Nationalsozialismus, ab 1933 Senator der Deutschen Akademie der Dichtung; vgl. Robert *Wistrich,* Wer war wer im Dritten Reich, S. 160. – Laut ›National-Zeitung‹ hatte Seebohm »den bekannten Nazidichter und Hitler-Hymnen-Verfasser« bei einem Pfingsttreffen der sudetendeutschen Landsmannschaften in Kempten »öffentlich umarmt ... und ... erklärt, Kolbenheyer sei ein Mann, ›der wußte, was nationales Bewußtsein war‹.«

3 Schreiben *Robertsons* vom 17.5.1950 zu Reden Seebohms bei Parteiveranstaltungen der DP am 22.4./24.4.1950 in Verden und Braunschweig: »... hat ... seine Bemerkungen fast ausschließlich auf bissige Angriffe gegen die Hohe Kommission und die Engländer insbesondere beschränkt. ... Bemerkungen ..., die,

gelinde gesagt, einen äußersten Mangel an Courtoisie aufweisen.« Seebohm nach Berichten Robertsons: »Im Jahre 1945 habe nur die Armee, nicht aber der Staat oder das Volk kapituliert; ... das Grundgesetz sei mit Gewalt aufgezwungen worden und stehe nicht im Einklang mit den Wünschen des deutschen Volkes«; vgl. StBKAH III/6.
Die von Adenauer am 20.5.1950 erbetene, am 3.6.1950 angemahnte Stellungnahme des Ministers vom 7.6.1950 ist in StBKAH III/21 erhalten, ihr zufolge hatte er sich bei beiden Gelegenheiten »dafür eingesetzt ..., daß dem deutschen Volk und insbesondere der Bundesrepublik Deutschland die vollen Rechte eines souveränen Staates zuerkannt werden sollten.« – Zur wechselseitigen Kritik zwischen Bonner Ministern und der AHK auch ein Schreiben Adenauers an den stellvertretenden Hohen Kommissar der USA, Benjamin J. *Buttenwieser* (geb. 1900; weitere biographische Angaben in: Adenauer, Teegespräche 1950–1954, S. 650), vom 20.6.1950 in StBKAH 10.16; hierzu die Antwort vom 28.6.1950 in AA, Noten von AHK, Bd. 24.
4 Eine schriftliche Reaktion *Blüchers* konnte nicht nachgewiesen werden.

Nr. 283
1 Art. 131 GG sieht die gesetzliche Regelung der Rechtsverhältnisse und Versorgungsansprüche von Personen vor, »die am 8. Mai 1945 im öffentlichen Dienst standen, aus anderen als beamten- oder tarifrechtlichen Gründen ausgeschieden sind und bisher nicht oder nicht ihrer früheren Stellung entsprechend verwendet werden«. – Das Ausführungsgesetz zu Art. 131 GG wurde am 11.5.1951 verkündet (BGBl I, 1951, S. 307-320).
2 Zum Stand der Lastenausgleichs-Beratungen in diesem Zeitraum (am 17.7. 1950 war der zweite Vorentwurf vorgelegt worden) vgl. Die Lastenausgleichsgesetze, Bd. I/2, S. 55-70. – Vgl. a. Nr. 86, Anm. 5 und Nr. 358.
3 Am 25.7.1950 von *Schäffer* im Kabinett verlesen, löste der Brief Adenauers in diesem Punkt den Widerspruch von Vizekanzler *Blücher* aus; vgl. Kabinettsprotokolle, Bd. 2, S. 573.
4 U. a. hierzu hatte Adenauer am 30.6.1950 in Bonn gemeinsam mit den Bundesministern *Erhard, Niklas* und Schäffer mit Vertretern des DGB-Bundesvorstandes verhandelt. Deren Sorge, der Wegfall der Subventionen werde den Brotpreis verteuern, war mit dem Hinweis begegnet worden, »die Bundesregierung [lasse sich vorsorglich] eine gesetzliche Ermächtigung geben, um durch Festsetzung von Höchstpreisen eine Erhöhung der Brotpreise sofort verhindern zu können« (nach dem Pressekommuniqué vom 30.6.1950 in StBKAH 12.50; vgl. Kabinettsprotokolle, Bd. 2, S. 502f.). – Vgl. a. Nr. 246 und 267.

Nr. 284
1 P. F. S. *Otten* (1895–1969; 1939–1961 Präsident des Vorstands, 1961–1968 Präsident des Aufsichtsrats der Philips-Werke in Eindhoven) verbrachte zu dieser Zeit wie auch Adenauer seinen Urlaub im ›Palace Hôtel‹ auf dem Bürgenstock.

Im Anschluß an ein Gespräch vom 20.7.1950 hatte er tags darauf auch noch einmal brieflich bestätigt, »die Angelegenheit ›Dr. Gase‹ [s. u.] ist komplett in Ordnung. ... daß Dr. Gases Position und Auftrag bei der Philips-Verwaltung (Deutsch) während des Krieges eine überaus schwierige war ... *Nie* hat seine Tätigkeit die Verletzung ... von Philips-Personal zufolge gehabt, und gerade deshalb werden wir ... mit ihm als freie Bürger von zwei freien Staaten zusammen arbeiten können!«

2 Walter *Gase* (geb. 1901), Dr. jur., Rechtsanwalt und hoher Verwaltungsbeamter; 1929–1932 im Reichsministerium für Arbeit, 1928 und 1932–1939 im Reichsministerium der Finanzen, ab 1939 Finanzberater in der Privatwirtschaft, 1943–1945 Vorstandsmitglied einer Treuhand- und Verwaltungsgesellschaft (s. o), 1947–1950 Ministerialdirektor im hessischen Finanzministerium, 1950–1952 Staatssekretär im Bundesministerium für Angelegenheiten des Marshallplanes, 1953–1955 Chief Departement of Finance Intergovernmental Committee for European Migration, 1956–1967 Vorstandsmitglied der Deutschen Centralbodenkredit AG; vgl. Rudolf *Morsey,* Personal- und Beamtenpolitik, S. 217 f. und Udo *Wengst,* Staatsaufbau und Regierungspraxis, S. 154 f., 157 f.

3 Zu Dr. *Daniel* (Inhaber der Tefi-Apparatebau Dr. Daniel KG in Porz/Rhein) konnten keine weiteren Angaben ermittelt werden. – Eines der von ihm erfundenen, nachfolgend beschriebenen Tonbandgeräte wurde von Adenauer regelmäßig benutzt und ist heute in StBKAH erhalten.

Nr. 285

1 Vorschlag des Oppositionsführers, »unverzüglich durch eine vor dem Bundestag abzugebende Erklärung der Bundesregierung die Illegitimität dieser angeblichen Wahlen [allgemeiner Wahlen in der DDR am 15.10.1950] öffentlich vor dem ganzen deutschen Volk und aller Welt festzustellen« sowie die Westmächte »davon in Kenntnis zu setzen, daß die Bundesregierung die Anberaumung allgemeiner, gleicher, geheimer und direkter Wahlen zu einer gesamtdeutschen Nationalversammlung ... wünscht«; Faksimile (des Originals in AA 201-24, Bd. 1) in: Kabinettsprotokolle, Bd. 2, vor S. 57. – Eine Regierungserklärung mit der angeregten Akzentsetzung gab Adenauer am 14.9.1950 ab; vgl. Stenographische Berichte, Bd. 5, S. 3184 f. Vgl. a. Nr. 320.

Das Schreiben *Schumachers* war als offener Brief noch am 20.7.1950 (16.00 h) der Presse übergeben worden. Vorher jedoch (20.7.1950, 13.45 h) hatte Herbert *Dittmann* Adenauer telefonisch von dem Inhalt in Kenntnis gesetzt: »Dr. Schumacher legt besonderen Wert darauf, daß es dem Herrn Bundeskanzler vor der Veröffentlichung bekannt ist«.

2 Vgl. Kabinettsprotokolle, Bd. 2, S. 563.

3 Joachim *Schöne* (1906–1967), Dr. rer. pol., Diplom-Kaufmann und SPD-Politiker; nach 1945 wirtschaftspolitischer Sachbearbeiter in der Gewerkschaftsbewegung, deren Delegierter im Aufsichtsrat der North German Iron and Steel Control, 1948/49 Mitglied des Wirtschaftsrates, 1949–1957 MdB, ab 1951 Mitglied

der Gemeinsamen Versammlung der Montanunion; vgl. Walter *Vogel,* Westdeutschland, T. II, S. 231.
4 Hermann *Veit* (1897–1973), Dr. h.c., Rechtsanwalt und SPD-Politiker; 1945/46 Oberbürgermeister von Karlsruhe, 1946–1960 Wirtschaftsminister von Württemberg-Baden bzw. Baden-Württemberg (1951–1960 stellvertretender Ministerpräsident), 1949–1953 MdB; vgl. die Angaben bei Jörg *Schadt*/Wolfgang *Schmierer* (Hrsg.), Die SPD in Baden-Württemberg und ihre Geschichte. Von den Anfängen der Arbeiterbewegung bis heute, Stuttgart 1979.

Nr. 286
1 Paul *Martini* (1889–1964), Ordinarius für Innere Medizin an der Universität Bonn, ärztlicher Berater Adenauers; weitere biographische Angaben in: Adenauer, Briefe 1945–1947, S. 613. – Zum nachfolgenden ist ebenfalls in StBKAH 10.17 ein ähnliches Schreiben desselben Tages an die Rhöndorfer Hausärztin der Familie Adenauer erhalten, Ella *Bebber-Buch* (1898–1982; weitere biographische Angaben a.a.O., S. 718).
2 Zu Dr. *Oettli* konnten keine Angaben ermittelt werden.
3 Besuch des Bundespräsidenten auf dem Bürgenstock am 21.7.1950; vgl. StBKAH 04.01.
4 Hierzu hatte Adenauer bereits am 19.7.1950 Bundesfinanzminister *Schäffer* geschrieben, er »lege entscheidenden Wert darauf«, daß bei den anstehenden Haushaltsberatungen »im Bundeskanzleramt ein Referat Forschung eingebaut werden soll .... bitte Sie, entgegen den Vorschlägen des Innenministeriums, absolut dabei zu bleiben« (StBKAH III/21); vgl. Kabinettsprotokolle, Bd. 2, S. 648. – »Das Problem der forschungspolitischen Zuständigkeit des Bundes in der Gründungsphase der Bundesrepublik« wird ausführlich behandelt von Thomas *Stamm,* Zwischen Staat und Selbstverwaltung, S. 141-150. Vgl. a. Nr. 151, Anm. 2.
5 Zum ›Deutschen Forschungsrat‹, einer 1949 geschaffenen Interessenvertretung wissenschaftlicher Einrichtungen bei Behörden und Verbänden (aus der 1951 nach Fusion mit der ›Notgemeinschaft der Deutschen Wissenschaft‹ die ›Deutsche Forschungsgemeinschaft‹ hervorging) vgl. Thomas *Stamm,* a.a.O., S. 126-141.

Nr. 287
1 Alois *Zimmer* (1896–1973), Dr. jur., Verwaltungsbeamter und CDU-Politiker; 1928–1933 Landrat in Stuhm/Westpreußen, nach 1933 in untergeordneter Stellung bei der Regierung in Trier, 1938–1947 Gutsverwalter, 1945 Mitbegründer der CDU in Rheinland-Pfalz, 1947–1951 Regierungspräsident in Montabaur, 1947–1957 MdL in Rheinland-Pfalz, dort 1951–1957 Innen- und Sozialminister, 1957–1965 MdB, langjähriges Bundesvorstandsmitglied der CDU; vgl. Franz-Josef *Heyen* (Hrsg.), Rheinland-Pfalz entsteht, S. 183. – Hinweise auf seinen Beitrag zur Durchführung des ersten Bundestagswahlkampfes der CDU (Wahlkampfleiter) und besonders zu der im nachfolgenden angesprochenen Schaffung

der CDU-Bundespartei im Herbst 1950 (Gründungsparteitag vom 20.–22.10. 1950 in Goslar) bei Jean *Julg,* Le chemin de l'unité de la C.D.U., S. 95-102. Vgl. Nr. 291, Anm. 4.

2 Über die Vorbereitung der Statuten der CDU-Bundespartei hatte Zimmer seinerseits am 21.7.1950 Adenauer Bericht erstattet. Auf dieses Schreiben ging Adenauer am 26.7.1950 ein; vgl. Nr. 291. – Druck des am 21.10.1950 in Goslar verkündeten Statuts: Erster Parteitag der Christlich-Demokratischen Union Deutschlands, S. 174-176 und Ossip K. *Flechtheim,* Dokumente zur parteipolitischen Entwicklung, Bd. 1, S. 201-204.

3 Für diese Beratungen und »zur Durchführung der aus der Gründung erwachsenden organisatorischen Aufgaben« war am 11.5.1950 in Königswinter (vgl. Nr. 265, Anm. 2) ein sog. »Achterausschuß« eingesetzt worden, ihm gehörten neben Zimmer an: Ernst *Bach,* Anton *Hilbert,* Friedrich *Holzapfel,* Heinrich *Lünendonk,* Walther *Schreiber,* Rudolf *Vogel* und Helene *Weber.*

Nr. 288

1 Mit diesem Schreiben wendet sich Adenauer an Vizekanzler *Blücher* vornehmlich wegen dessen Funktion als Bundesvorsitzender der FDP. Einflußnahme Blüchers auf die vor allem angesprochene nordrhein-westfälische Regierungsbildung wird in der hierzu vorliegenden Literatur (Peter *Hüttenberger,* Nordrhein-Westfalen; Detlev *Hüwel,* Karl Arnold) nicht erwähnt. – Vgl. Nr. 310.

2 Vgl. Nr. 283, Anm. 4.

3 Vgl. Nr. 261, Anm. 2.

4 Vgl. Nr. 273, Anm. 4.

5 Vgl. Nr. 275, Anm. 1.

6 Rudolf *Amelunxen* (1888–1969), Zentrumspolitiker, nordrhein-westfälischer Ministerpräsident (1946/47), Sozialminister (1947–1950) und Justizminister (1950–1958); weitere biographische Angaben in: Adenauer, Briefe 1945–1947, S. 563.

7 Zur Position der nordrhein-westfälischen FDP (mit deren Stimmen Karl *Arnold* am 27.7.1950 zum Ministerpräsidenten gewählt wurde), besonders zur Verhandlungsführung durch ihren Landesverbands- und Fraktionsvorsitzenden Friedrich *Middelhauve* (der Adenauer am 9.8.1950 einen Besuch auf dem Bürgenstock abstattete; vgl. StBKAH 04.01), vgl. Peter *Hüttenberger,* a.a.O., S. 494-499 und Detlev *Hüwel,* a.a.O., S. 230-233.

Nr. 289

1 Der Kölner Bankier und CDU-Bundestagsabgeordnete Robert *Pferdmenges* wird hier in seiner im Juni 1950 übernommenen Funktion als Vorsitzender des Ausschusses für wirtschaftlich-technische Angelegenheiten des Schuman-Planes (vgl. Nr. 256, Anm. 1) angeschrieben; vgl. Hans *Dichgans,* Montanunion, S. 57.

2 Aus Anlaß des Pariser Verhandlungsbeginns hatte Adenauer bereits am 20.6. 1950 erklärt: »Es wird nun von privaten Organisationen beider Länder über Aus-

weitung des Schuman-Plans, z.B. auf das Gebiet der Landwirtschaft und der Energie, verhandelt. Es scheint nicht zweckmäßig, daß Privat-Organisationen in diesem Augenblick solche Pläne besprechen. Es werden dadurch Schwierigkeiten und Beunruhigungen hervorgerufen, die unter Umständen dem Schuman-Plan selbst schaden könnten« (Pressenotiz in StBKAH 12.50). – In diesem Sinne auch ein Adenauer-Schreiben an seinen Sohn Konrad vom 22.7.1950: »... sollte man aber den Schuman-Plan auf ein möglichst geschlossenes Gebiet wie Eisen und Kohle – wenigstens zunächst – begrenzen. Wenn man die Stromversorgung mit hineinnimmt, wird es immer komplizierter. Dadurch wird die ganze Sache m.E. gefährdet« (StBKAH 10.17; hierzu die Antwort vom 27.7.1950 in BA, B 136/2473).

3 Nach den Besucherlisten in StBKAH 04.01 kam dieser Besuch nicht zustande. – Über »äußerst ernste Unterredungen über die deutschen Verhandlungen wegen des Schuman-Planes ... mit Kollegen, ... auch mit den Verantwortlichen der in der Koalition zusammengeschlossenen Parteien« unterrichtete am 31.7.1950 Franz *Blücher* den Kanzler: »Der Grund für diese Tatsache liegt darin, daß wir gezwungen sind, ohne eine ernste Unterrichtung über Verhandlungen und Geschehnisse zu bleiben ... Gerade die großen Kernfragen bleiben uns in ihrer Behandlung unbekannt, ja wir wissen nicht einmal, ob sie angesprochen sind« (BA, B 136/2473); vgl. Kabinettsprotokolle, Bd. 2, S. 547f.

4 Zu Ria *Reiners* (1912 geborene Tochter Adenauers) und ihrem Ehemann Walter *Reiners* (1908–1980) vgl. Adenauer, Briefe 1945–1947, S. 545.

Nr. 290

1 Zu diesem Schreiben an Heinrich *Weitz* vgl. Nr. 275, Anm. 1.

2 Vgl. Nr. 288.

Nr. 291

1 Vgl. Nr. 287, Anm. 2.

2 Heinrich *Hopmann* (1897–1968), Oberstudienrat in Bad Godesberg, dort Kommunalpolitiker für die CDU und 1948–1963 Bürgermeister. – Über Kontakte zu Hopmann wegen seiner Verwendung im Generalsekretariat der zukünftigen Bundes-CDU hatte *Zimmer* am 15.7.1950 erstmals, am 21.7.1950 ausführlich berichtet.

3 Vgl. Nr. 287.

4 Vor der Entscheidung für Goslar wurden in der CDU neben Heidelberg und Berlin auch Frankfurt/Main, Hannover, Mainz und Stuttgart als Parteitagsorte diskutiert; hierzu parteiinterne Korrespondenz und Aktenvermerke in StBKAH 11.03. – Adenauers Votum für Heidelberg wurde von Zimmer am 31.7.1950 der in Königswinter tagenden CDU-Landesvorsitzenden-Konferenz vorgetragen (»Dr. Zimmer eröffnete die Konferenz mit der Mitteilung, er sei vom 1. Vorsitzenden, Bundeskanzler Dr. Adenauer, beauftragt, die organisatorischen Vorarbeiten für die gesamtdeutsche CDU weiterzutreiben«). Das auch für die anderen von

Adenauer angesprochenen Punkte aufschlußreiche Protokoll dieser Tagung ist in StBKAH 08.13 erhalten.

5 Druck der in Goslar gehaltenen Reden: Erster Parteitag der Christlich-Demokratischen Union Deutschlands. »Nicht aktive Politiker« referierten nicht; Grundsatzreferate im Sinne Adenauers hielten der Althistoriker und westfälische CDU-Politiker Hans-Erich *Stier* (1902–1979; weitere biographische Angaben in: Adenauer, Briefe 1945–1947, S. 682) – »Der geschichtliche Auftrag der CDU« (a.a.O., S. 25-41) – sowie die Staatssekretärin im rheinland-pfälzischen Kultusministerium, Mathilde *Gantenberg* (1889–1975; Dr. phil., 1948–1951 im o. g. Amt, 1956–1961 MdB für die CDU) – »Der kulturelle Auftrag der CDU« (a.a.O., S. 50-56).

6 Zur Sozial- und Wirtschaftspolitik sprachen in Goslar Josef *Gockeln* (a.a.O., S. 95-102) und Ludwig *Erhard* (a.a.O., S. 127-140).

Nr. 292

1 *Heineman* hatte nach einem Besuch bei Adenauer in Bonn (der nicht datiert werden konnte) am 24.7.1950 noch einmal brieflich zu dem geführten Gespräch Stellung genommen: »Der Schuman-Plan kann wirtschaftlich sehr bedeutend werden. Cartel hat keinen guten Widerhall in Amerika, Integration hört sich besser an. ... Mit der Wirtschaft ist es aber nicht allein getan! Sie nannten politische Vorteile für alle Teilnehmer; welche erwähnten Sie nicht. Es muß aber etwas getan werden, das die Phantasie der Bürger der einzelnen Vertragsnationen anregt. Wirtschaft ist nicht sofort greifbar.« Hierzu das Faksimile auf S. 258f.

2 Hierzu das Anschreiben: »Ich bin der Ansicht, daß ein Europa-Paß den Bürgern zeigen wird, daß etwas Besonderes entschieden und eine Zusammengehörigkeit der Bürger der verschiedenen Nationen entstanden ist. Details müssen ausgearbeitet werden. Aber das psychologische Moment wird groß sein.« (Für einen europäischen Paß – »mit dem endgültigen Ziel der Schaffung einer gemeinsamen europäischen Staatsangehörigkeit« – hatte sich bereits 1949 die Beratende Versammlung des Europarates ausgesprochen; vgl. EA, Jg. 4 [1949], S. 2584).

3 Im Sinne Heinemans unterbreitete Adenauer der AHK am 9.2.1951 den Vorschlag eines europäischen Jugendpasses; vgl. Nr. 393.

4 Heineman hatte Adenauer um Grüße an »Herrn Dr. und Frau Weizmann« gebeten. Nach den Besucherlisten in StBKAH 04.01 kam eine Begegnung mit den Genannten nicht zustande; auch konnte nicht geklärt werden, ob Chaim *Weizmann* (1874–1952) gemeint ist, der erste Staatspräsident Israels (1948–1952).

Nr. 293

1 Ferdinand *Rothe* (1876–1959), Dr. jur., aus Köln gebürtiger Rechtsanwalt und Bankier; 1906–1937 Filialdirektor der Deutschen Bank in Köln, Anwalt beim dortigen Oberlandesgericht, langjähriger Aufsichtsratsvorsitzender der Westdeutschen Straßenbau- und Asphalt AG/Köln, ab 1949 Vorsitzender des Verwaltungsrates der ›Frankfurter Allgemeinen‹. – Mit Begleitschreiben vom 28.7.1950 hatte Rothe »eine alte Flasche ›Vollradser Trockenbeerauslese‹, die

meine Großmutter selbst dem Hospital nicht gegönnt hätte«, übermitteln lassen.

2 Zur Beurteilung der FAZ durch Adenauer vgl. seine Teegespräche 1950–1954, S. 69, 94, 187, 491 sowie die Angaben bei Arnulf *Baring*, Außenpolitik in Adenauers Kanzlerdemokratie, S. 319-326. – Vgl. a. Nr. 322.

Nr. 294

1 Der Landesvorsitzende der Jungen Union im Landesverband Hannover, Heinz *Groß*, hatte Forderungen seiner Organisation übermittelt, die deren Landeskonferenz am 30.7.1950 in Bad Nenndorf erhoben hatte: »Wir lehnen es auf das Entschiedenste ab, den Wiederaufbau einer deutschen Wehrmacht im alten Sinne zu propagieren und zu fördern. Wir halten es aber für eine Verpflichtung, dem deutschen Volke gegenüber zu fordern, als Deutsche aktiv auf der Grundlage der Freiwilligkeit in einen neuen Verteidigungsplan eingegliedert zu werden«.

Nr. 295

1 Zu Amtsgerichtsrat Erich *Schmalz* (1949/50 CDU-Generalsekretär in der britischen Zone) vgl. Detlev *Hüwel*, Karl Arnold, S. 219 f., 222.

2 Über diese Vorstandssitzung der CDU Westfalen (die gegen die von Karl *Arnold* angestrebte SPD-Beteiligung an der neuen nordrhein-westfälischen Landesregierung votierte) berichtete *Gronowski* in seinem Antwortschreiben vom 22.8.1950 (StBKAH 10.03). – Biographische Angaben zu Johannes *Gronowski* (1874–1958; 1946–1953 Vorsitzender der CDU Westfalen) in: Adenauer, Briefe 1945–1947, S. 641.

Zur verstärkten Hinwendung Adenauers zur nordrhein-westfälischen Landespolitik nach Rückkehr aus dem Urlaub ein am 10.8.1950 noch vom Bürgenstock an den Schwiegervater seiner Tochter Libet, den Industriellen Wilhelm *Werhahn* (1880–1964), gerichtetes Schreiben: »Eine meiner vornehmlichsten Sorgen wird es nach meiner Rückkehr sein, zu versuchen, die Dinge in Nordrhein-Westfalen wieder in Ordnung zu bringen« (StBKAH 10.17).

3 Vgl. Paul *Weymar*, Adenauer, S. 523-527 und Konrad *Adenauer*, Erinnerungen, Bd. 1, S. 350-355.

4 Bei diesem am 16.8.1950 in Bonn geführten Gespräch gab Adenauer u. a. auch »zu verstehen, daß er sich darum bemühen werde, das Zentrum in die Bonner Koalition aufzunehmen, um diese Partei zu Konzessionen in Düsseldorf zu bewegen«; vgl. Detlev *Hüwel*, a.a.O., S. 232.

5 In diesem Sinne auch ein in StBKAH 10.04 erhaltenes Adenauer-Schreiben vom Vortage an Otto *Schmidt* (1902–1984; langjähriges Vorstandsmitglied der CDU Rheinland, 1950–1953 Minister für Wiederaufbau in Nordrhein-Westfalen; weitere biographische Angaben in: Adenauer, Briefe 1945–1947, S. 614).

6 Hierzu vgl. Peter *Hüttenberger*, a.a.O., S. 486; Detlev *Hüwel*, a.a.O., S. 219-222 und Martin *Schumacher*, Agrarpolitische Weichenstellung, S. 252.

Nr. 296

1 Görlitzer Abkommen vom 6.7.1951; Druck (u.a.): EA, Jg. 5 (1950), S. 3330f. – Zum nachfolgenden, unter Verwendung dieses Schreibens (anhand anderer Überlieferungen in BA, B 146/516 und AA 213-11, Bd. 1) und Hinweis auf die AHK-Antwort vom 2.10.1950, Kabinettsprotokolle, Bd. 2, S. 443. Druck des Schreibens in der am 11.9.1950 dem amerikanischen Außenministerium übermittelten Form: FRUS, 1950, Vol. IV, S. 969f. – Vgl. Nr. 333.

2 Berliner Vier-Mächte-Erklärung »in Anbetracht der Niederlage Deutschlands und der Übernahme der obersten Regierungsgewalt hinsichtlich Deutschlands« vom 5.6.1945; Druck (u.a.): EA, Jg. 1 (1946/47), S. 213-215 und Friedrich *Berber* (Hrsg.), Völkerrechtliche Verträge, S. 333-339.

3 Bezieht sich auf Art. 2 d) der Erklärung.

4 Potsdamer Abkommen vom 2.8.1945; Druck (u.a.): EA, Jg. 1 (1946/47), S. 215-220 und Friedrich *Berber* (Hrsg.), a.a.O., S. 340-355.

5 Bezieht sich auf Art. IX b) des Abkommens.

6 Nach schriftlicher Mitteilung vom 2.10.1950 (vgl. Anm. 1) gab die AHK am 4.10.1950 auch öffentlich die Weiterleitung des Protestes an den Oberbefehlshaber der sowjetischen Streitkräfte in Deutschland, die Chefs der polnischen und tschechoslowakischen Militärmissionen sowie alle in Bonn akkreditierten ausländischen Missionschefs bekannt (Mitteilung des Presse- und Informationsamtes der Bundesregierung Nr. 853/50 vom 4.10.1950). – Vgl. Nr. 333.

Nr. 297

a ‹ › Hs. von Adenauer eingefügt.

1 Hierzu das Anschreiben des CDU-Fraktionsvorsitzenden im nordrhein-westfälischen Landtag vom 19.8.1950 (StBKAH 11.03). – Zum nachfolgenden, unter Verwendung dieses Briefes, Peter *Hüttenberger,* Nordrhein-Westfalen, S. 497f. und Detlev *Hüwel,* Karl Arnold, S. 233.

2 Gespräch mit Karl *Arnold* in Bonn am 21.8.1950 um 9.45 h, Beginn der Vorstandssitzung 15 Minuten später; vgl. StBKAH 04.01.

3 Vgl. Peter *Hüttenberger,* a.a.O.

4 In einem direkt an *Flecken,* den zukünftigen nordrhein-westfälischen Innenminister, gerichteten Schreiben vom 28.8.1950 erneuerte Adenauer seine Kritik an den mit der FDP geführten Verhandlungen; diese habe »alles getan ..., um die Regierung zustande zu bringen: Sie hatte von Partei wegen beschlossen, nicht den Ministerpräsidenten Arnold zu akzeptieren. Sie hat ihn akzeptiert. Sie hatte weiter beschlossen, das Innenministerium für sich zu verlangen. Sie hat darauf verzichtet. Ich meine, mehr kann man wirklich nicht verlangen« (HStAD, RWN 85, Nr. 2/StBKAH 10.21). Über Flecken urteilte Adenauer am 30.8.1950 gegenüber Wilhelm *Werhahn,* Neuss: »Er ist sicher sehr weich und will immer ... leimen und pappen. Ich glaube aber darüber hinaus, daß er sehr beeindruckt davon ist, daß Arnold ihm ein Ministerium angeboten hat« (StBKAH 10.17).

Nr. 298

1 Der Bonner Korrespondent der Londoner ›Times‹ hatte Kritik an der Bevorzugung des Berichterstatters der ›New York Times‹, Jack *Raymond,* geübt, dem Adenauer am 16.8.1950 (Datierung nach StBKAH 04.01) ein Interview zu Verteidigungsfragen gegeben hatte (s. u.). *Freeman:* »... finde es äußerst deprimierend und erniedrigend, daß man mich in einer Frage, die Ihr Land und das meine so nahe angeht, im unklaren gelassen hat.« – Wortlaut des erwähnten Interviews (in dem Adenauer »auf die Schaffung einer westdeutschen Verteidigungstruppe, die in ihrer Größe und Stärke der starken Volkspolizeiarmee der Sowjetzone entsprechen soll, sowie auf unverzügliche Vergrößerung der amerikanischen militärischen Einrichtungen in Europa« gedrängt hatte) in StBKAH 12.50; Drucknachweise sowie Protokoll einer u. a. hierzu am 23.8.1950 abgehaltenen Pressekonferenz des Bundeskanzlers in StBKAH 16.06. Teildruck des Raymond-Interviews: EA, Jg. 5 (1950), S. 3515 f. und Klaus *von Schubert,* Sicherheitspolitik, T. II, S. 81 f.; vgl. Arnulf *Baring,* Außenpolitik in Adenauers Kanzlerdemokratie, S. 84, 86 und Norbert *Wiggershaus,* Die Entscheidung für einen westdeutschen Verteidigungsbeitrag, S. 371. – Vgl. a. Nr. 305, 317 und 325.

2 Auf die Beziehungen Adenauers zu Freeman, »de[n] einzigen britischen Journalisten, mit dem ihn wirklich freundschaftliche Beziehungen verbanden«, verweist Terence *Prittie,* Konrad Adenauer, S. 468.

Nr. 299

a ‹ › Hs. von Adenauer korrigiert aus »als ob wir unsere Zusammenarbeit mit den anderen westeuropäischen Völkern durch Zugeständnisse abkaufen lassen wollten, und daß der Wunsch des deutschen Volkes nach Zusammenarbeit mit den anderen Völkern ausschließlich darauf basiere, auf diese Weise die lästigen Beschränkungen loszuwerden.«

1 Bruno *Six* (1906–1984), 1949–1952 Geschäftsführer der nordrhein-westfälischen CDU-Landtagsfraktion, 1952–1954 Referent im Bundeskanzleramt, danach Abteilungsleiter im Bundespresse- und Informationsamt; weitere biographische Angaben in: Adenauer, Briefe 1945–1947, S. 609.

2 Den Wortlaut dieser am 25.8.1950 gehaltenen Rede übermittelte *Arnold* mit seinem Antwortschreiben vom 31.8.1950. Die zentrale Aussage des nordrhein-westfälischen Ministerpräsidenten und amtierenden Bundesratspräsidenten: »... ist für mich die Zukunft Deutschlands identisch mit der Zukunft Europas«, die entscheidende Voraussetzung danach auszurichtender Politik sei in Art. 24 GG geschaffen worden (»Der Bund kann durch Gesetz Hoheitsrechte auf zwischenstaatliche Einrichtungen übertragen«).

3 Ernst Freiherr *von Weizsäcker* (1882–1951), Diplomat; ab 1920 im Auswärtigen Dienst, u. a. an den Konsulaten und Botschaften in Basel und Kopenhagen, 1931–1933 Geschäftsträger in Oslo, 1933–1936 in Bern, 1938–1943 Staatssekretär im Auswärtigen Amt, 1943–1945 Botschafter beim Vatikan, 1947 verhaftet, im April 1949 zu 7 Jahren Gefängnis verurteilt (›Wilhelmstraßen-Prozeß‹), Anfang

1950 Haftverkürzung auf 5 Jahre, im Oktober 1950 entlassen; vgl. die Erinnerungen *von Weizsäckers* (München 1950, hrsg. von seinem Sohn Richard [geb. 1920; ab 1984 Bundespräsident]); Marion *Thielenhaus,* Zwischen Anpassung und Widerstand: Deutsche Diplomaten 1938–1941. Die politischen Aktivitäten der Beamtengruppe um Ernst von Weizsäcker im Auswärtigen Amt, Paderborn 1984 und Werner *Filmer*/Heribert *Schwan* (Hrsg.), Richard von Weizsäcker. Profile eines Mannes, Düsseldorf–Wien 1984, S. 65-74.
Arnold hatte das gegen von Weizsäcker ergangene Urteil als »das einzige Nürnberger Urteil [kritisiert], das noch immer nicht bestätigt ist und daher noch nicht einmal Rechtskraft erlangt hat.« Angesichts der Verfahrensmängel und inhaltlichen Unstimmigkeiten (»Das Gericht ... hat sogar in vielen Fällen seine Arbeit für den Frieden gewürdigt«) hoffe er auf schnelle und unbürokratische Urteilsrevision (» ... wenn es unseren ehemaligen Gegnern aus dem zweiten Weltkrieg ernst ist mit der Wiederversöhnung«).
4 In der Antwort (s. o.) rechtfertigte Arnold seine Rede mit Art. 4 GG (Glaubens- und Gewissensfreiheit) und Art. 53 Satz 3 GG (»Der Bundesrat ist von der Bundesregierung über die Führung der Geschäfte auf dem laufenden zu halten«): » ... kann die Tatsache, daß die Bundesregierung eine Unterrichtung des Bundesrates über solche außenpolitischen Fragen nicht für notwendig hält, unmöglich dazu führen, daß die Mitglieder der Länderregierungen überhaupt nicht mehr in der Öffentlichkeit zu Fragen Stellung nehmen dürfen, die das deutsche Volk bewegen. Eine solche Forderung würde gerade den Vertretern der Länder das ... dem Deutschen verbürgte Recht der freien Meinungsäußerung verkümmern lassen«. Vgl. Nr. 350.

Nr. 300
1 In diesem Artikel der ›Neuen Zeitung‹ war aus Anlaß der 700-Jahrfeier von Weimar über den »tragischen Niedergang« der Stadt unter sowjetischer Besatzung berichtet worden. Mit ›rote Marie‹ gemeint: die Thüringer Volksbildungsministerin Maria *Torhost* (geb. 1888; 1947–1951 im o. g. Amt), unter deren Einfluß die Jubiläumsfeierlichkeiten dazu mißbraucht würden, »mit herausgerissenen Zitaten nachzuweisen, daß Goethe ›fortschrittlich‹ war.«
2 Vgl. Nr. 240.
3 Hierzu meldete der ›Rheinische Merkur‹ am 16.12.1950 (S. 10): »Dem Dirigenten Hermann Abendroth ist aus politischen Gründen das Auftreten in Köln und Düsseldorf abgelehnt worden.«

Nr. 301
1 Hieraus der zentrale Abs. IV: »Das Problem der Sicherheit des Bundes stellt sich zunächst unter dem äußeren Gesichtspunkt. Die Verteidigung des Bundes nach außen liegt in erster Linie in den Händen der Besatzungstruppen. Der Bundeskanzler hat wiederholt um die Verstärkung dieser Besatzungstruppen gebeten und erneuert diese Bitte hiermit in dringendster Form. Denn die Verstärkung der

alliierten Besatzungstruppen in Westeuropa kann allein der Bevölkerung sichtbar den Willen der Westmächte kundtun, daß Westdeutschland im Ernstfall auch verteidigt wird. Eine solche Verstärkung der alliierten Truppen ist aber auch deshalb notwendig, weil nur hinter dem Schutz einer ausreichenden Zahl gut ausgerüsteter alliierter Divisionen die gegenwärtig in Westeuropa anlaufenden Verteidigungsmaßnahmen ungestört durchgeführt werden können. Der Bundeskanzler hat ferner wiederholt seine Bereitschaft erklärt, im Falle der Bildung einer internationalen westeuropäischen Armee einen Beitrag in Form eines deutschen Kontingents zu leisten. Damit ist eindeutig zum Ausdruck gebracht, daß der Bundeskanzler eine Remilitarisierung Deutschlands durch Aufstellung einer eigenen nationalen militärischen Macht ablehnt«; Druck: Klaus *von Schubert,* Sicherheitspolitik, T. I, S. 79-83. Dort (S. 84f.), nach Konrad *Adenauer,* Erinnerungen, Bd. 1, S. 358f., auch Druck eines zweiten Memorandums desselben Tages »zur Frage der Neuordnung der Beziehungen der Bundesrepublik zu den Besatzungsmächten«. Hieraus der zentrale Absatz III: »Die Bundesregierung hält es daher für notwendig, daß die Beziehungen Deutschlands zu den Besatzungsmächten auf neue Grundlagen gestellt werden. Die Bundesregierung bittet die alliierten Außenminister, auf der kommenden Konferenz in New York etwa die folgenden Erklärungen abzugeben: 1. Der Kriegszustand zwischen den alliierten Mächten und Deutschland wird beendet. 2. Der Zweck der Besatzung ist in Zukunft die Sicherung gegen äußere Gefahr. 3. Die Beziehungen zwischen den Besatzungsmächten und der Bundesrepublik werden fortschreitend durch ein System vertraglicher Abmachungen geregelt. Solche Erklärungen würden gerade im gegenwärtigen Augenblick innerhalb der deutschen Bevölkerung eine ganz besonders starke Resonanz haben«.

Zur vorherigen Erörterung insbesondere des Sicherheitsmemorandums im Kabinett (25.8.1950) vgl. Kabinettsprotokolle, Bd. 2, S. 639; zum Vorgang insgesamt (der u. a. zum Rücktritt von Bundesinnenminister *Heinemann* führte; vgl. Nr. 314, 314A, 319, 326 und 326A) ausführliche Angaben bei Hans-Peter *Schwarz,* Die Ära Adenauer 1949–1957, S. 114-116; Norbert *Wiggershaus,* Die Entscheidung für einen westdeutschen Verteidigungsbeitrag, S. 371-373 und Roland G. *Foerster,* Innenpolitische Aspekte der Sicherheit Westdeutschlands, S. 517-519.

2 Außenministerkonferenz der drei Westmächte in New York vom 12.–14.9. und 16.–18.9.1950; Wortlaut der dort gefaßten Beschlüsse (Zwischenkommuniqué vom 14.9., Allgemeines Kommuniqué und Kommuniqué über Deutschland vom 19.9.1950) in: EA, Jg. 5 (1950), S. 3405-3407. Zur Bewertung durch Adenauer vgl. seine Erinnerungen, Bd. 1, S. 362-375. Vgl. a. Hans-Peter *Schwarz,* a.a.O., S. 112, 114, 116f., 135, 182 und Norbert *Wiggershaus,* a.a.O., S. 374-389. – Vgl. Nr. 312, Anm. 2 und Nr. 315, Anm. 1.

Nr. 302

1 Dies bis 1951 der Name der niedersächsischen Stadt Salzgitter. Für die Auswertung der dort vorhandenen Eisenerzlager waren 1937 die ›Reichswerke Her-

mann Göring AG‹ für Erzbergbau und Eisenhütten gegründet worden, um deren nach 1945 betriebene, 1950/51 eingestellte Demontage es im nachfolgenden geht. Aus dem deswegen 1950 geführten umfangreichen Schriftwechsel Adenauers mit der AHK (in AA, Noten an AHK, Bd. 2-7, 10-12) wurde dieses Dokument wegen seiner Bezugnahme zur »politische[n] Gesamtsituation« (s. u.), besonders wegen der sicherheitspolitischen Implikationen für den Abdruck ausgewählt.
Gegenwärtiger Zustand und Zukunft der Anlagen (die im Petersberger Abkommen nicht in den Demontagestop einbezogen worden waren) wie auch die wirtschaftlichen und sozialen Probleme der betroffenen Region hatten seither häufig das Bundeskabinett beschäftigt; vgl. Kabinettsprotokolle, Bd. 1, S. 220, 224, 227, 233f., 259f., 268f.; Bd. 2, S. 128, 248f., 444, 611f., 623f. Vgl. a. die zahlreichen Angaben bei Wilhelm *Treue,* Die Demontagepolitik der Westmächte nach dem Zweiten Weltkrieg.

2 Vgl. AA, Noten von AHK, Bd. 23.

3 Vgl. a.a.O., Noten an AHK, Bd. 7.

4 Druck eines hieran anschließenden Schriftverkehrs zwischen Kanzler(-amt) und AHK: Die Neuordnung der Eisen- und Stahlindustrie, S. 419.

Nr. 303

1 Hedwig *Finger* (geb. 1899), Geschäftsfrau in Siegen, Gründungsmitglied der dortigen CDU, 1946–1954 MdL in Nordrhein-Westfalen. – Ihr Anschreiben ist in StBKAH nicht erhalten. Der Antwort zufolge hatte Frau Finger ähnliche Bedenken gegen einen deutschen Verteidigungsbeitrag vorgetragen wie im Mai Maria *Dietz* (Nr. 248) und Nikolaus *Ehlen* (Nr. 249). Zum besseren Verständnis ihres Anliegens vgl. ihren Lebenslauf im Handbuch des Landtages Nordrhein-Westfalen (Ausgabe für die 1. Wahlperiode, S. 274): »eingeschriebener Pazifist seit 1924«.

2 Vgl. Nr. 248.

Nr. 304

1 Manfred *Klaiber* (1903–1981), 1949–1957 Chef des Bundespräsidialamtes, danach Botschafter in Italien (1957–1963) und Frankreich (1963–1968); weitere biographische Angaben in: Adenauer, Teegespräche 1950–1954, S. 718.

2 »Feier des Nationalen Gedenktages des deutschen Volkes« (aus Anlaß der erstmaligen Wiederkehr des Tages der konstituierenden Sitzung des Deutschen Bundestages) im Plenarsaal des Bundeshauses am 7.9.1950; vgl. Stenographische Berichte, Bd. 5, S. 3085-3089 (S. 3085f.: Rede des Bundeskanzlers; S. 3086-3089: Rede des Bundespräsidenten).

Nr. 305

1 Hierfür keine weiteren Belege in der Korrespondenz dieses Zeitraums.

2 Vgl. Nr. 322.

3 Carl *Severing* (1875–1952), führender SPD-Politiker in der Weimarer Republik, 1920–1926 und 1930–1932 preußischer Innenminister, 1928–1930 Reichsinnenminister; weitere biographische Angaben in: Adenauer, Briefe 1945–1947, S. 596.
4 Vgl. Nr. 298, Anm. 1, Nr. 317 und 325.
5 Für diesen Tag (11.9.1950) konnten Verhandlungen des Bundeskanzlers mit den Vorsitzenden der Bundestagsfraktionen nicht nachgewiesen werden.
6 Gespräche Adenauers mit *Schumacher* fanden am 3.10. und 10.10.1950 statt (vgl. StBKAH 04.01), das nächste Schreiben des Kanzlers an den Oppositionsführer datiert vom 12.10.1950; vgl. Nr. 328.

Nr. 306
1 Hierfür keine weiteren Belege in der Korrespondenz dieses Zeitraums.
2 Fragen »politische[r] Betätigung von Angehörigen des öffentlichen Dienstes gegen die demokratische Staatsordnung« wurden auf der Grundlage eines im Bundesinnenministerium erarbeiteten Erlasses in den Kabinettssitzungen vom 15.9. und 19.9.1950 behandelt; vgl. Kabinettsprotokolle, Bd. 2, S. 696, 702f. Den diesbezüglichen Beschluß der Bundesregierung zur Entfernung von Anhängern rechtsradikaler und kommunistischer Organisationen aus dem Bundesdienst (Druck: Mitteilungen des Presse- und Informationsamtes der Bundesregierung Nr. 820/50 vom 19.9.1950) teilten *Heinemann* und Adenauer in einer Pressekonferenz vom 19.9.1950 mit; vgl. a.a.O., S. 703. Dort auch Hinweise auf die zeitgleich in die Wege geleitete Abstimmung des Bundes mit den Ländern.

Nr. 307
1 *Von Brentano* hatte über den Gesundheitszustand des Bundestagspräsidenten Erich *Köhler* (nach einem schweren Zusammenbruch Ende Juli 1950) und über dessen Absicht berichtet, »in Kürze seinen endgültigen Verzicht auf das Amt [zu] erklären« (Nachfolger ab 19.10.1950: Hermann *Ehlers*). Im Anschreiben weiterhin: die Empfehlung des CDU/CSU-Fraktionsvorsitzenden und – wie der Bundestagspräsident – hessischen Unionspolitikers für die Übernahme einer Auslandsvertretung durch Köhler. Vgl. Udo *Wengst,* Staatsaufbau und Regierungspraxis, S. 203f.
2 Vgl. Nr. 105, Anm. 1.
3 Vgl. Nr. 336, 342 und 349.

Nr. 308
1 Bonner Beratungen vom 22.6.1950; vgl. Detlev *Hüwel,* Karl Arnold, S. 226.
2 Am 15.9.1950 hatte *Arnold* sein erweitertes Kabinett vorgestellt, am 21.9. 1950 gab er die Regierungserklärung ab; vgl. a.a.O., S. 234 und Peter *Hüttenberger,* Nordrhein-Westfalen, S. 499f. – Vgl. a. Nr. 312.
3 Vgl. Nr. 313, Anm. 1.

Nr. 309

1 Der deutsche Generalkonsul in London hatte Adenauer von dem Vorschlag Lord *Pakenhams* (s. u.) für einen England-Besuch des Bundeskanzlers in Kenntnis gesetzt (der erst im Dezember 1951 zustandekam; vgl. Nr. 54, Anm. 2). Diese Initiative sei nicht zuletzt darauf zurückzuführen, daß »Ihr Ansehen hier in den letzten Wochen durch die entschlossene Führung der deutschen Politik außerordentlich gestiegen [ist]. England ist im Begriff, mehr und mehr zu Ihrer Linie einzuschwenken, sowohl was Schutz gegen den Osten wie auch den Schuman-Plan betrifft«.

»Die deutsche Haltung zum Schuman-Plan hat [in London] revolutionierend gewirkt«, so auch ein Schreiben von Gerd *Bucerius* an Adenauer vom 27.7.1950, in dem der CDU-Bundestagsabgeordnete über in London geführte Gespräche mit Winston *Churchill* und dessen Schwiegersohn Duncan *Sandys* berichtet hatte. Letzterer schlage einen Besuch Churchills in Deutschland vor: »Äußerer Rahmen? Sandys sagt: Gleichgültig, nur möchte Churchill gern die weiß-grüne Flagge Europas sehen.«

2 Lord Francis A. *Pakenham – Earl of Longford* – (geb. 1905), britischer Politiker, 1947/48 Deutschlandminister, 1948–1951 Minister für Zivile Luftfahrt; weitere biographische Angaben in: Adenauer, Briefe 1947–1949, S. 531.

Nr. 310

1 Gespräch Adenauers mit dem Vizekanzler und FDP-Bundesvorsitzenden am 13.9.1950; vgl. StBKAH 04.01.

2 Vgl. Peter *Hüttenberger,* Nordrhein-Westfalen, S. 499 und Detlev *Hüwel,* Karl Arnold, S. 233 f.

3 *Blüchers* Antwort vom 22.9.1950 enthält ausführliche Angaben zu dem am 14.9.1950 in Düsseldorf mit Karl *Arnold* geführten Gespräch, das »von mir eine gewisse Selbstüberwindung forderte, nachdem ich seit 3 Jahren wiederholt von Äußerungen des Herrn Arnold gehört hatte, die ganz offenbar ... von einer vorgefaßten Meinung diktiert waren.« Die »von mir als Friedensaktion aufgefaßte Verhandlung« habe kein positives Ergebnis erbracht, Arnold sich auf »allgemeine Bemerkungen über die Notwendigkeit des guten Willens« beschränkt, das noch am selben Tage bekundete Entgegenkommen der FDP-Landtagsfraktion (Angebot neuer Verhandlungen) nicht gefruchtet, Arnold am 15.9.1950 unbeeindruckt die Regierungsbildung vollzogen (StBKAH III/21). – Vgl. Nr. 312 und 313.

Nr. 311

a ‹ › Hs. von Adenauer eingefügt.

1 Vgl. Nr. 314, 319 und 326.

2 Das Gespräch Adenauers mit dem CDU/CSU-Fraktionsvorsitzenden und den Abgeordneten Eugen *Gerstenmaier,* Johannes *Kunze* und Robert *Tillmanns* kam am 21.9.1950 um 15.00 h zustande; vgl. StBKAH 04.01.

3 Vgl. Nr. 305, Anm. 1.

4 Bezieht sich auf einen am 27.7.1950 gestellten Antrag der Bayernpartei auf Entlassung des Bundesfinanzministers (Bundestagsdrucksachen Nr. 1259), dessen parlamentarische Behandlung in der Bundestagssitzung vom 21.9.1950 auf Initiative Adenauers und des BP-Fraktionsvorsitzenden Gebhard *Seelos* (»... Verschiebung beantragt, weil der Bundespräsident uns gebeten hat, während der wichtigen außenpolitischen Verhandlungen unseren Antrag nicht zur Behandlung kommen zu lassen«) vertagt und am 14.6.1951 zurückgenommen wurde; vgl. Stenographische Berichte, Bd. 5, S. 3240f.

Nr. 312

1 Wegen dieser Vorstandssitzung der CDU Rheinland am 23.9.1950 in Monschau in der Eifel hatte sich Adenauer bereits am 19.9.1950 an den stellvertretenden Landesvorsitzenden Johannes *Albers* gewandt und Kritik am (s. E. zu entlegenen) Tagungsort und der mit ihm nicht abgestimmten Vorbereitung insgesamt geübt (StBKAH 10.03). – Nach einem Bericht in der ›Kölnischen Rundschau‹ vom 25.9.1950 (S. 2) wurde in Monschau »uneingeschränktes Vertrauen« für Karl *Arnold* bekundet; Wilhelm *Johnen* schloß seinen dort erstatteten Bericht über die Regierungsverhandlungen »mit der Feststellung, die jetzt gefundene Lösung sei... das einzig Mögliche gewesen... Das jetzt gebildete Kabinett sei keineswegs als Übergangskabinett anzusehen.«

2 Dieses Gespräch mit der AHK am 23.9.1950 auf dem Petersberg diente der Unterrichtung Adenauers über die Ergebnisse der New Yorker Außenministerkonferenz (Nr. 301, Anm. 2); vgl. Konrad *Adenauer,* Erinnerungen, Bd. 1, S. 365-370; FRUS, 1950, Vol. IV, S. 657 und Kabinettsprotokolle, Bd. 2, S. 707f. – Vgl. a. Nr. 315, Anm. 1.

3 Adenauer hatte an dieser Fraktionssitzung persönlich teilgenommen; vgl. StBKAH 04.01 und Detlev *Hüwel,* Karl Arnold, S. 233.

4 Vgl. Nr. 308.

5 Vgl. Nr. 310, Anm. 3.

Nr. 313

1 Der Vorsitzende der CDU Westfalen hatte in Beantwortung des Adenauer-Schreibens vom 18.9.1950 (vgl. Nr. 308) über eine Sitzung der Düsseldorfer CDU-Landtagsfraktion vom 20.9.1950 berichtet (in der Wilhelm *Johnen* zum Vorsitzenden, sein Vorgänger Josef *Schrage* zum Ehrenvorsitzenden gewählt worden war) und seine dort gehaltene Rede übermittelt. Daraus die Kernsätze: »... das vorliegende Ergebnis hat bei uns [in Westfalen] keinem einzigen Menschen Freude bereitet, und ich hoffe und wünsche, daß auch der Herr Ministerpräsident daran keine Freude hat. Dieses Kabinett ist engbrüstig und hochgradig mit Asthma belastet. Nur die Spaltpilze vom Zentrum haben ausreichenden Grund, sich über diese Kabinettsbildung zu freuen«. Vgl. Nr. 310, 312 und 316.

Nr. 314

1 In veränderter Form wurde diese Stellungnahme zur Rücktrittserklärung des Bundesinnenministers (s. u.) diesem am 28.9.1950 zugeleitet; vgl. Nr. 319.
Als Vorstufe des hier abgedruckten Briefentwurfs ist in StBKAH weiter das von der Rhöndorfer Privatsekretärin *Hohmann* aufgenommene, ebenfalls auf den 23.9.1950 datierte Stenogramm erhalten, das in Aufbau und inhaltlicher Gewichtung nicht unwesentlich vom Briefentwurf abweicht. Aus der Transkription: »In dem N[ew] Y[orker] Kom[muniqué] ist ausdrücklich gesagt worden [hier Stichworte gestrichen] ... Die Minister haben jedoch zur Kenntnis genommen, daß in jüngster Zeit in Deutschland und anderswo Stimmen laut geworden sind, die eine deutsche Beteiligung an einer gemeinsamen Streitmacht zum Schutz der eur[opäischen] Freiheit befürworten. Die Fragen, die sich aus dem Problem der Beteiligung der Deutschen Bundesrepublik an der gemeinsamen Verteidigung Europas ergeben, sind hier jetzt Gegenstand einer Prüfung und eines Meinungsaustausches. Es ist mir auch vertraulich mitgeteilt worden, daß schon in allernächster Zeit an mich dahingehende Fragen gestellt werden würden. Unter diesen Umständen gewinnt unsere Meinungsverschiedenheit an Bedeutung und bekommt ein größeres Gewicht. ... Im Ziel sind Sie und ich völlig derselben Ansicht, alles zu tun, was in unseren Kräften steht, damit der Frieden erhalten bleibt. Während Sie der Auffassung sind, daß man auch gegenüber der Bedrohung durch Sowjetrußland sich abwartend verhalten müsse, in der Hoffnung, daß Gott alles zum Frieden lenken werde, bin ich der Auffassung, daß wir gerade als Christen auch verpflichtet sind, von unseren Kräften zur Verteidigung und Rettung des Friedens Gebrauch zu machen. Ich bin der Auffassung, daß eine passive Haltung gegenüber Sowjetrußland von unserer Seite Sowjetrußland geradezu verleiten werde, den Frieden nicht zu halten. Aus den Erfahrungen, die wir doch bei dem totalitären Nationalsozialismus gemacht haben, muß es m. E. jedem klar sein, daß ein totalitärer Staat niemals durch geduldiges Abwarten veranlaßt wird, von seinen Eroberungszielen Abstand zu nehmen, sondern lediglich durch den Aufbau von Kräften, die ihm zeigen, daß er seine Eroberungsziele nur unter Gefährdung seiner eigenen Existenz erreichen kann.
Wie ich wiederholt [erklärt] habe, würde ich es besonders begrüßen, wenn diese Macht von den Westalliierten und den Staaten des Atlantikpaktes ohne uns aufgestellt werden könnte.
Wenn zwar die Westalliierten Deutschlands Mitwirkung bei Aufstellung einer solchen Macht für notwendig halten und verlangen, dürfen wir m. E. an die Prüfung eines solchen Verlangens nicht von ihrem Standpunkte des passiven Verhaltens heraus herantreten.
Sie haben die Bedeutung dieser Frage für die Politik der Bundesregierung ja richtig erkannt, indem Sie um Ihren Rücktritt baten [vgl. Anm. 2], da Sie meine oben ausgeführten Ansichten nicht teilen könnten. Und Sie haben in dem Memor[andum], das Sie mir nach unserer letzten Unterredung ... [11.9.1950; vgl. Nr. 314A], sogar erklärt, daß Sie sich vorbehalten müßten, diese Thesen auch öffentlich zu vertreten.

Die Dinge entwickeln sich so schnell, und es ist so sehr notwendig, daß das Kabinett in dieser Lebensfrage des Deutschen Volkes einheitlich und geschlossen ist, daß ich wohl genötigt sein werde, zu meinem Bedauern Ihr Rücktrittsgesuch anzunehmen. Ich werde zwar am morgigen Tag, am Sonntag, den 24.9., noch eine vertrauliche Besprechung mit einem der Herren Hohen Kommissare haben und [...] eine definit[ive] Entscheidung nach dieser Unterredung [...]
Ich bitte Sie, mir zu glauben, daß ich Ihre ehrliche Überzeugung, auch wenn ich sie nicht zu teilen vermag, durchaus achte.

Mit besten Grüßen Ihr«

2 *Heinemann* hatte nach Bekanntwerden des Sicherheitsmemorandums vom 29.8.1950 (vgl. Nr. 301, Anm. 1) in der Kabinettssitzung vom 31.8.1950 seinen Rücktritt angeboten, »weil ich nicht in der Lage sei, mich in bedeutungsvollsten Fragen, bei denen ich als Kabinettsmitglied und als in Polizeisachen zuständiger Ressortminister beteiligt bin, vor vollendete Tatsachen stellen zu lassen« (Aktennotiz Heinemanns »zu meiner Rücktrittserklärung vom 31.8.1950«, zit. nach Kabinettsprotokolle, Bd. 2, S. 664). Zu diesem Vorgang vgl. Heinemanns eigene Darstellung »Was Dr. Adenauer vergißt« (S. 462-465); Paul *Weymar,* Adenauer, S. 536-550; Konrad *Adenauer,* Erinnerungen, Bd. 1, S. 373 f.; Diether *Koch,* Heinemann und die Deutschlandfrage, S. 168-207; Hans-Peter *Schwarz,* Die Ära Adenauer 1949-1957, S. 123-126; Udo *Wengst,* Staatsaufbau und Regierungspraxis, S. 262-266; Kabinettsprotokolle, Bd. 2, S. 48-52; Hans *Buchheim,* Deutschlandpolitik 1949-1972, S. 38 und Anselm *Doering-Manteuffel,* Die Kirchen und die EVG. Zu den Rückwirkungen der Wehrdebatte im westdeutschen Protestantismus und Katholizismus auf die politische Zusammenarbeit der Konfessionen, in: Hans-Erich *Volkmann*/Walter *Schwengler* (Hrsg.), Die Europäische Verteidigungsgemeinschaft. Stand und Probleme der Forschung, Boppard/Rhein 1985, S. 325-327, 329.

3 Robert *Tillmanns* (1896-1955), 1949-1955 MdB (CDU), 1952-1955 Vorsitzender des CDU-Landesverbandes Berlin, 1953-1955 Bundesminister für besondere Aufgaben; weitere biographische Angaben in: Adenauer, Briefe 1947-1949, S. 635.

4 Johannes *Kunze* (1892-1959), Verwaltungsleiter und CDU-Politiker; nach 1920 Handelslehrer und Dozent an der Verwaltungsakademie in Essen, ab 1925 Verwaltungsdirektor der Sarepta-Anstalten in Bethel, Schatzmeister der Inneren Mission für Deutschland, 1945 Mitbegründer der CDU in Westfalen, danach stellvertretender Landrat in Bielefeld und CDU-Fraktionsvorsitzender im dortigen Kreistag, 1949-1959 MdB (Vorsitzender des Bundestagsausschusses für Lastenausgleich; 1953-1957 stellvertretender Fraktionsvorsitzender); vgl. Diether *Koch,* a.a.O., S. 113 f., 173, 201.

5 Vgl. Diether *Koch,* a.a.O., S. 173 f.

6 Druck des Memorandums (bzw., so Heinemann selbst, »Exposés« seiner »Sicht des Konfliktes«): Gustav *Heinemann,* a.a.O., S. 463 f.

7 Vgl. Nr. 314 A.

8 Vgl. Nr. 301, Anm. 2.

Nr. 314A

1 Vgl. Nr. 314, Anm. 6.

2 Vgl. Nr. 301, Anm. 1.

3 Vgl. Kabinettsprotokolle, Bd. 2, S. 663 f.

4 Vgl. Nr. 301, Anm. 2.

5 Besuch *Niemöllers* bei *Heinemann* am 6.9.1950 in Bonn, zu dem der ›Mittag‹ am 7.9.1950 meldete: »... keine Einzelheiten bekanntgeworden, doch wird das Erscheinen Niemöllers in Bonn im gegenwärtigen Zeitpunkt der Krise als kein günstiges Anzeichen dafür angesehen, daß die Differenzen zwischen Bundeskanzler und Minister Heinemann beigelegt werden könnten.« – Zu den nachfolgend erwähnten Kontakten Heinemanns zu Präses *Held* und Propst *Grüber* konnten keine Angaben ermittelt werden.

6 Gemeint ist: Heinrich *Grüber* (1891–1975), D. theol. h.c., evangelischer Geistlicher; ab 1934 Pfarrer in Berlin, gehörte der Bekennenden Kirche an, ab 1937 Leiter einer Hilfsstelle für rassisch Verfolgte, 1940–1943 in den Konzentrationslagern Sachsenhausen und Dachau, ab 1945 Propst in Berlin, 1946–1948 2. Vorsitzender der VVN, 1949–1958 EKD-Bevollmächtigter bei der DDR-Regierung; vgl. seine Erinnerungen aus sieben Jahrzehnten, Köln–Berlin 1968.

7 Hierzu Heinemann in dem bei diesem Gespräch überreichten Exposé: »Diese sachliche Meinungsverschiedenheit hat meinerseits keine ressortmäßigen oder konfessionellen Gründe. Auch in bezug auf die Notwendigkeit zur Schaffung einer die innere Sicherheit gewährleistenden Bundespolizei bestehen keine Differenzen«; Druck: Gustav *Heinemann,* Was Dr. Adenauer vergißt, S. 463. Vgl. Diether *Koch,* Heinemann und die Deutschlandfrage, S. 170 f. und Kabinettsprotokolle, Bd. 2, S. 51. – Vgl. a. Nr. 317.

Nr. 315

1 Besuch *McCloys* in Rhöndorf am 24.9.1950, »um mir noch ergänzend über den Verlauf der ... Außenministerkonferenz zu berichten«; hierzu ausführlich Konrad *Adenauer,* Erinnerungen, Bd. 1, S. 370-373 sowie der am 25.9.1950 dem State Department erstattete Bericht McCloys in: FRUS, 1950, Vol. IV, S. 724-726. Vgl. Nr. 312, Anm. 2.

2 Jahrgang 1895.

3 Hierzu auch frühere Schreiben Adenauers in derselben Angelegenheit. 12.8. 1950: Bitte um Sofortmaßnahmen »mit Rücksicht auf meinen nunmehr wieder zu erwartenden Besuch in- und ausländischer Persönlichkeiten«; 16.9.1950: »Ich finde es mehr wie eigenartig, daß die Stadt Honnef, die viel dem Umstande verdankt, daß der erste Bundeskanzler in ihr wohnt, derartige Vernachlässigungen nicht beseitigt«.

4 Otto *Finger* (1872–1951), katholischer Geistlicher aus Köln, ab 1944 in Rhöndorf ansässig.

5 Hans *Heinemann* (geb. 1921), Elektriker, Nachbar Adenauers in Rhöndorf.

6 Johann *Müller* (geb. 1895), langjähriger Mitarbeiter beim städtischen Bauhof von Honnef.

Nr. 316
1 Vgl. Nr. 310.
2 Soweit ersichtlich, kam dieser Brief nicht zustande. Nach den in StBKAH (nicht) erhaltenen Vorgängen zu urteilen, nahm der Schriftverkehr Adenauers mit *Arnold* ab September 1950, mit der Regierungsbildung in Düsseldorf, auch bedingt durch den Wechsel im Vorsitz des Bundesrats (Arnold zu *Ehard* am 8.9. 1950) erheblich ab; vgl. Nr. 350.
3 Vgl. Nr. 310, Anm. 3.

Nr. 317
1 Konferenz vom 30.9.1950 über den Aufbau einer 30000 Mann starken Schutzpolizei, die der Bundesrepublik im New Yorker Deutschland-Kommuniqué vom 19.9.1950 zugestanden worden war (»... Aufstellung beweglicher Polizeikräfte auf Länderbasis ... Die Bundesregierung soll jedoch die Berechtigung erhalten, diese Polizeikräfte als Ganzes oder Teile derselben so einzusetzen, wie es die zeitweilige Lage erfordert«; vgl. EA, Jg. 5 [1950], S. 3406). Hierzu ausführlich Konrad *Adenauer,* Erinnerungen, Bd. 1, S. 367; Arnulf *Baring,* Außenpolitik in Adenauers Kanzlerdemokratie, S. 76-81; Roland G. *Foerster,* Innenpolitische Aspekte der Sicherheit Westdeutschlands, S. 544-556 (bes. S. 548f.) und Kabinettsprotokolle, Bd. 2, S. 25f., 728. – Vgl. a. Nr. 298, Anm. 1, Nr. 305 und 325.
2 Zu den militärischen Funktionen von General a. D. Gustav-Adolf *von Zangen* im Zweiten Weltkrieg (u. a. 1944 kurzfristig Oberbefehlshaber der 15. Armee im Westen) vgl. Erich *Stockhorst,* Fünftausend Köpfe, S. 457. Ein Hinweis auf seine Einbeziehung in die hier angesprochenen Planungen bei Roland G. *Foerster,* a.a.O., S. 548.
3 Mitte September 1950 waren in der bayerischen Polizeischule Traunstein/Oberbayern »höhere Polizeifachleute der Länder und Sachverständige des Bundesinnenministeriums zusammen[gekommen], um den organisatorischen Aufbau und die Lehrgangsplanung der Ausbildung höherer Polizeiführer für die geplante Bundespolizei zu beraten.« Hierzu, auch zur Kritik an der Traunsteiner Schulungseinrichtung durch die zeitgleich in Konstanz tagenden Stellvertreter der Innenminister und die Polizeisachverständigen der Bundesländer, ein Bericht der ›Hannoverschen Presse‹ vom 23.9.1950 (S. 1: »Polizei-Tagung des Bundes aufgeflogen«). Dort auch ein Hinweis auf die gegen von Zangen sowie General a. D. Dr. Franz *Beyer* (vgl. Nr. 331, Anm. 1) gerichteten Vorwürfe: »Beide wechselten im Jahre 1936 zur Wehrmacht über und avancierten sehr schnell. Beide sind mitverantwortlich für die Überführung der preußischen Polizei in den Jahren 1932 und 1933 in die Verfügungsgewalt von Papen und der NSDAP.«

Nr. 318
1 Zu diesem Schreiben an den CDU/CSU-Fraktionsvorsitzenden ist weder in dessen Nachlaß noch in StBKAH eine Antwort erhalten.
Das gespannte Verhältnis zwischen beiden, besonders ihr Dissens in außenpoliti-

schen Fragestellungen dieses Zeitraums, geht aus einem Schreiben *von Brentanos* vom 22.8.1950 hervor, das, soweit ersichtlich, durch Adenauer nicht beantwortet worden war: »Wir sind uns sicher beide darüber im klaren, daß die Gefahr, die aus dem Osten droht, ungeheuer groß ist und daß wir keine Zeit mehr zu verlieren haben, wenn wir ihr begegnen wollen. Ich fürchte aber, daß wir die einzige Voraussetzung, unter der wir der Gefahr begegnen können, nämlich die europäische Verständigung, aufs Spiel setzen, wenn wir nicht jedes Wort, das in diesem Zusammenhang gesagt wird, auf die Waagschale legen und uns die möglichen Reaktionen vorstellen« (Druck: Arnulf *Baring,* Sehr verehrter Herr Bundeskanzler!, S. 54).

2 Zum Ende 1947 gegründeten ›Verein Union-Presse‹ ausführliche Angaben bei Heinz-Dietrich *Fischer,* Parteien und Presse, S. 137-214.

3 Zu dieser Tagung vgl. a.a.O., S. 161. – Nach einem Bericht der ›Kölnischen Rundschau‹ vom 18.9.1950 (S. 2) hatte von Brentano in Bielefeld betont, »daß die CDU in der Erkenntnis, daß ein echter Strukturwandel in Deutschland vorgegangen ist, jede Restaurationspolitik ablehne und eine wirkliche Erneuerung aus christlichem Geist anstrebe. Dr. von Brentano, der sich für den Vorrang der Innenpolitik vor der nach seiner Meinung im Augenblick überbetonten Außenpolitik aussprach, forderte eine stärkere vorausschauende Initiative der Bundesregierung gegenüber den Rückwirkungen der Weltpolitik auf die innerdeutschen Verhältnisse.«

4 Zu dieser Rede konnten keine Angaben ermittelt werden.

Nr. 319

1 Dort (S. 513-518) auch Druck der Adenauer persönlich übergebenen Antwort *Heinemanns* vom 9.10.1950. Deren einleitender und abschließender Passus: »Die sachliche Differenz zwischen uns scheint mir in Ihrem Brief vom 28. September nicht richtig gesehen zu sein. Ich stehe keineswegs auf dem Standpunkt, daß wir fatalistisch abzuwarten hätten, was über uns verhängt wird, wenn ich zum Ausdruck bringe, daß es nicht unsere Sache ist, eine deutsche Beteiligung an militärischen Maßnahmen nachzusuchen oder anzubieten. Ich bin vielmehr der Meinung, daß gerade uns Deutschen eine besondere aktive Funktion für die Erhaltung des Friedens zukommt. ... Ich überlasse es Ihnen zu beurteilen, ob Sie unter diesen Umständen eine weitere Zusammenarbeit mit mir in der Bundesregierung für möglich halten einschließlich der Freiheit, meine Gesichtspunkte auch öffentlich zu vertreten, so lange es andere Kabinettsmitglieder mit den ihrigen tun.« – Vgl. Nr. 314, dort besonders die in Anm. 2 angegebene Literatur, und Nr. 314A.

2 Vgl. Nr. 314, Anm. 5.

3 Hierzu das Heinemann-Memorandum vom 11.9.1950 (vgl. a.a.O., Anm. 6): »Nachdem es eines der vornehmsten Kriegsziele der Alliierten gewesen ist, uns zu entwaffnen und auch für die Zukunft waffenlos zu halten ..., ist es nicht an uns, irgendeine deutsche Beteiligung an militärischen Maßnahmen nachzusuchen oder auch nur anzubieten.«

4 Diese Äußerungen in der Kabinettssitzung vom 27.9.1950 wurden nicht protokolliert; vgl. Kabinettsprotokolle, Bd. 2, S. 715-718. – Zur offiziellen Entlassung Heinemanns vgl. Nr. 326.

Nr. 320

1 Ebenfalls am 11.12.1950 fand eine Sondersitzung des Kabinetts statt, an der Vertreter aller Bundestagsfraktionen (außer WAV, KPD und DRP) teilnahmen. Nach einem Überblick über die außenpolitische Lage durch den Bundeskanzler wurden der Grotewohl-Brief vom 30.11.1950 (vgl. Nr. 374, Anm. 1) sowie das nachfolgend abgedruckte Dokument erörtert; vgl. Adenauer, Teegespräche 1950–1954, S. 28, 615f.

2 Vgl. Stenographische Berichte, Bd. 5, S. 3184-3192. Zu der im unmittelbaren Zusammenhang hiermit abgegebenen Regierungserklärung Adenauers vom 14.9. 1950 vgl. Nr. 285, Anm. 1.

3 Mit Schreiben vom 9.10.1950 an General Wassilij I. *Tschuikow* (geb. 1900; 1948–1953 Oberbefehlshaber der sowjetischen Streitkräfte in Deutschland, 1949–1953 Leiter der sowjetischen Kontrollkommission in der DDR) kam *Kirkpatrick* dieser Bitte nach: »Die Bundesregierung ist eine frei vom Volke gewählte Regierung und wird von meiner Regierung als berechtigt anerkannt, für Deutschland zu sprechen. Die Ihnen mit diesem Schreiben zugehenden Dokumente [Adenauer-Schreiben einschließlich der Bundestagsresolution *und* der Regierungserklärung] geben den vorherrschenden Willen des deutschen Volkes wieder. Ich empfehle sie daher Ihrer Aufmerksamkeit und der Ihrer Regierung als Äußerung des deutschen Volkes über ernste Fragen seiner Zukunft und der seines Landes« (AA, Noten von AHK, Bd. 25; vgl. FRUS, 1950, Vol. IV, S. 663-665). – Vgl. Nr. 333.

Nr. 321

1 Franz Robert *Ingrim* (1895–1964), Dr. jur., amerikanischer Publizist österreichischer Herkunft; Redakteur bzw. Korrespondent u. a. des ›Österreichischen Volkswirt‹ (1926–1930), der ›Vossischen Zeitung‹ (1930–1933) und der ›Basler Nachrichten‹ (1933–1935), 1938–1947 in der Emigration (Großbritannien, Kanada, USA), führendes Mitglied österreichischer Exil-Organisationen, ab 1947 in der Schweiz wohnhaft, von dort aus an den sicherheitspolitischen Diskussionen der 50er Jahre beteiligt (u. a. Mitarbeiter des ›Rheinischen Merkur‹ und von ›Christ und Welt‹); vgl. Biographisches Handbuch, Bd. 1, S. 321 und Klaus *von Schubert*, Wiederbewaffnung und Westintegration, S. 67, 79, 177f.

2 ›Bismarck selbst. Tausend Gedanken des Fürsten Otto von Bismarck‹, zusammengestellt und eingeleitet von Robert *Ingrim*, Stuttgart 1950. – Diesem Buch, einer thematisch gegliederten Sammlung von Zitaten vornehmlich zu Diplomatie und Außenpolitik des deutschen Reichskanzlers der Jahre 1871–1890, Otto Fürst *von Bismarck* (1815–1898), maß Adenauer nach Auskunft von Dr. Anneliese *Poppinga* bis zum Lebensende große Bedeutung bei; er führte es oft als Urlaubslektüre mit sich.

3 Adenauer später: »Er war ja sehr umstritten ... Außenpolitisch war er es nicht. Aber hier bei uns im Westen hatte er wegen des Kulturkampfes viele Gegner ... Ich erinnere mich auch daran, wie empört meine Brüder und ich waren wegen der Sozialistengesetzgebung«; vgl. Konrad Adenauer. Dokumente aus vier Epochen, S. 23; vgl. a. Anneliese *Poppinga,* Meine Erinnerungen an Konrad Adenauer, S. 89 f., 99, 109, 188-190, 215 und *dies.,* Konrad Adenauer. Geschichtsverständnis, Weltanschauung und politische Praxis, Stuttgart 1975, S. 48.

Nr. 322

1 Otto *Klepper* (1888–1957), 1931/32 preußischer Finanzminister, danach in der Emigration, ab 1947 Rechtsanwalt in Frankfurt/Main, 1949/50 alleiniger Geschäftsführer der Frankfurter Allgemeine Zeitung GmbH; weitere biographische Angaben in: Adenauer, Briefe 1947–1949, S. 588.

2 Vgl. Nr. 293, Anm. 2.

3 Leitartikel der ›Frankfurter Allgemeinen‹ vom 2.10.1950. Aus dem nachfolgend hervorgehobenen Schlußpassus: »Unser geographischer Standort als Vorfeld des Abendlandes, und gerade der Umstand, daß wir uns in der Lage dessen befinden, der seine Existenz ohne überkommenes Gut neu aufzubauen hat, geben uns ... eine besondere Chance. Ergreifen wir sie, so sind wir in Freiheit gleichberechtigt. Verläßt uns der Unternehmungsgeist, so werden wir Knechte der eurasischen Despotie.«

4 Ab 12.7.1950 im Amt (– 28.2.1951): die Regierung von René *Pleven* (geb. 1901; biographische Angaben in: Adenauer, Teegespräche 1950–1954, S. 609). – Von Pleven am 24.10.1950 vor der französischen Nationalversammlung bekanntgegeben: der nach ihm benannte Plan zur Schaffung einer europäischen Armee (einschließlich deutscher Kontingente) nach Unterzeichnung des Schuman-Plans; Druck (u. a.): EA, Jg. 5 (1950), S. 3518-3520. Zur Beurteilung durch Adenauer vgl. seine Erinnerungen (Bd. 1, S. 375-382) und Teegespräche (1950–1954, S. 31, 35, 40). – Vgl. a. Norbert *Wiggershaus,* Die Entscheidung für einen westdeutschen Verteidigungsbeitrag, S. 390-400 und Gunther *Mai,* Westliche Sicherheitspolitik im Kalten Krieg, S. 62-82.

5 Hierüber war Adenauer am 23.9.1950 durch André *François-Poncet,* am 24.9.1950 durch John J. *McCloy* informiert worden; vgl. Konrad *Adenauer,* Erinnerungen, Bd. 1, S. 371, 373.

6 Ein im Antwortschreiben Kleppers vom 4.10.1950 vorgeschlagener Besuchstermin kam am 16.10.1950 zustande; vgl. StBKAH 04.01.

Nr. 323

1 Gründungsparteitag der CDU-Bundespartei vom 20.–22.10.1950 in Goslar (vgl. Nr. 287, Anm. 1), auf dem der Adressat das Referat »Der europäische Auftrag der CDU« hielt; Druck: Erster Parteitag der Christlich-Demokratischen Union, S. 86-94. – Vgl. Nr. 334.

2 Vgl. Nr. 287, Anm. 3.

Nr. 324

1 Aktennotiz (o. D.) eines Mitarbeiters der CDU/CSU-Arbeitsgemeinschaft für deren Generalsekretär Bruno *Dörpinghaus*. Ihr zufolge beabsichtigte »ein gewisser Kreis Abgeordneter unserer Fraktion« wegen der »Bestechungsaffaire bezüglich der Hauptstadtwahl Bonn–Frankfurt/Main ... ihre Mandate niederzulegen ..., wenn nicht alle ... verwickelten Personen ihre Ämter und Mandate niederlegen und dem Gericht zur Bestrafung zugeführt werden.« – Zur Klärung dieser Angelegenheit hatte der Bundestag am 5.10.1950 einen Untersuchungsausschuß eingesetzt, der die vom ›Spiegel‹ in seiner Ausgabe vom 27.9.1950 (S. 5-7) erhobenen Vorwürfe prüfen sollte, zur Beeinflussung der Hauptstadtentscheidung seien 1949 2 Millionen DM an ca. 100 Abgeordnete gezahlt worden; vgl. Stenographische Berichte, Bd. 5, S. 3288-3290 und Kabinettsprotokolle, Bd. 2, S. 725f. Hierzu ausführlich Konstanze *Wolf*, CSU und Bayernpartei, S. 161-164.

2 Franz Josef *Strauß* (geb. 1915), 1948–1952 Landesgeschäftsführer der CSU, 1952–1961 stellvertretender Landesvorsitzender, ab 1961 Landesvorsitzender, seit 1978 bayerischer Ministerpräsident; weitere biographische Angaben in: Adenauer, Teegespräche 1950–1954, S. 714.

3 In seinem Antwortschreiben vom 10.10.1950 berichtete *von Brentano* über ein seinerseits mit Strauß geführtes Gespräch: »... er sagte, der sogenannte Privatsekretär des Herrn Treviranus, ein Herr Dr. Stillger (ich weiß nicht, ob ich den Namen korrekt wiedergebe) habe ihm einen Betrag von DM 40.000,-- angeboten.« Im übrigen sei er, von Brentano, »der Meinung, daß das Büro der Arbeitsgemeinschaft sich mit wichtigeren Dingen beschäftigen könnte« (StBKAH III/38).

Nr. 325

1 Vgl. Nr. 317 sowie die dort in Anm. 1 angegebene Literatur.

Nr. 326

1 Vgl. Nr. 326A.

2 Vgl. Nr. 319, Anm. 1. – Zur Entlassung *Heinemanns*, die mit diesem Schreiben eingeleitet wurde, vgl. die in Nr. 314, Anm. 2 angegebene Literatur.

3 Nach letztmaliger Teilnahme Heinemanns an einer Kabinettssitzung am 10.10.1950 (vgl. Kabinettsprotokolle, Bd. 2, S. 744) händigte ihm Bundespräsident *Heuss* am 11.10.1950 die Entlassungsurkunde aus; Faksimile: Der Bundespräsident. Eine Ausstellung des Bundesarchivs für ein Haus der Geschichte der Bundesrepublik Deutschland [Katalog o. O., o. J. – 1984 –], S. 16. – Noch in die Amtszeit Heinemanns fällt ein weiteres Adenauer-Schreiben vom 9.10.1950, in dem der Kanzler Anstoß nahm an einer Pressemitteilung Heinemanns über das zuvor geführte Gespräch: »Ich mache Sie darauf aufmerksam, daß Sie noch im Amte sind, und ersuche Sie, weitere Äußerungen zu unterlassen im Hinblick auf das Amtsgeheimnis, das Sie zu wahren haben« (AdsD, NL Heinemann, Nr. 33). Zu

diesem Vorgang, auch zu der erwähnten Mitteilung, vgl. Diether *Koch,* Heinemann und die Deutschlandfrage, S. 176 und Kabinettsprotokolle, Bd. 2, S. 51.
4 Ein für weitere Kontakte oder Korrespondenz nicht mehr genutztes Bindeglied: Heinemanns CDU-Mitgliedschaft, die er zum 29.10.1952 aufkündigte; Druck seiner Austrittserklärung: Ossip K. *Flechtheim* (Hrsg.), Dokumente zur parteipolitischen Entwicklung, Bd. VI, S. 26 und Peter *Egen,* Die Entstehung des Evangelischen Arbeitskreises, S. XLVII f.

Nr. 326A
1 Vgl. Nr. 319, Anm. 1.
2 »Offener Brief« Martin *Niemöllers* an den Bundeskanzler vom 4.10.1950, in dem das EKD-Ratsmitglied vor seiner abschließenden Forderung nach Neuwahlen behauptet hatte: »Trotz aller gegenteiligen Zeitungsnachrichten wird die Remilitarisierung Westdeutschlands, d. h. die Wiederaufrüstung deutscher Menschen für einen möglichen Krieg zwischen Ost und West, mit allen Mitteln betrieben« (StBKAH 12.07). Zu diesem Schreiben, das bereits am 5.10.1950 vom ›Evangelischen Pressedienst‹ veröffentlicht worden war, vgl. Kirchliches Jahrbuch für die Evangelische Kirche in Deutschland 1950, S. 174 f.; Paul *Weymar,* Adenauer, S. 543 f.; Dietmar *Schmidt,* Martin Niemöller, S. 212 f. und Kabinettsprotokolle, Bd. 2, S. 744, 748. – Vgl. a. Nr. 331, Anm. 2.
3 Vgl. Nr. 331.
4 Bezieht sich auf eine Tagung des Evangelischen Männerwerkes für Hessen und Nassau am 15.10.1950 in Frankfurt/Main. Vgl. Paul *Weymar,* a.a.O., S. 547; Gustav *Heinemann,* Was Dr. Adenauer vergißt, S. 464; Diether *Koch,* Heinemann und die Deutschlandfrage, S. 175 und Kabinettsprotokolle, Bd. 2, S. 744.
5 Wiedergabe dieses Wortwechsels bei Paul *Weymar,* a.a.O.

Nr. 327
1 Adenauer hatte in Gesprächen vom 2.10. und 10.10.1950 (vgl. StBKAH 04.01) versucht, in der Nachfolge *Heinemanns Holzapfel* für die Übernahme des Bundesinnenministeriums zu gewinnen. Am 3.11.1951 erinnerte er den westfälischen Unionspolitiker hieran: »Ich habe Sie damals fast kniefällig stundenlang gebeten, das Ministerium zu übernehmen. Sie haben mir es immer wieder rundweg abgelehnt. Ich habe Sie dann, trotz dieser mindestens ein Dutzend Mal ausgesprochenen Ablehnung, die für mich auch verletzend war, gebeten, sich die Frage doch bis zum anderen Tage zu überlegen. Das haben Sie dann widerstrebend zugegeben. Am anderen Morgen wurde mir von maßgebenden Mitgliedern der Fraktion mitgeteilt, daß Sie auch nach meinem Weggang an dem betreffenden späten Abend, nachdem Sie mir erklärt hatten, Sie würden sich die Frage noch einmal überlegen, gesagt haben, Sie blieben bei dieser Ablehnung. Die Fraktion hat mich dann dringend gebeten, mit Rücksicht auf die schwierige Lage, die durch das Ausscheiden des Herrn Heinemann entstanden war, schnellstens eine Entscheidung zu treffen und hat mir Herrn Lehr vorgeschlagen. Da die ganze Situation

eine Entscheidung verlangte, da ich Sie stundenlang vorher mit negativem Erfolg gebeten hatte, habe ich Herrn Lehr zur Ernennung vorgeschlagen, und prompt haben Sie sich dann darüber beschwert« (StBKAH 11.04). – Vgl. Nr. 328.

Nr. 328

1 Vgl. Nr. 327.

2 Vgl. Nr. 305, Anm. 6.

3 Dieses Interview wie auch eine schriftliche Stellungnahme *Schumachers* konnten nicht nachgewiesen werden.

4 Am 14.11.1950 im Mitteilungsblatt des Presse- und Informationsamtes der Bundesregierung (Nr. 979/50) bekanntgegeben: Die Beauftragung von Anton *Grasser* (geb. 1891), kommissarisch polizeiliche Sonderaufgaben »im Rahmen der Zuständigkeit des Bundes« wahrzunehmen; vgl. Roland G. *Foerster,* Innenpolitische Aspekte der Sicherheit Westdeutschlands, S. 544, 548 und Kabinettsprotokolle, Bd. 2, S. 821.

Nr. 329

1 Dort (S. 55f.) auch Druck des Anschreibens vom 12.10.1950, in dem *von Brentano* sich auf Pressemeldungen bezogen hatte, denen zufolge Bundesratsminister *Hellwege* »dem Bundesrat bekanntgegeben [hat], daß die Bundesregierung inzwischen die Entscheidung darüber getroffen hat, in welchen Städten der Bundesrepublik die obersten Bundesbehörden unterzubringen sind.« Er und damit der CDU/CSU-Fraktionsvorstand erhebe »die eindringliche Bitte, einem kleinen Kreis aus den Fraktionen der Koalition Gelegenheit zu geben, mit einem Mitglied oder einem Beauftragten des Kabinetts diese Frage einmal durchzusprechen, damit wir auf diesem Wege, wenn irgend möglich, eine allgemeine Verständigung herbeiführen, die die unerfreulichen Auseinandersetzungen und Debatten im Parlament dann überflüssig macht« (StBKAH III/38).
Zu den in diesem Zeitraum geführten Beratungen des Bundeskabinetts über den Sitz von Bundesbehörden (6.10.1950: »... nicht Sache der Gesetzgebung, sondern Sache der Exekutive ...«; Beauftragung Hellweges im o. g. Sinne) vgl. Kabinettsprotokolle, Bd. 2, S. 738.

2 Von Brentano antwortete am 24.10.1950, darauf Adenauer am 26.10.1950; Druck: Arnulf *Baring,* a.a.O., S. 57f.

Nr. 330

1 Zu Josef *Giesen* (vor 1933 Gartenbaudirektor, nach 1945 Beigeordneter der Stadt Köln, langjähriger Bürgermeister von Urfeld bei Wesseling) vgl. Adenauer, Briefe 1945–1947, S. 550.
Das nachfolgende Schreiben wird als Prototyp jahreszeitlich bedingter Adenauer-Korrespondenz abgedruckt. – Die gängigen Namen der erwähnten Blütenpflanzen – in der Reihenfolge ihrer Nennung –: Günsel, Steinkraut, Kresse, Feuerdorn, Alpenaster, Glockenblume, Christrose, Schleifenblume, Lavendel, Edelweiß,

Nachtkerze, Lungenkraut, Seifenkraut, Thymian, Akelei, Rittersporn, Bärenklau, Lupine, Trollblume.

Nr. 331

1 *Held* (Präses der Evangelischen Kirche im Rheinland) hatte Adenauer den abschriftlichen Auszug des im nachfolgenden erwähnten Briefes von Generalleutnant a. D. Paul *Mahlmann* an den Privatsekretär Martin *Niemöllers,* General a. D. Dr. Franz *Beyer* (vgl. Nr. 317, Anm. 3), übermittelt. Demzufolge hatte Mahlmann am 27.9.1950 geschrieben, »daß ich ab 1. Oktober ds. Js. die Führung eines Organisationsstabes übernehme, der deutsche Einheiten für die europäische Wehrmacht aufstellt.« Zu diesem Vorgang (der als »klarer Beweis für die ... angeblich betriebene Remilitarisierung« in die öffentliche Diskussion geraten war und zu dem Adenauer am 20.10.1950 in Goslar ausführlich Stellung nahm; vgl. Adenauer, Reden, S. 190) vgl. Roland G. *Foerster,* Innenpolitische Aspekte der Sicherheit Westdeutschlands, S. 552. Vgl. a. Kabinettsprotokolle, Bd. 2, S. 748.

2 Ebenfalls in StBKAH 12.07 erhalten: ein Briefwechsel des Adenauer-Referenten Ernst *Wirmer* mit Beyer vom 6./9.10.1950, der im November 1950 von den ›Frankfurter Hefte‹ veröffentlicht wurde (Jg. 5, H. 11, S. 1215 f.: »Politische Korrespondenz unter deutschen Erwachsenen«). Anlaß hierfür: das Schreiben Niemöllers an Adenauer vom 4.10.1950 (vgl. Nr. 326 A, Anm. 2), wegen dessen privaten oder offiziellen Charakters sich Wirmer vergewissert hatte. Beyer: »... aus eigener Initiative und im eigenen Namen geschrieben.«

Nr. 332

1 Hierin Kritik *Wuermelings* an der »Art der Erörterung des Falles Heinemann mit Ihnen im Fraktionsvorstand am letzten Dienstagabend [10.10.1950] .... Es tat wirklich weh, dabei sein zu müssen. Aber darf ich in bester Absicht auch hinzufügen, ob nicht Ihr Brief an Herrn Heinemann [Nr. 326] am Montag ohne Nachteil zwei bis drei Stunden später als geschehen, also nach der für 17 Uhr angesetzten Besprechung mit Herrn von Brentano, hätte abgesandt werden können.«

Nr. 333

1 Vgl. Nr. 296, dort bes. Anm. 6.

2 Vgl. Nr. 320, dort bes. Anm. 3.

Nr. 334

1 Diese Bedenken richteten sich gegen die am 13.10.1950 in Königswinter durch die dort tagenden CDU-Landesverbandsvorsitzenden erfolgte Nominierung für die CDU-Vorstandswahlen in Goslar. Hierzu auch *von Brentano* in einem ebenfalls am 18.10.1950 an Adenauer gerichteten Schreiben: »Allerdings vermisse ich meinen Namen in dem engeren Vorstand. Gerade nachdem Sie selbst mich auf die Notwendigkeit hingewiesen haben, daß ich als Fraktionsvorsitzender diesem

Gremium angehöre, möchte ich Sie doch darum bitten, diese Frage in der Vorbesprechung in Goslar noch einmal anzuschneiden« (StBKAH III/38). – Die gewünschte Korrektur wurde in Goslar vorgenommen, neben von Brentano zu Mitgliedern des Gesamtvorstandes bestellt (in alphabetischer Reihenfolge): Ernst *Bach* (Schatzmeister), Anton *Dichtel*, Margaretha *Gröwel*, Werner *Hilpert*, Linus *Kather*, Kurt Georg *Kiesinger*, Ernst *Majonica*, Walther *Schreiber*, Carl *Schröter*, Wilhelm *Simpfendörfer*, Georg *Strickrodt*, Alois *Zimmer*; vgl. Erster Parteitag der Christlich-Demokratischen Union Deutschlands, S. 173.

2 Hierzu ein Schreiben von Alois Zimmer vom 14.10.1950, dessen Beantwortung Adenauer am 18.10.1950 nutzte, um die Intervention zugunsten von Brentanos vorzubereiten (StBKAH 10.04).

Nr. 335

1 Zu diesem Schreiben an den Bundeswirtschaftsminister (der sich zu diesem Zeitpunkt in Italien aufhielt; hierzu ein in Turin aufgegebenes Telegramm *Erhards* an Adenauer vom 15.10.1950 in BA, B 136/4695) konnte eine Antwort nicht nachgewiesen werden. Zur Gegenüberstellung und Ermittlung einer Stellungnahme zu der von Adenauer geübten Kritik eignet sich Erhards vier Tage später in Goslar gehaltene Parteitagsrede »Die CDU und die Wirtschaft«; Druck: Erster Parteitag der Christlich-Demokratischen Union Deutschlands, S. 127-140 und Ludwig *Erhard*, Deutsche Wirtschaftspolitik, S. 138-152.

Hinweise auf den in diesem Zeitraum zutage getretenen, diesem Brief zugrundeliegenden Dissens Adenauer-Erhard bei Udo *Wengst*, Staatsaufbau und Regierungspraxis, S. 253 f.

2 Die Entflechtungsdiskussion war durch die am 14.9.1950 von der AHK erlassenen Durchführungsverordnungen zum Gesetz Nr. 27 (vgl. Nr. 176, Anm. 1 und Nr. 353, Anm. 1) aktualisiert worden. Hierzu, unter Hinweis auf diesen Brief, Kabinettsprotokolle, Bd. 2, S. 723 f., 748 (Notiz *Seebohm* zur Kabinettssitzung vom 17.10.1950: »Frage der Dekonzentration ...; bisher völlige Passivität des Bundeswirtschaftsministeriums«). – Der Beilegung des angedeuteten Konfliktes dienten Beratungen zwischen den Wirtschaftsberatern der AHK und Erhard am 19.10.1950, zu denen *Kirkpatrick* am 26.10.1950 dem Kanzler mitteilte: »Die Alliierte Hohe Kommission hat mit Befriedigung von den von Prof. Dr. Erhard gegebenen Zusicherungen Kenntnis genommen, denen zufolge die Bundesregierung in keiner Weise die Vorrechte der Hohen Kommission in Bezug auf die für Kohle, Stahl, I.G.-Farben, Ufa/Ufi und die Großbanken vorgesehenen Entflechtungsmaßnahmen zu bestreiten beabsichtigt« (AA, Noten von AHK, Bd. 25).

3 Hierzu Erhard in Goslar: » ... daß die deutsche Devisenbilanz heute bis zum Äußersten angespannt ist und entscheidende Maßnahmen geld- und kreditpolitischer Art erforderlich wurden, um das System der Liberalisierung zu retten und Deutschlands Verbleib in der Europäischen Zahlungsunion zu gewährleisten ... Wenn ich schon vor Monatsfrist im Einvernehmen mit dem Zentralbankrat um die Erhöhung der Mindestreserven besorgt war, nunmehr bei der Erteilung von

Importlizenzen ein 50%iges Bardepot befürwortete und dazu noch für eine Beschränkung und sogar Kürzung des Akzeptvolumens der Banken eintrete, so beweist das deutlich genug, wie sehr uns daran liegt, die spekulativen Elemente zurückzudämmen, aber gleichzeitig auch die Freizügigkeit des Güteraustauschs zu verteidigen« (zit. nach Ludwig *Erhard,* a.a.O., S. 143f.).

4 Schriftliche Kontakte Adenauers zur AHK wegen des Schrottexports konnten erst für den nachfolgenden Zeitraum ermittelt werden (Schreiben an Kirkpatrick und *McCloy* vom 11.12.1950 und 19.2.1951 in AA, Noten an AHK, Bd. 12/13).

5 Adenauer war mit *Schalfejew* am 2.10. und am 12.10.1959 zusammengekommen; vgl. StBKAH 04.01.

Nr. 336

1 Hierin Kritik des Bundespräsidenten an Plänen, den bisherigen Bundestagspräsidenten Erich *Köhler* zum Generalkonsul für Australien zu ernennen: »... das Gerücht will dazu wissen, er habe eine Berufung in den auswärtigen Dienst zu einer Art von Bedingung für den Verzicht auf das Bundestags-Präsidentenamt gemacht. ... Als sachlich peinlich empfinde ich aber dies ..., daß ein Politiker, der, ob mit Recht oder Unrecht, innenpolitisch keine ›gute Presse‹ hat, auf einen nicht unwichtigen Außenposten gesetzt werden soll. Das wird als Vorgang psychologisch in Deutschland ungünstig wirken; das Gerede wird aufkommen, daß eine ›Versorgung‹ vorliege. ... Es ist mir schier eine seelische Nötigung, Ihnen diese meine Empfindung darzulegen. Ich halte die Frage unserer Auslandsvertretungen für ein so diffiziles Kapitel, daß ich es, bei allem Wissen um das System der kommunizierenden Röhren zwischen Außen- und Innenpolitik, als eine Beschwernis empfinde, wenn innenpolitische Entlastungsbedürfnisse in diesen Bereich hineinwirken.« Vgl. Nr. 307, 342, Anm. 3 und Nr. 349.

2 Die nächsten Begegnungen *Heuss*–Adenauer kamen am 17.11., 14.12. und 16.12.1950 zustande; vgl. StBKAH 04.01.

Nr. 337

1 *Albers* hatte die Zusammensetzung des CDU-Bundesvorstandes (vgl. Nr. 334, Anm. 1) beanstandet: »Von 12 Vorstandsmitgliedern und 3 Vorsitzenden des neugewählten Vorstandes sind 12 Akademiker ... und 3 Nichtakademiker. ... Es fehlen im Vorstand der Arbeiter-, Bauern- und Handwerkervertreter. Mit mir sind Sie wohl der Meinung, daß der Vorstand in seiner Zusammensetzung auch die Zusammensetzung der Wählerschaft widerspiegeln sollte. Das ist nicht gelungen.«

2 Vgl. Nr. 39 und 59. – Ähnliche Kritik an den CDU-Sozialausschüssen hatte Adenauer bereits früher geäußert; hierzu seine Briefe 1947–1949, S. 98f., 353.

Nr. 338

1 Namens der »Christlich-Demokratischen Union Deutschlands. – Ostbüro – Der legale Hauptvorstand« (Briefkopf) hatten Adenauer am 25.10.1950 angeschrieben: Ernst *Lemmer* (1898–1970; später Bundesminister in verschiedenen Ressorts: 1956/57 Post, 1957–1962 gesamtdeutsche Fragen, 1964/65 Vertriebene; weitere biographische Angaben in: Adenauer, Briefe 1945–1947, S. 730) und Johann Baptist *Gradl* (geb. 1904), Dr. rer. pol., Politiker des Zentrums bis 1933, der CDU(D) ab 1945; 1926–1930 Redakteur beim Zentrumsorgan ›Germania‹, bis 1933 Parteivorsitzender in Berlin-Kreuzberg, 1931–1945 im Bankwesen, 1945 Mitbegründer der Union in Berlin und in der SBZ, 1947–1970 geschäftsführendes Vorstandsmitglied, 1957–1980 MdB, 1965/66 Bundesminister für Vertriebene, Flüchtlinge und Kriegsgeschädigte, 1966 Bundesminister für gesamtdeutsche Fragen, seit 1970 Vorsitzender der Exil-CDU; vgl. Johann Baptist Gradl: Stets auf der Suche. Reden, Äußerungen und Aufsätze, hrsg. von Christian *Hacke,* Köln 1980; Johann Baptist *Gradl,* Anfang unter dem Sowjetstern. Die CDU 1945–1948 in der sowjetischen Besatzungszone Deutschlands, Köln 1981 und: Mut zur Einheit. Festschrift für Johann Baptist Gradl, Köln 1984.

2 Nach einer Vorstandssitzung der Exil-CDU am 23.10.1950 in Goslar hatten Lemmer und Gradl grundsätzlich positiv zum Verlauf des dortigen Bundesparteitages Stellung genommen; die Schlußkundgebung jedoch (vgl. Erster Parteitag der Christlich-Demokratischen Union Deutschlands, S. 169-172) »ist in ihrem Ablauf der Größe und Bedeutung des gesamtdeutschen Anliegens nicht gerecht geworden.«

3 Kurt Georg *Kiesinger* (geb. 1904), Dr. h.c., Rechtsanwalt, führender Landes- und Bundespolitiker der CDU; ab 1935 Rechtsanwalt beim Kammergericht Berlin, 1940–1945 in der Rundfunkpolitischen Abteilung des Auswärtigen Amtes, ab 1948 Rechtsanwalt in Tübingen, 1948–1951 Geschäftsführer des CDU-Landesverbandes Württemberg-Hohenzollern, 1949–1958 und 1969–1980 MdB (1950–1958 Vorsitzender des Vermittlungsausschusses, 1954–1958 des Ausschusses für Auswärtige Angelegenheiten), 1950–1958 Mitglied der Beratenden Versammlung des Europarates (1955–1958 dessen Vizepräsident), 1950–1961 geschäftsführendes Vorstandsmitglied der CDU-Bundespartei, 1958–1966 Ministerpräsident von Baden-Württemberg, 1966–1969 Bundeskanzler, 1967–1971 CDU-Vorsitzender; vgl. den biographischen Aufsatz von Bruno *Kaiser,* in: Walther L. *Bernecker*/Volker *Dotterweich* (Hrsg.), Persönlichkeit und Politik, Bd. 2, S. 14-25 und Dieter *Oberndörfer* (Hrsg.), Begegnungen mit Kurt Georg Kiesinger. Festgabe zum 80. Geburtstag, Stuttgart 1984.

4 Aus dem Anschreiben: »Herr Dr. Kiesinger wird nicht zuletzt seiner politischen Vergangenheit wegen nicht für geeignet gehalten, die politisch repräsentative Stellung des Geschäftsführenden Vorstandsmitglieds oder Generalsekretärs der gesamtdeutschen CDU wahrzunehmen oder de facto entsprechende Funktionen auszuüben. ... Mit dieser Stellungnahme soll nichts gegen die Person und die sachliche Arbeit von Herrn Dr. Kiesinger als Bundestagsabgeordneter gesagt

werden. Maßgebend für die Urteilsbildung der Exil-CDU waren die sachlich-politischen Überlegungen, die während des Bundesparteitags von den Sprechern der Exil-CDU bereits zum Ausdruck gebracht worden sind und die ganz zweifellos von weiten Kreisen der Gesamtpartei geteilt werden.«
Zu der angeschnittenen Frage der NSDAP-Mitgliedschaft Kiesingers nach 1933, die vor dem CDU-Parteitag parteiintern diskutiert worden war, vgl. seine eigenen Angaben in: Kurt Georg Kiesinger: Fügung und Verantwortung. Festgabe des Landtags von Baden Württemberg aus Anlaß des 80. Geburtstages von Bundeskanzler a. D. und Ministerpräsident a. D. Dr. h.c. Kurt Georg Kiesinger, Stuttgart 1984, S. 31-36. Hierzu auch, unter Verwendung dieses Briefes, Erich *Kosthorst,* Jakob Kaiser, S. 166 und die Angaben bei Geoffrey *Pridham,* Christian Democracy, S. 67.

Nr. 339
1 Wilhelm *Niesel* (geb. 1903), Prof. D. Dr. h.c., evangelischer Theologe; Dozent an den kirchlichen Hochschulen Berlin (1935–1940) und Wuppertal (1946–1968), 1946–1973 Moderator des Reformierten Bundes, ab 1949 Ratsmitglied der EKD; vgl. Heinrich *Potthoff*/Rüdiger *Wenzel,* Handbuch politischer Institutionen und Organisationen, S. 426, 430.
2 Hierin u. a.: »... mußte mein Freund Dr. Heinemann uns darüber berichten, wie autokratisch Sie persönlich Ihr Amt als Regierungschef ausüben.... Zumal in einer so wichtigen Frage wie der Remilitarisierung werden wir es nicht hinnehmen, daß von einzelnen Männern über die Köpfe des Volkes hinweg Entscheidungen von größter Tragweite gefällt werden.« Vgl. Nr. 314, 314A, 319, 326 und 326A.

Nr. 340
1 *Schäfer* hatte namens der von ihm geführten FDP-Bundestagsfraktion die Frage »einer angemesseneren Berücksichtigung meiner Partei bei der Besetzung von Spitzenämtern der Regierung« aufgeworfen. Bereits anläßlich des Wechsels im Bundesinnenministerium habe der Bundeskanzler einen diesbezüglichen Hinweis »auf die Besetzung einer zweiten Staatssekretär-Stelle im Innenministerium und der Stelle eines Staatssekretärs für innenpolitische Angelegenheiten im Bundeskanzleramt« gegeben. – Ab 1951 im erstgenannten Amt (– 1957): der FDP-Politiker Theodor *Bleek* (1898–1969; 1957–1961 Chef des Bundespräsidialamtes; vgl. Udo *Wengst,* Staatsaufbau und Regierungspraxis, S. 147). Vgl. a. Nr. 351.
2 Ab Januar 1951 in diesem Amt (– 1953): Carl Otto *Lenz* (1903–1957; Mitbegründer der CDU in Berlin, 1953–1957 MdB; weitere biographische Angaben in: Adenauer, Briefe 1945–1947, S. 574); vgl. Udo *Wengst,* a.a.O., S. 147f.

Nr. 341
1 Ernst *Wilm* (geb. 1901), evangelischer Theologe; 1926–1948 Pfarrer in Freistatt, Lüdenscheid und Mennighüffen, gehörte der Bekennenden Kirche an, 1942–

1945 im Konzentrationslager Dachau, 1949–1968 Präses der Evangelischen Kirche von Westfalen; vgl. die zahlreichen Angaben bei Diether *Koch,* Heinemann und die Deutschlandfrage. – Dort (S. 215) auch ausführliche Angaben zum Anschreiben, einem offenen Brief zur Diskussion um die Entlassung *Heinemanns* (zeitgenössischer Druck: Kirchliches Jahrbuch für die Evangelische Kirche in Deutschland 1950, S. 177f.).

2 Adenauer bezieht sich hier u. a. auf eine anläßlich des CDU-Bundesparteitages gefaßte »Entschließung der evangelischen Delegierten«: »Wir sind von tiefer Sorge erfüllt über Erklärungen, die Männer der evangelischen Kirchen ... in letzter Zeit zu politischen Fragen unseres Volkes abgegeben haben. ... stellen uns daher hinter die Politik des Bundeskanzlers und seiner Regierung, die allein vom Volk legitimiert sind, für ganz Deutschland zu sprechen« (Druck: Erster Parteitag der Christlich-Demokratischen Union Deutschlands, S. 112; Vorlage in StBKAH 12.07; dort auch mehrere Privatbriefe ähnlichen Inhalts, die im Oktober 1950 an Adenauer gerichtet bzw. ihm in Abschrift zugeleitet wurden).
Eine zeitgenössische Übersicht der überwiegend negativen evangelischen Stimmen zur Entlassung Heinemanns (*Dibelius, Lilje, Wurm, Ehlers,* mit Einschränkung Lehr) in: ›Rheinischer Merkur‹ vom 21.10.1950 (S. 2).

3 Diese außenpolitische Bundestagsdebatte vom 8.11.1950 (vgl. Stenographische Berichte, Bd. 5, S. 3563-3622) eröffnete Adenauer mit einer Regierungserklärung zum Verteidigungsbeitrag der Bundesrepublik, zum Pleven-Plan und zu den Beschlüssen der Prager Außenministerkonferenz vom 21.10.1950; Druck: Adenauer, Reden, S. 193-200. Vgl. Nr. 345 und 348.

Nr. 342

1 In der ›Zeit‹ hatte Claus *Jacobi* u. a. die 1949/50 zahlreichen »Sonntagsreden« *Seebohms* (vgl. Nr. 282) kritisiert: »... ist es ihm gewiß schwer, als Nationalist in einem europäisch denkenden Kabinett zu sitzen. Es scheint uns an der Zeit ..., diesen strebsamen Mann aus all den Gewissenskonflikten zu erlösen«.

2 Hierzu die Abb. auf S. 302.

3 Artikel »Ein Unabsetzbarer« zum Wechsel im Amt des Bundestagspräsidenten (vgl. Nr. 307, 336 und 349): »Gerade nach Australien, einem Land, das uns heute am ehesten Möglichkeiten der Auswanderung bieten könnte, sollte man besonders befähigte Leute und nicht, nur weil sie unabsetzbar sind, solche schikken, die in Deutschland versagt haben.« – »Den Angriff ... billige ich«, so *Bucerius* in einem Adenauer in Kopie zugeleiteten Schreiben an Seebohm vom 30.10. 1950, mit dem er sich im übrigen von dem o. g. Beitrag distanzierte (»Die Politik des Bundeskanzlers wird von der ›Zeit‹ grundsätzlich vertreten«).

4 Die nächsten niedersächsischen Landtagswahlen fanden am 6.5.1951 statt.

Nr. 343

1 Franz *Schlegelberger* (1876–1970), Prof. Dr. jur.; 1931–1945 Staatssekretär im Reichsjustizministerium (1941/42 Ressortchef, ab 1942 im Ruhestand), nach

1933 stellvertretender Präsident der ›Akademie für Deutsches Recht‹, 1947 zu lebenslanger Haft verurteilt (Nürnberger Juristenprozeß), Februar 1951 wegen Haftunfähigkeit entlassen; vgl. Erich *Stockhorst,* Fünftausend Köpfe, S. 381.
2 Seine Entscheidung, auch über zahlreiche andere in diesem Zeitraum an die AHK gerichtete Gnadengesuche (hierfür Belege in AA, Noten an AHK, Bd. 11, 12) gab *McCloy* am 31.1.1951 bekannt.

Nr. 344
1 Ernst *Röchling* (1888–1964), Dipl.-Ing., Dr.-Ing. h.c., Industrieller; ab 1919 in leitender Position bei der Heinrich Lanz AG in Mannheim, ab 1930 im Völklinger Familienunternehmen (vgl. Nr. 67, Anm. 1), dort Leiter des Edelstahlexports, 1948 zu 5 Jahren Gefängnis verurteilt (als »Mittäter« seines Vetters Dr. Hermann *Röchling* [1872–1955], der u. a. wegen des Vorwurfs der Ausplünderung der durch Deutschland okkupierten Gebiete und Errichtung von Arbeitslagern für 7 Jahre inhaftiert worden war), im August 1951 entlassen, ab 1956, nach Aufhebung französischer Zwangsbewirtschaftung der Röchlingschen Eisen- und Stahlwerke, deren Geschäftsführer; vgl. Robert *Wistrich,* Wer war wer im Dritten Reich, S. 223.
2 Am 29.1.1951 teilte *François-Poncet* mit, »daß ich die Unterbringung des Genannten in einer Klinik in Bad Kreuznach angeordnet habe. Ernst Röchling erhält so die bestmögliche Pflege, die sein Gesundheitszustand gegebenenfalls erfordert« (AA, Noten von AHK, Bd. 26).

Nr. 345
1 Der Bruder Adenauers hatte um Hilfe für die Besitzer des auf dem Feldberg im Schwarzwald gelegenen, nach 1945 von den Franzosen für Besatzungszwecke beschlagnahmten Hotels gebeten (»Die Besatzung kommt vorzugsweise zum Skilauf. Jetzt lag alles tot da«).
2 Wegen eines solcher Fälle (Beschlagnahmung des Hotels Margarethenhof im Siebengebirge) hatte sich Adenauer am 20.5.1950 an den britischen Hohen Kommissar *Robertson* gewandt; vgl. AA, Noten an AHK, Bd. 6.
3 Hierzu ausführlich Adenauers zwei Tage zuvor vor dem Bundestag abgegebene Regierungserklärung; vgl. Nr. 341, Anm. 3. – Vgl. a. Nr. 348.
4 Ludwig *Adenauer* (geb. 1902; Sohn August Adenauers), Regierungsrat, später Staatssekretär im nordrhein-westfälischen Innenministerium; vgl. Adenauer, Briefe 1945–1947, S. 563.

Nr. 346
1 Bezieht sich auf einen Rechtsstreit Adenauers mit der Stadt Köln, in dem er sich nach 1945 um Wiedergutmachung für finanzielle Verluste beim Verkauf seines Kölner Wohnhauses nach 1933 bemühte; vgl. Rudolf *Morsey,* Adenauer und der Nationalsozialismus, S. 479-485 und Adenauer, Briefe 1945–1947, S. 595.
2 Curt *Staff* (1901–1976), Prof. Dr. jur.; 1946/47 Abteilungsleiter im Zentral-

justizamt der britischen Zone, 1947–1950 Vorsitzender des Strafsenats beim Obersten Gerichtshof für die britische Zone, danach Präsident des Oberlandesgerichtes Frankfurt/Main, ab 1951 Honorarprofessor an der dortigen Universität; vgl. Heinrich *Potthoff*/Rüdiger *Wenzel*, Handbuch politischer Institutionen und Organisationen, S. 166, 169. – Staff war von *Manstetten* als Richter am Bundesgerichtshof in Karlsruhe empfohlen worden (der Nachfolgeorganisation des zum 30.9.1950 aufgelösten Obersten Gerichtshofes; zu den deswegen im Kabinett gefällten Personalentscheidungen – ohne Berücksichtigung Staffs – vgl. Kabinettsprotokolle, Bd. 2, S. 717f., 754, 760f., 873f., 900 und Joachim Reinhold *Wenzlau*, Der Wiederaufbau der Justiz, S. 320-323).

Nr. 347

1 Hermann *Höpker Aschoff* (1883–1954), 1948/49 Mitglied des Parlamentarischen Rates (FDP), 1949–1951 MdB, 1951–1954 Präsident des Bundesverfassungsgerichtes; weitere biographische Angaben in: Adenauer, Teegespräche 1950–1954, S. 644f.

2 Bezieht sich auf den Artikel »Die kommende Bundesnotenbank« (›Der Volkswirt‹), Nr. 33 [1950], S. 9f.), in dem Höpker Aschoff (1949–1951 Vorsitzender des Bundestagsausschusses für Finanz- und Steuerfragen) zu dem derzeit zwischen Bundesfinanzminister *Schäffer*, den Finanzministern der Länder und der Bank deutscher Länder erörterten Entwurf eines Bundesbankgesetzes Stellung genommen hatte. Seine zentrale Aussage: »Das Grundgesetz verlangt eine Bundesnotenbank, welche nicht nur dem Scheine nach, sondern in Wahrheit eine Institution des Bundes ist – bei der daher dem Bunde ein maßgebender Einfluß auf die Bestellung der Organe zustehen muß ... Hoffentlich kommt der Entwurf nicht mit dem von der Presse gemeldeten Inhalte an den Bundestag. ... [Dieser] wird sich dabei auch als Hüter des Grundgesetztes zu bewähren haben.«

3 Zur Position Schäffers in dieser Frage und zur Diskussion des Gesetzentwurfes im Kabinett vgl. Kabinettsprotokolle, Bd. 2, S. 642, 698, 815, 842, 867f.

Nr. 348

1 Hierzu ein Fernschreiben *Heinemans* an das Sekretariat des Bundeskanzlers: »Wagen wird Freitag gegen zwölf Uhr Schaumburg Palace sein.«

2 Besuch des Adenauer-Freundes in Rhöndorf am 12.11.1950 zum Abschluß eines mehrmonatigen Europa-Aufenthaltes (vgl. Nr. 292, Anm. 1), vor Rückkehr in die USA. Von dort bestätigte Heineman am 26.12.1950 den Empfang dieses außenpolitischen Grundsatzschreibens: » ... ich habe den Inhalt Ihres Briefes zum Wohle aller bestens nutzen können. Ich habe mich in New York mit General Eisenhower lange unterhalten, und er war sehr erfreut, einen besseren Einblick in die deutsche Auffassung und Psychologie zu bekommen. Andere Leute in Washington von Bedeutung haben auch diese selbe Information bekommen, und jedenfalls, so glaube ich, ist der Inhalt Ihres Briefes bei den Verhandlungen in Brüssel diskutiert worden. Ich fand es richtig, auch an van Zeeland und McCloy zu schrei-

ben.« Hierzu ergänzend die Durchschrift eines Heineman-Briefes an den amerikanischen Diplomaten George S. *Messersmith* (1883–1960; biographische Angaben in: Adenauer, Briefe 1947–1949, S. 620) vom 14.12.1950: »You will find herewith an English translation of Adenauer's letter which I promised to send you. I gave a copy to General Eisenhower, who was very much impressed and asked for additional copies. I know that all top people in Washington received copies and that most of them were very interested in seeing these blunt statements which could only have been sent to a friend.«
Zum Vergleich mit der nachfolgend vorgenommenen Analyse sind heranzuziehen: die Erinnerungen Adenauers (Bd. 1, S. 382-392) und seine in diesem Zeitraum geführten Hintergrundgespräche mit Journalisten (Adenauer, Teegespräche 1950–1954, S. 12-33). Dort (S. 608-618) auch ausführliche Angaben zu den angesprochenen internationalen Entwicklungen und Entscheidungen.
3 Bei diesen Ausführungen handelt es sich um den einleitenden Passus eines Aide-mémoire, das Adenauer am 16.11.1950 den Hohen Kommissaren übergab; zu diesem Treffen vgl. Paul *Weymar,* Adenauer, S. 564-566; Konrad *Adenauer,* a.a.O., S. 388-390; Arnulf *Baring,* Außenpolitik in Adenauers Kanzlerdemokratie, S. 125, 395 und Kabinettsprotokolle, Bd. 2, S. 830. Vollständiger Druck des Aide-mémoire in der *McCloy* übergebenen, von diesem an das State Department telegraphierten Form (»Top Secret/Priority [...] Eyes only for Acheson and Byroade [no other distribution to be made on this cable]«): FRUS, 1950, Vol. IV, S. 780-782.

Nr. 349
1 Vgl. Nr. 336 und 307 sowie, unter Hinweis auf diesen Brief, Udo *Wengst,* Staatsaufbau und Regierungspraxis, S. 283.
2 Vgl. Nr. 342, Anm. 3.
3 *Mohammed Reza* Pahlavi (1919–1980), 1941–1979 Schah von Persien (krönte sich 1967 zum Kaiser), 1951–1958 mit Soraya Esfandiari verheiratet, seit 1959 mit Farah Diba.
4 Die Hochzeit fand am 12.2.1951 statt (vgl. AdG, Jg. XXI [1951], S. 2813) – ein deutscher diplomatischer Vertreter in Teheran war zu diesem Zeitpunkt noch nicht ernannt.
5 Am 25.11.1950 willigte *Köhler* dankend in den Vorschlag ein: »Da der Herr Bundespräsident selbst Iran angeregt hat, gehe ich bei meiner Zustimmung zu diesem Vorschlag von der selbstverständlichen Voraussetzung aus, daß der endgültigen Ernennung *dieses* Mal keine Schwierigkeiten mehr erwachsen.« – Die Ernennung kam nicht zustande, Köhler blieb Bundestagsabgeordneter bis 1957.

Nr. 350
1 Diese Rede wie auch eine Antwort *Arnolds* auf das nachfolgende Schreiben ist in StBKAH nicht erhalten. – Nach einem Bericht in der Stadtausgabe der ›Kölnischen Rundschau‹ vom 20.11.1950 (S. 1) hatte der nordrhein-westfälische Mini-

sterpräsident auf dem CDA-Kongreß vom 20.11.1950 u. a. erklärt, »die Remilitarisierung Westdeutschlands sei völlig uninteressant und ebenso sinnlos, wenn nicht zuvor die Völker Europas den Weg zur Einigung, zur geistigen und politischen Übereinstimmung und zur gemeinsamen Verantwortung gefunden hätten. Die Wiederaufrüstung Westdeutschlands wäre ein Spiel mit Zinnsoldaten und würde weder Schutz noch Sicherheit bedeuten, wenn nicht klar und weithin erkennbar wäre, daß es sich um eine Parallelmaßnahme zu den Entscheidungen aller europäischen Völker handele, mit dem einzigen Zweck, die zuvor neu begründete Sozialordnung Europas mit all ihren Werten der Freiheit und abendländischen Gesittung im Falle eines Angriffes zu verteidigen«; vgl. Detlev *Hüwel,* Karl Arnold, S. 273.
Selbst nahm Arnold Bezug auf den Essener Kongreß (mit dem des 30 Jahre zuvor am selben Ort durchgeführten 10. Kongresses der Christlichen Gewerkschaften gedacht worden war, auf dem Adam *Stegerwald* seine zukunftsweisende Forderung nach einer interkonfessionellen Sammlungspartei erhoben hatte) in seiner am 3.12.1950 vor dem Landesparteitag der CDU Rheinland in Duisburg (vgl. Nr. 354, Anm. 2) gehaltenen Rede »Der Auftrag der CDU an Rhein und Ruhr«, in der er Kritik an der Bonner Wirtschaftspolitik übte; Druck: Detlev *Hüwel*/Jürgen *Rosorius* (Hrsg.), Der Politiker Karl Arnold, S. 76-79.
2 Vgl. Nr. 299, Anm. 4.
3 Bezieht sich auf die Rede des Oppositionsführers Kurt *Schumacher* in der Verteidigungsdebatte des Bundestages vom 8.11.1950; vgl. Stenographische Berichte, Bd. 5, S. 3567-3576.

Nr. 351
1 Neben *Blücher* wendet sich Adenauer hier an: Hans *Wellhausen* (1894–1964), Dr. jur., Industrieller und Politiker der FDP, ab 1956 der CSU; 1920–1923 Regierungsrat beim Bremer Senat, 1926–1959 bei der Maschinenfabrik Augsburg-Nürnberg AG (ab 1931 Vorstandsmitglied), 1948/49 Mitglied des Wirtschaftsrates, 1949–1957 MdB (1949–1953 stellvertretender Fraktionsvorsitzender), 1952–1959 Verwaltungsratspräsident der Deutschen Bundesbahn; vgl. Max Gustav *Lange,* Die FDP – Versuch einer Erneuerung des Liberalismus, in: Parteien in der Bundesrepublik, S. 303, 326f., 338-340.
2 Diese 7-seitige kritische Stellungnahme zum derzeitigen Zustand der Bonner Koalitionsregierung hatte Blücher mit persönlichem Begleitbrief vom 21.11.1950 übermittelt, in dem er das Anliegen des partei- und fraktionsoffiziellen Schreibens erläuterte: »Die Fremdheit zwischen der Bundesregierung und dem Volke, die Unkenntnis über die außenpolitischen Grundfragen, die unzulängliche Unterrichtung über das politische Tagesgeschehen – diese Punkte werden immer wieder vorgetragen.... Ich stelle ... bei jedem Gespräch fest, daß die Beunruhigung und auch Verstimmung der letzten Wochen sich sehr verstärkt hat« (StBKAH 12.32). – Zu diesem Vorgang vgl. Udo *Wengst,* Staatsaufbau und Regierungspraxis, S. 268, 294. Vgl. a. Nr. 340.

3 Das Amt des Parlamentarischen Staatssekretärs, nach dem Anschreiben das beste Mittel, »um das Band Regierungsparteien–Regierung fest zu machen«, wurde erst 1967 geschaffen.

4 Ein solches Ressort hatte die FDP gefordert, um – nach ausländischen Vorbildern – die »Liberalisierung sehr viel reibungsloser« durchzuführen und »eine einheitliche, totale und desinteressierte Schau der Bedürfnisse des Außenhandels« zu gewährleisten.

5 Blücher/Wellhausen: »... es sollten alle mit der Versorgung zusammenhängenden Befugnisse auf einen eigenen Versorgungsminister übertragen werden.«

6 Nach StBKAH 04.01 fanden Gespräche Adenauers mit Vertretern der FDP-Fraktion am 30.11., 7.12. und 11.12.1950 statt.

7 Auf der Grundlage des New Yorker Deutschland-Kommuniqués (vgl. Nr. 301, Anm. 2) hatte die AHK am 23.10.1950 dem Bundeskanzler die Auffassung der drei Westmächte mitgeteilt, »daß zu dem Zeitpunkt, in dem die Bundesregierung die Verantwortung für die Pflege ihrer auswärtigen Beziehungen übernimmt, die Lage in bezug auf die Verbindlichkeiten, die ihr in ihren Beziehungen zum Ausland obliegen, geklärt werden müsse« (AA, Noten von AHK, Bd. 25). Mit der Antwort Adenauers vom 6.3.1951 (Bestätigung, daß die Bundesrepublik »für die äußeren Vorkriegsschulden des Dritten Reiches haftet« [a.a.O., Noten an AHK, Bd. 13]) und der Revision des Besatzungsstatuts am 6.3.1951 war die Voraussetzung für die Errichtung des Außenministeriums erfüllt; Druck des Briefwechsels über die Schuldenanerkennung (u. a.): EA, Jg. 6 (1951), S. 3851-3854; vgl. Hermann J. *Abs,* Die Wiederherstellung des deutschen Kredits, in: Hans-Peter *Schwarz* (Hrsg.), Die Wiederherstellung des deutschen Kredits. Das Londoner Schuldenabkommen. Rhöndorfer Gespräche, Bd. 4, Stuttgart–Zürich 1982, S. 15-20. – Vgl. a. Nr. 363.

8 Diesem im September 1950 gebildeten Unterausschuß »Auswärtiger Dienst« gehörte für die FDP deren Abgeordneter Karl Georg *Pfleiderer* an (1899–1957; weitere biographische Angaben in: Adenauer, Teegespräche 1950–1954, S. 705 f.); vgl. Wilhelm *Haas,* Beitrag zur Geschichte der Entstehung des Auswärtigen Dienstes, S. 51.

9 Vgl. Nr. 340, Anm. 1.

10 Theodor *Pfizer* (geb. 1904), Prof. Dr. phil. h.c.; ab 1933 in den Reichsbahndirektionen (u. a.) Frankfurt/Main, Mainz und Stuttgart, 1946–1948 im Verkehrsministerium Württemberg-Baden, 1948–1972 Oberbürgermeister von Ulm.

11 Die Geschäftsordnung der Bundesregierung vom 11.5.1951 wurde am 5.6. 1951 im Gemeinsamen Ministerialblatt der Bundesministerien, Jg. 2, Nr. 15, S. 137-140, veröffentlicht. – Vgl. Kabinettsprotokolle, Bd. 2, S. 172, 205, 780, 808, 892, 901 f. und Udo *Wengst,* a.a.O., S. 247-250.

12 Vgl. Art. 67 GG.

13 Vgl. Art. 65 GG.

14 Vgl. Art. 64 GG.

15 Hierzu war im Anschreiben »auf die dauernden Veröffentlichungen geheimer

Dokumente aus dem Bundeskanzleramt, den Ministerien und den Parlamenten«, u. a. auch auf »eine sehr ernste Affaire« hingewiesen worden, »daß der Bund die Fleischkonserven aus den Staaten, die jetzt eingeführt werden, viel zu teuer bezahlt.«

16 Heinrich *Brand* (1887–1971), 1950 (Februar–Dezember) Bundespressechef, 1950–1955 Regierungspräsident in Aachen; weitere biographische Angaben in: Adenauer, Briefe 1945–1947, S. 705.

17 Zum Ausscheiden Brands und zur Nachfolgeregelung (1950–1952 kommissarischer Leiter des Presse- und Informationsamtes: Fritz *von Twardowski* [1890–1970; weitere biographische Angaben in: Adenauer, Teegespräche 1950–1954, S. 628]) vgl. Horst O. *Walker,* Das Presse- und Informationsamt, S. 125f. – Vgl. a. Nr. 379.

Nr. 352

1 Zu diesem Schreiben an Robert *Lehr* hatten Anlaß gegeben: Wahlkampfvorkommnisse vor den württemberg-badischen Landtagswahlen vom 19.11.1950 (vgl. Nr. 370, Anm. 2), besonders die krawallartigen Störungen bei einer am 4.11. 1950 in Stuttgart gehaltenen Rede Adenauers (hierzu Unterlagen in StBKAH 02.07, 16.06 sowie ein Bericht im ›Rheinischen Merkur‹ vom 11.11.1950, S. 6). Eine anschließende Wahlkampfveranstaltung des Bundesinnenministers hingegen war unter »mustergültige[m] Versammlungsschutz und persönliche[m] Schutz« (Lehr an Adenauer ebenfalls am 24.11.1950) durch die Stuttgarter Polizei durchgeführt worden; dafür hatte sich Lehr – nach ›Die Welt‹ vom 23.11.1950 – telegraphisch bei Oberbürgermeister *Klett* bedankt, deswegen der hier dokumentierte Dissens des Kanzlers mit Lehr. – Ein Hinweis auf diesen Vorgang bei Udo *Wengst,* Staatsaufbau und Regierungspraxis, S. 273.

Nr. 353

1 Dort (S. 169f.) auch Druck des Anschreibens vom 23.11.1950, in dem der DGB-Vorsitzende die Forderung erhoben hatte, daß in der Durchführungsverordnung zum Gesetz Nr. 27 (vgl. Nr. 176, Anm. 1 und Nr. 335, Anm. 2) die Einrichtung paritätisch besetzter Aufsichtsorgane und die Bestellung eines Arbeitsdirektors als vollberechtigtes Vorstandsmitglied »in rechtlich ganz eindeutiger Weise« festgelegt wird. Weiter hatte *Böckler* den Bundeskanzler von einer für den 29./ 30.11.1950 vorgesehenen Urabstimmung in der eisen- und stahlerzeugenden Industrie in Kenntnis gesetzt (in der über 95 % der abgegebenen Stimmen Streikbereitschaft bekundeten; vgl. Theo *Pirker,* a.a.O., S. 187).

2 Hierzu ein Schreiben Adenauers an John J. *McCloy* vom 3.11.1950: »Die Neuordnung der deutschen Kohle-, Eisen- und Stahlindustrie auf einer gesunden und wirtschaftlichen Grundlage ist ein Problem, das nicht nur für das deutsche Volk, sondern auch für das übrige Westeuropa besonders bedeutungsvoll und dringend geworden ist. ... Der bevorstehende Abschluß der Schuman-Plan-Verhandlungen macht die Neuordnung der Kohle-, Eisen- und Stahlindustrie besonders

ders dringlich, auch die Entwicklung der internationalen Lage, die die Erschließung aller vorhandenen Wirtschaftskräfte notwendig macht, fordert eine möglichst sofortige Lösung des Problems« (AA, Noten an AHK, Bd. 11); Druck: Die Neuordnung der Eisen- und Stahlindustrie, S. 415. Vgl. Horst *Thum,* Mitbestimmung, S. 59, 62 und Kabinettsprotokolle, Bd. 2, S. 791.

3 Hierzu die synoptische Darstellung bei Gabriele *Müller-List* (Bearb.), a.a.O., S. 153-161.

4 Dem begegnete Böckler in seiner Antwort vom 11.12.1950 mit einem Hinweis auf Art. 9 Abs. 3 GG, der »den Arbeitnehmern nicht nur das Recht [zugesteht], sich zu vereinigen zur Regelung der Lohn- und Arbeitsbedingungen, sondern auch, um ihren Auffassungen und ihren Interessen entsprechende Wirtschaftsbedingungen zu gestalten« (BA, B 136/725); Druck: Die Quelle, Jg. 2 (1951), H. 2, S. 49f.; Theo *Pirker,* a.a.O., S. 189-191 und Gabriele *Müller-List* (Bearb.), a.a.O., S. 185f. – Die Antwort Adenauers unter Nr. 369.

Nr. 354

1 Zur Vorbereitung des Parteitages der CDU Rheinland (vgl. Anm. 2) war Adenauer am 23.11.1950 im Bundeskanzleramt mit Johannes *Albers,* Franz *Etzel,* Otto *Schmidt,* Hans *Schreiber* und Wilhelm *Warsch* zusammengekommen; vgl. StBKAH 04.01.

2 Parteitag der CDU Rheinland am 2./3.12.1950 in Duisburg, durch den Adenauer im Amt des Landesvorsitzenden bestätigt wurde, dies aber unter dem Vorbehalt baldiger Entlastung durch einen geschäftsführenden Landesvorsitzenden.

3 In diesem Sinne, von diesem Gremium wurde *Johnen* am 20.12.1950 zum geschäftsführenden Vorsitzenden der rheinischen CDU gewählt (»... fast einstimmig ...«, Adenauer an Johnen am 21.12.1950; StBKAH 11.03).

Nr. 355

1 Der Bundesjustizminister hatte Adenauer von einem Schreiben Ernst *Achenbachs* (s. u.) in Kenntnis gesetzt, in dem dieser eine ihm von *Dehler* am 3.11.1950 mitgeteilte Äußerung Adenauers im Kabinett als »objektiv falsch« zurückgewiesen hatte. Ihr zufolge habe er, Achenbach, in der belgischen Presse Artikel lanciert, »die es der belgischen Regierung unmöglich gemacht hätten, zur Verhinderung des Prozesses einzugreifen« (des Prozesses gegen General Alexander *von Falkenhausen* und Eggert *Reeder* [vgl. Nr. 214, Anm. 2], dessen Verteidigung bei Achenbach lag).

2 Ernst *Achenbach* (geb. 1909), Dr. jur., Rechtsanwalt, Diplomat und FDP-Politiker; 1936–1944 im Auswärtigen Dienst, 1940–1943 Leiter der Politischen Abteilung an der Pariser Botschaft, ab 1946 Anwalt in Essen (Verteidiger in den Nürnberger Prozessen), 1950–1958 MdL in Nordrhein-Westfalen, 1957–1975 MdB, 1960–1964 Mitglied des Europarates; vgl. Max Gustav *Lange,* Die FDP – Versuch einer Erneuerung des Liberalismus, in: Parteien in der Bundesrepublik, S. 367f., 370, 373, 398.

3 Den Kabinettsprotokollen (Bd. 2) zufolge sind diese Äußerungen nicht protokolliert worden.

Nr. 356

1 Heinz *Lubbers* (1902–1970), 1948–1953 Chefredakteur des Deutschland-Union-Dienstes, 1951/52 kommissarischer Bundesgeschäftsführer der CDU; weitere biographische Angaben in: Adenauer, Teegespräche 1950–1954, S. 604.

2 In diesem Artikel der ›Ruhr-Nachrichten‹ ausführliche Angaben zu dem öffentlich bekanntgewordenen *Blücher-Wellhausen*-Schreiben an Adenauer vom 17.11.1950 (vgl. Nr. 351, Anm. 2, 4 und 5): »Dieser Vorstoß von seiten eines Koalitionspartners findet in der Bundeshauptstadt starke Beachtung. Er zeigt nach Ansicht parlamentarischer Beobachter eine Krise an, die schon seit längerer Zeit schwelt, nun aber auf Grund der letzten Wahlergebnisse zum Ausbruch gekommen ist. ... Das Churchill-Wort ›Schweiß und Tränen‹ wird im Moment in den Wandelgängen und in den Vorzimmern der Ministerien viel zitiert.«
»... ein unglückliches Mißverständnis in der Redaktion«, so *Lensing* in seiner Antwort vom 4.12.1950, doch könne man »die Linie einer Zeitung nicht aus einzelnen Artikeln oder Überschriften beurteilen. Die Ruhr-Nachrichten gelten in der Öffentlichkeit als eine der zuverlässigsten publizistischen Stützen Ihrer Politik.«

3 Druck einer hierzu erhaltenen Aufzeichnung: Adenauer, Teegespräche 1950–1954, S. 20-23.

Nr. 357

1 *Heuss* hatte am 27.11.1950 die in StBKAH nicht erhaltene »Niederschrift eines meiner Mitarbeiter über das gestrige Gespräch mit Dr. Schumacher [übermittelt], das sehr lange dauerte. Es war auch Ihnen gegenüber mein Bedürfnis, den Wunsch auszudrücken, daß die Berliner Wahlsituation die Parteienproblematik nicht verschärfe.«

2 Ergebnis der Wahlen zum Berliner Abgeordnetenhaus vom 3.12.1950: SPD 44,7 % (= 61 Mandate), CDU 24,6 % (= 34), FDP 23,0 % (= 32). – Auf dieser Grundlage bildete der Regierende Bürgermeister Ernst *Reuter* zum 1.2.1951 einen Allparteiensenat. Vgl. Nr. 360, 371 und 380.

Nr. 358

1 Zu diesem Schreiben an den Bundesfinanzminister (anhand anderer Überlieferung in BA, B 126/51552) ausführliche Angaben in: Kabinettsprotokolle, Bd. 2, S. 862.

2 Zu diesem Termin keine weiterführenden Angaben in StBKAH 04.01, auch keine Bestätigung durch Kabinettsprotokolle, Bd. 2.

3 Zum ›Unkeler Kreis‹, einem im April 1950 gebildeten Sachverständigengremium aus Angehörigen der Koalitionsfraktionen zur Beratung des Lastenausgleichsgesetzes, vgl. Die Lastenausgleichsgesetze, Bd. I/2, S. 10f. und Linus *Kather*, Die Entmachtung der Vertriebenen, Bd. 1, S. 134-144.

4 Am 5.12.1950 (9.30 h) fand zunächst eine »geheime Kabinettssitzung mit den Fraktionsvorsitzenden der CDU, FDP und DP« statt (vgl. StBKAH 04.01), anschließend (11.30 h–13.30 h) eine »allgemeine Kabinettssitzung«, an der ebenfalls die Fraktionsvorsitzenden teilnahmen (vgl. Kabinettsprotokolle, Bd. 2, S. 861f.). Die dort geführte Lastenausgleichs-Diskussion wurde am 6.12.1950 in einer Sondersitzung der Bundesregierung fortgesetzt (vgl. a.a.O., S. 877-879), über deren Ergebnis trotz Geheimhaltungsbeschluß »das Bundeskanzleramt der Presse in einer sehr wenig glücklichen Form mitgeteilt hat, daß im Kabinett eine Übereinstimmung bei der Verabschiedung der Vorlage erzielt worden sei«, so Johannes *Kunze* an Adenauer am 7.12.1950 (StBKAH 10.03). Am selben Tag kam es zu weiteren Besprechungen mit den Fraktionsführern (vgl. StBKAH 04.01), bis schließlich *Schäffer* am 8.12.1950 in einer Pressekonferenz den erzielten Kompromiß (bei weiterhin bestehenden Unstimmigkeiten im Detail) bekanntgeben konnte (Wortprotokoll der Pressekonferenz in: Die Lastenausgleichsgesetze, Bd. I/2, S. 586-596).

Nr. 359

a ‹ › Vom Bearbeiter korrigiert aus »Bayrischer Volkspartei«.

1 Gebhard *Seelos* (1901–1984), 1949–1951 MdB für die BP (Fraktionsvorsitzender), später Botschafter in Griechenland (1959–1961) und Brasilien (1962–1966); weitere biographische Angaben in: Adenauer, Briefe 1947–1949, S. 498f. – Den im nachfolgenden rekonstruierten Kontakt Adenauers zu Seelos am 28.11. 1950 hatte *Strauß* in seinem Anschreiben vom 29.11.1950 auf der Grundlage von Pressemeldungen (» … für die CSU nicht gerade vorteilhafte Schlagzeilen … «) zum Anlaß genommen, »Sie [zu] … bitten, auf jeden Einfluß in der bayerischen Regierungsbildung zu verzichten, da diese Angelegenheit eine innerbayerische Entscheidung ist.«

2 Bayerisches Landtagswahlergebnis vom 26.11.1950: SPD 28,0 % (= 63 Mandate), CSU 27,4 % (= 64), BP 17,9 % (= 39), BHE/DG 12,3 % (= 26), FDP 7,1 % (= 12). – Auf dieser Grundlage bildete der alte und neue Ministerpräsident Hans *Ehard* zum 18.12.1950 eine Koalitionsregierung aus CSU, SPD und BHE/DG.

3 Zweck der Reise (für die der britische Hohe Kommissar *Kirkpatrick* Adenauer sein Privatflugzeug zur Verfügung gestellt hatte; vgl. AA, Noten von AHK, Bd. 26): eine Wahlkampfveranstaltung am 28.11.1950 in der Sporthalle am Berliner Funkturm; hierzu Unterlagen in StBKAH 02.07, 16.06.

Nr. 360

1 Damit wendet sich Adenauer an die Eltern seiner zweiten Frau Gussie: Wilhelmine *Zinsser* geb. *Tourelle* und Ferdinand *Zinsser*; vgl. Adenauer, Briefe 1945–1947, S. 575. – Ihr Anschreiben aus Anlaß des Adenauer-Namenstages (26.11.) ist in StBKAH nicht erhalten.

2 Gemeint ist ein Enkelkind der oben Genannten, die Tochter von Otto *Oertel*

(geb. 1891; Prof. Dr. med.) und Charlotte *Oertel* geb. *Zinsser* (geb. 1897).
3 Vgl. Nr. 357, Anm. 2, Nr. 371 und 380.

Nr. 361
1 Das Anschreiben Ella *Schmittmanns* ist nur in Teilen erhalten, Datum und inhaltlicher Bezug nicht bzw. nur teilweise rekonstruierbar.
2 Anläßlich einer Sitzungsperiode der Beratenden Versammlung des Europarats in Straßburg (17.–24.11.1950) hatten ebenfalls dort zusammengekommene Vertreter zahlreicher Europa-Verbände aus Frankreich, Italien, Deutschland und den Benelux-Ländern weitreichende Forderungen nach Beschleunigung der europäischen Zusammenarbeit in politischer, militärischer und diplomatischer Hinsicht erhoben. Hierzu, zur Unterstützung der Initiative durch Ella Schmittmann und zu den abwartenden, z. T. abwehrenden Reaktionen hierauf vgl. die Berichterstattung des ›Rheinischen Merkur‹ in diesem Zeitraum (18.11.1950, S. 2; 2.12. 1950, S. 1).
3 Hierzu das Anschreiben: »... daß nunmehr in Frankfurt ein deutscher UNESCO-Ausschuß gebildet worden ist. ... wird, wie es heißt, von der Bundesregierung finanziert, die darin durch einen Vertreter der Kulturabteilung des Innenministeriums und der Außendienststelle des Bundeskanzleramtes vertreten ist«; vgl. Anm. 4.
4 Paulus *Lenz-Médoc* (geb. 1903), Prof. Dr. phil., Philosoph, Germanist und Romanist; vor 1933 Generalsekretär des ›Friedensbundes deutscher Katholiken‹, 1933 nach Frankreich emigriert, Lehrtätigkeit an der Sorbonne, nach 1945 Mitarbeiter der Zeitschrift ›Hochland‹; vgl. Biographisches Handbuch, Bd. 1, S. 432.
5 Diese Sondierung erfolgte über Walter *Hallstein,* der in einer in Paris angefertigten Aktennotiz vom 17.12.1950 davon abriet, »jetzt noch einen Vertreter des Deutschen Ausschusses für UNESCO-Arbeit zu bestellen«, da ohnehin die Aufnahme Deutschlands in die UNO-Sonderorganisation bevorstehe. – Den Antrag der Bundesregierung auf Aufnahme in die UNESCO hatte Adenauer am 1.12. 1950 an deren Generaldirektor Jaime Torres *Bodet* gerichtet (vgl. AA, Noten an AHK, Bd. 12); gebilligt wurde die Aufnahme am 14.3.1951 (vgl. EA, Jg. 6 [1951], S. 3872).

Nr. 362
1 Hierzu hatte sich der älteste Adenauer-Sohn am 29.11.1950, noch vor dem Landesparteitag der CDU Rheinland (vgl. Nr. 354, Anm. 2), an seinen Vater gewandt: »... nehme an, daß Du ... es verhindern kannst, daß ein so einseitig festgelegter Mann wie Albers, der von der gesamten Wirtschaft und weiten Kreisen des Bürgertums abgelehnt wird, geschäftsführender Vorsitzender wird.« (Johannes Albers wurde in Duisburg im Amt des stellvertretenden Landesvorsitzenden bestätigt; vgl. StBKAH 11.01).
2 Zu *Rheinfels* konnte lediglich dessen Funktion als Geschäftsführer des im Oktober 1949 gegründeten Wirtschaftsausschusses der CDU Rheinland nach-

gewiesen werden (in dieser Eigenschaft schrieb ihn Adenauer ebenfalls am 6.12. 1950 an; StBKAH 10.21). Vgl. Konrad *Adenauer* jun., Im Dienste der sozialen Marktwirtschaft, in: Kraft einer Idee. 20 Jahre CDU Rheinland, Recklinghausen 1965, S. 57.

3 Zu *Andree* konnten keine Angaben ermittelt werden; Korrespondenz mit Adenauer oder Gesprächstermine bei ihm sind in StBKAH nicht nachweisbar.

4 Im unmittelbaren Zusammenhang hiermit äußerte sich Adenauer ebenfalls am 6.12.1950 vor dem in Bonn tagenden Parteiausschuß der CDU-Bundespartei skeptisch über den niederländischen Vorschlag zur Einsetzung eines Hohen Kommissars für die Eingliederung deutscher Einheiten in eine gemeinsame westliche Armee; hierzu eine Meldung der ›Neuen Zeitung‹ vom 7.12.1950 und EA, Jg. 6 (1951), S. 3647.

5 Im mittelbaren Zusammenhang hiermit steht eine dpa-Meldung vom 7.12. 1950: »Die beiden CDU-Abgeordneten Dr. Kiesinger und [Heinrich] Gerns planen, in die Schweiz zu reisen, um dort das Schweizer Milizsystem, insbesondere Fragen der Wehrverfassung zu studieren. Sie haben einen, allerdings nicht offiziellen, Auftrag vom Bundeskanzler« (StBKAH 11.03).

Nr. 363

1 *Schäfer* hatte am 6.12.1950 über die tags zuvor im Bundestagsausschuß für Besatzungsstatut und auswärtige Angelegenheiten geführten Beratungen »zur Frage der Anerkennung der deutschen politischen Schulden« berichtet; ein Beschluß sei zurückgestellt worden bis zur Vorlage weiteren Materials und »Hinzuziehung von Experten auch aus dem Finanz- und ERP-Ministerium«.

2 Vgl. Nr. 351, Anm. 7. – Zur Diskussion der Auslandsschulden-Problematik in diesem Zeitraum vgl. Kabinettsprotokolle, Bd. 2, S. 810-812, 832-835, 863-865, 901 (Hinweis auf das Ausschuß-Votum), 911.

Nr. 364

1 Hierzu konnte eine schriftliche Stellungnahme *Holzapfels* nicht nachgewiesen werden. Vgl. Nr. 377.

2 Vorstandssitzung der CDU-Bundespartei am 5.12.1950 in Bonn; vgl. StBKAH 04.01.

Nr. 365

1 Hierzu u. a. ein in StBKAH 11.03 erhaltenes Schreiben des CDU-Kreisverbandes Wiesbaden an Adenauer vom 22.11.1950.

2 Ergebnis der hessischen Landtagswahlen vom 19.11.1950: SPD 44,6 % (= 47 Mandate), FDP/BHE 31,8 % (= 21), CDU 18,8 % (= 12). – Auf dieser Basis bildete Georg August *Zinn* zum 10.1.1951 eine SPD-Regierung.

3 Laut StBKAH 04.01 fanden die nächsten Besprechungen Adenauers mit dem CDU/CSU-Fraktionsvorsitzenden am 11.12., 12.12. und 20.12.1950 statt.

Nr. 366
1 Paul *Siebertz,* Gottlieb Daimler. Ein Revolutionär der Technik, Stuttgart [4]1950. – Zusammen mit der genannten Dokumentation war diese Biographie aus Anlaß des 50. Todestages des Ingenieurs und Mitbegründers der Daimler-Benz AG, Gottlieb *Daimler* (1834–1900), neu aufgelegt und »im November 1950« von der Firmenleitung Adenauer übermittelt worden.
An weiterem Schriftverkehr ist ein Schreiben vom 6.2.1951 erhalten, mit dem sich der Kanzler für die leihweise Überlassung eines Mercedes-Benz »Innenlenker Typ 170 S« bedankte, »der in seiner Schnelligkeit, Dauerhaftigkeit und Ausstattung wohl mit zu den besten Personenkraftwagen gehört, die unsere deutsche Industrie heute herstellt« (StBKAH 10.05).

Nr. 367
1 Vgl. Nr. 301, Anm. 2.
2 Die Ernennung *Blanks* war nach öffentlicher Ankündigung am 28.10.1950 (Mitteilung des Presse- und Informationsamtes der Bundesregierung Nr. 929/50) am 8.11.1950 erfolgt und am 16.11.1950 der AHK bereits mündlich mitgeteilt worden; vgl. FRUS, 1950, Vol. IV, S. 783. – Vgl. a. Konrad *Adenauer,* Bd. 3, S. 71; Arnulf *Baring,* Außenpolitik in Adenauers Kanzlerdemokratie, S. 28-31; Udo *Wengst,* Staatsaufbau und Regierungspraxis, S. 190-192; Roland G. *Foerster,* Innenpolitische Aspekte der Sicherheit Westdeutschlands, S. 569 f. und Kabinettsprotokolle, Bd. 2, S. 820.

Nr. 368
1 Diese Rede *Schumans* konnte nicht nachgewiesen werden. – Äußerungen ähnlicher Tendenz am 12.12.1950 vor der französischen Nationalversammlung (»... wünschen wir nicht, daß deutsche Einheiten zu irgendeinem Moment, auch nicht vorübergehend, zur Verfügung einer deutschen Regierung stehen«) in: AdG, Jg. XX (1950), S. 2710 und EA, Jg. 6 (1951), S. 3649. Vgl. Rudolf *Mittendorfer,* Robert Schuman, S. 313-315.
2 Zur »Verkoppelung der Verteidigungskomplexe mit dem Schuman-Plan« in der Beurteilung Adenauers vgl. Norbert *Wiggershaus,* Die Entscheidung für einen westdeutschen Verteidigungsbeitrag, S. 399.
3 In diesem Sinne äußerte sich Adenauer auch in einem am selben Tage Joseph *Kingsbury-Smith* gegebenen Interview zu dem am 6.12.1950 vom französischen Ministerrat gebilligten Kompromißvorschlag beschränkter Verwendung deutscher Truppen in der atlantischen Armee; Wortlaut des Interviews in StBKAH 16.06. Vgl. Konrad *Adenauer,* Erinnerungen, Bd. 1, S. 394 f. und seine hierzu am 8. und 15.12.1950 geführten Teegespräche (1950–1954, S. 24-30).
4 Nach diesem Artikel »Ein Nein Bonns zu den alliierten Beschlüssen über den deutschen Verteidigungsbeitrag?« werde es »[i]m Bundeskanzleramt für politisch nicht tragbar gehalten ..., vom Parlament die Zustimmung für die Bildung deutscher Kontingente zu erhalten, wenn dies [Vorenthaltung schwerer Waffen, statt

Divisionen nur Brigaden] die Kernstücke der Anfrage werden sollen, die von den Alliierten bezüglich der deutschen Beitragsleistung zu erwarten ist.«

5 Ein Hinweis auf dieses Gespräch mit *McCloy* in: Adenauer, Teegespräche 1950–1954, S. 615.

Nr. 369

1 Vgl. Nr. 353, Anm. 1 und 4.

2 Die nachfolgenden beiden Absätze dieses Briefes verlas Adenauer in einer am 14.2.1951 vor dem Bundestag abgegebenen Grundsatzerklärung zur Mitbestimmung in der Montanindustrie; vgl. Stenographische Berichte, Bd. 6, S. 4431 f. und Adenauer-Reden, S. 221.

3 Hierzu die Antwort *Böcklers* vom 29.12.1950: »... ist es nicht richtig, hinsichtlich der Mitbestimmung von den Gewerkschaften als einer organisierten Minderheit zu sprechen, denn in den entscheidenden Industrien gehört weitaus die Mehrzahl der Arbeitnehmer den Gewerkschaften an. Überdies bitte ich zu bedenken, daß die von den Gewerkschaften vertretenen Arbeitnehmer ausnahmslos durch ihre Arbeit der Gesamtheit des Volkes dienen. Wieviele aber der von Ihnen angenommenen Mehrheit haben sich in der Vergangenheit aufs schwerste an den allgemeinen Interessen des Volkes vergangen und tun dies noch heute? Die Stimmen sollten deshalb nicht nur gezählt, sondern auch gewogen werden«; Druck: Theo *Pirker,* a.a.O., S. 193-195 und Gabriele *Müller-List* (Bearb.), a.a.O., S. 193 f.

Nr. 370

1 Ernst *Mayer* (1901–1952), Journalist und liberaler Politiker; bis 1933 Redakteur verschiedener Tageszeitungen, zuletzt Chefredakteur des DDP/DStP-nahen ›Neuen Albboten‹, 1933 inhaftiert, 1935 mit Berufsverbot belegt, 1945 Mitbegründer der LDP in Sachsen, ab Dezember 1945 Landesgeschäftsführer, später Generalsekretär der DVP in Württemberg-Baden, ab 1948 im FDP-Bundesvorstand (Generalsekretär), Herausgeber des FDP-Organs ›Das neue Vaterland‹; vgl. Friedrich *Henning* (Hrsg.), Theodor Heuss: Lieber Dehler!, S. 194 und die zahlreichen Angaben bei Heinz-Dietrich *Fischer,* Parteien und Presse.

2 Bezieht sich auf die Regierungsbildung in Württemberg-Baden nach den dortigen Landtagswahlen vom 19.11.1950; deren Ergebnis: SPD 33,0 % (= 34 Mandate), CDU 26,3 % (= 28), FDP/DVP 21,0 % (= 22), DG/BHE 14,7 % (= 16). – Auf dieser Basis bildete der alte und neue Ministerpräsident Reinhold *Maier* zum 11.1.1951 eine Koalitionsregierung aus FDP/DVP und SPD. Vgl. Nr. 379 A.

3 Nach einem ebenfalls in StBKAH 12.32 erhaltenen, vervielfältigten Redemanuskript (o. D.) und den Anstreichungen Adenauers hierin nahm der Kanzler besonders Anstoß an diesen Passagen: »Es ist eine politische Leistung, welche Achtung abnötigt, wenn einem Mann, der auf das Bundeskanzleramt zustrebt, die Dinge so gelingen, daß der Sitz der Bundesregierung einige Kilometer von seinem eigenen Wohnhaus entfernt plaziert und er mit einer Stimme Mehrheit

tatsächlich Bundeskanzler wird. ... Was [in diesen Wochen geschah], war ... Einmann-Kanzlerpolitik.« Vgl. Nr. 395 und 400.

4 In den Protokollen der Plenarsitzungen des Bundesrates in diesem Zeitraum sind derartige Äußerungen nicht nachzuweisen.

5 Adenauer bezieht sich hier auf eine Pressemitteilung der DP (o. D.), derzufolge der stellvertretende Landesvorsitzende der FDP in Niedersachsen, Winfried *Hedergott* (geb. 1919), in einer öffentlichen Versammlung »den bisher verfolgten Weg der Regierungsparteien ... als die Politik der Panik« bezeichnet hatte, »die nur ins Verderben führen kann. ... In Bonn herrscht ein Ausmaß von Ahnungslosigkeit, dessen Folge ein Tauziehen um die Remilitarisierung ist!«

Nr. 371

1 Der AEG-Vorstandsvorsitzende hatte in seinem Anschreiben vom 10.12.1950 die Aufstellung eines Tonbandgerätes »einschließlich des dazugehörigen Radio-Supers« in Rhöndorf angekündigt, dies als Geschenk seiner Firma zum 75. Geburtstag Adenauers (5.1.1951).

2 Vgl. Nr. 357, 360 und 380.

3 Ludwig *Königsheim* (1901–1964), Industrieller; ab 1928 bei der AEG, nach 1945 deren Vorstandsmitglied, kaufmännischer Chef der Fabrikenleitung in Frankfurt/Main.

Nr. 372

1 Welcher Art die »Anregung« des französischen Außenministers war, konnte nicht ermittelt werden. Möglicherweise bezieht sich Adenauer auf mündliche Mitteilungen *François-Poncets* anläßlich der am 14.12.1950 geführten Verhandlungen mit der AHK über Fragen des Verteidigungsbeitrags und der Revision des Besatzungsstatuts. Hierzu vgl. Paul *Weymar,* Adenauer, S. 572f.; Konrad *Adenauer,* Erinnerungen, Bd. 1, S. 396f. und Adenauer, Teegespräche 1950–1954, S. 27. – Vgl. a. Nr. 368.

2 Damit angesprochen: die Außenministerkonferenz der drei Westmächte am 18./19.12.1950 in Brüssel, an der auch die Hohen Kommissare teilnahmen; Druck des Kommuniqués: EA, Jg. 6 (1951), S. 3639. Vgl. Konrad *Adenauer,* a.a.O., S. 396 und Adenauer, Teegespräche 1950–1954, S. 27f.

Nr. 373

1 *François-Poncet* teilte am 23.12.1950 mit: »Aus Anlaß des Weihnachtsfestes habe ich eine ganz besonders wohlwollende Prüfung der Gnadenakte der von den Besatzungsgerichten verurteilten Personen vorgenommen. Ich beehre mich, Ihnen mitzuteilen, daß ich mit Wirkung vom 15. Dezember an die Freilassung von 123 Gefangenen angeordnet habe und mit Wirkung vom 24. Dezember an die Freilassung von 71 weiteren Gefangenen. Außerdem habe ich die Strafen von 31 weiteren Verurteilten herabgesetzt« (AA, Noten von AHK, Bd. 26). Vgl. Nr. 152.

Nr. 374

1 Georg *Dertinger* (1902–1968; 1949–1953 Außenminister der DDR; weitere biographische Angaben in: Adenauer, Teegespräche 1950–1954, S. 641f.) hatte in einem am 11.12.1950 mit dem Berliner Korrespondenten der niederländischen Tageszeitung ›De Volkskrant‹ geführten Interview die im Grotewohl-Schreiben vom 30.11.1950 enthaltenen Vorschläge für einen paritätisch besetzten »Gesamtdeutschen konstituierenden Rat« aufgegriffen und weiterentwickelt. Nach Behandlung des Themas im Kabinett (vgl. Kabinettsprotokolle, Bd. 2, S. 914) und anschließenden Pressemeldungen über die Position des Bundeskanzlers hatte sich *Kaiser* am 22.12.1950 besorgt darüber an Adenauer gewandt, »daß Sie ... es wohl doch für zweckdienlich erachteten, zunächst über Rückfragen an Dertinger zu einer Fühlungnahme mit der anderen Seite zu kommen«; Teildruck des Schreibens: Erich *Kosthorst,* Jakob Kaiser, S. 215. – Druck des Grotewohl-Schreibens (u. a.): Konrad *Adenauer,* Erinnerungen, Bd. 2, S. 33f. Zur Beurteilung durch Adenauer vgl. a.a.O., S. 38-42 sowie seine Teegespräche 1950–1954, S. 28f.

2 Kaiser in seiner noch am 23.12.1950 gegebenen Antwort: »Unmöglich erschien und erscheint mir ... der Weg, drittrangige Werkzeuge der Sowjetpolitik, die wirklich nur zu primitiven Täuschungszwecken benutzt werden, durch Repräsentanten der Bundesregierung ansprechen zu lassen und damit de facto vor der Öffentlichkeit ihre offizielle Anerkennung zu dokumentieren« (BA, NL Kaiser, vorl. Nr. 224). Vgl. Nr. 381, Anm. 2.

Nr. 375

1 Dort (S. 61) auch Druck des Antwortschreibens des sozialdemokratischen USA-Emigranten vom 1.1.1951 (5 Tage vor seinem Tod), das die Bearbeiterin seines Nachlasses, Ulrike *Nyassi,* »eine Art Vermächtnis« nennt: »Ich hätte politisch viel auf dem Herzen und weiß, daß ich noch immer klar denke, aber physisch geht es zu Ende. Es bleibt mein Wunsch, daß sich in Deutschland ein Zwei-Parteien-System entwickeln möge. Das ist durchaus möglich, wenn die sehr vielgestaltigen Gruppen, die in Ihrer Partei leidlich zusammenarbeiten, sich ein paar ganz großen Notwendigkeiten unterwerfen lernen. Dasselbe ist wahr für meine eigne Partei. Dogmen gehören in die Religion und nicht in den politischen, sozialen und wirtschaftlichen Tageskampf. Nun leben Sie wohl. Ich empfinde es tragisch, daß ich jetzt gehen muß, denn jetzt würde ich, wenn der 3. Weltkrieg vermieden wird, in einer Atmosphäre haben wirken können, wie man sie zu einer Freundschaft zwischen den Vereinigten Staaten und Deutschland braucht« (StBKAH 10.19). Hierzu das Faksimile auf S. 330.

2 Adenauer stützt sich hier auf eine Information der ebenfalls 1933 in die USA emigrierten Sozialwissenschaftlerin und Kölner Kommunalpolitikerin Hertha *Kraus* (1897–1968; weitere biographische Angaben in: Adenauer, Briefe 1945–1947, S. 546), die in ihren »Weihnachtsgrüßen« (o. D.) gefragt hatte: »Wissen Sie von Sollmanns hoffnungsloser Erkrankung? Er ist nahe dem Ende, Magenkrebs« (StBKAH 10.04).

3 Anna Katharina *Sollmann* (1883–1972). Aus dem an sie gerichteten Beileidsschreiben Adenauers vom 19.1.1951: »Ich habe in gemeinsamer Arbeit Ihren Mann sehr schätzen gelernt. Meine Hochachtung für ihn hat sich bei den Besuchen, die er nach dem Krieg Deutschland abgestattet hat, wenn möglich noch erhöht. Ich weiß, was Sie und Ihre Tochter an ihm verloren haben und nehme an Ihrem Verlust herzlich Anteil. Ich werde Ihrem Mann ein gutes Andenken bewahren« (StBKAH 10.19).

Nr. 376

1 Zu *Hellwig* konnten keine biographischen Angaben ermittelt werden.

2 Hierin Kritik an den Plänen für einen deutschen Verteidigungsbeitrag: »Sie können einem Volke, das sich soeben vom Krankenbett erhoben hat, nicht das Gewehr umhängen. ... Nur äußerlich wehrlos können wir eine Idee vertreten. Wer mit Fäusten seine Idee, seine geistige Heimat, sein Gewissen verteidigen will, beraubt sich selbst jeder Glaubwürdigkeit.«

Nr. 377

1 *Gerstenmaier* hatte in diesem auch Heinrich *von Brentano* durchschriftlich zugeleiteten Schreiben dem stellvertretenden CDU-Bundesvorsitzenden vorgehalten, »daß ich es, ... für einen ernsten Fehler halten würde, jetzt von unserer Seite mit Niemöller wieder zu verhandeln. ... Die Erfahrung hat gezeigt, daß ein Ausgleich zwischen der CDU und Niemöller in keiner Weise zu erzielen ist. ... Niemöller hat sich auf die SPD festgelegt, soll er dabei bleiben, ja darauf festgenagelt werden.«

2 Vgl. Nr. 364.

3 Arnold *Fratzscher* (geb. 1904), 1946–1968 Generalsekretär des CDU-Landesverbandes Hannover bzw. Niedersachsen; weitere biographische Angaben in: Adenauer, Briefe 1945–1947, S. 660f.

Nr. 378

1 Vgl. Gabriele *Müller-List* (Bearb.), Montanmitbestimmung, S. LVIII.

2 Hierzu auch das Anschreiben des Bundespräsidenten vom 28.12.1950 im Anschluß an Gespräche mit Arbeitgebervertretern »kurz vor Weihnachten«, mit einer DGB-Delegation am 27.12.1950: »Beide Male ging das Gespräch etwas auf die Pointe, Sie, Herr Bundeskanzler, möchten die Leute doch noch einmal an den runden Tisch rufen. In meiner Sylvesteransprache habe ich den Komplex selber vorbereitet und ihn jetzt noch etwas in dieser Richtung abgetönt.« (Druck dieser Ansprache des Bundespräsidenten: Ralf *Dahrendorf*/Martin *Vogt* [Hrsg.], Theodor Heuss. Politiker und Publizist, S. 401-407; vgl. bes. S. 401f.).

3 Hierzu vgl. Peter Joseph *Hasenberg* (Bearb.), Quellen zur Geschichte Kölns, S. 37f. – Druck des Ehrenbürgerbriefes für Adenauer (nach Original in StBKAH): Konrad Adenauer. Seine Zeit – sein Werk, S. 312f. Wortlaut der aus Anlaß der Verleihung gehaltenen Rede in StBKAH 02.08. Vgl. Nr. 382, Anm. 3.

4 *Heuss* hatte angeregt: »Entweder komme ich einmal zu Ihnen herüber, um mich am Palais Schaumburg, das ich noch nie betrat, zu erfreuen, oder Sie sehen sich an, was wir aus dem Kasten der ›Villa Hammerschmidt‹ gemacht haben.« – Adenauer besuchte Heuss am 3.1.1951; vgl. StBKAH 04.02.

Nr. 379

1 Der FDP-Generalsekretär hatte in diesem Schreiben Vorschläge der FDP-Bundestagsfraktion für die Umgestaltung des Presse- und Informationsamtes unterbreitet. Mängel in der Selbstdarstellung der Bundesregierung seien u. a. auf »die verhältnismäßig reichliche Ausstattung der Abteilung ›Ausland‹ und die geradezu kümmerliche Besetzung der Abteilung ›Inland‹, vor allem aber das Mißverhältnis des mit Verwaltungsaufgaben beauftragten und des der eigentlichen Funktion des Amtes dienenden Personenkreises« zurückzuführen: »›Bonn könnte genau so gut in Tibet liegen‹« (StBKAH 10.04).

2 Aus Kreisen der FDP-Fraktion wurde Adenauer in den folgenden Wochen deren Mitglied Wilhelm *Nowack* (geb. 1897; Dr. rer. pol., 1949–1952 MdB, 1951–1958 Finanzminister von Rheinland-Pfalz) als neuer Bundespressechef vorgeschlagen (hierzu Korrespondenz mit Franz *Blücher* und Nowack selbst in StBKAH III/21, 10.05). Bedenken gegen diese Kandidatur, »ob es überhaupt richtig und zulässig ist, einen Abgeordneten in irgend eine Verwaltungsdienststelle einzuplanen«, äußerte am 2.2.1951 Heinrich *von Brentano* (StBKAH III/38). – Vgl. Nr. 351, Anm. 17.

3 Vgl. Nr. 224.

Nr. 379 A

1 Antwort auf das Adenauer-Schreiben vom 15.12.1950 (vgl. Nr. 370), mit der *Mayer* das Votum seiner Partei für das Verbleiben Reinhold *Maiers* im Amt des württemberg-badischen Ministerpräsidenten begründet hatte: »... ist und war immer eine der zuverlässigsten Stützen unserer gemeinsamen Bonner Politik, die von Ihrem Parteifreund Arnold eine so bitterböse Zensur erfahren hat. ... Nach dem verunglückten Experiment in Nordrhein-Westfalen, der Regierungsbildung in Bayern und angesichts des Verhaltens Ihrer Freunde hier, muß ich Sie, weil ich mich mit Ihnen in der Grundauffassung einig fühle, herzlich bitten, den Appell zur Einigkeit der Bonner Koalitionsparteien vor allem auch und sehr eindringlich an Ihre hiesigen Freunde zu richten!«

2 Bei den württemberg-badischen Landtagswahlen vom 24.11.1946 hatte die CDU 38,4 % erzielt (SPD 31,0 %, FDP/DVP 19,5 %); vgl. Nr. 370, Anm. 2.

3 Vgl. a.a.O., Anm. 3.

4 Die erste CDU/CSU-Fraktionssitzung nach der Weihnachtspause fand am 8.1.1951 statt; vgl. StBKAH 04.02.

Nr. 380

1 Zuvor, am 7.1.1951, hatte *Spennrath* ebenfalls telegraphisch die Auffassung »weiteste[r] Kreise verantwortungsbewußter, urteilsfähiger und selbstloser Männer der Berliner Wirtschaft« übermittelt, die »in der Großen Koalition unter Führung von Reuter die einzige mögliche Lösung« der schwierigen Berliner Regierungsbildung sähen; vgl. Nr. 357, Anm. 2. – Zur Information und Vermittlung schaltete Adenauer ebenfalls am 8.1.1951 den Bundesbevollmächtigten in Berlin, Heinrich *Vockel,* ein, der am 10. und 12.1.1951 ausführlich über seine Versuche berichtete, eine Koalition aus SPD, CDU und FDP herbeizuführen (StBKAH 12.40).

Nr. 381

1 Hermann *Ehlers* (1904–1954), Dr. jur., führender protestantischer CDU-Politiker; 1930–1933 Mitglied der Reichsleitung des Bundes Deutscher Bibelkreise, ab 1935 Mitglied im geschäftsführenden Ausschuß des Bundesrates der Evangelischen Kirche der Altpreußischen Union, gehörte der Bekennenden Kirche an, 1936–1939 Gerichtsassessor, ab 1945 Synodalmitglied der EKD, juristisches Mitglied des Evangelisch-Lutherischen Oberkirchenrates in Oldenburg, dort ab 1946 in der CDU, 1949–1954 MdB, 1950–1954 Bundestagspräsident, 1952–1954 Landesvorsitzender der CDU Oldenburg und stellvertretender Vorsitzender der Bundespartei; vgl. Weert *Börner,* Hermann Ehlers und der Aufbau einer parlamentarischen Demokratie in Deutschland, Bonn 1967 und den biographischen Aufsatz von Gotthard *Jasper* in: Walther L. *Bernecker*/Volker *Dotterweich* (Hrsg.), Persönlichkeit und Politik, Bd. 1, S. 105-112.

2 Lothar *Kreyssig* (geb. 1898), Dr. jur.; 1928–1937 Landgerichtsrat in Chemnitz, 1937–1940 Amtsgerichtsrat in Brandenburg, gehörte der Bekennenden Kirche an, 1946–1964 Präses der Provinzialsynode der Evangelischen Kirche in Sachsen, ab 1949 Ratsmitglied der EKD; vgl. Lothar *Gruchmann,* Ein unbequemer Amtsrichter im Dritten Reich. Aus den Personalakten des Dr. Lothar Kreyssig. Dokumentation, in: VfZ, Jg. 32 (1984), S. 463-488. Vgl. a. Heinrich *Potthoff*/Rüdiger *Wenzel,* Handbuch politischer Institutionen und Organisationen, S. 426, 428 und Diether *Koch,* Heinemann und die Deutschlandfrage. Dort (S. 243 f.) auch ein Hinweis auf seine hier angedeutete Funktion als EKD-»Sonderkurier«, der im Zuge der Diskussion um den Grotewohl-Brief (vgl. Nr. 374, Anm. 1) den Kanzler über östliches Entgegenkommen informierte. – Laut StBKAH 04.02 hatte dieses Gespräch am 9.1.1951 stattgefunden, ein zweites kam am 13.1.1951 zustande (nachdem Ehlers »Herrn Kreyssig in Berlin telefonisch erreicht und ihn veranlaßt [hatte], nicht nach Bonn zu kommen«; Antwortschreiben des Bundestagspräsidenten vom 12.1.1951).

Nr. 382

1 Von dort wurde am selben Tag um 11.45 h ebenfalls telefonisch die Antwort durchgegeben, »daß am Freitag zu der Besprechung nunmehr nur die Herren

Dr. Böckler, Dr. Deist, Herr vom Hoff, Herr Schmid[t] und Herr Freitag kommen würden«; s. u.

2 Besprechung (anfangs im Beisein des Bundeskanzlers) führender Kohle- und Stahlindustrieller mit der o.g. DGB-Delegation (ohne *Schmidt,* für ihn: Heinrich *Imig* vom Vorstand der IG-Bergbau) über Mitbestimmungsfragen; Druck zweier hierzu erhaltener Aufzeichnungen: Gabriele *Müller-List* (Bearb.), Montanmitbestimmung, S. 237-242. Dort (S. 229-234) auch Druck eines besonders für die Position Adenauers aufschlußreichen Protokolls über direkte Verhandlungen DGB–Bundeskanzler am 18.1.1950.

3 Besprechung Adenauer–Böckler am 11.1.1951 in Bonn, bei der beide Einigkeit darüber erzielten, »daß versucht werden soll, schnellstens eine befriedigende Lösung der Schwierigkeiten zu finden« (Pressemitteilung in StBKAH 12.50); vgl. Paul *Weymar,* Adenauer, S. 579-584; Horst *Thum,* Mitbestimmung, S. 79 und Gabriele *Müller-List* (Bearb.), a.a.O., S. LX. – Vgl. a. Nr. 378, Anm. 2.

4 Heinrich *Deist* (1902–1964), Dr. rer. pol., Wirtschaftsprüfer und SPD-Politiker; 1931–1933 im preußischen Innenministerium, danach kaufmännische und treuhänderische Tätigkeit, ab 1941 Wirtschaftsprüfer, ab 1949 Vertrauensmann der Gewerkschaften in der Stahltreuhändervereinigung, ab 1951 Aufsichtsratsvorsitzender des Bochumer Vereins für Gußstahlfabrikation AG, 1953–1964 MdB; vgl. Walter *Vogel,* Westdeutschland, T. II, S. 249, 251, 254.

5 August *Schmidt* (1878–1965), führender Gewerkschaftsfunktionär; 1909–1933 im Freien Deutschen Bergarbeiterverband (ab 1918 Vorstandsmitglied, ab 1928 2. Vorsitzender), nach 1933 Leiter einer Brotverkaufsstelle, 1946–1953 Vorsitzender der IG Bergbau (erst in der britischen Zone, dann auf Bundesebene); vgl. seine Erinnerungen: Lang war der Weg, Bochum 1958.

6 Walter *Freitag* (1889–1958), führender Gewerkschaftsfunktionär und SPD-Politiker; 1920–1930 Bezirksleiter des Deutschen Metallarbeiterverbandes, 1932/33 MdL in Preußen, 1933/34 in den Konzentrationslagern Neusystrum und Lichtenberg, 1946–1949 Landrat des Ennepe-Ruhr-Kreises, 1947–1950 MdL in Nordrhein-Westfalen, 1947–1952 Vorsitzender der IG Metall (erst in der britischen Zone, dann auf Bundesebene), 1949–1953 MdB, 1952–1956 DGB-Bundesvorsitzender; vgl. den biographischen Aufsatz in: Gerhard *Beier,* Schulter an Schulter, Schritt für Schritt, S. 59-65.

7 Hierzu ein Aktenvermerk Günter *Henles* über ein Gespräch Adenauers mit Vertretern der Kohle- und Eisenindustrie am 17.1.1951 in Bonn; Druck: Gabriele *Müller-List* (Bearb.), a.a.O., S. 227f.

Nr. 383

1 Hierin der Wunsch, »que nous ayions l'occasion de nous rencontrer prochainement et puissions reprendre, pour les elargir, nos conversations de Bonn du printemps dernier«; vgl. Nr. 254, Anm. 1.

2 *Monnet,* geboren in der französischen Stadt Cognac, nutzte seine Kontakte und Korrespondenz mit Adenauer häufiger, um ihm Erzeugnisse des Familienunternehmens ›Société de Propriétaires vinicoles de Cognac‹ zu übersenden.

Nr. 384
1 Der Graphiker und Portraitist Rudolf *Müller-Graefe* fertigte 1950/51 eine Kohlezeichnung Adenauers an, deren Original in StBKAH erhalten ist. – Eine Empfehlung für den Künstler hatte am 5.10.1950 Heinrich *von Brentano* an Adenauer gerichtet (»Er hat bereits Bilder vom Bundespräsidenten Heuss und Minister Kaiser gefertigt, und auch mich hat er zur Strecke gebracht«; StBKAH III/38).
2 Gustav *Stresemann* (1879–1929), 1923 Reichskanzler, 1923–1929 Reichsaußenminister; weitere biographische Angaben in: Adenauer, Teegespräche 1950–1954, S. 745. – Zu seinen politischen Kontakten zu Adenauer und zur gegenseitigen, häufig auch kritischen Beurteilung vgl. Hugo *Stehkämper,* Adenauer und das Reichskanzleramt, passim und Karl Dietrich *Erdmann,* Stresemann und Adenauer – zwei Wege deutscher Politik, in: Otmar *Franz* (Hrsg.), Vom Sinn der Geschichte, Stuttgart 1976, S. 228-244.
3 »... im Gedenken an die geschichtlichen Verdienste Gustav Stresemanns« hatte Adenauer bereits am 24.1.1950 in einem Schreiben an den Berliner Oberbürgermeister *Reuter* die Verpflichtung der Bundesregierung betont, die Grabstätte Stresemanns auf dem Luisenstädtischen Friedhof in der ehemaligen Reichshauptstadt »in ihre Obhut zu nehmen« (StBKAH 12.50).

Nr. 385
1 *Kunze* hatte sich in seinem Anschreiben vom 19.1.1951 besorgt gegen Absichten gewandt, den CSU-Bundestagsabgeordneten Josef-Ernst Fürst *Fugger von Glött* (1895–1981; 1949–1953 MdB für die CSU) »als deutschen Vertreter an den Vatikan zu schicken. ... Es gehört doch zu den alten Traditionen schon aus kaiserlichen Zeiten, daß der Vertreter Deutschlands beim Vatikan aus evangelischen Kreisen genommen wird. Ich möchte sehr herzlich raten, diese Tradition nicht gerade jetzt zu durchbrechen.«
2 »Der Botschafter beim Vatikan wurde erst nach langwierigen Auseinandersetzungen in den Unionsparteien ernannt [1954], wobei zur Wahrung des 1:1-Proporzes ... abwechselnd ein ... Protestant ... und ein ... Katholik ...« akkreditiert wurde; vgl. Wilhelm *Haas,* Beitrag zur Geschichte der Entstehung des Auswärtigen Dienstes, S. 55.

Nr. 386
1 Empfang beim amerikanischen Hohen Kommissar in dessen Residenz in Bad Homburg aus Anlaß eines Deutschland-Aufenthaltes von General Dwight D. *Eisenhower* (1890–1969; 1950–1952 Oberkommandierender der NATO-Streitkräfte, 1953–1961 Präsident der USA; weitere biographische Angaben in: Adenauer, Teegespräche 1950–1954, S. 617); vgl. Hans-Peter *Schwarz,* Die Ära Adenauer 1949–1957, S. 138.

2 (Teil-)Druck dieses sicherheitspolitischen Schriftwechsels vom 31.1. (Adenauer)/6.2.1951 (Schumacher): Konrad *Adenauer,* Erinnerungen, Bd. 1, S. 416-422 und Klaus *von Schubert,* Sicherheitspolitik der Bundesrepublik Deutschland, T. I, S. 111-117. Vgl. Adenauer, Teegespräche 1950–1954, S. 36, 45, 620, 623 und Arno *Scholz*/Walter G. *Oschilewski* (Hrsg.), Turmwächter der Demokratie, Bd. 1, S. 382-384. – Vgl. a. Nr. 392, Anm. 1.

Nr. 387

a ‹ › Vom Bearbeiter ergänzt.

1 Aus diesem Schreiben des CDU/CSU-Fraktionsvorsitzenden: »... seit Montag versuche ich täglich etwa zwei- bis dreimal eine kurze Aussprache mit Ihnen herbeizuführen. Meine Bemühungen waren bis zur Stunde erfolglos.... empfinde ich es als peinlich, wenn ich als der Vorsitzende Ihrer Fraktion in dieser Weise behandelt werde.«

2 Besprechung mit einer DGB-Delegation (vgl. Nr. 382, Anm. 1 und 2) am 23.1. 1950; vgl. StBKAH 04.02 und Gabriele *Müller-List* (Bearb.), Montanmitbestimmung, S. 249.

3 Druck eines Anschreibens dieses Tages zu gewerkschaftlicher Streikdrohung und Mitbestimmungsfrage: Arnulf *Baring,* Sehr verehrter Herr Bundeskanzler!, S. 62f. und Gabriele *Müller-List* (Bearb.), a.a.O., S. 249f.

4 Diese Besprechung vom 25.1.1951 zwischen Vertretern der Kohle- und Stahlindustrie und des DGB – unter Vorsitz Adenauers – brachte den entscheidenden Durchbruch in der Mitbestimmungsdiskussion (Einigung über den Aufsichtsrat); Druck zweier hierzu erhaltener Aufzeichnungen: Gabriele *Müller-List* (Bearb.), a.a.O., S. 259-267.

Nr. 388

1 Elisabeth *Disselbeck* geb. *Schramm* hatte aus Anlaß der Verleihung der Ehrenbürgerrechte der Stadt Köln an Adenauer (vgl. Nr. 378, Anm. 3) gemeinsame Kindheitserinnerungen wachgerufen: »... als Familie Adenauer, Ziegler, Schlösser und Frau Schramm mit Kindern sich samstags im Kaffee Maus an der goldenen Ecke trafen und die Kinder zusammen spielten. Ich bin grenzenlos stolz auf meinen damaligen Spielgefährten ...«.

Nr. 389

1 Frau *Körner* hatte sich in ihren Geburtstagsglückwünschen zum 5.1.1951 als enge Freundin der Adenauer-Schwester Lilli vorgestellt und sich in allgemein gehaltener Form über die politische Lage beklagt: »... liegt für viele Grundschuld an dem ›Heute‹ an den Amerikanern. Wie wäre es gewesen, wenn man eine Bundesregierung geschaffen hätte ... ohne politische Parteien ..., Politik im Innern bleibt ruhen, bis wirklich eine Einigkeit geschaffen ist.«

Nr. 390
1 Aus diesem Schreiben des Landesgeschäftsführers der CDU Rheinland geht hervor, daß die Eigenfinanzierung des Landesverbandes aufgrund geringer Mitgliederzahl, Rückgang der Beitragseinnahmen, Verschuldung zahlreicher Kreisparteien aus den 1949/50 durchgeführten Wahlkämpfen sowie wegen der »Abschöpfung aller greifbaren Mittel durch Zone[-npartei], Dörpinghaus [CDU/CSU-Arbeitsgemeinschaft] und ›Wirtschaftsbild‹ [zentrale Parteipublikation]« nicht mehr möglich war. Zur Sanierung habe der Landesvorstand u. a. den 50%igen Verbleib der ›Adenauer-Spende‹ (s. u.) bei den Kreisparteien beschlossen.
2 Auf Initiative von Robert *Pferdmenges* war diese Spendenaktion aus Anlaß von Adenauers 75. Geburtstag zwischen dem 15.10. und 31.12.1950 durchgeführt worden. Der Ertrag sollte, so die Begründung auf den Sammellisten, »dazu verhelfen, daß Dr. Adenauer die großen politischen Anstrengungen im Kampfe für ein freies und einiges Deutschland und die Abwehr der Gefahren aus dem Osten erfolgreich weiterführen kann«. Hinsichtlich der Verwendung dachte Adenauer selbst an »die Einrichtung eines Hauses für parteipolitische Erziehung« (Schreiben an *Johnen* vom 27.1.1951 in StBKAH 10.22).

Nr. 391
1 Zur Diskussion um eine Viererkonferenz der Außenminister über die deutsche Frage (die nicht über das Vorstadium der Vorkonferenz – 5.3.–21.6.1951 in Paris – hinausgelangte) vgl. EA, Jg. 6 (1951), S. 3711-3715. Zur Erwartungshaltung Adenauers vgl. seine Erinnerungen (Bd. 2, S. 48-52) sowie seine in diesem Zeitraum geführten Teegespräche (1950–1954, S. 25, 42-44, 48). Vgl. a. Hans-Peter *Schwarz,* Die Ära Adenauer 1949–1957, S. 140f.
2 *McCloys* Antwortschreiben vom 22.2.1951 (das noch am selben Tage in den Mitteilungen des Presse- und Informationsamtes der Bundesregierung – Nr. 141/51 – veröffentlicht wurde) enthält die Zusicherung, »daß die in der Alliierten Hohen Kommission vertretenen Regierungen in voller Anerkennung Ihres Interesses an der Angelegenheit die Hohe Kommission ermächtigt haben, Sie im größtmöglichen Ausmaß über die Besprechungen bei der Vor- und Hauptkonferenz auf dem laufenden zu halten. Die Hohe Kommission wird gleichfalls bereit sein, den drei Regierungen alle Auffassungen zu übermitteln, die die Bundesregierung gegebenenfalls vorzubringen wünscht«; vgl. Nr. 402 und 407. – Vgl. a. Konrad *Adenauer,* Erinnerungen, Bd. 2, S. 47.

Nr. 392
1 Artikel »Briefwechsel Adenauer–Schumacher über Verteidigungsbeitrag« in der ›Frankfurter Rundschau‹ vom 6.2.1951 (S. 1f.). Hierin Angaben zum Kanzler-Schreiben an den Oppositionsführer vom 31.1.1951 (vgl. Nr. 386, Anm. 2) sowie besonders zur sozialdemokratischen Reaktion darauf (bevor Adenauer die schriftliche Antwort Schumachers vorlag): »Eine grundsätzliche Meinungsverschieden-

heit ... [:] Während der Bundeskanzler zumindest in der ersten Phase die Werbung von Freiwilligen befürwortete ... [,] erklärt die SPD, wenn überhaupt, könne es sich nur um ein demokratisches Volksheer in einem international gleichberechtigten demokratischen Staat handeln.«

2 Besprechung Adenauer-*Ollenhauer* am 3.2.1951; vgl. StBKAH 04.02.

3 Besprechung Adenauer-*Schumacher* am 20.2.1951; vgl. a.a.O. und Nr. 403, Anm. 1.

4 Vgl. Nr. 403, Anm. 2.

Nr. 393

1 Vgl. Nr. 292, Anm. 3. – Die Frage eines Europa-Passes, besonders für Jugendliche, war in diesem Zeitraum auch Gegenstand mehrerer parlamentarischer Initiativen (SPD-Interpellation vom 25.1.1951 – Bundestagsdrucksache Nr. 1837 – und CDU/CSU-Antrag desselben Datums – Bundestagsdrucksache Nr. 1869 –), über die der Bundestag am 21.2.1951 beriet; vgl. Stenographische Berichte, Bd. 6, S. 4550-4553. – Vgl. a. ›Europa-Union‹, Jg. 2 (1951), Nr. 5, S. 2.

2 Adenauer nutzte seinen Paris-Aufenthalt vom 11.–19.4.1951 anläßlich der Unterzeichnung des Schuman-Plans u. a. auch, um mit dem französischen Außenminister über die Einführung eines Jugendpasses zwischen Deutschland und Frankreich zu verhandeln. Über das dabei erzielte Einverständnis (das 1952 zu einem deutsch-französischen Abkommen führte) berichtete er am 24.4.1951 dem Kabinett; vgl. ›Europa-Union‹, Jg. 2 (1951), Nr. 9/10, S. 13.

Nr. 394

1 Über diese Fraktionssitzung (bei der das am 11.4.1951 verabschiedete Wirtschaftsprogramm der Bundesregierung erörtert worden war) war Adenauer mit dem in Anm. 5 zitierten Schreiben informiert worden.

2 Nach seiner Priesterweihe hatte Paul *Adenauer* am 11.2.1951 in Rhöndorf seine erste Messe gelesen; vgl. StBKAH 04.02.

3 Letzte Sitzung des CDU-Zonenausschusses für die britische Zone am 12.2.1951 im Hotel Stern in Bonn; vgl. StBKAH 04.02.

4 Das Protokoll der 4. Sitzung des Parteiausschusses der CDU-Bundespartei am 12.2.1951 im Bundeshaus ist in StBKAH 05.02 erhalten; Teildruck (anhand anderer Überlieferung in ACDP): Gabriele *Müller-List* (Bearb.), Montanmitbestimmung, S. 362-364.

5 Schreiben des stellvertretenden CDU/CSU-Fraktionsvorsitzenden Carl *Schröter* ebenfalls vom 12.2.1951 zur Einsetzung eines interministeriellen Ausschusses für die Ausarbeitung eines Agrarprogramms: »Der Fraktionsvorstand ist der Meinung, daß es unmöglich ist, die Fraktion auf dieses Agrar-Programm festzulegen, ohne daß sie Gelegenheit hat, zu diesem Programm Stellung zu nehmen. Namens des Fraktionsvorstandes bitte ich Sie, am Dienstag nachmittag [13.2.1951, 16.30 h; vgl. StBKAH 04.02], wenn Sie in der Fraktion über die innenpolitische Situation und über das Mitbestimmungsrecht, wie Sie in Aussicht gestellt

hatten, sprechen, ebenfalls das Agrar-Programm der Fraktion mitzuteilen oder durch einen von Ihnen beauftragten Minister mitteilen zu lassen.« Zum angesprochenen Agrarprogramm vgl. Adenauer, Teegespräche 1950–1954, S. 42.

6 Damit gemeint: ein von *Erhard* in diesem Zeitraum zwecks Investitionsförderung in den Grundstoffindustrien in Vorschlag gebrachtes »Sparmarken«-System, nach dem »der Konsument beim Kauf abgabepflichtiger Waren zugleich eine Aufbaumarke im Wert des im einzelnen differenzierten Zuschlages« erhalten sollte (Erhard in einer Rundfunkrede vom 6.3.1951, zit. nach Manfred *Pohl,* Wiederaufbau, S. 105. Pohl weiter: »Erhard hielt dies nicht für eine Steuer, sondern für ein edles Zwecksparen [Aufbauzwecksparen], bei dem die individuelle Freiheit des Verbrauchers hinsichtlich Art und Umfang seines Konsums grundsätzlich erhalten blieb.«) Vgl. Nr. 401.

7 Offensichtlich auf die in diesem Schreiben angesprochene Vorstandssitzung der CDU/CSU-Bundestagsfraktion bezogen, beklagte Ludwig Erhard in einem Schreiben vom 19.3.1951, bei der »rückliegende[n] Veröffentlichung des von mir entworfenen Sparmarken-Plans« habe »ganz offenkundig eine Indiskretion aus einer Fraktions-Vorstandssitzung vor[gelegen], an der auch Minister Schäffer zugegen war. Erst nachdem dann in der Presse eine entstellte Mitteilung erschien und dazu noch die Äußerung des Herrn Finanzministers, daß er in dem Plan eine Gefährdung der Währung sehe, beigegeben war, konnte ich nicht mehr schweigen ...« (LES, NL Erhard I.1) 2).

Nr. 395

1 Diesem Bericht zufolge hatte der württemberg-badische Ministerpräsident bei einer DVP-Versammlung in Schnait/Remstal am 4.2.1951 u. a. erklärt, »die Erklärung General Eisenhowers, daß für einen deutschen Verteidigungsbeitrag zunächst die politischen Voraussetzungen geschaffen werden müßten, habe Bundeskanzler Dr. Adenauer ›das Spielzeug der Wiederaufrüstung‹ aus der Hand genommen.« – Zu diesem Vorgang vgl. Reinhold *Maier,* Erinnerungen 1948–1953, Tübingen 1966, S. 324 und Arnulf *Baring,* Außenpolitik in Adenauers Kanzlerdemokratie, S. 458. Vgl. a. Nr. 400.

Nr. 396

1 Hans *Böckler* war am 16.2.1951 im Alter von 75 Jahren verstorben. – Ein weiteres Beileidsschreiben richtete Adenauer ebenfalls am 17.2.1951 an die Witwe, Magdalena *Böckler.* An den anschließenden Trauerfeierlichkeiten nahm Adenauer teil; Wortlaut seiner am 21.2.1951 gehaltenen Gedenkrede in StBKAH 02.08.

2 Vgl. Nr. 378 und 382.

3 Erste politische Kontakte waren in der Kölner Kommunalpolitik der 1920er Jahre und nach dem Zweiten Weltkrieg sowie während der Zeit gemeinsamer Zugehörigkeit zum Zonenbeirat der britischen Besatzungszone entstanden (1946–1948).

Nr. 397

1 Gespräch Adenauers mit *McCloy* im Beisein von Ludwig *Erhard,* Carl Otto *Lenz* und Robert *Pferdmenges* am 17.2.1954 in Bad Godesberg; vgl. StBKAH 04.02.

2 Vgl. Nr. 176, Anm. 1, Nr. 353, Anm. 1 und 2. – Zur »besprochene[n] Streitfrage« ein persönliches Anschreiben des amerikanischen Hohen Kommissars, *o. D.,* nach Ablage in AA, Noten von AHK, Bd. 26 zwischen dem 10. und 13.2. 1951 an Adenauer gerichtet. Danach die wesentlichen Voraussetzungen bzw. Forderungen »für eine gemeinsame Lösung der durch das Gesetz 27 entstandenen Probleme«: »(1) daß der Schumanplan in Kraft treten und die Bestimmungen der Artikel 60 und 61 in ihrer jetzigen Fassung enthalten würde und (2) daß die von uns ausgearbeiteten Vorschläge von der Bundesregierung der Alliierten Hohen Kommission als gemeinsame Lösung zur Zustimmung vorgelegt werden würden. Meiner Ansicht nach sind diese beiden Voraussetzungen grundsätzlicher Natur. Ich wäre nicht bereit, die vorgeschlagenen Lösungen außerhalb des Zusammenhangs mit den Bestimmungen des Schumanplans oder, wenn die Lösung von der Hohen Kommission auferlegt werden muß, anzunehmen oder zu unterstützen.«

Nr. 398

1 Walter *Bartram* (1893–1971), Dr. rer. pol., schleswig-holsteinischer CDU-Politiker; 1926–1933 Direktor des Vereins Deutscher Ölfabriken, ab 1936 Direktor der Vereinigten Hamburger Ölfabriken, ab 1947 Inhaber eines Kraftfutterunternehmens, CDU-Kreisvorsitzender in Neumünster, 1950/51 Ministerpräsident von Schleswig-Holstein, 1952–1957 MdB. – Bartrams Besuch beim Bundeskanzler am 22.2.1951 war veranlaßt worden durch seine im Dissens mit dem CDU-Landesvorstand angeregte Vorverlegung der Kreistags- und Kommunalwahlen im nördlichsten Bundesland. Hierzu das Anschreiben des Landesvorsitzenden *Schröter* vom 15.2.1951: »Würde die CDU der Vorverlegung der Wahlen zustimmen, so würde sie Selbstmord begehen.«

2 Im Sinne Bartrams und der koalitionspolitischen Interessen in Schleswig-Holstein (vgl. Nr. 280, Anm. 1) hatte sich am 19.2.1951 auch der dortige FDP-Landesverbandsvorsitzende Fritz *Oellers* (1903–1977; Dr. jur., 1949–1951 MdB, 1951–1956 Generalkonsul und Botschafter in Brasilien, 1956–1959 Botschafter in der Türkei) an Adenauer gewandt (BA, B 136/4542). – Die Wahlen fanden am 29.4.1951 statt und erbrachten für die in Wählergemeinschaften zusammengeschlossenen Regierungsparteien CDU, FDP, DP und BHE 44,1 %, für die SPD 29,2 %. Die Vertrauenskrise um Bartram führte bald darauf zu seinem Rücktritt; zum 25.6.1951 bildete Friedrich-Wilhelm *Lübke* eine neue Landesregierung aus CDU und FDP.

Nr. 399

1 Dort (S. 366f.) auch Druck des Anschreibens vom 13.2.1951, in dem der französische Hohe Kommissar auf mögliche Auswirkungen des Mitbestim-

mungsgesetzes auf Kohlenbergwerke in ausländischem Besitz hingewiesen hatte. So könne die Übertragung des Aufsichtsratsmodells »die Gefahr mit sich bringen, daß [die ausländischen Gesellschaften] ihren nationalen Charakter dadurch einbüßen, daß in ihren Gesellschaftsorganen den deutschen Interessen eine hervorragende Stelle gesichert wird. Den Gesellschaftern würde auf diese Weise ihr Verwaltungsrecht entschädigungslos entzogen werden. Andererseits könnten sie mit Recht befürchten, daß Kapitalien künftighin in ihren Unternehmen nicht mehr angelegt würden, weil sie für nicht mehr wirksam geschützt erachtet würden. Die Regierung der französischen Republik legt großen Wert auf den Schutz der ausländischen Interessen in Deutschland. Sie hält es daher für wesentlich, daß der dem Bundesparlament zugeleitete Entwurf geändert wird, um den vorstehenden Erwägungen Rechnung zu tragen« (AA, Noten von AHK, Bd. 26). Zu den deswegen geführten weiteren Verhandlungen vgl. Gabriele *Müller-List* (Bearb.), a.a.O., S. LXVI; vgl. a. Horst *Thum,* Mitbestimmung, S. 113.

Nr. 400

1 Zum nachfolgenden Schreiben an den CDU-Landesvorsitzenden in Nord-Württemberg vgl. Nr. 395, dort bes. Anm. 1.

2 Laut ›Neue Zeitung‹ vom 13.2.1951 hatte *Gerstenmaier* die Äußerungen *Maiers* als »demagogische Unverschämtheit« bezeichnet; vgl. Arnulf *Baring,* Außenpolitik in Adenauers Kanzlerdemokratie, S. 458.

3 Hierzu, unter Verwendung dieses Briefes (in seiner am 27.2.1951 in der ›Neuen Zeitung‹ zitierten, falsch datierten Form), Arnulf *Baring,* a.a.O., S. 458.

Nr. 401

1 Aus einem dieser Anlässe hatte Adenauer *Erhard* bereits am 2.2.1951 – nach entsprechender Mitteilung Franz *Blüchers* – gebeten, »bis auf weiteres öffentliche Angriffe gegen die Ruhrbehörde einzustellen« (StBKAH III/21). Ohne Bezugnahme auf das Adenauer-Schreiben hatte Erhard seinerseits am 6.2.1951 die Zustimmung Blüchers zu einer s. E. zu geringen Kürzung des deutschen Kohlenexports für das 4. Quartal 1950 und das 1. Quartal 1951 kritisiert: »Daraus ergibt sich die Notwendigkeit zu Kürzungen, deren wirtschaftliche und soziale Auswirkungen noch gar nicht übersehen werden können«. – Ein anderes Symptom der ›Erhard-Krise‹ im Winter/Frühjahr 1951 (vgl. Udo *Wengst,* Staatsaufbau und Regierungspraxis, S. 253-258) wird in Nr. 394, Anm. 6 benannt.

2 Derartige Konflikte Erhard–DGB im November 1950 und Januar 1951 werden nachgewiesen bei Horst *Thum,* Mitbestimmung, S. 68 und Gabriele *Müller-List* (Bearb.), Montanmitbestimmung, S. LV, 163.

3 Hierzu vgl. Kabinettsprotokolle, Bd. 2, S. 862f., 883f., 899f. Vgl. a. Ludwig *Erhard,* Wohlstand für alle, S. 62f.

4 Zu dieser Besprechung konnten keine weiteren Angaben ermittelt werden.

5 Gemeint ist: Robert R. *Bowie* (geb. 1909), Prof. Dr. jur., amerikanischer Rechtswissenschaftler; 1950/51 Berater beim Hohen Kommissar in Deutschland

(Leiter der Rechtsabteilung), 1953–1955 Direktor des Planungsstabes im State Department, 1955–1957 stellvertretender Staatssekretär, 1957–1972 Direktor des ›Center for International Affairs‹ in Harvard. – Direkte Verhandlungen Adenauers mit Bowie kamen am 2. und 8.3.1951 zustande; vgl. StBKAH 04.02.

6 Eine schriftliche Stellungnahme Erhards hierzu wie auch zu den anderen Kritikpunkten des Kanzlers konnte nicht nachgewiesen werden, »[o]bwohl ich die Absicht habe, Ihnen auf Ihren persönlichen Brief vom 24. Februar d.J. noch gesondert zu antworten« (Einleitung eines dann anders akzentuierten Erhard-Briefes vom 2.3.1951; hierzu die Antwort Adenauers vom 4.3.1951 unter Nr. 405).

7 Der zu dieser Zeit noch amtierende Staatssekretär im Bundeswirtschaftsministerium, Eduard *Schalfejew,* hatte am 20.2.1951 wegen ›unbefriedigender Arbeitsweise‹ und mangelnder Durchsetzungsmöglichkeiten seinem Minister gegenüber sein Rücktrittsgesuch an Adenauer gerichtet (dem Schreiben beigefügt: »Bemerkungen zum organisatorischen und personellen Aufbau des Bundeswirtschaftsministeriums«; StBKAH 10.05). Nachfolger Schalfejews ab März 1951: Ludger *Westrick*; vgl. Nr. 410, Anm. 2. – Zum Vorgang insgesamt vgl. Udo *Wengst,* a.a.O., S. 254-258.

Nr. 402

1 Vgl. Nr. 391, Anm. 2.

2 Vgl. a.a.O., Anm. 1.

3 Hierzu, unter Hinweis auf dieses Schreiben, Konrad *Adenauer,* Erinnerungen, Bd. 2, S. 47. – Nach Wechsel im AHK-Vorsitz antwortete am 1.3.1951 der französische Hohe Kommissar: » ... kann ich Ihnen mitteilen, daß die Frage etwaiger allgemeiner Wahlen in allen vier Besatzungszonen bis jetzt nicht für die Tagesordnung in Aussicht genommen ist. Wir sind wie immer bereit, über diesen Punkt sowie über alle anderen Punkte, die Sie etwa aufzuwerfen wünschen, in einen vertraulichen Meinungsaustausch mit Ihnen zu treten« (AA, Noten von AHK, Bd. 27). Vgl. Nr. 403 und 407.

Nr. 403

1 Gespräch Adenauer-*Schumacher* am 20.2.1951; vgl. Adenauer, Teegespräche 1950–1954, S. 45, 623.

2 Die Teilnehmer an einer Studienreise in die USA im Februar 1951: die Bundestagsabgeordneten *von Brentano* und *Pünder* (CDU), *Ollenhauer* und *Lütkens* (SPD), *Euler* (FDP) und *Mühlenfeld* (DP); vgl. AdG, Jg. XXI (1951), S. 2807.

3 In der hier angesprochenen Sondersitzung des Deutschen Bundestages vom 9.3.1951 wurden die vier Besatzungsmächte auf der Grundlage einer zuvor abgegebenen Regierungserklärung Adenauers in einer gemeinsamen Entschließung aller Fraktionen (außer KPD) aufgefordert, die Voraussetzungen für die Abhaltung freier, geheimer und direkter Wahlen »zu einem Parlament für ganz Deutschland« zu schaffen; vgl. Stenographische Berichte, Bd. 6, S. 4757-4780. Vgl. Nr. 407.

4 Vgl. Nr. 391, Anm. 1 und Nr. 402.
5 Diese Besprechung kam am 1.3.1951 zustande; vgl. StBKAH 04.02.
6 Hierzu vgl. Arno *Scholz*/Walther G. *Oschilewski* (Hrsg.), Turmwächter der Demokratie, Bd. 1, S. 388.

Nr. 404
1 Der Staatspräsident von Baden, Leo *Wohleb*, hatte ausführlich zu den derzeit dem Bundestag vorliegenden Initiativgesetzentwürfen zur Neuordnung im südwestdeutschen Raum Stellung genommen und um Einflußnahme des Kanzlers zugunsten eines u. a. von Anton *Hilbert* gestellten Antrages gebeten (der, am 9.1.1951 als Bundestagsdrucksache Nr. 1752 eingebracht, für das anstehende südwestdeutsche Referendum Alternativfragen gefordert hatte: nach Wiederherstellung der alten Ländereinheiten dieses Raums bzw. zum Südweststaat; Abzählung der Stimmen nach den alten Ländern). – Vgl. Kurt Georg *Kiesinger*, Der Kampf im Bundestag um den Südweststaat, in: Max *Gögler*/Gregor *Richter*/Gebhard *Müller* (Hrsg.), Das Land Württemberg-Hohenzollern 1945–1952, Sigmaringen 1982, S. 405-424.
2 Die weiteren Stadien der Entstehung Baden-Württembergs: 4.5.1951 Erlaß zweier Gesetze »über die Neugliederung in den Ländern Baden, Württemberg-Baden und Württemberg-Hohenzollern«; 23.10.1951: teilweise abweisendes Urteil des Zweiten Senats des Bundesverfassungsgerichts in der Klage Badens auf Feststellung der Nichtigkeit beider Gesetze; 9.12.1951: Volksabstimmung in den 3 Südwestländern mit Mehrheit für die Schaffung des neuen Bundeslandes; 9.3.1952: Wahl der Verfassunggebenden Landesversammlung; 25.4.1952: Bildung der Übergangsregierung Maier; vgl. Theodor *Eschenburg*, Die Entstehung Baden-Württembergs, in: Baden-Württemberg. Eine politische Landeskunde, S. 41-63 und Paul *Feuchte*, Verfassungsgeschichte von Baden-Württemberg, Stuttgart 1983, S. 144-164.

Nr. 405
1 ». . . unter Bezugnahme auf verschiedene Pressemeldungen« hatte sich *Erhard* der geplanten Ernennung Franz *Blüchers* »zu einer Art Koordinierungsminister [der wirtschaftlichen Ressorts] sowohl aus staats- wie aus parteipolitischen Gründen« energisch widersetzt; »diese Koordinierung [dürfte] nur vom Bundeskanzleramt aus selbst besorgt werden . . . « (StBKAH 11.02). Zu diesem Vorgang, besonders zum zugrundeliegenden Kabinettsbeschluß vom 2.3.1951, vgl. Adenauer, Teegespräche 1950–1954, S. 46 und Udo *Wengst*, Staatsaufbau und Regierungspraxis, S. 255f.
2 Friedrich *Ernst* war von Adenauer zuvor auch als neuer Staatssekretär im Bundeswirtschaftsministerium ins Gespräch gebracht worden; vgl. Udo *Wengst*, a.a.O., S. 254.

Nr. 406

1 Wortlaut des Besatzungsstatuts nach seiner ersten Revision vom 6.3.1951 in (u. a.): EA, Jg. 6 (1951), S. 3829f. Zur Beurteilung durch Adenauer vgl. seine Erinnerungen (Bd. 1, S. 463-465) und Teegespräche dieses Zeitraums (1950–1954, S. 48).

2 Hierzu Art. 2c) des revidierten Besatzungsstatuts; vgl. a.a.O. – Vgl. a. Nr. 411.

3 Die Umwandlung der assoziierten in eine volle Mitgliedschaft wurde nach Beschluß des Ständigen Komitees der Konsultativversammlung vom 7.4.1951 am 2.5.1951 vom Ministerkomitee des Europarates gebilligt; vgl. Konrad *Adenauer,* Erinnerungen, Bd. 1, S. 465-467.

Nr. 407

a ‹ › Hs. von Adenauer korrigiert aus »größtmöglichem«.

b ‹ › Hs. von Adenauer eingefügt.

c ‹ › Hs. von Adenauer korrigiert aus »Ausgehend von der Erkenntnis, daß die Regelung der deutschen Frage ...«

d ‹ › ... aus »... kann, beehre ich mich ...«.

e ‹ › ... aus »Als erster Schritt zu diesem Ziel wurde ...«.

f ‹ › Nach hs. Randbemerkung Adenauers »ändern« von Blankenhorn korrigiert aus »Ich kann mit Befriedigung feststellen, daß die Alliierte Hohe Kommission sich diese Forderung dadurch voll zu eigen gemacht hat, daß sie die Erklärung vom 14. September 1950 an den Vorsitzenden der sowjetischen Kontrollkommission für Deutschland weitergeleitet hat.«

g ‹ › Hs. von Adenauer korrigiert aus »auch heute«.

h ‹ › ... aus »die tatsächlichen Zustände in«.

i ‹ › Hier im Entwurf der gestrichene Passus: »Die Bundesregierung hält es daher für unerläßlich, daß in der sowjetisch besetzten Zone ohne Verzögerung folgende Voraussetzungen geschaffen werden: 1.) Wiederherstellung der ordnungsgemäßen deutschen Rechtspflege, insbesondere unabhängiger Gerichte und eines ordentlichen Gerichtsverfahrens; 2.) Freilassung aller wegen ihrer Gegnerschaft gegen das herrschende Regime inhaftierten Personen; Rückführung aller Deportierten; 3.) Außerkraftsetzung des sogenannten ›Gesetzes zum Schutz des Friedens‹; 4.) Auflösung des ›Staatssicherheitsdienstes‹ (SSD) und ähnlicher Einrichtungen; 5.) Verminderung der Polizeikräfte auf die für die Erfüllung normaler polizeilicher Aufgaben erforderliche Zahl; 6.) Persönliche Sicherheit und Schutz für alle Staatsbürger vor jeder politischen, wirtschaftlichen und sozialen Benachteiligung, insbesondere für die in den politischen Parteien tätigen Personen; 7.) Volle rechtliche und tatsächliche Freiheit zur Bildung und Betätigung politischer Parteien; 8.) Verhinderung jeder Art von Wahlterror; 9.) Uneingeschränkte Presse-, Meinungs- und Versammlungsfreiheit; Zulassung und Vertriebsfreiheit für alle Zeitungen; 10.) Freiheit des Personenverkehrs und Fortfall des Interzonenpasses; 11.) Wirksame internationale Kontrolle der Durchführung der geforderten Maßnahmen. Nur wenn diese Voraussetzungen erfüllt sind, können wirklich freie Wahlen durchgeführt werden, aus denen ein gesamtdeutsches Parlament hervorgeht.«

1 Die Veröffentlichung des nachfolgenden Schreibens erfolgte nach Verlesung durch Adenauer im Rahmen seiner ebenfalls am 9.3.1951 abgegebenen Regierungserklärung; vgl. Stenographische Berichte, Bd. 6, S. 4760f. und Konrad *Adenauer,* Erinnerungen, Bd. 2, S. 47f. – Vgl. Nr. 403, Anm. 3.

2 Vgl. Nr. 391, Anm. 2.

3 Wortlaut der Regierungserklärung zur Wiederherstellung der deutschen Einheit vom 22.3.1950 in: AdG, Jg. XX (1950), S. 2307.

4 Vgl. Nr. 285, Anm. 1 und Nr. 320, Anm. 2.

5 Vgl. Nr. 320, Anm. 3 und Nr. 333.

6 Das »Gesetz zum Schutz des Friedens« (von der Volkskammer der DDR am 13.12.1950 angenommen) sah Gefängnis-, Zuchthaus-, in besonders schweren Fällen auch Todesstrafe gegen sog. »Kriegshetze« oder »eine aggressive Politik gegen friedliche Völker« vor; vgl. AdG, Jg. XX (1950), S. 2715.

Nr. 408

1 Adenauer stützt sich hier auf Informationen des Ende Februar selbst aus den USA zurückgekehrten Heinrich *von Brentano* (vgl. Nr. 403, Anm. 2); vgl. dessen Anschreiben vom 28.2. und 2.3.1951 in StBKAH III/38.

2 *Erhard* antwortete am 12.3.1951 unter Hinweis auf AHK-Besprechungen: »... wurde seitens des amerikanischen Teiles der Hohen Kommission mit Washington Verbindung aufgenommen«, eine Einladung seitens des State Department sei zu erwarten; er selbst sehe »diese Reise nach Amerika als eine für die deutsche Wirtschaft geradezu lebenswichtige Aufgabe an ... « (StBKAH 11.02). – Die Reise kam Anfang Juli 1951 zustande, am 12.7.1951 berichtete Erhard auf einer Pressekonferenz in Frankfurt/Main über die u. a. für den deutschen Export günstigen Ergebnisse; vgl. AdG, Jg. XXI (1951), S. 3023.

Nr. 409

1 Zu diesem Schreiben an den CDU/CSU-Fraktionsvorsitzenden Angaben bei Arnulf *Baring,* Sehr verehrter Herr Bundeskanzler!, S. 63. *Von Brentano* selbst hatte sich tags zuvor wegen der Vorbereitung weiterer Mitbestimmungs-Verhandlungen zwischen Bundeskanzler und DGB an Adenauer gewandt und die Hinzuziehung von Fraktionsvertretern sowie der Vorsitzenden der zuständigen Bundestagsausschüsse gefordert.

2 Die genannten Bundestagsausschüsse hatten im Februar 1951 einen gemeinsamen Arbeitskreis gebildet, in dem der am 30.1.1951 vom Kabinett verabschiedete, am 14.2.1951 vom Bundestag in erster Lesung behandelte Regierungsentwurf zum Mitbestimmungsgesetz beraten und erheblich abgeändert wurde (Beeinträchtigung der Gewerkschaftsinteressen); vgl. Horst *Thum,* Mitbestimmung, S. 95 und Gabriele *Müller-List* (Bearb.), Montanmitbestimmung, S. 439-443, 448-456. – Hierzu auch die Bewertung Adenauers in einem ebenfalls am

15.3.1951 geführten Hintergrundgespräch mit Journalisten; vgl. seine Teegespräche 1950–1954, S. 56.

3 Bestätigung des Termins durch StBKAH 04.02.

4 Anton *Sabel* (1902–1983), 1949–1957 MdB für die CDU (Vorsitzender des Bundestagsausschusses für Arbeit), 1957–1968 Präsident der Bundesanstalt für Arbeitsvermittlung und Arbeitslosenversicherung; weitere biographische Angaben in: Adenauer, Teegespräche 1950–1954, S. 657.

5 Gerhard *Schröder* (geb. 1910), 1949–1980 MdB (CDU), später Bundesminister des Innern (1953–1961), des Auswärtigen (1961–1966) und für Verteidigung (1966–1969); weitere biographische Angaben in: Adenauer, Briefe 1945–1947, S. 735.

Nr. 410

1 Otto A. *Friedrich* (1902–1975), Dr. rer. pol. h.c., Industrieller; 1932–1939 Verbandsfunktionär in der Kautschuk-Industrie, ab 1939 im Vorstand der Phoenix-Gummiwerke AG, Hamburg, 1949–1965 deren Vorstandsvorsitzender und Generaldirektor, 1951 Berater der Bundesregierung für Rohstoff-Fragen, 1969–1973 Präsident der Bundesvereinigung der Deutschen Arbeitgeberverbände; vgl. Werner *Abelshauser,* Ansätze »korporativer Marktwirtschaft«, S. 727-732 und Udo *Wengst,* Staatsaufbau und Regierungspraxis, S. 256 f. – Dort auch ein Hinweis auf dieses Adenauer-Schreiben, dessen ungeachtet Friedrich zum 19.3.1951 die o. g. Tätigkeit übernahm. Unter diesem Datum bestätigte *Erhard* noch einmal schriftlich die Ernennung Friedrichs, dies besonders unter Hinweis auf die Kabinettssitzung vom 9.3.1951, in der seinem Vorschlag »nicht nur zugestimmt, sondern diese Maßnahme begrüßt« worden sei.

2 Ludger *Westrick* (geb. 1894), Dr. jur., Industrieller und Wirtschaftspolitiker; nach 1933 Generaldirektor, ab 1939 Vorstandsvorsitzender der Vereinigten Aluminiumwerke, nach 1945 Generaldirektor des VIAG-Konzerns, 1948–1951 Finanzdirektor der Deutschen Kohlenbergbauleitung, 1951–1963 Staatssekretär im Bundeswirtschaftsministerium, 1963–1966 Chef des Bundeskanzleramtes, 1964–1966 Bundesminister für besondere Aufgaben; vgl. Udo *Wengst,* a.a.O., S. 254-258 und Westricks eigenen Beitrag zur Adenauer-/Erhard-Forschung: Adenauer und Erhard, in: Konrad Adenauer und seine Zeit, Bd. 1, S. 169-176.

Nr. 411

1 Hierzu vgl. die grundsätzlichen Ausführungen Adenauers zu Aufbau und Zielsetzung des neuen Amtes in einem am selben Tag geführten Hintergrundgespräch mit Journalisten in: Teegespräche 1950–1954, S. 53 f. Vgl. a. *Auswärtiges Amt* (Hrsg.), 100 Jahre Auswärtiges Amt 1870–1970, Bonn 1970.

Im Schriftverkehr des Bundeskanzlers schlug sich die am 13.3.1951 vom Kabinett beschlossene Errichtung des Auswärtigen Amtes in der folgenden Mitteilung an den Chef des Bundespräsidialamtes, die Bundesminister, den Präsidenten des Bundesrechnungshofes und die Ministerpräsidenten bzw. Staatspräsidenten und

Regierenden Bürgermeister der Bundesländer und Stadtstaaten nieder: »Mit dem 15. März 1951 ist das Auswärtige Amt als selbständige oberste Bundesbehörde gebildet worden. Im amtlichen Schriftverkehr darf ich – außer in besonderen Fällen, in denen die Anschrift ›Der Bundesminister des Auswärtigen‹ angezeigt erscheint – bitten, die sachliche Bezeichnung ›Auswärtiges Amt‹ zu verwenden. Gleichzeitig bitte ich, davon Kenntnis nehmen zu wollen, daß nach Auflösung der zum Bundeskanzleramt gehörenden Dienststellen für Auswärtige Angelegenheiten die Anschrift ›Der Staatssekretär des Innern im Bundeskanzleramt‹ in ›Der Staatssekretär des Bundeskanzleramtes‹ geändert worden ist« (BA, B 136/1847).

Nr. 411 A

1 Rede *François-Poncets* auf einem Bankett der ›Vereinigten Ausländischen Presse‹ am 14.3.1951: »[Der Bundeskanzler] handelte so wie er sprach und brachte, trotz aller Gegenströmungen, sein Land dazu, einen Sitz im Europarat zu belegen. Er hat den Schuman-Plan, der nun bald paraphiert und unterzeichnet werden soll, gutgeheißen und sich hartnäckig für ihn eingesetzt; er hat die ganze Tragweite des Pleven-Planes sofort erkannt, der Europa zugleich neben einer festen wirtschaftlichen auch eine militärische Grundlage verschaffen will, welche beide wesentliche Bestandteile der westlichen und der atlantischen Verteidigung darstellen. Hiermit hat er die große klassische Tradition Deutschlands wieder aufgenommen, die stets die Wahrung ihrer nationalen Interessen mit dem Glauben an die universalen Werte zu verbinden wußte. Ja, es ist nur billig, von Kanzler Adenauer zu sagen: er war und er ist einer der besten Pioniere des erwachenden Abendlandes« (StBKAH 12.50). – Zu anderen Aspekten dieser Rede vgl. die Einführung in diese Edition (S. XIII f.) sowie Adenauer, Teegespräche 1950–1954, S. 56.

AA	Auswärtiges Amt (Politisches Archiv)
a.a.O.	am angegebenen Ort
Abb.	Abbildung
Abg.	Abgeordneter
Abs.	Absatz
ACDP	Archiv für Christlich-Demokratische Politik
AdG	Keesing's Archiv der Gegenwart
AdsD	Archiv der sozialen Demokratie
AFL	American Federation of Labor
AFP	Agence France Press
AG	Aktiengesellschaft
AHK	Alliierte Hohe Kommission
AM	Archiv Monnet (Fondation Jean Monnet pour l'Europe – Centre de recherches européennes, Lausanne)
Anm.	Anmerkung
AThAG	Archiv der Thyssen AG
B (136)	Akten des Bundeskanzleramtes
BA	Bundesarchiv
BAOR	British Army of the Rhine
BBC	British Broadcasting Corporation
BdL	Bank deutscher Länder
BDV	Bremer Demokratische Volkspartei
Bearb.	Bearbeiter
BGBl.	Bundesgesetzblatt
BGH	Bundesgerichtshof
BHE	Block der Heimatvertriebenen und Entrechteten
BMI	Bundesminister/Bundesministerium des Innern
BP	Bayernpartei
BPA	Bundespresseamt (Presse- und Informationsamt der Bundesregierung)
BVN	Bund der Verfolgten des Naziregimes
CDA	Christlich-Demokratische Arbeitnehmerschaft
CDU	Christlich Demokratische Union Deutschlands
CIO	Congress of Industrial Organizations
CSU	Christlich-Soziale Union
CSVD	Christlich-Sozialer Volksdienst
CVP/PSC	Christelijke Volkspartij/Parti Social Chrétien
DB	Deutsche Bundesbahn
DDP	Deutsche Demokratische Partei
DDR	Deutsche Demokratische Republik
DENA	Deutsche Nachrichtenagentur
ders.	derselbe
DG	Deutsche Gemeinschaft

DGB	Deutscher Gewerkschaftsbund
dies.	dieselbe
Diss.	Dissertation
DNVP	Deutschnationale Volkspartei
DP	Deutsche Partei
dpa	Deutsche Presse-Agentur
dpd	Deutscher Pressedienst
DRK	Deutsches Rotes Kreuz
DRP	Deutsche Reichspartei/Deutsche Rechtspartei
DStP	Deutsche Staatspartei
DVP	Deutsche Volkspartei
EA	Europa-Archiv
ebd.	ebenda
ECA	Economic Cooperation Administration
EGKS	Europäische Gemeinschaft für Kohle und Stahl
EKD	Evangelische Kirche in Deutschland
ERP	European Recovery Program
EVG	Europäische Verteidigungsgemeinschaft
EWG	Europäische Wirtschaftsgemeinschaft
FAZ	Frankfurter Allgemeine. Zeitung für Deutschland
FDP	Freie Demokratische Partei
FRUS	Foreign Relations of the United States
FVP	Freie Volkspartei
Gestapo	Geheime Staatspolizei
GG	Grundgesetz
GWU	Geschichte in Wissenschaft und Unterricht
HAStK	Historisches Archiv der Stadt Köln
Hrsg.	Herausgeber
hrsg.	herausgegeben
hs.	handschriftlich
HStAD	(Nordrhein-Westfälisches) Hauptstaatsarchiv Düsseldorf
HZ	Historische Zeitschrift
IG	Industriegewerkschaft
Jg.	Jahrgang
JU	Junge Union
KAB	Katholische Arbeiter-Bewegung
KPD	Kommunistische Partei Deutschlands
KR	Kölnische Rundschau
LDP	Liberal-Demokratische Partei
LES	Ludwig-Erhard-Stiftung
MdB	Mitglied des Bundestages
MdI	Ministerium des Innern
MdL	Mitglied des Landtages

MdR	Mitglied des Reichstages
MRA	Moral Re-Armament
MRP	Mouvement Républicain Populaire
ms.	maschinenschriftlich
NATO	North Atlantic Treaty Organization
NDR	Norddeutscher Rundfunk
NEI	Nouvelles Equipes Internationales
NL	Nachlaß
NSDAP	Nationalsozialistische Deutsche Arbeiterpartei
NWDR	Nordwestdeutscher Rundfunk
NYHT	New York Herald Tribune
o.D.	ohne Datum
OEEC	Organization for European Economic Cooperation
ÖVP	Österreichische Volkspartei
o.J.	ohne Jahresangabe
OSB	Ordo Sancti Benedicti
Pg.	Parteigenosse der NSDAP
PSC	s. CVP
RAG	Rheinische Aktiengesellschaft für Braunkohlenbergbau und Brikettfabrikation
RWE	Rheinisch-Westfälisches Elektrizitätswerk AG
SBZ	Sowjetisch Besetzte Zone
SED	Sozialistische Einheitspartei Deutschlands
SJ	Societas Jesu
Sofina	Société Financière de Transports et d'Entreprises Industrielles
Sopade	Büro des SPD-Vorstands im Exil
SPD	Sozialdemokratische Partei Deutschlands
SPÖ	Sozialistische Partei Österreichs
SRP	Sozialistische Reichspartei
SSW	Südschleswigscher Wählerverband
StBKAH	Stiftung Bundeskanzler-Adenauer-Haus
UdSSR	Union der Sozialistischen Sowjet-Republiken
Ufa	Universum Film AG
Ufi	Ufa in Liquidation
UNESCO	United Nations Educational, Scientific and Cultural Organization
UNO	United Nations Organization
USA	United States of America
verf.	verfaßt
VfZ	Vierteljahrshefte für Zeitgeschichte
VIAG	Vereinigte Industrie-Unternehmen AG
VSt	Vereinigte Stahlwerke AG
VVN	Vereinigung der Verfolgten des Naziregimes
WAV	Wirtschaftliche Aufbauvereinigung
WDR	Westdeutscher Rundfunk

Quellen- und Literaturverzeichnis

Ungedruckte Quellen:

Stiftung Bundeskanzler-Adenauer-Haus, Bad Honnef-Rhöndorf
Nachlaß Konrad Adenauer

Algemeen Rijksarchief (Niederlande), 's-Gravenhage
Nachlaß Carl Paul Maria Romme

Archiv des Deutschen Liberalismus, Gummersbach
Nachlaß Thomas Dehler

Archiv der Moralischen Aufrüstung, Caux, Schweiz

Archiv der sozialen Demokratie, Bonn
Nachlaß Gustav Heinemann

Archiv der Thyssen AG, Duisburg
Bestand Vereinigte Stahlwerke AG (Abteilung Presse; Abteilung Sozialwirtschaft)

Bundesarchiv, Koblenz/Hangelar
Akten des Bundeskanzleramtes
Nachlaß Franz Blücher
Nachlaß Heinrich von Brentano
Nachlaß Theodor Heuss
Nachlaß Friedrich Holzapfel
Nachlaß Jakob Kaiser
Nachlaß Robert Lehr
Nachlaß Hermann Pünder
Nachlaß Fritz Schäffer
Nachlaß Hans-Christoph Seebohm

Deutsches Literaturarchiv/Schiller-Nationalmuseum, Marbach am Neckar
Nachlaß Wilhelm Hausenstein

Ludwig-Erhard-Stiftung, Bonn
Nachlaß Ludwig Erhard

Nordrhein-Westfälisches Hauptstaatsarchiv Düsseldorf
Akten des CDU-Landesverbandes Rheinland
Nachlaß Johannes Gronowski
Nachlaß Wilhelm Hamacher
Nachlaß Josef Schrage

Politisches Archiv des Auswärtigen Amtes, Bonn
Akten des Büros Staatssekretäre
Akten der Politischen Abteilung
(mit Vorakten der Verbindungsstelle im Bundeskanzleramt
zur Alliierten Hohen Kommission)

Einzelkorrespondenz in Privatbesitz
Dr. Konrad Adenauer, Köln
Bundesminister a.D. Heinrich Hellwege, Neuenkirchen über Horneburg/Niederelbe

Schriftliche und mündliche Auskünfte:

Konrad Adenauer jun., Köln
Dr. Carl-Friedrich Baumann, Archiv der Thyssen AG, Duisburg
Dr. Hans Benirschke, Deutsche Presse-Agentur, Hamburg
Professor Dr. Eugen Ewig, Bonn
Professor Dr. Alfred Grosser, Paris
James H. Heineman, New York
Manfred Hellmann, v. Bodelschwingsche Anstalten, Bethel
Bundesminister a.D. Heinrich Hellwege, Neuenkirchen über Horneburg/Niederelbe
Katholischer Deutscher Frauenbund, Köln
›Kölnische Rundschau‹, Archiv
Lucie Köster, Bad Honnef-Rhöndorf
Lutz Peterscheck, Deutscher Rat der Europäischen Bewegung, Bonn
Gerhard Pietsch, CDU-Landesverband Rheinland, Köln
Ria Reiners, Mönchengladbach
A.E.M. Ribberink, Algemeen Rijksarchief (Niederlande), 's-Gravenhage
Dr. Hans-Günther Sohl, Düsseldorf
Pierre Spoerri, Bonn
›Die Welt‹ (Bonn), Dokumentation/Archiv
Josef Willms, Direktorium der Gesellschaft für die Verleihung des Internationalen Karlspreises der Stadt Aachen, Aachen

Gedruckte Quellen und Literatur:

Abelshauser, Werner: Ansätze »korporativer Marktwirtschaft« in der Koreakrise der frühen fünfziger Jahre. Ein Briefwechsel zwischen dem Hohen Kommissar und John McCloy und Bundeskanzler Konrad Adenauer, in: VfZ, Jg. 30 (1982), S. 715-756.

Adenauer, Konrad: Erinnerungen, Bd. 1: 1945–1953; Bd. 2: 1953–1955; Bd. 3: 1955–1959; Bd. 4: 1959–1963. Fragmente, Stuttgart 1965–1968.

Adenauer, Briefe 1945–1947; Briefe 1947–1949, hrsg. von *Rudolf Morsey* und *Hans-Peter Schwarz,* bearb. von *Hans Peter Mensing,* Berlin 1983 und 1984.

Adenauer, Teegespräche 1950–1954, hrsg. von *Rudolf Morsey* und *Hans-Peter Schwarz,* bearb. von *Hanns Jürgen Küsters,* Berlin 1984.

Adenauer-Studien I und III, hrsg. von *Rudolf Morsey* und *Konrad Repgen,* Mainz 1971 und 1974.

Konrad Adenauer. Dokumente aus vier Epochen deutscher Geschichte. Führer durch Ausstellung und Wohnhaus in Rhöndorf, Bad Honnef/Rhöndorf [3]1981.

Konrad Adenauer. Reden 1917–1967. Eine Auswahl, hrsg. von *Hans-Peter Schwarz,* Stuttgart 1975.

Konrad Adenauer und seine Zeit. Politik und Persönlichkeit des ersten Bundeskanzlers, Bd. 1: Beiträge von Weg- und Zeitgenossen; Bd. 2: Beiträge der Wissenschaft, hrsg. von *Dieter Blumenwitz, Klaus Gotto, Hans Maier, Konrad Repgen* und *Hans-Peter Schwarz,* Stuttgart 1976.

Konrad Adenauer. Seine Zeit – sein Werk. [Katalog zur] Ausstellung aus Anlaß des 100. Geburtstages am 5. Januar 1976, bearb. von *Everhard Kleinertz* und *Hugo Stehkämper,* hrsg. vom *Historischen Archiv der Stadt Köln,* Köln 1976.

Adenauer jun., Konrad: Adenauer als Präsident des Preußischen Staatsrats, in: *Hugo Stehkämper* (Hrsg.), Konrad Adenauer, S. 355-404, 751-771.

Akten zur Vorgeschichte der Bundesrepublik Deutschland 1945–1949, hrsg. vom *Bundesarchiv* und *Institut für Zeitgeschichte,* Bd. 5: Januar–September 1949, bearb. von *Hans-Dieter Kreikamp,* München–Wien 1981.

Alt, Franz: Der Prozeß der ersten Regierungsbildung unter Konrad Adenauer. Eine monographische Untersuchung der Bildung der ersten Bundesregierung 1949, Eichholz 1970.

Baden-Württemberg. Eine politische Landeskunde, hrsg. von der *Landeszentrale für politische Bildung Baden-Württemberg,* Stuttgart [2]1981.

Baring, Arnulf: Außenpolitik in Adenauers Kanzlerdemokratie. Bonns Beitrag zur Europäischen Verteidigungsgemeinschaft, München–Wien 1969.

Baring, Arnulf: Sehr verehrter Herr Bundeskanzler! Heinrich von Brentano im Briefwechsel mit Konrad Adenauer 1949–1964, Hamburg 1974.

Beier, Gerhard: Schulter an Schulter, Schritt für Schritt. Lebensläufe deutscher Gewerkschaftler. Von August Bebel bis Theodor Thomas, Köln 1983.

Benz, Wolfgang: Föderalistische Politik in der CDU/CSU. Die Verfassungsdiskussion im »Ellwanger Kreis« 1947/48, in: VfZ, Jg. 25 (1977), S. 776-820.

Benz, Wolfgang: Von der Besatzungsherrschaft zur Bundesrepublik. Stationen einer Staatsgründung 1946–1949, Frankfurt/Main 1984.

Berber, Friedrich J. (Hrsg.): Völkerrechtliche Verträge, München ³1983.

Bernecker, Walter L./Dotterweich, Volker (Hrsg.): Persönlichkeit und Politik in der Bundesrepublik Deutschland. Politische Porträts, 2 Bde., Göttingen 1982.

Bibliographie zur Geschichte der CDU und CSU 1945–1980, erstellt von *Gerhard Hahn,* Stuttgart 1982.

Bierbach, Wolf (Bearb.): Der neue WDR. Dokumente zur Nachkriegsgeschichte des Westdeutschen Rundfunks, Köln–Berlin 1978.

Biographisches Handbuch der deutschsprachigen Emigration nach 1933, Bd. 1: Politik, Wirtschaft, Öffentliches Leben; Bd. 2: The Arts, Science and Literature; Bd. 3: Gesamtregister, hrsg. vom *Institut für Zeitgeschichte,* München, und von der *Research Foundation for Jewish Immigration,* Inc., New York, München–New York–London–Paris 1980 und 1983.

Blankenhorn, Herbert: Verständnis und Verständigung. Blätter eines politischen Tagebuchs 1949 bis 1979, Frankfurt/Main–Berlin–Wien 1980.

Boberach, Heinz/Booms, Hans (Hrsg.): Aus der Arbeit des Bundesarchivs. Beiträge zum Archivwesen, zur Quellenkunde und Zeitgeschichte, Boppard/Rhein 1977.

Bonn 1945–1950. Fünf Jahre Stadtverwaltung. Verwaltungsbericht, hrsg. von der *Stadtverwaltung Bonn,* Bonn 1951.

Buchheim, Hans: Deutschlandpolitik 1949–1972. Der politisch-diplomatische Prozeß, Stuttgart 1984.

Bundesgesetzblatt, hrsg. vom *Bundesminister der Justiz,* 1949–1951.

Casdorff, Claus Hinrich (Hrsg.): Demokraten – Profile unserer Republik, Königstein/Taunus 1983.

Erster Parteitag der Christlich-Demokratischen Union Deutschlands. Goslar, hrsg. von der *Christlich-Demokratischen Union Deutschlands,* Bonn o.J. [1950].

Dahrendorf, Rolf/Vogt, Martin (Hrsg.): Theodor Heuss. Politiker und Publizist. Aufsätze und Reden, Tübingen 1984.

Datenhandbuch zur Geschichte des Deutschen Bundestages 1949 bis 1982, hrsg. vom *Presse- und Informationszentrum des Deutschen Bundestages,* verf. und bearb. von *Peter Schindler,* Bonn ³1984.

Dichgans, Hans: Montanunion – Menschen und Institutionen, Düsseldorf–Wien 1980.

Dictionnaire Biographique Français Contemporain, hrsg. vom *Centre International de Documentation,* Paris 1950.

Doering-Manteuffel, Anselm: Die Bundesrepublik Deutschland in der Ära Adenauer. Außenpolitik und innere Entwicklung 1949–1963, Darmstadt 1983.

Doering-Manteuffel, Anselm: Katholizismus und Wiederbewaffnung. Die Haltung der deutschen Katholiken gegenüber der Wehrfrage 1948–1955, Mainz 1981.

Dörpinghaus, Bruno: Die Genfer Sitzungen – Erste Zusammenkünfte führender christlich-demokratischer Politiker im Nachkriegseuropa, in: Konrad Adenauer und seine Zeit, Bd. 1, S. 538-565.

Dreher, Klaus: Der Weg zum Kanzler. Adenauers Griff nach der Macht, Düsseldorf–Wien 1972.

Dreher, Klaus: Ein Kampf um Bonn, München 1979.

Düwell, Kurt/Köllmann, Wolfgang (Hrsg.): Vom Ende der Weimarer Republik bis zum Land Nordrhein-Westfalen, Wuppertal 1984.

Edinger, Lewis J.: Kurt Schumacher. Persönlichkeit und politisches Verhalten, Köln–Opladen 1967.

Egen, Peter: Die Entstehung des Evangelischen Arbeitskreises der CDU/CSU, Diss. Bochum 1971.

Ehrich, Emil: Heinrich Hellwege. Ein konservativer Demokrat, Hannover 1977.

Erdmann, Karl Dietrich: Adenauer in der Rheinlandpolitik nach dem Ersten Weltkrieg, Stuttgart 1966.

Erdmann, Karl Dietrich: Die Zeit der Weltkriege, Stuttgart 1976.

Erhard, Ludwig: Deutsche Wirtschaftspolitik. Der Weg der Sozialen Marktwirtschaft, Düsseldorf–Wien 1962.

Erhard, Ludwig: Wohlstand für alle, bearb. von *Wolfram Langer,* Düsseldorf–Wien ^{8}1964.

Europa-Archiv, Jg. 1-6 (1946–1951).

L'Europe – une longue marche, hrsg. von der *Fondation Jean Monnet pour L'Europe – Centre de recherches européennes,* Lausanne 1985.

Falter, Jürgen W.: Kontinuität und Neubeginn. Die Bundestagswahl 1949 zwischen Weimar und Bonn, in: Politische Vierteljahresschrift, Jg. 22 (1981), S. 236-263.

Feuchte, Paul: Verfassungsgeschichte von Baden-Württemberg, Stuttgart 1983.

Fischer Erika J./Fischer, Heinz-D.: John McCloy und die Frühgeschichte der Bundesrepublik Deutschland. Presseberichte und Dokumente über den Amerikanischen Hochkommissar für Deutschland 1949–1952, Köln 1985.

Fischer, Heinz-Dietrich: Parteien und Presse in Deutschland seit 1945, Bremen 1971.

Flechtheim, Ossip K. (Hrsg.): Dokumente zur parteipolitischen Entwicklung in Deutschland seit 1945, 9 Bde., Berlin 1962–1971.

Först, Walter (Hrsg.): Aus Köln in die Welt. Beiträge zur Rundfunkgeschichte, Köln–Berlin 1974.

Först, Walter: Geschichte Nordrhein-Westfalens, Bd. 1: 1945–1949, Köln–Berlin 1970.

Först, Walter (Hrsg.): Land und Bund, Köln 1981.

Först, Walter (Hrsg.): Städte nach zwei Weltkriegen, Köln 1984.

Först, Walter (Hrsg.): Zwischen Ruhrkontrolle und Mitbestimmung, Köln 1982.

Foerster, Roland G.: Innenpolitische Aspekte der Sicherheit Westdeutschlands 1947–1950, in: *Militärgeschichtliches Forschungsamt* (Hrsg.), Anfänge westdeutscher Sicherheitspolitik, S. 403-575.

Foreign Relations of the United States. Diplomatic Papers, 1949 Vol. III; 1950 Vol. III; 1950 Vol. IV, Washington 1974, 1977 und 1980.

›Frankfurter Allgemeine. Zeitung für Deutschland‹, Jg. 1949–1951.

Gerbet, Pierre: La Genèse du Plan Schuman. Des origines à la déclaration du 9 mai 1950, in: Revue française de science politique, Vol. VI (1956), S. 525-553.

Gereke, Günther: Ich war königlich-preußischer Landrat, Berlin(-Ost) 1969.

Gögler, Max/Richter, Gregor/Müller, Gebhard (Hrsg.): Das Land Württemberg-Hohenzollern 1945–1952, Sigmaringen 1982.

Gotto, Klaus (Hrsg.): Der Staatssekretär Adenauers. Persönlichkeit und politisches Wirken Hans Globkes, Stuttgart 1980.

Gradl, Johann Baptist: Adenauer und Berlin, in: Konrad Adenauer und seine Zeit, Bd. 1, S. 340-366.

Grosser, Alfred: Die Bonner Demokratie. Deutschland von draußen gesehen, Düsseldorf 1960.

Gutscher, Jörg Michael: Die Entwicklung der FDP von ihren Anfängen bis 1961, Meisenheim/Glan 1967.

Haas, Wilhelm: Beitrag zur Geschichte der Entstehung des Auswärtigen Dienstes der Bundesrepublik Deutschland, Bremen 1969.

Handbuch des Deutschen Bundestages, hrsg. von *Fritz Sänger,* Stuttgart [2]1952.

Handbuch des Landtages Nordrhein-Westfalen. Ausgabe für die 1. Wahlperiode (von 1947 an), hrsg. vom *Landtag Nordrhein-Westfalen,* Düsseldorf 1949.

Hasenberg, Peter J. (Bearb.): Quellen zur Geschichte Kölns in neuester Zeit: 1945–1960, Köln 1961.

Hausenstein, Wilhelm: Pariser Erinnerungen. Aus fünf Jahren diplomatischen Dienstes 1950–1955, München [3]1961.

Heidenheimer, Arnold J.: Adenauer and the CDU. The Rise of the Leader and the Integration of the Party, The Hague 1960.

Heinemann, Gustav W.: Was Dr. Adenauer vergißt. Notizen zu einer Biographie, in: Frankfurter Hefte, H. 7 (1956), S. 455-472; auch in: Im Schnittpunkt der Zeit. Reden und Aufsätze von *Dr. Dr. Gustav W. Heinemann,* Bundesminister a. D. Mit einem Vorwort von *Prof. D. Helmut Gollwitzer,* Darmstadt 1957, S. 89-114.

Henning, Friedrich (Hrsg.): Theodor Heuss: Lieber Dehler! Briefwechsel mit Thomas Dehler, München–Wien 1983.

Hermes, Anna: Und setzet ihr nicht das Leben ein. Andreas Hermes – Leben und Wirken. Nach Briefen, Tagebuchaufzeichnungen und Erinnerungen, Stuttgart 1971.

Heyen, Franz-Josef (Hrsg.): Rheinland-Pfalz entsteht. Beiträge zu den Anfängen des Landes Rheinland-Pfalz in Koblenz 1945–1951, Boppard/Rhein 1984.

Historisches Archiv der Stadt Köln (Hrsg.): Widerstand und Verfolgung. [Katalog zur] Ausstellung 8. Februar bis 28. April 1974, Köln 1974.

Hockerts, Hans Günter: Sozialpolitische Entscheidungen im Nachkriegsdeutschland. Alliierte und deutsche Sozialversicherungspolitik 1945 bis 1957, Stuttgart 1980.

Hömig, Herbert: Das Preußische Zentrum in der Weimarer Republik, Mainz 1979.

Höroldt, Dietrich: 25 Jahre Bundeshauptstadt Bonn. Eine Dokumentation, Bonn 1974.

Hofmann, Josef: Journalist in Republik, Diktatur und Besatzungszeit. Erinnerungen 1916–1947, bearb. und eingeleitet von *Rudolf Morsey,* Mainz 1977.

Hommel, Engelbert: Der Kölner Konrad Adenauer, Köln 1983.

Hüttenberger, Peter: Nordrhein-Westfalen und die Entstehung seiner parlamentarischen Demokratie, Siegburg 1973.

Hüwel, Detlev: Karl Arnold. Eine politische Biographie, Wuppertal 1980.

Hüwel, Detlev/Rosorius, Jürgen (Hrsg.): Der Politiker Karl Arnold. Ministerpräsident und Sozialreformer, Düsseldorf 1982.

The International Who's who, 19.-47. Ausg., London 1955–1983.

Julg, Jean: Le chemin de l'unité de la C.D.U. – Préparation du congrès de Goslar (1950), in: Revue d'Allemagne, T. 6 (1974), S. 87-110.

Die Kabinettsprotokolle der Bundesregierung, hrsg. für das *Bundesarchiv* von *Hans Booms,* Bd. 1: 1949; Bd. 2: 1950, bearb. von *Ulrich Enders* und *Konrad Reiser,* Boppard/Rhein 1982 und 1984.

Kather, Linus: Die Entmachtung der Vertriebenen, Bd. 1: Die entscheidenden Jahre, München–Wien 1964.

Keesing's Archiv der Gegenwart, Jg. 16-21 (1946–1951).

Kirchliches Jahrbuch für die Evangelische Kirche in Deutschland 1950, hrsg. von *Joachim Beckmann,* Gütersloh 1951.

Kleinertz, Everhard/Pabst, Klaus: Die Kölner Beigeordneten 1906–1933 (Biographische Daten), in: *Hugo Stehkämper* (Hrsg.), Konrad Adenauer, S. 619-641.

Koch, Diether: Heinemann und die Deutschlandfrage, München 1972.

Kock, Peter Jakob: Bayerns Weg in die Bundesrepublik, Stuttgart 1983.

Köln und das rheinische Judentum. Festschrift Germania Judaica 1959–1984, hrsg. von *Jutta Bohnke-Kollwitz, Willehad Paul Eckert, Frank Golczewski* und *Hermann Greive,* Köln 1984.

›Kölnische Rundschau‹, Jg. 4-6 (1949–1951).

Kosthorst, Erich: Jakob Kaiser. Bundesminister für gesamtdeutsche Fragen 1949–1957, Stuttgart 1972.

Küsters, Hanns Jürgen/Mensing, Hans Peter: Konrad Adenauer zur politischen Lage 1946–1949. Aus den Berichten des schweizerischen Generalkonsuls in Köln Franz Rudolf v. Weiss. Dokumentation, in: VfZ, Jg. 32 (1984), S. 289-317.

Lange, Erhard H.M.: Die Diskussion über die Stellung des Staatsoberhauptes 1945–1949 unter besonderer Berücksichtigung der Erörterung im Parlamentarischen Rat, in: VfZ, Jg. 26 (1978), S. 601-651.

Lange, Erhard H.M.: Wahlrecht und Innenpolitik, Meisenheim/Glan 1975.

Lange, Erhard H.M.: Vom Wahlrechtsstreit zur Regierungskrise. Die Wahlrechtsentwicklung Nordrhein-Westfalens bis 1956, Köln 1980.

Die Lastenausgleichsgesetze. Dokumente zur Entwicklung des Gedankens, der Gesetzgebung und der Durchführung, hrsg. vom *Bundesminister für Vertriebene, Flüchtlinge und Kriegsgeschädigte,* Bd. I/1: Soforthilfe und Feststellungsgesetz; Bd. I/2: Der Regierungsentwurf eines Gesetzes über einen allgemeinen Lastenausgleich, Bonn 1962 und 1966.

Legoll, Paul: Konrad Adenauer et l'Idée d'Unification Européenne Janvier 1948–Mai 1950. Un homme politique et son environnement dans le contexte international, Dissertation Paris 1983.

Link, Werner: Deutsche und amerikanische Gewerkschaften und Geschäftsleute 1945–1975, Düsseldorf 1978.

Lipgens, Walter: Die Anfänge der europäischen Einigungspolitik 1945–1950, T. I: 1945–1947, Stuttgart 1977.

Lukomski, Jess M.: Ludwig Erhard – Der Mensch und der Politiker, Düsseldorf 1965.

Mai, Gunther: Westliche Sicherheitspolitik im Kalten Krieg. Der Korea-Krieg und die deutsche Wiederbewaffnung 1950, Boppard/Rhein 1977.

Maier, Reinhold: Erinnerungen 1948–1953, Tübingen 1966.

Meyer, Georg: Zur Situation der deutschen militärischen Führungsschicht im Vorfeld des westdeutschen Verteidigungsbeitrages 1945–1950/51, in: *Militärgeschichtliches Forschungsamt* (Hrsg.), Anfänge westdeutscher Sicherheitspolitik, S. 577-735.

Meyn, Hermann: Die Deutsche Partei. Entwicklung und Problematik einer nationalkonservativen Rechtspartei nach 1945, Düsseldorf 1965.

Militärgeschichtliches Forschungsamt (Hrsg.): Anfänge westdeutscher Sicherheitspolitik 1945–1956, Bd. 1: Von der Kapitulation bis zum Pleven-Plan, München–Wien 1982.

Mintzel, Alf: Die CSU. Anatomie einer konservativen Partei 1945–1972, Opladen 1975.

Mitteilungen des Presse- und Informationsamtes der Bundesregierung, September 1949–März 1951.

Mittendorfer, Rudolf: Robert Schuman – Architekt des neuen Europa, Hildesheim–Zürich–New York 1983.

Monnet, Jean: Erinnerungen eines Europäers, München–Wien 1978.

Morsey, Rudolf: Adenauer und der Nationalsozialismus, in: *Hugo Stehkämper* (Hrsg.), Konrad Adenauer, S. 447-497, 791-805.

Morsey, Rudolf: Brüning und Adenauer. Zwei deutsche Staatsmänner, Düsseldorf 1972.

Morsey, Rudolf: Brünings Kritik am politischen Wiederaufbau in Deutschland 1949–1955, in: *Joseph Listl* und *Herbert Schambeck* (Hrsg.), Demokratie in Anfechtung und Bewährung. Festschrift für Johannes Broermann, Berlin 1982, S. 283-299.

Morsey, Rudolf: Der politische Aufstieg Konrad Adenauers 1945–1949, in: Adenauer-Studien I, S. 20-57.

Morsey, Rudolf: Die Bildung der ersten Regierungskoalition 1949. Adenauers Entscheidungen von Frankfurt und Rhöndorf am 20. und 21. August 1949, in: Historisches Jahrbuch, Bd. 97/98 (1978), S. 418-438.

Morsey, Rudolf: Die Rhöndorfer Weichenstellung am 21. August 1949. Neue Quellen zur Vorgeschichte der Koalitions- und Regierungsbildung nach der Wahl zum ersten Deutschen Bundestag, in: VfZ, Jg. 28 (1980), S. 508-542.

Morsey, Rudolf: Die Rolle Konrad Adenauers im Parlamentarischen Rat, in: VfZ, Jg. 18 (1970), S. 62-94.

Morsey, Rudolf (Hrsg.): Konrad Adenauer und die Gründung der Bundesrepublik Deutschland. Rhöndorfer Gespräche, Bd. 3, Stuttgart–Zürich 1979.

Morsey, Rudolf: Personal- und Beamtenpolitik im Übergang von der Bizonen- zur Bundesverwaltung (1947–1950). Kontinuität oder Neubeginn?, in: *ders.* (Hrsg.), Verwaltungsgeschichte. Aufgaben, Zielsetzungen, Beispiele, Berlin 1977, S. 191-238.

Morsey, Rudolf: Zwischen Bayern und der Bundesrepublik. Die politische Rolle des bayerischen Ministerpräsidenten Hans Ehard 1946–1949, in: Juristenzeitung, Jg. 36 (1981), S. 360-370.

Müchler, Günter: CDU/CSU. Das schwierige Bündnis, München 1976.

Müller-List, Gabriele (Bearb.): Montanmitbestimmung. Das Gesetz über die Mitbestimmung der Arbeitnehmer in den Aufsichtsräten und Vorständen der Unternehmen des Bergbaus und der Eisen und Stahl erzeugenden Industrie vom 21. Mai 1951, Düsseldorf 1984.

Netzer, Hans-Joachim (Hrsg.): Adenauer und die Folgen. Siebzehn Vorträge über Probleme unseres Staates, München 1965.

›Die Neue Zeitung‹, Jg. 4 und 5 (1949/50).

Die Neuordnung der Eisen- und Stahlindustrie im Gebiet der Bundesrepublik Deutschland. Ein Bericht der *Stahltreuhänder-Vereinigung,* München–Berlin 1954.

Nix, Claire (Hrsg.): Heinrich Brüning. Briefe 1946–1960, Stuttgart 1974.

Nyassi, Ulrike (Bearb.): Wilhelm Sollmann. Zum hundertsten Geburtstag am 1. April 1981. [Katalog zur] Ausstellung des Historischen Archivs der Stadt Köln vom 2. April bis 30. Mai 1981, Köln 1981.

Otto, Bernd: Der Kampf um die Mitbestimmung, in: *Heinz Oskar Vetter* (Hrsg.), Vom Sozialistengesetz zur Mitbestimmung. Zum 100. Geburtstag von Hans Böckler, Köln 1975, S. 399-426.

Parteien in der Bundesrepublik. Studien zur Entwicklung der deutschen Parteien bis zur Bundestagswahl 1953, mit Beiträgen von: *Max Gustav Lange, Gerhard Schulz, Klaus Schütz, Arnold Bauer, Rudolf Holzgräber* und *Martin Virchow,* mit einer Einleitung von *Sigmund Neumann,* Stuttgart 1955.

Pikart, Eberhard: Theodor Heuss und Konrad Adenauer. Die Rolle des Bundespräsidenten in der Kanzlerdemokratie, Stuttgart 1976.

Pirker, Theo: Die blinde Macht. Die Gewerkschaftsbewegung in Westdeutschland, T. 1: 1945–1952, München 1960.

Pohl, Manfred: Wiederaufbau. Kunst und Technik der Finanzierung 1947–1953. Die ersten Jahren der Kreditanstalt für Wiederaufbau, Frankfurt/Main 1973.

Poppinga, Anneliese: Konrad Adenauer. Geschichtsverständnis, Weltanschauung und politische Praxis, Stuttgart 1975.

Poppinga, Anneliese: Meine Erinnerungen an Konrad Adenauer, Stuttgart 1970.

Potthoff, Heinrich/Wenzel, Rüdiger (Bearb.): Handbuch politischer Institutionen und Organisationen 1945–1949, Düsseldorf 1983.

Pridham, Geoffrey: Christian Democracy in Western Germany. The CDU/CSU in Government and Opposition, 1945–1976, London 1977.

Prittie, Terence: Konrad Adenauer. Vier Epochen deutscher Geschichte, Stuttgart 1971.

Pünder, Hermann: Von Preußen nach Europa. Lebenserinnerungen, Stuttgart 1968.

Pünder, Tilman: Das bizonale Interregnum. Die Geschichte des Vereinigten Wirtschaftsgebietes 1946–1949, Waiblingen 1966.

Pütz, Helmuth (Bearb.): Konrad Adenauer und die CDU der britischen Besatzungszone, 1946–1949. Dokumente zur Gründungsgeschichte der CDU Deutschlands, Bonn 1975.

Regenten und Regierungen der Welt. Minister-Ploetz, T. II, Bd. 4: Neueste Zeit 1917/18–1964; Nachtrag 1964/65, beide bearb. von *Bertold Spuler,* Würzburg [2]1964 und 1966.

150 Jahre Regierungsbezirk Köln, zusammengestellt von der *Bezirksregierung Köln,* Berlin 1966.

Reichardt, Hans J. (Bearb.): Ernst Reuter. Artikel, Briefe, Reden 1946–1949, Berlin 1974.

›Rheinischer Merkur‹, Jg. 4-6 (1949–1951).

Rothmund, Paul/Wiehn, Erhard R. (Hrsg.): Die F.D.P./DVP in Baden-Württemberg und ihre Geschichte. Liberalismus als politische Gestaltungskraft im deutschen Südwesten, Stuttgart 1979.

Rüss, Gisela: Anatomie einer politischen Verwaltung. Das Bundesministerium für gesamtdeutsche Fragen – Innerdeutsche Beziehungen 1949–1970, München 1970.

Ruhm von Oppen, Beate (Hrsg.): Documents on Germany under Occupation 1945–1954, London–New York–Toronto 1955.

Sänger, Fritz: Verborgene Fäden. Erinnerungen und Bemerkungen eines Journalisten, Bonn 1978.

Salzmann, Rainer (Bearb.): Die CDU/CSU im Parlamentarischen Rat. Sitzungsprotokolle der Unionsfraktion, Stuttgart 1981.

Schaaf, Dierk Ludwig: Politik und Proporz im NWDR. Rundfunkpolitik in Nord- und Westdeutschland 1945–1955, Diss. phil., Hamburg 1971.

Schadt, Jörg/Schmierer, Wolfgang (Hrsg.): Die SPD in Baden-Württemberg und ihre Geschichte. Von den Anfängen der Arbeiterbewegung bis heute, Stuttgart 1979.

Schewick, Burkhard van: Die katholische Kirche und die Entstehung der Verfassungen in Westdeutschland 1945–1950, Mainz 1980.

Schlange-Schöningen, Hans (Hrsg.): Im Schatten des Hungers. Dokumentarisches zur Ernährungspolitik und Ernährungswirtschaft in den Jahren 1945–1949, bearb. von *Justus Rohrbach,* Hamburg–Berlin 1955.

Schmid, Carlo: Erinnerungen, Bern–München–Wien 1979.

Schmidt, Robert H.: Saarpolitik 1945–1957, Bd. 1: Politische Struktur; Bd. 2: Entfaltung der Saarpolitik zwischen »Wirtschaftsanschluß« und »Europäisierung« (1945–1953); Bd. 3: Entfaltung der Saarpolitik vom Scheitern der EVG bis zur Wiedervereinigung (1954–1957), Berlin 1959, 1960 und 1962.

Scholz, Arno/Oschilewski, Walther G. (Hrsg.): Turmwächter der Demokratie. Ein Lebensbild von Kurt Schumacher, Bd. 1: Sein Weg durch die Zeit; Bd. 2: Reden und Schriften, Berlin 1953 und 1954.

Schubert, Klaus von (Hrsg.): Sicherheitspolitik der Bundesrepublik Deutschland. Dokumentation 1945–1977, T. I und II, Bonn 1977 und 1978.

Schubert, Klaus von: Wiederbewaffnung und Westintegration. Die innere Auseinandersetzung um die militärische und außenpolitische Orientierung der Bundesrepublik Deutschland 1950–1952, Stuttgart 1970.

Schumacher, Martin: Agrarpolitische Weichenstellung 1945–1950. Karl Müller – ein rheinischer Agrarier im Bannkreis Konrad Adenauers, in: *Kurt Düwell* und *Wolfgang Köllmann* (Hrsg.), Vom Ende der Weimarer Republik bis zum Land Nordrhein-Westfalen, S. 257-277.

Schwarz, Hans-Peter: Adenauer und Europa, in: VfZ, Jg. 27 (1979), S. 471-523.

Schwarz, Hans-Peter: Die Ära Adenauer. Gründerjahre der Republik 1949–1957, Stuttgart–Wiesbaden 1981.

Schwarz, Hans-Peter: Vom Reich zur Bundesrepublik. Deutschland im Widerstreit der außenpolitischen Konzeptionen in den Jahren der Besatzungsherrschaft 1945–1949, Stuttgart ^{2}1980.

Schwarze, Gisela: Eine Region im demokratischen Aufbau. Der Regierungsbezirk Münster 1945/46, Düsseldorf 1984.

Sörgel, Werner: Konsensus und Interessen. Eine Studie zur Entstehung des Grundgesetzes für die Bundesrepublik Deutschland, Opladen ^{2}1985.

Wilhelm Sollmann, in: Kölner Biographien (16), hrsg. vom *Nachrichtenamt der Stadt Köln,* Köln 1981.

›Der Spiegel‹, Jg. 3-5 (1949–1951).

Spoelgen, Eduard: Aus Bonns jüngster Vergangenheit, in: Bonner Geschichtsblätter, Bd. XV (1961), S. 417-469.

Stamm, Thomas: Zwischen Staat und Selbstverwaltung. Die deutsche Forschung im Wiederaufbau 1945–1965, Köln 1981.

Stehkämper, Hugo: Adenauer und das Reichskanzleramt während der Weimarer Zeit, in: *ders.* (Hrsg.), Konrad Adenauer, S. 405-431, 773-785.

Stehkämper, Hugo (Hrsg.): Konrad Adenauer. Oberbürgermeister von Köln. Festgabe der Stadt Köln zum 100. Geburtstag ihres Ehrenbürgers am 5. Januar 1976, Köln 1976.

Steimel, Robert: Kölner Köpfe, Köln–Zollstock 1958.

Steimel, Robert: Mit Köln versippt, T. I und II, Köln–Zollstock 1955 und 1956.

Stockhorst, Erich: Fünftausend Köpfe. Wer war was im Dritten Reich, Rheinhausen 1967.

Stöss, Richard (Hrsg.): Parteien-Handbuch. Die Parteien der Bundesrepublik Deutschland 1945–1980, Bd. I und II, Opladen 1983 und 1984.

Storbeck, Anna Christine: Die Regierungen des Bundes und der Länder seit 1945, München–Wien 1970.

Sulzer, Dieter: Der Nachlaß Wilhelm Hausenstein. Ein Bericht mit einem unveröffentlichten Essay, Briefen und einer Erinnerung von *Paul Frank*, in: Verzeichnisse–Berichte–Informationen des Deutschen Literaturarchivs, Bd. 11, Marbach/Neckar 1982.

Tetzlaff, Walter: 2000 Kurzbiographien bedeutender deutscher Juden des 20. Jahrhunderts, Lindhorst 1982.

Thedieck, Franz: Gespräche und Begegnungen mit Konrad Adenauer, in: Konrad Adenauer und seine Zeit, Bd. 1, S. 326-339.

Thum, Horst: Mitbestimmung in der Montanindustrie. Der Mythos vom Sieg der Gewerkschaften, Stuttgart 1982.

Treue, Wilhelm: Die Demontagepolitik der Westmächte nach dem zweiten Weltkrieg – unter Berücksichtigung ihrer Wirkung auf die Wirtschaft in Niedersachsen, Göttingen–Frankfurt–Zürich 1967.

Uertz, Rudolf: Christentum und Sozialismus in der frühen CDU. Grundlagen und Wirkungen der christlich-sozialen Ideen in der Union 1945–1949, Stuttgart 1981.

Unger, Ilse: Die Bayernpartei. Geschichte und Struktur 1945–1947, Stuttgart 1979.

Ursachen und Folgen. Vom deutschen Zusammenbruch 1918 und 1945 bis zur staatlichen Neuordnung Deutschlands in der Gegenwart. Eine Urkunden- und Dokumentensammlung zur Zeitgeschichte, Bd. 26: Die staatliche Neuordnung Deutschlands, hrsg. und bearb. von *Herbert Michaelis* und *Ernst Schraepler*, Berlin 1978.

Verhandlungen des Deutschen Bundestages. 1. Wahlperiode 1949, Stenographische Berichte, Bd. 1-6, Bonn 1950 und 1951.

Verhandlungen des Deutschen Bundestages. 1. Wahlperiode 1949, Anlagen zu den Stenographischen Berichten (Drucksachen), Bonn 1949, 1950 und 1951.

Vogel, Walter: Westdeutschland 1945–1950. Der Aufbau von Verfassungs- und Verwaltungseinrichtungen über den Ländern der drei westlichen Besatzungszonen, T. I-III, Koblenz 1956, Boppard/Rhein 1964 und 1983.

Volkmann, Hans-Erich/Schwengler, Walter (Hrsg.): Die Europäische Verteidigungsgemeinschaft. Stand und Probleme der Forschung, Boppard/Rhein 1985.

Walker, Horst O.: Das Presse- und Informationsamt der Bundesregierung. Eine Untersuchung zu Fragen der Organisation, Koordination und Kontrolle der Presse- und Öffentlichkeitsarbeit der Bundesregierung, Frankfurt/Main 1982.

Wandel, Eckhard: Adenauer und der Schuman-Plan. Protokoll eines Gesprächs zwischen Konrad Adenauer und Hans Schäffer vom 3. Juni 1950. Dokumentation, in: VfZ, Jg. 20 (1972), S. 192-203.

Wandersleb, Hermann: Die Berufung Bonns zur vorläufigen Bundeshauptstadt, in: Bonner Geschichtsblätter, Bd. 23 (1969), S. 310-336.

Weinacht, Paul-Ludwig (Hrsg.): Die CDU in Baden-Württemberg und ihre Geschichte, Stuttgart 1978.

Weinacht, Paul-Ludwig/Mayer, Tilman: Ursprung und Entfaltung christlicher Demokratie in Südbaden. Eine Chronik 1945–1981, Freiburg/Brsg.–Sigmaringen 1982.

›Die Welt‹, Jg. 4-6 (1949–1951).

Wengst, Udo: Auftakt zur Ära Adenauer. Koalitionsverhandlungen und Regierungsbildung 1949, Düsseldorf 1985.

Wengst, Udo: Staatsaufbau und Regierungspraxis 1948–1953. Zur Geschichte der Verfassungsorgane der Bundesrepublik Deutschland, Düsseldorf 1984.

Wenzel, Rolf: Konrad Adenauer und die Gestaltung der Wirtschafts- und Sozialordnung im Nachkriegsdeutschland. Ordnungsvorstellungen und politische Praxis, Flensburg 1983.

Wenzlau, Joachim Reinhold: Der Wiederaufbau der Justiz in Nordwestdeutschland 1945–1949, Königstein/Taunus 1979.

Wer ist's? (Unsere Zeitgenossen), begründet und hrsg. von *Herrmann A. L. Degener,* IX. Ausgabe, Berlin 1928.

Wer ist wer? Das deutsche Who's who, XII.–XXII. Ausgabe von Degeners Wer ist's?, Berlin–Frankfurt/Main–Lübeck 1951–1983.

Weymar, Paul: Konrad Adenauer. Die autorisierte Biographie, München 1955.

Who's who 1951–1983, hrsg. von *Adam Black* und *Charles Black,* London 1951–1983.

Who's who in America, 27.-40. Ausgabe, Chicago 1952–1979.

Who's who in France. Qui est qui en France, 1.-16. Ausgabe, hrsg. von *Jacques Lafitte,* Paris 1953–1982.

Who's who in World Jewry, hrsg. von *Harry Schmeidermann* und *Itzhan J. Carmin,* New York 1955.

Who's who 1951–1960, 1961–1970, 1971–1980. Vol. V-VII, hrsg. von *Adam Black* und *Charles Black,* London 1961, 1972 und 1981.

Who was who in America, Vol. IV-VII (1961–1981), Chicago 1968–1981.

Wiggershaus, Norbert: Die Entscheidung für einen westdeutschen Verteidigungsbeitrag 1950, in: *Militärgeschichtliches Forschungsamt* (Hrsg.), Anfänge westdeutscher Sicherheitspolitik, S. 325-402.

Wistrich, Robert: Wer war wer im Dritten Reich. Anhänger, Mitläufer, Gegner aus Politik, Wirtschaft, Militär, Kunst und Wissenschaft, München 1983.

Wolf, Konstanze: CSU und Bayernpartei. Ein besonderes Konkurrenzverhältnis 1948–1960, Köln 1982.

Woller, Hans: Die Loritz-Partei. Geschichte, Struktur und Politik der Wirtschaftlichen Aufbau-Vereinigung 1945–1955, Stuttgart 1982.

Zeitgeschichte in Lebensbildern. Aus dem deutschen Katholizismus des 19. und 20. Jahrhunderts, Bd. 1 und 2, hrsg. von *Rudolf Morsey,* Mainz 1973 und 1975; Bd. 3-6, hrsg. von *Jürgen Aretz, Rudolf Morsey* und *Anton Rauscher,* Mainz 1979, 1980, 1982 und 1984.

Nachweis der Abbildungen

Abbildungen, die im folgenden nicht verzeichnet sind, stammen aus dem Nachlaß Konrad Adenauers.
Mit freundlicher Genehmigung stellten Bilder und andere Materialien für den Abdruck zur Verfügung bzw. wurden entnommen aus:

Archiv der Thyssen Aktiengesellschaft vorm. August Thyssen-Hütte, Duisburg: 370
Archiv des Rhein-Sieg-Kreises (Bonn/Siegburg), Landkreis Bonn 1536: 70
Bundesgeschäftsstelle der CDU (Bonn): 54f.
Nordrhein-Westfälisches Hauptstaatsarchiv Düsseldorf, Akten des CDU-Landesverbandes Rheinland: 69
Politisches Archiv des Auswärtigen Amtes (Bonn), Referat 200, Band 20: 210f.
Privatbesitz Dr. Konrad Adenauer (Köln): 109
Privatbesitz Lucie Köster (Bad Honnef-Rhöndorf): XVII
»Die Zeit«, Hamburg: 302

Personenregister

Seitenzahlen in Kursivschrift weisen Briefempfänger aus, fett gedruckte Zahlen die biographischen Angaben im Kommentar.
Das Sachregister wird den »Briefen 1951-1953« beigegeben.

CIP-Kurztitelaufnahme der Deutschen Bibliothek

Adenauer, Konrad:
Adenauer / Stiftung Bundeskanzler-Adenauer-Haus. Hrsg.
von Rudolf Morsey u. Hans-Peter Schwarz. –
Rhöndorfer Ausg. – Berlin: Siedler

NE: Adenauer, Konrad: [Sammlung]; HST

Briefe 1949–1951 / bearb. von Hans Peter Mensing. –
1985.
ISBN 3-88680-075-X
ISBN 3-88680-076-8

NE: Mensing, Hans Peter [Bearb.]

Umschlag, Einband und Typographie: Hans Peter Willberg, Eppstein
Reproduktionen: Rembert Faesser, Berlin
Satz: Bongé & Partner, Berlin
Druck und Buchbinder: Franz Spiegel Buch, Ulm

Printed in Germany 1985
ISBN 3-88680-075-X (Leinenausgabe)
ISBN 3-88680-076-8 (Ganzlederausgabe)

Die Forschungsarbeiten wurden durch die
Stiftung Volkswagenwerk, Hannover, unterstützt.